JN113111

向かって右より東洋太郎、北洋三郎、南洋次郎

重擲弾筒の射撃

黄村陣地の夕焼

敵来る

下白泉陣地より東の方長城を望む

惨(さん)たり、中条山越え

瀟河の風景

軽機前へ

鉄廠と陽泉大橋

笑わぬ初年兵 高橋 進の面影

大陸征記

北支派遣軍　一小隊長の出征から復員までの記録

上巻

元陸軍少尉
北村北洋三郎 著
Kitamura Hokuyousaburou

北村龍 編
Kitamura Ryu

MPミヤオビパブリッシング

はじめに　『大陸征記』刊行にあたって

亡き父、北村北洋三郎（ほくようさぶろう）の軍隊時代の記録『大陸征記』刊行にあたり、父の記憶のいくつかを思い出すままに述べさせていただきたい。

陸軍仕込みなので当然であろうが、父は実に健脚であった。膝がよく伸びるのか歩く速度が速かった。背筋をぴんと伸ばして顎を引き、胸を張って颯爽として歩く姿が偲ばれる。

父は山を歩くのが好きで、よく近くの清水山へ一緒に登った。清水寺の舞台の裏が登山口となっており、一周一時間ほどの手軽なコースであった。私が子どもの頃から高校生くらいまで、四季を通じて父と共に登った回数は百回を下るまい。今でも父を偲んでよく登る。

そしてとても絵が上手かった。鉛筆で軍艦や飛行機の絵をよく描いてくれた。これらの絵が殆んど残っていないのが残念である。本書の挿絵はすべて父が描いたものである。

偶然の巡り合わせで父は秋田・青森・岩手等東北地方出身者の部隊へ配属となった。このことが父に幸いした。純朴でよく働くすばらしい部下に恵まれたわけである。

私が幼少の頃から、父は夏休み期間を利用して東北旅行を計画するようになった。終戦記念日の八月一五日あたりの数日間、旧部下の人たちの家に泊まりながら「黄河会」という戦友会へ参加するのである。

昭和五四年二月二二日、同志社中学校において試験問題の準備中、父は体の不調を訴え、同僚の先生に付き添われて自宅に帰ろうとしたが、タクシーを降りてすぐに倒れてしまった。

救急車で病院に搬送されたが間に合わなかった。心筋梗塞であった。享年五七歳。
あれから早四〇年。私はすでに父より一〇歳も年をとってしまった。本書の出版を父もきっと喜んでくれるにちがいない。本書が亡き父の供養となることを願ってやまない。

令和三年二月二二日

編者 北村 龍

大陸征記

北支派遣軍 一小隊長の出征から復員までの記録

〔**著者凡例**〕

○昭和三三年一二月頃より『大陸征記』を全巻筆写、伊東隊長に贈る（昭和三四年八月に前半、一二月に後半を発送）。今回のは言わば改訂第三版と称すべきもの。

その特徴は、

1．Ａ4版ノート一三冊に分けたこと

2．内容はすべて、この第二版と同様とし、多少の字句を補いカッコ（　）に註を入れたこと。部分的には内容も補い、むしろ面白くなっているかもしれぬ。

3．第一三分冊に、歌と詩、敗戦歌集（本版で敗軍の○○歌集と称するもの）『大陸征記』総目次および後記、『大陸征記』執筆の経過を附したこと。また、本版で各所に分散している地図、陣地要図、挿画を全部無ケイノート三冊にまとめて附図とした。

4．元来は全部合本とし、製本して送るつもりであったが、図らずも昭和三四年夏、東京出張があり、その際、第八分冊までを持参したので、やむなく歌と詩、歌集、附図、目次を分離することになってしまった。

（以上、昭和三四年一二月二八日　記）

◎以下記する所は『大陸征記』改訂第三版、即ち伊東隊長に贈呈の分に附したものの要旨である（昭和三五年一一月一八日夜　メモにより記入）。

①『大陸征記』執筆の動機

a．その素地として少年時代より比較的克明に日記を書く習慣ありしこと。また先考良蔵の日露戦の思い出話を聞いていたこと。更には少年時代より、小説よりもむしろ紀行文、実録の類を好むこと。

b．ついに全部を破棄せざるを得なかったのだが。現地にてもできる限り日記をつけていたこと。

c．下白泉陣地にて、前任中隊の遺棄した岩波文庫マリアット著『ピーターシンプル』を読んだ（これが直接の動機と思われる）こと。〔編者註：フレデリック・マリアット（Ｆｒｅｄｅｒｉｃｋ Ｍａｒｒｙａｔ、一七九二年七月一〇日―一八四八年八月九日）は、イギリスの海軍士官、作家、編集者〕。

d．復員後、内地身辺の空気に適応できず、もっぱら過去の思い出に沈湎（ちんめん）した。過去の思い出のみあって将来の希望なき生活、ただ思い出のみに生きた（七ヵ月間）こと。

e．記憶の喪失をおそれた。父の日露戦争の話は面白かったが、母がなぜ記録として残しておかなかったかとこぼしていた。果して父の死と共にその貴重な体験も永久に忘れ去られてしまったこと。

f. 最初は現地生活のあらまし（昭和一八年一一月一日入営より二一年五月一〇日復員まで）を書くつもりであったが、記憶の喪失をおそれるのあまり、伊藤隊着任から始めた。そのため、別に拾遺の章の意味で「戦線思い出話」も執筆中だったこと。

②『大陸征記』執筆の経過

a. 最初の原稿　学生時代のノート余白　製糸会社帳簿の余白を利用。片仮名使用。現在、下鴨の母の手許にあるはず（第一版と称す）。（昭和二一年五月より八ヵ月を要す）。

b. 昭和二三年一月〜三月。第二版。合本、挿絵、詩、序文、後記を附す。

c. 昭和三三年夏、東北旅行直後より第三版を企画。一二月末より着手す。

③改訂第三版の特徴

a. 平仮名使用。新かなづかい。できるだけ当用漢字使用。一部文章を改める。

また一部新事項を補い、また註を加えた部分があり、体裁、内容ともに最も充実している。

b. 中版ノート一三分冊の本文のほか、挿絵、要図は附図として無罫ノート二冊とし、また、目次、後記執筆の経過を別冊、また詩、歌なども別冊とした。

④『大陸征記』の存在価値

a. 特に改訂第三版を伊東隊長に贈呈したのは、中隊附将校最後の報告として中隊長先発後の中隊の状況を報告の義務ありと判断したこと。

b. 実在の人物、実在の地名を使用。あくまで戦史に洩れた小地域、小部隊の生活記録を目標とし、小隊中心の戦史たることを期した。

c. 昭和二一年〜二三年、即ち復員直後で比較的記憶も生々しく、正確であること。書くと共に記憶喪失という傾向もあった（内容の正確さ、地名もだいたい正確であることは伊東隊長も認めている）。

d. 元来、全部を合本とし、製本して送るつもりであったが、図らずも昭和三四年夏、東京出張があり、その際、第八分冊までを持参したので、やむなく歌と詩、歌集、附図、目次を分離することになってしまった。オヤジの記憶はだいぶ薄れているので、大いに読んでくれるはずである。現に、この年の八月、五日間オヤジ宅に滞在中、八冊の前半を全部読んでしまっていたようだ。

⑤『大陸征記』総集編執筆の経過

執筆の動機は『続・大陸征記』序にも記してある。『続・大陸征記』は昭和一八年一一月一日、静岡の歩兵第一一八連隊入隊より、昭和二〇年三月、陝（せん）縣にあった伊東隊着任を記したものである。「続」というが、時日の経過からすれば「正編」（従来の『大陸征記』第一～三版）の前に位置するものである。この正編・続編を総合したものが、この「総集編」であり、ここに本文の完成をみた。大判ノート一〇冊となった。昭和四五年八月七日原稿執筆着手、同年一一月五日続編完成。更に『大陸征記』筆写。以後、挿絵、地図、要図、歌、詩などを入れる予定。従ってまだ未完成である。これは自分の生涯の仕事として継続させるものである。

⑥なお「総集編」には別冊として「戦線思い出話」「なつかしの軍歌集」なども加える計画である。「戦線思い出話」は、『大陸征記』の拾遺の章として、復員直後から着手していたもので、現在も部分的に継続している。

（以上、昭和四七年一二月三一日夜　紅白歌合戦を聞きつつ記す）

〔編集部凡例〕

・平成から令和に元号が改まった現代において、難読と思われる漢字についてはルビを附し、加えて原文の表記を原則としたうえで、雰囲気を損なわないように配慮し、その範囲内でそのほうが一般読者が理解しやすいと思われる漢字をひらがなに、ひらがなを漢字に改めた。但し前後の文脈から、当該の漢字をひらがなにせずそのまま用いる場合と、ひらがなを漢字にしない場合もある。
・旧仮名づかいは新仮名づかいに改めた。
・送り仮名に片仮名を使用されているものについては平仮名に改めた。
・原文中、本書の書名である大陸征記という単語の表記については、すべて『大陸征記』と二重カギカッコ『　』に入れた表記で統一することとした。
・本書に登場する当時の著者周辺にいた日本陸軍将校・兵士の個人名については、史料的価値を優先し、原文の実名記述のままとした。
・本文中の数字の表記について、原文では漢数字の表記とアラビア数字での表記が混在して用いられている。使用比率で見た場合、漢数字の方が多い。そのため本書を編集するにあたっての数字の表記は、漢数字表記に統一した。
・本文中、個人の姓などが○○となっている部分は筆者が失念したものと思われる。そのため原文のままとした。
・著者の明らかな用字の誤用については、適宜これを改めた。
・句読点の打ち方については、これも原文の雰囲気を損なわない範囲で適宜追加・削除をおこなった。
・中国大陸の各地名については原則、漢字にルビ表記とした。
・中国の国名については戦時中当時に使用されていた「支那」を原文のまま使用したが、これは英語の「チャイナ」、仏語の「シーヌ」、スペイン語の「チノ」と同様、江戸時代以来の我が国の「秦」を語源とする中国の他称表記に従ったものであり差別を助長するものではない。また、現代において差別語とされる熟語についても、この手記が戦後にまとめられたものではあるが、戦前・戦中のことを書かれていることに鑑み、原文のままとしたものと、書き換えたものがある。

目次

※本書中の挿絵は総て著者が描いたものを使用

『大陸征記』執筆にあたって　昭和二一年

「心理は万人によって求められる事を自ら欲し、藝術は万人によって愛される事を自ら望む云々」

これは諸氏も知る如く岩波文庫巻末に掲げられた岩波茂雄氏の文庫発刊趣意書の書き出しである。

なぜ私がこの一文をここに拉っし来たったか。

大東亜戦争を包含する第二次世界大戦が終結してよりすでに一〇年になんなんとし、戦争による国土の荒廃いまだ完全なる復興を見るに至らずといえども、我が国は一応独立国の形態を整え、まったく主義を異にする二大国家群の間に在って甚だ微妙なる政治上、軍事上の要点となりつつある。

特に講和條約発効後、占領軍の厳重なる出版統制の反動として、いわゆる真相暴露を名として多数の戦記文学、戦史が出版され、あらゆる階層の読者に浸透しつつある。戦争中、まったく耳目を蔽われ、その真相を知る由もなかった国民、就中、身をもって戦火を浴びた青年層が、当時の深層を知ろうとする熱意は案外、熾烈なものがある。それは少年たちが冒険小説を耽読するのとは異なった、異常に深刻な心理状態なのである。

しかし、おそらく多くの人々は数多くの出版物を全部通読したとしても、その欲望を満足せしめ得ないであろう。近代戦の規模の大きさは、個人の戦争参加がたとえ長期にわたり、且つその地域的移動がいかに激しくあろうとも、その戦闘地域の全貌を把握するには極めて困難を感じるほどである。

自分が直接参加し、自分が直接見聞した戦闘、あるいは自分の肉親知己が散華した小地域の戦況を、詳細に目のあたりに彷彿せしめる戦史などありはしないのだ。人々は書肆の店頭に佇み、これら戦記物、戦史物の氾濫に目を奪われると共に、自己の欲望の満足されざるを嗟嘆するのみであろう。

戦史と称されるほどのものはあまりにもそのスケールが大き過ぎる。戦記文学と称されるものは一般に、あまりにもその視野が狭過ぎる。我々はいつまでも、他人が書いてくれるのをただ、手を束ねて待つべきであろうか。

考えてもみよ、幾一〇万の青年が、多くの内地人の想像を絶する艱難と闘い、時に歓喜しつつ、時に切歯扼腕しつつ曠野を、草原を、沙漠を、山嶽を、あるいは大洋を征ったか。

また、思ってもみよ、幾一〇万の前途有為の青少年が、その多彩な、希望に満ちた将来を約束されながら、ついに夢を秘めたまま荒れ果てた異国の土に、あるいは海の藻くずとならねばならなかったかを。

死んだ人々は、還ってこない以上
生き残った人々は何が判ればいい？
死んだ人には、慨（なげ）く術もない以上
生き残った人々は何を慨いたらいい？
死んだ人々は、もはや黙っては居られぬ以上
生き残った人々は沈黙を守るべきなのか？

ジャン・タルデュー「詩人の光栄」より

生き残ったものは何を考えたら良い、何をすれば良い。

色々する事はあろう。色々考えている事はあろう。死んだものはもう何も考え、言う事ができない以上、生き残ったものは全力を尽して真相を語り伝えねばならない。

「真理は万人によって求められる事を自ら欲している」

故人の見聞し得たのは、甚だ限られた一面のみである。しかしそれを正確に後世に伝えることは、生き残った各個人の義務ではなかろうか。『大陸征記』執筆の意義もまたここにある。

昭和二一年

『大陸征記』正編 序

昭和二三年一月二八日

いやしくも征記というからには、読者諸子はおそらく、疾風迅雷息をもつかせぬ猛進撃、あるいは屍山血河の大激戦の場面を想像せられるであろう。

しかるに、この記録には、残念ながらかかる勇壮の場面は一度も出てこない。不活発極まる陣地戦と、小競り合い、後半分は敗戦後の日本軍隊が、次第に崩壊してゆく姿しか画いていないのだ。

おそらくこの記録を読む人は、失望し、期待を裏切られるに違いない。

まったく、自分の二年半にわたる軍隊生活は平々凡々、武勇談もなければ、特にとり立てて述べるほどの苦心談もない。五年も六年も大陸各地を戦い歩いた人たちに比べれば、恥ずかしいくらい内容貧弱である。

それではなぜ『大陸征記』などという大それた名前をつけたかと言われると、別に何の理由もない。この生活記録を書こうと決心した山西省の辺鄙(へんぴ)な山奥で、ふと頭に浮かんだのをそのまま応用したにすぎない。半分は敗戦記録であるこの手記に、「征記」とはおこがましいと言う人もあるかも知れぬが、征の字には征伐するという意味の他に、単に「行く」あるいは「旅行する」という意味もあることをご参考までに申し上げたい。故に記録の前半は大陸征討記、後半は大陸紀行と解釈されたい。

しかし、二年半という大陸放浪生活は、短しといえども見聞せることに於いて無限、我が地方生活(軍隊内部から見て、外部の一般社会を「地方」と言う)に及ぼす影響において無窮、一生涯忘れ得ぬ貴重な体験であった。それでも敗戦国日本における現代の世相は、この貴重な体験もすべて破壊し、絶滅せしめんとする勢いである。初めは単なる備忘録、自分の思い出の資料として書き始めた記録であるが、今はただそれだけの意味しかないとは思っていない。

日本の敗戦は、当分の間、日本人の大陸進出を不可能ならしめた。自衛のための軍隊編制の自由をさえ奪ってしまった。

人々は自由、民主の美酒に酔い、拝米、親米これ勉め、民主日本建設に向かって驀進している。軍国主義はあとかたもなく、軍人は追放され、戦死者の英霊はかえりみられず、ただ、金、金、カネさえあれば何も要らぬというわけである。日本の敗戦は否定し得ない冷厳なる事実である。終戦直後、昭和二〇年八月一七日、陸海軍人に賜りたる勅語の中に、……冷厳なる事実に目を蔽うことなく、神州の不滅を信じ、日本再建に努力せよとの趣旨を述べて居られたと記憶する。おそらく、当時は内地の人々も同じような趣を達せられたものと思う。

まったく敗戦は冷厳なる事実である。しかし、それならば終戦前、あるいは大東亜戦争勃発当時や日露戦争当時、日本が強大なる陸海軍を擁し、世界に君臨してゆるがざる東亜の盟主たりしことも冷厳なる事実ではないか。敗戦の冷厳なる事実に目を蔽わぬほどの勇気あるものが、なぜそれ以前の大きな事実に目を蔽うのか。

おそらくこの記録を読まれる諸氏も、戦争中の大戦果の捷報に歓喜し、戦死者の英霊にぬかづき、一かどの愛国者であったに違いない。俯仰天地（ふぎょうてんち）に愧（お）じざる軍国日本の忠良なる臣民であったに違いない。

もしそれ、当時は軍閥の勢力と宣伝に踊らされたのであると自分で白状せられるならば、おそらくその人は今に於ても、より巧妙なる何者かの懐柔政策に、見事骨抜きにされたスルメに他ならぬであろう。

この記録を読まれるにあたっては、一応、現在の混沌たる、また、朦朧（もうろう）たる頭のはたらきを停止し、大東亜戦争酣（かん）なる頃の気持ちに浸って、軍国日本の忠良なる一臣民なりとの自覚の下に読んでいただきたい。

この記録は自分の二年半にわたる軍隊生活を書いたものである。決して嘘偽りのない記録である。米軍の検閲も受けていなければ、スリコギ（警棒）をぶら提げた警察の許可も受けていない。誇張も虚飾もない大陸戦線の手記である。名もなき小隊長の生活記録である。

現在、巷にあふれる軍閥打倒の声に耳傾ける諸氏にとってはあまりにも刺戟が強過ぎると思うが、真実を尚ぶ人には喜んで見ていただけるものと確信する。

この記録の登場人物はすべて実在の人間である。現在、日本各地にあって、祖国復興に奮闘しつつある人たちである。地名も人名もそのままである。ここにこの記録の面白さがあることと思う。

また、読者諸氏は、次の諸点を特に留意して熟読玩味せられることを希望する。

1. 当時に於ける大陸戦線の実相
2. 現地最前線に於ける軍人の生活
3. 上官と部下の関係
4. 大陸戦線と他方面の戦場との関係
5. 終戦当時の状況と日本軍の行動
6. 山西省長官閻錫山（えんしゃくざん）について
7. 共産軍（共産党）と中央軍（＝国民党軍・中国国民

党)との関係
8．終戦後の日本軍人の行動
9．復員軍人に対する内地人の態度について

以上の諸点につき、熟考の上、現在の国内の状況を再検討せられたい。また、外地の辺境に戦った軍人と、内地で戦い、内地から復員した軍人と、どちらが多かったかを考えていただきたい。

大陸生活の記録を書こうと決心したのは、終戦後、山西省の山奥で鉄道警備をしている時であった。昭和二一年五月一〇日、京都に帰って、直ちに筆を執り始め、昭和二三年一月二五日に書き上げた。その間、昭和二二年の一年は静岡縣庁に勤務したので殆ど執筆せず、結局、正味八ヵ月の月日を費して原稿が出来上った。また、静岡にいる間に一部を紛失し、後、再製した部分もある(これは自分の軍隊生活の後半期のみで、前半期を含んでいないが、いつかまた機会を見つけて書き上げたいと思っている)。

この記録を書いている間にも、その中に活躍している上官や戦友や部下から、あるいは戦死した部下の遺族の方々から、たくさんの書簡をもらった。どれだけ元気づけられたか知れぬ。また、上京したときは、一年間仕えた中隊長に会い、色々昔話に華を咲かせたものである。部下の一部にも会った。皆元気である。すっかり「地方人」(一般人)にはなっているが、どうしても軍隊のことは忘れられぬらしい。この記録の完成を大いに声援してくれる人も多い。

自分もいまだに生きている。外観はすっかり変ったが、中身は変わらぬつもりだ。今でも「神州不滅」を信じ、再び旭日の軍旗が大陸の野を進む光景を夢に見るような男である。

散る桜　残る桜も散る桜

日本陸軍は散ってしまった。一方、今を盛りと咲きほこる花もある。しかし早く散った花は来春咲き初めるのも早いであろう。自分は再び桜花爛漫の春の日が来ることを確信している。

昭和二三年一月二八日
当時の小隊長　陸軍少尉　北村 北洋三郎

『大陸征記』続編 序　　昭和四五年八月七日

昭和四五年八月七日、この稿を起こす。時あたかも、終戦二五周年記念日を目前にひかえ、何の目的をもって今更この稿を起こすか。

昭和二一年五月、二年半の軍隊生活を終えて復員するとき、否、終戦後、北合流の寒村で、ささやかな分遣隊をもっているとき、あるいは酷寒の山野トーチカ陣地下白泉にいるとき、折にふれて、もし無事に内地へ帰ることができたなら、必ず大陸生活の記録を残すべく決心し、その構想を練っていた。そして、復員して後、予想外の内地の厳しさにさらされ、祖国にも、肉親にも、他のすべての日本人のあり方にも失望し、ひとり思い出のみ追い続けた自分にとって、ただ、そこにのみ生き甲斐を感じ、骨肉に刻み込まれた鮮烈な軍隊生活と大陸の放浪生活の思い出を書き綴るだけが楽しみという日々が始まったのであった。

『大陸征記』正編の執筆がかくして始まったのである。

以後約八ヵ月、最終部分は昭和二三年、母校同志社中学奉職直前に至って完成した。今から思えば、よくぞこれだけのものを完成しておいたものだと思う。原稿は更に清書された。今、自分の手許にあるのがそれであり、体裁から言っても、また、使用した紙・漢字・仮名づかいから言っても、そろそろ改訂の時期が来ている。事実、今年辺り休暇を利用して改訂に着手しようかとも思った。

しかし正編序にも記したが如く、既述の部分は昭和二〇年三月末、伊東隊配属より終戦を経て、昭和二一年五月の高木隊解散・京都到着までのものであり、これは自分に最も印象深いというよりも、今もなお自分の血の中に脈うつ伊東隊精神と、ひたむきに任務遂行にあけくれた日々の、自分や上官や部下の生活そのものを、ありのままの形で残したかったから筆をとったのである。

幸い、その目的は達せられた。そして二五年を経た現在もなお、自分の眼前に河南の鮮やかな黄土・下白泉の酷寒・ゾクゾクするスリル・胸の熱くなるような兵隊の誠意などを再現してくれる。

更に正編は、一大決心のもとに全文筆写したものを伊東隊長に贈呈し、今もなお中隊団結の絆としての役割を果しているはずである。

かくして、『大陸征記』正編の目的は十二分に達せられ、今後、物質的に存在する限り、その価値は存続するものと考えられる。正編執筆当初、自分としては、昭和一八年一一月一日、静岡の歩兵第一一八連隊入営より書き始めるつもりであった。それを敢て、伊東隊配属からとしたのは、記憶の喪失をおそれたためである。そして、軍隊生活のより多くの部分を占める前半は、また機会を見つけて、改めて執筆をと考えていたのであった。

しかし実際は、その機会を見つけることはまず不可能であったし、また、あまり正編の完成に集中し過ぎて、それ以前の記憶は加速度的に薄れていった。終戦後二五年を経過した今日、昭和一八年にさかのぼる過去の記憶を呼び起こすことは、正編執筆当時に比べて更に困難であろう。しかし、それを敢てする理由は、伊東隊配属後の自分の成果の根ざす所が、やはりそれ以前に培われた一年半の基礎教育期間にあり、これを抜き去っては後半の活躍、ひいては戦後現在までの自分の思考・行動体系の説明ができかねるからである。

戦後の日本人の思考・行動様式は変わった。また、現に変わりつつある。特に戦前・戦中派と称される年配の日本人と、戦後派と称される人たちの価値観、ひいては人生観の相違は、断絶という言葉で象徴されるように、もはや埋め難いものになっている。そして、会話という伝達様式では、互いにその意味とする所を冷静に理解し合うことは不可能である。

記録という手段は、ある程度保存に耐える。そして、相当長期間の検討が可能である。

『大陸征記』正編と続編は、北村 北洋三郎という一個人の二年半にわたる軍隊生活の記憶を通して形成された戦中派人格を、後世の批判に委ねるための資料である。また、子孫に残す記録である。

正編執筆当時は、ここまでの意識づけは考えていなかった。もっぱら自分のための備忘録にすぎなかったのである。しかし、今は違う。内容はあくまで一兵士の生活記録にすぎないが、それを通して、あの苛烈な時代に生きた青年の哀歌と、時代を支配した雰囲気を伝える一つの資料としたいと思う。

何しろ二五年以上昔のことを思い起こして書こうということには多くの無理を伴う。正編執筆当時と、その内容となった事件との時間のずれはせいぜい一〜二年であった。無論、他では絶対体験不可能の事実ばかりだから、その思い出はまことに鮮烈である。しかし、個々の事件の時間的推移については、もはや正しく伝えるすべがない。いきおい記述の内容は断片的ならざるを得ない。

これが正編との最も大きな相違点であろう。また、正編執筆当時は自分も二四歳、まだ生のままの軍人精神が体内に充溢していた頃である。文章は甚だ支離滅裂で直線的であった。むしろ目をつむって身をその場に置き、切迫した精神状態を再現し得た。今は残念ながら四七歳。進歩したとは到底言い難いが、人生の下り坂にさしかかった人間が、花開く青春時代の自分の姿を果たして上手く再現し得るか。それは、やってみなければわからない。

しかし、こう言うことは断言できる。この二五年間に、東北地方に在住する伊東隊の勇士たちとは書簡の交換は絶やさなかった。また、伊東隊長や村岡伍長その他の人たちとは折にふれて会う機会があった。殊に昭和四二年八月一五日には東京の靖国神社社頭で、二二年振りの中隊集合が実現した。その折々に感じたことだが、彼らと手紙を交換し、再会し、あるいは『大陸征記』正編を読み耽るその時だけ、中年の不活発極まる生活は解消し、心身ともに二三歳の見習士官・少尉になれるのであった。

これは自分のみではない。誰しも一度、軍隊生活を経験したものが感じることであるはずだ。まして、その当時の事実を記録しようと努力するとき、勢い二一歳に逆戻りしなければできることではない。

言わば自分にとって、こうすることが何にもまさる若返り法なのである。

永遠の二一歳、二三歳。終戦と共に自分の精神年齢はその時をもって固定凍結されてしまった。散々な目に遇い、また現に遭いつつある戦中派に残された唯一のささやかな喜びであろう。

さあ、これから二一歳にかえる。元気溌溂たる若者、北村北洋三郎は緊迫した戦況の下、母の膝下を離れて未知の世界、軍隊生活への第一歩を印そうとしているのである。昭和一八年一〇月下旬のことであった。

北村 北洋三郎

『大陸征記』序　　昭和四七年八月一日

ここに『大陸征記』正編・続編を綜合し、最終的完成を目途(もくと)として、新たに稿を起こす。終戦よりすでに二六年、まず、昭和二一年、復員直後より起稿せる正編は昭和二三年三月に完成、以後、稿を改め第三版と称すべきものは、我が敬愛する伊東隊長に贈呈した。昭和四五年八月より起稿せる続編は一二月に至り完成。ここに自分の二年半にわたる軍隊生活の記録は略に完成したのであった。

但し、続編の含む内容は、執筆の時をへだたることすでに二五年以上、記憶も薄れ、地名、特に人名は甚だあやしきものがある。自分もすでに四七歳。二一歳当時の事件を記すには、あまりにも純粋さを失っていた。しかし、続編執筆は、自分個人にとって格別の意義があり、その第一は執筆のためには精神的に二一歳当時に逆戻りする必要があったことである。必ずしも心満ち足りたものとは言えぬ昨今の自分にとって、これはまことに楽しいものであった。少なくとも執筆の間だけは初年兵や幹部候補生・見習士官の気持ちになれるのであった。続編序文にも記した通り、これが、ともすれば自信を喪失する日常生活に於ける唯一絶対の若返り法であった。

昭和二一年、黄土のにおいをしみこませて復員した隊員は二〇代のものも多かったのに、すでに中年となり、あるものは老境に入り、それぞれの地方に於いて、集落の中堅となり、ゆるぎなき指導者の地位にある。おそらく終戦直後の荒れ果てた日本の、その地方に於ける産業復興に彼らは中心人物として活躍したであろう。最近に至り、国内経済・交通の繁栄は、かなり多くの東北の勇士たちを大阪の万国博見学に旅立たせ、中には海外旅行を企てたものもあった。また、今昔の感に堪えないのは、当時、もちろん天涯孤独、明日の命も知れぬ生活をしていた我々に、今や家庭があり、子女を設けたものが多いことで、すでに成人となった子女に孫ができたり、娘を京都旅行に出したり、大学へやったり、かなりの良きオヤジになっていることである。

伊東隊も代替わりの時期に来ていて、「戦争を知らない子供たち」の一群が当時の我々自身の年齢になりつつあるという現実である。

七月に入って中共とアメリカの間に、降って湧いたような和平ムードが醸成された。世界情勢は大きく変わりつつある。この時に当り、『大陸征記』総集編を起稿するのもまた何かの奇縁と言うほかはない。

北村 北洋三郎

〔**編者より**〕

『大陸征記』は、その執筆過程において、昭和二一年、二三年、四五年、四七年と最終完成稿までに四つの「序文」が存在する。各々内容も異なり、著者の折々の心情の変化なども読み取ることができるため、ここでは執筆の時系順に古い三つの序文も割愛せずに、敢えて活字にすることとした。

西北
華北
東北
西南
華南
華中
華東
新疆ウイグル自治区
烏魯木斉
ウルムチ
西蔵自治区
拉薩
ラサ
青海省
西寧
甘粛省
蘭州
寧夏回族
自治区
銀川
内蒙古自治区
呼和浩特
フフホト
黒竜江省
哈尔濱
ハルビン
吉林省
長春
遼寧省
瀋陽
北京市
天津市
河北省
石家庄
山西省
太原
陝西省
西安
山東省
済南
河南省
鄭州
江蘇省
南京
安徽省
合肥
上海市
湖北省
武漢
浙江省
杭州
四川省
成都
重慶市
江西省
南昌
湖南省
長沙
福建省
福州
貴州省
貴陽
雲南省
昆明
広西チワン族
自治区
南寧
広東省
広州
台湾
台北
海南省
海口

〔Ⅰ〕

初年兵教育より石門予備士官学校へ

1 入営近し

自分は、昭和一八年の五月頃、松阪市で徴兵検査を受けた。松阪市の殿町に、朝日新聞の通信部があって、兄貴夫婦と赤ん坊(洋児)がいて、自分はその離れに置いてもらって、三重高農(今の三重大学農学部)に通っていたのである。

元来、父の出身地が滋賀縣大溝(今の高島町)で、入営するとすれば敦賀連隊へ入隊することになる。そうすれば、遠くて何かと不便だろうというわけで、その少し前から本籍を京都に移してあった(この措置は結局、無駄になった。長兄・東洋太郎は召集されて、京都伏見の中部三八部隊に入隊し、外出日には帰宅することもできたが、後に病死して、結局母も妻子もその死目に会えなかった。また、編成改編が相次いだその頃の内地部隊では必ずしも本籍所在の連隊に入隊を命ぜられるということもなかった。自分の場合が正にそれである)。

いよいよ徴兵令書(召集令状)が来て検査を受けることになった。松阪市役所の二階の大広間が検査場であった。

当時は大東亜戦争も行き詰りの段階で、すでにガダルカナル島の部隊は転進、アッツ島部隊は玉砕した後のことであり、その前年の四月一八日にはB-25軽爆によるドゥリットルの初空襲があった。

元来、三重高農は軍事教練に大変熱心な学校で、大いにしぼられる学生たちの中には「三重高等士官学校」などと陰口をたたくものがあったくらいである。そのため校門は営門に通じるというようなことも、自分たちは当然のことと思っていたし、半年も卒業が繰り上げられることも、自分が軍人になることも、甚だ当たり前のこととしていた。また、有り難いと言おうか、親父も一年志願兵出身の主計中尉で、日露戦争に従軍していて、軍隊の愉快な裏話を聞いていたし、幼いときから大いに軍国主義を鼓吹され、軍人精神を叩き込まれていたのだった。

確かその日は学校を欠席して検査に出た。無論二一歳の連中が多いのだが、すでに特別志願兵制度があって、自分たちよりかなり年下の一七歳ぐらいのものもいた。

中学四年のとき、一度、陸軍予科士官学校の身体検査を受けたこともあり、検査官の前で大声で氏名を申告することだって堂に入ったもので、いささかも恐ろしい感じはなかった。身体検査終了後、一部のものは小学校で簡単な筆記試験があった。算術と国語ぐらいだったと思うが、おそらく幹部候補生受験有資格者だけのテストであったと思う。数日後、その結果がわかった。自分は第一乙種であった。

九月二〇日に繰上げ卒業した。すでに海軍予備学生として入隊してしまったものもあった。育種学教室で一緒に卒業論文の実験と取組んだ日下孝之もその一人で、論文の最後のまとめは自分一人でやったのである。

我々の入営は一一月一日で、あと一ヵ月と少ししかないが、京都へ帰ると自分は木原生物学研究所嘱託となり、一ヵ月をのんびり暮らした。

父はすでに昭和一七年二月に亡くなり、次兄・南洋(なんよう)次郎(じろう)は三井物産社員として大連支店からビルマのラングーン支店へ進出していた。姉は家にいた。しかも自分の入営と前後して長兄・東洋太郎にも召集令状が来たので、松阪には兄嫁と赤ん坊だけが残る。男はすべていなくなる。母としては、いかにお国のためとは言いながら、心細かったに違いない。

自分は、一一月一日に静岡の歩兵第一一八連隊に入隊することになった。しばらく着ていた兄貴の背広も脱ぎ、次兄が大連時代に作っていた興亜服と称するカーキ色の国民服まがいの服を着て、近所合壁(がっぺき)・研究所・大学農学部遺伝学研究室・町内会長その他に挨拶まわりをした。木原先生と僅かの研究員と女子職員がサツマイモを主とした、ささやかな送別会を開いてくれた。

長い間行かなかった梅(筆者幼少時代の女中)の所へも姉と一緒に行き、そのとき眼鏡を二個買った(自分が内地を出発して、二年半後に復員するまで、身から離さず持ち帰ったのは、この時買った眼鏡のうちのひとつの、二個のレンズだけであった)。

姉はいよいよ最後と言うわけで、確か京都駅前のハト屋で昼食をおごってくれたが、すでに極度に不自由になっていた食糧配給のため、食堂外には食事しようとする人が長蛇の列を作って並び、甚だ殺風景なガランドウの室内で、ジャガイモを主食のひと皿のランチをかきこんだものである。今も思い出すが、女子店員の態度がすごく横柄で、並んで座っている我々の前へ、ガチャンガチャンと投げ出すように皿を置いていった。食べてしまうと皆、居たたまれぬ気持ちで立ち上る。すぐに皿を片づけ、卓上にザーッと雑巾をかけるという流れ作業である。この最後の姉との外出も、このため何とも味気なくなってしまい、後味の悪さが残った。

自分の入営の幟を旗屋に注文した。

家が人手不足でもあるし、また一旦、軍人になったら女々しい態度は禁物というわけで、静岡へは誰もついてきてもらわないことにした。

すでに母や姉が駈けまわってくれて、千人針もできていたし、お守りもあったし、必要品も風呂敷に包んであった。確か学校の教官のすすめで、『歩兵操典』と『作戦要務令第一部』を買い、歩兵操典綱領と軍人勅諭は殆ど暗記していた（これが入隊後どれだけ役に立ったかわからぬ。他の連中が歩兵操典綱領で四苦八苦している間に、自分は悠々と次の部分の暗記を進めていけたのである）。

入隊の二三日前、散髪屋に行き、頭髪を少し持って帰り、遺髪として母に渡した。また、どういう気持ちだったか、小さな鉢植えの多肉植物を買って来て母に世話を頼んだりした。別に俄かに感傷的になったわけでもなく、自分としては甚だ自然な気持ちで、出陣の際はかくあるべしと実行したのである。

中学時代から集めていた『海軍グラフ』とか『海と空』とか、その他の本も売ってしまってくれと言ったおぼえがある。乏しい配給を工面して、当時としてはぜいたくな食事をさせてもらっていた。

中学時代の親友、高原 修は高校受験に二度失敗し、ようやくこの年の四月に浪高（なみこう）（編者註：旧制浪速（なにわ）高等学校）に入った。そして激励の手紙をくれた。片桐 宏は鳥取高農から京都帝大農学部へ来ていて、ある日、彼の家へ夕食に招待された。恩師尾田先生のお宅にも挨拶に行き、大いに激励された。自分の入営は着々と準備され、ただその日を待つのみとなった。

ある日の夕方、偶然、小学校の同窓、中島宇一郎君が家の前を通って訪ねてくれ、一緒に六年担任だった芦田先生の下宿先を訪れ、しばらく話した。例によって国旗に友人、父の知人、先生その他の名前や激励の文字も書いてもらっていた。

いよいよ出発の前日、その夜、最後の夢を母と共にしたと思うのだが記憶がない。いくら覚悟をしているとはいえ安眠できるわけがなく、ほんの少ししか眠れなかったに違いない。

2 出　発（昭和一八年一〇月三一日）

翌朝、暗いうちから起きた。門口には「祝入営 北村北洋三郎君」の幟、そして日の丸の小旗を花環のようにしたのが前の日から置いてあった。近所の人たちが続々集まってきた。母や姉は参会者に湯呑をくばり、土瓶の酒をつぎまわっている。尾田先生、大学生姿の片桐君、中島宇一郎君等の姿も見えた。

出発の時間が迫り、自分は木箱の上に立ってひと言謝辞を述べ、よろしくと頼んで挙手の礼をした。町内会長の発声で「北村北洋三郎君、万歳」そして皆に送られて市電に乗ったのである。無論、京都駅までの市電も入営者および見送り家族が大部分だった。

京都駅前は入営の幟、小旗が林立していた。大概(あるいは皆)学生で、静岡連隊への入隊者である。やがて氏名点呼があり、市役所徴兵課の役人が引率する。徴兵課と言ってもただの役人にすぎない。尾田先生、片桐君そして二三の町内会有志も来てくれた。やがて引率されてプラットホームに入る。母・姉・片桐君・尾田先生も列車の窓口まで来た。

ここでいよいよ最後の別れである。おそらくは二度と再び生きて会うことはできまい。また、それが当然なのだ。周囲はいささか常軌を逸した親子生き別れの光景がくりひろげられた。母の目も、ここで初めてうるんできた。自分は不思議に冷静であった。しかし、やはり、これが本当の悲しみなのかなと思う一瞬があったことは覚えている。

汽笛が鳴ると歓声が湧いた。母もその隣にいた白髪のばあさんも、ついに息子か孫の手を握って振りまわし始めた。そして汽車は動き出した。晴れてはいたが寒い日だったと思う。

向かい側に座った二人と横の一人と互いに自己紹介した。安井と清水と赤井だった。三人とも(少なくとも清水と安井は)立命館大学の出身。石門(せきもん)士官学校まで殆ど同じコースを辿り、特に安井と清水は厚和(こうわ)の教育隊一期中、同じ擲弾筒班で苦労した。静岡に到着するまでの列車内のことについては、まったく記憶がない。

大部分が京都の学校の出身者で二年半、京都を離れていた自分には知り合いはいなかったが、三重高農農学科、作物学教室にいた藤井君もこの日に入隊した一人であり、彼は兄貴に静岡まで送ってもらったので、時々連絡を取った。藤井もそうだが彼の兄さんも剽軽で面白い人である。

静岡は高農の見学旅行で穴釜教授に引率されてきて一泊したことがある。東海地方独特の明るい青空とみかん畑、茶畑、そして大火災で市街の大部分が焼けてしまったこともあり、よく整理された美しい町である。旅館に分宿する。まだ入隊したわけではなく、引率者も役人なので割に自由だったが、別に外出はしなかった。結構、皆仲良くできたのは、皆同じ年齢の学生だったからでもあり、これから苦労を共にする戦友になるからでもあろう。

3　別世界に入る

一一月一日朝、一夜グッスリ眠ったあと朝食。もう一度役人に引率されて、いよいよ歩兵第一一八連隊へ。兵営は旧駿府城址の中にある。いよいよ営門にかかる。ここがいわばシャバと軍隊を区切る関門である。ここは旧城門で、両側は高い石垣。言うまでもないが衛兵所があり、歩哨が立哨している。衛兵所内側に城壁下、ルーズベルト、チャーチル、スターリンの似顔絵が描かれた仮標があり、木銃が立てかけてある。出入する兵隊に突かせるのか。

引率されて広い営庭に入る。周囲をグルリととりまく連隊本部庁舎や各中隊の兵舎。木造の古い兵舎が多い。営庭正面に集合。各中隊の初年兵係が出て来る。集合した我々の服装は実に雑然たるものであった。黒の学生服、国民服、草色と言っても種々さまざまの布地がある。また、おそらく皆、学生のため必ずしも立派な体格のものばかりでもない。眼鏡をかけたものも多い。

自分は秋隊に配属された。防諜の目的で、各中隊は春・夏・秋・冬、あるいは鳥隊とか山隊とか海隊というような秘匿名で呼ばれていて、秋隊とは第一一中隊で一般歩兵中隊である。中隊から我々を受け取りに来たのは初年兵係の望月上等兵であった。あまり荒々しい感じはしない落ち着いた男だった。我々は多分に落ち着かぬ気持ちで、ゾロゾロ彼のあとについて秋隊兵舎へ入った。

高農時代、湯の山温泉近傍の菰野演習場の兵舎に泊ったし、四日市附近に新設の航空隊の整備隊兵舎で一週間ぐらい暮らしたことがある。しかし、一般兵と共に人間くさい兵舎の中で生活するのは無論これが最初であり、このような兵舎につきものの、古い軍隊のしきたりについてはまったく知らなかった。三重高農の農学科のクラスに、大阪出身の今井、香川縣出身の香川という傷痍軍人がいて、かなりきつい兵営生活、特に古年次兵の私的制裁の話も聞きかじっていたので、いささか怖れ慄いていたというのも嘘ではない。これからは学歴とか年齢などというものが世間一般のようには通用しない社会へ入っていくのだ。当時の自分たちは、軍隊には階級の上下関係のみあって、年次というものが、どんなに兵隊間で重要な意義を持つものであるか、まったく知らなかった。

各班に分かれてガタガタの階段を上り、二階つきあたりの班内に導かれる。これが第何班であったか記憶がない。この班に配属されたのは自分の他に、盛岡高農出身の稲垣、京都の佛教専門学校出身の石田・改守・平田が同室で、廊下をへだてた向かい側の班に鬼頭・

○○がいたと思う。

早速、班の古兵に紹介されたが、多くは演習に出ていて、一部の古兵がいたにすぎない。この連隊は無論、静岡縣出身兵ばかりで、我々は幹部候補生要員として何れは他の部隊に転出することになるのだろう。

後になって、軍隊のしくみがかなりわかってからの推察だが、この頃の内地部隊は改編が多く、続々徴兵あるいは召集される兵隊の教育と、新編部隊の出動で雑然たる状況だったに違いない。

早速ながら被服の支給である。望月上等兵が中隊倉庫から受領してきた中古の軍衣袴（ぐんいこ）と襦袢（じゅばん）・袴下（こした）・靴下・軍帽（赤い布をまいた制式のもの）。早速、居合わせた古兵に教えてもらって着がえる。ここで褌と眼鏡以外すべて私物は脱ぎ捨てて、持ってきた風呂敷に包んでしまえば、もう形だけは一個の新兵が誕生したわけで、襟には貧弱な赤ベタに粗末なラシャの黄色い星がたったひとつついた二等兵である。

あとから考えると、衛兵下番だったのか、練兵休だったのか、古兵が数人いた。

髙橋一等兵。おそらく後に知った言いかたでは現役二年兵ぐらいか。まだ少年らしさが抜けきれぬニキビだらけの威勢の良いアンチャンだ。

中島一等兵。おそらく補充の二年兵ぐらいか。いささか年寄りくさい眼鏡をかけた好人物。

○○一等兵。これはまた最も悪い意味の古年次兵で、補充の三年兵ぐらいであろうか。班内でゴロゴロしていて新兵をいじめ抜くタイプのズボラな兵隊。

○○上等兵。口唇裂で、頭でっかちで、小男で、甚だ風采の上がらぬ男。大して努力もしないズボラな兵隊で、三年兵ぐらいだろうか。我々がいた時には週番上等兵を務めていた（昭和二二年、自分が静岡縣庁農務課に勤め、技師として近くへ出張したとき、どこかの駅で担ぎ屋をやっている彼を見かけたが声をかけるのはやめた。終戦後ではあったが、自分は襟章だけはずした将校服を着て長靴（ちょうか）をはき、図嚢（ずのう）をつっていたのだ）。

我々が一応知っていた普通の陸軍部隊兵舎の構造は、班内に木製ベッドが整然と並び、その上にわら布団があって、一人ずつ毛布にくるまって寝るものだと思っていた。しかし、この緊迫した状況下、続々召集される新兵が入って、兵隊があふれんばかりになっているこの部隊では、ベッドやワラ布団などはすっかり廃止してしまって、班内の両側にゴザを敷いて、毛布を引っ被って雑魚寝するという形式をとっていた。中央に長机二個と長椅子があるのは言うまでもない。

服装を整えた後に入隊式があったはずであるが、どうも記憶がない。

中隊長は中年の中尉であった。中隊には小隊長として山梨・鳥山の二人の見習士官がいた。後に自分たちがそうなってから考えてみると、大した人物でもなかっただろうと思うが、当時の我々から見ると雲の上にいる人間のようで、まったく別格扱いだし、ひとつ星の我々から考えて大変えらい人のように思った。また、我々の班長は斎藤軍曹という、あまり意欲的でもない下士官だったし、班附として佐藤伍長という乙幹出身者がいた。これは立派な人物だった。その他に、班には讃岐上等兵という衛生兵がいた。

夕方、ドヤドヤと演習に出ていた連中が帰ってきた。最近召集された、割に年配の兵隊で、年齢の割にはキビキビとしていて、班内では一番はり切っていた。飯上げ（編者註：炊事場へ食事を取りに行くこと）も掃除も靴磨きも、物干場監視にも、大いにはり切って手伝いに行ってみた。どうせ軍隊に入ったからには、何でもやってみようというわけである。

最初の昼食で初めて軍隊の飯を食べたのだが、兵営でも今日は代用食だという。オヤオヤと思ったが、その代用食というのが大きなイモムシ型のパン二個と飯食器にナミナミとつがれた砂糖いっぱいの汁粉だった。同じ代用食でもさすがは軍隊である。髙橋古兵や中島古兵はどうした理由か、大変親切にしてくれ、髙橋古兵は私物の箸と箸箱をくれた。また、班に一人、幹部候補生がいた。年齢から言えば自分と同じぐらいか、せいぜいひとつぐらい上なのだろうが、他の古兵と対等に活動し、ふざけ合っていた。どうも自分たちには、この階級と年次の関係や、幹部候補生と一般兵との関係がよく呑み込めなかった（古兵という言葉について。地方の学校では、軍事教練は大いにやっているが、兵営内の色んな昔からのしきたりは何も教えてくれなかった。たとえば新兵から先輩である一等兵を呼ぶのに、髙橋古兵殿と呼んだり、伍長以上の下士官を、たとえ班附でなくとも班長殿と呼び、斎藤軍曹殿とは呼ばないものであることを、ここで初めて知ったのである）。

現在、猛烈な訓練を受けている新兵の連中は、飯上げや靴磨きや物干場監視に一緒に行っても、自分たちにはなぜかすごく遠慮していた。察する所、我々が何れは幹部候補生になることを知ってのことだろうと思うが、古兵のいない物干場なんかへ行くと、「あなたたちは良いですよ、大切にされて。私たちはこの年になって若いものにしぼられ、しいたげられるのですからね」と言う。

年をとった召集兵の気持ちというものが、当時の自分たちにはよくわからなかった。何れにしても物干場監視は彼らにとっては唯一の息抜きの場所で、誰に気がねすることなくタバコが吸えるのであった。

その夜、兵営での最初の床についたのだが、自分は髙橋古兵と口唇裂傷の上等兵の間にはさまって寝た。以後、こんな生活がいつまでも続くんだと覚悟していたから、別に床が変わったからと言って眠れぬということもなかった。家のことも思い出す暇がなかった。南京虫にくわれた。不思議なことに、日朝（にっちょう）・日夕（にっせき）点呼や起床・消灯ラッパの思い出がない。

翌日、午前中からか、我々新兵を営庭に集合させて基礎教育が始まった。不動の姿勢や右向け、左向け、廻れ右、速歩行進、駈歩などである。こんなことは学校ですでに散々やっているので何のことはない。班内に帰ってくると望月上等兵が我々を集めて、『歩兵操典』綱領や軍人勅諭の暗誦をさせた。ここで自分は三重高農の教練教官が、操典綱領と勅諭は是非、入営までに暗記しておけと忠告しておいてくれたことをしみじみ有り難いと思った。両方とも全部暗記をしてしまっていたからである。他のものはこれで散々苦労していた。

内地部隊でも、この頃になると防空演習があった。空襲警報があると、我々はまだ銃も支給されていないので、兵舎裏の土堤にある防空壕へ退避するだけである。「ダン・ダン・ダン・ダン」とかなり重々しい発射音が聞こえてくるのを、「あれは自動砲を撃っているのだ」と、望月上等兵が教えてくれた。まだ自動砲がどんなものなのか、我々は知らない。

我々新兵の身体検査があった。ごくありきたりの検査だが、血液型の検査が初めてで目新しいものだ。自分はB型だった。また、初めて花柳病の検診があったのと、痔疾のための肛門検査があったのには度胆を抜かれた。いよいよ軍隊の検査らしくなったわけで、男ばかりの軍隊なればこそである。号令一下、褌までも全部とり外して、生まれ落ちたばかりの人間のようになって整列する。軍医の前で直立し、大声で氏名を言うと、軍医はまったくの無表情で、ひとり大切な品物を実に手荒く扱ってから、「よし」と言う。何が良いのだかわからない。そして、床にチョークで書いてある印の上に手足をついて、軍医の方へまっすぐ肛門を向けるというのだから凄まじいものである。笑いごとではない。ここで、ひしひしと軍隊といわゆる「地方（娑婆）」との区別を思い知らされた。それでも軍隊とはこんなもので、これが必要なんだと思い込むのに大して抵抗も感じなかった。

夜、初めて話に聞いていた古年次兵の新兵に対する私的制裁なるものを見た。向かい側の部屋で、何が原因だったのか知らないが、讃岐衛生兵が召集の老新兵数人に、次々にビンタを喰わせ、蹴り倒しているのだ。さすがに我々もいささか青くなった。まだ我々は一度もやられていないし、割に気合を入れてボロを出していなかったのだが、こいつは油断できないと思った。隣の下士官室から騒ぎを聞きつけた佐藤伍長がやってきて讃岐上等兵を激しく叱りつけた。この頃、陸軍では「私的制裁の撲滅」ということには大いに努力していたようだ。三重高農の教官からもそのことを聞いた記憶があるし、営庭の一隅にも大きな看板にその目標が書いてあった。

ある日、営庭の一隅、藤棚の下で、我々にも銃の支給がおこなわれた。中隊附の山梨見習士官から一人ずつ受けとった。新式の九九式短小銃である。まだ新品だった。口径七・七ミリ。銃身は三八式より約一〇センチ短く、護星(ごせい)がつき、孔照門(こうしょうもん)である。照尺(しょうしゃく)の両側に対空射撃用の横尺がつき、銃の左側に幅広いゴム引き圧さく綿布製品の負皮(おいかわ)がついている。腔内(こうない)も銃尾機関内面にも青黒くクロームめっきがしてある。早速、班内で髙橋古兵から手入具を借りて手入れし、検査してもらった。

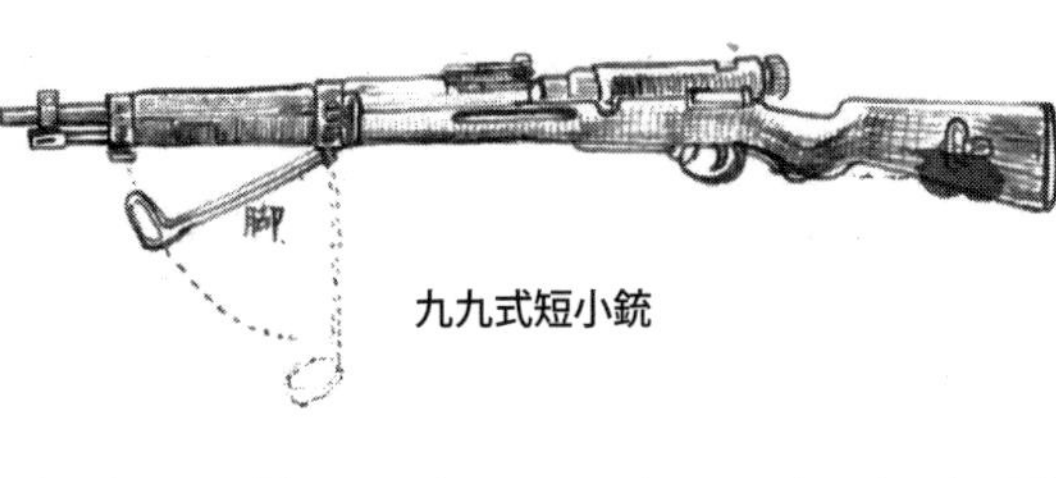

九九式短小銃

ある日の夜、我々が入隊した頃からずっと演習に出ていた連中が帰ってきた。班内は俄かに殺気立つぐらい緊張がみなぎった。今まで留守だった古年次兵の連中が疲れて帰ってきたわけである。その前から髙橋・中島古兵らが、「今度帰ってくる河内古兵は三年兵で、しかも前線帰りだから言葉に気をつけろ」と、しきりに言っていた。

軍人である以上、戦闘に参加するのは至極当たり前じゃないか、しかも古兵というのだから、彼らと同じ一等兵なのに、なぜそんなに恐れおののくのか、自分は不思議で仕方がなかった。まだまだ階級と年次というものの意味がわかっていなかったのだ。

そしてその夜、連中が帰ってきた。

「河内古兵殿、御苦労様でした」と、中島・髙橋古兵を初め、老新兵どもは平身低頭のありさまで、新兵は競争で古兵の銃を受けとり、装具を外し、洗面水を準備してやっている。その河内古兵はムッツリしたギョロ目の大男で、ウンウンとロクに返事もしないで親分風を吹かせている。我々がキョトンとしていたら、中島・髙橋古兵にうながされ、慌てて靴でも磨かされたように思う。そして我々新兵はその古兵に挨拶した。何と挨拶したか忘れてしまったが、ウンと言って、ジロッと我々を睨んだだけであった。確かに中島・髙橋古兵とは雰囲気が違うようだ。これが前線帰りなのかなと思うような殺気に似たものをにおわせる古兵であった。同時に帰ってきた上等兵もいたが、たとえ階級が上であっても、彼の眼中にないような、傍若無人のふるまいをしていたし、上等兵もそれを何とも思っていないようであった。

どうも自分にはさっぱりわからない。軍人勅諭にも、上官の命令は天皇の命令として遵法することが述べられている。また、停年に新旧あれば、新任のものは旧任のものに服従すべきものぞ……と言われている。それなのに階級が上の上等兵が、年次が古いという理由だけで、また、前線帰りであるというだけの理由で、一等兵に一目おくというのがどうもわからない。しかし自分の目の前の現実は正にその通りなのである。

幸い、その古兵は衛兵勤務か何かで出て行ったので、自分たちはあまり接触する機会はなかった。夜、彼が勤務に出ていくとき、誰か毛布を持ってこいと言うものだから、ハイッと返事して、どうせ外に持っていくのだから、あまり上等な毛布でない方が良いだろうと、なるべく古い奴を持っていったら、「これが毛布と言えるかっ」とドスのきいた声で怒鳴られ、ギョロッと睨みつけられたのでびっくりした。

へエー、あれが古兵というものかと初めて知ったのだ。一等兵といえば、陸軍の階級でいえばドン尻から二番目で、吹けば飛ぶような雑兵だと思っていたのだが、とんでもない間違いだった。

夜、何かの用事で、我々が階下の中隊事務室へ行ったとき、週番腕章をつけて髭を生やした軍曹がいた。おそらく召集の地方人なのだろう、おだやかな好人物だったし、我々にも親切だった。同じ新兵でも、しっかりやって幹候の試験に通るようにといってくれたように思う。お前たちの先輩もたくさん豊橋の予備士官学校に行ったのだと言った。確か一年先輩で、農学科の森 喜作さんが豊橋の士官学校に行っていることを知っていたので、この週番下士官に聞いてみたら、森喜作はこの中隊に入り優秀な成績で幹候試験にパスしたのだ、お前もがんばれということだった。

初めて自分の先輩が同じ中隊にいたことがわかって自分も安心すると共に、大いにがんばろうと思った。

一部、教育終了した召集補充兵に出動命令が下り、彼らは完全軍装で、班内で挨拶して出ていった。古兵連中も「ガンバレヨ」と励まし、班内には殺気がみなぎった。彼らは南方、太平洋戦線に出動したのだ。生きて帰るなど考えられない現在の戦況である。

何度か班内で送別演藝会が開かれ、主として召集の老補充兵が流行歌を披露したりしていた。我々のグループの中で、向かい側にいた○○は、正直な人間には違いないが、指名されてドイツ語でナチスの党歌か何かを歌ったが、これはかえって座を白けさせる結果になったようだ。要領の悪い男だ。班内では古兵でも一応、学生出身で幹部候補生要員である我々には気を遣っているし、それとなく別格扱いしてくれているのに、ここで妙な学歴をひけらかすのは慎むべきであり、むしろ馬鹿になって、この世界にとけこむよう努力すべきなのだ。果して彼は、あまり人のいない昼間、のんきにも毛布の上に寝ころびながら歩兵操典綱領か何かを暗記している所を意地悪の老古兵に見つかり、散々ビンタを喰うことになった。

向かい側にいる鬼頭は、学生出身の幹候要員にあるまじき卑屈さと要領の良さで、コソコソと立ち廻り、古兵がうるさがるくらい按摩をやったり洗濯をしたりしていたが、あんまり賢く立ち廻り過ぎて嫌がられたようだ。同じ部屋にいた石田は、これはまたあきれるくらいの無頓着さで古兵にペラペラと話したがり、聞かれるままに倶舎論（くしゃろん）だとか何とか佛教学のウンチクを傾けていたが、上等兵も苦笑していた。何とも不思議な人物である。

我々が一体、何日間くらい静岡連隊にいたのか、今では確かな記憶がない。一週間くらいにも思えるし、もっと長かったようにも思う。我々が今後どこへ出動するのかさえわからなかった。しかし、全般の戦況から見て南方であろうというぐらいの判断であった。現に今、教育終了の召集兵は続々南方へ出発しているのだ。

4 面会

一一月一日に入隊した我々に、家庭に葉書を出して面会予定日を連絡せよと指示があった。それは、ある日曜日が指定されていた。交通事情はかなり悪く、また、京都からでは大変であろうと思うが、どうも我々は近くどこか外地へ転出するらしく、おそらくこれが最後の面会になるはずだとのことで、ともかく、葉書を出したのである。衛生上、食物の差入れは断るように書けと言われた記憶がある。

やがて、その日が来た。当日、班内には外出しなかった少数の古兵が残っているだけで、のんびりしたものだった。班内に待機していれば面会係の兵隊が知らせてくれるのである。面会所は営庭の一隅に作られていた。

やがて自分の名前が呼ばれた。

「初年兵北村、面会に行ってきます」と、班内に向かって大声で叫んで一礼し、営内靴(木のサンダル)をはいて出かけた。

面会所にはモンペ姿の母と姉が来ていた。自分は一人前の兵隊になったつもりで挙手の礼をした。二人がどんな顔をしたか、どうも記憶がない。周囲にはやっぱり京都から来たらしい家族と兵隊姿の息子どもがいたし、すでに自分は陸軍軍人であって「地方人」ではないから、終始軍人としての態度は崩さなかった。母にとっては当然のことながら、甚だ物足りなく、また、とりつく島がない不安な気持ちだったに違いない。目の前に息子がいるのに、もはや手の届かぬ所にいるも同然なのだから。

汽車はとても混雑して大変だったそうである。早速、家から持ってきた重箱の中のおはぎを出して食べろとすすめるが、自分はまた、馬鹿正直に食物の差入れは禁じられているからと、始めのうちは頑固に食べようとしなかった。近くにいた面会グループの召集兵が、「ここでは誰もいないから大丈夫、食べなさい」と言ってくれたので、食べることにしたが、さっぱり食欲はなかった。結構、「地方人」よりも良い食事をさせてもらっていたのだから別に腹が減っているわけではない。

母はしきりに外地に出動するのかときいたが、まだ我々にもはっきりしたことがわかっているわけでもないし、たとえわかっていたにしても防諜上、家族にだって言えるはずもなかった。母は一応満足したかも知れないが淋しかっただろうと思う。よく晴れた良い天気だったが、営庭はかなり寒かった。

一体、どれ位の面会時間があったのか覚えていない。また、特に話題もないので困った。二人はもうひと晩、静岡の旅館に泊まって翌日、京都へ帰る予定とのことである。

営門まで見送りに行った。おそらくこれが母と姉に会う最後の機会だったのだろうといささか物悲しい気持ちではあったが、別に何とも思わなかった。そして衛兵所の内側で挙手の礼をして別れた。

何か晴れ晴れとした気持ちになって、中隊兵舎へ帰ってきた。

「初年兵北村、面会終わって帰って参りました」

「オウ」

何とも殺風景な、一種独特の臭気が満ちた班内だが、当面ここが自分の家であり、他に帰るところはない。かくして自分はごく自然に軍隊生活に馴染み、軍人精神充溢した北村二等兵になっていったのである。

5　出動近し

軍帽から軍衣袴・襦袢・袴下・靴下・巻脚絆（まききゃはん）・編上靴（へんじょうか）に至るまで、全部新品が支給された。襟布のつけ方も教えてもらった。ほう帯包（つつみ）ももらった。銃剣も支給された。但し、帯革はズック製品だった。襟章は薄い赤布に黄色の星を染め抜いたものをラシャに縫い付けたもので、あまり上等ではなかった。

各中隊の初年兵全員を集合させて、成岡伍長が統一して訓練することになった。基本体操や整列、行進そして駈歩で営門を出て場外の練兵場へも行った。何日間か営内生活をした後に見るシャバの世界は、以前に比べると別世界のように見える。

練兵場のトーチカの横で全員記念写真を撮る。自分、石田、改守、稲垣、平田のグループ写真も撮った。これらの写真は留守宅へ直送してもらうようになっていた。これらのことは、我々の出動が近いことを思わせる。

この頃、太平洋戦線で戦死した連合艦隊司令長官、山本五十六大将の国葬〔編者註：一九四三年六月五日〕がおこなわれ、部隊でも式典があったように思う。

ある晩、我々に更に一部の被服が支給された。防寒帽や外套、防寒手袋などである。これは一体、どういうことだろうと色んな憶測が話し合われた。我々は現在の状況から、当然、緊迫している南方の前線へ行くのだろうと思っていたし、輸送船が撃沈されることも多いので、戦死よりも海没の方が困ると思っていた。自分はあまりというより、殆ど泳げないので特にこの点に不安を感じていたのである。

しかし、支給された被服の種類から判断すれば、少なくとも南方行きではなく、北方のようである。北海道の千島か、それとも北満か。何れにしても冬に向かうこの季節に北方とは何ということだ。しかし自分にとっては暑さよりも寒さの方がまだしもマシであるように思われる。

ある日の夕食後、古兵が我々を呼んだ。机の上に、

「地方」ではとても拝めそうもない餡巻きが紙の上に積み上げてある。

「普通なら、こんな酒保品はお前たち新兵には渡るはずがないのだが、出動が近いこともあって、特に我々古兵が申し合わせてお前たちにやる。有り難く思え」

意地悪な○○古兵が、こんな親切なことを言うのは、まことに不気味であるが、逆に考えてみると、我々が現在置かれている立場が大へんなものであることを示しているのかもしれない。我々は有り難くその餡巻きを頂戴した。

日夕点呼のとき、我々への転属命令が出た。一部のものを除いて大部分が北支派遣軍「泉五三一六部隊」へ転出することになった。鬼頭と○○は除かれていた。身体検査の結果らしかった。

話に聞けば泉五三一六部隊とは、静岡で編成された現役兵ばかりの精鋭部隊で、独立歩兵第一三連隊である。駐留地は蒙彊(もうきょう)の厚和であるという。さて厚和とはどこだろうと頭の中で、いくら世界地図を描いてみても、さっぱり見当がつかない。地理というよりも地図を見ることは小さい頃から好きだったが、厚和という地名はまったく記憶がない。蒙彊というからには、そして防寒帽を支給されたぐらいだから、すごく寒い所に違いない。零下三〇度などという酷寒を経験することもできるかも知れない。

我々転出組は班内で整列して古兵どもに挨拶した。彼らもがんばれよと激励してくれた。無論、家庭に対しては行き先はもとより出動することそのことすら知らせることはできなかった。

更に背嚢(はいのう)、飯盒、水筒が支給され、輸送中の分隊編成もおこなわれた。自分は分隊長に指名され、また、分隊長だけには三八式小銃が与えられた。これは何も使用させるのが目的でもないらしく、転出先の部隊への兵器補充のためらしい。まだ銃尾機関にグリースがいっぱい詰まっている新品なので、グリースをとり除くのに苦労した。

三八式歩兵銃

6 出　動

ある日、夜おそく、軍装した我々は営庭に集合した。これは一一月の何日であったのか、さすがに記憶がない。かなり寒い、凍てついたような真夜中であったと思う。殆ど満月に近い青白い月が営庭を明るく照らしていた。

営庭の一隅に嶽南神社という社があり、まわりに松や樫の木が繁っている。その前に移動して拝礼がおこなわれた。祭神は何だか知らない。嶽南とは無論、富士山の南にあるとの意味である。輸送係は成岡伍長だ。

いよいよ出発。部隊は前進を始める。厚和という未知の世界へ行くことはわかっているが、どこで船に乗るのか、どこへ上陸するのかさえもわからぬ。歩調をとって営門を出る。

真夜中の静岡の街は青白い月光に照らされて静まり返っていた。

我々は少年時代、満州事変や上海事変、あるいは支那事変当時、学校からよく出征する部隊や、時には帰還する部隊を送ったり迎えたりしに行ったものである。出征部隊は万歳と旗の波に送られて、意気高らかに出ていった。帰還部隊の将兵はそれこそ見事に戦陣灼けし、自慢そうに髭を生やしていた。何故か服も顔も黄土と火薬のにおいが染み込んでいるようにさえ思った。

ところが、戦況が緊迫しているとはいえ、まったく見送る人もなく、まるでコソコソと逃げるように真夜中に出発するというのは、我々にとってはまったく気にくわなかった。同じ出発するなら白昼堂々と街を行進し、せめて静岡の街の人にでも良いから万歳と叫んで欲しかった。深夜の電車通りにはまったく人影もなく、輝くレールを踏みながら歩く。

静岡駅に着くと、すでに列車が待っている。無論、軍用の特別列車で一般乗客は一人も見えぬ。サッと乗り込んで座席に着くと、点呼をして乗車を確認し、すぐに発車する。何とも味気ないものだ。

まだ我々は、軍隊の基礎教育すら受けていないし、新しい分隊編成の中で、互いの名前も顔も知らなかった。また、みんな学生出身で、ひとかどのプライドを持っている連中の中で、一体どんな理由か知らないが分隊長に指名されても、こちらも困るし、他の連中も自分の命令に従う理由もない。命令・服従という言葉は知っていても、その本当の意味がわかっているわけでもない。

この旅の途中でも、時に食事当番や、お茶の補給などの使役に出す人員を指名しなくてはならないが、結構、皆、学生時代の生地を出して反抗するので、ずいぶんてこずったものである。

この列車は特別の臨時列車だから、殆ど石炭と水の補給の他、どこへも停まらない。至極単調に走り続ける。浜名湖も過ぎ、豊橋も過ぎた。

自分は今に至るまで東京も知らないし、遠距離の旅行もしたことがなかった。今、ここで、どこまで続くかわからない放浪生活が始まったのである。

別に何も不安はなかった。ごく短期間だったが、静岡での兵営生活は、特別に苦しい、いやな目にも遭わなかった。むしろ自分は、もっとひどい生活を想像していたのである。この調子なら陸軍というものを信頼して行けそうだ。

まだ家にいたとき、母は遠縁にあたる軍人で、対馬要塞司令官をしている人に手紙を出して、自分のことをよろしくと頼んでみようかと言っていたが、自分はキッパリと断わった。国全体がこんな情況になっているときに、縁者を頼って軍隊での生活で特別扱いをしてもらうなど、最も卑劣なやりかただと思ったからである。他の連中とまったく同じ条件で、本当の軍人生活をしてみたいという自分の意向を母は承知してくれた。

名古屋に着いた。ここでかなり長時間停車して、列車は増結されて、更に他の部隊が乗車してきた。まだ建って間もないきれいな名古屋駅の地下通路で休憩しているとき、三重高農で同じく育種学研究室にいた牧野善知君に会った。彼もこの列車に乗り込む部隊だ。彼とは三重高農入学試験のときから電車の中で知り合い、同じ研究室にいた。愛知縣刈谷の出身で、古武士のような話し方をする。

琵琶湖畔を走る頃から、うっすらと夜が明けてきた。大津・山科、そして東山トンネルをくぐって、何日ぶりかで京都の街に入る。鴨川鉄橋を渡る。

ところが、京都駅構内で徐行したので、これは停まるなと思ったのに、ゆるゆると徐行したまま通り過ぎ、そのまま速力を増して走り出してしまった。京都出身者が大部分である我々は、窓をあけて身を乗り出すものも多かったが、皆、不満そうにブツブツ言っていた。ただ、ここで、まことに不思議だと思ったのは、ごくごく一部のものの家族が、この早朝のプラットホームに待ち構えていて、徐行する列車の中にいる息子たちと叫び交わして別れを告げたことである。

我々の出動は、その日時が秘匿されていたはずなのだ。どんな手段で連絡したのか知らないが、これは明らかに秘密の漏洩がおこなわれたのであり、軍紀の侵犯であったはずだ。

すっかり夜が明けてから、吹田（すいた）の操車場でかなり長い時間停車した。時に長時間停車のときはプラットホームに出て、成岡伍長の指揮で体操をする。食事はすべて、停車駅で積みこまれた折詰弁当だが、普通一般の家庭では見られそうもない真っ白な飯と、ハムやカツレツが入った豪勢なものであった。これこそ陸軍の威力という所か。

列車に乗り続けなので、さっぱり腹が減らない。すばらしい晴天である。カーキ色一色の人間が乗った特別列車が走れば、まず出征部隊に違いないので、野良で働く人たちが手を振ってくれる。ここで初めて我々も良い気持ちになり、歓声をあげて手を振った。やっと我々も出征部隊の一員であるという誇りが持てるようになったのである。

大阪の工場地帯に入る。家々の窓から日の丸の旗を振ってくれたり、出征の幟を振ってくれたり、まことに良い気持ちである。遠くから見たら我々が、まだなりたての二等兵であることはわからないだろう。

煙突が林立して黒煙を吐く大工場地帯。おそらく兵器弾薬その他、戦争に必要な物資の大量生産が夜を日についでおこなわれているのだろう。

神戸の三宮辺りで高架線を通る。神戸港は出船入船で賑わっている。この辺から造船所が見え出す。大きな建物や、ガントリークレーンが見える。ふと見ると、大きな建物かと思ったのが、ぼう大な灰色の軍艦で、その上がまっ平らな甲板、箱型のビルディングのような巨大な艦橋、その上から突き出して、グッと斜めに傾いて薄い煙をはく巨大な煙突。あっ、航空母艦だ。今まで写真でも見たことがない妙な艦型だが、元来、船狂いの自分にはすぐわかった。

すばらしい空母だ。その上にとりついて、ゴマ粒のように見える工員。溶接の火花がパチパチと強烈な青白い光を発する。ほんの短時間ながらすばらしいものを見たものだ（自分は本当に運良く、すばらしいものを見たのだった。戦後かなり後になって、旧海軍の造艦技術者が書いた『造艦技術の全貌』という本によると、造船所の位置から言っても建造期間から言っても、これが空母「大鳳（たいほう）」〔編者註：昭和一六年七月一〇日起工、一八年四月七日進水〕であったことは間違いない。いろんな意味で画期的な装備をもった日本の最新鋭の空母だったのである。残念ながら海戦参加中、その威力を完全に発揮できず、魚雷命中のショックで漏れたガソリンガスに引火、爆沈してしまったのであった。ごく僅か、不鮮明な写真が残っているだけなのである）。

列車はまことに快調に山陽線を走る。明石附近も工場が多い。戦闘機が近くの飛行場から離陸して、爆音高く青空にかけ上っていく。夕陽に映える黄色の麦畑、冬近い山陽道は輝くばかりの美しさだった。姫路、岡山、広島と時々停車し、弁当の補給をしながら突っ走る。

分隊長が呼び集められ、加給品の配給。石油罐いっぱいの飴玉とタバコを各分隊に分ける。特に戦争が始まってから、我々は食物にはかなり意地汚くなっていたし、代用食が当たり前のようになっていた。ところが軍隊に入ってからは連日にわたり、「地方」(軍隊内部から見て外の世界)でなら目のまわるようなご馳走を食べて満腹しているし、おやつまでくれる。我々はすでに、これが当たり前のように思ってしまっていたが、本当は大変なことだったのだ。

タバコは日本のタバコ屋の店先では見たこともない真っ赤な包装の「ベビー」というのが二個配給された。ところが自分は今年二一歳になったばかりだし、タバコなんかはぜいたく品だと見向きもしなかった。酒も飲んだことがなかった。初めから縁がないと思い込んでいたのだ。それなのに今、タバコが配給され、一部のものは、もう一服つけている。何ごとも経験だし、これから後、タバコも支給されるだろうし、もうレッキとした大人なのだから、ここで自分も吸ってみてやれと、一本火をつけてみた。

まったく旨くなかった。せいぜい退屈しのぎになるくらいのものだ(かくして自分が生まれて初めてタバコを口にしたのは、「ゴールデンバット」でも「チェリー」でもなく、北支製の「ベビー」というタバコだったのである)。皆が退屈するので、車中で演藝会もやった。何しろ皆学生だから、そう大した藝人はいなかった。ここで誰だか北支派遣軍の歌を発表したものがあった。

真夜中頃下関から関門海底トンネルに入った。何の秘密保持のためか知らないが、鎧戸を閉鎖せよという指示があった。すき間からのぞくと青白い電燈がずーっとならんでいた(当時はまだ普及していなかったが、今から思えば蛍光灯ではなかったかと思う)。

この頃になってやっと、博多港から関釜連絡船に乗ることがわかった。

7　いよいよ大陸へ

うっすらと辺りが明るくなってくると、列車は巨大な煙突が林立する工場地帯を走っていた。北九州の大工場地帯である。

夜が明けてみたら、昨日とはうって変って寒々とした曇り空だった。そして列車は博多駅にすべり込んだ。下車して点呼。行進していくとガランとした波止場に出た。かなり大きな、全体灰色に塗装された二本煙突の汽船が横附けになっている。写真でも見たことがある。鉄道省の関釜連絡船「景福丸」である。

景福丸（出典：ウィキペディアより）

先頭からどんどんタラップを登り、乗り込んでいる。我々も続いた。甲板下の三等船室へ入り、靴を脱いで箱型のしきりをまたいで、高くなった床の上へ落ち着く。再び人員点検したり装具の点検をしたりしていると、船員が銅鑼をたたいて船内をまわっている。早速、船員の指導で救命具のつけかたの教育だ。別に海軍の軍人でもないのに、下士官なみに怒鳴り散らす。聞いていると我々の前に出航した船は朝鮮海峡でアメリカ潜水艦に雷撃され沈没したらしい。また、沈没は免れて海岸に乗り上げ、やっと助かった船もあるという。なるほどこれは大変だと思った。救命具は胸の前後に二個の袋をつけるもので、中にカポック〔編者註：キワタ科の落葉高木。パンヤとよばれ、浮力が大で、断熱性、弾力性に富む〕が入っているらしい。軽いのは有り難いが、せいぜい三時間ぐらいしかもたないということである。

食事は各班から飯盒を集めていき、入れてもらうのだが、この時の船員の態度は甚だ横柄で、また食事は質量ともに最低だった。

さっぱり落ち着かず、ガタガタしているうちに対潜水艦哨戒の割り当てが我々にもまわってきた。甲板下に閉じ込められ、舷側近くにいるもの以外は外もまったく見えないので、このチャンスを摑んでやろうと、こちらから買って出て甲板に上った。その途端、アッとびっくりした。全然気がつかなかったのだが、船はすでにかなりの速度で玄界灘を突っ走っていたのだった。

陸軍の御用船だから、無論、見送り人がいるはずもないし、また秘密の出航だろうとは思ったが、まさか汽笛も鳴らさずに走り出してしまうとは思わなかった。乗船してから船室に入り、装具の整頓をしたり、救命具のつけかたの指導を受けたりしているうちに出航してしまったのだ。かなり大きな船だから、ソロソロと岸壁を離れたに違いない。

そして加速度が小さいので、中でガタガタしている我々にはまったくわからなかったのである。これがおそらく日本との永久の別れになるので、ひと目でも見納めをしておこうと船尾の方を眺めたが、もうすでに何も見えなかった。低く垂れこめた灰色の雲と、かなり波立っている緑灰色の海だけであった。

潜水艦に雷撃されるのを防ぐためか、かなりのスピードであり、また途中から一定周期のジグザグコースをとり始めた。

我々は対潜哨戒のため船橋の四隅にあたる所に立って海面を眺めているのだが、だいたいこんな波の立つ日に、しかも潜水艦を見たこともないズブの素人に対潜哨戒なんかやらせても何の効果もあるまいと思う。それほど危険な海なら海軍の艦艇が護衛につきそうなものだが、どこを見まわしても軍艦らしいものは何も見えず、また一緒に船団を組んでいる船もなく、この景福丸たった一隻が波荒い朝鮮海峡を全速で突っ走っているだけだった。

たった一度だけ、灰色の雲間からチラッと水上機が一機だけ見えたように思うが、こんなことで潜水艦が防げるはずがない。ひたすらに、全速でジグザグコースを走るだけである。我々としては舷窓を開けることも許されなかったし、甲板へも対潜哨戒につく以外出られなかったし、ただ、座して待つより仕方がなかった。救命具だけは常につけていたように思う。

夕陽が赤々と照らす頃から、空は美しく晴れ出した。海は美しく漣（さざなみ）が立っているだけで、割に近くに夕陽に照らされた赤土の陸か島か、半島が走り過ぎているのが舷窓を通して見える。かなりの速力を出してはいるが、もうジグザグコースはとっていない。間もなく釜山に着くのだろう。

8　大陸への第一歩

夕方、薄暗くなってから釜山の岸壁に着いた。下船して整列。人員点検。

岸壁のすぐそばまで鉄道線路が来ている。ここの港もガランとして、倉庫が建ち並ぶだけで人影も少ない。所々にボーっと薄暗い裸電球がついているだけである。かなり長い間待たされた。

いよいよ列車に乗り込む。ここからは大陸の広軌鉄道で客車も大きい。もっともプラットホームからではなく、地上から直接のり込んだので、より大きく感じたせいもある。客車内部は内地の三等車と同じ配置だが、座席は非常にゆったりしている。何よりも変わっている点は、窓が二重になっていることで、酷寒に対する処置であろう。

やがて列車は動き出す。暗くて外のことはさっぱりわからない。やっぱり特別列車だから停車することは少ない。釜山から乗ったわけだが、このままどこを通って厚和へ行くのか、どこで乗りかえるのか。

交代で不寝番に立ったかも知れない。一応時間が来ると点呼をとって報告し、あとは雑談したり眠ったりするだけである。窓際に吊るしてある雑嚢や水筒や銃剣がガタガタ揺れているだけで、暗闇の中を列車は単調に走り続ける。足を向かい側の席に乗せて眠るのだが、長時間乗っていると、背中や尻が痛くなってくる。口をパックリとあけたり、いびきをかいたり、薄暗い電灯の光の中で皆の上半身が列車と共に揺れている。時々大きな駅で停車して機関車をとりかえたり給水したりする。

大田(だいでん)や京城(けいじょう)を通過したはずだが、ガランとしたプラットホームが見えただけだ。京城は親父が日露戦争のとき、朝鮮駐屯軍司令部で勤務して長く住んだ所だが、夜では何も見えなかった。

平壌の辺りでは夜が明けてきた。駅の近くに飛行場があり陸軍機が並んでいた。一般に朝鮮の印象は冬であったせいもあるが、畑も街も荒涼としていて、まことに物悲しい淋し気なものであった。人影すらもロクに見えぬ。

新義州(しんぎしゅう)につく。列車を乗り換えるということもないようだ。いよいよこのまま鴨緑江(おうりょくこう)を渡って満領に入るらしい。鴨緑江鉄橋を渡る前に、ここでも鎧戸の閉鎖を命ぜられた。国境、あるいは鉄橋の警備状況の秘匿のためだろうが、我々軍人にも見せられないものがあるのだろうか。すき間から見た限りでは鉄橋畔にトーチカ陣地があったようだ。長い長い鉄橋である。何分ぐらいかかったか。ついに渡り切った。

安東(あんとう)の駅に入ってから、鎧戸をあけて見たが、あまりにも朝鮮と違う雰囲気なのにびっくりした。灰色煉瓦の家が密集し、人があふれている。毛皮帽子と綿入れの満人服の波である。まことに脂ぎった活き活きとした空気がみなぎっていた。

また一日が過ぎる。奉天(ほうてん)を通過。この辺り真夜中であったと思う。夜明けがた錦州(きんしゅう)を通過。ボーッと霞んではいるが、すごく大きな古い塔が見える。兄貴が大連(だいれん)にいたとき送ってくれた『満州概観』という写真集に出ていた塔である。

山海関(さんかいかん)を通過したが、ここで万里の長城を見た記憶がない。しかし、これで二回国境を通過したことになる。ここからは河北省だ。まったくの外国に入ったわけだが、どうもそんな感じはしない。釜山から同じ列車の同じ座席に座りっぱなしで走っているのだから無理もない。

天津や北京を通ったのは夜であったのか、さっぱり記憶がない（鉄道網の走りかたからすれば、どうしても通らなければ蒙古へは行けぬはずである）。しかし、北京北方の清華園（せいかえん）とか沙河鎮（さかちん）といった駅名の記憶はある。考えてみると、釜山から乗った列車も広軌なら、満州・北支・中支・南支も全部広軌だから、同じ列車に乗り込んでどこへでも行けるはずである。そういえば釜山から乗った列車の車輌や構内の貨車には、満鉄や河北交通のマークをつけたものが雑然と混じって連結されていた。鉄道そのものには国境がないのだ。この辺りの鉄道はすべて日本側の経営によるらしく、機関車のネームプレートにも「ミカイ」「ミカロ」「パシイ」「パシサ」などという聞き慣れない金文字が刻まれている（これは後に知ったのだが、パシフィック・イ型、ミカド・ロ型などの略だった）。

さすがに豪勢な駅弁の差し入れはなくなり、食罐に入った飯や、みそ汁になってきた。明るい青空の下、北京北郊を列車は走りつづける。すでに我々は蒙古高原へ向かう平綏（へいすい）鉄路上を走っていたはずである。

9　万里の長城を越えて蒙疆（もうきょう）へ

山が近づいてきた。およそ日本の山とは違う荒涼たる岩山で、冬でもあって緑の植物は見えぬ。南口（なんこう）という駅を過ぎる。

列車には前後に機関車がついて気息奄々（きそくえんえん）というありさまで山を登る。車窓から見えるのは荒々しい岩肌である。スイッチバックもある。かなり長いトンネルがあり、その入口には居庸関（きょようかん）と刻んだ石がはめこんである。

窓からのぞいていた連中が一斉に感嘆の声をあげた。のぞいてみると、正にすばらしい眺めが展開していた。左側の車窓から見上げる山山の急峻な稜線上に、それこそ大蛇がのたうちまわるように、蜿蜒（えんえん）たる万里の長城。

山が複雑に入り組んでいるので、遠くにも近くにも、二重にも三重にも見える。凄まじい光景だ。荒涼とした地の果てのような山の中に、何というすばらしい構築物。大陸に入ってから色々目新しい風物に接したとは思ったが、ここに至って初めて我々は異郷に来たと本当に思った。異郷も異郷、万里の長城を越えて蒙古へ行こうとしているのだ。

突き抜けたような金属性の青空の下、黒灰色の山山、陽に照らされて輝く望楼の窓。触れれば切れるような山の寒気が俄かにシンシンと肌に凍み込んでくる。

二重窓はキッチリ閉鎖されているが、中はスチームが通っていて暑いぐらいである。外側のガラスの隅の所には氷の花ができてきた。

車窓の外はすでに蒙古高原。ゴツゴツと連なる岩山の下まで、目のとどく限り岩石と砂がひろがっているばかりで、それこそ一本の草木も見えぬ。青空と黒灰色の岩山と、白っぽい砂だけの死の世界。川が流れているのが何とも寒々とした景色。その中にひとすじ、鉄路の道床が走り、その両側に道床をもり上げた土を掘りとった浅い溝。少し離れてずっと電柱が連なっているだけ。

時々、こんな人も住まない所に、何のためかと思うが小さな駅が、ポツンとあるが、必ず駅舎の周囲には鉄条網があり、トーチカ陣地がある。ここはすでに、いつ何が起こるかわからない無法地帯なのである。懐来・宣化などの駅を過ぎる。地名そのものからしても、北京近郊の何か華やかな印象と違い、荒々しい辺境の町の感が強い。駅舎の近くにも毛皮帽、毛皮服の蒙古人が見えるようになる。

鉄道沿線の平原のなか、岩石だらけの荒野のなかに、やっとそれとわかるような同じ石ころを積み上げた小屋らしいものがあり煙が上っている。こんな所にでも人が住めるのか。羊飼いか猟師か。列車が近くを通っても、見に出てくる人影もない。

張家口を過ぎる。プラットホームに降りて体操するとき、初めて「防寒帽と防寒手袋着けよ」の指示があった。列車の外に出た途端、思わずグッと息がつまりそうになった。ピリピリと顔が刺されるような寒気である。空気はカラカラに乾いていて明るい直射日光が当たっているのに、この寒さはどうだ。しかし、何か爽快な気分だった。

相変わらず人跡絶えた荒野を走る。時々停まる駅の近くにラクダを見る。正に蒙古へ来たわけである。

大同を通過。近くに有名な石佛がある所、大きな街である。豊鎮で再び万里の長城を通過したはずだが記憶がない。平地泉には戦車隊があり、駅の近くの丘に迷彩を施した戦車が見えたように思う。

夜、列車は厚和の駅に着いた。釜山で乗り込んだ列車で座ったまま朝鮮・満州・河北省を通り、万里の長城を越えて厚和まで来たのである。

防寒手袋・防寒帽を着け、もうもうたる白い息をはきながら引率されて歩く。寒いばかりで、辺りの様子はさっぱりわからない。それこそ真っ黒な空に星だけが異様にたくさんギラギラ輝いていた。

街からすい分遠くにある兵舎についた。とりあえず班内に入ったが、そこにいた兵長と上等兵は、なるほど静岡にいた連中とは違い、まだ若いのにピリピリ我々にも感じる迫力というか、殺気をはらんでいた。最初から動作が鈍いとしばしば気合を入れられた。

早速、夕食だったが、ちょっと見た所、赤飯のようなので、ここでも我々の到着を歓迎するために赤飯を炊いてくれたのかと嬉しくなったが、これはとんでもない甘い考えで、食べてみたら高粱飯（こうりゃんめし）だった。赤茶けた皮がかなりまじっていて、内地から来たばかりのものはよく腹をこわすそうである。

まだこの兵舎の一端には機関銃分隊が入っていて、何かの用事で行ったとき洗面器に石油を入れて銃の部品を洗浄している所だった。この班内にみなぎる雰囲気も、触れれば切れるような異様さであった。

この時、我々を受け入れたのは望月兵長と季高（すえたか）兵長で、二人とも後に重機関銃教育隊の班附になった。望月兵長は典型的な現役兵で、やくざ気質の野性的な兵隊だった。季高兵長は後に伍長に昇進し、教育班長になった温厚な人物だった。まだ教育隊各班附の助教・助手が集合しておらず、受け入れ態勢は完成していないようであった。我々の入った兵舎は連隊本部庁舎のある一廓（いっかく）から少し離れた所にあった。何れも厚和市街北側の荒野の中に建てられた灰色煉瓦造りの堂々たるもので、内地部隊の古ぼけた木造兵舎と違い、広い敷地に十分の余積をとって建てられていた。

この形式の兵舎を二六〇〇年式の制式兵舎と呼んでいたようだが、地域住民に対する国威発揚という意味もあって、堂々たるものを造ったのかもしれない。連隊本部庁舎の塔正面には金色燦然たる菊の御紋章が輝いている。兵舎から北は一面の荒野で、北方遠くにそびえる陰山（いんざん）山脈のゴツゴツした複雑な山裾まで、何も遮るものもなく見渡される。空気が極度に澄んでいるため山の細部まで明暗がくっきりと見える。凄愴ともいうべき風景だ。

連日零下二〇度か三〇度の寒さだが、乾燥しているため雪というものはまったく降らず、陰山山脈の頂上近くと山ひだに僅かに真っ白な残雪が見えるだけである。以後五ヵ月間、明けても暮れても、我々の北側には陰山山脈が見下ろしていた。

また、ところ嫌わず、背は黒く腹の白いカラス（コクマルガラス）が大群をなして乱れ飛び鳴き交していた。あらゆるものが凍結し、流れる水というものはなかった。

10　豊鎮の中隊へ帰る

教育の始まる前、我々の各中隊への配属が決まり、一応所属中隊へ帰ることになった。自分、橋詰、斉藤仁、藤村、○○が第二中隊に配属になり、初年兵受領に来た佐野源太郎上等兵に引率され、再び列車に乗って豊鎮(ほうちん)に駐留している中隊へ帰った。佐野上等兵というのは眼鏡をかけたアンチャンで威勢は良いが、少し間抜けたところもあった。

独歩一三連隊は厚和に本部があり、遠く陰山山脈の中に武川(ぶせん)、薩拉塞(さつらさい)、察素塞(さいそさい)、托克托(とくと)など、実に広大な地域に中隊を配置していた。特に武川中隊のいる所は夏でも暖炉を入れ、防寒具をつけなければならないような辺境だとのことである。豊鎮は街の中から、民家の屋根の上に迫って万里の長城を仰ぐことができる小さい町であった。佐野上等兵のあとについて、せまい街を歩く。このような辺境の小さい町の中を歩くのは初めてで、目に入るものすべてが物珍しく新鮮である。中隊は街の中に普通の民家を接収して入っていた。静岡連隊とも厚和の兵舎とも違う地方色豊かな兵舎である。

中隊長に申告する。まだ若い中尉であった。中隊長と言えば中隊のオヤジだけれど、我々初年兵にとってはただ、怖さが先に立って、申告をし、ウンとにらみつけられただけで引きさがった。この中隊は渡辺隊と言った（後に配属された渡辺隅隊とはまったく別の中隊である）。

我々は、割に広い中庭の隅にある土壁(どへき)の小さな部屋に入れられ、ここしばらく佐野上等兵と起居を共にすることになった。部屋の片側には腰の高さぐらいの土造りの寝床があり、中央にストーブが入っている。常に湯が沸いていて部屋の中は適当に温かく、居心地は大変良かった。

ここでは特に教育というものはおこなわれず、特に勤務にもつけられず（もっとも、まったく未教育の新兵にドジを踏まれるのをおそれたためだと思う）、日朝・日夕点呼に整列するだけで、日常生活の躾をされただけである。元来、佐野上等兵がデタラメな男らしく、あまり念を入れて教育しなかったのだと思う。自分たちのものや上等兵の被服の洗濯をしたり、部屋の掃除をしたり、飯上げに行ったり、水汲みに行ったり、結構楽しんでいた。

中隊兵舎は普通の民家をそのまま使っているので、まことに複雑に入り組んでいる。あんまりウロウロ歩きまわったことはない。時に掃除道具を借りた古兵のいる班に入るときは、ドンドンとノックして入り、「初年兵北村、掃除道具を借りに参りました」と声をはり上げる。この中隊の連中なんか、おそらく歴戦のつわものぞろいなのだろうが、我々のような青白い初年兵をいじめる興味もないらしく、のんびりしていて親切だった。

飯上げに炊事場へ行ってみると、薄暗くて油臭かったが、我々新兵の班にもタップリと御馳走を盛り上げてくれた。牛だかラクダだか知らないが、脂ぎった肉が多い料理だった。あるときは久し振りで、餡巻きも食べさせてもらった。

寒い寒い井戸端へ行くと、綿入れ服を着た支那人苦力（クーリー）が、クランク式のつるべで手の切れるような水を汲んでいた。井戸のまわりは、いつから固まったのか見当もつかない万年氷で、慣れない我々には、すべって甚だ危険だった。

ある晩、我々は若いくせに老成した感じの伍長に呼ばれ、幹候要員としての今後の注意を受けた。まことにハキハキとした話し振りをする人だった。飯盒のふたに盛り上げたビスケットを食べろ食べろとすすめてくれる。この人は乙幹出身だったようだ。また、中隊事務室に呼ばれ、人事係の中沢准尉が個人身上調査書に記入しながら色んなことを聞いた。「お前は何になりたいか」と聞かれて「砲兵」と答えたため、彼もびっくりしたらしい。一般歩兵中隊へ配属され、これから歩兵としての教育を受けようとするものが砲兵を志願するのは無理なことだったらしい。中沢准尉が自分の調査書類に何と書き込んだか知らないが、ずいぶん困ったことだろう。

厚和の教育隊へ集合する日が近づき、我々に改めて銃と銃剣などが支給された。石門までこの小銃と剣を持っていくことになったのだが、番号だけは今でもまだ覚えている。九七三一四だった。

ここに何日いたか忘れたが、教育隊でない、辺境の実戦部隊というものが、中隊長を中心とする、まったくの一家族のようなものであり、甚だ人情味溢れ、居心地の良いものだということが、この時、わかったはずであった。

11 初年兵一期の教育始まる

改めて教育隊の編成がおこなわれた。東兵舎にいるのは教育隊だけだったようだ。教育隊教官は松下少尉。一般歩兵の新兵は五班に分かれ、他に重機（重機関銃）班があった。おそらく身体検査の結果が加味されたのだろうが、一斑、二班は小銃班、三班、四班は軽機班、五班は擲弾筒班である。各班に伍長か軍曹の助教、助手として二人の上等兵がつく。助教、助手は各中隊から派遣されてきたものだが、果して最優秀の下士官兵が来ていたのかどうかは知らない。

色んな個性をもった班長や上等兵がいた。

自分は第五班、擲弾筒班に配属された。小銃よりは面白いだろう。班長は神山伍長。土木作業員出身である。班附は鈴木上等兵と中谷上等兵。このうち鈴木上等兵は東京湾汽船会社の船乗りで、自分と同じ二中隊の出身なので色々世話になった。

同じ班内にいたものの名前なんか、さすがにもう忘れてしまった。岡田、安井、清水、河田、稲垣、名倉、小林、足立などである。顔は思い出せても、もう名前が思い出せない。同じ学生出身でも優秀なものもいれば馬鹿な奴もいる。

起床・点呼・体操・掃除・朝食・演習・昼食・演習・夕食・夜の学課・日夕点呼・掃除・消灯・自習・就寝・不寝番。その間に兵器手入れ、掃除、洗濯、入浴など、息をつく間がない日々が始まった。もう、こうなると個人のための時間というものは眠っている時と便所に入っている時以外はなくなってしまう。

暇さえあれば、『歩兵操典』の暗記である。そして時に抜き打ちで試験がある。これが一般中隊なら本当の家族のようなものだから、時に古兵にいじめられることがあるとしても、自分の時間を持って息を抜くこともできるだろうし、戦友(新兵と古兵が組み合わされる)が互いにかばい合うこともできるが、各中隊の初年兵ばかりが集合しているので、いわばドングリの背くらべであって、互いに他に負けられず競争になる。何事をやるにも油断もすきもならぬ。

連隊本部のお膝下にいるといっても、連隊長の顔を拝む機会は滅多にない。連隊長は坂本大佐だった。他の連隊本部附将校といっては、ほんの僅かしか顔に覚えがないし名前も知らない。週番士官としては、教官松下少尉の他に連隊旗手の吉瀬少尉がいて、時々教育連隊兵舎へもやってきた。あとから考えてみると、本部附で、しかも教育教官である松下少尉には、大変な負担が重なっていたに違いない。そして松下少尉も自分と同じ二中隊出身だった。まだ学生服を着た方が似合いそうな人だったが、軍人に成り切っていた。我々学生出身の新兵にとっては良き理解者であったはずだが、助教になっている古参の下士官からはおそらくかなりの突き上げがあったに違いなく、また、我々としては、あとから推測するより仕方がないが、連隊本部からも我々に対する教育成果について、かなりの圧力がかかっていたに違いない。

このような実戦部隊にある新兵教育隊というものは、近視眼的に見れば、直ちに戦力にプラスすることもなく、いわば連隊本部の厄介物という見方があったかも知れない。少なくとも、一般下士官兵の目から見れば、腰ぬけの青白い新兵なんか、かえって邪魔になるくらいのものである。まして学生出身で、何れは彼らよりも早く進級し、実力もないくせに将校・下士官になるはずのものに、彼らの風当りが強いのも無理はないだろう。

部隊の厄介物である証拠に、この教育隊の給与（きゅうよ）〔編者註：食事のこと〕がおそろしく悪かった。無論、主食は高粱飯や大豆飯や粟飯であり、絶えず腹をへらし、餓鬼道に陥っている我々にとって、あまりにも量が少なかった。副食も生野菜が少なく、肉はラクダを主としたものだった。そのため栄養失調患者が続出した。

自分は決して体が丈夫な方ではなかったが、京都に比べて僅かでも食糧事情が良い松阪にいたし、高農の農場実習や軍事教練で鍛えられていて、かなり体力には自信を持つようになっていたのと、むしろ軍隊生活に興味を持って、やる気十分だったため、この初年兵一期の前半には、それこそ全力を尽して取り組んでいた。学科には十分の自信があったし、術科も誰にも負けなかった。

12　酷寒との闘い

何しろ内地とはまったく気候風土が違う所へ来て、しかも連日零下三〇度から四〇度の日が続くので、風邪ひき患者が多く出た。酷寒に加えてカラカラの乾燥気候なので埃が多く、すぐのどや肺をやられるのである。

あるとき、面白い実地教育がおこなわれた。全員防寒帽・防寒外套・防寒大手套（しゅとう）・防寒脚絆・防寒靴の完全防寒服装で集合した。そして洗面器に水を汲んで営外に出た。兵舎東方の演習場の丘の上に登る。実はこれは凍傷実験で、内地から来たばかりのものは、その恐ろしさを知らないため凍傷にかかりやすい。内地のしもやけと違って、下手をすると指先や鼻先、耳などを失ってしまうということになるので、実験によって体験させようというわけである。この時は衛生兵がついてきた。

さて、この日は空には雲がかかっていて、寒風が吹きすさんでいた。凍傷実験にはうってつけの気象条件である。

皆、言われた通り片手の防寒大手套を外し、防寒手袋を外し、一本の指を水にひたし、空中に突き出して風に当てる。すでに洗面器の水には氷がはっているので、たたき割らねばならなかった。いくら防寒外套を着ていても、吹きさらしの丘の上では実に寒く、皆は足踏みをしてこらえている。

空中につき出した指は、寒風にさらされて針に刺されるように痛い。それでも我慢していると、だんだん赤紫色になってきて、何とも辛抱できないほど痛くなる。次に、土色になるとまったく感覚がなくなる。更に蝋燭のように白っぽい色になってくる。皆の指を見廻っていた衛生兵が、「さあ、すぐに手拭でこすれ、このままにしておくと腐って落ちてしまうぞ」と言う。これは大変だと、びっくりして、持っていった乾いた手拭いで、一生懸命ゴシゴシこすり続ける。なかなか元通りにならない。こすっていると次第に紫色になり、赤味が戻ってくると共に、すごく痛くなってくる。もっとこすっていると、次第に動かせるようになる。ヤレヤレ助かったというわけだ。「それ見ろ、凍傷はこわいだろう。だから、いつも防寒手袋を忘れるな」と教育される。確かに、この教育は必要だった。我々も凍傷のことは聞いていた。しかし、せいぜいしもやけに毛の生えたくらいのものだと思っていたのだが、なるほど恐ろしいものである。以後、初年兵一期の教育は酷寒との闘いであった。

兵舎には温度計がないので正確な気温はわからない。しかし、連隊本部のある西兵舎の営庭には高い旗桿（きかん）があり、白い吹き流しが掲げられる。一個なら零下一〇度、二個なら零下二〇度、三個なら零下三〇度ということで、自分がいて経験したのは零下四〇度だった。だから日常生活はすべて低温下に適応しておこなわれる。各班内はもとより、便所の中にもストーブが焚いてあり（但し、教官・助教用だけ）、特に夜間、班内のストーブの火を絶やしてしまうということは、不寝番としては許し難い手ぬかりとなった。だから皆、暖炉のたきかたは上手くなった。非常に乾燥するから、ストーブの上にバケツを乗せて、いつも湯気をたてておく。

大変なのは洗濯である。一応ストーブの上で沸かした湯を、寒い洗濯場へ持っていき、汚れ物を湯につけて、コンクリートの洗い場で石鹸をつけゴシゴシやっていると、他の部分が洗い場に凍りついてバリバリになってしまう。そいつを引きはがして洗っているうちに、また他の部分が凍りつくことになる。

やっと何とか洗い終わって、物干場の針金にぶら提げると、たちまちのりをつけたようにコチコチに固まってしまう。一見、乾いたように見えても、これは凍結しているだけなので、あたたかい班内に持ち込むと、たちまち溶け始めて、ズブ濡れになってしまう。何しろ冬の襦袢袴下はふた組しか支給されていないし、しばしば検査があって、下着が汚れていると叱られる。洗えば凍りついてなかなか乾かないというのだから、何とも困ったことであった。

我々の兵舎から炊事場まではかなり遠く、週番上等兵に引率されて飯上げに行き、帰ってくるまでにみそ汁も飯も冷えてしまう。また、これも前から聞いていたことだが、食罐の金属製の把手(とって)をうっかり素手で握ると、たちまち吸いつくように粘り附いてとれなくなる。もし、このとき無理をして引きはがすと、ペロンと皮がむけてしまう。

妙なことだが演習中、休憩になったり、戸外で小便する必要が起こったときには、必ず風下の方を向いてやれといわれた。当然のことである。防寒手袋は必需品で、常に手離すことはできぬ。寒風の中で耳や鼻、指先を出しておくことは厳禁だ。

新兵の我々には、日曜日でも休養ということはなかった。せいぜい午後に自由時間が与えられることもあったが、外出が許されるわけでもなく、洗濯や被服の手入れや自習に当てていた。

時に日曜日、洗濯場や便所の掃除の使役がまわってくる。普通なら、便所掃除といえばバケツや箒を持っていくものだが、円匙(えんぴ)・十字鍬(じゅうじしゅう)・鉄棒を持ってこいという（この辺りから、甚だ尾ロウな話になり、紳士の口にすべきことではないが、しかし、内地では想像もつかない貴重な体験だから、敢えてここに記録する次第である）。

確かに、酷寒の蒙古では、便所・洗面所の掃除をするのにバケツや箒では駄目なのだ。水はもとより、小便も糞もすっかりそれぞれに着色した氷の山になっているので、掃除といえばこれをたたきこわして捨てることなのである。

皆、防寒帽や防寒手袋に身をかため、十字鍬や先の尖った鉄棒で氷の山を叩き壊す。辺りに氷の破片が飛び散り、時には顔にもふりかかるという大変な騒ぎだ。それを円匙で集めて捨てる。幸い、何もかも凍りついているので、不快な臭気はまったくなく、不潔な感じはしない。

この辺りの兵舎の大便所というのが、また内地ではとても見られぬ雄大な設計で、落し口から下をのぞくと、底知れぬ暗闇である。すごく深いらしく、ものを投下すると、かなり時間がたってから、ゴーンとこだまして「弾着音」が聞こえてくる。日に一回はこの底の知れない暗闇の上にまたがるわけだが、自分はそのたびに落ちたら最後だぞと思ったものである。

ところが、チリも積もれば山となる道理で、投下しては凍結を重ねていると、あたかも鍾乳洞にできる石筍（せきじゅん）のように、落し口の直下に黄金色の高塔が直立し、更にその上に積み上げると落し口から頭を出してくる。これではまことに工合が悪いので、この大掃除のとき、鉄棒でガンと一発、この塔を突き崩す。するとガラガラッとものすごい音と共に崩壊し、せっかく苦心して作り上げた大塔は余韻を残して消えてしまうことになる。まあ何の慰みもない新兵にとっては、時によっての憂さ晴らしになった。

こう低温になると、鋼鉄でさえも弾力を失い、一一年式軽機の複座バネが折れるという事故も起こった。また、兵器手入れに普通のスピンドル油を使用すると、かえって凍結して銃尾機関が動かなくなるので、不凍油と称するものを使ったと記憶する。

この猛烈な寒気と蒙古風と、そしてまったく油断のならぬ隙間のない訓練にさいなまれて、皆の顔は学生出身のプライドも何もかも叩き出され、何ともみじめな様相を呈することになった。防寒帽のタレを下ろして、あごの下でボタンを留めても、鼻の先や唇や頬は赤紫色になり、皸（ひび）割れを生じた。特に手は、班内の拭き掃除で雑巾を握ったり、靴磨きをしたり、絶えず地上を這い廻ったりで、見るかげもないありさまになり、皸と垢ぎれで飾られた。

夕方、演習から帰ると手分けして戦友の分も、泥と水が固まりついた靴を何足もぶら提げ、兵舎入口に出る。靴刷毛の木の部分で氷をたたき落とし、磨いてから保革油をすりこむ。それも時間がたっぷりとあるわけではない。ボロボロの初年兵が泥靴をぶら提げた姿を真っ赤な夕陽が照らしていた。時にはあんまり辛くて思わず泣いたこともあるし、皸、垢ぎれの痛さに本来、靴に塗るはずの保革油を手や顔に塗ったこともある。

しかし、我々は割に短い期間のうちに、数秒の時間を争う機敏な動作や、寒さに対する防禦、命令に対する反射的な行動を本能的に身につけていった。

耳にタコができるほど聞かされたし、また我々自身、身をもってその必要性を理解したが、『歩兵操典』、あるいは『作戦要務令』第一部の綱領第一、「軍の主とする所は戦闘なり、故に百事皆戦闘を以って基準とすべし」が、文字通り日常生活の基準になっていたのである。

直接戦闘に必要な兵器の構造機能は言うまでもないが、他のすべての身廻り品、被服も陣営具も兵舎そのものも、構造機能に無駄がなく、しかも目的を達成するためには甚だ合理的にできていることも発見した。

教育も、初めのうちは基本体操とか執銃各個教練がおもであった。これは正に、「三重高等士官学校」出身者の独壇場で、まったく何のこともなく、しばしば模範として皆の前で実演させられた。銃剣術はどうも苦手であったが、基本をやっている間はドジを踏むこともなかった。学科はもっぱら『歩兵操典』や『作戦要務令』第一部、二部の初めの方の暗記で、だいぶ先の方まで暗記していたので誰にもひけをとらなかった。

この典範令の暗記は、消灯後も事務室での自習が許されていたので、殆ど毎晩、消灯後間もなく、またゴソゴソ起き出していくのである。これはかなりの精神力を必要とした。朝から夕方までギュウギュウしぼられ、やっと毛布と防寒外套をかけたわら布団にもぐり込むと、しばらくしてまた抜け出していくのである。かなりの数のものがこれを実行した。

ある晩、あんまり疲れていたので、皆がゴソゴソ出ていくのに、今夜は絶対やめるぞと眠り込もうとしていたら、週番士官の吉瀬少尉が来た。巡察である。班内には数名残っているだけだった。彼が、割に廊下に近い所に寝ている自分の枕もとに立ったとき、「オイ、お前はどうして自習に行かんのか」と言ったので、仕方がない、パッと飛び起きて「今から行きます」と言って出かけた。ずいぶん無理をしたものだ。これは吉瀬少尉が笑い話として松下教官に話したらしい。

神山伍長は間もなく軍曹になったが、まあ助教の中では一番優秀だったかも知れない。まだ教育が始まったばかりの頃、兵舎前の営庭で基本体操をやっているとき、二三のものが、気合が入っていないというわけで殴られた。また、この殴り方が何とも華々しいもので、全身の体重をかけて殴り倒すのだがからたまったものではない。自分も耳を疑うほど、ポカンポカンと音がして、連中は一ぺんに引っくり返ってしまった。

軽機（軽機関銃）班の助教、池谷軍曹も粗野な男で、小男で、かすれ声で二中隊出身だった。あるとき小銃の手入れが悪かったか何かで、我々居並ぶ新兵が、この池谷軍曹に軒並み殴られたことがある。これは拳（げん）コツで頬を殴るのではなく、小銃手入具のひとつである薬室手入棒で、いがぐり頭の脳天を叩かれたのだった。

薬室手入棒は精神棒（一名精神入れかえ棒）ともいわれるもので本来、細くなった先の方にある割れ目に、手入布をはさんで小銃の薬室をグリグリと拭く、長さが四〇センチばかりの、断面八角型または円型の樫の棒だ。それを逆手に持って、太い方で一撃を喰らったのである。自分よりも先に殴られたものが、クルクルッと二三回、コマのように廻転するので、何だ、あんな細いもので殴られて痛そうに演技していやがると思っていたら、途端に目の前に紫色の閃光がひらめいた。「カン」と甚だ短い金属音がしたと思ったら、自分も声を出すこともできず、我れ知らず二三回コマのようにクルクルと廻転したのだった。まるで電撃的なショックでしばらく前のことを忘れてしまったように思った。正にこれこそ精神入れかえ棒である。皆、毒気を叩き出されたみたいに、口をすぼめて頭をさすってみたら、脳天の中央に写真で見たことがあるフランス陸軍の鉄帽のような土堤型のコブがもり上がっていた。

下士官や上等兵の中には営内靴(スリッパ)で力一ぱい殴るものもあったが、我々の布製のものと違って、古い編上靴の表面をうしろだけとった奴だから、三六本打ってある丸鋲がかなり残っていて、これでやられると顔面の皮膚がはぎとられるのであった。無論、上等兵もこわかったが、幸い鈴木・中谷の二人の上等兵は、あまり無茶なことはしなかったようだ。むしろ他の班の助手にひどい奴がいたと思う。

13 命課布達式

この頃だったと思うが、自分が軍隊にいた二年半の間に、他では一度も経験しなかった儀式に参列したことがある。それは「命課布達式(めいかふたつしき)」であった。

陸軍礼式令には示されているし、このような整然とした部隊ではよくあることだと思うが、後に配属された諸部隊が特別の教育隊であったり(石門予備士官学校)、独立大隊などであったりしたために、その機会がなかったのだろうと思う。

連隊本部正面の広い営庭、指揮台の前に、少なくとも兵営内にある中隊全部が集合した。命課布達式というのは連隊(その他の部隊)に隊長初め将校が着任した時、これを部隊全員に布告し、将兵に対し、その将兵に天皇の名に於て忠誠を誓わせるための儀式だと思う。

晴れてはいたが、激しい寒風が営庭いっぱいに吹きすさんでいた。我々は防寒外套を着用して整列したと思う。まず連隊長に対し、全部隊が敬礼した。そして、指揮台の上に独立歩兵第一三連隊の軍旗が上った。我々は、ここで初めて自分の所属連隊の軍旗を見た。自分がかつて見たことがある京都の歩兵第九連隊の軍旗は、殆ど周囲の房ばかりであった。軍旗は裂けちぎれているほど、その連隊の設立が古く、また伝統ある歴戦の部隊であることを示すものである。ところが独歩第一三連隊の軍旗は、我々の見た限りではまったく新しく、それこそ色鮮やかで、損傷らしいものはなかった。

日清・日露の戦いでは、まだまだ兵器進歩の程度からいっても、戦闘そのものに昔風の肉弾戦が生起しやすく、軍旗もボロボロになりやすく、また軍旗にまつわる壮烈な物語も多かったのだろうが、編成後まだ歴史の新しい部隊の軍旗は、新しいのはもちろん、近代戦では敵味方相互の大部隊による肉弾戦が起こることはまずないので軍旗が美しいのだろう。

指揮台の上には、中央に軍旗、その両側に連隊長と新着任の中隊長が並んだ。やがて、連隊長と新任中隊長が前に進み、連隊長が堂々たる声で、

「天皇陛下の命により、陸軍中尉　姓　名　第○○中隊長に任ぜられる。よって同官に服従し、その命令を遵奉すべし」と、全将兵に布達する。

そして連隊長と中隊長は向かい合い、抜刀して互いに捧げ刀(とう)の礼をする。その間、ラッパが吹奏されたと思う。その後、軍旗・連隊長・中隊長が立って指揮台の前で、その新任中隊長の中隊が分列行進をおこなうのである。我々は寒さに震えながらも、この華やかな式典を凝視した。

軍隊では礼式令の定める所に従い、各種の儀礼や式典がおこなわれるが、この命課布達式など、最も厳粛なものではないかと思う。いわば連隊長と新任隊長とその部下が、軍旗(天皇)の前で忠誠を誓い合うわけである。新兵の我々も、ゾクゾクする位その厳粛さに心打たれ、また日本陸軍の最も華やかな一面を見たことになった。

これは教育隊としてもまことに好都合な行事であったと思う。どうしても、連日連夜、酷寒と空腹と時間と戦いながら訓練される新兵は、現実目前の苦痛や疲労に息を切らせていて、軍の伝統とか、もっと大きな連隊の団結とか、連隊団結の核心である軍旗など、まったく眼中になかったから、こんなことでもなければ、自分が属する日本陸軍というものの実態を見誤るおそれがあった。

この式典の中心は、何と言っても軍旗なのだが、当日は猛烈な西風が吹いていたので、軍旗はバタバタと重々しい音を立ててはためき、まことに絵に描いたように美しかった。ところが一番苦労したのは連隊旗手

の吉瀬少尉である。厳粛な式典中、高い指揮台の上で、人間でも吹き倒されそうな寒風の中、軍旗を捧持（ほうじ）するのは大変である。旗桿だけでもかなり重いだろうが、旗が強風であおられるし、軍旗は天皇を象徴し、連隊団結の核心だから、何か起こっても倒れたりしてはならないので、分列行進中、特に風が強くなった時にはついに両脚を開いて踏んばり、渾身の力をこめて捧持していた。この姿は自分に強い感銘を与えた。

やがて軍旗は、軍旗衛兵に守られて本部庁舎へ帰って行った。

すでに小銃の執銃各個教練と平行して、分業教育に入っていったと思う。擲弾筒（てきだんとう）という兵器については、すでに学校教練の教科書にも出ていたし、模型もあった。小銃空砲を金属製の筒に入れて撃つようになっていたが、学校教練では軽機の模型ほどには活躍していなかったようである。

第五班、即ち擲弾筒分隊には、各人支給の小銃の他に擲弾筒が四筒ほどあった。但し、基礎訓練に四筒では不足なので鉄製と木製の擬筒がかなりあり、また装填動作の教育には、榴弾（りゅうだん）と同形、同大の木弾が用いられた。

自分は擲弾筒に満足していた。少年時代には海軍にあこがれたのだが近視では如何ともし難く、陸軍予科士官学校の試験も近視でふられた。そして、一般兵として陸軍に入るからには砲兵になりたいと思っていたのだが、入隊命令は一般歩兵中隊であった。がっかりしたが、榴弾一発の効力半径は一〇メートルである。しかも筒手の腕と勘そのものが非常にものを言う。始めのうちは、徹底的に射撃姿勢と射角の保持、照準撃発の教育であった。

特に射角四五度の定射角射撃なので、距離分劃がいくら正しく調定してあっても、射角の保持が不正確なら絶対命中しない。明けても暮れても射撃姿勢の訓練だった。更に偏流修正の訓練が加わった。

擲弾筒そのものの構造はまことに簡単であり、あるいは原始的とも言えるものであった。分解結合は簡単であるが、転輪軸底（てんりんじくてい）ネジ、逆鈎軸（ぎゃくこうじく）などにある止環（しかん）という部品は実に弱くて脱落しやすい不完全なものだった。

ある程度訓練が進むと、四筒編成の分隊教練にまで進んだ。鉄帽をつけ完全軍装で射撃姿勢をとる時、擲弾筒の場合、右肘だけで上半身の体重を支えるため、正しい射撃姿勢を保持するためには背筋力が強く、またかなり背が後ろに曲がることが必要であった。そのため擲弾筒分隊だけ基本体操のとき、特別に体を後ろへ反らせる体操をやった。その方法は、一人が地上に伏せ、一人がその背の上に馬乗りになり、両手で肩をつかんで無理やり引き起こすことであった。おかげで自分は弓のように、あるいはコブラのように伏せたまま胸を持ち上げることができるようになった。

小銃の方では、やっぱり射撃姿勢が基本である。これには腕力が大切なので、演習終わりの時とか、点呼のあとなどに据銃演習をやらされた。上等兵の号令で一〇〇回も二〇〇回も、時には五〇〇回も連続してフラフラになり、自分では据銃しているつもりが、さっぱり腕が上がっていないこともあった。しかしこの訓練で腕力は非常に強くなったと思う。またこの頃覚えた擲弾筒の射撃諸元の数字は今でも頭にこびりついている。

射角四五度。左方分劃榴弾用一二〇～六七〇メートル。右方分劃曳火手榴弾用四〇～一九〇メートル。偏流修正量一〇〇～二〇〇メートル、左四〇密位〔編者註：miL。角度の単位＝1ミリラジアン〕、二〇〇～四〇〇メートル、左三〇密位、四〇〇～六七〇メートル、左二〇密位。横風一メートルにつき一密位。榴弾効力半径一〇メートル、曳火手榴弾七メートル。

しかし厚和の教育中、擲弾筒の実弾射撃も、演習弾・代用弾の射撃もなかった。僅かに一度だけ、空砲射撃があっただけで、もっぱら木弾による装填動作と分隊教練だけであった。

銃剣術は日朝点呼の間稽古としてやることが多く、起床と共に防具と木銃を担いで走り出し整列である。零下四〇度ともなれば、整列しても歯の根が合わず、ガタガタ震えが止まらない。点呼が終わると、まず寒風の中で上半身裸体になって乾布摩擦。この時ばかりは胸や腕の皮膚に血が滲むくらい、力一杯こする。そして冷たい竹製の胴をつけると、また凍りつきそうだ。いよいよ稽古が始まると、もう基本型も何もあったものではない。互いに無茶苦茶に突き立てる。この時互いに突き損い、露出している肘や横腹をタンポでかすられると、猛然と腹が立って、こちらも故意に反則の場所を突いたりすることもある。

ところが夢中になって暴れ、そのうちに教練終わりになると零下四〇度の寒さを忘れるくらい大汗が流れ、全身から真っ白な湯気が立ち昇っている。実に爽快で、なぜあんなに寒かったのかと思うくらいである。

不寝番は実に辛かった。消灯から起床まで、常時兵舎内に二名ずつ立哨するのだから、かなり早くまわってくる。これには各班の助手も服務した。寒い寒い晩、下にワラ布団、その上に毛布を三枚ほど巻いて状袋にしてもぐり込み、その上に防寒外套をかけていると意外に温かく、ポカポカしてぐっすり眠り込んでしまう。そこへ時間が来て下番者が、交替を報せに来ると何とも癪にさわる。眠い目をこすって起き上がると大概、毛布のふちや防寒外套の襟に白く霜がついている。ストーブが焚いてある班内でも、これぐらいの寒さなのだ。防寒襦袢袴下を着け、防寒靴下を着け、ラシャの軍衣袴を着て、更に防寒外套、防寒帽を着けても、小銃を持ってドアの外の石廊下に立哨していると足踏みしたくなる。

時々班内を巡視してストーブに石炭を投入したり、毛布から抜け出している奴を元に戻したりしていると一時間が経つ。次の立哨者を起こしに行くが、なかなか起きてこないと実に癪にさわる。

14 正月

生まれて初めての酷寒と、油断も隙もならぬ秒刻みの教育に明け暮れている我々には、月日の経つのもわからなかったが、時間の経過は正直なもので、いつの間にか年末が来た。別に訓練そのものが緩和されたわけではないが、正月準備というところで兵舎内の大掃除、整頓がおこなわれた。代用食の飯ながら、それでも多少は年末らしい料理も出たと思う。

昭和一九年一月一日には、防寒完全軍装で連隊本部前に集合して遥拝式があったと記憶する。実に良い天気で比較的暖かかったが、この時、珍しく雪が積もっていたように思う。正月といえば餅がつきものだが、この正月には餅すらも満足に食えなかった。

これには次のような経緯がある。年末の三〇日から三一日の夕食に餅が四個か五個支給された。特に雑煮ではなくてただの切り餅だったが、その時は焼いて食べる暇もないので、残しておいて少しずつ食べることにし、食事のあとや、僅かの暇を見つけて、少しずつ食べたりした。中には気前よく一度に食べてしまったものもいた。ところが、これがとんでもない間違いだったのである。正月一日になって朝食のとき、当然、餅が入った雑煮が来るものと思っていたら、炊事場からきたのは汁だけだった。そして年末に支給された餅を焼いて入れよと言うのである。これはひどい。年末に餅をもらったとき、そんな指示があったとは誰も聞いていないので、大部分のものが暇なときに焼いて食べてしまっていたのだ。

そのために正月元日には汁だけの雑煮をすすって我

慢しなければならぬものが多かった。まったくひどいものである。

さすがに正月一日には教練はなく、一日中休みであったと思うし、昼食か夕食のときには教育隊でも会食がおこなわれた。会食といっても各班の机と長椅子を中央廊下に並べて、そこで食べるだけのことだが、松下教官も一緒に食卓を囲んだ。かなりの日本酒も出て非常に賑やかだった。日本酒にしろ何にしろ、自分は殆ど酒を飲んだことがなかったが、ここでは自分も大いに飲んだ。酒に酔うという感じをここで初めて味わったのである。

神山班長は酒好きである。軍歌を歌ったり流行歌を歌ったりで結構楽しいものだった。池谷班長はいつも、かすれた声で「宵待草の部隊長」という歌を歌った（後に、黄村陣地で作った「宵待草の小隊長」という歌は、実はこの譜を借りたものなのである）。

名前は忘れたが他の班にいた男で、いつでもこのような酒席で、当時、流行していた「伊那の勘太郎」という歌ばかり歌う奴がいた。この歌しか歌えなかったのかも知れないが、あんまり何度もやるので自分も覚えてしまったくらいだ。ところが、こんなやくざの歌をやり過ぎたのが悪かったのか、この男は甲種幹部候補生試験には合格しなかったようだ。将校が「勘太郎月夜」を歌うのでは確かに困ったことになるだろう。

一月に入ってから、なお更、寒気が厳しくなった。幹部候補生試験がおこなわれ、大部分のものが合格したと思う。しかし、いくらかのものが姿を消してしまった。自分たちの襟には金色で丸い座金に星がついた幹部候補生徽章が附いた。自分は教育隊内で首席の成績だったそうで、神山軍曹が喜んでいた。

ところが、あんまりがんばり過ぎたため、この頃からそろそろ体が続かなくなり出した。風邪をひいたりもしたが、結局、栄養不足で栄養失調だったのだ。他にも脚気や夜盲症患者が続出した。声が上手く出なくなったり、走るとすごく息切れしたり、鉄条網を飛び越えても脚がいうことを聞かず、自分ではとび上がっているつもりでも、実際は脚が上がっていないので引っかかり、真っ逆さまにに地面に叩きつけられたりして、なま傷が絶えなかった。すでに一等兵か上等兵の階級に進んでいたと思う。

しかし、教育隊は栄養不足で倒れるものが多く、練兵休が続出していた。

神山軍曹と中谷上等兵が転出して藤本軍曹が助教になった。藤本軍曹は助教としてはまことに立派な人物で、特に射撃教育では候補生に自信を持たせるということで抜群の腕前であったし、決して無茶なこともしなかった。この班長ならまことに有り難いと思っていたのも束の間のことで、ごく短期間のうちに転出してしまった。

更にあとから来た松下伍長は、甚だ若くて任官したばかりらしく、貫禄もなく、ガッカリさせられた。皆、何も口に出して言うわけではないが、誰の思いも同じであっただろうと思う。人物としてはともかく、擲弾筒分隊教練をやっていても、神山・藤本軍曹が見せた流れるような状況推移がもうひとつ上手くいかず、何よりも要所要所でかける号令が、前任の古参軍曹と比べるとテンポが違うので、まことにやりにくい感じがした。

この頃、他の助教助手も多少入れ替えがあり、どちらかと言えば質が落ちたのではないかと思う。察する所、この頃から太平洋方面の戦況が極めて悪く、すでに泉兵団〔編者註：第一四方面軍二六師団〕そのものに動員が下令されていたのではないかと思う。そして、優秀な下士官兵は、たとえ教育隊からでも引き抜いて実戦部隊に戻したのだと思う。

辺境の蒙疆を米軍の航空隊が空襲することはとても考えられず、空襲などまったく縁がないと思っていたのだが、ある日の朝食後、演習に出て、まだ兵営の外柵横を歩いているとき、池谷班長が走ってきて、外柵から首を突き出し、空襲警報が発令されたことを伝え、直ちに兵舎へ戻ったが、結局、何事もなかった。何の変化もなく、毎日絞られ通しの候補生にとって、演習中止、舎内待機というのは嬉しかったが、空襲騒ぎはあとにも先にもこの一回だけだった。

新たに軽機斑附になった鈴木軍曹は、乙幹か下士候か知らないが、冷酷無情といおうか、ニヒルと言おうか、異常な執念深さで候補生をいじめ抜いた。時に松下教官が見かねて注意するほど暴力を振るった。我々は太平洋戦線の実情を殆ど知らなかったが、彼は悲観的な状況ばかりを並べ立てて、それを種に候補生に気合を入れるつもりだったらしい。しかし、そのやり方があまりにも無残冷酷を極めたため、候補生は救いようのない状況に追い込まれたのであった。

ある晩、翌日の夜間演習の編成のため石廊下に集合したが、自分はそのとき、まことに気分が悪く、立っているのも辛いくらいで、鈴木軍曹が話しているときに思わずうしろへフラフラとよろめいた。彼はすかさずそれを見つけて「この野郎、北村、倒れている真似をしやがって……」と、いきなり突き倒したので、自分は一ぺんにひっくり返ってしまった。もう一度立ち上がったとき、彼はもう一度突き倒そうとしたので、さすがに見かねた松下教官が「鈴木、やめろ」と言ってくれたので助かった。そして結局、鈴木上等兵が班に連れて帰って寝かせてくれたが、鈴木上等兵もだいぶ腹を立てていたようである。そして、この頃から自分の体力は目に見えて落ちていった。

15　毒ガス防護教育

毒ガス防除の学科や実科が続き、「ガス週間」といって、一日中いつどこでガスを焚かれているかも知れぬという物騒な訓練が続いたことがある。この期間中は寝る間も防毒面を手放すことができなかった。無論、本物の毒ガスを使用するわけではないが、アカ筒、ミドリ筒などという催涙ガスやくしゃみ性ガス発炎筒を使って装面しての教練があった。また装面して駈歩や早駈けをやらせられたが、我々の使用していた防毒面の構造では、一度息を吐いてしまうと、それだけの量を濾過罐を通して吸入しなければならず、非常に呼吸運動が苦しい。これで駈歩や早駈けをやらされ、まったくたまったものではない。あんまり苦しいので、面の一部に指を突っこんで、横から空気を入れたところを見つかり殴られたものもある。また、濾過罐の底にあるゴムのふたを外すのを忘れて、もう少しで窒息しそうになった馬鹿な奴がいた。中には呼気弁のカバーを外し、薄いゴムの弁の間に、マッチの軸をはさんで、呼気弁が閉まらなくするという小細工をするものもあった(これは自分もやってみたことがある)。

アカ筒、ミドリ筒は戦闘訓練に使うもので大量のガスを出すが、室内用として線香のようにしたものがあって、ガス週間中、真夜中に「ガス」という声がしたと思うと飛び起きて装面することもあった。室内でこの線香が濛々(もうもう)と煙を出していて、装面をサボると本当にひどい目に遭うのである。その他、ガスの種類を嗅ぎ分ける訓練をするため、マッチ状にしたのがあった。そのマッチを擦ってにおいを嗅ぎ、そのガスの種類を覚える練習をするのである。ガス教育で一番ひどかったのに、次のようなことがあった。

営庭も外柵のすぐ近くにガス教室というバラックがポツンと建っていた。ある日、このガス教室でガス防護の学科があるので、防毒面を持ってその前へ集合した。中をのぞいてみると、薄暗い部屋で窓が小さく、その窓も隙間が全部紙で目張りがしてあり、机や椅子が置いてあった。なぜか防毒面を外に置いたまま中に入れと言われて、皆ゾロゾロ中に入った。ところが中には教官も助教・助手も誰もいない。おかしいなと思った途端、後の方で「ガスだ」と言う声がしたと思ったら、猛烈な白煙がモウモウと室内に立ちこめ、皆、ワァーワァーと叫び始めた。たちまち目も鼻も喉もピリピリ刺激され、みんな涙と洟汁(はな)をたらしながら入口に殺到したが、入口扉は外からガッチリと錠がかけられてビクともしない。この時ばかりはみんな必死になってわめき散らし扉を殴りつけ蹴とばして大騒ぎしたあげく、やっと外へ転がり出し、しばらくの間ゲーゲーとやったり、体を二つ折りにして咳をしたり、散々の態たらくだった。

そこで改めて「それ見ろ、ガスはこわいだろう」というわけで、中へ入って学科があった。何ともひどい実地教育であった。

16　雑巾水を飲む

ある日曜日、我々はせいぜい自習をするくらいだが、助教・助手は外出ができる。鈴木上等兵は班内の大掃除をやっておけと言って外出してしまった。無論、我々は掃除をやったが、そこは監督がないので適当にやったのである。夕方、鈴木上等兵はいささか酒気を帯びて帰ってきた。そして掃除の点検をしたが、そこは古年次兵だけあって、すぐに我々が手を抜いたことを見破った。

その場では大してひどい怒りかたはしなかったが、徹底的に最初からやり直しをさせられた。適当にサボっていたのだから、二度目は徹底的にやると、かなりのゴミも出たし、雑巾をしぼった水には石炭ガラの粉も混じってだいぶ濁った。最後に、居並んでビクビクしている我々に散々説教したあとで、この雑巾水を飲めと言う。これは大変なことになったと思ったが、確かにサボったのは我々で、そのために雑巾水もゴミだらけなのだから、我々自身で播いた種を刈らねばならぬわけである。

並んでいた我々は、観念して一人ずつ雑巾バケツの縁に口をつけて、その灰色の水を飲んだ。何とも形容しようのない味であった。石炭ガラと埃とスピンドル油が混合したような味と匂いであった。

無論、上等兵が怖かったに違いないし、掃除をサボったのは隠れもなき事実なので仕方がないのだが、しかし、いい年をした若いものが神妙な顔をして、汚い雑巾バケツに口をつけて灰色の雑巾水をゴクンと飲む姿は、まことに漫画というほかはない。

我々はこのような制裁をひどいとか、汚いとかも大して考えなかったし、これくらいで済んでしまったことに、むしろホッとしたくらいである。そして、他の奴が飲んでいる姿を見て笑うのをこらえていたのである。

掃除をサボったからという理由で、そのために濁った雑巾水を飲ませるというのは、むしろこの際、最も有効適切な手段だったと思う。一方、我々はこの雑巾水よりもはるかにひどい、怪し気な水を必要に迫られて飲むことになったのである。

掃除といえばこんな思い出もある。日本の軍隊では兵舎の構造は必要最小限の簡素なものだから、班内は寝室であると共に学科の教室であり、また兵器の手入れもするし食事もする。だからそれこそ暇ある毎に掃除をしないと衛生上も良くない。ストーブがいつも焚いてあるから埃も多い。

一日のうちに、一体何回ぐらい掃除するかと考えてみると、日朝点呼のあと、朝食前、朝食後、演習前、演習後、昼食前、昼食後、演習後、夕食後、日夕点呼前と少し見ても九回か一〇回。従って兵隊が充満している兵舎内外でもチリひとつ落ちているはずがないし、およそ一般地方人（軍人以外の社会人）の常識では考えも及ばない所がピカピカ光っているものである。

兵舎の中には縦に一本、コンクリートの廊下が通っていて、その両側に各班の部屋がある。その中央廊下はコンクリートだから、元来、箒で掃くだけで良いはずだが、我々はこのコンクリート廊下の表面を乾いた雑巾で拭いた。それだけではない。時に、その廊下の表面にロウソクをこすりつけて雑巾で磨きたてた。初めのうちは自分もコンクリートの廊下をいくら拭いても磨いても、これ以上きれいになるものかと思っていた。ところが驚いたことに、しばらくこれを続けていたら、ついにはテラテラに光り出して、到底信じられないことだが、コンクリートの床に、それを拭いている自分の顔が映りだしたのである。

「ルリもハリも磨けば光る」という諺があるが、我々はコンクリートの床が光り出すのをこの目で確認したのであった。兵器の手入れでも、他のものの手入れや整頓も、すべてこの精神でやるのだから大変だ。またその検査だが、見えない所から先に見つけ出そうというやり方である。

兵器の手入れ検査は、銃腔内面はもちろんだが、各所の小さな木ネジの溝の中だとか、その周りなどが目のつけ所なので、妻楊子の先で、ネジの溝やふちをほじくったりもした。

要するに軍隊の掃除や手入れというのは一種の藝術なのである。一見、粗末な器具でも、ひとたび兵隊の手にかかれば、ピカピカに光輝くのだ。そして常時、その機能が最大限に発揮されるように整備がおこなわれる。班内整備で最初、一番困ったのは支給被服の整頓である。現在着用しているもの以外は全部各自の寝台のうしろにある二段の棚の上にキチンと整頓して積み上げることになっている。ところが元来、布製の被服には、ラシャの外套もあれば、綿糸の襦袢袴下もあり、比較的硬いもの、柔らかいものもあるが、それを箱のように真四角に、一定の順序に積み上げよという。そんなことができるはずがない。どうしてもグニャグニャになるのが当然で、更にその一番上に背嚢を乗せたら、潰れたり傾いたりするのが当たり前だ。ところが、点呼のときなど、少しでも積み上げる順番が違っていたり、皺がよっていたり、傾いていたりすると絶対許されない。よく苦心惨憺して積みあげてあるものを地震と称して木銃で突き崩されたものである。中には苦しまぎれに服の間へ、四角いボール紙を入れてごまかそうとした奴があったが、たちまち見つかって散々叱られた。

ところが、これもやっているうちに、いつの間にか、まったく本を揃えて積んだようにする技術を覚えた。習慣とはおそろしいものである。後に知ったことであるが、日本陸軍の兵営内の生活を貫く気風、そして極めて質素なものを大切にして、その機能を最高度に発揮させるやり方が、修行中の禅宗坊主の生活と一脈通ずるものであることがわかった。

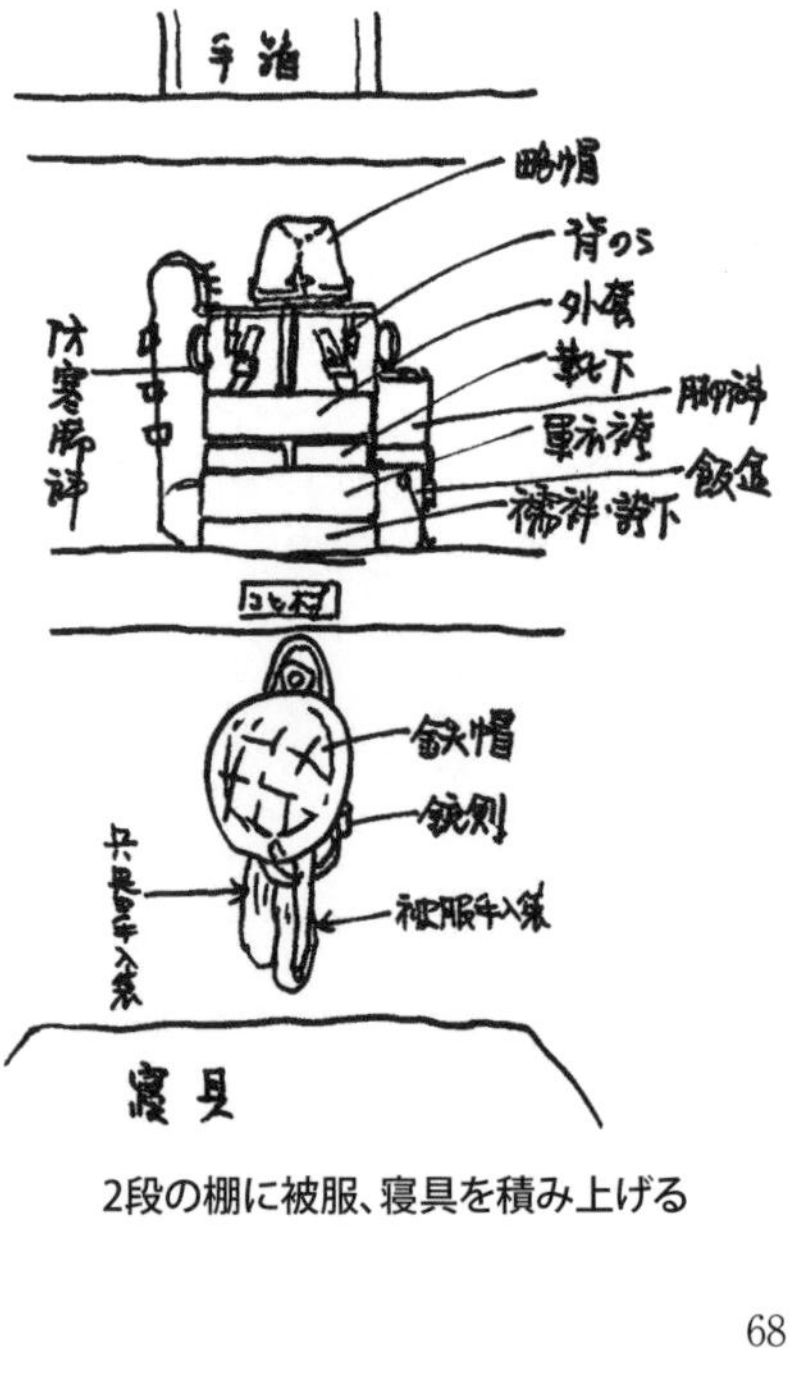

2段の棚に被服、寝具を積み上げる

17　寒冷地獄の中で

演習場は主として兵舎東方に無限にひろがる荒野であったが、時に城壁のすぐ北まで行くこともある。北門のすぐ傍に楊柳(ようりゅう)の並木があり、廟がひとつある。そして包頭(ほうとう)から北京へ行く京包(けいほう)線の鉄路がひと筋走っている。もう厚和へ来て以来、何ヵ月か経って、文明世界から隔絶した我々が演習をしていると、日に何回か列車が通る。いつかはこの苦しい教育が終わって、厚和を離れることになるのだろうが、その日は無限に遠く、目下のところ絞られ続けの我々には白煙をあげて東の地平線へ消えていく列車が、何か遠い夢の世界へ行くように思えた。とにかく、甲種幹部候補生の試験にパスしなければ、あの列車に乗って石門の士官学校へは行けないのである。

歩兵の演習は土との闘いである。いや、闘いといってはいけないかも知れない。ほんの小さな土塊が敵弾から我が身を守ってくれることもあるのだから。

匍匐(ほふく)につぐ匍匐。歩兵は地を這う虫でありモグラである。脚だけでなく四つ脚を使う。従って常に土が目の前にある。鉄条網がある。掩体(えんたい)がある。

小銃の照門(しょうもん)(小銃の射撃照準装置。銃身後方にあるV字形の切り込み)を通して、あるいは擲弾筒の照準線を通して見つめる地平線。腹にくいこむ帯革、頭をしめつける鉄帽。ずれ落ちてくる巻脚絆。舞いあがる砂塵。そして、うっかりして木弾を紛失したり、弾倉底板(ていはん)を落としたりすると、演習終了後になっても帰隊は許されず、紛失した人間の所属分隊または教育隊全員が総がかりで地上を這いまわって見つかるまで探さねばならぬ。しかし、こうして全員でシラミつぶしにさがせば、どんな小さな兵器の部品でも、結局は見つかるのであった。

ある日、軽機班の神谷五郎作候補生が演習場に円匙を忘れて、そのまま帰ってきたことがあった。消灯後、神谷は叩き起こされ、廊下で氷が張った防火用水を頭から浴びせられた。その夜も気温は零下四〇度ぐらいだったに違いない。一見、これはまことにひどい仕打ちのようだが、『歩兵操典』綱領の「歩兵は兵器を尊重し、馬を愛護すべし」の精神を徹底するために過ぎぬ。また、班内で軽機を分解手入れ中、装(そう)塡架(てんか)の遊子(ゆうし)バネを紛失し、しかも兵器手入れのあと室内を掃除して、その塵をゴミ捨て場に捨ててしまった。

円匙

さあ大変だ。

総動員で床を這いずりまわって床板のすき間をほじくったり、一部のものはゴミ捨て場のゴミを除いて篩(ふる)って血まなこになって探したあげく、とうとう見つけ出したということがあった。

18 猫の目になる

ある時、妙な訓練があった。よく夜間演習があったが、月のない晩、特に曇っていれば、城外の演習場はそれこそ真の闇である。しかも土地に凹凸が多く、所によっては鉄条網や掩体もある。ここを歩くだけでも大変なのに、状況によっては駈歩や早駈をやらねばならぬ。我々は夜行性の動物ではないから、そんなことは不可能のはずだ。ところが、いかに地形に慣れているからとはいえ、助教助手の下士官や上等兵はネコのように駈け抜ける。そして続行できないでウロウロしている我々を叱りとばすのである。これは初めのうち、何とも不思議だった。

そしてある晩、くらやみでものを見つけ、行動し、更に複雑な地形地物や鉄条網のような障碍物がある所を駈け抜ける訓練がおこなわれた。

班長の言を借りると次のようである。

「……お前たちは足元ばかり見つめているが、堂々と歩けば足元はよく見える」

何と馬鹿なことを言う奴だと思った。軍隊生活の経験はともかく、やたらと新兵をしぼり、時に理屈に合わないことも言う班長どもを内心馬鹿にすることも多かったのだが、この時もデタラメな強がりにすぎぬと思った。

ところが実際、地上に撒いた白いハンカチを見つける練習をしてみると、正にその通りで、見つめるよりも地平線を見た方が、足下がよく見えるのであった。

この経験が、後に黄村陣地附近の活躍や、夜行軍にどれだけ役に立ち、自分に自信を与えたか知れなかった（この現象は、実際、科学的にも説明できることである。明るい所では、確かに両目で見つめた方が良く見える。目の網膜の中心にある黄斑(おうはん)には明るい所で働く錐体(すいたい)細胞が密集している。そして、見つめるということは、両目の黄斑を見つめようとする一点に向けて、黄斑の上にその像を結ばせることだ。ところが、錐体細胞は暗い所では働かず役に立たない。網膜の中でも黄斑の周辺部には弱い光線にも敏感な桿体細胞が分布していて、夜はここへ像を結ばせた方が良く見えるのである。だから、見つめようとして足下を見るよりも、視線を外して、地平線を見た方が、足元が良く見えるのだ）。

栄養不足は脚気の他に、ビタミンA不足による夜盲症患者も続出させることになった。午後の演習を終える頃は、暗くなってくることもある。すると明るい時には活躍できたトリ目の男が、俄かに目が見えない状態になってしまう。無論本人も戦友も気がついていなかったのだが、行軍隊形で演習場を兵舎に向かって歩いたとき、我々なら当然よけて通る掩体や鉄条網の中へ真正面から突入してしまうものが出てきた。

本人も何だかわけがわからなかったようだ。診断を受けたら夜盲症だった。彼らはしばらく入室（部隊の医務室へ）して多少のご馳走を食べたら簡単に癒（なお）ってすぐ帰ってきた。しかし、彼らはもっと長く入室していて、ご馳走が食べたかったらしい。

19 墓地

城壁北側には墓地があり、小さな廟と多数の土饅頭（どまんじゅう）が累々と盛り上がっていた。ところがこの土饅頭が戦闘動作中の地形物の利用にとって実に好都合なので、よくこの墓地に来て戦闘訓練があった。この墓地だって、支那の風習に従って死体を木棺に納めて埋め、その上に土を盛り上げて作ってあるのだろうが、たとえば城内で行き倒れになった無縁佛などは棺にも納めず、ただ、土を被せてあるだけらしい。

ある寒い寒い日、ここで各個戦闘教練がおこなわれ、土饅頭から土饅頭へ匍匐前進しながら射撃動作を繰り返していた。ところが、フト気がついて目の前を見たら、凍りついた土山の横から、それと見分けもつかぬ土色の手がニュッと出ているのだ。この時ばかりは仰天して、酷寒の中ながら汗が流れた。

また、あるときは城内の変死者であろう、綿入服の支那人の死体が夜中からその墓地に捨ててあった。誰も土をかけてやらないのか、いつまでたってもそのままだった。この寒さでは何日経っても変化するはずもなく、数日後もまだ同じ硬直した姿で横たわっていた。しかしこの頃になると我々もかなり人間性を失っていたらしく、自分たちの生活をやるだけが精一ぱいで、憐れだとは思ったが何もしてやれなかった。

ところが、ある朝、同じ場所へ行ってみたら、その男の顔面の肉が一部かじりとられている。何とも凄まじいありさまであった。翌朝には腹や胸の部分が骨を残してなくなっていた。そしてついに何日かの後、すっかりなくなってしまったのだ。ここは城外の墓地。遠くの兵舎以外、殆ど人家がなく、陰山山脈の麓まで蒙古の荒野である。おそらく酷寒の夜、餌を求めて放浪する狼や狐や野犬が出没するのだろう。それにしても、確かにここは辺境である。地獄である。酷寒地獄である。人間は寒さに耐えるだけで精一杯だ。弱いものは死ぬより仕方がない。

墓地の廟は土煉瓦造りで道教のものだったと思う。そして、格子の扉の前には香炉があり、参っている人もあるようだった。中には等身大の道教関係の偶像があった。そしてその中に、二三個の木棺が置いてあった。

これは戦後知ったことだが、支那では故郷を遠く離れている人が他の土地で客死すると、死体は棺に納められ、誰か同郷の人が連れて帰ってやるか、交通の便があるまで、近くの廟に置いてその時を待つという風習がある。おそらく、この廟に置かれていた棺も、そのような人たちだったのだろう。赤黒いウルシが塗ってあったり彫刻や蒔絵が描かれていたり、大きくて立派なものもあったし、かなり古いものもあった。

ところが我々候補生の中に、神佛をも怖れぬ悪戯者がいて、演習が休憩中、廟の中へ入り、この棺をあけて覗いた奴があったのである。好奇心もここまでくれば見上げたものだが、本人は青くなって逃げ出したそうである。当然なことだ。支那の幽霊話『牡丹灯記』の恐ろしさもわかるように思う。

教育隊内部の編成替えが二度ほどおこなわれ、今までの分業による班編成をやめて混合編成になった。我々も軽機について訓練を受けた。そして自分は例の鈴木軍曹の班に入れられた。助手も変わった。まったく地獄だった。

体の調子がどうも良くなく、演習はまことに辛かった。時々、申し出て医務室で診断を受けたが、栄養失調は殆ど全員の傾向であったし、過労と言われたり、時に練兵休になることもあったが、体の調子が良くなるはずがなかった。靴傷〔編者註：靴ずれ〕にも悩まされた。カラカラに乾燥はしているが、細菌はいくらでもいるらしく、傷はすぐ化膿した。遠藤候補生は靴傷がひどくなる一方で、いつも足を引き摺って歩くことになり、歩兵としては再起不能で、ついに主計科の乙幹になった。

この頃、どこの部隊でもやっていたことだと思うが、階級章以外に部隊マークをつける所が多かった。独歩一三連隊はワンさん部隊と言われていた。それは部隊マークが王（ワン）だったからである。「十」と「三」をかさねると王になるということだ。そして我々も軍衣の左胸物入れの上に糸でこのマークをつけていた。

軍隊に軍歌はつきものである。教育が始まると、よく軍歌演習があったし、演習の行き帰り、行軍中によくやった。「北支派遣軍の歌」「独歩一三連隊部隊歌」「駐蒙軍の歌」「練武台の歌（旧城内にあった泉部隊教育隊歌）」「歩兵の本領」などがよく歌われた。

演習や訓練で城内に行ったこともある。正月一日か二日には、完全軍装で兵舎から駈歩で旧城寄りにある厚和神社に参拝して、また駈歩で帰った。実に寒い日だったように思う。

大陸でも、南方でもそうだと思うが、日本軍は、主要な都市を占領して部隊が駐留し、居留民の生活が安定すると、必ずと言って良いほど、そこに立派な神社を建立した。厚和神社もそのひとつで、祭神は天照大神などであるということだった。新城と旧城の間をつなぐ立派な舗装道路があって、その両側には大木の並木が連なっていた。そして居留民団の日本人小学校もあった。

我々が汗ダクになり、息を切らせて走っている横を、毛皮服や綿入服の蒙古人や支那人が驢馬（ろば）や馬をひいたり、一輪車を押したりして歩いていた。また、ラクダの隊商の列がカランカランと鈴の音をさせて歩いていた。本当に、このすばらしい大陸の冬を、ゆっくりと味わってみたかったのだが、我々にはまわりの景色をゆっくり見る暇もなかった。

ただ、この時、気づいたことだが、舗装道路を走っていて、かたいものにつまづいて、もう少しでひっくりかえりそうになった。しかし、こんな所に石コロがあるはずもない。見れば、馬かラクダの糞だった。動物の糞がコチコチに凍結して石のように道路に固まり附いているのだ。そして、それを蹴とばしてみたら、カンカラカンと音がして転がっていった。馬糞につまずいてひっくり返るのは困る。

正月の頃だったか、初めて旧城に近い映画館で映画会があって、教育隊も引率されて見に行った。映画館といっても大木の並木にかこまれた舗装道路のすぐ傍にある堂々とした建物で、京都の新京極にある映画館などと違い、コンクリート建ての、銀行かと思うくらいのものである。そして、ここに「嵐 寛寿郎一座」の慰問隊が来ていた。映画「むっつり右門の捕物帖」と実演であった。

嵐 寛寿郎が国民服姿で挨拶した。館内各所に大きなストーブが焚いてあって、無論、観客は兵隊ばかりであった。ここで久し振りで佐野上等兵に会った。

二月頃からか、時に雪が降るようになった。それまでにも降ったことがあるが、こう寒くてカラカラに乾燥しているので、雪も吹けば飛ぶかのような粉雪のことが多く、風が吹けば吹き飛ばされてなくなってしまうようなのが多かった。しかし、二月頃の雪は水気が多くて積るようになってくる。演習中に水気の多い雪が降り出すと、体についた雪が凍結して、全部氷になってしまうので、あとが大変である。特に銃身など兵器の金属部が冷え切ってしまっているのを、あたたかい室内に持ち込むと、鉄の部分に氷の華ができ、鉄が温まってしまうまでとれないので大いに困る。

これも正月だったたか、久し振りでミカンが下給品として給与されたが、カチカチの冷凍ミカンになっていたので、ストーブの熱で溶かして食べた。新鮮な野菜、果実が殆どない冬の蒙古では大変な貴重品である。食事にも新鮮な野菜が出ることはまったくないと言ってよいほどなく、これが栄養失調のおもな原因だったと思う。みそ汁の実も大概麦や豆のもやしである。

この頃になると、おそらく内地部隊でも兵隊が自由に菓子や日用品を買える酒保というものはなくなっていただろう。定期的に下給品や酒保品として支給されるだけであった。特に、我々新兵は、いつも腹を減らし、食物に飢えているので三度三度の食事以外に支給されるものが唯一の楽しみだった。ビスケット、カリン糖、饅頭、タバコなどがおもであった。特に演習中、休憩になった場合、タバコでも吸わなければ救われたような気持ちにはなれない。

今から考えると、決して多量に支給されたわけではないが、自分も与えられたタバコを吸うようになった。一度だけ、母から小包が届き、内地のタバコ、「チェリー」が送られてきた。ところがこのチェリーを一本吸った途端、頭がフラフラになって倒れそうになった。自分が初めて吸ったタバコは北支製の「ベビー」であった。それ以来、吸ってきたタバコはすべて北支製（英米などの外国系会社の）だったが、皆軽いタバコだけだった。こんな辺境に来て初めて日本の専売局のタバコを吸ったわけだが、意外にニコチン含有量が多いらしくて、タバコに関しては北支育ちの自分はいっぺんにフラフラになってしまったのである。

20　甲種幹部候補生となる

昭和一九年三月一〇日。陸軍記念日当日。

「上等兵の階級に進め、甲種幹部候補生を命ず」との発令があった。一部のものが脱落した。

そして、この日、陸軍記念日のための特別演習が城内でおこなわれた。この日は深く雪が積もっていて、ひざの上まであった。この演習で自分は擲弾筒手として参加したが、初めて擲弾筒空包を撃った。かなり寒かったが防寒手套が転輪軸底ネジの止環にひっかかるので、手袋を脱いで素手で筒身をつかんで射撃したのだが、発射した瞬間、筒身がカッと火のように熱くなったので、びっくりした。そして空包の場合は、すごく大きな火が出る。実弾だったらどんなに凄まじいものだろう。

とにかく、我々は一部を除いて、甲種幹部候補生になることができた。努力次第で将校になる見込みができたわけである。しかし、皆の体力はまったく底をついた形で、練兵休で班内で床についているものもだいぶあった。ところが石門予備士官学校へ行ける見込みが出てきた途端、今まで床についたきりの連中が俄かに元気を回復してとび起きるということが多かった。何も彼らが今まで仮病を使っていたとは思わない。自分だって立って歩くだけでも息が切れるほど体力が低下していた。あるときは、あまりの辛さに、もう幹部候補生を免じてほしいとまで思い詰め、班長や松下教官に申し出たことさえある。何れも叱りとばされただけで済んでしまったが、今になってみるとがんばって良かったと思う。

自分も急に元気がモリモリと湧き上がってきた。勝手なものである。要するに我々は精神的にも参っていたのだ。松下教官の教育方針は決して無理なものではなかったと思うが、一部の助教・助手の無茶な言動が、かえって候補生を無気力にし、精神的に蝕まれてしまうという結果になったのだ。

我々の襟章にはすでに星が三つ、上等兵の階級に進んでいる。しかし入隊以来、まだ四ヵ月あまりしかたっていないので、無論、上等兵としての実力があるはずもない。あくまで仮の進級なのである。おそらく一等兵の実力にも及ぶまい。静岡連隊で接した河内古兵と上等兵の関係が今に至ってわかるような気がする。

しかし、班長連中は言う。石門士官学校八ヵ月の教育は、ここの初年兵教育隊どころではない。それこそ殺されるくらい辛いぞと脅かす。

事実、下士官の多くは石門の下士官候補者隊の出身で、苛烈な教育を受けてきたのである。そして、いつからか知らないが、その下士官候補者隊が予備士官学校に昇格したのだった。石門士官学校の教育は殺されるくらい辛いという班長の言葉が、どうも頭にこびりついて、いつまでも残ったが、しかしこんな辺境で散々しぼられ、殴られっぱなしでは絶対死ねないぞと思った。

よく聞くことだが、新兵時代、散々殴られたものが、その下士官兵に復讐するのを唯一の目標にがんばり通して見習士官になり、原隊に帰り、昔の助教・助手を部下にするということだが、自分も鈴木軍曹に対しては早く見習士官になって、日本刀で叩き切ってやりたいと思ったことがある。何れにしても国際列車に乗り込んで石門へ行って、殺されるくらい辛いという教育に耐え抜いて、見習士官になり、再びこの連隊に帰ってくることだ。自分も息を切らせながら敵愾心(てきがいしん)を燃やした。

21 兄の死

二月下旬だったか三月の初めか、班内にいた自分は松下教官に呼ばれた。

事務室に行ってみると各班の班長もいた。教官の前へ行くと、「今から俺の言うことをよく聞け、そしてどんなことがあっても驚くなよ」と、まことに深刻な顔つきで言う。何のことだかさっぱりわからない。

「実は、お前の兄さんが亡くなられたらしい。これはお前の兄さんだろう」

新聞を机の上に拡げて見せる。『朝日新聞』だった。そして、下の方にある写真は正に兄貴のものであり、戦病死になっている。

松下教官初め班長も自分を慰め、兄貴が亡くなったからには、なお更がんばれと激励してくれた。この時初めて涙が流れた。

朝日新聞の記者だったから、社員の戦病死には特に写真を載せて報道したのだろうが、何しろ名前が珍しく、自分のとよく似ているので誰かに発見されたらしい。母からは何も通知がなかったが、自分の方から教官に教わったことを知らせた。あとから葉書が来たが、つまりは自分を心配させないために知らせてこなかったようである。しかし、自分自身が酷寒と闘いながら連日しぼられ通しであったことや、召集されたことは知っていたが、元気な兄貴の姿を見て内地を出発してきたので、兄貴が死んだということが、どうしても本当のようにも思えなかった。次兄はビルマのラングーンにいる。母としては大変だろうと思うが、目下、日本全体が戦争なのだ。兄貴の死のために、特に自分の志気が低下するようなことはなかった。

22 教育終了近し

体力はついに大した回復を見ないまま教育終了が近づいてきた。

あるとき、部隊に配属された二人の見習士官を教育するため、我々教育隊が演習部隊として使用されたことがある。ところが、この見習士官の一人が、同じ班内の秋山(?)候補生の同級生か先輩だったらしく、二人は親しげに話していたが、これはまことに奇妙な、というより見るも憐れな対象であった。

我々は、教育隊から一歩も離れることはできないので気がつかなかったのだが、連日の演習に服は見るかげもなく汚れていた。我々自身だけで互いに見ていてもわからないのだが、同じ官給品の服ながら、比較的手入れの行き届いた見習士官のものに比べて、我々の方は格段にひどいものであり、髭は伸び、顔も手も汚れてまったく乞食同然であった。何よりも羨望に耐えないのが座金のついた金の星、曹長の階級章、白布の束巻(つかまき)も新しい軍刀、黒革で裏が青い正刀帯(せいとうたい)、革脚絆、将校勤務袖章である。我々新兵候補生の何とみすぼらしいことか。

そして、この見習士官を小隊長として、小隊教練陣地攻撃がおこなわれたが、あいにくこの日は春によくある蒙古嵐で真正面か西方から砂を巻き上げて烈風が吹き荒れ、目や口を開けられないばかりか、呼吸もロクにできないありさまで、立ち上れば吹き倒されそうであった。体力が衰え切った我々は、体を前に傾けて風にぶつかっても前進できない。見習士官は比較的軽装なので軽々と走っていく。

この時ほど痛切に体力不足を感じたことはなく、自分のみじめさに思わず走りながら口惜し泣きに泣いた。ところが、ヤケクソになって大声で泣いてみたのだが、その声は烈風に吹きとばされて誰にも聞こえるはずがなかった。

口を開けばまともに砂が舞い込むので顔を横向けにするが、口元を吹き過ぎる強風で口がゴーゴーと鳴るという凄まじさだった。

演習終了後の我々の姿は惨憺たるありさまで、頭の先から足先まで灰色の砂塵にまみれ、兵器はもとより襟の折返しや、ポケットの中に砂がたまっていた。やっと蒙古にも春のきざしが見え始めてきたようである。夕陽が沈んでからしばらくは、空が浅黄色のまま薄暮の時間が長く、割に暖かかった。

助教・助手もあまりうるさいことを言わなくなった。この夕闇せまる営庭に出て、我々は自発的に軍歌演習をやるくらいに気候が緩んできたのである。蒙古の春のすばらしさは話に聞いている。万物凍結乾燥の厳寒から、百花一度に咲き乱れる夏が一度に来るということで、春・秋がすごく短いのだということだ。

そして今、あの触れれば切れるような空気が、暖か味をもって肌を撫でているのだ。本当に体の中で何かがムズムズ動き出すようだった。事実、シラミはかなり前から体の附属物になっていたし、自分も今までは絵でしか見たこともない「千手観音」を実見する機会に恵まれたのである。

(「叫ぶ蒙疆」という歌があった。おそらく、いわゆる軍歌ではあるまい。しかし、春近い蒙古の日没後、皆で集まって歌う時には、すばらしい歌であった。歌詞を覚えていないのが惜しい)

23　新兵教育終わる

教育終了はまことに慌しいものであった。この頃のことはあまり記憶がない。一部体力が低下した候補生が補育班として城内のどこかで集合教育されていて、この連中が復帰したり、重火器の候補生教育班が他に出ていたのが復帰したり、かなり出入が多く混雑していた。また、兵舎の東端にいた我々より一期上の乙幹教育隊が転出した。

この乙幹の連中はすでに伍長になっていて、週番上等兵として勤務したり、途中で一度討伐に出たりしていた。二中隊出身者として中村候補生ら二人ばかりがいて、討伐から帰ってきたとき、洗濯を手伝ったりしたことがある。しかし彼らも自分自身のことだけで精一杯であり、我々後輩に対して特に目をかけてくれるということはなかった。

教育終了と同時に、部隊から一部が陰山山脈の方へ討伐に出ることになり、我々の中からも乙幹になった連中がこれに参加することになった。自分が最初に擲弾筒班で世話になった鈴木上等兵が「サア、討伐だ、討伐だ」と、いそいそ準備を始める。その表情は、まことに生気溢れるといったものだ。

察する所、教育隊の助教・助手という仕事は、古年次兵にとっては一般中隊勤務に比べて、実に芯が疲れるばかりで嫌なことなのだろう。ある程度自由ができ、階級年次に見合った取扱いを受けられる一般中隊の生活、あるいは実力が発揮できる討伐に参加できるということが鈴木上等兵を生き返らせたということは、だいぶ後になって自分にも察することができた。

(ずっと後、我々が石門予備士官学校を卒業して、第一二野戦補充隊附を命ぜられて懐かしの厚和へ帰ってきた昭和二〇年一月、すでに泉兵団は南方比島方面へ出動し、大部分が輸送船に搭載されたまま米軍機の空襲で撃沈されてしまっていた。ところが、我々と同期で、病気入院中だったため部隊から取り残された戸塚候補生が乙幹になって、他部隊に転属して厚和に残っていた。そして、一部のものが街で偶然出会ったことがあった。その時の話だが、討伐に出た部隊が寒さと雪を冒して中条山脈の中、敵を求めて行動したが、この辺りの敵は騎兵で、徒歩の部隊ではとても捕捉できなかった。やっと一部の敵を捕捉して射撃を開始した所、軽機を撃ってもどうも様子がおかしい。調べてみたら訓練用の空包銃身だったという失敗談がある。また、泉兵団出動のとき、松下教官は中隊長代理だったとのことである。我々はあるときは一部助教・助手の冷酷さに復讐心を燃やし、必ず見習士官となって原隊に復帰し、目にもの見せてくれると考えていたのだが、我々が石門にいる間に泉兵団は軍旗と共に出動し、海没してしまったのであった。そのため我々は帰るべき原隊を失い、第一二野戦補充隊というガラクタ部隊に転属して厚和に帰ったのであった）

教育終了とともに、おそらく教育隊解除式もあったに違いない。そして例によって会食も何回かあっただろうと思う。

教育隊解散後、我々は一度、出身中隊に復帰することになった。第二中隊は豊鎮から連隊本部のある西兵舎に帰っていた。自分、橋詰、斉藤仁、藤村は全装具を身に着け、ワラ布団を担いで中隊へ帰った（〇〇は幹候試験に脱落し、一般兵として中隊に帰っていた）。ところが豊鎮へ行ったときと違って、自分はまったく体力を消耗し尽し、とてもワラ布団を担いで歩けるような状態ではなく、同僚にさえも気合をかけられるひどい状態であった。そして、衛門で歩調をとって入るとき、衛兵につかまって、やり直しをさせられるくらいだった。

二中隊に帰ってみると、中隊の雰囲気は以前とはガラリと変わって緊迫したものであった。中隊長がいなくて（欠員だったらしい）、申告した記憶がない。小檜山少尉というかなり年とった将校が先任らしく、この人に申告した。

兵長以下、古年次兵がいる班に入れられたが、彼らはまったく顔見知りでもなく、おそらく出動が近かったせいもあったのか、また、我々が近く石門に行くことになっていて、中隊とは直接関係ないこともあってか、極めてよそよそしく、兵長は盛んに我々に気合を入れた。向かい側の班は目下、現役初年兵の教育中で、彼らは最も訓練に脂が乗り切っている状態と見えた。小檜山少尉が教官だった。

我々としては中隊に帰ってきたとはいえ、まったくとりつく島もなく、いたたまれぬ気持ちだった。本来、我々の教官であった松下少尉、助教の池谷軍曹、助手の鈴木上等兵、望月兵長は二中隊出身でもあったし、松下教官は、特に我々を呼んで、すべては中隊へ帰ってから、小檜山少尉にたのめば、石門に行く準備もしてくれるだろうと言っていた。ところが中隊の空気はまことに冷たかった。

実際、我々は教育開始前にほんの数日、豊鎮の中隊へ行っただけで、下士官や古年兵に接したこともなかったし、あの時、小檜山少尉にも会ったことがなかった。このような空気の中で、五ヵ月の激しい教育隊生活の結果、消耗し尽した体力気力を、ここで回復できるという見込みはなかった。せめて、松下少尉が帰ってきてくれたらと思ったが、忙しいのか僅か二度ほど顔を見せただけであったし、我々だけならともかく、古兵もいる班内で現状を訴えることはできなかった。

確かに中隊としては、さしあたりの主戦力となるはずの現役初年兵の教育が最大の急務であり、出身地も違うし、また心身共に疲れ果ててさっぱり気合の入らない候補生に期待する所は、まことに少なかったということは十分推察し得ることだ。中隊全部の望みがかかっているのが、この現役初年兵教育隊だったようだ。そして豊鎮へ最初行ったとき、大学出身で幹候要員であった〇〇が、なぜか幹候試験に落ちて、この一般現役兵の一員として、見ちがえるほど成長し、むしろその中で指導的立場に立って活躍しているのを見たとき、自分はかなり大きな衝撃を受けたと思う。

幹候として特別扱いされ、更に甲幹として予備士官学校へ行くことにはなっているが、心身ともに疲労のドン底にあり、所属中隊に帰ってみても、顔見知りもなくオドオドしている我々に比べ、中隊という家族のような集団の中で、主戦力としての期待を担って訓練を受ける、生き生きした彼らと、我々は何という相違なのか。我々は候補生というものの一般中隊に於ける立場というものがわかったように思う。これは静岡の連隊で見たものとかなり違ったものだったが、原隊復帰というものがこの場合どんなものか、おぼろ気ながらわかってきた。してみると候補生というものは、表面的にはともかく、帰るべき所もない放浪者となるより仕方がないではないか。

（本来ならば、幹部候補生というものは、現役初年兵の中から有資格者を選び、幹部候補生試験を受けさせて合格者を集合教育し、更に甲幹と乙幹に分けて、乙幹はそのまま伍長に任官、甲幹は予備士官学校教育の後、見習士官になって原隊へ復帰すべきものである。もし、この制度が文字通り実行されるならば、原隊復帰が目に見えているのだから、出身中隊は大きな期待を持って、候補生を大切にしただろうと思う。ところが、戦争も長くなって、この頃になると幹部要員は最初から連隊区の異なる部隊へ集合して入隊したし、部隊の改編移動が激しく、原隊に復帰ということもおこなわれなくなったらしい。また、軍の方針としても、見習士官の実戦部隊配属は、むしろ原隊とは違う別部隊としたようである。どうしても昔、教育を受けた助教・助手がいる中隊へ復帰するということは、互いに気まずい面もあるし、色々の弊害があったのだろう。現に自分だって、鈴木軍曹に対する復讐心に燃えていたのである。何れにしても消耗品に近い下級将校の大量養成は、軍にとって必要であり、それと古参の下士官兵との摩擦は種々の事件を起こしたに違いない）。

教育隊解散前に渡されたプリントに従い、石門へ携行する兵器、被服などの支給を受けなければならなかったのが、中隊の空気がこれではさっぱり円滑には行かなかった。特に松下教官に言われていたのだが、予備士官学校では射撃の個人成績がかなり重視されるので、個人支給の小銃が個癖（こへき）の多いものや、傷だらけのものであったりすると、非常に不利なことになる。小檜山少尉に頼んで小銃を新品と交換してもらうようにとのことだったのに、これもやってくれなかった（出動近い中隊が、いつ帰ってくるかも知れぬ候補生に新品小銃を支給しないのは、むしろ当然のことだ）。

被服係助手の青島兵長は、まだ若い下士官勤務兵長だったが、まだしも我々に親切だった。ところが被服係の曹長はまったく不親切で、装備品の消毒包（携帯用のイペリット〔びらん性毒ガス〕消毒用粉剤が入った容器）をなかなか出してくれず大いに困った。

各中隊の甲幹は城内兵舎に集合した。ここは廟と民家を改造したものであり、また、もう教育隊でもなく、集まったものも候補生ばかりなので、かなり気楽だった。ここで一部の候補生が航空隊の特別操縦見習士官を志願して転出していった。二中隊の橋詰もその一人だった（果たして彼らが終戦までに戦力化したのかどうかは疑問だ。また、たとえ実戦部隊に配属されたとしても、もっぱら特攻隊員になったのだと思う）。

この頃、実に奇妙なことがおこなわれた。教育終了直後の我々はもとより、厚和所在の各中隊の兵を、完全軍装で城内を繰り返し行進させたのである。

聞くところによると、駐蒙軍の大部分が引き抜かれて太平洋戦線に出動するので兵力不足で、あとがガラ空きとなり、精鋭部隊のあとに少数の劣弱な部隊だけが残る。当然、敵の諜報機関がこのことを知り、敵の侵入を招くだろう。現に日本軍占領前は傅作儀（ふさくぎ）軍が厚和に駐留し、かなり善政をおこなっていたので、この辺りの住民は傅作儀の復帰を待つという雰囲気だったのである。そのため有力部隊の南方引き抜きを秘匿（ひとく）し、示威のためにも、我々新兵を引き摺り出してまで、城内をグルグル行進させたのだということである。

いよいよ石門へ出発の直前、連隊本部将校主催により、城内の将校集会所食堂で甲種幹部候補生激励送別会がおこなわれた。そして、このときには連隊の先任将校が先輩として親しみある態度で我々に送別と激励の言葉を述べてくれた。ところが我々は、まことに複雑な気持ちだった。

それほどまで我々の教育が重要であり、また我々の将来に期待するのなら、なぜもう少し教育隊の実情を見に来てくれなかったのか。なぜ栄養失調患者が続出するほど給与が悪かったのを改善してくれなかったのか。

彼らの方では何も他意があるわけでもなく、まことに我々のために御馳走を準備し、激励してくれたのだろうが、すでに正常な思考ができなくなっていた我々は、むしろなぜそんなにまでしてくれるのか理解できずオドオドしていた。出身中隊へ帰っても冷たく扱われてきたばかりなのである。

教育隊では夢でも見られなかった御馳走と酒であった。これだけの御馳走が、あの教育中に与えられていたら栄養失調も救われていたのに、と、まことに複雑な気持ちだった。そして奇妙なことには、粗食に耐えてきてご馳走に飢えていたはずの我々が、いざ山のように積まれた料理を目の前にして、さっぱり食欲が出ないのであった。招待してくれた先任将校も「オイ、どうしたんだ、若いものがこれくらいの飯が食えんとはだらしがないぞ、こんなことでは攻撃精神が足らんぞ」と言っていたが、本当に自分でも情けないほど食欲がなく、胸が一杯になってしまった（これは、不思議な現象だと思う。我々は餓鬼のように食物に飢えていたはずなのだ。質量ともに最低の給与と猛訓練に心身ともに疲れ果て、目の醒めるような御馳走を前にしても、気ばかり焦って手が出せないほど参っていたのであった）。

24　石門予備士官学校へ

おそらく四月のごく初めの頃だったと思う。我々は悪夢のような初年兵教育を終わり、甲種幹部候補生として石門の予備士官学校へ行くことになった。

引率者は松下教官ただ一人であった。連隊本部前で連隊長に申告した。そしてやっと春らしさが見えてきた営門辺りを過ぎて、厚和の駅に向かって歩いた。今まで気がつかなかったが、枯枝ばかりであった楊柳並木の切株にかすかな緑の芽が出ていたし、辺りの荒野にも、それとわかる程度に若葉の芽がうっすらと出始めていた。

やっと包頭の方から列車が来た。演習中、近くを通るこの国際列車にどれだけ乗りたかったか。その北京行きの列車に我々は乗り込んだのである。昨年一一月、西へ走ってきたときには、荒涼たる蒙古の自然に目を瞠(みは)った。まだ陸軍というものに対して期待する所が大きかった。しかし五ヵ月の集合教育は、自分のいささか甘かった期待を完全に叩き潰してしまったのだ。栄養不足は体力を奪っただけでなく、精神的にも大きな傷痕を残したものと思う。無気力になり、さっぱりがんばりが効かなくなっていた。

かって寒風に泣きながら這いずり回った凸凹の演習場を左に見ながら列車は走る。

石門予備士官学校へ行くのは見習士官への登竜門であり、嬉しいには違いないが、何しろ北支派遣軍直轄の教育隊であり、その教育は苛烈であるという。

列車は単調に春浅い蒙古高原を走り続ける。自分は来た時とは反対に北向きの窓近くに坐っていて、往路で見られなかった景色を見ている。来るときは凍りついておよそ流れる水というものは見えなかったのだが、今はかなり水量豊富な急流が見える。しかしだいたいが草木も生えぬ荒原で植物の緑は見えぬ。やはり突き抜けたような青空と、黒灰色の岩山、岩と石と砂の世界だ。

どこでだったか一瞬、すばらしい景色を見ることができた。

列車は左側（北側）に迫る岩山に沿って走っていた。そして、ほんの短時間だが岩山の切れたその隙間から、小さい青々とした湖が空の色を映してひろがり、その湖のまわりだけ黄緑色の草原だった。そして、その草原に、無数の羊群が草を食べていた。あまりにも遠くて天然色の絵葉書を見るようだったが、この印象は強烈だった。羊群は動かず、そのまわりには点々と蒙古馬にまたがった牧童が見えたと思う。内地にいるとき、

『世界地理風俗大系』で、このような写真を見たことがあった。運が悪いことに一一月から四月までという最も寒い季節の蒙古へ来たのと、教育隊内から離れる機会は殆どなくて、本で読んだ蒙古の風景には殆ど接することはできなかったのである。

真っ赤な夕陽に照らされて、荒涼たる荒原の夕闇が迫る。候補生たちは皆、疲れ果てているのか、さっぱり意気が上がらなかった。

翌朝、目が覚めた我々は目を瞠って驚いた。列車はすでに北京北郊を走っていたのであるが、辺り一面、目も醒めるような緑の麦畑、楊柳の葉はサワサワと風に揺れ、豊かな水がゆったりと流れる小川には家鴨が泳いでいる。四方八方、どこを見まわしても、満目（まんもく）浅緑の景色なのだ。

確かに我々は夜のうちに眠り込んだまま、居庸関で万里の長城を越え、蒙古高原から太行（たいこう）山脈を駈け下り、河北の大平野に出てきたには違いないが、それにしても、一夜にして春浅い蒙古高原から、春もたけなわの河北への激変はまるで夢のようであった。空の色もガラスのような冷たさではなく、やわらか味があるし、窓を開けると吹き込んでくる風は若葉の匂いに満ちて暖かい。これが河北の春なのか。してみると蒙古高原は正に寒冷地獄だった。

満目荒涼。北に迫る陰山山脈、流れる水もない万物凍結の世界。群れ飛ぶ腹の白いカラス。砂嵐。自分たちはその中でも、春の暖かさを見つけようとした。しかし、今は溢れるばかりの春の息吹だ。

列車は見上げるばかりに高く、厚みのある北京の城壁に沿ってゆるゆる走っている。古城壁は緑に苔むして、城壁下には緑濃い樹木が繁る。我々は今、花の北京に到着しようとしている。やがて中央駅に着く。我々は夢を見ているような心地で下車し、松下教官に引率されて駅を出る。

見渡す限りの広い舗装道路、行き交う自動車。兵隊の姿も見えるが、男女、貧富、美醜、老若、さまざまの一般人。服装もなかなか色鮮やか。大型バス。林立する電柱。そして、かなり遠くに膨大なビルディングの連なり。何よりも北京の象徴たる正陽（せいよう）門が霞むばかりにそびえている。山にトンネルを掘ったようなその通路。我々にとって天国か夢の国か。この大都会の騒音。

完全軍装で薄汚れた我々の姿は、華やかな北京の人たちの目には何と映ったか知らない。長城線の彼方、蒙古高原の砂塵のにおいは体に染み込んでいるに違いない。

自動車や人力車が行き交うアスファルト道路をキョロキョロしながら歩く。あちこちに城壁とも見まがう土壁、そして目も醒めるような赤と緑と青と金で彫られた門。獅子や竜の石造彫刻。何を見ても珍しい。道路の左側に釉薬(ゆうやく)をかけた美しい煉瓦の大墻壁(しょうへき)。見事な竜がその壁面に踊っている。すばらしい。

我々の隊列は横丁に入って、シンと静まりかえった街を通る。高い白壁、赤い門。実に閑静な住宅街だ。その奥に兵站(へいたん)宿舎があった。緑の木立に囲まれた静かな宿舎。薄暗く広い部屋だが、両側に床がありアンペラが敷いてあった。そこで初めて装具を下ろす。皆、放心したように黙りこくっていた。まったく別の世界に来たようだった。

我々は装具を解いて単独の軍装になり、松下教官に連れられて市内見学に行った。北海公園、中央公園、東安市場(とうあんしじょう)などであった。公園では広い池(湖)、大理石の橋、緑の樹々に包まれた丘の上にそそり立つラマ教の白塔。そして公園にはアカシアの花が咲いていた。自由行動を許されて、公園で売っている菓子を買って食べたりした。こんな世界もあったのだな。

明るい午後の光が満ちる公園で、北京の市民は伸びのびと散歩していた。池の水面に青空と白雲が映っていた。

その夜は兵站宿舎で大人しく眠った。松下教官は何ひとつやかましいことを言わなかった。皆も非常に従順だった。

翌朝、再び列車に乗った。京漢線(けいかん)で石門までの短い旅である。

西の方には太行山脈。しかし春霞にボヤけているその山は、かつての陰山山脈のような荒々しさはなかった。保定(ほてい)を通る。ここにも予備士官学校がある。石門駅に到着下車。北京に比べると大いに見劣りがする。天気は快晴。歩けば暑いばかりだ。我々はまだ冬服を着ている。

市街を通り抜けて郊外に出る。見渡す限りの青々とした麦畑。その中をコンクリート舗装道路は真一文字に西の方へ走っている。その彼方にそう高くもない太行山脈。完全軍装の我々は汗ダクで歩き続ける。道路からかなり離れて左右にずっと緑に包まれた集落。そして、かなり大きい軍関係の施設。兵舎も多く、陸軍病院もある。

そして道路の右側に接して立派な石門神社。そのすぐ傍に緑の芝生に囲まれた日本領事館。道路左側に遮断壕に囲まれた黄土造りのトーチカ陣地。しかし、その上に立つ歩哨は日本兵ではない。青灰色の服を着た現地人の部隊が警備を担当しているらしい。左側の広大な草原は演習場らしい。軽戦車が一輌、土堤に乗り上げたりして走り廻っている。

やがて、行く手の右側に大きな兵舎の一群が見えてくる。それが石門予備士官学校だった。

久し振りの行軍で、しかも暑く、非常に疲れ、脚が重い。

ついにその営門から速歩行進で入り、部隊本部正面玄関に来た。そして部隊長に到着の申告をしたと思う(部隊長は吉岡 薫少将)。

我々はそこから東の方、第一中隊兵舎へ引率された。松下教官はここで受入れの下士官に我々を渡すと、何の言葉もなく一人で立ち去っていった。まさか、これが最後の別れになるとは思わなかったし、また、改めて我々に激励の言葉をかけに来るのだろうと思っていた。我々は兵舎へ入る前で、落ち着いた雰囲気ではなかった。しかし自分はこれから始まる新しい生活がどんなものか想像もつかぬという不安もあって、うしろを振り返って見た。松下教官は一度も後ろを振り向かず、営門の方へ歩いて行ってしまった。そのうしろ姿はひどく疲れたという感じだった。これが松下教官の姿を見た最後だった。

我々は一一月から四月初めまで、まことに苛烈な初年兵教育を受けた。給与は極めて悪く、病人が続出した。おそらく部隊から目標として示した程度には教育の成果は上がらなかったに違いない。そして松下教官には部隊長初め、部隊の幹部将校から教育成果について、かなり厳しい圧力がかかったに違いない。

その一方、よくあることだが、助教助手の古参下士官兵は必ずしも松下教官の意図通りに動いたわけではあるまい。また給与の悪さについても、松下教官は知らなかったわけではないはずで、鈴木上等兵が我々の食器に盛られた飯の少なさを実際見てもらうため、わざわざ教官を班内へ引っ張ってきたこともある。ただ、若年の一少尉の力では、複雑な連隊本部組織を通して、末端にある古参老獪(ろうかい)の炊事兵まで、実効ある対策を講じることができなかったのだ(これは自分の想像にすぎないが、後の自分の体験上、まず間違っていないと思う)。

何れにしても、我々は決して松下教官が意図したような立派な候補生にはなっていなかったはずなのだ。我々と教官の間には助教助手がいた。従って、教官と我々との間には意外に人間的なつながりがなかった。

おそらく学生出身の我々に対しては、最も良き理解者であったはずなのに。そして、時に個人的に親しみ深い言葉をかけてくれたこともあって、ヤケクソになるのを押さえてきた。

きっと、松下教官にとっては、苦労ばかり連続した割にはさっぱり成果のあがらぬ教育隊だったに違いない。そしてフラフラになって、吹けば飛ぶような苦心の結晶を、たった一人で引率して石門士官学校へ渡したのだ。これは後になって自分が推察するだけだが、松下教官も我々に最後の言葉をかけたかったに違いない。我々もひと言、感謝したかった。しかし申告を終わった以上、我々はもはやこの部隊の管理下に入ってしまったのだ。おそらく松下教官は私情を殺し、後も見ずに去ってしまったのに違いない。

そして、すでに泉部隊の太平洋戦線出動が彼の頭の中にあったに違いない。苦心して育て上げた候補生は結局、部隊の戦力には何のプラスにもならなかったのだ。

前述の通り、我々が石門にいる間（むしろ石門に来て間もなくである）に出動し、輸送船が比島の間近で空襲され、軍旗と共に海没してしまったのである。松下教官は中隊長代理であったという。

〔II〕

石門予備士官学校・見習士官へ

1　恨みは深し、脚気入院

我々は第一中隊兵舎へ入ったが、まだ他部隊からの集合はおそく、ガランとしていた。一応、泉部隊出身者は第一中隊に配属になるらしい。中隊長は長丸静雄大尉、第一区隊長は小川時寛大尉、区隊附下士官斉藤軍曹という陣容だった。

さすがは北支派遣軍直轄部隊（北支派遣 甲第一八七〇部隊 吉岡隊）だけあって、兵舎も堂々としているし、中隊長初め教育担当の将校、下士官は各部隊から優秀なものを選抜して集合させているらしい。また、学校とはいえ独立部隊であるため給与も十分だ。当分の間、他部隊からの候補生集合が完了するまで開隊式もおこなわず、待機の姿勢で夏服の支給を受けたり、身体検査があったりするだけで甚だのんきなものであった。

五月始めというのに気候は暑いばかりになっているし、満目緑の草木が茂る。何よりも炊事場から来る食事の量が驚くばかりに豊富で、我々を喜ばせた。食べ残すことがあるほどだった。集まった候補生の中でも、特に厚和から来た泉部隊候補生は餓鬼のように食べた。まことに悲しいことだが、飢餓状態の慢性化していた我々には、さもしい乞食根性がしみついてしまっていて、他部隊出身者の軽蔑を招いたほどであった。各部隊から続々、候補生が入隊してきた。

ボーっとした蒸し暑いばかりの気候と、給与の急激な改善で、厚和出身候補生は体が俄かに骨抜きになったばかりでなく、実際、日に日にふくれてきた。そして診断を受けた結果、脚気その他の栄養失調症で入院を命ぜられるものが出てきた。

自分も体がむやみにだるく、特に足の甲がふくれあがって重くなった。ひどい脱力感で顔がむくんできた。そして何回目かの診断を受けた結果、ついに脚気という病名で入院を命ぜられてしまったのである。

これは大変な衝撃であった。士官学校教育が始まろうとするこの重要な時期に、いかに病気のためとはいえ、相当長期にわたるであろう入院生活は、かなりのおくれを生じ、へたをすれば幹部候補生失格ということになりはしまいか。あの厚和の教育期間中、過酷な条件を耐え忍んで、ともかく、甲種幹部候補生の資格を獲得し、殺されるくらい辛いといわれた石門士官学校へ、息切れのする体を運んできたのも、見習士官になることを夢見ていたからである。しかし、診断が下った以上、これは軍医の命令である。今更、何を言っても始まらない。

そして中隊へ帰ってくると慌しく中隊長、区隊長に申告を済ませ、衛生兵に引渡されてしまった。自分では多分、脚が重いだけで、まだ自分の体ひとつで歩くのは平気だと思っているのに、衛生兵は担架を準備する（軍医の診断書には「担送」の一語がつけ加えてあったのだ）。まことに恥ずかしかったが、担架に乗せられ、上に毛布をかけて二人の衛生兵に担送されて営門を出てしまったのである。暑いばかりの晴れた日であったのに、毛布の下にいて何か寒々とした感じであった。すでに多少発熱していたのかも知れない。

軍隊へ入って以来、約五ヵ月。ひどい訓練だったが、とにかく耐えてきた。そして、甲種幹部候補生になって、地獄の教育隊を脱出してきた。そして、もうひとつがんばって最後の目標、見習士官への道を踏み出そうとするところで入院になってしまったのだ。何よりもこの競争ばかりの軍隊生活で、何ヵ月かの病院生活は救い難いおくれをとり、最終目標、見習士官を取り逃がしはしないか。これは今や死ぬより恐ろしい。

しかし、確かに自分の体力は消耗し尽した。むしろ、よくここまで来たと思う。すでに厚和の教育隊でも、こんなに辛ければ、幹候を免ぜられても病人になった方がマシだと思ったことさえある。そして何人かは本当に姿を消してしまったのだ。今はもう運を天に任せるより仕方がない。衛生兵の歩調に従ってユラユラ揺れる担架の上で、まな板の鯉のように覚悟を決めた。

陸軍病院とはどんな所か。自分は地方にいたときも、病気をしたことはあまりなくて、まして病院生活なんか知らない。病院とは体を休めに行く所のはずなのだが、自分は病院という別の世界へ初めて入ること自体、不安であり落ち着かなかった。

2　石門陸軍病院

一応、手続きが終わると、今まで着ていた軍衣袴を脱がされ、白衣を着せられた。内地でも傷痍軍人を見たことはあるが、まさか自分がそうなるとは思わなかった。衛生兵に導かれて内科病棟へ廊下伝いに行く。日本内地の病院だって良く知らないが、この病院は実に広く、設備も完全だ。

一つの広い病室に入れられた。割に広い部屋に一〇人ばかり病人がいる。寝台が部屋の周囲にあり、中央にはガランとした空間があって明るい。そして、この部屋には厚和で同じ二中隊にいた斉藤 仁が少し前から脚気で入院していた。まったく孤独というわけでもなかったので助かった。だいたい、今のところ割に古年次兵が多く、部屋には愉快な兵長がいて班長格だった。

自分の右隣には、どこの部隊だか知らないが、やや年寄りらしい、異様に暗褐色の肌をした安原上等兵がいた。この肌の色は肝臓障害のためらしかった。初めはどうも取っ附きにくい人物だと思ったが、あとになって親しくなってみると、なかなか面白い人間だった。左隣には二等兵ぐらいの若い上等兵がいた。

何れにしても、ここは病院だから、あんまり階級や年次のことにはこだわらなくてもよいので気楽だった。教育隊なんかでは、朝の起床後から日夕点呼までの間、うっかり寝台の上に寝転んだりしたら、それこそ大変なことになるが、ここでは当然なことだが、自分で寝たいと思えば好きな時に寝ようと起きようと勝手である。但し、日朝・日夕点呼の時は週番の軍医や見習士官がまわってくるし、午前と午後に一回ずつ衛生兵が来て体温を測り、必要によっては尿検査もやる。診察が何回ぐらいあったか忘れたが、自分はもっぱらビタミンB1の注射を毎回、針の山のようにやられ、また、エビオス錠のようなビタミンB剤を飲まされた。ただこれだけのことだったたと思う。

娯楽室にはピンポン台があり、雑誌や本や新聞があって、自分の部屋へも借りて帰れるので、もっぱら本を読み耽った。また時に庭の草むしり程度の軽い作業を課せられたこともあったが、気楽と言おうか、のんびりしていると言おうか、とにかく退屈で仕方がなかった。

脚気や腎臓病患者には、脚気菜、腎臓菜と称して、それぞれに食餌（じきえ）療法もおこなわれた。まあ一般に病院の給与は良い方であった。タバコの配給もあった。自分もいつの間にか、この一種独特の、一面、軍隊らしくない生活に慣れてしまった。今までの秒を争う生活から、無限に時間があり余って使うのに困るという妙なことになってしまったのである。暇さえあれば雑誌の囲みの中から、内外の格言を抜き書きしたりもした。家へも葉書を出したが、さすがに勇ましいことを書くわけにはいかなかった（帰国してから、その頃の葉書を見ると、やっぱり異常である。病院という環境は精神的にも軍人を骨抜きにしてしまうのである）。

病院から軍用道路をへだてた向かい側に特別操縦見習士官の教育隊があり、連日九七式戦闘機の編隊が飛んでいた。ある日、かなり低空を飛ぶ爆音がしたと思ったら、天地にこだまして「ゴンゴンゴン……」と妙な音がした。

「オッ、空襲だ、機銃掃射だ」と歴戦の連中は言う。自分はまだ空襲を受けたこともなかったし、また機銃にしてはすごい発射音だと思ったが、これは本当に米軍戦闘機の地上掃射だった。おそらく航空隊がやられたのだろう。時々、防空演習があったが、患者は衛生兵の誘導で防空壕へ逃げ込むだけである。

室長格の兵長が退院して目がギョロリとした年寄りの伍長が入院して室長になった。入院退院の入れ替わりはかなり激しく、斉藤仁も退院した。

突然、辻井少尉が見舞いに来てくれた。この時ばかりは病人臭い態度を振り捨てて元気なところを見せたが、彼は好んで「貴公」という言葉を使うので、どうも附き合いにくい。また、驚いたことに長丸隊長が来てくれたこともある。何しろ一般兵の病室へ中隊長が見舞いに来るのだから、他の患者もびっくりする。まあ、予備士官学校という所は、これほど候補生を大切にしてくれる所だと初めてわかったのだから自分も感激したし、隣にいた安原上等兵も、へェーと感心していた。

自分もこれはがんばって早く退院したいと焦った。また、ある時、中隊被服係の稲垣曹長が来てくれた。自分が病院へ持ってきた被服を確認するために来たものらしいが、その時、我々候補生が伍長の階級に進んだことを報せて、伍長の階級章を持ってきてくれた。

さっそく白衣に階級章をつけたが、これはまわりの古年次兵には面白くなかったに違いない。我々は兵長という階級を飛び越えて、階級だけは下士官になってしまったのだ。室長の伍長は仮病だか何だか知らないが、戸外で点呼があるときには自分に室長代理をやらせるようになった。病室に入っても俸給が支給されたが、この時にはいささかうしろめたい気がしたが、下士官の列に並ばせてもらった(どうも、我々は教育隊にいた時も、予備士官学校でも、直接、会計係から俸給をもらった記憶がない。すべて貯金することになっていたはずだが、自分でもらったのはこの入院中だけだったと思う)。

京漢線沿線で作戦がおこなわれているらしく、その方面の傷病患者がドッと一度に入院してきて、病院内は非常に慌しくなった。どうせここは内科病棟だから、来る連中も神経痛だとか黄疸(おうだん)だとか、あまり勇ましくないものばかりである。

ある時、ガッチリした上等兵が腹痛で入院してきたので、その男の世話をしたりしたが、その上等兵は航空隊の整備兵だった。私物として持ち込んだアルバムを見せてくれたが、九九式双発軽爆撃機の部隊だった。しかし、一般に本当の現役兵で歴戦の連中は、戦争の話はあまりしてくれなかった。また、お互いの病気についてもあんまり話をすることもなかった(これは病人同士のエチケットだろう)。

あるとき、全身真っ黄色の黄疸の一等兵が入院した。大変な重態で、便所へ行って倒れてしまったりしていたが、間もなく個室に移され亡くなったそうである。

また、新郷（しんきょう）附近の戦闘に参加していた現地召集の軍曹が入院してきた。

ところがこの軍曹は軍人というよりも、どこかの会社の重役らしく、民間人の見舞客が多くて、ついには奥さんや小学校ぐらいの娘が見舞いに来たりして、どうも他の我々は落ち着けなかった。これでは民間の病院と同じであり、本人はともかく内地を遠く離れて北支で病気にかかり、入院している兵隊にとってあまり良い影響を及ぼすものではなかったと思う。ここは病院であって、そのために階級も年次も経歴もさしたる問題とはならず、ある程度まで円満な人間関係が成立しているのに、現地召集だから、会社重役だから特別扱いだという印象を他のものに与えてしまったのである。皆、前のような気楽さをなくしてしまったのだった。しかし、隣の安原上等兵とはずっと仲良くしていた。

ただ、この重役軍曹と同室になって得をしたのは、彼は自宅からたくさんの本を取り寄せ、同室の我々にも読ませてくれたことであった。自分は内地にいたとき、読みたいと思いながらその機会を得られなかった、N・バイコフの『偉大なる王』を借りて読むことができた。

ここの病院の少なくとも内科病棟には看護婦はいない。自分が入院した時、本部辺りには二、三人の看護婦がいたが、ここに来るのは召集の猫背の老衛生兵だけであった。

なぜか脚気患者は入浴を許されていなかった。この病棟にいたあいだ中、風呂に入ったことがない。時に身体測定があり、心肺係数を測ったりしたが、どうもこの世話をした若い伍長は白の作業服を着ていたけれども衛生兵ではない。といって患者でもなさそうだ。

安原上等兵に聞いてみたら、結核なんかで長期間入院していて、だいぶ癒ってくると、色々衛生兵の手伝いをしているうちに、本人も病院勤務が気に入ってしまい、病院側も補助として使っているうちに、下手な衛生兵より役に立つことがわかると、転属させて病院の勤務兵にしてしまうのだという。どうもいやな話である。日本陸軍にもこんな一面があったのだ。

連日、内地の六月頃のように暑く、しかも乾燥した日が続く。そして、どういう原因か、急に体温が上りだし、三九度以上になってしまった。自分は大部屋から個室に移された。ここは中年の招集一等兵が一人寝ていたが、マラリアか何かだったらしい。病気のせいもあるが、大人しい人だった。自分の発熱の原因が何であったのか知らないが、衛生兵は自分の耳たぶから血を搾りとっていった。

そのうちに体温は順調に下がっていったので、また元の大部屋に戻された。原因はついにわからずじまいだったが、回帰熱ではないかという。しかしその後、こんなに発熱したことは一度もなかった。あとから考えてみると、おそらく何か精神的な原因ではなかったのかと思う。

次第に入院患者が増加してきたので、我々軽症患者は、ずっと離れた病棟に移された。ここは軍用道路の北側にあり、普通の兵舎のような構造で、前は砲兵の下士官教育隊があった所だという。薄暗い部屋だったが、かえって涼しかった。室内の顔ぶれもまったく変わり、さっぱり病人らしくもない連中が白衣を着て駄弁っている。

全部招集兵で、大して年も食っていないのが皆、会社員らしく、その話の内容はさっぱり自分には面白くなかった。安原上等兵だけはまだ一緒だったと思う。新しく来た鹿出(ろくで)上等兵は眼鏡をかけた会社員だったが、あるとき自分のそばに来て、「北村さん、あんた三井物産の北村南洋次郎さんの弟さんと違いますか」と言う。驚いて聞いてみると、この男、大連の商社員で兄貴を知っているらしい。

自分としてはあんまり話したくもない、狡そうな男だった。しかし、この男にタバコの差し入れがあった時、そのお裾分けにあずかった。どうもこんな生活は、やっぱり自分には向かない。もう同僚の候補生はだいぶ進んだ教育を受けているだろう。早く退院したい。

演藝会があって患者に見せてくれたが、藝者の日本舞踊でさっぱり面白くなかった。どうも日本内地から来たのでなく、石門辺りの料亭藝者なのだろう。とにかく面白くなかった。

3 退院

とうとう自分の保育隊入りが決まった。退院が近いらしい。

保育隊は別棟の二階にあった。ここへ入るものは、もう白衣を脱いで夏軍衣袴を支給され、日朝・日夕点呼も厳正で、すごい目つきで頬に傷痕がある軍曹が班長だった。病人面をしていたら気合を入れられた。

この班には松本、三村候補生がいた。三村は農林省農事試験場の職員で大人しい男だった。松本は胸部疾患で入院していたのだが、すごく頑健な体つきで、さかんに重機射撃動作の勉強をしていた。自分もこれはグズグズしていられないと思った。

入院後、一ヵ月近くになる。確か、候補生が一ヵ月以上入院すると、見習士官任官試験受験の資格を失うという規定があるようなことを聞きかじっていたので、我々は大いに心配して、三人で担当軍医のところへ早く退院させてほしいと談判に行った。

なぜこの軍医中尉のところへ行ったのかは忘れてしまったが、二、三度行ったと思う。まぁ、我々の希望はわかってもらえたようである。ところがこの軍医さんは寄生虫の専門家なのだった。部屋には立派な顕微鏡も置いてあったが、その机の上には回虫やサナダ虫の液浸標本がたくさん置いてあった。この軍医にとっては、内地にいるよりも寄生虫天国である大陸へ来た方がすばらしい寄生虫が採集できるというわけで、大いに楽しんでいるらしかった。「オオ、今日はすばらしい奴が採れたぞ、見せてやろう」といって、採れたての大きなサナダ虫が入った壜を持ってくるのだからイヤになる。我々が行けば紅茶を飲ませてくれたりした。

一度、保育隊で石門の街まで足ならしの行軍がおこなわれた。まったく楽な行軍だった。そして営外酒保で昼食をとったが、ここで久し振りにアイスクリームがあったので何杯も食べた。

ついに自分にも退院許可が下りた。

当日、待っていると、中隊から週番勤務の候補生が一人で迎えに来てくれた。この男（鈴木候補生。彼は元来医者であったが、見習士官になってから一緒に厚和へ行き、更に山西の部隊へ行き、別の中隊に配属されたが、作戦に出て横腹に貫通銃創を受けた）の体つきを見て、何と自分と違うなと思った。彼の顔はあくまで黒く、目は鋭くギラギラ光り、体が引き締まっている。どうも自分の体はこの一ヵ月の入院生活で骨抜きになってしまったらしい。

久し振りでキチッと単独の軍装になり、彼と共に病院の門を出た。五月末の太陽は青空に輝き、焼けつくばかりだ。もう軍帽には帽たれが附いている。今日も演習場では各中隊の候補生が戦闘訓練をやっている。いよいよ自分もあの中へ入るのか。果たして体がいうことをきくかどうかいささか不安だ。

そこへ、二人の候補生に担がれた担架が我々と反対に病院の方へ向かっていった。あとから聞いた話だが、一一年式軽機の空包射撃をやっていて、状況終わりで立ち上がったとき、かけてあった安全装置が不完全だったため、銃を立てて床尾（しょうび）で地を突いた途端撃発し、右の頬や耳をそぎ取られたという事故だった。

営門に歩調を取って入る。そして一中隊兵舎へ。第一区隊へ行ってみると皆、演習に出ていて班内はガランとしていた。安積候補生という髭の濃い男が一人残っていた。青の腕章をつけている。内務取締候補生に勤務中だ。

夕方、演習に行っていた連中がドヤドヤと帰ってきた。久し振りで嗅ぐ砂塵と汗と革具とスピンドル油のにおい。岡田が、「ヤァ、よく帰ってきたな、マンマルやないか」と言って自分の顔をピタピタとたたく。本当に、とうとう帰ってきたのだ。長丸隊長、辻井少尉、週番士官に帰隊の申告。

区隊内の編成はすっかり変わっていて、自分は第三班に入れられた。隣は大石(アメリカ二世だ。やっぱり二世だけあって考え方も言葉も多少違ったところがあり、南洞谷戦闘射撃のとき、「榴弾ありったけ撃て」と奇妙な号令をかけて辻井少尉が度胆を抜かれたという図太い男だった)、河口、高橋、中島、金子、小川、内田、松村、石井ら。向かい側は原、そして海老塚、根岸、大野、荒井ら。

何よりも一ヵ月のおくれを取り戻さねばならぬ。さっそく夜、大石から教練手簿(しゅぼ)と参考綴を借りて写しにかかる。いよいよ殺されるくらい辛いぞと脅かされていた石門予備士官学校の生活が始まったのだ。

4 石門予備士官学校

石門予備士官学校は、少し北にある保定のものに比べて、歴史は浅い。元来、保定の予備士官学校は、蔣介石時代の保定軍官学校を接収して利用したものではないだろうか。戦争が長くなると、最下級の将校が小隊長として最も戦死傷しやすく消耗が激しい。そのため戦時初級士官の大量養成が必要になったに違いない。内地にも各地に予備士官学校ができた。

石門の予備士官学校は元来、下士官候補者隊だった。現役の兵隊から優秀なものを選抜して、下士官候補者として集合教育がおこなわれた。そして下士官候補者の中には優秀な成績をあげ、大尉、少佐まで進んだものもあったのである。更に戦争が長く苦しくなると、この候補者士官者隊をも予備士官学校に昇格させたようである。

学校といっても、一般の連隊兵舎の構造と施設を有する。各中隊が一般中隊、歩兵砲、機関銃、通信の各中隊であり、候補生を収容して一般兵並みの扱いをする。中隊長は少佐または大尉。各中隊は四区隊編成となり、中尉または大尉(後には少尉)の区隊長、区隊附の少尉一人。下士官一人で構成される。

区隊というのは一般中隊の内務班とも違う。陸軍士官学校も区隊編成になっているらしいが、士官学校の区隊は上級生・下級生の混合編成ではないかと思う。予備士官学校の区隊は四二～四五名編成であり、これは予備士官学校教育に必要な小隊教練・小隊長教育に便利なようにしてあるのではないかと思う。

ひとつの区隊には部屋の区切りの必要上、三つの班があるが、一般中隊の内務班とも違う。点呼報告も区隊ごとにやる。一般中隊と非常に違うところは、まったく階級年次同等の候補生ばかりの集団であるため、大いに自主的行動と協力が必要なのだが、区隊ごとに輪番で区隊取締候補生、内務取締候補生を勤務させる。

区隊取締候補生は、主として日々の訓練・演習につき、区隊長、区隊附将校、下士官、兵器係下士官との連絡、伝達にあたり、演習集合に責任を持つ。内務取締候補生は内務班長にあたる。点呼、掃除その他内務上の責任を持つのは、同級の候補生に対して威力を発揮することはまことに難しい。

区隊または内務取締候補生、演習小隊長、分隊長あるいは週番士官、下士官、上等兵の勤務候補生は、いわば自治組織または練習のためなのだろうが、およそ権威がないのだから、なったものこそ災難である。

自分はとにかく、この一ヵ月のおくれを取り戻さねばならぬ。教練にはまだ初めのうちは各個戦闘訓練の地形地物利用の程度であった。学科は大したものではなかった。ただ、厚和の教育隊以上に候補生同士の競争心が強く、結局は頼りになるのは自分ばかりだということである。

教育隊でも厚和の場合は、実戦部隊所属だから、いわば部隊の厄介物扱いされ、何よりも給与が悪く、教練用の弾薬資材も決して十分なものではなかった。ところが、ここは北支派遣軍の中の独立部隊であって、独自の経営ができるということもあってか、給与はもちろん、兵器、弾薬、装備はまことに潤沢であった。特に演習用の各種空包や信号弾、発炎筒、ガス弾などを十分使わせてくれた。また、酷寒という最大の障碍がなく、実力さえあれば十分能力を発揮できたのだ。

《中隊長　長丸静雄大尉》
陸軍士官学校出身。まだ二八歳だったということだが、頭頂は禿げあがり、鼻下に髭をたくわえ、贅肉のない体は引き締まっていた。九州の人。年齢からいえば第三区隊長・千葉大尉、第四区隊長・小六（ころく）中尉よりも若いのだろうが、温厚で候補生一人一人の個性にも通じ、決して無茶な訓練はしない人で、中隊の候補生の信望を集めていた。途中から少佐に進級。

《第一区隊長　小川時寛大尉》

下士官候補者出身だということである。つまり、一般兵からたたき上げた人で、候補生教育のやり方は堂に入ったものである。辻井少尉があまり候補生によく思われていない反面、それだけ小川大尉は尊敬された。ところが後に教育隊から、かなりの将校が引き抜かれ、小川大尉は第二中隊長に栄転し、辻井少尉が区隊長になったのであった。自分は面白くなかった。

《区隊附　辻井義彦少尉》

さて、年齢がどれ位なのか、どうもよくわからない。少なくとも他の区隊附将校のような若々しさがなく、候補生に対して妙に威張った言動が見えて、結局、候補生からは陰で嫌がられていた。何か候補生がヘマをやった場合の叱り方があまりにしつこくて、叱られたものの反感を買った。正直なところ自分もこの辻井少尉は嫌いであり、打ち解けることはできなかった。妙なところで中隊長や区隊長にへりくだったことを言うところがあり、かえって候補生の尊敬を得ることができなかったのだ。大阪出身の人間だ。

《区隊附　斉藤軍曹》

どこの出身であったか知らない。予備士官学校の区隊附下士官は、初年兵教育隊の班長とは違う。せいぜい区隊の被服、陣営具、兵器の世話、教練助手の立場にあり、教育上等兵程度の役目である。何しろ我々は途中で軍曹の階級に進んでしまったのだから、互いに具合の悪いことである。

予備士官学校の中隊には勤務兵はいない。中隊事務室には人事、兵器、その他の係として曹長が三人ほどいた。

兵器係 八木下曹長、〇〇係 佐々木曹長、被服係 稲垣曹長である。衛生兵は必要に応じて部隊の医務室から一中隊の専任として一人派遣されていた。

第二区隊長　石井中尉　区隊附　阿部少尉
第三区隊長　千葉大尉　区隊附　〇迫少尉
第四区隊長　小六中尉　区隊附　森脇少尉

石門予備士官学校の生活は約八ヵ月続き、同一地点での駐留という意味では自分の軍隊生活中で最も長かった。その割に記憶が雑然としていて、とりとめがない。無論、訓練は激しかったが、厚和の教育隊と違って甲種幹部候補生、即ち将校の卵の養成機関なので、一般兵というものはまったくいなくて中隊長以下、我々を一応紳士として扱ってくれる。むしろ候補生相互の切磋琢磨が主眼というわけだが、しかしこれではかなり要領の良し悪しが関係してくる。

学生出身の候補生で、ひとかどの学歴はあって頭脳的に優れているものが多いことは事実だが、生来の人格というものは致し方のないもので、しかもこれは評価しにくいものである。こと戦争技術ということになってくると、人間の良し悪しは実のところ絶対条件ではなくなってくる。そのため、いわゆる要領というものが、かなり幅をきかせる余地があることにもなる。一般社会の学校もそうだが、このときの成績というものは、後の考課表に大いに影響するだろうが、軍人としての実力というものが一体、何を意味するかによってだいぶ評価は変わってくるだろう。

残念ながら自分が経験した予備士官学校でも、区隊長や区隊附の評価が必ずしも他の候補生や、配属部隊将兵から見ての評価と一致するとは思えない例にしばしばぶつかったものである。その一例が区隊附の辻井少尉だ。幹部候補生教育隊教官になるぐらいだから優秀な将校として選抜されて来たのだろうが、暗黙のうちに候補生の軽蔑を買っていた。

軍人精神充溢している如くに装い、口に勇ましいことを言って候補生を説教し叱り飛ばすが、その人格は低劣という他はない。特に中隊長その他上級者に対する必要以上に卑屈な態度と候補生に対する必要以上の見えすいた、しつこい説教は鼻持ちならぬものであった。そして長丸隊長が少佐に進級したとき、隊長に向かって言ったという「中隊長殿が少佐に進級されたことは、自分が中尉に進級したよりも嬉しい」という言葉を例に挙げるだけで辻井少尉という人間を想像してもらうより仕方がない。

まぁ、表現の自由を尊重するとしても、これが大日本帝国陸軍軍人の口から吐かれたことは重大だ。この噂が拡がってから、区隊の候補生の彼に対する評価はガタ落ちになったと思う。区隊の候補生には各地の出身者がいたが、自分の班にはどちらかといえば関東勢が多く、大阪出身の辻井少尉の言動は、関東人の関西人に対する軽侮という形に転化されたようだ。そして、自分が関西人であるため、暗黙の内に妙な白眼視が芽生えてきたかと思う。

自分はこの時以後、自分が関西人であることに引け目を感じ、ひたすら大阪人を恨んだ。後に経験し、また戦後にわたる諸記録や聞いた話からも、軍人としての関西人の実力については、あまり高く評価することができないことを残念に思う。幸いなことに、後に自分が配属された伊東隊には関西地方出身者はなく、自分もできるだけ関西人の体面を汚すことのないよう努力したつもりだが、常にこの辻井少尉のことが気がかりであった。

自分は決して立派な候補生であったわけではない。一ヵ月の病院生活で心身とも骨抜きになり、何よりも学科、実科ともに、このおくれはかなりの負担となり、自信の喪失を招いた。そして必ずしも完全に恢復したわけではない脚気が、しばしば再発した。また、京都ほどではないにしても、かなりの高温多湿の初夏の石門附近の気候は恢復途中の自分には厳しいものであり、夏に弱い自分の体質には実力発揮を阻んだ。

候補生ばかりの教育隊では、小隊教練をするにも小隊長を輪番でやり、分隊長や列兵は皆、候補生が本物の兵隊として動作するのである。元来、擲弾筒分隊出身の自分は、小銃はともかく、軽機に関する知識はあっても軽機射手としての動作はよくなかった。無論、予備士官学校へ来るほどの幹部候補生ともなれば、一般歩兵の使用兵器についてはすべてマスターしているはずのものである。

自分も軽機について、その機能・構造を知識としては一応、知っていたが、軽機射手としての動作となると、体力の不十分さが動作の拙劣となって表われ、辻井少尉の不満を買ったことが多い。射撃と地形地物の利用、運動と射撃の連携など、機敏な動作と体力を必要とする教練では、結局あまり実力を発揮できず、この段階でかなりの損をし、辻井少尉の自分に対する評価を落とし、これが後々までも影響したようだ。

厚和の教育隊と違い、豊富なプリントや参考書を配布し、しばしば学課試験がある。一方、将校としての教育上、簡単な戦術の学科と実験など、かなり広範な教育が施されたが、あくまで基本は陣地攻撃の小隊戦闘教練である。これは昼間はもとより夜間、薄暮、黎明、ガスがある時、爆薬使用、鉄条網など構築物の突破、トーチカ攻撃、対戦車攻撃など、まことに広範多岐にわたる。そして夜は日夕点呼まで自習時間があり、当日の教練の復習、翌日の教練の準備をし、教練手簿、参考綴の整理、反省録の記入など、結構忙しい。無論、個人、区隊支給の兵器手入れ、掃除洗濯、被服修理、各種の使役、飯上げ、食事当番、不寝番などの雑用もあってのことであり、服装などはかなりやかましかった。

班内生活は一切、候補生任せであり、大いに自治精神の発揮が要望されていた。給与は良過ぎるほどで、主食副食ともに十分過ぎ、下給品も酒保品も潤沢であった。煙草に至ってはもう各人でしまい込むのは面倒なので班内に積み上げ、誰でも自由に吸えるようにしたほどである。食事については部隊の経理委員から、各中隊候補生に向かって改善希望調査を求めてきたことがあった。初夏の河北平野では野菜は極めて豊富で、更にもやしが多用されたが、味噌汁に中身が多過ぎて、我々からは中身を少なくして汁が多い方が良いという希望が出た。

何しろ大部隊の炊事場では調理技術のうえからいっても、細かいことをするのは無理で、何よりも新鮮な野菜が食べたかったが、これは望みがなかった。初めは新鮮な漬物も、炎熱の下を中隊へ運んでくる頃には蒸れてしまうのである。そのためか黄色いタクアンが多かった。そのことが原因で妙な事故が起こったのである。

我々と同じ泉部隊出身で、同じ区隊、同じ班の大野源造は、美術学校出身で、割に年も喰っているし、気障っぽい藝術家で、元来が自由奔放な人間なので、この野菜不足に耐えられず、ある日、教練中通過した集落の畑から大根を抜いて持ち帰った。そして缶詰のふたを銃剣の先でブツブツ孔をあけておろしがねを作り、大根おろしを作って食べ、班内のものに食べさせたのである。

それがどうしてバレたのか知らないが、さっそく我々は大目玉を喰らい、首謀者の大野は軽謹慎の処罰を受けた。予備士官学校では、およそ将校の体面を汚すような言行に対してはドシドシ処罰されたが、中でも部隊生全部の候補生を恐怖のドン底に叩き込んだのは、機関銃中隊長、赤星大尉の秋霜烈日のような処罰癖であった。教練中でも日常生活の中でも、いささかでも将校の体面にかかわる言動がある候補生に対しては直ちに罰した。

時とすると中隊の候補生全部が処罰されることがあったそうである。その中隊の候補生はもとより、後に他中隊との連合教練ともなると、他中隊候補生に対しても処罰を強行するのであった。そのため赤星をもじって「鬼星」と怖れられた。

蒙疆に比べると確かに河北は暑く、しかもかなり湿気がある。この気象条件は、新鮮な野菜が少ないため、やっぱりある種の栄養失調を引き起こしただろうと思う。栄養失調という言葉を我々はせいぜい脚気、夜盲症、壊血病ぐらいに思っていたし、また事実そうなのだが、栄養補給が早急におこなわれるなら、すぐに恢復するものと考えていた。

ところが当時、戦時栄養失調という言葉が使われたと記憶するが、要するに強烈な栄養失調ということだろう。むしろこれは学術用語ではなく、新聞などで使われたのが一般化したのだと思う。症状としては普通の栄養失調症と同じであるが、戦時中であるため栄養補給や治療が意の如くならず、ついに恢復できず死に至るということか。

脚気で死ぬなどということは謂わば笑い話である。ところが長らく栄養失調症で入院していたものが何人か死亡したのである。我々は現在、軍曹の階級に進んでいるが、日夕点呼で時に次のような命令が伝達されることがある。

「〇〇候補生、〇月〇日附をもって、曹長の階級に進め、見習士官を命ず」

また一人、我々の同期の候補生が死亡したのだ。自分たちはまことに複雑な気持ちでこの命令を聞いた。

連日連夜、教練と学科でしごかれ、互いの激しい競争に明け暮れる我々には、時に病気にでもなった方が、この苦しみから解放されるだろうとさえ思われた。油断も隙もならぬ日常生活では、かつて夢に描いた見習士官は、更に遠い幻影に過ぎなくなった。

「結局、我々は死ななければ見習士官にはなれないのか」と、悲観的な言葉を口にするものも出てきた。

自分の脚気はよく再発した。給与は厚和の教育隊に比べて、贅沢過ぎるほど良くなったには違いないが、大部隊の炊事ではキメの細かい給与は無理であること、そして蒸し暑い天候、健康者に伍して一歩もおくれることを許さぬ教練。体はやっぱり急には良くならなかった。

演習から帰ってくると脚が膨れて重い。動作が敏捷にできぬ。下痢が続く。石門だけではないが、支那は水質があまり良くない。生水を飲むことはかたく禁じられている。無論、兵舎には給水塔とポンプがあり、各兵舎には十分の水が出るが、その水は硬水で石鹸も上手く泡立たぬ。ところが暑い天気の日、激しい運動をすると、すごい汗が出て喉がカラカラになる。どうしても冷たい水を飲みたくなる。

班内にはヤカンの中に熱い茶はあるが、飲めたものではない。それと一面、有り難いことには違いないが、炊事場で作る食事はかなり油気が多いものであった。昼食にはよくカレーライスが出た。ところが、このカレーが驚くべきもので、食罐に入っているカレーを見ると、約八分の一ほど上が透明な油の層なのである。これが人によっては下痢の原因にもなったと思う。

体がずいぶん肥ったことも事実だが、どうも脚気のための「水ブクレ」でもあったらしい。その証拠に下痢をすると急に脚が細くなり、下痢がなおると脚が腫れ上がるのである。これは我々の候補生にとって大変困ることのひとつであった。特に予備士官学校では服装の乱れは厳重に罰せられる。初年兵の頃にも散々言われたことだが、巻脚絆をキチンと巻いたあと、その末端の三角部分の先端が、軍袴の横の縫い目とピタリと一致しなければならないのである。

これは何度もやっているうちに自分の脚の太さがわかってくると、巻き始めの位置を加減することによって、縫い目と合わせることはそれほど困難ではない。ところが、その時その時の体の調子によって自分の脚の太さが変わってくるとなると、話は別である。毎日、脚の太さを考えて、脚絆の巻き始めの位置を決めなくてはならない。

無論、予備士官学校が退院してきた体の弱い候補生の健康状態に無関心であったわけではない。中隊には保健係将校がいて(四区隊附森脇少尉)、各区隊の要注意者に健兵錠(エビオス、つまりビタミンB剤)や肝油錠などを定期的に配給してくれた。また、これは保健係からの指示があってのことかどうかは知らないが、ある日曜日、各区隊の脚気候補生が週番下士官に呼び出された。そして脚気には毎朝、朝露を裸足で踏んで歩けば良いとのことで、草の上を裸足で駈歩をやらされた。こんなまじないみたいなことを二、三日やったところで何の効果もあるまいと思う。

また、これも誰の指示かわからないが飯上げのとき、脚気患者に特別配給だと称して飯盒一杯の米糠と、懸子(かけご)一杯の砂糖が与えられたことがある。米糠を飯にかけて食べよということである。米糠だけでは旨くないだろうから砂糖をやるとのことだ。まぁ、確かに米糠にはビタミンB1が含まれていることは事実だが、これを飯にかけて食べさせるとは誰が考え出したのだろう。何れにしても、その心尽しには感激して有り難くいただいて飯にかけ、更に砂糖をかけて食べてみたが、これはまたサッパリ旨くなかった。砂糖は有り難かったが、糠のほうは半分ぐらい捨ててしまった。

結局、色々の治療を受けたけれど、この蒸し暑さは自分の体にどうしても合わず、後に秋風が吹き出し、爽快な青空がひろがる頃になって、やっと脚気の重荷から解放されたのであった。

5 食べる楽しみ

予備士官学校教育の目的は戦時初級士官の大量養成であり、将校としての資質を叩き込むことにあるが、すべてが同列同級の候補生の世界では、眼前の日常教育の課目を何とか消化するのが精一杯で、とても将校の矜持だとか何とか言ってみても、本当のことは一般部隊に配属されてみなければわかるものではない。

候補生に日曜外出があるわけでもなく、他中隊との交流があるわけでもない。結局、日常の楽しみといえば食べることしかない。従って当時の思い出の相当の部分を食べ物が占める。

前述の通り、石門ではひもじい思いをしたことはない。むしろ食べ残したことはある。現金なもので、量に満足すると質の不平が出てくる。今でも思い出すが石門でもかなりの代用食が出た。昼食にはよく煮込みうどんが出たが、作ってから各中隊に運ばれ、更に各班に分配される頃には、うどんが汁を全部吸い込んで、うどんばかりの塊になっている。それを大きな杓子で各班に分けるので、形が崩れておよそうどんらしからぬ物体になっている。

また、飯やうどんと共に饅頭がよく出た。いわゆる内地の饅頭（マンジュウ）ではない。アンコはまったく入っていない。フワフワの蒸しパンで饅頭（マントウ）である。自分はこれが好きだった。中にポツポツと干しナツメのジャムが入っている。だんご汁もよく出た。粉はかなり上等なものなので、結構旨かった。カレー汁のだんごも旨かった。

時々、飯上げ当番や週番勤務で炊事場へ行くと、ブタを殺している。ハハー、次の食事ではブタが出るなと楽しみである。ところが自分の覚えている限り、まともにブタ肉とわかる塊が食事に出た記憶はあまりない。ただ、いつも味噌汁には感心にブタの肉が入っていた。但しこれはダシを取るためであって、まともな肉ではない。ブタの皮である。つまり皮つきの皮下脂肪組織だ。モヤシなどと一緒に短冊型に刻んだブタ皮が入っている。ただ、注意すべきは一応、毛は取るのだろうが、まだかなり残っていて、しかもこの辺りのブタは黒毛の奴なので、脂肉の片側にハケのように黒い毛が生えている。

我々はこれを手で抜いて脂肉を食べた。結構、旨かった。そして、これを我々は「歯ブラシ」と呼んでいた。まことに正しく的を射た呼び名であったと思う。

魚のから揚げもよく出た。大量に作るので、よく熱せられてパリパリになり、骨も皮も食べられるのは有り難かった。頭でっかちの魚だが名前はわからぬ。演習で遠くへ行くときには、もちろん飯盒に昼食を入れていくが、こんな時にはよく塩漬けの魚を焼いたものがついた。これも正体はわからなかったが、察するところ長大な太刀魚の一部ではないかと思う。

ところがこの塩干魚はすごく塩気が強く、魚というより塩の塊を食べているようだった。かなり大きなひと切れをくれるが、飯盒一杯の飯を食べるのに、ひと切れではいつも余るくらいであった。正体がわからぬままに、この魚は我々から「ネコマタ」というあだ名をたてまつられた。『徒然草』に出る怪物のネコマタの名を拝借したわけだが、実はネコもマタいで通るほど辛過ぎるの意味である。

しかし石門の食生活は、まことに満足すべきものであった。

6 耐熱訓練

時に耐熱訓練と称して、暑くて乾き切った日、午前午後を通じて行軍と演習がおこなわれ、無論昼食携行だが、終始水筒一本の茶で我慢する訓練があった。

自分は小さい時から汗かきである。汗が多量に出ることは、体温調節機能からいえば当然のことであって、出なければ困るのだが、これも程度問題で、いつも好きなときに服を脱いで十分に汗が拭けるというならともかく、完全軍装で炎熱の下で激しい演習をし、分秒を争う動作をするのでは、汗を拭く間も意の如くならず、汗は流れるに任せることになる。同じ時間、同じ動作をやっても、個人の体質によって汗の出る量は違うものらしく、あるものは殆ど汗もかかず涼しい顔をしているのに、あるものは大汗をかくこととなる。

自分は残念ながら後者に属するので、汗は目に入るし眼鏡は曇るし、更にその上に灰のような土埃が附着すれば、まことに不自由で敏捷な行動が妨げられる。また、どうも自分の汗かきは人並みはずれて多いので、ひとつの動作を終えると、汗は滝のように流れて襦袢を通し、軍衣の上に滲み出して、服のまま風呂に入ったようになり甚だ見苦しく、自分も気持ちが悪い。ある時、演習終了後、自分だけが水から這い出したように服を濡らしていたら、辻井少尉が「オウ、北村候補生、貴公よくがんばったな」と言ったことがある。何も自分が特別に張り切って動作したわけではない。察するところ、自分の大汗を見てよほどがんばったのだのだと勘違いしたらしい。まったく笑止千万であった。

下半身から出た汗は軍袴の上まで滲み出し、膝の下、つまり巻脚絆で締めつけたところに溜まってしまう。すごいものである。ところが不思議なもので耐熱行軍で炎熱に灼かれ、しかも水筒一本で過ごした時、この大汗が出なくなったのである。案外、爽快な気分で汗が出ないため、要らぬところで気を使うこともなかった。結局、少年時代からの大汗かきは、喉が渇くままに水や茶をガブガブ飲むために、それがそのまま体表に吹き出すだけのものであることがわかった。以後は多少、喉が渇いてきても大量に水を飲むことを控えることにした。

この結果は甚だ満足すべきものであった。そして後年、伊東隊へ配属されて河南で活躍したときも、撤退行軍で水も不自由な中条山脈越えをしたときも、昔なら到底耐え得なかったと思われる状況に耐えられる自信を得たのであった。

7 熱糧食

ある日の日課の演習で一日行動したとき、昼食として渡されたのは小さなキャラメルの箱ぐらいの熱糧食であった。我々に実際体験させるためだったのか、それとも我々を使って実用実験をしたのか知らないが、いつもなら飯盒一杯の飯と例のネコマタをくれるところを、ポケットに入れても大してかさばらない箱がひとつなのである。

昼食のとき開けてみたらオブラートに包んだ緑色のヨウカンのようなのが三つ入っていた。食べてみると、やや硬く、粘り気のある緑茶入りのヨウカンのような味だった。何よりもこんな菓子のようなもの三切れだけでは、さっぱり満腹感がなく、あまり評判は良くなかった。おそらく栄養学的には一日分に必要な炭水化物、脂肪、蛋白質、ビタミン、ミネラル(無機質)を含み、カロリーは十分なのだろうが、激しい運動をする我々には満腹感が伴わないものは、いくら栄養があっても歓迎はされない。しかし、熱糧食は次のような場合を考えれば確かに必要だと思う。

携行に便利（軽く、かさばらず、多量に携行できる）、従って糧秣の補給なしに長期間行動できるわけで、偵察部隊や補給困難な警備隊には便利だろうし、保存もきく。説明によると背嚢に一杯詰めると一人一ヵ月の行動が可能ということである。

更にこんな意義がある。熱糧食は濃縮した栄養素を主としているので、不消化の部分が殆どなくて、大便の量が減る。これは常人には想像もつかないことだが、激しい戦闘中で弾雨を浴びていたり、急行軍中、便意を催す場合どうするか。人間だって動物である限り排便は仕方のないことだが、これが軍人ともなれば命取りになりかねないものである。

緊迫した状況で行軍中の脱落は、敵状にもよるが本人の命にもかかわるし、部隊の行動に差し支える。まして弾雨を浴びての戦闘中に、まともな姿勢で排便できるはずがなく、うっかりすればそのための戦死傷だって考えられる。文字通り〝糞死（フンシ）〟では死んでも死にきれない。それを考えると確かに熱糧食の存在価値は大きいものである。

8　昆虫と人間

我々は、ある部隊から他部隊へ転属、派遣されるとき、長距離旅行するだけで、折角、中国大陸へ来ているのに、時に演習や行軍で現地人集落へ入ることがある以外、一般の中国民衆の生活に接することはない。厚和の教育隊生活も、現在の予備士官学校生活も、まったく外界から遮断された温室植物のような生活なのである。

内地に比べて中国の現地生活は一般に不潔で、伝染病や害虫は内地とはケタ違いにひどいとよく聞かされたものである。夏になってから班内の寝台上には長い蚊帳を吊るようになった。確かに蚊は多く、ハマダラカがおもであったと思うが、蚊取線香もあったし、フマキラーの撒布器もあった。さすがに石門ではシラミはいなかったが、ノミは実に多かった。しかしこれはもう慣れっこになっていて気にもしなかった。

蝿はすごく増えてきた。後年の黄村陣地ほどのことはなかったが、ひどいものであった。そのため夏には時に部隊全部の「蝿取り週間」が実施された。ただ、一般社会のこの種の行事と違って、軍隊の学校のことであるから、たとえ蝿取り週間でも、「部隊長日日（にちにち）命令」により全部隊いっせいに実施し、しかも各中隊競争でやるのである。

日夕点呼で部隊の日日命令によりその実施が達せら

れ、週番士官は絶対他中隊に負けるなと気合を入れる。そして中隊の実施要領として、各人蝿叩きを二本ずつ作って、大いに戦果をあげよと言う。驚いたことに中隊、一日分の戦果は週番下士官がまとめて袋に入れて部隊本部に持参し、そこで各中隊から持ち寄ったものの数を数えて棒グラフを作るというのだから、うっかり手を抜いていることはできない。

無論、蝿取り週間だからといって、日課で決められている手前、午後の演習や夜間演習はもとより、日常の仕事が緩和されるわけのものではない。掃除や食事、兵器手入れ、洗濯などの仕事を差し繰って、その隙間に蝿を取るのである。有り難いことに蝿はいくらでもいるのだから、机の前に坐って待機していれば、机の上に止まるのを待って、両手の蝿叩きでパタパタやるだけでいくらでも取れる。それを割り箸でつまんで封筒の中にとっておいて提出する。他に大した楽しみもないのだから、結構面白かった。

部隊の炊事場は一中隊兵舎から遥かに遠い北のはずれの方にあるので、蝿のおもな発生源は便所だろう。とってもとっても大きな蝿が来るので、果たしてこれで効果があるものかとさえ思った。

ところが数日たって、蝿取り週間も半ばを過ぎると、驚いたことに室内の蝿が少なくなってきた。公平を期すために各人の責任捕獲数を決めており、特に演習に出ないもの（多少体の具合が悪くて診断の結果練兵休になっているもの）は多く割り当てられていたので、時に一匹の蝿を数人で奪い合うという事態が起こってきた。更に責任感の強いものは班内では駄目だと見切りをつけて、便所やその周辺へ進出する熱心さであった。

中隊全部がこれをやり出したため、便所がかなり混雑した。更に週間の終わりに近く、いよいよ蝿が少なくて競争が激化するに及んで、一部のものは大便所の中に入り、内側から錠をかけて中に一人で立て籠もり、戦果を独占するというサムライまで出てきた。こうなるといささか悲愴味を帯びてくる。

演習から帰ってきて、さてここで我慢してきた腹の中の荷物から解放されようと、下痢気味の腹を抱えて便所へ行く。ドンドンと扉を叩くと「オーイ」と返事が返ってくる。ヤレヤレと次の扉を叩いても、その隣を当たってみても、どこも空いていない。皆、先住者がいるのだ。そんな馬鹿なことがあるものか。こちらは気が気でない。まさか他中隊まで遠征するわけにもいかないではないか。便所の中をアヒルのような恰好で走り回っていると、何とも異様な音が扉の中から聞こえてくる。「パタン、パタン」と板壁を叩く音である。

こん畜生、何という奴だ。こちらも必死である。扉をガンガン叩きつけ「ヤイ出てこい、こっちは本ものだぞ」と脅かすと、やっと中から扉が開いて、蝿叩きを持った奴が苦笑しながら汗だらけになって出てくるという馬鹿なことがあった。また、大きな蝿を叩き潰すと、いきなり数匹のウジが出てくることがある。一部の大きな蝿はすでに腹の中で卵が孵化して、ウジになっているのである。

妙な奴がいて(中島候補生)、わざわざ封筒の中で、このウジを飼育して蝿にしようとしていた。正に末期的症状というほかはない。

驚いたことに蝿取り週間が終わってみると、班内に蝿の姿が消えてしまった。何しろ蝿も多いが兵舎の中には血気にはやる候補生が充満していて、部隊全部が総攻撃をかけたのだから無理もない。どこの中隊が優勝したのか知らないが、一中隊でなかったことは確かである。

しかし、このような行事で各中隊の優劣を決めるのは妙なものだ。炊事場に近い中隊はどうしても戦果が多いだろうし、また、戦果の多い中隊は、それだけ不潔だということになるからである。しかし、便所の構造からいっても、また有効な殺虫剤がなく、もっぱら蝿叩きで取るという原始的な方法では到底撲滅ができるはずもなく、その後、数日経てば、また蝿はチラホラ班内に現れるのである。

9 訓練即戦闘

自分は今まで、厚和の教育隊のことを書く時でも、この石門のことを書く時でも、演習のことをまったくと言ってよいほど書いていない。自分でも何とか思い出そうとするのだが、軍務に精励することに於いて、絶対人後に落ちなかった自分にして、よほど特殊なことしか記憶がないのである。

ということは明けても暮れても日常生活、即ち訓練というわけで、文字通り日常茶飯のことであり、また同じことを覚え込むまで繰り返すので、これでは首尾一貫した意味を持つ記憶になるはずがないからである。

このような予備士官学校では小隊長の養成が最大の目的であり、従って小隊教練が基礎である。そして後に他区隊との連合で中隊教練、他中隊との連合で大隊教練までおこなわれる。

前にも書いたが、さすが予備士官学校だけあって兵器装備は十分だし、演習用機材も完備している。また、演習用各種弾薬、空砲はまことに豊富でぜいたくであった。

演習用各種空砲の員数点検、配布、残弾と打殻薬莢の回収は、区隊取締候補生の責任で区隊附の斉藤軍曹から配布され、また返納するのであった。空包といえども打殻薬莢の回収は厳重で、列兵として動作するときも小銃を撃つごとに薬莢を拾い、落ちた挿弾子とともに弾薬盒に入れなければならない。手早くやらないと射撃動作が敏活を欠くし、走ればガラガラ音がする。また軽機弾薬手はまことに頑丈な短い捕虫網のようなものを蹴出口に当てて回収するのであった。擲弾筒空包は回収する部分がなくて撃ちっぱなしなので有り難い。

戦闘教練中、互いに手榴弾を投擲することがあるはずだが、これには空包というものがない。だからと言って、石を投げるわけにもいかない。厚和のときは、各個戦闘教練がおもであったので、陣地攻撃ということはなかったと思うが、石門では、小隊教練陣地攻撃がおもであり、小隊防禦戦闘教練、村落防禦戦もあった。当然、最終段階で手榴弾投擲を伴うものである。

そのため石門では爆包というものをさかんに使用した。何重にもかさねたセロファン包みの中に、淡褐色の粉が入ったお手玉のようなものだ。無論、中の粉末は発火・発煙剤であって、口のところに長さ約五センチの緩燃導火索がついている。

この爆包を二～三個ポケットに入れていく。特に陣地攻撃で対抗軍になるものはたくさん持っていった。そして攻撃軍が近づくと、マッチで火をつけて投げると「ボカッ」と鈍い音がして、炎と煙を噴き上げる。マグネシウム粉末も入っているらしく、昼間でもかなり強烈な白い炎が出る。

緩燃導火索は一秒で一センチ燃焼するので、火を点けてから五秒以内に投げる必要がある。あるとき兵舎西南方の北杜村入口で、村落防禦と攻撃の演習があった。安積候補生（どこの出身だったか知らないが、目がギョロリと光り、頬髭、あご髭が黒々としているので、恐ろしげに見えたが、本当はノロマであった）も対抗軍になって爆包を持っていたが、攻撃軍が目の前に来過ぎたので銃剣で格闘しなければならぬと思ったのだろう、一旦、火をつけた爆包を握ったままグズグズしていたものだから、手の中で発火し、右手から腕にかけて皮膚がズルむけになるという大火傷をした。

実は石門での八ヵ月の生活中、演習のために大けがをしたという事故は、少なくとも一中隊では起こらなかった。兵器の部品が脱落したということはあったかも知れない。これには後に自分でも嫌な経験がある。

兵器の故障は時にあり、不注意によるものもあった。第一区隊では同室の荒井、大野らが一一年式軽機に銃口蓋をつけたまま空包をブッ放すという事故を起こした。軽機の銃口蓋は小銃のものと違って、銃腔手入れのとき銃口に装着したまま、そのふたを開けて銃口の方から槊杖を入れて手入れするようになっているので、丈夫な鋼鉄製であり、バネでガッチリはまり込むようになっている。それを忘れて嵌め込んだまま発射してしまったのだが、連中は気が附かなかった。

演習終了後、点検して初めて銃口蓋の亡失が判明したわけで、最初の射撃位置から十数メートル飛び出して落ちていた。これが空包だからよかったが、実包だったら銃口附近の内側で猛烈なガス圧のために銃腔膨張を起こすところだ。彼らは処罰された。

銃口蓋

石門では一一年式軽機ばかり使用したのが、一部の中隊は九六式を使用した。新兵時代、一一年式軽機で訓練されたものは送弾機構がまったく違うので装填操作を誤り、二重装填を起こし、薬室右側面破裂の事故が起こったことがある。これは他中隊だ。

兵舎東方演習場で擲弾筒演習弾の射撃があった。小銃や軽機と違って実弾射撃はやらないが、演習弾はこのときと戦闘射撃のとき撃ったことがある。

八月の終わり頃か、石門から太行山脈寄りにある南洞谷附近一帯で、野外演習および戦闘射撃がおこなわれた。非常に乾燥した暑い日々だった。この時、自分は健康診断を受けたため中隊と行動を共にせず、あとから弾薬、食糧補給のトラックに便乗して行った。中隊は南洞谷集落内に宿営していた。

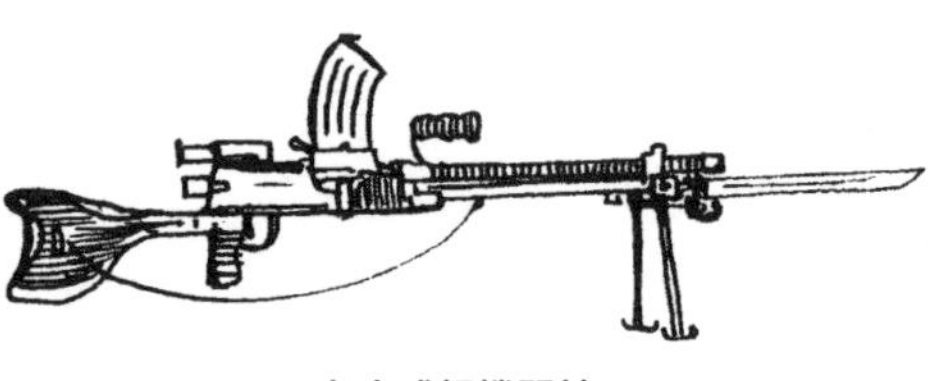

九六式軽機関銃

連日にわたり行軍と対抗演習および戦闘射撃がおこなわれた。戦闘射撃場は低いなだらかな丘陵地帯に、一個小隊くらいの鉄的を散開設置し、それと谷川をへだてた麦畑の中で射撃した。軽機各個戦闘射撃は、射手と弾薬手の二名ひと組、完全軍装。一回六〇発射たせてくれた。短距離ながら運動と射撃の連携。途中で装面した。結構面白かったが、ここで自分でも馬鹿らしくて笑い出したくなる失敗をやって辻井区隊長に、いきなり鉄帽ごと頭を蹴り飛ばされた。つまり自分でもおかしいなと気が附きかけていたのだが、照門と護星頂とで照準したので、射弾の前半の三〇発はとんでもない方向に着弾してしまったのである。

照星と護星

擲弾筒戦闘射撃（演習弾使用）は分隊編成だったと思う。これは甚だ爽快なものだ。装填、照準、発射の反動が実弾とまったく同じ。もっとも演習弾なので、弾着の景況は実弾とはおよそほど遠いもので、信管だけが本物の填砂弾だから、弾着とともに鈍い爆発音と砂煙が立ち上がるだけだ。しかし、照準の習得には非常に有効であった。あとからその弾を回収しに行ったが、信管は撃針と雷管が作動しただけで原形を保ち、本体は先がややラッパ型に開いている。この期間中、下痢で悩んだ。

10　米軍戦闘機の活躍

この南洞谷戦闘射撃中のある午後、対抗演習が終わってイモ畑の中で解散し休憩になったとき、誰かが「空中戦だ」と叫んだ。皆一斉に東方をながめた。はるか石門市上空らしい。かすかに飛行機の爆音が聞こえてきたが、機影が見えるまでには至らない。ところが曇り空を背景に、いきなりパッと閃光が見えたかと思うと、目を射るような強烈な焔の尾をメラメラと引きながら落下する飛行機らしいものが見えた。我々の間からはワーッと歓声があがり、拍手するものもあった。間もなく集合の号令がかかった。

我々は南太平洋の苛烈な戦況や、米軍航空機の威力のおそるべきことは薄々、聞きかじっていたとはいうものの、この辺りに現れるのはせいぜいノースアメリカンP-51ムスタングの三機編隊であり、直接攻撃に晒されたこともなかったが、まだまだ航空機の威力というものに対する認識は極めて浅かったと言える。この場合も燃え墜ちる飛行機と見れば敵機とばかり思っていたからこそ歓声も上がったのである。ところが後に聞いた話だが、この時、撃墜されたのは日本の戦闘機だったのだ。

後に卒業間際、見学に行ったことがあるが、我々の部隊兵舎の東北方に石門の陸軍飛行場と航空隊があった。自分が病院にいた頃は特別操縦見習士官の教育がおこなわれていて、九七式戦闘機の編隊が飛んでいたが、この南洞谷戦闘射撃の頃には、あまり飛行機もいなくて、友軍機をみたことはなかった。

　ところが最近、P－51を主とする米軍機の編隊が頻繁にこの附近にも現れるようになっていた。そして、この日も三機編隊が飛来したので、腕利きの教官の一人が一式戦闘機「隼」に乗り込んで、単機で迎撃したのだった。三対一の劣勢でもあり、性能、武装ともに劣る隼での戦闘では当然、不利のはずだが、その教官は真正面から一機に向かって突っ込みながら連射した。同時に敵三機の機関砲が一機の隼に集中したわけで、隼の方は一撃で発火し、猛炎に包まれて墜落した。我々が目撃したのはこの隼だった。ところが我々のうち一部の目撃者は、火は発しなかったが確かにもう一機墜ちたという。つまり隼が火を発すると同時にP－51一機と刺し違えたわけで、正面から敵の操縦者を射ち抜いたのであった。

　話は前後するが、この戦闘射撃の出発前日か、各区隊から戦闘射撃用の実弾を受領するため、兵舎西側に集合していた。そして弾薬受領直後、空襲警報が発令されたので、そのまま掩体に走り込んだ。

　間もなく南西方からP－51の三機編隊が四〇〇メートルくらいの低高度で、しかもかなりの低速で悠々と進入してきた。居合わせたのが辻井少尉であったかどうかは忘れたが、いきなり対空射撃を命じた。実弾は今もらったばかりのものが弾薬盒に詰まっている。そこへ演習ではなく、本当の射撃命令が下ったのだから、我々は雀踊り（こ）して無二無三（むにむさん）にブッ放した。軽機も弾薬手が脚を支え、調子の良い発射音を立てている。

　さて、何発射ったか知らないが、悠々と飛び過ぎる敵機のうち、左後方の一機がほんの少し編隊を乱しただけで、そのまま大して速力も増さずに飛び去ってしまった。まったくほんの数分間の出来事だったが、皆は非常に興奮した。残念ながらまったく戦果がなかったわけだが、実敵に対して思う存分、実弾を撃ったのは考えてみると、この時だけだったようだ。射耗弾数を調べてすぐ支給された。

　ずっと後に聞いたことだが、歩兵砲中隊でもこの時、戦闘射撃用の弾薬配布中だった。そこへいきなり敵機が出現したのだが、四一式山砲（よんいちしきさんぽう）〔編者註：険しいあるいは狭隘な地形でも行動できる軽量な砲。分解して駄載も可能。野砲と同じ口径七五ミリだが、射程距離で相当劣る〕では如何ともし難く、見送っただけだという。もっとも山砲でも対空射撃が考慮されていて、地中に円型の壕を掘り、中央に円柱の上に円板を載せた射撃台があり、その上に砲を載せてグルグル回すという方法だが、何しろ急に敵機が現れたのでは仕方がない。後に厚和へ行ったとき、歩兵砲見習士官が残念がっていたが、戦闘機でもあれだけ低速・低高度なら、準備さえしていたら榴散弾でかなり有効な射撃ができただろうということであった。

11 対空射撃訓練

対空射撃は難しいものである。特に飛行機の速度判定がまことに難しい。また、距離も実際より近く、見誤りやすい。九九式短小銃一次製品には対空射撃用横尺が附いているが、我々が現在もっている三八式には、そんなものは附いていない。『諸兵射撃教範』には小銃・軽機の対空射撃照準点も示されているが、残念ながら飛行機の速度を時速三〇〇キロメートルと想定してのことなので、あまりにも時代おくれであった。また、防弾がよくできている当時の米軍戦闘機に対し、小銃の射撃が有効であったかどうか甚だ疑わしい。

兵営内のはるか西北方に、対空射撃演習場があった。長さが五〇メートルほどの土堤の前に鉄線が車輪に巻きつけてあり、その車輪のハンドルを回すと鉄線が動く。その鉄線に飛行機の横面図を描いた板を吊るし、それを水平に動かすところを狭窄弾(きょうさくだん)で撃つというものである。あるとき、中隊全員これをやったことがあるが、残念ながらこれはまったく原始的過ぎて無駄だと思った。

我々はだいぶ離れたところに横一列に並んで銃を構え、下士官がハンドルを回して標的を動かすのだが、キーキーと油の切れた車輪の音は仕方ないとしても、割に長く張った鉄線は上下にブラブラと揺れ、従ってそれに吊るされている標的の絵は、およそ飛行機にあるまじき急激な波形を描いて動いていく。バラバラと射っても当たるはずがない。また、緊迫感も盛り上がるはずもない。

果たして命中弾があったかどうか怪しいものである。もしあったとしても、まぐれ当たりであろう。こんなことをするくらいなら散弾銃でクレー射撃をやるか、空を舞うトンビでも狙ったほうが、はるかに有効だと思う。

12 戦闘機対地射撃の見学

時に空地連絡訓練があり、地上部隊から友軍機に敵の位置を示したりする布板の使用法を教えられたが、大陸ではもうすでに友軍機が来てくれることはまず期待できない状況だったから、何にも覚えていない。この時は隣の基地から九七式戦闘機が一機だけやってきて協力した。そしてこの時、地上掃射の実験を見せてくれた。

我々はせいぜい直径一〇〇メートルか、それ以下の円形に並び、その中央に数個のワラ人形が投げ出してあった。戦闘機はこれを機銃で掃射するというのだが、これは大変危険なことだと思う。どれくらいの高度から、どれくらいの角度で進入するのか知らないが、円陣の中央にある目標を、ある進入角度で射撃すれば、円陣を作っている我々の誰かがやられる恐れが十分にあるからである。

やがて戦闘機が一機飛来する。割に低高度である。そして我々の頭上でヒラリと翼をひるがえして急降下すると、ほんの数秒間、殆ど目標の直上からバラバラと五、六発ずつ射ち込んではヒラリと上昇する。これを数回繰り返して飛び去った。

我々はワラ人形に駆け寄って弾着を調べたが、驚いたことにどのワラ人形にも命中弾があった。見事な腕前である。それにしても、ずいぶん低高度でエンジンも大変絞っていた。おそらく部隊でも最も腕利きの教官が来たのだろうと思うが、正に名人藝である。

しかし実際の戦闘で敵の頭上へあんな低高度、低速で進入したら、いっぺんに撃墜されるだろうと思う。また、あのようなことができたのは比較的旧式の九七式戦闘機だからできたので、当時の隼、その他の新式戦闘機や諸外国の第一線級戦闘機ではあんな藝当ができるわけがない。九七式の優秀な操縦性（低速性）と、それに慣れたやや旧式なパイロットなればこそできたのだと思う。

13　対戦車肉迫攻撃

近代戦に戦車はつきものである。支那事変でも、マレー半島進撃にも、日本軍戦車隊は有効に使われたが、大陸は道路事情が悪く、雨が降れば泥が深くて、およそ戦車には不向きな戦場である。

一般に戦車に対しては、当時の常識では対戦車砲（九四式三七ミリ砲）を射撃するか、野砲の徹甲弾を使用することになっていたが、一般歩兵中隊が敵戦車にぶつかれば逃げ出すか、対戦車肉迫攻撃班がこれにあたることになる。一般歩兵の対戦車攻撃資材としては、戦車地雷、棒地雷、破甲爆雷、一式手投げ爆雷、五キロ、七キロ、一〇キロの梱包爆薬、布団爆雷、火焰放射器などがあるが、このうち実物を見たことがあるのは被甲爆雷と火焰放射器だけである。

残念ながら、日本の火焰放射器は有効距離が三〇～

四〇メートルしかないということで、もしこれを実用するとすれば、その兵はそれこそ決死の覚悟でなければならない。破甲爆弾は俗に「亀の子」と呼ばれたもので、小型の黄色薬を布でくるんだ外側に磁石が四個ついていて、押しボタン式信管で発火すると三～四秒で炸裂するものである。布で包んだ黄色薬は亀の甲のようにいくつにも割ってあって、ある程度変型するので多少の凸凹にも適合することになっている。

一般に爆破の効果は、そのものの表面に沿って爆薬が密着している時が最大なのである。

布団爆雷も同じ理由で方型黄色薬を、少しばかり間をあけて布で布団状に縫い込んだものである。

破甲爆雷は無論、磁石で敵戦車の側面に吸着させるわけだが、実際、南方諸地域で米軍戦車に使用してみると、一個ではとてもその装甲を貫通できず、二個、三個と重ねると吸着するが、四個以上重ねると脱落してしまうといわれていた。

ノモンハン事件では九四年式三七ミリ砲が大活躍したが、当時のソ連軍戦車は装甲が薄く、何とか三七ミリ砲でも効果があったが、フィリピン戦線などで出現した米軍戦車に対しては三七ミリでは撥ね返されてしまい、一式機動四七ミリ砲でも駄目で、野砲か高射砲の水平射撃ぐらいしか対抗手段がないとのことだった。

またノモンハンでは火焔びんがかなり有効で戦果をあげたし、手榴弾でやっつけたこともあるという。ところがソ連軍はすぐに対抗措置を講じ、エンジンカバーのまわりに金網を被せたため、火焔びんが撥ね返されてしまう。そこで、まず手榴弾に鉤をつけ、網にひっかけ、この網を破ってから火焔びんを投げつけるという苦心談を聞いたことがある。その手榴弾も一個では効果少なく、二、三個を結合したものを使用したという。

要するに増大する敵の戦車兵力に対しては、さしあたり有効な対抗手段がないというのが実情だったらしい。我々も対戦車肉攻(にくこう)の訓練を受けたことがあるが大規模なものではなく、せいぜい各個で破甲爆雷か梱包爆雷をもってする動作だけだった。だいたい日本内地にいたときでも大陸へ来てからも、まともな友軍戦車に間近く接する機会がなく、戦車というものに対する認識も極めて浅いものであった。せめて友軍戦車がこの訓練に協力してくれたら、少しは皆も戦車がどんなものかわかっただろうと思うが、その頃石門には戦車部隊がいなかった。そのため訓練も隊内広場でトラックを走らせてするという情けない状態だった。もちろん、本物の破甲爆雷を使うわけではなく、その形をした木の塊を使ったのだ。トラックが近くに来ると飛び出して、その側面に木で作った模型爆雷をペタンと圧しつけて、その場にひっくり返るのだが、磁石すらついていない模型だから、コロコロと落ちてしまう。

梱包爆雷は五キロ、七キロ、一〇キロの三種があって、四角の塊である。これに三、四秒の引き抜き式信管がついていて、それを持って飛び出し、戦車の下に投げ込むとともに引き紐を引き、その場に倒れるのである。

それこそ文字通りの肉薄攻撃だから、どの器材を使ったとしても、マゴマゴしていれば敵戦車の機銃で撃ち倒されるか踏み殺されるのはもちろん、自分が投げ込んだ爆雷や地雷で木っ端微塵に吹き飛ばされるのは覚悟の上である。

タコツボから飛び出すにしても、早過ぎると発見されるので、戦車がすぐ目の前に来て、その展視孔（てんしこう）の死角に入ったところで飛び出す。そして梱包爆雷なら、前から引き紐を指に巻きつけておき、ラグビーのパスのように体をひねって爆雷を戦車の下に投げ込むと同時に引き紐を引く。もう信管は作動しているので走って逃げる暇はないし、戦車に撃たれるので、すかさずその場に倒れ込むのである。

その倒れ方が難しい。体をひねって爆雷を投げ込むと同時に身をひるがえしてその場に伏せる。そのとき、すかさず両手の親指で両耳を押さえ、残り四本の指で目をおさえ、口を大きく開けて「ヤァーッ」と叫びながら伏せなければいけない。実戦ならばともかく、トラック相手に木で作った爆雷を投げ込んで「ヤァーッ」と叫んで倒れるのも妙なものである。初めのうち、黙って倒れたら叱りとばされた。

しかしこれには理由がある。生物学的には大口を開けて叫ぶことが必要なのである。数歩と離れていない所で大爆発が起こる。たとえ爆発の安全界に身を伏せることができたとしても、爆風（衝撃波）は鉄板をモロに叩きつけるような凄まじいものであろう。そのために目と耳を蔽うことは必要である。しかし、大口を開いて「ヤアーッ」と叫ぶのはなぜか。

いくら耳を蔽ったとしても、強烈な衝撃が紙よりも薄い鼓膜を吹き破るのはたやすいことである。ところが、大口を開いて、しかも声を出すと、中耳（鼓膜の内側）と喉をつなぐユースタキー管（耳管）が開いて、口から入った衝撃波は内側からも鼓膜に圧迫を加える。薄い鼓膜も一方から強く圧力が加われば破れるが、両側から同時に衝撃を加えれば破れないということらしい。

この時は、対戦車攻撃動作の映画を見せてくれた。火焔放射器に燃料の代わりに水を入れて戦車を攻撃するやりとりと、梱包爆雷投入、退避の高速度映画であった。一式手投げ爆雷といっても実物を見たことはないが、三角フラスコ型の尻（口）の方に布製のビラビラの尻尾がついているのを握り、三角フラスコの底部の方を戦車に向けて投げつけるものである。

これは特殊な形に填実した装薬を用いたもので、一種の穿孔弾である。ドイツで考案された夕弾経始の利用である。中央が凹んだお椀型の炸薬が発火すると、その爆発力はその凹面の焦点に集中してすごい突破力になる。これは「マンロー効果」といって実験したことがある。緩燃導火索は黒色薬をゴムや布で包んでコード状にしたもので、一秒間に一センチの速度で燃焼するが、その断面の黒色薬を釘か何かで少しほじくって凹面を作り、他端から火をつけると、徐々に燃えていた火が、凹面端に達した瞬間、パーッと長い焔が強力で噴き出す。これを大型にすると穿孔弾になる。日本では夕弾〔編者註：正式名称ではなく秘匿名称〕と呼び、投下爆弾にも砲弾にも利用されたが、対戦車用手投げ爆雷もその一つである。

但し、ドイツと違うところは、ドイツ陸軍では「戦車鉄拳」と称して一人携行用のロケット弾にしたのだが、貧乏国日本では腕力で投げようとしたのだった。それも、こんな教育隊にすら実物がないほど不足していたのだろう。この穿孔弾はその凹面が正しく装甲面に直角に当たらないと効果が非常に落ちるとのことで、尻尾にベラベラを附けたのだろうと思う。

棒地雷は文字通り棒状で、戦車のキャタピラの間に突っ込むというものである。訓練では手頃な棒があればよい。戦車地雷は対人畜用ではなく、かなりの重量がかからないと作動しない信管をつけているのだろうと思う。また、単に太い棒をキャタピラに突っ込んでも、ある程度有効だといわれていたが、果して当時の有力な米軍戦車にこんなものが通用したかどうか。イノシシ狩りとはわけが違うのである。また、対戦車攻撃の好機は戦車が凹道を横断したり、坂道で速度が落ちたときだと教えられた。しかし戦後、色々な映画などを見た限りでは、凹道であろうと坂道であろうと近代の戦車にとっては、およそ障碍になりそうもない。一般歩兵がひとたび戦車に攻撃されたら、まず助からないというのが本当であろう。

これは話に聞いただけで、実物はもとより模型も見たことはないが、対戦車、対トーチカ攻撃用に「チビ」

というものがあったと聞いた。これはガラス瓶に封入された青酸化合物で、銃眼や展視孔に投げつけると破壊して青酸ガスを発生し、瞬時にして乗員を殺すというものだったらしい。果して実戦に使用されたのかどうかは知らない。

14 トーチカ肉迫攻撃

ソ連国境のソ連側には縦深・横広にトーチカ陣地が網の目状に配置され、互いに死角を補うようになっているという。また我々は知らなかったがインパール作戦で、日本軍は有力な英印軍のトーチカ陣地でひどい目に遭っていた。

また第二次大戦の初期、ドイツ軍は戦車隊の大量使用で電撃戦をおこない、目覚ましい戦果をあげた。このとき工兵がフランスその他の国境要塞を有効につぶしたのであった。それらの戦訓からトーチカ攻撃法が重要な教育課目に加えられたのであろう。

部隊兵舎の北方、飛行場に近い演習場に数個のトーチカが構築されていた。ここで演習がおこなわれた。

トーチカ攻撃は最低、一個分隊くらいの肉迫攻撃班でおこなわれる。そして班長以下、掩護(えんご)組と破壊組を編成する。攻撃資材はおおむね対戦車攻撃と共通なものであると思う。火焔放射器、手榴弾、爆薬、棒地雷などであるが、特に爆薬には長い棒がついていて、かなり遠くから銃眼の中へ爆薬を突っ込むということをやる。要するに掩護組が軽機その他の火器の全力をあげて支援しているうちに、破壊組は鉄条網などの障碍物を破壊突破してトーチカの死角から近づき、手榴弾や爆薬で破壊することになる。死角から上手く銃眼に近づけたとき、円匙などでその銃眼の中へ土砂を投げ込んだり、その前へ土砂を積み上げるのも良いと言われる。

対戦車攻撃もそうだが、トーチカ攻撃でも破壊組は個人携行の兵器爆薬のほかに攻撃資材を身につけて運搬することになる。そして匍匐前進してトーチカに近迫するわけであるが、軽機や小銃を右手に持ち、その他に棒地雷や爆薬の梱包などを持つことは、両手を塞ぎ、更に他の資材があるはずである。本来なら運べるはずがない。ところが、やっているとなんとかその無理ができるようになるのは妙である。何も手が三本あったわけではない。

このような時には、発射発煙筒や発煙手榴弾を使うことがある。発射発煙筒というのは小さくて携帯便利で、そして約二〇〇メートルも飛ぶし発射筒が附属している。太い針金の脚が附いていて、マッチのようになっている門管をすって発火すると、火が点いて飛び、落下してから二分間ぐらい煙が出る。手で投げる発煙筒も使う。発煙手榴弾は貫井軍曹が一度投げて見せたことがあるが、弾体外面が真鍮製で、普通の手榴弾のように信管を叩いて発火させて投げると、鈍い爆音と共に真っ白な水しぶきのように発煙剤が飛散し、濃厚な白煙をただよわす。トーチカ銃眼に使用すれば確かに有効だと思う。

15　陣地構築

陸軍の戦闘部隊と野戦陣地の構築とは切っても切れぬ関係がある。一つの敵陣地を占領すれば直ちに敵方に向かって陣地をつくるし、行軍を終わって休憩、宿営すれば、すぐに陣地を構築するものである。

初年兵教育隊以来、個人壕の構築は何度やったかわからないし、むしろ一般歩兵にとって個人用掩体構築は、防禦のための基礎的技術に属する。しかし、日本軍の伝統的思想かも知れないが、攻撃は最良の防禦なりということがいつも言われ、どちらかといえば防禦戦闘の訓練は割に少なかったと思う。特に大陸方面で当時、実際に必要であった村落、家屋を利用する防禦戦闘の訓練は殆どなかったと思う。

あるとき兵舎南方の演習場で陣地構築の演習があった。陸軍には『築城教範』という教科書がある。それにもとづいた防御陣地の構築訓練だった。個人用、軽機用、擲弾筒用の掩体構築、鉄条網の構築があった。

準備された松丸太を、タコと称する道具を二人か四人で使って打ち込み、有刺鉄線で張るものである。このときは広い演習場でもあり、土質も比較的軟らかい通常のものであったので、何のことはなかったのだが、卒業近くになってから凍結土でおこなう陣地構築訓練があった。凍結したとしても土に変わりはない、と思っていたのは大きな間違いであって、一度凍結した土は表面一〇センチくらいまでは難なく掘れるが、それ以下の深さになると円匙はもちろん、十字鍬でいくら叩いても撥ね返されるものであることを発見して驚いたものである。これは意外だった。

16　夜間演習

石門では実に夜間演習が多かった。また、薄暮、黎明攻撃の訓練に関係して夜間におよんだこともある。士官学校の演習用器材がまことに豊富であったことはしばしば述べたが、各種空包のほかに各種信号弾、アカ筒、ミドリ筒のような訓練用ガス筒、発煙筒、照明弾、爆薬などおびただしいものがあった。時に、手廻し発電機つきの三〇センチ野戦探照灯を使ったこともある。夜と昼とでは同じ演習場でもまったく違って見えるものであり、とんでもない間違いを起こすこともある。夜間演習というものは辛く、また眠く、疲れもひどいし、時に負傷もするが、しかし昼間演習とはまた違った夢幻的な美しさがあるものである。

空にはギラギラ無数の夏の星。乾燥した埃っぽい草むら。黒々とした木立と集落の民家。甲虫の羽音。驢馬の哀しいいななき。その自然の静寂を破って空の一部を照らし出す赤味がついた閃光。そして間を置いて天地に反響する一一年式軽機の重々しい発射音。小銃射撃の小さい爆音。赤、青、白の尾を引いて消える信号弾。闇の中に、地の底から聞こえるような部隊移動の重々しい靴音。剣鞘(けんざや)が触れ合う音。駈歩する候補生の弾薬盒の中で踊りまわる打殻薬莢の音。白銀の水しぶきのような擲弾筒照明の火花。

ひときわ明るくなる閃光の中に、土埃とともに湧き上がる突撃の喊声(かんせい)。状況終わり集合の号音。

夜間演習は殊更(ことさら)に疲れる。深夜におよんで帰営し、そして兵器手入れ。時によって、次の朝、多少起床時刻をおくらせてくれることがあった。

南洞谷戦闘射撃および野外演習のときだったか。軽機射手をあまりやったことがない自分と、やっぱりあまり成績の良くない中島候補生が終始軽機を持たされた。このときは軽機空包を定数持たされて、早く撃ち尽したいと思っているのに、どうも調子の悪い銃で、さっぱり点射の反復ができず弾ばかり余って困った。

ある夜、高粱畑の中で遭遇戦をやり、敵が近迫してきたので射撃を開始したところ、一一年式独特の大きな発射音とともに紫色の閃光が辺りを照らして一〇発ばかり発射したと思ったら、またもや薬莢蹴出不良で遊底が動かなくなってしまった。これが演習だから良いが、本当の敵だったらえらいことである。

大いに慌てて「軽機故障、射撃不能」と叫んで、無理とは思ったが、その場で手入布を拡げて銃尾を分解してみた。辺りで撃っている小銃の発射の閃光だけの殆ど真の闇だから、部品をなくしてしまったらそれこそ大変である。まったくの手探りである。原因はすぐわかった。抽筒子(ちゅうとうし)バネの折損(せっそん)である。中島が持っている予備品入れからすぐに新しいのを出して結合したと思ったら、敵が突入してきて、こちらも銃剣を引き抜いて立ち上がったところで状況終わりになってしまった。

十一年式軽機関銃

宿舎に帰ってから斉藤軍曹に見せたが、この軽機は区隊装備のものの中でも元来、最も調子の悪い銃であり、今までもしばしば抽筒子バネ折損を起こしていたものであったので、斉藤軍曹も何も文句は言わなかった。このように一一年式軽機にはものによって部品の互換性のないものがかなりあったのである。平和な時代につくられたものだけあって、大量生産というより工員の名人藝によるヤスリ仕上げのものが多かったと聞く。

夜間動作の訓練が夜しかできないことは当たり前である。ところが日本陸軍では妙なものを考え出した。「擬暗眼鏡」というものである。これは防塵眼鏡のような形だが、前面も側面も濃い青黒ガラスでできていて、濃淡の二種があった。

これを真っ昼間かけると、どんな晴天でも太陽が明るい月のように見えるし、辺りは月夜のようである。薄いほうは薄暮黎明というところだ。あるとき、これをかけて営庭で分隊教練をやったことがある。動作している連中は、ふいに目が見えなくなった状態になり、オッカナビックリでつまづきながら歩くし、見ている方は面白くて仕方がない。

自分もかけてみたが、辺りが真っ昼間であるのに、俄かにかけるとしばらくの間は動けない。また、確かに夜の感じがしないでもないが直射日光を浴びているのだから、皮膚感覚としては暖かくて実に異様で気持ちが悪かった。やっぱりこれでは駄目である。一度これをかけて、次に外すときは目を瞑(つむ)って外し、しばらくしてからそろそろ目を開けるように言われた。

17 対八路軍戦闘法

日本軍（陸軍）の想定敵国は伝統的にロシア、後のソ連軍であった。特に満州国建国以来、ソ満国境のソ連軍防禦線の防備はかたく、その突破や、その前の渡河(とか)作戦あるいは満領内の湿地帯作戦にはかなりの研究が積まれ、専用の器材も準備されていた。

要するに日本陸軍の主戦場は大陸の荒野であり、道路事情悪く、夏季の暑熱よりも冬の寒気への考慮が重要視されて、兵器、装備の研究がなされていたらしい。交通、通信不便な民度の低い後進地域で、大兵力の敵と戦闘することが目途とされていたフシがある。

ところが、大東亜戦争の主戦場は思いもよらぬ熱帯のジャングル、島嶼（とうしょ）、そしてかなり文化の開けた欧米列強の植民地だった。準備された兵器、資材、弾薬などはもとより戦闘法そのものが準備されていたものとは、かなり違ったものであった。それでも戦闘そのものの原則は変わりなく、押せ押せ攻撃精神は、かなりの成果をあげることができた。

またそれ以前に、長期にわたる支那事変で、大陸における戦闘経験とその実績は長く準備されていた作戦用兵理論が必ずしも不適当なものでないことを物語っていた。

但し、日本陸軍の戦略戦術は、多分に前近代的なプロシア陸軍の、あるいは第一次大戦時代のフランス陸軍の伝統を受け継いでしまい、相手が同じ戦争理論にもとづいて行動するならば十分対応し得るばかりか、勝利を勝ち取ることができたかも知れないが、物量にものを言わせるアメリカ式の強襲に対しては軍人精神の精華である攻撃精神だけでは通用しなくなってきたのであった。

もうひとつ、我が国の伝統的雰囲気である武士道精神（ヨーロッパ伝統の騎士道精神にも通ずるものがある）では、何とも不可解千万な戦闘理論が出現した。共産軍遊撃戦闘法である。

ソ連の労農赤軍は名前からいっても政治的色彩からいっても、またその発生の動機からいっても、従来の陸軍とはまったく異なるものではあるが、実質的には優良装備の大陸軍であって、それに対処する戦略戦術は何ら従来の陸軍国に対するのと違うわけではない。

ところが毛沢東の中共軍の場合は、同じ政治的色彩を有するとはいえ、まったく形の違うものである。正規の軍需生産設備も徴兵機構もなくて、単に思想を同じくする、主として農民集団から構成された中共軍は、その最初の創設期からまったく従来の常識を破った軍隊であった。

しかもその軍隊を貫くものは、支那古来の地主階級に対する農民の限りなき憎しみであり、更にその地主階級出身の軍閥に対する、更にそれに関係する資本主義国に対する憎しみであった。多くの陸軍が、国家の創立と共に、その元首に対する忠誠を誓い、歴史が古いことをもって誇りとし、何かの形で華やかな一面を持つものである。ところが中共軍成立の基盤は階級相互の憎しみの精神なのである。そこには古来の伝統とか武士は相身互いとか、騎士道精神とかは期待できないのである。

同じように軍隊と呼び、外観上は兵器を使用して敵と戦うことを目的としても、これを従来の軍隊と兵力、装備、機動などで戦力比較をすることは難しい。いやむしろ比較するそのことがおかしいのである。

まったく肌が違うというか、育ちが違うといおうか、従来の正規の陸軍を敵とする場合とは、およそ違った頭の切りかえを必要とする。古来、習い覚えた戦略、戦術理論に従えば、十分な偵察によって敵の動きから、その行動を予測することはそれほど困難ではない。それが中共軍に対しては通用しないのだ。

石門予備士官学校では、対共産軍戦闘法はあまり重視されなかったのであろうが、もしこの教育隊の出身者が大部分北支派遣軍管下部隊に配属されるものとすれば、対八路軍戦闘法こそ重要な教育課目だったはずだ。

18　戦闘射撃

小銃、軽機の実弾射撃は初年兵教育隊の基本射撃第一習会以来、何度もやっている。これは連隊単位の部隊兵舎の近くに設けられている射垜(しゃだ)(標的の後方にある盛土)でおこなわれるもので、方眼的(ほうがんてき)や圏頭的(けんとうてき)を使用しておこなう。一般歩兵のみならず、小銃を携行する兵科のものは必修すべきものである。しかし、これはあくまで基礎的技術であって、実際の戦場でこんな悠長な動作ができるものではない。しかしこの技術はかなり個人の生来の能力というか素質が関係するので、中隊長の責任として優秀な狙撃兵を発見養成することが課せられている。

教育隊、とくに幹部教育隊では射撃成績は重視され、厚和教育隊では助教、助手のつまらぬ功名心が、各班の射撃成績競争を惹起(じゃっき)し、成績の悪いものにはその成績に応じて飯を食わせなかったり半分に減らしたりするという、ひどいことをやった。当時の自分たちにとって飯を減らされるということは文字通り死活問題であった。幸い自分は飯を減らされたことはなかったが、視力の関係で射距離二〇〇～三〇〇メートルまでは良いが、四〇〇メートルとなると標的中央の黒点がボンヤリしてきて、いささか成績が低下したのだった。

戦闘射撃とは、特別に野外で安全かつ適当な射撃場を選び、小銃、軽機は実弾、擲弾筒は演習弾を使用し、鉄的という鉄製の伏的(ふくてき)を地形に応じて配置し、完全軍装で地形、地物を利用して個人、分隊、小隊、ついには大隊単位で前進攻撃するものである。最終的には重機、歩兵砲をも併せて攻撃戦闘をする。これは部隊としても大演習にも比すべき大行事で、野外大演習と併せおこなうことが多い。多大の準備とかなり多量の弾薬を使用する。自分が経験したのは八月頃の南洞谷戦闘射撃と、一一月から一二月の長辛店戦闘射撃であった。

長辛店戦闘射撃は、いわば秋季大演習であって部隊総力を挙げて出動したのである。特別列車を編成し、第一中隊だけで一貨車分くらいの各種実弾、空包の積み込みに行ったことがある。すでに見習士官任官が近く、八ヵ月の甲種幹部候補生教育の総仕上げにあたる。このとき初めて全候補生が新品図嚢を購入してぶら提げていった。

列車に乗り込んで、北京近郊の長辛店引き込み線に入り、鉄道連隊兵舎に入った。遠くにかすむ北京を望み、近くには永定河が流れる。そして支那事変の発端となった盧溝橋が架かり、一文字山がある。

約一週間にわたり、長途の行軍をともなう対抗演習が連日実施され、その間に大規模な戦闘射撃があった。このときは部隊が赤軍・青軍に別れ、各区隊長が小隊長を分担し、薄暮、黎明の遭遇戦などすごいものであった。連日連夜にわたるので睡眠不足になったし、夜は霜が降りるほどに冷え込んだ。

夜間、陣地構築で個人壕を掘り、草やイモ蔓で偽装して、あまりの寒さに外套を引き被って思わず眠り込んでしまったことがある。ハッと気がついたらすでに夜が白々と明け始め、身震いを生ずる寒さ。驚いたことに、すでに前線を突破した敵軍が眼前に迫って射撃が始まっているのに、自分はまだ外套をひろげたままで、装具もまとめていない状態であった。そこへまた運悪く辻井少尉がやってきたものだから、だいぶマイナスになってしまった。なぜまた自分と辻井少尉とは、こうも運の悪い巡り合わせでぶつかるのだろう。

ここでの戦闘射撃は規模において南洞谷のそれとはケタ違いで、丘陵地の斜面広範囲を含んで縦深・横広に敵陣地を設定し、トーチカも数個、このために構築し、一般歩兵中隊、重機、歩兵砲、通信隊を含むものであった。もっとも全部隊が一度に参加することは危険と無理を伴うので、一部が実施し、他は後方丘陵上から見学という形式がとられた。

部隊が展開したところで攻撃開始。まず四一式山砲が支援射撃を開始する。後方で殷々たる発射音が轟くと、我々の頭上を飛行音が交錯し、丘陵地のかなり奥にある数個のトーチカにパッと白煙が立ち上がり弾着音が聞こえてくる。四一式山砲は実によく命中する。次いで一般歩兵中隊が攻撃前進を始める。途中、危険防止のため手動サイレンを使って状況を一時中止し、本来ならば友軍の頭上または間隙を通して（超過射撃、間隙射撃）重火器を撃たせる。

地形の関係からか四一式山砲と九二式歩兵砲の弾着音が互いに干渉して奇妙な断続音に変わる。一般歩兵中隊の攻撃前進と共に、両側後方から重機の支援射撃。真昼の明るい陽射しの下、それを更に上回る曳光実包の連射。白紅色の点線が掃くように敵陣を移動しながら射ち込まれていく。

轟々たる銃砲声、榴弾の炸裂音に交じって「カーン」「カーン」と鉄的に弾が命中して撃ち倒す音が聞こえる。「ブイーン」と跳弾の音。これは空包使用の演習や正規の実弾射撃では味わえない迫力である。発煙弾が白煙を吹き上げて風にたなびく。ここで右前方から敵の逆襲戦車が出現する。近くに戦車隊はいるかも知れないが、いくら何でも実弾を使用する戦闘射撃に人間が搭乗する戦車を出すわけにはいかないので、『諸兵射撃教範』に附図がある橇型移動標的を使用するのである。橇の上に鉄枠を設け、天幕を被せたものだが、それが長い引き綱に引かれて、地面の凹凸の上をイモムシのように動いてくる。「ズドーン」と左後方に布陣している速射砲が独特の砲声をひびかせ、キューンと砲弾が飛んでいるらしいが、たとえ命中しても徹甲弾の信管は剛発信管だから天幕張りの標的には発火するはずがなく、はるか後方に土煙が上るだけで、さっぱり見応えがない。やがて歩兵中隊の突撃が始まり、敵の一線陣地に突入したところで状況終わりとなる。

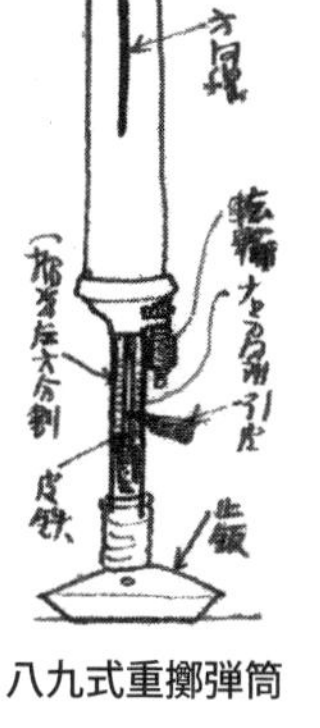
八九式重擲弾筒

あるとき擲弾筒の実弾射撃を見学した。ところが擲弾筒榴弾についている八八式小瞬発信管は、鋭敏過ぎて、一〇〇〇発に一発くらいの割で腔発（筒腔内で炸裂）または過早発（筒口を離れて間もなく炸裂）が生起することになっているという危険千万なものなので、実弾射撃そのものが甚だ危険を伴い、実弾射撃に相当する戦闘射撃にも填砂弾である演習弾を使用するぐらいで、実弾発射は実験射撃に類するものである。断崖の縁に壕を掘り、その前に杭を打ち込んで、擲弾筒四筒を射角四五度になるよう杭に固縛し、引革に長い紐をつけて下士官が壕の中から引き紐を引っ張って斉発したのであった。

我々はこの時初めて擲弾筒榴弾の威力というものを実際に見たのだが、斉発すると青空をついて四発の榴弾が頭を揃えてグングン突進し、落角に入って見えなくなる。やがて谷を隔てた向かい側の段々畑の上に、ムクムクと灰白色の爆煙が吹き上がり、轟然たる炸裂音。かなり遠くの畑の中にも破片が落下する土煙が上る。

自分が擲弾筒分隊出身でありながら、その弾の安全性の上から実弾射撃も経験せず、今に至って初めてその榴弾の威力を知ったのであった。まことにすばらしい兵器であった。そして自分が擲弾筒を分業としたことに大きな誇りを持つに至った。のちに伊東隊に配属後、自分は何かというと軽機よりも擲弾筒を使いたがったものだが、そのすごい威力を知っていたからこそである。しかし射撃した兵隊も自分も榴弾信管の危険性について、そこまで考慮を払っていたとは思えない。本当は威力絶大な兵器であったが、うっかりすると演習中の兵隊を殺しかねない物騒な兵器だったのだ。

19　戦跡見学

長辛店戦闘射撃大演習中のある日、支那事変勃発の戦跡見学がおこなわれた。そして黄濁した大清河（だいせいが）の渡河演習がおこなわれた。宛平（えんぺい）縣城の見学。晩秋から初冬にかかる頃で、空はガラスのように透明。宛平縣城は荒廃し、民家も人の姿が見えず荒れ果てていた。この地をめぐる激戦で城門は友軍の野戦重砲に連射され、門楼はあとかたもなく吹き飛び、重厚な城壁には深くえぐられた爆裂孔があったが、この厚い城壁は重砲でも貫通し得ないものであったことを物語っていた。

明るい陽射しに照らされ、草ぼうぼうの城門周辺は荒城というにふさわしい寂漠としたものであった。

盧溝橋は永定河にかかる長大な大理石橋である。元の時代にマルコ・ポーロが中央アジアから、はるばる旅をしてきてここを渡ったことは確かで、そのためこの橋を一名、「マルコ・ポーロ・ブリッジ」とも呼ぶ。橋のたもとにそれを記念する大理石の碑が立っている。橋面はそれこそ何百年前から通過した人馬、駱駝（らくだ）に踏まれてツルツルに擦り減り、鉄鋲を打った我々の編上靴では滑って危険を感じるほどであった。

その欄干の柱のひとつひとつの上に、人や獣の大理石の小像がのっているが、皆、姿や形が違う。橋は昔はもちろん今に至るまで、北方から北京城内へ通じる重要な街道となっているので、人通りはかなり激しい。そしてちょうどその時、背の両側に色鮮やかな柿の実をギッシリ詰め込んだ籠を縛りつけた駱駝の隊商が延々長蛇の列をなして橋にさしかかったところだった。

毛深い駱駝の首には大きな鉄や青銅製の鈴がつけて

あり、駱駝のゆるやかな歩みに連れて、ガラン、ガラン、コロン、コロンと重々しい音が響くのであった。隊商の行く手は花の北京。自分はかって訪ねたことがある北海公園、中央公園、東安市場の華やかな雑踏を思い出した。悠久な支那の歴史を思い出させる一瞬であった。

一文字山は何の変哲もない低い丘陵であった。秋草がところどころに生い茂る山の上には、一文字山と墨書した標柱があるだけで、友軍がつくった掩体がまだ残っていた。すでに盧溝橋事件勃発から八年近くの歳月が流れ、ここも単なる戦跡となっていたのであった。その夜、辻井区隊長から候補生全部に戦跡見学の感慨を歌に託して提出せよという、彼らしくもない風雅な課題が出された。

「たたかいの　あととも見えず　秋草の　しずかに咲ける　一文字山」

これが、その時の自分の作である。

関門へ帰る有蓋列車の中で辻井少尉は皆の作品を披露したが、どうも感心できるようなものがなく、苦しまぎれに作ったものが多くて爆笑が起こった。自分はまだしもまともな方で、読み上げた辻井少尉も、へエーっと感心したような口吻(こうふん)を洩らしたが、作者が自分だとわかると甚だ素っ気ない褒めかたをしたものだ。とにかく、この男と自分は何の前世の因果あってか、ことごとに相性が悪かったのだ。

対抗演習中、あるとき対抗軍に入り、軽機弾薬手として行動した。かなりの険しい山や谷を歩き回っているうち、帯革にさしていた軽機の属品入れの中から真鍮製の大ピン抜きが脱落したことがあった。自分が携行しているうちに落としたのだから、確かに責任は自分にあるのだが、辻井少尉は自分の胸ぐらをつかんで中隊全員の前で悪罵の限りを尽した。

これには弁解のしようがないので、されるままになっていたが、ついに馬にまたがって横に立っていた長丸隊長が、「辻井、もうよい、許してやれ」と言ってくれなかったら、彼の悪罵はいつまで続いたかわからない。広い世間には、特にさしたる理由もなく、どうしても互いに理解し合えず、永久に憎しみ合わなければならない人間があることをこの時、知ったのであった。

長辛店戦闘射撃の終了は石門における予備士官学校教育終了が間近なことを意味する。残るは見習士官任官試験だ。いよいよ最終段階である。

20 電流鉄条網の悲劇

この長辛店戦闘射撃中のある日、悲劇が起こった。鉄道連隊兵舎から演習場まではかなりの距離があり、朝夕一時間以上、山道を歩く必要があった。その日におこなわれる戦闘射撃や演習のための弾薬や鉄的や標旗などの器材を担いでの山道の行軍は、それなりに辛かった。この山道は北京の北方に連なる山地を縫いながら演習場に続いているが、山の上には重要な軍の施設があって、その周囲には頑丈な電流鉄条網が延々と走っていた。察するところ火薬庫、弾薬庫の類ではないかと思うが、実に広い地域を占めていた。しかも一ヵ所ではなかった。

自分たちが電流鉄条網というものにお目にかかるのは、まず初めてであったが、果たして電流が通っているものかどうかはわからなかったし、そんなものに触れてみる気持ちは毛頭なかった。時には鉄条網のすぐ傍の道を通って往復した。

ところがある日、我々が別の道を辿って演習場へ急いでいるとき、他の中隊が鉄条網沿いに歩いていたが、急にその隊列が止まり、何か騒ぎが持ちあがっていたらしい。候補生が一人、強烈な電流鉄条網に触れて感電してしまったのであった。

あとから聞いたことだが、その候補生は演習用標旗の束を担いで歩いていた。かなり長い竹桿だった。その旗桿が鉄条網に触れてしまったのである。ものすごい電撃で彼はその場に倒れたが、旗桿はまだ鉄条網に倒れかかったままで、他のものが助け起こすと二重の遭難を起こすことは明らかだった。結局、伝令が管制所へ駈けつけて電流を切ってもらうまで、彼はそのままの姿勢で倒れていなければならなかった。

我々も隊列を止めたが、はるか彼方に倒れている候補生の姿が見えていた。おそらく彼は死んだに違いない。その日以外、鉄条網沿いの道は通らなかったと思う。我々は小銃や機関銃弾、あるいは砲弾、手榴弾のような火薬の爆発を伴う兵器弾薬の危険さは本能的に知っている。しかし電流鉄条網という、一見無害に見えて、しかもひとたび触ると瞬間的に人を殺したり、無力にするという無表情で素っ気ない恐怖に対しては、今まで無関心であり無智であった。これは我々候補生だけでなく、区隊長や中隊長も同様であっただろうと思う。

電流に対する恐怖は、火薬の爆発とはまったく別ものであった。この出来事は自分に強烈な印象を与えた。後に陽泉その他の都市で、軍関係の重要施設の周囲に張り巡らされた電流鉄条網に対しては、大いに警戒し注意を怠らなかった。なお、この事件があった後に知ったことであるが、我々第一区隊の候補生の中に、この道路通過中、何も知らずにこの鉄条網の杭に向かって放尿していたものがあったそうだ。本人はあとで青くなったに違いない。もしその液体の柱が鉄条網にかかっていたら、彼はその重要な体の一部から全身にわたってものすごい電撃を受けたに違いない。そして悪くすれば一命を失うことになったかも知れないのである。

21　迫りくる中共軍の脅威

南洞谷の戦闘射撃でも長辛店でも、大演習は兵営や宿営地から遠く離れて昼夜にかけて行軍することが多い。昭和一九年頃には、我々はあまり知らなかったが、北支那では日本軍はもはや積極的な攻撃作戦は展開せず、多くの兵力を南方太平洋戦線に割いてしまって、むしろ戦面を縮小し、都市や重要拠点と鉄道沿線の持久を図ることになっていたのだった。そして、そのような状態になれば、最も有利になるのが毛沢東の中共軍民兵であった。

陰湿の地にカビがはびこるように、いつとはなしに民兵のゲリラが出没し、警備兵力を引き揚げた村落に入り込んでいった。石門や北京などの都市には無論かなりの日本軍が駐留し、各級司令部も存在するが、一歩街を離れてしまえば、そこはいつゲリラに襲撃されるかわからない敵地同然なのである。

我々が演習をし、行軍する地域は都市の城内からははるかに離れた農村地帯であり、八路民兵の活躍舞台でもある。演習にでも偵察・連絡のための小兵力を分派することもあるし、また民兵は我々がまだ一人前ではない候補生であることも情報で知っているだろう。

そのため南洞谷のときも長辛店でも、特に戦闘射撃を目的としない演習の場合も、各自の弾薬盒の中には特別に配布された実包が三〇発入れてあった。うっかり空包と間違えて演習で発射しては大変なことになるので、特別にその紙函を白紙で包んでおくことになっていた。

南洞谷の夜間演習のとき、信号弾赤吊星の打ち上げは八路出現の緊急信号であり、直ちに演習中止、警戒態勢に入るという指示があった。ところがある夜、終夜行軍をしているとき、後方で「ボーン」と赤吊星が上がったのである。「アッ、八路が出たぞ」と隊列は俄かにざわめいたが、それきり何事も起こらなかった。これは何かの間違いで赤吊星を上げてしまったのだということを聞いた。

一般に教育隊では、他の実戦部隊の将兵と接する機会がまったくないので、周囲の一般情勢には甚だ暗かったのは事実である。しかし、かつて本部にいた勤務兵で、我々も顔見知りであった補充兵の一人が、原隊に復帰して初年兵受領に行ったとき、凹道にトラックを停めて休憩しているところを八路に急襲され、その兵はとても駄目だと判断すると、自分一人で敵に突入して初年兵が乗ったトラックを脱出させたということを聞いたことがある。

また夜間、石廊下に立った不寝番勤務中の候補生が、遠方にかなり激しい銃声、手榴弾音を聞いて週番士官に報告したことがある。翌日になって、近くの日本軍警備隊陣地が敵襲を受けたのだということを知らされた。

ずっと後、厚和で保定予備士官学校出身の見習士官と一緒になったときに聞いたことだが、保定ではよく士官学校そのものが八路の襲撃を受け、非常呼集や防禦戦闘が起こっていたということである。保定に比すると石門士官学校は兵舎も完備し、あらゆる点で恵まれていたことが、あとからわかった。

我々は何も知らず、敵弾に狙われることもなく、ヌクヌクと育てられていたのであった。

22　スカラベ

まだ石門予備士官学校教育中の暑い頃、兵舎周辺の演習場や、南洞谷戦闘射撃で戦闘訓練をしているとき、ギラギラと強烈な直射日光のもと、汗ダクで匍匐し、射撃し、偽装網にからみつかれてもがき苦しんでいる我々のすぐ横、畑土の上を、テニスボール大の埃まみれの糞塊がゴロゴロと転がっていく。よく見ると、その後に大きな汚い黄土色の甲虫が逆立ちになって、うしろ向きにその糞ボールを押しているのだ。

いかにも汚らしい大きな甲虫で、体にかなり毛が生えているらしく、本当の色は黒いのかも知れないが、その毛の上に糞の粉や土埃がこびりついていて、押している糞塊とよく似た色をしている。牛糞か馬糞か知らないが、どこから運んできて、どこまで運ぶのか、大急ぎで転がしているが、何しろうしろ向きに押しているのだから虫自身に進行方向が見えるはずもない。避けて通ればよいのに、ちょっとした坂道を、とんでもない苦労をして押し上げていく。傾斜が急になると、とても後ろ向きでは無理で、しまいに糞塊の重みに耐え切れず、ボールもろともゴロゴロと転がり落ちる。しかし彼は性懲りもなく、またもや同じやり方で足を踏ん張ってウンウンと押し上げる。また落ちる。我々も土埃にまみれて這いまわっているので、虫がどこへ行くのか見極めるひまはない。

我々は当然のことながらユーラシア大陸にいるのだ。エジプトの古代の王様は、これとよく似た玉押しコガネを紋章として盛んに使った。アンリ・ファーブルも有名な昆虫記に、このスカラベのことを書いている。果たして今見ている薄汚い玉押しコガネがエジプトやフランスのものと同種であるかどうかは知らないが、少なくとも日本にはいない不思議な糞食甲虫なのである。灼けつく大陸の直射日光の下、カサカサに乾いた麦畑で共に苦労したスカラベであった。

23 伝染病

まだ暑い頃のことだった。第一中隊兵舎と、かなり広い営庭をへだてた北隣の第二中隊で猩紅熱(しょうこうねつ)が発生した。そして軍医の指示で他中隊と完全な隔離状態に入った。二中隊の候補生は演習に出ないことはもちろん、兵舎の中に殆ど罐詰状態になった。他中隊のものも二中隊兵舎に一定距離内に近附くことを禁止された。二中隊候補生による炊事場への飯上げも中止され、炊事場の勤務兵が兵舎近くまで運び、その兵が十分に離れてから二中隊のものが取りに行くという方法がとられた。この状態が一週間以上、続いたかも知れない。

ちょうどこの頃であったか、衛生について部隊軍医長の講話があった。これは区隊ごとに部隊本部前の広大な営庭のはずれにある木立の下で、露天に長椅子を持ち出しておこなわれたのであった。我々の顔を見れば何らかの形で説教を垂れなければ納まらない兵科将校と違い、軍医は姿こそ軍人だが、何といっても民間人だから我々も初めから気楽だったし、辻井少尉も誰もついてこなかったと思う。

定刻を過ぎても軍医長がなかなか現れず、一体どうなったんだと皆が騒ぎかけた頃、遠くの本部庁舎の方から異様な人物が近づいてくる。どうやら軍医長らしい。我々はパッと集合して隊列を整え、区隊取締候補生の指導で敬礼したが、彼の姿を見てあきれた。

暑い日で汗ばむほどだったが、軍医長は軍帽のひさしをグッと上げてひたいを丸出しにし、軍衣は第二ボタンまで外して襟布の端がベラベラと外に垂れ下り、しかも軍刀すらも吊ってきていなかった。

これが部隊軍医長の谿少佐であった。邪魔臭そうに答礼すると「まあ、座れ」と言う。こんな言葉も日本語にあったかとさえ思う。そして、せっかく長椅子を持ってきているのに草の上にあぐらをかかせて、ボソボソととりとめもない話が始まる。その内容を今は忘れてしまったが、常に緊張して反射運動の準備をしているような我々は毒気を抜かれると共に、何だか嬉しくなって質問も出るし、笑い声も聞こえた。驚いたことに軍医長も我々もタバコを吸いながら話し合ったのである。

短時間だったが楽しく有益な話をしてから、また邪魔臭そうに答礼すると飄々たる後姿は本部庁舎へ消えていった。桁違いの大人物に接したような気がした。

24 偽装と迷彩・防音装置

日本陸軍の制服は、日清戦争および日露戦争の中頃まで黒色だったらしい。そして特に将校の制服には金や黒のモールでいっぱい飾りがついていた。中でも将校の正装は多分にフランス式の色彩が濃く、特に鳥羽根の前立がついた正装の軍帽はフランス式である。

日露戦争の中頃の古い写真を見ると、かなりカーキ色のラシャ服が見えるが、軍帽の形も制服の形も簡素なドイツ式に変わってきている。我々の頃になると将校の制服は草色に近い緑褐色、下士官兵のものはいわゆる草色だが、寒冷地で用いるラシャ服は、やや黄色味を帯びる。そして階級章やその他の徽章もなるべく小さく簡素なものになっていった。

昔のように大音声をあげて名乗り合うといった華々しさは戦場では見られなくなり、大規模な射撃を伴う遠距離戦になると、なるべく敵の目に発見されることを防ぐためにも、また防諜のためにも、服装そのものも背景となる地物と同じ系統の色に変わり、故意に華々しく我が軍の威武を示すという目的はなくなった。防諜のためには比較的近年まで保存されていた襟の連隊番号の数字や、兵科を示す色分けさえも省略することが多かったのである。

そして服装も軍装ももっぱら戦場における動作の敏活、耐久力、目立ちにくさを主眼としたものになっていった。将兵の制服の色が草色もしくは緑褐色であるのも、日本陸軍の主戦場と目された東アジアの環境にまぎらわしくて、敵に発見されにくい効果を狙ったものであろうし、また、汚れが目立たぬということも考慮したのかも知れない。とくに歩兵は常にその土地の土の上を這い、また地中にもぐるため、服にはその色がつきやすく、適当に汚れた方が敵の目をごまかすという目的に適っていたわけである。

近代の戦争は兵器の発達と共にまことに非情なものとなってきた。敵に発見されたが最後、弾を浴びるのである。攻防何れの場合も敵の目を欺き、発見されないにこしたことはなく、企図を秘匿することができる。

無論、地形地物、天象、気象の応用も大切である。それ以上になると何かと特別の手段を講じる必要がある。

偽装とは、体にまわりの地物にまぎれやすい材料をつけ、主として体の輪郭を隠すためのものである。なるべく周囲の地物や植物と紛れやすいものをつける。そのため色にも注意を払う必要がある。演習開始前には偽装が命ぜられる。手早く最も適当なものを用いて偽装する。最も簡単で効果があがるのは、草や木の枝をつけるもので、イモヅルなどはつけるのにも便利だ。各人必ず偽装網を持っているので、それにイモヅルや草木の葉や枝をつけ、それを頭から被って体の輪郭を隠す。偽装網は一メートル四方くらいの網で、網そのものが緑・茶・黄に染め分けてある。上手く偽装して草むらに静止していると、互いにぶつかるまで判別がつき難いほど効果がある。

しかし、戦闘中どんどん移動して裸地に出てしまっているのに、緑色も鮮やかなイモヅルなどをいつまでも巻きつけているのは馬鹿である。また偽装網というものは、被れば確かに効果が大きく、必需品には違いないが、よほど上手く被らないと、自分で網にかかった魚のように身動きできなくなってしまう。

よくあったことだが、陣地攻撃の最終段階になって、銃剣突撃発起が間近くなると、すかさず着剣しなければならないが、いざ剣を引き抜こうとすると、剣の竜尾部に偽装網が絡みついてしまい、気ばかり焦って射撃もできないし、そのまま突撃発起となって着剣しないまま突撃すると怒鳴りつけられるという困った状態になったこともある。

鉄帽も満州事変頃のものは、黒味がかっていて滑らかなので、日光を反射して発見されやすかったのだろう。支那事変以後のものは形も変わり、表面をツヤ消し塗装して、更にその上に草色の鉄帽蔽いを被せていた。更に鉄帽用の小型の偽装網まであった。また、石門当時は鉄帽蔽いに糸で多数の山形（∧∧∧）を縫いつけて草などをつけやすくしていた。

小銃や軽機や擲弾筒は鉄色で隠しようがないが、重機の脚や歩兵砲以上の砲や輜重車やトラックなどは全部、いわゆる陸軍色の砂色（ラクダ色）に塗装されていた。戦車や一部の砲、車輛は茶・緑・黄のまだらに塗ってあった。この三色の取り合わせは、大陸の景色とまことにマッチし、特に黄土を被って黄色く汚れている場合は、目の前にあっても見分けがつかないものである。これが迷彩で、主戦場の環境により、当然、色も変わるべきものである。雪が降れば雪中偽装をしなければならず、自分には経験がないが白布を被ったり、白い塗装をしたりするのだろう。

夜間演習で三〇センチ野戦探照灯を使ったことがある。攻撃軍が前進している上を探照灯の光芒（こうぼう）が箒で掃くように通り過ぎるが、十分に偽装して体の輪郭を隠し、しかも光芒の通過する時だけ地上に伏せて静止すれば、案外容易に前進できる。その際、数人が固まって頭を寄せ合ってうずくまり、銃を中心に立てると、草やぶのように見える。

この方法はノモンハン事件のとき、よく成功したと聞いているが昼間、敵機が飛来したときなど有効だったという。蒙古人の生活地帯には「オボ」と称し、草の生えた土山にラマ教の祈祷旗が立っているのが散在するので、それに化けるわけである。

夜間接敵（せってき）やその他の行動には静粛行進や匍匐をするが、軍靴の裏には鉄の丸鋲が打ってあって、堅硬な土地ではガタガタ音がするし、兵器の触れ合う音で、すぐ発見されてしまう。特に太平洋戦争で米軍相手に戦闘してみると、陣前に電気候敵（こうてき）機器（マイクロフォン）を多数布置し、管制所では居ながらにして接敵中の日本軍が発見され、前から準備してあった照準点へ大量の砲弾を射ち込むという凄まじさであった。

その戦訓は大陸方面でも取り上げられ、予備士官学校でも兵器の防音について教えられた。剣鞘に布を巻きつけたり、地下足袋をはいたりするのもそのためである。しかし実際、戦闘部隊に配属されてみると支那事変以来、あまり大きな打撃を受けた例がなく、むしろ敵の実力を低く見る習慣がついてしまっている歴戦の将兵は、偽装や防音に案外無関心であった。自分としては黄村陣地で夜間偵察が多かったので、防音についてはかなり気をつけ、部下にも教育したものである。

25　対米軍戦闘法

東南アジアやビルマ、南太平洋諸地域で連合軍、特に米軍と戦闘してみると、その攻撃精神もさることながら、兵器・弾薬・各種資材・食糧補給の規模が日本軍と桁違いに大きく、手も足も出なくなってしまった。実際の戦闘場面では、敵の重火器、自動火器の数が圧倒的に多く、またその弾薬補給が完璧で、我が軍の常識では計りがたいものだったのである。その戦訓は直ちに予備士官学校でも取り上げられたが、短期間の速成教育では完全に教育できるはずもなく、もっぱら従来の基本原則のマスターが主眼であった。従って対米軍戦闘法も数回学科でやっただけである。重要な点は、

1. 砲と自動火器の圧倒的優勢
2. 弾薬補給の無尽蔵
3. 防御陣地設備の完璧
4. 偵察能力絶大
5. 移動速度大（自動車輌などの利用）
6. 航空兵力の圧倒的優勢、空地連絡の完全

などであって、これでは手の下しようがない。

学科では米軍歩兵一個小隊の編成なども教えられた。対策としては圧倒的な敵の火力に対し、損害を極力避けるため、従来以上の戦闘隊形、地形地物の徹底的利用、前進は匍匐に限るなど、まことに消極的なものであった。

貧乏国日本の悲哀である。まだこの頃には『歩兵操典』改正がおこなわれていなかったかも知れない。後に知ったことだが、従来の分隊散開隊形のままで、今まで距離感覚の三歩、六歩であったものを、六歩、一二歩に拡げただけに過ぎぬ。まことに姑息な手段だが損害を少しでも少なくするつもりらしい。しかしただ、元のままの隊形で距離間隔を拡大しただけでは、分隊長や小隊長の部下の掌握が困難になるだけだろう。また従来、一個小隊の編成が通常、四個分隊、第一〜三分隊が軽機分隊、第四分隊が擲弾筒分隊で、四筒編成であったものを、各分隊に軽機一、重擲一を分属されることになったが、全体として見ると、火力としては軽機一が増加するだけとなる。これでは到底、敵に対抗できない。

また一個分隊の独立性を増すつもりだったのだろうが、重擲四筒を集中して斉射（せいしゃ）するためには筒手を一地点に集合させる必要が起こってくるだろう。たったこれだけの改正では、とても対米戦闘法といえるものではない。

我々には実験もできないし、だから実際にどんなものか想像もつかないことだが、水際防禦とか逆上陸という言葉は聞いたことがある。島嶼防禦戦で敵が上陸して橋頭堡（きょうとうほ）〔編者註：上陸作戦または渡河作戦をもって敵勢力圏の海岸、あるいは大河の対岸に設けられた占領地域。そこへ後続の兵員物資を送り込み、作戦を推し進める足掛かりとする〕を確保しないうちに、その後ろからこちら

が背後をついて上陸するのが逆上陸ということらしいが、理屈はともかく、かなりの兵力と装備が必要であり、海軍の協力がなくてはできるはずもなかろう。

一般に、後になって考えてみると大陸にいた我々には、南太平洋の戦闘の実相はまったくと言ってよいほどわかっていなかったのである。

26　石門近郊の農村風景

厚和の教育隊ではもっぱら兵舎内と城外の演習場を往復するだけで、民間人と接触する機会はまったくと言えるほどなかった。石門予備士官学校は演習のための行動範囲は大いに拡がったとはいえ、石門市街からはるかに西へ偏（かたよ）った農村地帯であり、広大な演習場や畑地、丘陵地帯を駈けまわるばかりである。演習場近くにも北杜村などの農村があることはあったが住民も少なく、また演習部隊が村内に入ると彼らも家の中に閉じこもるのか、殆ど接触はなかった。幸いなことに部隊で集落内に入っても一応、日本軍の幹部となるべき候補生の集団であり、軍記、風紀には特にやかましい教育隊で、民衆との間でトラブルが起こるはずもなかった。

南洞谷戦闘射撃では民家に宿営したが、前もって話がついていたらしく、住人は家を明け渡して姿を消していた。演習行軍で獲鹿（かくろく）縣城内で宿営したことがある。太行山脈のふもとにある静かな縣城で、ゆったりとした街だった。宿営した民家も比較的清潔だった。

自分は三重高農で語学の選択科目の中国語を選び、一色教授から北京宮話を習った。機会があれば実力を試してやろうとしていたのだが、なかなかその機会がなく、せいぜい「水を飲ませろ」というぐらいであった。

南洞谷の集落は甚だ不潔な村で、一番困ったのが便所である。何もここに限ったことではないが、一般に中国農村ではまったく便所がないか、たとえあっても糞便の中に座って用を足すことになるので、いっそのこと麦畑にでも出ていって、青空の下で浩然の気を養った方が実状にかなっている。確か南洞谷戦闘射撃のときだったと思うが、休憩中、急に便意を催し、一軒の民家に飛び込んだ。どうせこの辺りの農家のことだから便所があるはずもないが、さすがに道路上では武士の面目にかかわると思ったからである。

その家の親父が出てきたので、便所はないかと言うと、一つの建物を指さす（但し、この時どうして便所を貸せということを親父にわからせたのか記憶がない。三重高農の一色教授も、こんな人間にとって最も緊急なときに必要な言葉は教えてくれなかった)。その物置のような、割に広い建物に走り込んでみたが、中はガランとして何も置いていない。一方の壁際に扇形の浅い溝が掘ってあり、緩やかな傾斜になって土際にあいた孔から外へ流れ出るようになっている。およそ便所らしい便所に出合ったためしがないこの辺りで、これはまた有り難いと、さっそく溝の上にまたがり、壁を背にして座り込んだ。

激しい演習、長い行軍で痛めつけられている体が、ほんの短時間ではあっても自分ひとりで静かな薄暗い家の中で、自分のことのためだけに専念できるとはまことにすばらしいことである。ヤレヤレと瞑目して哲学研究に耽っていたら、突然、フーッとものすごい風が尻に吹きつけたので、思わず飛び上がった。見ると、壁の下にあいた落し口の孔から異様なものが覗いている。それがビクビクといやらしい運動をしたかと思うと、ビユーッと風を吹き出す。よく見ると何だ、黒色のブタの鼻先なのだ。外へ出て孔のうしろへ来たら、落し口の下は、地面を深く掘り下げたクソ溜めになっていて、そこに大きな黒ブタが一頭飼ってあった。

確かに、三重高農時代、畜産学の穴釜教授からだったか、農業経営の中野教授からだったか、中国農村では豚に人糞を食わせて育てると聞いたことがある。野糞を食わせるのではなく、便所の糞溜めに豚が飼ってあるということだった。そして、ここ南洞谷附近で偶然飛び込んだ農家で、この事実を確認することができたのであった。

この辺り、今は乾期なので歩けば微細な砂埃が舞い上がって大変だが、土の色は黄土というより、ずっと白っぽい色をしている。石ころはよほど山の近くでないと見当らない。農村地帯に入るとかなりの木立が涼しい樹蔭を作っているし、地面はカチカチに踏み固められてコンクリートのようになっている。畑の灌漑水も飲料水も井戸に頼ることになるが、この辺りは地下水脈が深いところにしかないので、中を覗いてみると、井戸の底はよほど深いらしく、真っ暗で水面は見えない。到底人力では汲めないし、日本のようなつるべでは汲めるわけがない。

よく見るのは大きな木製の車輪に木片を植え附けた歯車を二個組み合わせた巻き上げ器で水平の歯車に長い腕木をつけ、それに驢馬か牛をつけて、井戸の周囲をグルグル歩かせる装置である。垂直の歯車についたドラムに丈夫な綱がかかっていて、それにヒョウタンがたくさん付いている。遥か地下の水を汲み上げてくると溝の中へ落すようになっている。綱とヒョウタンは細長い輪になっているから、牛や驢馬が歩き続ける限り、水は連続的に汲み上げられる。上手いことを考えたものだ。驢馬や牛は目隠しをされて、一日中同じところをグルグルと歩いている。たいがい子どもか大人が一人ついていて、手綱を引いているが、それが一定周期で驢馬の尻を叩くようになっていた。こうなると完全な自動機械であって、目隠しをされた驢馬は一定の場所へ来ると鞭で叩かれ、びっくりしたように早く回り始めるのであった。

27　ウサギ狩り

予備士官学校教育も終わりに近く、初冬のある晴れた一日、全部隊をあげて大規模なウサギ狩り作戦が実施された。この時ばかりは単独の軍装に各自手頃な棒一本だけという軽装、中隊長以上は馬にまたがっての指揮である。場所は兵舎から東北方に拡がる広大な畑地と荒れ地であったと記憶する。

なだらかな丘陵が連なっているところで、部隊は大きく迂回してその丘の一帯を取り囲み、特に歩兵砲中隊や通信中隊からはそれぞれ砲や無線機に被せる大型の偽装網を持ち出し、それを長くつなぎ合わせて杭を打ち込み、追い込み場を作ったのである。包囲網を形成した我々は、突撃ラッパとともに喊声をあげて、棒で地面を叩きながらジリジリと前進し、包囲網を縮小していった。

あちこちで「出たぞ」と声があがる。草むらから砂色のウサギがパッと飛び出し、すごい跳躍力を発揮して逃げていく。包囲の輪はジリジリと縮まる。とうとう逃げ道を失い、観念したウサギが迫ってくる候補生に向かって突進し、アッという間に頭上を跳び越えて脱出するというすばらしい光景を目撃した。また我々の区隊の列へ飛び込んできた一羽は、逃しては事だと折り重なるように群がった候補生に幾重にもとり巻かれ、マゴマゴしているウサギの上に皆がなだれを打って乗りかかったので人の重みで圧死してしまい、目玉が飛び出すというひどいことになった。ついに包囲網が殆ど一点に集まってしまった。案外ウサギが少なく、二、三羽捕れただけだった。

大変な兵力を動員した割にひどい戦果で、逃げられてしまったのが多いのである。始めの計画では大戦果をあげて、夕食にはウサギ汁を食べさせるということだったのだが、いくら何でも何千人の大部隊に、二、三羽のウサギでは、たとえ汁の中へ入れても、どこかへ

消えてしまうだろう。果して夕食のみそ汁の中味はいつもの通りのブタ歯ブラシだったと思う

28 最後の試練

一一月の終わりか一二月の初めか、いよいよ見習士官への最後の関門である試験が始まった。営門に近い将校集会所講堂が筆記試験場であった。『歩兵操典』『作戦要務令』『軍隊内務令』その他の典範令に関する筆記試験である。

寒い寒い日が続いた。雪が降り積もった。木の床にすし詰めになって座るので、毛布一枚を座布団代わりにし、手箱を机の代わりに持参した。すでに将校集会所の倉庫には近く任官する我々に配給される将校用私物の梱包が山積みされていた。

学科試験はそんなに難しいとは思わなかったが、自分としては退院後の体力不足であった頃の演習や実技について、どんな判定が下されているかがいささか不安であった。任官試験の成績は各中隊、各区隊の競争で、中隊長や区隊長も大いに心配しているようであった。成績採点の結果や席次はすぐに各中隊へ連絡されるらしい。

ある日の日夕点呼のあとで辻井区隊長がやってきて、『歩兵操典』筆記試験で北村候補生が最上位の成績を取ったと得意そうに発表した。自分は大して嬉しくもなかった。こんな辻井少尉のためにがんばったつもりはなかったからである。

散々、煮え湯を飲まされた辻井少尉が得意顔をするためではなくて、むしろ長丸隊長のためになるのだったら幸いである。

もう激しい演習はなかった。試験が済めば、もし任官できればもう間もなくこの部隊も解散になり、次の第一二期の候補生が入隊してくるだろう。自分としてはあんまり良い思い出はないにしても、八ヵ月の生活は長かった。

第一区隊では解散時前に記念文集を作ろうと計画し、作文や短歌の原稿を集め出した。その文集の名前も皆から募集したりした。他中隊や他区隊でもよく似た企画が進行しているようだった。

29 交換教育

我々は一般歩兵中隊であり、連合演習では歩兵砲や機関銃、無線の連中と共同するが、その連中の持つ兵器の操法を知っているわけではない。これは相手の他中隊候補生も同様であって、一般歩兵の本質を知らな

い。そこで教育終了間際のこの頃になると、他中隊との交換教育がおこなわれた。

ある日、歩兵砲中隊、機関銃中隊の見学があった。四一式山砲、九二式歩兵砲、九四式三七ミリ砲、九二式重機の機能説明や分解、結合、操砲訓練を見学したが、なるほどこれは大変なことだと思った。特に四一式山砲、九二式歩兵砲では分解するにしろ駄載〔編者註：貨物を使役動物の背中に積載して運搬すること〕するにしろ、どうしても一時的には人力でその部品を運ばねばならぬ。あの大きな砲身や砲架の一部を人間の肩で担ぐのだから、すごい怪力が必要である。一般に歩兵砲、機関銃の連中は我々と比べると頑健な体つきだし、そんなはずがないのに割に年も食っているように見える。

山砲では、砲架に取りつけられたパノラマ眼鏡という照準具を用いるし、標桿という鉄棒を盛んに使用して間接照準をやるが、一度話を聞いたぐらいではとても理解できるものではない。

九四式三七ミリ砲は対戦車砲だが開脚式砲架で、かなり広い範囲にわたって方向照準が可能である。これは射手一人で照準眼鏡をのぞきながら両手で方向・高低照準が簡単にでき、しかも方向照準用の転把がそのまま照撃把といって撃発装置にもなっている。二人で射撃するが、もう一人の方はもっぱら装填だけを担当する。この砲の尾栓は半自動式になっていて、発射すると砲身が後座した位置で尾栓が開き、薬筒を抛出すると砲尾は開いたままでその位置に固定され、次の弾を装填すると、初めて鈎が外れ、砲が復座して射撃姿勢になるのである。

九二式歩兵砲はいかにもズングリとした不恰好な小型砲で、平射も曲射もできるようになっている。そのため薬筒と弾を離して装薬を加減することができる。また高姿勢にも低姿勢にもできる。

九二式重機もまたすばらしい兵器である。照準眼鏡の他に色々複雑な照準具や水準器が附いていて、まるで測量器械の塊のようである。日本陸軍の兵器で九二式重機ほど完成されたものも少ないだろう。故障はまず考えられないという。口径七・七ミリで九九式短小銃と同じだが、その重量感と安定感は大したものである。槓桿をグッと引くと送弾機構が一挙に連動するところはとても一一年式軽機の比ではない。ガスポンプも脚も重々しい頑丈なものである。

砲も機関銃もそうだが、専用の十字鍬、円匙、標桿の長さが、砲や銃の射撃姿勢にしたときの脚、車輪の位置を決めるものさしとして使用できるようになっている。日本人の細かい神経が行き届いている例として感心させられた。

　中隊へ帰ってきたら、逆に歩兵砲、機関銃中隊候補生が見学に来たあとで、我々の軽機や擲弾筒がまだ舎前に並べて置いてあったが、歩兵砲や重機を見てきた目には、我々一般歩兵の兵器がいかにも華奢（きゃしゃ）で小さいものに見えるのにはイヤになってしまった。

　ある日には通信中隊の有線、無線、野戦電話機や回光通信機の操法を見学したが、あまり面白くはなかった。むしろここの区隊附少尉がまことにひょうきんな人物で、その話の方が落語のようで面白かった。従ってここの候補生の雰囲気も我々とは一風変わったものだった。

30　航空隊見学

　やはりこの頃、隣にあるのに一度も行ったことがなかった航空隊の見学があった。歩兵と違ってやはり航空隊の将校はまた違った風格を持っていた。もっとも、ここには実戦部隊はいなくて、もと特別操縦見習士官の教育隊があったのだが、今はガラガラに空いていて、各種の飛行機が参考用に一機ずつ置いてあるだけのようであった。ニキビだらけの副官が隊内を案内し、各種飛行機については担当者の将校や下士官が説明してくれた。

　一式戦闘機「隼」があった。九九式軍偵察機、九九式双発軽爆撃機があった。軽爆はコの字型の飛行機用掩体に入れて偽装網が被せてあった。腹の下にもぐり込んでみたら爆弾倉が開いていた。爆弾架はまことに複雑である（大型小型の各種爆弾が搭載できるように、こんなに複雑になったらしい）。

　一〇〇式司偵。どちらかといえば秘密主義の日本軍では、飛行機の正式名称すら隠したので、我々門外漢に類似の飛行機の区別は難しい。かつて三重高農から陸軍明野原（あけのはら）飛行学校へ見学に行ったことがあり、九七式戦闘機、一式戦闘機「隼」、二式戦闘機「鍾馗（しょうき）」、三式戦闘機「飛燕（ひえん）」などを見たことがある。そのとき見た双発重戦闘機と一見、形が似ているので、担当の将校に聞いてみたら、あれは「屠龍（とりゅう）」といって、これとはまったく違う機体だとのことであった。大陸でも日本の陸軍航空隊は劣勢であるらしく、ここでも一応、機体の説明はしてくれたが、華々しい武勇伝は一切なかったように思う。

31 任官

「昭和一九年一二月二〇日付をもって曹長の階級に進め、見習士官を命ず」

命令が伝達された。兵舎内は興奮と熱気に包まれた。何れは任官とタカをくくっていたものの、命令が出たときの興奮は抑えられなかった。長い長い八ヵ月だった。

初年兵時代、班長から聞かされた「石門の教育は殺されるほど辛いぞ」というのは明らかに嘘であったが、元来、下士官の言うことを真に受けること自体おかしな話で、彼らは、あるいは石門下士官候補者隊は出たかも知れないが、予備士官学校の教育とはまったく違ったものであったはずだ。

中隊長や各区隊長は我々がともすればハメを外したがるのを厳しく抑えようとしたし、我々もせっかくここまで来て、もう最後というところで失敗があってはいけないと自重はしていたが、しかしもはや見習士官になった以上、再び元の候補生の気持ちに戻ることはできなかった。

すでに私物の図嚢は長辛店戦闘射撃の頃から配布されて皆使用していたが、ここで俄かに将校用私物被服、装具一切がドッと配給されたのであった。少し前、区隊長の指示で家庭に葉書を出して、中隊宛、金四〇〇円の送金を求めた。任官に必要な被服装具一切の費用である。そして、それとは別に母には日本刀の購入を依頼した。但し卒業後どこへ移動するか判明するまで発送は見合わせてもらっていた（この処置は自分としては適切だったと思う。もし発送してもらっていたら、転々移動したことや、当時の大陸の情勢からしても、到底自分の手に無事到着するはずはなかったと思う。現にこのとき配給になった被服、装具、参考書類などは、三路里（みろり）より発送して以後、伊東隊には到着せず、全部を失うという結果になってしまった）。

しかし一部の気の早い奴は、ずっと以前に日本刀を家に注文し、すでに送ってきたものもあった。同じ班の荒井は小学生のような小男なので、まともな刀が配給されては地上を引き摺ることになる。彼に送ってきたのは、まるで小太刀のような可愛い刀だった。彼は得意満面で班内で振りまわすし、他の我々はまだ手に入れていなかったので羨望に耐えなかった。

やがて将校用私物、被服一切、軍刀、背嚢、水筒、飯盒、軍靴、革脚絆などがドッと一度に配給された。将校行李、毛布など、要するに人間一人が生活するに必要な被服装具全部である。それの分配が大変であった。特に軍刀の配給が問題であった。くじ引きで割り当てられたが、自分は幸運にも分類甲に属する「関もの」の優良品があたった。双眼鏡も是非、欲しい装備品だが、これは実に少数しか配給がなく、中隊でも数人だけしかもらえなかった。

卒業式は部隊本部庁舎前でおこなわれ、数日前からしばしば分列行進の練習をした。何しろ第一中隊の第一区隊だから、部隊全部の最先頭を切るわけで、何とも晴れがましいことである。当日は最後の儀式の軍装となり、また軍曹の階級章を附けるのも最後だった。全員白手袋を着用した。軍楽隊がやってきて、抜刀隊の曲を奏した。しかし、どうもこの時の感激の記憶がない。中隊でも解散というわけで、毎日といってよいほど会食がおこなわれた。

さて我々の実戦部隊配属だが、本来、原隊復帰が原則といっても、当時はすでに大陸はもとより、日本内地でも部隊の改編移動が激しくて、配属がなかなか決定しそうもなかった。

卒業式前から班内で散髪しあい、髭も剃り合って皆、寒そうな顔をしていた。

そのうち少しずつ転属命令が出始めた。一班の谷亘候補生は成績優秀だったのか、北京にある北支軍の情報機関に配属されることになった。彼は兵舎南の演習場で小隊教練をやったとき、演習小隊長になり、最終段階で辻井少尉から敵逆襲、小隊全滅の状況を与えられ、とうとう「小隊長切腹」と叫んで、指揮刀を腹に突き刺す大芝居をやり、辻井少尉から大いに褒められたことがある男だった。

北朝鮮の部隊から来ていた石井、荒井、金子などが割に早く原隊に復帰することになった。石井は東京出身の上品な坊っちゃんで、その頃自分と仲が良かったから夕方、暗くなってから出発する彼をトラックが出るところまで見送りに行った。どうした理由か北鮮部隊の連中はその原隊からの指示で、被服の官給品も一切携行し、銃も剣もつけて帰還することになったので、大いにくさっていた。大概ここから出発する見習士官は、原隊から持ってきた兵器を全部返納し、軍刀を吊り、見習士官の服装で原隊や配属部隊へ行くものなのである。

それなのにせっかく手に入れた軍刀も私物装具も別に梱包し、官給軍衣袴に、兵隊並みの背嚢その他の装具をつけ、銃まで担いで帰らねばならぬとは、たとえ曹長の階級章と座金の附いた金星をつけているとしても、彼らの誇りをいたく傷つけたのであった。

次々と見習士官が出発していくので、隊内もだいぶ人数が減ってきた。

ここで、まことに奇妙な光景が展開した。予備士官学校の各中隊には、三度三度、我々が炊事場まで飯上げに行かねばならぬ。まあ、自治精神は今まで申し分なく教育されていたので、飯上げ当番そのものは難なく決まったのだが、太い丸太に五、六個の食罐を通して担いだ見習士官が営内を往復する姿は、どうも困ったものであった。特に、後に残った泉部隊出身の我々は、官給品の軍衣袴を全部返納してしまったので、今は私物の将校服に曹長の階級章をつけ、新品の革脚絆や、ピカピカの私物編上靴を身につけているのに、この丸太の食罐運びをやらされるのには閉口した。部隊本部にいる、ごく少数の勤務兵や衛生兵、我々は各中隊にまだ残っている助教の軍曹どもが、途中で出遭えば当然なことながら先方から敬礼する。それに対し、食罐を担いでいる我々が答礼するのだから何とも妙なものだった。

今までたとえ同じ軍曹の階級であっても、実力から言えば格段の違いがあるし、年齢も上なので一応、上官としての扱いをしていた区隊附下士官たちは、我々の任官発令があってから、妙によそよそしくし始めた。一応、こちらが上官になったのだから、軍の規律からいって当然には違いないのだが、まことに気まずいものである。彼らは下士官室に閉じこもってあまり出てこなかったが、便所などで出会えば、妙にぎこちなく我々に敬礼するのだった。中にはサッパリと前の関係を清算して、それらしく気持ちよく敬礼するものもいれば、慇懃（いんぎん）無礼なものもあった。おそらく下士官室の中で教育中にしごきをかけた候補生の意気地なしどものことを、皮肉な気持ちで語り合っていたのだろう。確かに彼らの立場はみじめなものだったに違いない。

また、この頃自分もオヤッと思う妙なことがあった。我々の第一区隊附であった斉藤軍曹が、教育終了と共に上海かどこかにある特攻〔編者註：㋹艇といい、海軍の体当り特攻艇「震洋」と類似のもの〕部隊に転属になり出発した。ちょうど週番士官に勤務中であった第二区隊長、阿部少尉が大いに気を利かせたつもりと見えて、中隊にまだ残っている見習士官全員を舎前に集めて見送ることになった。さて、ここでどんな形式で見送ったかが問題なのである。

見送りの部隊は全員見習士官である。送られるのは斉藤軍曹ただ一人で、完全軍装である。おそらく阿部少尉も、この場に臨んでハタと当惑したに違いない。

我々は二列横隊に整列し、阿部少尉は隊列中央前にいる。斉藤軍曹は八歩ほど前方にいて、阿部少尉と向かい合っている。

何とかケリをつけなくてはならない。とうとう阿部少尉が叫んだ。

「斉藤軍曹に……注目！（よくもこの時、敬礼と言わなかったものだ）」

我々はパッと斉藤軍曹に注目した。斉藤軍曹はガチャリと捧げ銃をした。おそらくそのあとで阿部少尉が「注目」と号令をかけた瞬間、斉藤軍曹に注目し、斉藤軍曹の方は前面皆上官だから多分、阿部少尉が「注目」の号令をかける前に捧げ銃をしたのだろうとは思う。しかし我々は阿部少尉が「なおれ」と言うまで斉藤軍曹に注目したままだった。

何とも奇妙キテレツな出来事で、斉藤軍曹も度胆を抜かれたことだろう。阿部少尉は号令をかけただけだから、斉藤軍曹に敬礼した形になった。これは陸軍礼式令にも書いていない特異なケースだが、どうやら阿部少尉が気を利かせ過ぎたのが、かえって仇になったようである。何もそこまでしなくとも、候補生（見習士官）個人の自由意志に任せておけば良かったのだ。放っておいても世話になった我々のことであるから、こんな妙な形式に囚われずに、十分感謝して別れを告げることができたはずであった。

内田金三郎が先に出発する際、自分が前から欲しがっていた『兵器学教程』の第一部と第二部を譲ってくれた。これで初年兵時代手に入れていた第三部を併せて、全部揃ったことになる。

第一部は小銃、軽機、擲弾筒その他軽火器、第二部は歩兵砲、重機などの重火器。何れも兵器の構造、機能、検査法などの詳細な説明と精巧な分解図があり、故障排除の説明があった。第三部は主として手入れ、保存用材料のスピンドル油、グリース、保革油などの説明で、何れも兵器係将校の虎の巻である。自分は元来、兵器に興味があったし、将来兵器関係の仕事をしたいと思っていたので、この参考書が入手できたので有り難かった。

もう兵舎内には泉部隊関係者ぐらいしか残っていないので、ガラ空きになってきた。なるべく、ひと部屋かふた部屋に集まって寝ることにした。もう演習もないので毎日退屈し、時に舎前で軍歌演習をやったりした。

辻井少尉が時々やってきた。長丸隊長も夜、話に来たりした。また、最初第一区隊長で途中から第三中隊長に栄転した小川大尉が話に来たことがある。どうも第三中隊は九州人が主力らしい。何だか髭面の奴が多くて年寄りくさく、一中隊の方が可愛い少年が多いなどと言っていた。

我々は年末に辻井少尉に連れられて、肺湿潤で入院している大野源造を見舞いに行った。初めての外出だったのでうれしかった。辻井少尉に教えられて軍刀の柄に白布で蔽いをした。革脚絆がまったくの新品で、革の色が鮮やかな桃色に近いのが気がかりであった。

営門を出るとき、衛兵が「敬礼っ」と叫ぶのがどうも気の毒みたいであった。かつて上等兵の階級で入院し、ヒョロヒョロしていた病院へ、今度は見習士官として乗り込んだ。廊下を歩いていると白衣を着た病兵や衛生兵は直立不動で敬礼した。

大野は陽当たりの良い個室にいた。見習士官なら当然だ。そして驚いたことに病兵ではあるが白衣の一等兵が当番としてつけられていて、お茶を出してくれた。実は病院へ行く前に、なぜだか忘れたが日本酒を少し飲んでいて良い気持ちだったところへ、小春日和の日光に照らされて歩いていたので大江見習士官は真っ赤になってしまい、帰るとき靴をはくのにヒョロヒョロとよろめいていた。帰ってきてから刀を見たら、革脚絆の金具にこすれて鞘の塗装に傷がついているのですごく気がかりであった。

どうも左の腰が重くて歩きにくく、すぐに両脚の間に刀がはさまって、つまずいたりする。これも辻井少尉の注意で刀を後ろ向きにし、柄を握るか肘で柄を押さえていれば何でもないことがわかった。

部隊に残っている見習士官の数が極度に減ったので、炊事場からもらってくる食事も量が少なくなる代わりに、割に手の込んだ家庭料理に近いものになってきた。もう間もなく年末なので餅も来た。どうやら我々には今すぐ転属命令が出そうもなく、このままこの兵舎で正月を迎えることになりそうである。気楽だし御馳走も豊富なので、ここで正月を過ごした方が良いかも知れない。

32 転属命令

年末から元日にかけて大変なご馳走であった。また、十分の酒も出た。昨一九年の正月は厚和の教育隊で酷寒と戦いながら迎えたみじめな正月だったのに、すでに見習士官になって迎える正月はのんびりしていて、まことに恵まれていた。

ところが正月の二日、またもや班内で昼の会食に打ち興じているとき、我々の配属命令が出たのである。すでに独歩一三連隊を含む泉兵団が蒙疆から移動して南方へ行ったらしいこと、そのために我々の原隊がなくなってしまい、配属の発令がおくれていることは知っていた。

我々は第一二野戦補充隊と称する名前を聞いただけでもガッカリするようなガラクタ部隊に転属することになった。大陸方面から続々、有力部隊が南方へ引き抜かれ、その警備区域のあとを埋める、寄せ集めの程度の悪い部隊であることは、その名前からして想像がつくというものだ。しかもその兵団の司令部が厚和にあるので我々はまたもや冬の真っ最中に蒙疆の地を踏まねばならなくなったのである。

それも元の泉部隊へ復帰するのであれば、初年兵時代いじめ抜かれた助教助手の下士官兵を見返してやるか、刀で叩き切るあてもあるというものだが、すでに泉部隊もいないのである。

会食もそこそこにして出発準備に取りかかった。任官で手に入れた装具一切や教練手簿、参考綴、各種典範令、参考書などを将校行李に詰めて荷造りする。輸送中の事務連絡などは二区隊にいた小林見習士官がやることになった。厚和時代から軽機班にいた要領の良い男だ。河原田兵団(第一二野戦補充隊)への配属は、他中隊や歩兵砲、重機などの見習士官を加えて一〇名くらいになったと思う。

我々が内地や厚和で接した見習士官の正式軍装は、官給品の軍衣袴に正刀帯を締め、巻脚絆または革脚絆を使用し、曹長の階級章と丸い座金に金の星を襟に附けることになっている。ところが今回はどうしたわけか官給品は全部返納してしまって、頭の先から足の先まで全部私物で行くことになったのであった。緑褐色の冬軍衣袴、私物の将校外套、私物背嚢、水筒、図嚢、新品革脚絆に私物編上靴。しかも皆割に体格が立派だから、少し離れて見れば外套の徽章は小さくて判別し難く、ただ三つの銀星が目立つので、ちょっと見には大尉に見えるのである。

長い汽車旅行で、あちこちの街の兵站旅館に泊まったり、街を得意気に堂々闊歩したとき、確か大同だったと思うが、先方から歩いてきた少尉が我々に向かって先に敬礼したのには恐れ入った。向こうも近寄ってから、しまったと思ったらしく、妙な目つきでジロリと我々を睨むと、さっさと横丁に入ってしまった。この服装では無理もないとは思うが、我々はほかに着るものを持っていないのでヒヤヒヤして歩いたものである。しかし特別に偉い人から見咎められるということもなかったようだ。

厚和へ行くには、この石門へ来たときの逆コースで北京を経由して、居庸関を越え、大同を通っていく道と石門から正太線を利用し、正定、太源を通り、北同蒲線で大同に出る道と二つある。できることなら、まだ見たことがない山西の地を通って行きたかったが、沿線の状況を調べてみると最近は八路軍の鉄道破壊や列車妨害が多くて正太線、同蒲線経由は時間もかかるし、危険でもあるということで、またもや北京居庸関コースとなったのである。

33　再び冬の厚和へ

実にポカポカと明るい一月上旬、我々は八ヵ月を過ごした石門予備士官学校の営門を出た。冬の将校外套に将校用背嚢、それに雨外套を巻きつけて背負い、水筒、図嚢を吊り、緑色毛糸の私物手袋という服装ではこの石門では暑過ぎる。しかし行く先の蒙古の冬の寒さを身をもって体験している我々には、どうしてもこれだけのものが必要だということがわかっている。

さて、北京行きの列車に乗り込むが、もう兵隊でもなく候補生でもなく、将校待遇だから二等車に乗ることが許されている。我々も堂々と二等車に乗り込んだ。無論、一般人と一緒の客車だが、軍人用座席はひと隅に取ってあり、悠々と座れる。ここで初めて中国の一般民衆と一緒にひとつの車内で直接顔を合わせる機会を得たわけだ。この時だいぶ北京語を使う機会にめぐまれた。ところが、ここで自分は冷や汗をかいたことがある。

タバコを吸おうとしたらマッチがない。座席の横の通路に立ってタバコを吸っている支那人に向かって「借給我」（チェ・ケイ・ウォー）と言ったところ、その男は「どうぞ」と日本語で答えてタバコを渡してくれて、ニヤリと笑ったのである。

黒い髭を生やし、薄汚い支那服を着ているが、その赤銅色にやけた顔はどうも日本人らしい。しかも、だいぶ前から我々の交わす話をじっと聞いていたらしいのである。我々は今や自由を謳歌し、周囲に上級将校がいないのを幸い、かなりの大声で石門の思い出話や、初年兵時代いじめられた助教助手の誰彼のことを喋っていたのだった。この男、ただの居留民か商社の人間なのか、あるいは憲兵や特務機関の変装なのか。振り向いて見たらもうその男はいなかったが、どうも気味が悪かった。

冬ながら明るい河北平野を列車は快調に走る。そして北京で包頭行きの国際列車に乗り込んだが、列車の連絡が良過ぎて、あてにしていた北京での外出ができずじまいになったのは何とも心残りであった。見習士官として花の都を歩いてみたかったのに、その機会は永久に来なかったのである。

またもや三回目の京包線の旅。いかに二等車に乗っていて、しかも自由がきくといっても、蒙古高原の旅が単調で荒涼としたものであることには変わりはない。二等兵時代や候補生として石門に行くときと違うところがあるとすれば、何とも言えぬ開放感であり、小遣いも少しはあるので車内に売りに来る菓子や天津甘栗を買って食べたり、果物を買ったりして楽しんだことだ。軍隊に入って以来、初めての自由は何にも例えようのないすばらしさであった。列車の連絡が良過ぎたため、このときは兵站旅館に泊まることもなく、車中泊で行ってしまった。

厚和に着く少し前、第一二野戦補充隊（河原田兵団）司令部が厚和にあるのか包頭にあるのかわからなくなり、厚和の駅から発車直前にやっぱり厚和だと判明、大慌てで飛び降りるというひと幕があった。

34　またもや冬の厚和

相変わらず寒く、荒涼としており、陰山山脈の山ひだも、初年兵時代絞り抜かれた演習場も兵舎も昔のままだった。しかし元の独歩第一三連隊兵舎にはすでに泉部隊の姿はなく、「恵」部隊が入っていて、街を歩く歩兵の胸についたマークも王（ワン）さん部隊のものではない。松下教官や神山軍曹、鈴木上等兵、生皮をむいてやりたい鈴木軍曹は今いずこ。

我々は城外兵舎へは行かず、新城内にある大隊本部で給与を受ける大隊長に申告し、城内のある中隊で給与を受けることになった。

夜遅く、その中隊兵舎に到着した。中隊長が不在で週番士官に申告したところ、八字髭も見事な老中尉は、日露戦争時代を思わせる軍人言葉で歓迎の言葉を述べ、「オイ、週番下士官、見習士官たちにうんと酒を飲ませてやれ、若いものは酒が欲しいじゃろう」と大満悦である。

ああ、我々が来たこの中隊は、これが本当の軍隊なのだろうか、それとも軍紀風紀にしめあげられた石門の予備士官学校が日本陸軍本来の姿なのだろうか。我々は、この松本老中尉から受けたあたたかい心尽しに感激し、恐縮し、また驚いて、与えられた部屋に入った。

驚いたことに見習士官室専属の当番兵が数名も附けられ、真新しい柳条の洗面器に熱い湯をくんでくれて、旅で汚れた顔や手を洗い、よくもこれだけと思う御馳走と大量の日本酒で顔を火照らせ、松本中尉と歓談し、ぬくぬくと厚和第一夜の床についたのであった。

ところが、我々を有頂天にさせたこの大歓迎は、僅かひと晩だけだった。

35　一ヵ月の見習士官集合教育

翌日は城内兵団司令部で兵団長河原田少将の下に伺候し、畳の上に正座して話を聞かされた。河原田閣下はかなり老人で、あまり勇ましい話はなかった。我々は改めてここで見習士官集合教育を受けることになり、新城の北城壁直下にある真砂隊で給与を受け、約一ヵ月集合教育されることになったのだ。良いことは長くは続かないものである。

真砂隊長は実に落ち着いた立派な軍人で、誠実そのものの人だった。学校の先生だったとの噂もある。我々を迎えて歓迎の言葉を述べ、十分なことはできないが困ることは何でも申し出よとのことだった。朝と夕食は真砂隊で給与され、昼食は大隊本部で大隊長や副官と共にする習慣であった。

集合教育第一日目、どこの中隊の人だか知らないが、本池中尉というガンコ親父につかまり、数時間連続で基本体操と銃剣術でギュウギュウしぼられ、せっかく見習士官になりながら何たることだと皆ガッカリした。この本池中尉には我々の方がウンザリしてしまった。

真砂隊に一人、若い少尉がいた。ある日、なつかしい北門外の墓地の演習場で、真砂隊の補充兵を使って擲弾筒分隊戦闘教練教官としての教育をされたが、この少尉は甚だ砕けた態度で我々に接し、ずいぶん楽をさせてくれた。実はこの部隊の将校は一年志願兵出身の老将校が多くて、この若い少尉は話し相手もなくくさっていたのだ。そこへ若い我々がドッと一度にやってきたのだから大いに喜んだらしい。

それにしても、自分も手旗を振って対抗軍に指示を与え、補充兵に擲弾筒手の動作を教育したが多少、年をとっているとはいえ、補充兵が寒さに鼻を赤くし、息を切らしているのに、自分は墓地の土饅頭を飛び越え跳び越え走っているのに、ひとつも疲れを感じなかった。これは教えるという立場に立つものと、教えられ、しぼられるという受け身の立場に立たされるものの精神的な差異によるものだろうか。おそらくその両方なのだろうと思う。絶えず誰かにしぼられるという精神的な負い目は嫌なものである。

見習士官になって以来、ずいぶん運動もしているし、といって大して人並み以上に大量に食べているわけでもないのに、大して腹も減らない。あの初年兵時代、餓鬼のように腹が減ったのも、同じ寒さの同じ厚和の今頃だった。

あるいは将校たるものの密かな誇りがそうさせるのか、何とも言いようのない、体の中がポカポカあたたまり、力が有り余って困るような感じが体内を満たしていたのであった。あの乞食同然のみすぼらしい生活をした厚和に戻ったことも、この感じをより強いものにしたのかも知れない。

大隊本部に見習士官教育専任者として、某少尉が派遣されてきた。ところがこれはまたまったく融通のきかぬカチカチの軍人で、若いくせに我々を徹底的にしぼった。対米軍戦闘法や対戦車攻撃法を、またもやここでやったのである。そのため、真砂隊の班内から班内装備の軽機、擲弾筒や兵の小銃を借りて小隊教練までやった。何ということだ。見習士官になってまで、また石門のやり直しかと皆はかなり反抗的になった。この少尉の我々の間での評判は極めて悪かった。

見習士官集合教育はこの部隊にとっては当然、必要なことであったのだろうが、質量ともにガラクタ部隊の称あるこの部隊に配属されたこと、せっかく石門の学校を卒業し、見習士官として颯爽と赴任した我々に、またもや銃を担がせて這い回る新兵時代を想起させたことが、我々の誇りをいたく傷つけ、ほんの僅か垣間見た自由を、またも取り上げられた腹いせに、この少尉教官に反発を感じることになったのであった。約一ヵ月教えられた腹いせに、この少尉の名前すら覚えていないのもそのためだろう。

あるとき元の独歩一三連隊兵舎の、しかも東兵舎にある講堂で、ギョロ目の兵器委員から兵器行政の講義をされたことがあるが、この再教育全体に対し、肚を据えかねていた我々の態度がかなりふてくされたものであったので、この中尉から怒鳴りつけられた。真砂隊長は、この扱いにくい我々を親身になって世話してくれたが、我々はこの部隊全体に反感を持ち、何かというと反抗の態度を示そうとしたようである。

暇あるごとにブラブラ外出もした。あるとき真砂隊長が会食を計画してくれたのに、それをすっぽかして夜の街に外出してしまったのには、さすがの真砂中尉もかなり感情を害したようであった。夜遅くまで旧城の方で酒を飲み、月光を浴びながら放歌高唱しつつ新城と旧城を結ぶ唯一のアスファルト舗装道路を真砂隊さして帰る途中、先方から当番を一人連れた騎馬の将校が来た。我々は一杯機嫌で放歌しつつ進んでいったら、その当番が先に駈けてきて「あれは大隊長殿ですよ」と注意してくれた。近づいてきた大隊長は、「もう良い、そのままにしておいてやれ」と、当番を連れていってしまった。どうも我々は少しハメを外し過ぎ、この部隊に反感を持ち過ぎたようだ。

　老将校が多いこの部隊では、我々の赴任に大きな期待をかけていたようだ。そのために、一ヵ月かなり厳しい集合教育を施したのである。そして、大隊長や真砂隊長その他は、我々が妙に反抗的になるのにも目をつぶり、少しばかり無軌道ぶりを発揮するのも温かい目で見逃してくれていたらしいのである。

　我々もそのうちに反省した。そして、いよいよ遠い中隊へ配属されるときには、心から感謝してお別れしたのであった。

36　厚和を見直す

　新兵時代、教育隊兵舎以外に知っている所といっては、演習場と射撃場、厚和神社、数回行った並木のある舗装道路と、一度だけ行った映画館ぐらいのものである。

　見習士官になって帰ってきてから城内をかなり歩き回った。厚和という名前は蒙古名ホホコト（厚和豪特）の漢字の一部をとったものである。実際は帰化城（旧城）と綏遠城（新城）とに分かれていて、この両者を結んで傅作儀が舗装道路を作り、その両側に蒙古には珍しい大木の並木を作った。砂漠の中の街を「青都」と呼ばしむるほど民衆に喜ばれ、善政を施していたのであった。

　元来は帰化城の方が古くからある蒙古の交易場で、砂漠地帯から運ばれてくる羊毛やラクダ毛や肉などと、北京の方から来る物資の交易がおこなわれたバザールなのだろう。旧城には城壁がないようだ。もともとは蒙古包の聚落から出発したのかも知れない。新城の方は立派な城壁があり、諸官庁があるが、静かな街で商業地帯でなくむしろ住宅街だと思う。両城をつなぐ舗装道路の両側にも新しい家が建ち並び、日本人の住宅はおもにこの辺りにあるのだと思う。

　旧城には回教寺院があり、まことに異国的な雰囲気である。回教となると東方の海の方から来たものではなく、絹の道を通って中央アジアから来たものだ。ここから中央アジアを経てヨーロッパまで陸続きなのである。また、ラマ教寺院もあり、赤い帽子に、まことに色鮮やかな青い服、先の尖った赤い靴のラマ教僧侶を見かけたこともある。

旧城には繁華街があり、「青柳文庫」という日本の本屋があり、喫茶店もある。映画館前に菓子屋もあり、すし屋もあった。酒も飲んだが、まだ特に旨いと思って飲んだのではなく、大人になった気分を味わってみたかったからである。むしろ甘いものに手が出やすく、あるとき青柳文庫の喫茶店で汁粉を一〇数杯平らげたのには我ながら驚いたものである。

良い気持ちでふくれた腹を突き出して並木道を歩いていると、すぐ横をラクダの隊商が、首に下った鈴をカランカランと鳴らしながら、悠々と歩いていく。今こそ自分は蒙古にいるのだという実感が湧いてくる。気温は零下三〇度くらいだろうが、この身内の暖かさはどうだ。

蒙古騎兵が一個小隊ぐらい、蹄(ひづめ)の音もさわやかに駈け抜ける。内蒙古自治政府の軍隊である。日本軍が教育し、分捕った兵器を与えて編成したものだろうが、成吉思汗(じんぎすかん)以来、その伝統を誇る蒙古騎兵だ。小さいが頑丈で、厳しい砂漠の自然条件にも耐える蒙古馬にまたがり、古い蒙古の歌を合唱しながら馬を駆る蒙古騎兵は、まことにすばらしいものである。蒙古馬には白馬が割に多い。

新城内には巴彦塔拉(パインタラ)盟公署がある。内蒙古自治政府の統治地区では「省」の下に「盟」という自治組織がある。その役所だが、中国式の赤・青・金で塗り分けられた、まことに目も醒めるようにきらびやかな建物だ。新城北門に近い真砂隊の入口附近は昼間もひっそりした一画である。

37　いよいよ前線中隊へ（山西の旅）

集合教育を終わった我々は、遠く山西省南部にある大隊へ配属されることになった。改めてラシャの軍衣袴、鉄帽を支給され、また初めて将校勤務袖章をつけることになった。これをつけて初めて見習士官の姿がまことに派手なものになるのである。

真砂隊長は温かい言葉で我々の健闘を祈ってくれた。そして送別の会食をしてくれた。ずいぶん迷惑をかけたものであった。ところで、山西南部へ行くのは五、六名になったが驚いたことに我々を引率するのが、例の酒好きの松本老中尉だった。この人も前線中隊へ赴任することになったらしいが、こんな爺さんに第一線中隊の勤務ができるものかどうか。元気はあるが年寄りの冷や水というところで、酒を飲み、我々にも飲ませるときだけは何とも頼りになる老人だった。こんな年寄りを引っ張り出さねばならぬほど、本当に将校が足りないのだろうか。

　真砂隊附の林少尉もやっぱり一年志願兵出身らしく、萎びていて、まるで鶏の毛をむしったような爺さんだった。松本中尉の方がまだしも元気がある。しかし、日露戦争時代の肋骨つき黒ラシャの軍服を着せられた方が似合いそうな面構えだ。

　見習士官室附の当番兵が我々の将校行李に縄をかけて、カマボコ板の荷札をつけて発送してくれた。

　夕方の列車に乗り込むまで、かなりの時間があるので、我々はまたもや旧城まで足を伸ばし、したたかに酒を飲み、おまけにすし屋へ入って、いなりずしを腹いっぱい詰め込んだ。このすし屋に蒙古騎兵の将校が一人来ていたが、日本語がわからないので困っていた。この若い中尉を我々の仲間に引っ張り込んで、すしを注文してやり、色々話を聞いた。彼の話によれば、蒙古騎兵は陰山山脈を突破して、ずいぶん遠くまで偵察に行くらしい。百霊廟〔編者註：陰山山脈北斜面の交通の要衝の町。九つの通路の中心点にあり、「九龍口」の名がある〕辺りまでは、始終行くのだそうである。すごく澄んだ美しい目をしているのは、いつも遠い地平線ばかり見ているせいかも知れない。

　夕方、松本中尉と待ち合わせて駅に行く。爺さんも軍装を整えるとなかなか颯爽としている。我々も背嚢に鉄帽はつけているが、かなり身軽な服装になっている。同蒲線沿線はかなり状況が悪く、列車が襲撃されることもあるので、交戦の覚悟が必要だが、我々には武器としては唯一の日本刀だけなので、ちょっと心細い。松本中尉は小型の外国製拳銃を持っている。

　やがて包頭から来た列車に乗り込み、二等車に納まる。すでに真っ暗である。したたかに酒を飲み、しかもいなりずしを詰め込んでいる上に、車内は暑いばかりにスチームが通っているので、始めのうち気分が悪くて困った。すぐに眠り込んでしまう。

　翌朝、大同に着く。かなり寒く雪が積っていた。兵站旅館に泊まり込むと、必ず爺さんが酒を注文し、我々も負けてはいない。

　城内を見物した。活気溢れる街だった。古びているが大きな城門があった。これは内地にいるとき、『世界地理風俗大系』の写真で見たもので、写真で見た通りに屋根の一部が壊れていた。我々だけで城内の営外酒保に入って自分はまたもや汁粉を一〇杯以上も平らげたところ、ここの女子店員（日本人）に剣つくを食わされた。

「あなたたち見習士官でしょう。ここは下士官兵の営外酒保ですから、兵隊さんたちが遠慮してしまいます。将校集会所へ行ったらどうですか」

なるほど、言われて気がついた。ここは下士官兵ばかりが出入りする所であり、我々は良い気持ちでいたのだが、本当は将校集会所へ行くべきだったのだ。バツの悪い思いで皆そこを逃げ出した。

兵站旅館というのはすべて軍の指定旅館で、将校待遇のものは、必要書類を見せて手続きすれば簡単に泊まれる。皆、日本人の経営で、少なくとも家の中は日本式で床の間やふすま、障子があり、うるし塗りのお椀や日本の茶碗で純日本料理が出る。長い間、椅子と机の生活をし、アルミ食器しか知らなかった我々には何とも異様で珍しく、畳の上へ絹の座布団に座るということが、まことにすばらしく、贅沢のように思われた。しかしこんな蒙古の辺境に日本式旅館を建てるその度胸というか生活力には恐れ入る。女中も日本人で、ちゃんと和服を着ていて、お盆で給仕をしてくれる。まったく我々には考えも及ばない別世界で、これから前線部隊へ赴任するということが嘘のようにさえ思えた。

大同から南は北同蒲線である。岩山と砂だけの世界の中を、列車は南へ向かって走り続ける。砂丘の表面には褐色の枯草が突っ立っているだけ。荒地の連続。そしてその荒涼たる砂漠の中に、北の地平線から南の地平線まで、ボーッと霞んで重厚な万里の長城は、八達嶺（はったつれい）や居庸関辺りのものとかなり構造が違い、大きな煉瓦ではなくてただの土壁ではないかと思う。そのためでもあるのか、両側面に大きな張り出し部分が造ってある。

山嶽地帯に入るが草木がまったくない。灰紫（かいし）色の岩山。岱岳鎮（たいがくちん）という駅があったように思う。駅に迫った岩山では鉄か石炭を掘っているらしい。大きな採掘設備がある。

夜、寧武（ねいぶ）に着き、兵站に泊まる。さすがに民間の旅館ではなく、勤務兵がテキパキと世話してくれる。山嶽地帯で高度が高いのか、猛烈な寒さだ。人一人見えない死んだような街。

迫る岩山。ゾクゾクする星空。正に辺境の街である。しかし暗いランプの光に照らされた食卓の上には日本旅館式ではないにしても、すばらしいご馳走が湯気を立てている。真っ白の飯、味噌汁、ソーセージ、卵。冷え切った体が嬉し泣きをするようである。狭い部屋はまったく支那式で、炕（かん）（床下からの暖房装置）の上に、薄い敷物があるだけで、そこへ布団を敷いて寝たが、この寒さにあまりにも布団が薄いので、果して眠れるのかどうかと心配した。ところが自分は知らなかったのだが、この炕の中では石炭がゆっくり燃えていたので、間もなく床がポカポカ温かくなりだしたのである。これがまた何とも言えぬ気持ちの良い温かさで、からだ全体が包み込まれるようにポカポカするのである。ストーブともコタツとも違う良い気持ちだった。

再び列車に乗り込み、今夜は太原泊りとなる。この時の列車は狭軌でもあり、客車といっても有蓋貨車に木の椅子と少しの窓をつけた粗末なものであった。中央にダルマストーブを置き、その煙突は屋根を貫いている。いよいよ状況の悪いところへ来たらしく、我々の乗った車輌には河北交通の警乗員が一人乗り込んできた。といっても一五、六歳の青白い顔の少年で、ボロボロの綿服に毛皮帽を被り、旧式のモーゼル騎銃一つを持っているにすぎない。無論、長く日本人に使われていて、日本語も多少知っている。彼の小銃に興味をそそられたので見せてもらった。少年にとっては手頃な大きさで、口径は七・九ミリだが三連発で、挿弾子にも三発しか入っていない。

車内は子どもを連れた主婦も混じり、かなり一般人も乗り込んでいた。夜に入り、もうそろそろ太原も近くなった頃、列車が真っ暗な山裾を走っているときだった。左前方で「パパーン」、「キュキューン」と弾の音がしたと思ったら、ガクン、ガクンと列車が激しく前後に揺れて止まってしまった。敵襲だ。

少年はサッと扉を開けると、銃を構えて「誰か」と叫んだ。松本中尉が「警乗、撃つな」という。さあいよいよ八路が出た。我々は急いで鉄帽をつけ、刀を握った。敵弾の音をここで初めて聞いたのである。いよいよ一戦かと緊張して、しばらくして様子を見ていたが、列車はまたガタンと動き出した。

左側の闇の中を警戒したが結局、何事も起こらず、そのまま太原駅にすべり込んだ。

城内の日本旅館に入る。異様な臭いが立ちこめるが、熱い風呂に入ってから日本料理の夕食。深夜にまた酒を飲み、日本酒とビールを混合して飲んだのでベロベロに酔ってしまう。

翌日、太原城内を見物した。立派で大きな街だった。公園には池があった。また、古臭い赤煉瓦建ての図書館があった。城門は非常に大きい。

一夜明けてまた列車に乗り込む。山西省をだいぶ南に下ってきたので暖かくなってきた。この辺りから先は約半年後、撤退行軍でおよそ一ヵ月かかって歩くことになるのだが、その時は、よもやそんなことになるとは神ならぬ身の知る由もない。

臨汾(りんふん)着。ここでもひと晩泊まった。翌日夕方、ついに運城(うんじょう)着。大きな街で、城壁も立派だった。ここが我々の旅の終わりである。城内の旅館に入り、夕食後は疲れて寝る。

38 運城の春(前線司令部のある都城)

翌朝、起きてみると、もうすでに黄河に近い山西省南端に来ているので、ずいぶん暖かく、内地の五月くらいかと思う陽気である。女中の給仕を受けながら、朝食の膳についていたら、数機の飛行機の爆音。やっぱり最前線近くなると友軍機も来るんだなと感心していたら、いきなりグラグラと床が上下に揺れ出し、ズシンズシンとものすごい爆発音。何事が起こったんだとびっくりしたら、女中がオロオロして顔をしかめながら、「空襲ですよ。この頃よく来ますが、今日は特にひどい。きっと飛行場がやられたのでしょう」と言う。

大急ぎで下駄をつっかけて外に飛び出して空を見上げたら、驚いたことにノースアメリカンB-25一機と、その奇妙な形で見誤るはずもないロッキードP-38が、すごいスピードで飛び回っているのだった。

さすがは最前線、とうとうやってきたぞと血が踊る。それにしても前線のこの都市に日本料理屋があり、旅館に女中がいるとは一体どうしたことだ。およそ民間人がこんな所にいるとは、自分には予想外のことだった。

その日、軍装を整え、運城城内の軍司令部広間に集合した。管下部隊の大隊長、中隊長や新着任の将校、見習士官が一室に会同し、参謀長、参謀などが色々と話したが、一人の参謀はかなりの年齢のくせに、すごい権幕で召集の老将校たちの無気力さを突き上げた。何れも陸士、陸大の出身者だろうが、いささか反感を覚えるほど傲慢な態度だった。この参謀には後にも時々会ったが、常に鉄帽を携行し、空襲警報が出たとき、他のものが鉄帽を着用しないと、すごく腹を立てて気合を入れるのだった。

軍司令部(兵団司令部)は城内の一隅にあり、コンクリートの堂々たるもので、深い木立に囲まれている。地下には防空管制室があり、各方面から入ってくる敵機襲来の情報が分析整理されていた。

ここの司令部の雰囲気は、厚和の独歩一三連隊本部や、河原田兵団司令部、あるいは石門の部隊本部などとは違った、異様に緊迫したものであった。ここは山西省の略、最南端。運城の南方に連なる中条山脈のすぐ向こうには黄河が流れ、その対岸は蒋介石直系軍ばかり。また、周囲の山山や城外の農村地帯は八路民兵の活躍舞台であり、また蒋介石系の山西軍の大兵力もいる。確かに自分が今までいたどこともまったく違う最前線なのである。黄河の渡河点の対岸にはそれぞれ橋頭堡を占領しているが、無論、周囲は皆敵で、しかも優良装備の蒋介石直系軍である。

一発撃てば確実に数百倍になって返ってくるという。すごい所もあるものだと思ったが、後に自分がその橋頭堡へ行くことになろうとは予想もしなかった。この正面には陝縣橋頭堡と南村橋頭堡がある。もうあまり積極的な攻撃作戦はないかも知れないが、それだけに橋頭堡の確保と経営は大変だ。

我々は五、六名になって運城の城外にある平山隊に集合して給与を受けることになり松本中尉と別れた。どうもこの頃は連日にわたって兵団司令部に行ったり、平山隊へ帰ったり、参謀に気合を入れられたりで慌ただしく、記憶も確かではない。この頃一緒に行動していた同僚の見習士官が誰であったかさえもはっきりとは覚えていないし、また顔を覚えていても名前が思い出せないのである。確か鈴木、小仲、広野、日向などが一緒だったと思う。

第何大隊だったのか思い出せないが、安邑にある大隊に配属されることになり、更に人数が減り、行軍で安邑の大隊本部に出頭した。大隊長が誰であったかさえ記憶がない。

安邑は運城よりも歴史的には古い街らしい。城内にはボロボロになっているが、高さ五〇メートル以上もあるかと思う古塔がまたヌッと立っている。その城壁内の一隅に大隊本部があり、直轄中隊兵舎もあった。民家を改造した雑然とした兵舎だった。大隊長講話があったり、直轄中隊長進大尉から刀の操法の訓練を受けたりもしたが、まずはのんびりとしたものであった。ここで各中隊に配属が決まるまでの間の、進隊のある将校の部屋で給与を受けた。

自分は第七中隊（隊長・渡辺隈夫中尉）に配属されることになったが、渡辺隊は安邑からはるか七里も山中に離れた三路里村にいるので、中隊から連絡者が来てくれなければ赴任することもできず、しばらく「進」隊で給与を受けながら待機することになった。「進」隊には鈴木見習士官が配属されたので、居候の自分はだいぶ彼や彼の当番の世話になった。

自分が寝ていた部屋の持ち主は某少尉で、連絡のため出張中であったので、部屋の中にある本に読み耽ったり、鈴木に紹介された若い少尉と話したりした。この部屋の将校は九州の、特に福岡縣出身の人が多いようである。

ある晩、グッスリ眠っている最中、部屋の持ち主の少尉が出張から帰ってきたので飛び起きて挨拶した。これはまた軍服を着ていても、小売店の主人ぐらいにしか見えぬ、まことにおだやかな好人物だった。やっぱり福岡の人で、盛んに「そなた、そなた」と呼びかける。何とも異様な軍人さんである。やっぱり一年志願兵出身のようだ。

進大尉や副官、鈴木見習士官と風呂に入ったり会食したりしたが、どうもこの大隊の雰囲気はのんびりし過ぎていて、あの兵団司令部の緊迫した空気とはまったくかけ離れていた。将校たちが一般に年寄りであって、会話の内容も甚だ世間染みたもので、我々若いものとさっぱりテンポが合わず、退屈だった。

安邑の街は運城と違って、末枯(うらが)れた田舎町という感が強い。大隊本部近くの広場で安邑縣の警察隊が密集教練をやっていた。動作はなかなかキビキビしていて気持ちが良いが、さて戦闘力はどんなものだろう。

39　三路里の渡辺隊へ(初めて馬に乗る)

ある日、また平山隊にいたら、渡辺隊長と隊附の西里少尉が平山隊長のところへ来ていることがわかり、中隊配属の申告に行った。初めての実戦部隊配属である。渡辺隊長は四〇歳くらいか。眼鏡をかけた、少し神経質そうな人である。西里少尉はさすがに若い。何れも九州福岡の人らしい。中隊附としては西里少尉のほかに、内田少尉と金子少尉がいるということである。なぜか自分は中隊長と一緒に中隊へ行くのではないらしい。また、数日が過ぎる。

そしてある朝、朝食を終わったと思ったら伝令が来て、三路里の渡辺隊から連絡者が迎えに来たと報せた。外に出たところで完全軍装の伍長が、ガチャリと捧げ銃をした。

「渡辺隊、島田伍長以下一個分隊、見習士官殿をお迎えに参りました」

自分も大いに緊張して、パッと答礼した。いかにも見事に戦陣灼けした島田伍長の顔と髭はまことに印象的であった。外に出てみると軽機一個分隊が休憩していた。これが中隊から派遣された島田分隊であった。皆、いかにも戦場慣れした連中である。途中の状況を聞いてみると、敵は始終ウジャウジャいるが、一個分隊がいれば絶対大丈夫とのことである。

分隊が整列して、島田伍長の指揮で自分に敬礼する。一時的にしろ自分の指揮下に入る連中の顔を見て自分は満足した。島田伍長が、「三路里までは約七里あります。馬を連れてきましたので、どうぞ乗ってください」と言う。自分はギョッとした。さあ困った。まさかこんなところで馬が出てこようとは予想もしていなかった。歩兵の本領は正に歩くことなのである。歩くのにはいささか自信はあるが、もちろん今まで馬というものに乗ったことがない。

見れば馬というのは蒙古馬で、あまり大きくはないが、たてがみや尻尾ばかりいやに長くて、体の割に太い脚をした精悍な奴である。初めて赴任する中隊の兵隊環視の中にあって、もし落馬でもしたが最後、中隊の兵隊の笑いものになって兵隊の信頼を失ってしまう。第一、将校勤務の見習士官たるもの誇りに傷がつく。といって目の前に連れてこられた馬に、いまさら乗れないというのは、なお更癪にさわる。

エイ、もうどうにでもなりやがれ、と、いささか破れかぶれで鐙(あぶみ)に足をかけてヒラリとまたがった。何だかすごく高いところに祭り上げられたようで、周囲に何もない。グニャグニャの手綱を持っても体の支えになるはずもない。つまり、どこにも摑まるところがないのだ。

馬は二頭連れてきていて、もう一頭に島田伍長が乗り、分隊は出発した。

カラリと美しく晴れた爽やかな朝だった。安邑の城門をくぐって西に向かう。なだらかな丘が連なり、一面の麦畑だ。麦の芽が美しい浅黄色。行く手の低い黄土の山山が霞んでいる。あちこちに集落が散在する。

石門時代、長丸隊長がやっていたように、刀を吊環から外して長い吊革で馬の横腹に垂らす。これが正式のやり方だが刀は重い割に、吊革はあまり丈夫でなく、命より大切な刀が落ちてしまいはしないかと不安で仕方がない。乗り降りが面倒で、誰かに馬の口を取ってもらわないと降りられないので、刀を落してしまっては困るのである。しかし、燦々(さんさん)たる春の陽光に照らされ、前後を武装兵に守られて馬に揺られていく気持ちは悪くないものである。京都の時代祭で武士の大将になったような良い気持ちなのだ。

かなり長い間乗っているうちに、馬の背が揺れるのに合わせて上手く調子をとりながら腰を振ることを覚えた。それまでは全身カチカチに緊張して体を揺れさせないようにがんばっていたのだが、そんな馬鹿なことをする必要はない。

小さいとき、父によく昔話を聞いた。京都伏見の連隊で馬の練習をした話だ。無論、日本馬だったのだが、初めのうちは、よく振り落とされたらしい。

上体はできるだけ楽にして、腰を落ち着け、足は鐙につま先だけ軽くかけて踏ん張らないこと。両膝の内側で、両側から馬の背を挟みつけ、尻は軽く鞍のうえに乗せて、走るときは少し浮かせること。手綱は摑まるためのものではなくて、馬を操縦するものであり、体はあくまで自分でまっすぐに平衡を保つのだということ。

こんなことを頭の中で思い出してやってみると、案外、何でもないことのようである。ただ、蒙古馬は小さいので歩調が短く、チョコチョコし過ぎて、小刻みに上下する馬の背に調子を合わせるのが難しい。両膝で馬の背をしめつけるといっても、上に乗ってみると横から見たときと違って、馬の背の幅は意外に大きく、いつもこんな奴の背を膝でしめつけていると、なるほどガニ股になりそうだなと思う。

もうひとつ、意外な発見をした。登り坂と下り坂に対する考え方が人間と馬とではまったく反対らしいことである。人間なら重い荷物を背負っているときは、坂を登るのに一歩一歩息を切らせてゆっくりと登り、下り坂では元気が出て、駆け下りるものである。馬だって同じことだろうと気にもかけていなかったのだが、土堤を越える小さな坂道にさしかかった時、馬は俄かに歩度を早めてパカパカと一気に登り出したので、もう少しで後の方へひっくり返りそうになった。

その勢いで下り坂はもっと早く駆け下るのだろうと、こちらも体を前に傾けて身構えたところ、急に歩度をゆるめて、一歩一歩慎重に下りだしたので、今度は前につんのめって落ちそうになったので、驚いて鞍の前端を摑んで事なきを得た。どうも馬の気持ちが呑み込めないが、しかし、なかなか慎重な行動で感心した。

途中、小さな廟で小休止して昼食をとった。スモモの花が咲いている。その何とも言えぬ香り。そしてこれから自分が行く村は、三路里村という。何と口あたりの良い村の名前なのだ。

明るい青空に雲雀（ひばり）が囀（さえず）っている。今や春たけなわである。浅黄色のみずみずしい草の上に座って、ここが戦場かと疑うばかり。スミレやタンポポが咲いている。しかし耳を澄ませば絶えず遠い銃声が聞こえてくる。何も我々が狙撃されているわけではない。

この辺りの敵情はまことに複雑で、山西軍、八路軍、日本軍が三つ巴になって戦っているほかに、種々雑多の匪軍が敵についたり味方についたり入り乱れて戦っているのである。銃声がしないほうがおかしい。しかし、この長閑（のどか）な春の午後には、遠くの銃声すら眠りを誘う子守唄のように長閑である。

またもや馬にまたがり出発。次第に黄土山が近づいてくる。我々は割りに広くて平坦な道路上を一列になって辿っている。畑には戦いもどこ吹く風と、農夫が働いている。島田伍長が小手をかざして敵がいるという。「あそこの集落から、かなり出てきていますよ。移動中ですが、こちらには来ません」と言って前進を続ける。自分がいくら目をこらして、彼がいう集落を見つめても、敵兵らしいものは見えない。何も見えない。このような広い景色の中で、どうして見えないのかと思うが、どうしても駄目なのだ。まだ目が慣れていないのである。それと共に敵がかなりいても、道路上をこんなに大きな姿勢をして悠々としていられるというのも意外だった。弾なんか何も飛んでこないのである。しかし、この附近を通る唯一の広い軍用道路上を、日本軍である我々が進んでいくのはどの方向からでもはっきりと見えるはずだ。ずいぶん遠くからでも見えるのである。

自分は妙なことを連想した。アフリカの大草原では各種の野獣の群れが、肉食のものも草食のものも入り乱れて生活している。しかし、ライオンだって腹が減っていなければ、すぐ横をシカやシマウマが通っても飛びついたりしないものなのである。

日がそろそろ西に傾き、辺りの景色が華やかなダイダイ色に彩られる頃、島田伍長が彼方の山裾を指して、「あれが三路里です。集落の外れの土壁が中隊のいる所です。自分は先に行って見習士官殿の到着を報告してきます」と、言い残して、馬をとばして道路外の麦畑を走り去った。

ところが、ここで自分もまったく予想しなかったとんでもないことが起こってしまったのである。島田伍長が麦畑の中を突っ切って見る見るうちに遠ざかっていくのを見た自分の馬が、いきなりグイッと首を回して列中から抜け出すと、そのあとを追って、猛烈な勢いで走り出したのだ。アッと思って手綱をグイッと引きつけて、止めようとしたが、もう馬は止まりそうもなく、全速力で疾駆し始めたのである。

もう駄目だ。落馬かと思ったが、ここで落ちたらそれこそ兵隊のモノ笑いだ。絶対落ちられんぞと覚悟を決めた。オヤジの話で聞いた通り、両膝でガッキと馬の背をしめつけ、少し鞍から尻を浮かせ、その間隔を絶対狂わさないように、腰で調子を取りながら突っ走る。ここでもし、調子が狂ったらおしまいだ。鞍に尻がぶつかると次第に跳ね上げられて、ついに抛(ほう)り出されてしまうのだ。このとき、もし足の先をあまり深く鐙に突っ込んでいると、足が引っかかったままになり、地上を引き摺られてひどいことになるばかりか、馬のうしろ脚で踏みつけられるおそれがある。

こんなことが頭にチラついたが、あとはもう必死で馬の背と調子を合わせた。耳のそばで風がゴーッと鳴り、麦畑がすごい勢いで縞模様になって後ろへ飛んで行く。何度か手綱を引きつけて止めようとしたが、まったくブレーキがかからなかった。有り難いことに平坦な麦畑ばかりで、飛び越えるところはなかったようである。

いきなり目の前に黄土の城壁が現れ、ポッカリ開いた暗い門をくぐり抜けたと思ったら、そこは中隊の中庭だった。

すでに島田伍長の馬はつながれて休んでいたが、その傍へ駆けつけると馬はピタリと止まった。ハーッとため息をつくと、やっとの思いで地上におりた。おそらく顔色が変わっていただろうと思う。深呼吸をして気を取り直し、服装を整えて中隊長室へ行って到着の申告をした。ずいぶんおくれて護衛の分隊は到着した。入口の門には衛兵が出ていて、歩哨がいたはずだが、自分には気がつかなかった。突風のように駆け抜けたからである。

さて、後になって考えてみても不思議でならなかった。島田伍長の馬が駆け出して自分の馬がそのあとを追って走り出したとき、何とか止めようと何度も手綱を引いた。馬の口にはハミという鉄棒が横に通っていて、手綱はその両端についているのだから、それを引けば馬はいやでも止まらなければならないはずなのである。

散々考えたあとで、ハッと気がついた。実は初めのうち、正式に刀を吊環から外して吊革でダラリと馬の横腹に垂らしていたのだが、革が切れそうで何とも不安なので、午後出発したとき刀を吊るのをやめて、腰のバンドに昔の武士のように刀をブチ込んでいたのである。兵の列の中にいて歩いているうちは良かったのだが、馬が駆け出したとき、その刀がブラブラ揺れて馬の尻を叩いていたのに違いない。これで馬はますます勢いづいて走り出してしまったのだ。いくら手綱で止めようとしても止まらなかったはずである。

しかし、生まれて初めて馬に乗り、いきなり全速力で突っ走られて、よくも落ちなかったものである。もし、あのとき慌てふためいて調子を狂わせていたら、見事振り落とされて赤恥をかき、中隊の笑いものになったに違いない。着任早々の中隊でこんなことをやったとすれば、将校の威信も何もあったものではない。

まさか末っ子の自分が、こんな場面で馬に乗るとはオヤジも予想していなかっただろうし、自分もまったく思いがけなかったが、子ども時代に父の話を聞きかじっていたのが、この際、救いになったのである。故・陸軍主計中尉北村良蔵。これが軍人としての父の正式呼称だが、この時ほど父を有り難く思ったことはない。

西里少尉に連れられて中庭をへだてた将校室に入った。よく陽があたり、ガラス障子がはまっていて、清潔な畳敷きである。襖まではまっている。中隊が入っている所は集落から少し離れた分厚い土壁で囲まれた一廓で、中庭が広く、そのまわりに兵舎がある土壁の周囲に陣地がつくってあり、うしろは切り立った谷を隔ててすぐ山が迫っている。その上に分遣隊が出ていて金子少尉以下、一個小隊が出ている。

その夜は中隊長室で中隊長、西里少尉とスキヤキで夕食をとった。内田少尉はまだ運城にいるそうである。

〔III〕

実戦部隊勤務　ついに陝縣橋頭堡へ

1　渡辺隊での生活

翌朝の日朝点呼のとき、渡辺隊長が中隊全員に自分を紹介した。どうも見たところ、ここの兵隊は若いものが少なく年配者が多いように思った。

その日からできるだけ中隊の中を歩き回り、兵隊の顔を覚え、また陣地や諸施設の状況を頭に入れるよう努力した。

中庭の一隅に馬小屋が造ってあり、六、七頭の蒙古馬や驢馬や騾馬が飼ってあった。歩兵中隊に馬がこんなにいるとは予想しなかったのだが、確か西里少尉の発案で乗馬分隊を作り、偵察や小討伐や連絡に使っていたのである。炊事場の横には黒豚がたくさん飼われていて、親仔揃って庭の中をゾロゾロ歩いている。中隊事務室には副島曹長や船津軍曹がいる。副島曹長は獅子舞の面のように金歯だらけで眼鏡をかけているし、船津軍曹は半白の老人で穏やかではあるが、よぼよぼである。兵器係は沖村軍曹。まだ若い頑丈な男だ。

将校室は陽あたりが良く、西里少尉と五目並べをしたり碁の手ほどきを受けたり、山奥の萬泉縣は柿の名産地なので、そこから送られてきた干し柿を食べたり、まったくのんびりした生活が続いた。無線室には五号無線機があり、大隊本部とは密接に連絡していた。

週番士官に初めて附けられたとき、西里少尉から週番懸章を借りて得意になって指揮台に上り、点呼をやった。兵が整列を終わっているのに下士官室から悠々と出てくる下士官を見つけて怒鳴りつけたら、その下士官は吃驚して走ってきた（あとで知ったが辰己軍曹だった）。

自分は来たばかりで大いに張り切っていたし、この中隊は軍紀も風紀もまったくでたらめだと苦り切って古参軍曹を怒鳴りつけたのだが、こんな辺境の第一線中隊で、しかも中隊長以下、九州男児ばかりでかたまっていると、互いに気心が知れ過ぎていて、結局、だらしなくなるものらしい。俺はこの中隊の軍紀・風紀を叩き直してやるんだと、すごく意気込んでいたのだった。

夜、暗くなってから中隊内を巡察していたら、無線室から出てきた兵隊が、いきなり陣地の上へあがって悠々と小便をし始めたのを見つけ、つかまえて大いに説教した。ここは俺たちの死に場所になるかも知れぬ陣地じゃないか。そこを小便で汚すとは何事か、というわけである。あとから考えると、おそらく古参の下士官兵は厄介な若造が来たものだと思っていたことだろう。

運城から内田少尉が帰ってきた。太い黒縁眼鏡をかけた四〇歳ぐらいのオヤジで、無口だがなかなか面白い人だ。かなり皮肉な目で他の将校を見ているようだが戦闘は上手く、部下の兵を大切にするらしい。

ある日、三路里村の村長から招待状が来て、村祭の芝居を見物に行った。下士官の一部も一緒に行ったと思う。実に良い天気の日であったが、村の中の道は大変なぬかるみであった。この日はなぜか驢馬に乗っていったかと思うが、そのぬかるみの中へ驢馬が座り込んでしまい、降りるわけにもいかず足をバタバタさせていて兵隊に助け出された。

村公署の土間で白酒（バイジュウ）を飲みながらの会食だった。そして村の廟にある舞台（日本の神社の拝殿をもっと床を高くしたようなもの）で芝居があった。ドラや小さな鐘や、とにかくガンガンジャンジャンとやかましい音楽につれてキーキーと耳が痛くなるような歌。そして髪を振り乱したのや長い髭をつけた面を被った俳優が大げさに躍り回るのだが、自分には何の劇なのかさっぱりわからなかった。

舞台の下では村民が群をなして立ち、口をアングリあけて見とれている。飴屋や饅頭、菓子を売る店も出ている。自分たちは一段高い廻廊のようなところに椅子テーブルを置いて見物していた。タバコやお茶のサービスもあったが、何よりも珍しかったのは、お菓子としてだされたものの中に干し柿の天ぷらがあったことだ。この辺り、特に山の中の萬泉は柿の名産地だが干し柿も多く、日本のと違って上下に圧迫された形で種がない。そのまま食べても真っ白に砂糖が吹き出し、よく乾燥していて下手な羊羹よりはるかに甘いが、それを一旦、油で揚げて、その表面に白ゴマがつけてあるのだった。長閑な春の日射しと群集、熱狂的な音楽。それに少し白酒が入っていて眠くなりそうであった。

ある晩、渡辺中隊長から一個分隊を率いて附近集落の敵情捜索に行けと言われた。初めてのことで、辺りの地理にも暗く、どうしたらいいものかと考えていたら西里少尉が、何も心配はいらない、初めのうちは下士官に任せてついていけばよいといって一四年式拳銃を貸してくれた。その一個分隊を見て、オヤッと思った。週番のとき点呼集合が遅いので怒鳴りつけた。古参の辰己軍曹だった。

結局、出発してから帰ってくるまで、どこをどう歩いたのか自分にはまったくわからずじまいで、辰己軍曹の後について無闇矢鱈と歩いただけである。寝静まった部屋へ入って村民をたたき起こし、辰己軍曹は敵情を聞いた。結局、何も敵に関する情報は得られなかった。中隊へ帰る途中、彼は自分に向かって廻った集落名や敵情のだいたいを説明し、中隊長へ報告の要領も教えて、この通り報告をしてくだされば結構ですと言ったのでその通りにした。こんなことでは中隊附将校は務まらないと発奮して、翌日は情報係の堀川兵長を訪れ、この辺りの敵情について詳しい説明をしてもらった。

大隊本部から配布された情報関係書類の綴込みも整理してあって、地図を見ながら説明してくれた。この辺りは山裾なので地形は大変複雑で、山西軍、八路軍のほかに安邑縣僞縣政府軍、三友軍、滅共軍その他、大小さまざまの軍隊が入り乱れているのである。軍隊というより匪賊と言おうか、私設の軍隊か強盗団のようなものまであり、どれが敵か味方かわからない。その時の都合によって金儲けになりそうな方へつくという、ひどいのまであるそうだ。一度聞いたぐらいではこの複雑な関係は覚えられそうにもない。

ある日、内田少尉が裏山の中腹まで出かけて、金子少尉の分遣隊の連中と落ち合い、弾薬や糧秣の補給をやることになり、自分を連れていって金子少尉に会わせてやろうというのでついていった。陣地のすぐ裏から山道に入り、かなり険しい岩だらけの曲がりくねった坂を登る。このとき乗っていったのは騾馬である。三重高農で穴釜教授から習ったが、雌馬と雄驢馬のあいの子である。体の大きさは馬並みだが、顔かたちや色、鳴き声はロバそっくりである。大人しくて安全には違いない。しかし、どうも驢馬や騾馬という動物は軍人の乗り物としてはふさわしくない。やっぱりたとえ蒙古馬でもよいから馬に乗るべきだ。驢馬や騾馬は女子(おんな)どもや農夫が乗るものである。

山の中腹の林があるところまで来たら、分遣隊の一行が待っていた。金子少尉は防寒頭巾をつけて来ていた。内田少尉が自分を紹介してくれ、正式に挨拶した。サッパリとした人だった。

その帰り道、兵隊の列について我々は一番うしろからゆっくり騾馬を進めていった。ところが自分はなぜかこの時、一人でまわりの景色をゆっくり見たくなり、山道の途中で騾馬から降りてちょっと休んだ。辺りはまったく死んだように静かで、はだかの山肌の連なりが実に美しかった。さて、急いで帰ろうとして左足を鐙にかけ、ひらりと飛び乗ろうとした時、騾馬の奴が少し動いたので体がよろめき、鐙に力がかかり過ぎて鞍がグラリと左側にずり落ちてしまった。ヤレヤレ厄介なことになったと鞍を押し上げて何とか騾馬の背によじのぼって山道をくだりだした。

「見習士官、見習士官、どうした」と、下から内田少尉の声がした。かなり下りて岩角を廻ったところに内田少尉が馬をとめて待っていた。

「この辺はよく敵に狙撃されるところだ。一人で勝手なことをするな」と文句を言われた。どうも心配をかけたようである。

ある夜明け方、床の中で目を覚ましたら、かなり遠くはあるが激しい戦闘がおこなわれている音が聞こえた。小銃、軽機、手榴弾だった。しかし、この辺りには、この中隊陣地しかないのだから、友軍が戦闘しているはずがない。やっぱり敵同士がやっているのだろう。子守唄のような銃声、手榴弾音を聞きながらヌクヌクと布団の中で目をあけていた。

渡辺隊に一体何日ぐらいいたのか、どうも記憶がない。長いようでもあり短いようでもある。途中でもう一度、内田少尉と運城へ行ったと思う。その往復の途中、平野を走る自動車道路の一隅に出ている渡辺隊の分遣隊に立ち寄り一泊した。一個分隊で守る土壁造りの陣地だったが居心地の良いところだった。いつも馬に乗っての旅だったが、もう失敗はなかった。

運城では、自分は平山隊長と内田少尉と仲が良いので、平山隊へよく行った。

平山隊は南門外にある。ここには同期の小仲見習士官が配属されていて、城内の「一力」という日本料理屋へ招待されたことがある。運城の街は大きく、日本料理屋や喫茶店や本屋があり、この本屋で造兵少将　銅金義一著『兵器随筆』という本を買って三路里に帰った。

三路里へ帰ってみたら西里少尉は一個小隊を連れて討伐に出ていた。これは他中隊との合同で計画されたもので、合同指揮官は他中隊から出ていたらしい。この部隊ではごくありふれた作戦行動のようであった。

ある朝早く、西里少尉が不意に一人で帰ってきた。さすがに疲れ果て、無精髭をぼうぼうと生やしていた。そして内田少尉に会うや開口一番、「平山と崎戸が戦死した」という。これは元、内田少尉の部下だったのである。我々も急いで営門に出てみた。西里小隊が疲れ果てて帰ってきた。牛車には二人の戦死者の遺骸を乗せていた。すぐに小隊の宿舎に運び込み、遺体は清められたが部屋中鮮血に染まった包帯が山のように積み上げられた。内田少尉は終始沈痛な面持ちで黙然と佇んでいた。

自分は戦死者に接するのはこれが初めてである。いささか顔が青くなったようだ。内田少尉が茫然としている自分に、「そなたはもうよい。向こうへ行っていなさい」と言う。

西里少尉の話では今回の討伐は必ずしも成功とはいえず、数日にわたり山嶽地帯に敵を追跡したが大兵力の敵とは遭遇せず、遠く河津縣や絳(こう)縣まで広い範囲を行動した。そして今朝、討伐中隊は解散し、西里小隊は三路里を目指して山嶽地帯から出た途端、思いがけぬ大兵力の敵に遭遇し、それと戦闘中に二名の戦死者を出してしまったのであった。平山上等兵は軽機射手であった。

敵が出現すると、すかさず土堤についてブローニング機銃でまことに調子よく射撃を開始した。あまりに急な会敵であったため、彼らはまだ鉄帽を被っていなかった。ところが正面の敵に射撃を集中しているうちに、後方に敵の狙撃手がいるのに気がつかなかった。不意に右後方の集落から狙撃され、平山の後頭部を弾が掠(かす)った。すぐに体をひねって背中の鉄帽を取り、被ろうとしているときに、第二弾で頭を打ち抜かれたのだという。崎戸上等兵もやはり後方からの狙撃の犠牲になったのだった。

西里少尉は殆ど成果が上がらなかった討伐と、解散後、中隊からあまり遠くないところでの会敵で二名の戦死者を出したことに大いに責任を感じているらしい。それも不在だった内田少尉の部下を死なせたのだから、かなり気まずいことがあったに違いない。

自分にとっては、この辺りの敵の行動の特殊性について大いに学ぶ必要があるし、西里少尉も言うように敵の狙撃手の使用法や、その驚くべき命中精度には絶対油断できないということが大きな教訓だった。

出撃した兵隊は就寝が許された。自分はその間、営内をあちこち歩き回っていたのだが、穴を掘った塵芥(ごみ)捨て場に来てみてびっくりした。出撃した連中が捨てたらしいのだが、小銃弾や機銃弾がかなりこぼれていたし、数個の擲弾筒榴弾が転がっている。また、金色も鮮やかな八八式小瞬発信管が信管容器に入ったまま転がっていた。これはどうしたことだろう。我々は新兵時代や石門の学校で弾薬の管理についてはまことに厳しく扱われた。いささか神経質なぐらい員数検査をし、射耗弾数と打殻薬莢の確認をやらされた。これは兵器弾薬管理上、極めて初歩的なことであり危険防止や犯罪防止のためである。特に擲弾筒榴弾およびその信管の危険さは言うまでもない。これはひど過ぎると、それらの弾を拾い集めて図嚢に入れ、中隊長室へ行って隊長に報告したのである。中隊長も話を聞いて放置するわけにもいかず、兵器係の沖村軍曹を呼んでだいぶ説教したらしい。そして翌朝の点呼で渡辺中隊長自身が指揮台に立って、中隊全員に対し、兵器弾薬の尊重と昨日の失態について訓示をした。

自分はそんなつもりはなかったのだが、どうやら自分と沖村軍曹との関係は面白くないことになった。彼は自分のところへ来て、中隊長のところへ行く前に、なぜ兵器係たる自分に告げてくれなかったのかと悔しがっていた。結局、自分が渡辺中隊長に告げ口をした形になってしまったわけだが、別に自分は沖村軍曹に対して含むところがあって、こんなことをしたわけではない。あんまりひどい実状なので報告に行ったのであった。しかし古参の下士官兵にとって、この辺りの自分のやり方は気に喰わぬものであったに違いないと思う。

一体、見習士官とはどんな地位なのだろう。中隊長附将校としては、中隊長の中隊統率を補佐すべきだろうし、また下士官兵に対しても愛情を持って接しなければならないのである。自分もまだまだ勉強が必要だが、中隊附とはまことに難しい立場だと思う。

2　水頭鎮鉄道警備隊へ

初めて自分に分遣隊勤務が命ぜられた。安邑北方、南同浦線（みなみどうほ）の一小駅、水頭鎮（すいとうちん）にある鉄道警備隊長を命ぜられたのである。この警備隊は渡辺隊と安邑にある進隊とが半数ずつ兵力を出している。そして駅にあるトーチカ陣地の警備を担当するのだが、渡辺隊直属でなく水頭鎮にある瓜生（うりゅう）中隊の指揮下に入るというややこしいものである。

出発に際して、今まで自分の当番が決まっていなかったので中隊から沖縄出身の津賀山一等兵をつけてくれた。ここで初めて自分も専属の当番を持つことになったのであった。出発の前日、これから分遣隊勤務へ行くのに日本刀ひと振りではいかにも不安なので、兵器係の沖村軍曹に頼んで手榴弾一発をもらい、図嚢の中に入れていった。渡辺中隊長に申告し、またもや馬に乗って出発した。当時の自分にはまだ軍隊の複雑さも十分にわかっているわけでもなく、何の不安もなく勇躍出発したのであった。

この時、中隊の病兵で入院するものを一人牛車に乗せ、衛生兵長ほか一名が付き添い、また無線班の一名

（陣地上で夜中小便をしたので説教した奴だ）が、大隊本部へ連絡に行くのを連れていった。

どの通路を通ったか今は忘れてしまったが、割に安邑に近くなってからある集落で、同期で他中隊に配属された広野見習士官が一個分隊を連れて行動中なのにバッタリ出会い、これから安邑の飛行場の方へ帰るというので彼と一緒に行くことにし、ここまで自分を護衛してきた一個分隊と馬を中隊へ帰してしまった（あとから後悔したが、これは自分としては甚だ軽率なことをしたものであった）。病人の牛車と衛生兵ほか一名と通信兵と津賀山だけになり、広野見習士官の兵力に便乗して安邑まで行こうとしたのである。

ところが自分はよく知らなかったが、安邑の街と安邑の飛行場とは意外に遠く離れていたのだった。広野見習士官は遠くに飛行場が見えるところまで来ると、自分たちと別れて兵隊を連れて帰っていってしまい、自分たちだけになった。実際にはここから安邑まではかなり遠かったのである。そして、まだいくつかの集落を通り抜けなければ安邑には着けなかったのだ。小銃を持っているのは無線兵と牛車を引いている一人と津賀山だけで、のろい牛車は行動の自由がきかない。病人は牛車の上で苦しそうに寝ている。


小川が流れ、緑の樹蔭がトンネルを作る集落の中を通った。ところが我々が通ると村民がいっぱい家から飛び出してきて我々のまわりに集まってきた。そして笑い声さえ立てているが、どうもその雰囲気は異様で、友好的なものではなかった。今まで自分が感じたこともない殺気にも似た雰囲気なのである。

しまった。敵性集落だったのか。しかし病人を乗せた牛車を引っ張っているので、今さら走ることも引き返すこともできない。兵は銃を構えて周りを警戒し、自分も図嚢のふたを開け、手榴弾を握りしめながら、いざとなったらいつでも安全栓（あんぜんせん）〔編者註：日本の手榴弾は、安全栓を引き抜き信管を鉄帽や靴の底等、何か堅いものに打撃して発火させる〕を抜いてやろうと身構えた。のろい牛車を急がせながら、正に薄氷を踏む思いであった。それでも何とか無事に集落を通り抜けた。

やっと安邑の城門にたどり着いた時、さすがに衛生兵長も肚に据えかねたらしく、「見習士官殿、無茶ですよ。あの集落は一番状況の悪い所だったのですよ」と言って、他の兵と一緒に自分を睨みつけた。これには自分も返す言葉もなかった。確かに無茶なことをしたものである。特に病兵は生きた心地もなかったに違いない。衛生兵と病兵と無線兵はそれぞれ病院と通信班へ行くので別れた。津賀山と大隊本部へ行って大隊長に申告した。久し振りで鈴木見習士官に会ったが、いやに青白い顔をしてやせている。どうしたんだと聞いたら、討伐に出て横腹に貫通銃創を受けて入院していたのだという。もう我々の同期の中から負傷者が出たのかと驚いた。

津賀山は大隊本部の経理室倉庫から自分の新品編上靴をもらってきてくれた。夕方、津賀山と安邑の駅から列車に乗り水頭鎮に着いた。小さな駅である。自分の到着予定は前もって電話連絡してあったらしく、トーチカ陣地の分哨長をしている兵長が出てきて、すごく気合の入った動作で勤務長の報告をした。すぐに集落内の警備隊兵舎へ行く。まったく普通の民家である。中へ入ったら下番者が手製の櫓炬燵（やぐらごたつ）に毛布をかけて車座になって駄弁っているところだった。さっそくまず、その車座の中に割り込んだ。

今ここにいるものの中で先任は「進」隊の広木伍長である。誠実な男で八字髭を生やしているが何とも優しい声を出す武者人形のような兵隊だ。一部には京都出身者がいる。山本上等兵である。兵隊は本当に自分を大切にしてくれた。いよいよここにいる一〇数名が自分の直属の部下になるのだ。

自分の部屋は居心地は良いが、三路里の中隊や安邑の進隊の宿舎と比べたら実にみすぼらしい土造りで、裏を向いた小さな障子窓を開けると家の裏の溝をへだてて広い道があり、その向こうに汚い土壁の民家がかたまっている。

さっそく少し離れた瓜生隊へ行き、瓜生隊長に着任の申告を済ませた。瓜生中尉は目の鋭い、見るからに戦闘的な若い隊長だった。風呂に入りに来いと言われて入りに行った。

夜、炬燵の周りに車座になって皆と話した。「進」隊に蔵上等兵という実に落ち着いた頼もしい兵隊がいた。渡辺隊の一人は船員で、外国航路船に乗って世界中を見てきていた。ゆっくり皆と話す暇があれば、こんな楽しいことはあるまい。

津賀山が小さい手製の膳で夕食を運んでくる。給与は瓜生隊から受けているのだが、配属されている小兵力はどうしてもよそ者扱いで、給与はお粗末だった。津賀山は加給品も受け取ってきた。タバコとカリン糖と、そして得体の知れぬゴム製品だったが、自分には何に使用するのか見当がつかなかった。

夜になるとシンシンと冷え込む。みすぼらしい部屋で一人寝る。今までがあんまり良過ぎたのだ。これが当たり前なのだ。

ある日の午前中、宿舎入口にいたら突然、「グワーッ」と飛行機の爆音がしたかと思うと、前方の木立の上から超低空のノースアメリカンB-25が一機踊り出た。アッとびっくりしている間に一瞬、グンと機首を下げ、トンボが水面に卵を産みつけるように、すぐ機首を上げてグングン駆け上がって行ってしまった。

ところで機首を下げたとき、翼のつけ根辺りにピカッと青白い閃光が見え、「ズドーン」と音がした。B-25の一部には対地射撃用に機関砲を載せたものがあることを知っていたし、その機首を下げた方向が正しく鉄道線路の方だったので、あるいは列車がやられたのかと、すぐに蔵上等兵を連れて急いで行ってみた。敵機の進入方向は鉄道線路と直角に西方から来たもので、しかも一撃しただけで離脱していったから何もないとは思うが不安だった。

線路に行き着いて、敵機に狙撃された辺り一帯を探したが、今のところ列車は通っていないし、目標になりそうなものは何もない。では線路破壊が目的かというと、見渡したところどこもやられていない。第一、線路を破壊するつもりなら、線路と平行に進入すべきだし、もっと繰り返して攻撃しそうなものである。あるいは敵の操縦士が道草のつもりで一発やったのかも知れないが、我々鉄道警備を担当しているものにとっては、たとえ道草でも放っておくわけにはいかないのだ。散々歩き廻った末、道床の一部に弾着点らしいものを見つけた。枕木の間の砂利が浅く凹んでいて破裂孔のようである。

そしてそこをほじくって探しているうちに、やっぱり機関砲弾の破片が見つかった。これだけしか見つからなかった。それをポケットに入れて帰る途中、駅のトーチカ陣地の兵二人が手動トロッコに乗ってやってくるのに出会った。やっぱり心配した分哨長が派遣したものである。しかし我々が散々探しても被害がなかったのだから、そのまま帰ることにし、集落の近くまでそのトロッコに乗って帰った。これは線路の点検などに使うもので、トロッコの上で二人がかりで昔の消防ポンプのようにハンドルを上下に動かすと、歯車装置でかなりのスピードでレールの上を走るものである。

雨がシトシト降る晩、瓜生隊から伝令が来て中隊本部から電話がかかっているという。そして明晩、渡辺隊と進隊で担当している山の陣地、氷地(ひょうち)村、龍家(りゅうか)城、五龍(ごりゅう)廟へ交代兵を連れていき、下番者を引率して帰れという命令である。中隊からは藤本軍曹を補助とし、交代兵の選抜・編成のため派遣するということである。瓜生隊長にはその間、一時任務を離れることを連絡し、宿舎へ帰って広木伍長にもその内容を伝えて藤本軍曹の到着を待った。話を聞くとこの三つの陣地は大変な山奥で、行く途中、よく山西軍や八路軍と遭遇するひどい所らしい。

翌日、雨の中を藤本軍曹が列車で着任した。実に沈着な頼もしい下士官で、自分らはホッとした。実のところ広木伍長は優秀な下士官ではあるが、まだ若くて任官したばかりらしく、一部の古参兵に対してはあまり抑えが効かないらしかったからである。藤本軍曹はすぐに山の陣地へ行く交代兵の編成に取りかかったが、渡辺隊の雨宮兵長はかなりしつこく不平を鳴らしていたようだ。

藤本軍曹は終始静かにその不平を聞き、実に忍耐強く説教して、結局上手く納得させたようだ。雨宮兵長の態度も思いがけぬ古年次兵の反抗だったが、それ以上に藤本軍曹の兵に対する態度とその人物の立派さには自分も頭が下がった。これは自分が今まで接したことがない新しいタイプの下士官であり、これこそ中隊の核心となる立派な実力者だと思った。そのくせ、自分に対しては決して出過ぎたこともせず、常に隊長としての扱いを崩さなかった。

夜に入って雨はまだやまず、暗い空だったが着々と出発準備を整えた。出発予定の八時少し前、今度は駅から伝令が来て、また中隊から電話だという。大急ぎで走って汚い駅長室へ駆け込む。電話に出たのは渡辺隊長自身である。

「陝縣橋頭堡に新設の大隊へ転属を命ずる。内田少尉も同じ部隊へ転属になり、すでに運城の平山隊にいるので連絡せよ。今夜の陣地要員交代は藤本軍曹に代行させ直ちに運城へ帰れ」

自分はキツネにつままれたような気持ちだった。何というめまぐるしい命令変更だ。また暗いぬかるみ道を宿舎に走って帰り、藤本軍曹に自分の転属のことを告げ、交代のための出発は延ばすわけにはいかないので予定通り出発させた。自分はまたもや瓜生隊長に転属の申告をし、準備もそこそこに津賀山を連れて駅に急いだ。何と忙しいことだ。水頭鎮にいたのは一体、何日間か。ほんの三、四日のように思う。寒い駅長室のストーブにあたりながら疲れが一度に出てきたのか、つい眠り込んでしまいそうになる。

津賀山のことを書くのを忘れていた。彼は補充の二年兵だ。沖縄出身で満蒙開拓義勇軍に参加し、ソ満国境の開拓村から応召で出てきたのである。痩せてはいるが頑強な体質だ。少し耳が遠い。同郷者がまったくいないこの部隊では、あまり話し相手がなくて、ともすれば孤独がちだったらしい。自分の当番になって、やっと話し相手が見つかったわけで、彼も大いに張り切って短い間だったが自分に誠実に仕えてくれた。しかし自分が転属するとなると、また彼は中隊へ帰り、孤独な生活に戻るのかも知れない。

真夜中頃東鎮の方から列車がすべり込んできた。貨物列車で本当は水頭鎮には停まらない奴を駅長がランプを振ってとめてくれたのだ。窓がある大きな有蓋車に飛び乗ったら、ガタガタとすごく揺れながら走り出した。車内はカラッポで何も積んでいない。窓には鉄格子がはまっているが、ガラスがまったくないので寒風がピューピュー吹き込んでくる。馬や牛を積む家畜車らしく、床があまり清潔ではないので立ったままであった。

猛烈に揺れてしかも寒く、鉄棒に摑まって立ちん棒であったが、よほど疲れているらしく、時々ハッと気づくと膝がガクンと崩れそうになる。だいぶ体が参っているらしい。

運城の駅に着いて平山隊へ行く道の長かったこと。そして歩哨と不寝番以外、寝静まっている平山隊にたどり着くと、小仲見習士官の部屋に転がり込み、前後不覚に眠ってしまった。

3　行きつくところは陝縣橋頭堡

翌朝起き出してみたら、内田少尉は平山隊にいなくて、城内の料理旅館「一力」に泊まっているという。ヤレヤレとまた城内へ行き、美しい鐘楼（しょうろう）（本当は鼓楼（ころう）というらしい）の傍にある一力へ行った。あとで聞いたことだが、この一力の女将も、厚和から来る途中で泊まった日本旅館の経営者も、昔から九州の福岡縣出身者が多いのだそうである。だからこの部隊の将校の多くがよくここへ出入りし、英気を養ったり会食に利用したりするらしい。もっとも一力は運城の中でも割に高級な店で、軍司令部の参謀たちも盛んに出入りする。自分は一介の見習士官にすぎないので、ここの門口を入るのは気が引けた。しかし内田少尉が泊まっていてぜひ連絡が必要なのだから仕方がない。行ってみると内田少尉はまだ床の中で朝寝していた。

彼は今回の転属命令には大いに不服そうであった。自分はまだまだ若い新品見習士官で、どこへ飛ばされようと大した違いはなく、新しい土地へ行くのはむしろ楽しみぐらいに思っているが、四〇過ぎのオヤジさんともなると、そうもいかないらしい。内田少尉は察するところ渡辺隊長よりも年上で、無口なくせにひとたび口を開けば甚だ辛辣な意見を述べ、渡辺中隊長以下からけむたがられていたらしいのである。そして、しばらく病気がちでもあって小隊長の任務からも外されていた。そこへちょうど橋頭堡に新設大隊ができることになったので、自分とともに転属の白羽の矢が立ってしまったものらしい。同郷の隊長や将校からも爪弾(つまはじ)きされ、危険極まる橋頭堡へ転出させられるとは、彼にとっては耐え難いことであったに違いない。しかし、短くはあるが自分はこの内田少尉に接してみて、初めは附き合いにくく、一体何を考えているのかわからないので怖かったのだが、そのうちにとても親切で部下思いの人であることを発見した。どこまで一緒に行くのか知らないが、しばらくこの人の指導に従おうと思った。

一力の女将さんはかなりの年寄りだが、内田少尉とは前からの知り合いで、客間ではなく奥の間で食事をさせてくれた。女中たちも内田少尉と親しかった。自分はいわば内田少尉の弟分だから、ここでも親切にしてくれた。

内田少尉はもっぱら一力で英気を養い、橋頭堡へ行くため中条山脈を突破するトラック便の搭乗手続きや司令部の輸送隊に搭乗の申し込みに行ったりした。中条山脈越えはかなりの危険を伴うらしい。山を越えて黄河畔に出ると、茅津(ぼうしん)渡河点があり、そこで渡河してから會興(かいこう)鎮(ちん)を経て陝縣の大隊本部へ行くのである。

その晩は平山隊へ行って泊まるつもりでいたのだが、内田少尉がここへ泊まれと言うし、女将も勧めてくれるので(一力に)一緒に泊まることにした。

夕食後、奥の間で話していたところ、その夜、大広間の方で軍司令部の会食があったらしく、散会後、参謀長があとに残って隣の部屋に座り込んで酒を飲みだした。ここでまた困ったことが起こってしまった。夜も遅くなるとシンシンと冷え込んできて、しきりに便所へ立っていたのだが、あいにく部屋の出口がひとつしかなく、しかも唯一の出口になっている部屋に参謀長は座り込んでしまったのである。便所へ行くにはどうしても参謀長の前を通らなければならない。深夜、こんなところに見習士官風情が泊まることは許されるはずもないので、できることなら参謀長には見つかりたくないものである。しかし何とまずいところに参謀長は座り込んだものだ。出口を閉塞されてしまったのである。

とうとう我慢できなくなって、仕方なくその部屋を通る決心をし、参謀長の前で正座して敬礼し、立ち上がろうとしたところ、とうとう彼は気がついたらしい。

「オッ、貴様見習士官だな。見習士官が今頃こんなところで何をしているか。どこの隊か、すぐに帰れ」と怒鳴りつけた。

「元二七大隊第七中隊　北村見習士官。陝縣橋頭堡へ転属のため内田少尉殿と宿泊待機中であります」

「いかん、見習士官がこんなところに泊まってはいかん。行くところがあれば今からすぐ帰れ」

「平山隊へ行きます」

「よし、すぐ帰れ」

一力の女将も出てきてとりなしてくれたが、参謀長は頑として承知しなかった。自分もいささか後ろめたく思っていたので、さっそく平山隊へ行くことにした。女中が刀や鉄帽を持って追いかけてきて、参謀の話では今夜、管下部隊で非常呼集をかけるということだから、平山隊長に報せておいた方が良いでしょうと言う。

裏口を開けてもらって夜の街に飛び出した。人ひとり通らぬ街を一人で歩きながら、やっぱり泊まらなくて良かったと思う。一力は料理屋の営業をやっているだけではなかったからである。参謀長が自分を追い出したのは当然であり、むしろ感謝すべきことなのだ。

南門にはいつも運城警察隊の歩哨が立っていて、日本軍将校には捧げ銃をする。そこを出ると間もなく平山隊だ。

まず平山隊長の部屋の戸をノックして真っ暗な室内に入り、隊長を起こして名を名乗ってから非常呼集があるかも知れぬことを告げ、今晩どこかへ泊めてほしいと言ったら、眠そうな声で「よし、隣の部屋が空いているからそこへ寝ろ」と言ってすぐ眠り込んでしまった。ところが隊長室のとなりの部屋へ入ってみたら、確かに空き部屋には違いないが、家具も暖房設備も何もなく、おまけに鶏が寒さを避けて五、六羽眠り込んでいるのには恐れ入った。寝具すらないのである。と言って今さらこの深夜に兵隊を起こして布団を運ばせるのも悪いし、第一、ここはよその中隊なのである。エイ、ママヨとばかり、炕の上にゴロリと横になり、鉄帽を枕にして眠り込んでしまった。すごい冷え込みようであった。

いくらも眠らないうちに鶏が鳴き出す声でびっくりして目が覚めてしまった。すでに空が白み初めていて、明け方の冷気が沁みわたる。外の地上には霜が下りている。もう眠るのは諦めて炕の上にあぐらをかいて、煙草を吸いながら起床がかかるのを待った。ついに非常呼集はなかった。

平山隊長や〇〇少尉や小仲見習士官と朝食をとった時、昨夜空き部屋で鶏と一緒に寝たことを話したら、平山隊長が「それはすまなかった、誰か兵隊を起こして火をおこさせたら良かったのに」と言ってくれたが、後の祭りであった。

内田少尉が寝不足の顔でやってきた。三路里からわざわざ渡辺隊長と西里少尉が運城に出てきて、平山隊長らも加わって、また一力で我々の送別会をしてくれたが、すでに内田少尉と渡辺隊長の間には感情のもつれがあり、しばしばそれが表面化しそうになるので、さっぱり面白くない雰囲気であった。どうも大人の世界というものは我々には測り難い不可解なもののようである。

〔塩池(えんち)への散歩〕

運城・安邑と中条山脈との間に塩池という鹹湖(かんこ)がある。安邑と運城の間を往復するとき遠くから望み見て、その雄大な景色に見とれたものだ。地図には塩池と出ているから文字通り池かと思っていたら、とんでもない。大きな湖なのだ。水面に青空と中条山脈が映ってまことに雄大で美しい眺めだった。ぜひ一度近くへ行ってみたいと思っていたのだが、橋頭堡へ行くまでのある日、一人で散歩に出かけた。

平山隊を出て南門横から城壁沿いに南の方へ歩く。この辺り、青草と松林に包まれたまことに美しいところだ。庭園の築山ぐらいの小山が連なるところを、苔を踏み越えて行くと湖畔に出た。日本にはありそうもない雄大な景色である。青い湖面の縁は砂浜だが、波打ち際が見渡す限りズーッと真っ白である。しかし何も風が吹いているわけではない。うららかな春の日だ。湖面には漣ひとつ立っていない。傍へ寄ってみるとこれが皆、塩の結晶なのである。砂浜に生えている草は今のところ全部褐色に枯れているが、しかし塩生植物の特殊な奴かも知れない。また、湖に近い小麦畑の土の表面も霜が降りたような塩の結晶だ。とても普通の小麦では耐えられそうにもない塩の量である。小麦も耐塩性の特殊な品種なのか。

塩池の北端に、古い大きな廟がある。傍へ行ってみると実に膨大なもので、青草に蔽われているが、すでに足下に見えている敷石の広場もテラスも階段も大理石なのである。立派な彫刻が施されている。

塩池から採れる塩はこの附近では実に貴重な資源である。大昔から、この辺りを支配した豪族や君主は皆、塩池を押さえてその富を得た。ある王は塩池の周囲に万里の長城のような土塁をめぐらして池を守ろうとした。現に今もその土塁の跡が草むして残っている。

この廟や附近の建物は軍に接収されていて、何かの倉庫に使われているらしい。兵隊がさかんに出入りして荷物を動かしているが、あるいは弾薬庫にでも使っているのかも知れない。心せわしい日々が続いていたのだが、この遠足は一人でゆっくり楽しんだ。

ところで、自分が急遽、水頭鎮から運城に引き揚げてしまったので、あの雨の晩、自分の代わりに山の陣地へ交代兵を連れていったのは藤本軍曹だった。後から聞いて知ったことだが、彼らは山嶽地帯に入ったところで、山西軍と八路に前後から挟撃(きょうげき)されて苦戦に陥り、藤本軍曹は胸部貫通銃創を受け、今、運城の陸軍病院に入院中だという。この藤本軍曹もかつて内田少尉の部下だったとのことで、内田少尉について病院へ見舞いに行った。

藤本軍曹は白衣を着て寝ていたが、無論、絶対安静が必要であった。立派な軍人であるだけに、自分はやむを得ない転属とはいえ何か悪いことをしたように憂鬱だった。藤本軍曹は軍人によくある、心にもない元気を見せたり悲愴感を表面に出したりすることもなく、どんな時でも物静かであった。一体、地方では何をしていたのだろう。内田少尉はずいぶん、信頼していたらしい。そして転属の置き土産として、藤本軍曹を曹長に昇進させるよう、渡辺中隊長に上申してきたそうである(これはずいぶんあとになって、自分にもわかり出したことであるが、将校が新しく中隊に着任して、何とか仕事ができるようになるまでには、心身ともにずいぶん、苦労があるものだ。そして、言わば孤独な新任将校がある程度、自分の力を発揮するようになるには、誰か片腕となる下士官がいてくれたら、ずいぶん助かる。それも、中隊命令で部下として附けられるというのではなく、むしろ将校と下士官が互いに意気投合し、男同士の心のふれ合いがあって、初めてこの関係が成り立つ。親分乾分(こ)というような下劣なものとはまったく違う。きっと内田少尉と藤本軍曹は、たとえ外から受ける印象はいかに違っていても、どこか相似たところがあり、階級を度外視した盟友とでもいうべきものだったのだろう。しかるに非情な転属命令は、この盟友の間を引き裂き、重傷を負った一人を残し、他を生還期し難い橋頭堡へ赴かせたのであった。橋頭堡での内田少尉の生活も、自分の知る限り決して幸福なものではなかったはずだ。およそ気が合いそうもない国田中尉の下に配属され、老躯に鞭打って、地味で苦労のみ多い補助的任務に服した。そして自分が黄村陣地に出ている間に内地防備要員として内地部隊に転属した。おそらく初老の少尉にとっては内心大きな喜びであったに違いない。ところが彼はどこまでも運の悪い人であった。帰心矢の如き内田少尉が乗っていた列車が、山海関附近で敵戦闘機の銃撃を受け、戦死してしまったということを後に聞いた。藤本曹長には後の撤退行軍中、二七大隊の隊列中に見かけて声をかけたことがある。少し列から離れて静かに前方を見つめて歩く彼の姿を、やっぱり孤高を持すという風格があった。むしろ、苦しみを耐えることに生き甲斐を見出す、しかも悟りきった仏教徒の姿とでもいおうか。

この二人の軍人は接した期間が短く、特に藤本曹長は数回接しただけなのに、自分に〝ある別の型の軍人がある〟ことを認めさせたという意味で印象深い人であった)。

4　生還不期の旅へ

軍装を整えた内田少尉と自分は輸送トラック発着場へ行った。輸送隊の下士官が道路に机を持ち出して搭乗者を受け附けて確認していた。道路上にトラックが一台待っていたが、何と木炭ガス発生炉を背負った奴だった。液体燃料不足はこんな前線にも及んでいたのか。しかも定期便というのが、このトラック一台とは何とも心もとない。

同期の広野見習士官も橋頭堡へ転属することになったとかで、搭乗者の一人だった。数名の警乗兵が小銃を持っているだけだ。こんなことで大山脈の一本道を無事突破できるものだろうか。この心細いトラック輸送が、更に黄河の渡河点を隔てた橋頭堡の唯一の補給路とは、ひどいものである。

搭乗者の中に、やっぱり橋頭堡へ転属する兵器係曹長がいて、これも九州の出身者で内田少尉とすぐ仲良くなった。また、驚いたことに女学生と小学生の姉弟が便乗した。命知らずの輸送トラックに何ということだ。話に聞けば橋頭堡の會興鎮にある日本料理屋の子どもで、運城の日本人学校が春休みなので父母の元へ帰るのだそうである。これには我々も兜を脱いだ。

いよいよトラックの荷台によじ登って座る。運転兵が我々に後方の上空を厳重に警戒してくれと言う。トラックが走ると砂塵が朦々（もうもう）とあがるが、これが敵機の好目標になってすぐに発見され、機銃掃射を喰ったらひとたまりもない。しかも多くの場合、自動車の走る音で飛行機の爆音に気附かないことが多く、気付いた時にはすでに手おくれなのだという。我々は左右と後方を分担して警戒することにした。

いよいよトラックは走り出した。城門を抜けると平山隊の横を通り、しばらくは右の方に雄大な中条山脈の山襞（ひだ）と、その下に広がる塩池を望みながら快調にすっ飛ばす。快調には違いないが、トラックの荷台というのは甚だ乗り心地の悪いもので、すごい上下動のために体が空中に跳ね上げられて、たまったものではない。それにまた、ものすごい砂塵だ。

乾燥した日がしばらく続いているので、道路後方は朦々たる黄塵で何も見えない。おそらく上空からはその影が鮮やかに地上に映るので、もし敵機が上空にいれば容易に発見されるだろう。今日も突き抜けたような青空で、目が痛くなるような燦燦（さんさん）たる日光である。

中条山脈越えの自動車道路は塩池の西端に沿ってぐるりと南に向きを変え、いよいよ山裾に向かって登り始める。山裾の下段村という集落があり、ここから登り坂が始まり、隘路（あいろ）口に入る。平地からすぐに、かなり急峻な坂になる。ところがその坂を途中まで登ったところで車が止まり、我々は荷台から降ろされてしまった。木炭ガストラックの悲しさで、あまりきつい登り坂になると出力が低下して、少しでも重量を減らさないと登り切れないのである。

ヤレヤレと人間は坂道を歩いて登り、トラックは息も絶えそうにユルユルと後からついてくる。ある所ではとうとう皆であと押しまでやらされた。ひどいものである。ここだけが難所で、あとは多少の起伏はあっても高原状になっているので何とか走れた。

時々、ある長いくだり坂になると、今度はブレーキが効かないのではないかと心配になるくらい、調子に乗って走り下る。やっぱりそこは機械の乗り物だから馬の慎重さとは比べものにならない危ないものである。道路の両側に崖が迫ったり、片側が山、一方が谷沿いの部分では、もし敵がいれば絶好の待ち伏せの場所であり、道は一本道で逃げ隠れはできない。

特に崖沿いでの曲り道では、いつ敵に遭遇するかも知れないので、二人ばかり運転席の屋根に銃を構えて、絶えず前方を警戒している。我々も頭上を過ぎる崖の上や岩かげを警戒する。エンジンの音が山肌に反響して大きな音になって反射してくるし、また、ずいぶん遠くまで聞こえるだろう。このような山中の一本道路で輸送トラックを襲撃するのは、まったく赤子の手をひねるよりも容易である。むしろ敵が出ないのが不思議なくらいのものだ。

途中、集落や民家は殆どなかったが、かなり高原上を進んでから昼頃、さびれ果てた村に着いた。友軍の警備隊もあるが住民は殆どいないらしい。街はひどく荒れている。おそらく八路の襲撃を受けたまま復興もしていないのだろうと思う。輸送隊の車庫もあったが一〇数台もあるトラックはどこか部品が欠けていて、埃と錆に包まれ使用不能のものばかりであった。おそらく燃料がなくなってしまい無用の長物と化したのだろう。

よい天気だったが、さすがに高原上のこの辺りはかなり寒かった。ここで休憩して昼食をとった。一力の差し入れで、すしの折詰めを持ってきていたのである。道端に村民が熱いうどんの店を出していたので、それを食べたら体が温まった。

また荷台に上がって出発する。ところどころに平地があり、麦畑も見えてきた。高原の眺めはまことに雄大だった。地形はかなり複雑で、小起伏や深い池溝が錯綜する。八政村についてまた休憩。この集落の外れに急転直下の真っ直ぐな下り坂があり、逆落としに駆け下る。ひどいものである。自動車道路の片側に鉄道線路が一部敷設されている。しかし、こんなところに汽車が来るはずがないが、これはこの唯一の橋頭堡への補給路の輸送力を増強するために橋頭堡内を走る隴海鉄路からレールを外してトロッコ道をつけたものであるが、今はまったく使用されていない。

夕方に近く、やっと山嶽地帯を突破して黄河河畔に出た。そこに茅津の野戦倉庫があった。自分はここで初めて黄河を見たのである。今まで写真で見た文字通り黄濁した悠々たる大河とはおよそ程遠いものであった。我々が今まで写真や絵で見ていた黄河は、主として河北の大平野を貫流する部分のものである。この辺りは北の中条山脈の急峻な絶壁のすぐ下を流れているところなので、河幅も意外に狭く、しかもかなりの急流なのだ。茅津の野戦倉庫も河岸に蔽い被さるように迫った中条山脈の山脚にへばりつくように建てられた倉庫群で、一部は崖に掘り抜いた横穴倉庫である。

建物には迷彩が施してある。重要な渡河点だから敵機の襲撃を受けやすいのである。ここの渡河点は工兵の操舟機（エンジン）付きの鉄舟を使用している。しかし昼間は空襲を受けるので、この頃はもっぱら夜間だけしか運航していないという。河畔の集積場で焚火をして待機する。とうとう日が暮れた。寒い。

日もとっぷりと暮れて、対岸も闇の中に定かに見分けられぬ頃になって、いよいよ渡河は開始された。工兵が鉄舟の操舟機を始動し、爆音が河面に反響する。我々も乗り込み荷物がかなり積み込まれる。船は揺れながら岸を離れる。今こそ黄河を渡って河南の岸に向かう。橋頭堡のことは以前から聞いていた。文字通り渡河点の対岸を守る突出地域で、周囲皆敵。それも蔣介石直系軍がグルリと取り巻いている。一発撃てば、その返礼は凄まじいものであるという。

橋頭堡へ行くことが決まった時、もう二度と再び生きては帰れぬものと覚悟を決めた。まあ軍人になった以上、死ぬのは覚悟のうえだが、橋頭堡の勤務は北支でも最も苛烈なものと聞いている。正に軍人冥利に尽きるというものだ。

黄河の流速はかなり早く、鉄舟は常に舳を上流の方へ向けて斜めに河を横断していく。右舷の水のざわめきの方がよほど大きい。対岸の上陸点にも焚火がしてあり、それを目標に進んでいくらしい。その焚火が徐々に近づいてくる。そして河南の山山と向こう岸が。

グラリと河南省の砂浜に乗り上げる。我々は上陸点の集積場にあったボロボロの掘立小屋に行って、そこの勤務兵に状況を聞き、會興鎮に向かって歩いた。兵器係曹長と一緒だった。そして會興鎮の街に入り、一軒の日本旅館に入った。こんな橋頭堡の町に日本旅館があるのさえも驚異するに足る事実だが、運城の一力の女将から紹介状をもらっていたのでここへ来たのだった。さすがに日本式旅館といっても、かなり荒れ果てていた。しかも橋頭堡には電灯がないので、石油ランプと蝋燭での夕食だった。そして橋頭堡での第一夜の床についたのであった。

5　陝縣へ

翌朝、内田少尉、広野見習士官、曹長と四人で會興鎮を出発した。辺りの兵隊に聞いてみると陝縣まではかなりの距離があり、また山道を歩くことになるが、橋頭堡内は治安上の不安はまったくなくて、敵はいないということで四人だけの行軍になった。道は山に入るが樹木や草も多く、実に気持ちが良い。途中、飛行場らしい草原を見下ろしたが、有軍機の姿はまったくなく、ただコの字型の飛行機用掩体が二、三個カラッポのまま見えたにすぎない。

また橋頭堡というから、かなりの兵力が駐留していて、兵隊で溢れているのかと思っていたのに、この辺りでは兵隊はおろか一般住民の姿すら稀なのである。山道を歩いていても人間にはついに一度も会わなかったと思う。こんなに静かな山道を、しかも四人で歩くというのも、まったく近ごろ珍しいことであり、結構楽しい遠足だった。

山を越えたら殆ど人のいない村に出た。そして行く手に陜縣の街が見えた。

陜縣は黄河南岸沿いに走る朧海鉄路の要駅の一つだった。東へ行けば洛陽を経て京漢線へつながり、西へ行けば西安を経て更に奥地へ行けるのである。同時に昔から甘州、粛州を経て新疆省を通り、中央アジアからヨーロッパへも行ける街道が通っている。古来、交通の要地であり、またこの地帯は中国文化の発祥地でもあろう。昔から戦乱が絶えなかったところだ。

ところが今や日本軍が陜縣橋頭堡として確保し、ここに大隊本部を置き、周辺に陣地線を構築しているので、敵兵力の侵入はないとしても住民の生活は大いに貧しいものだろうと思う。望み見る陜縣の市街も甚だ精彩を欠くものである。大きな建造物でかなり破壊されているのも、敵の空襲のためではないだろうか。

空はあくまで晴れて美しく、街を貫いて南方山地から流れてくる清流があり、それに橋がかかっている。明るく静かな街。そして柳の緑が目に染みる。燦燦たる陽光が降り注ぐ。我々はまず、元の陜縣鉄道駅構内にある大隊本部へ行き、更に新設大隊編成中の本部へ行った。まだ大隊長は着任していなかったようである。大隊長副官になるはずの若い少尉が諸連絡に奔走していた。江戸っ子で少し脚を引き摺っている。羽田少尉という。我々（内田少尉と自分）の隣の部屋にはすごくぶっきら棒で、とっつきにくい中尉がいた。国田中尉という。まだ若いように見えたが、人に会うのさえ避けているようにも感じられた。新設大隊の中隊長要員なのだろうが、あんな中隊長の下に配属されたら、それこそ災難というものだ。

薄暗い一室を内田少尉と一緒に使うことになり、当分待機することになった。やっぱりここへ転属してきた堤少尉という初老の将校と親しくなった。この人も九州福岡出身らしく、またもや内田少尉とウマが合うらしかった。特に何も任務がないので堤少尉と三人で城内を散歩した。

6　陜縣の生活

ある日、内田・堤両少尉と城内の風呂屋へ行ったことがある。自分にとって一般民衆が入る公衆浴場を利用するのは初めてであった。何とも奇妙な構造である。一階はボイラー室というより、釜の底にあたり、火を焚いている所であり、二階へ上がると浴室になっている。控え室らしい所には薄汚いソファーなどが置いてあって、まずお茶と西瓜の種が出る。そして脱衣して浴室へ入る。

一応、タイル張りになっていて、あまり清潔とはいえないが、浴槽が二つほどある。湯が少し濁っている。しかも、どうもぬるくて、内地の銭湯のようにカッとした熱さがなくて、もうひとつ良い気持ちになれなかった。

その時だったかと思うが、黄河に注ぐ川（といってもすごく大きい）に突き出した山裾に行った。何も特に美しいものでもなく、大きなものでもなかった。別に訪れる人もない、見捨てられたような廟である。よく見るケバケバしい装飾のある道教のものでなく、むしろ孔子廟ではないかと思う。苔むした敷石を踏み、堂の前へ行ったら正面には孔子とその弟子らしい、髭を生やした等身大の木造が安置されていて、灯明が上げてあった。

こんな見捨てられた廟にも人がいるのかと思っていると、横の小室から一人の男がきちんと拱手（きょうしゅ）して静かに出てきた。仏教のお寺なら僧というべきだろうし、道教なら道士というのだろうが、儒教の場合は何というのだろう独特の形に髪を結い、粗末な紺の綿服ながら孔子の肖像のようなのを着ている。まだそう年寄りでもないのに挙措進退きわめて厳粛で、しかも侵し難い威厳とつつしみ深さに我々は敬服した。

内田少尉が白湯（さゆ）を所望したところ、うやうやしく盆を捧げてお茶を出してくれた。我々はこの奉仕に感激し、彼にならって木像の聖人に拝礼し、清冽な川を隔てた陝縣の街や山や楊柳が風にそよぐのを鑑賞した。そして、この修道士にいくらかのお金を寄進して帰途についたのだった。

この陝縣にやってくると敵機もかなり頻繁にあらわれ、機種は主としてノースアメリカンＰ－51だった。空襲警報が出ると、その辺の土壁のかげに入り、敵機の動きにつれて土壁の裏側へ回り込む。あるときは陝縣と対岸の平陸（へいりく）縣城を結ぶ平陸渡河点が機銃掃射を受けた。Ｐ－51の機銃は一二・七ミリで、その発射音は雷鳴に似たすごいものである。対岸の中条山脈の山肌や河面に反響して遠くまで響きわたる。その一二・七ミリ機銃の炸裂弾が人間に命中すると、ただの実体弾なら簡単に貫通銃創で済むところが、ザクロのように裂けちぎれて凄まじい重傷になるということである。

この陝縣の大隊本部には数名の工兵見習士官が転属

してきて、配属を待っていた。おそらく工業専門学校か大学工学部か土木工学の出身者なのだろうが、さすが工兵だけあって二メートル近い大男ばかりだ。かなり年を食っているものが多いらしいのだが、この大男揃いの連中に、普通の大きさの革脚絆が支給されているので、膝と革脚絆の間が空くか革脚絆と編上靴の間が空くか、何れにしても甚だ見苦しいざまに見えた。彼らも橋頭堡に配属されてはきたが、まともな工兵部隊がいるはずもなく、将来どんなことになるのか不安がっている様子で、さっぱり気合が入っていなかった。

この期間中、内田、堤という両大人(たいじん)と生活を共にしたわけだが、ともすれば張り切り過ぎて生意気な口をききたがる自分を押さえて、軍人社会での作法を教えてくれたのは内田少尉であった。これは何も軍人社会でなくても一般人の中において、大人から世間知らずの青年に対しておこなわれるはずの躾教育なのだろうが、そういえば自分にはこのような教育を授けてくれる人はいなかったと言ってよい。年長者や上級者に対する口のきき方などというものは、石門の予備士官学校でも教えてはくれない。

そのため老人たちから見ると、我々見習士官の口のきき方なんか鼻持ちならないものだったかも知れない。それをこの期間中、甚だ辛辣な苦言という形で警告されて、なるほどと思い当たったことが多い。またあの年寄りの意地悪とは違って、内田少尉の苦言は素直に受け取れた。自分が将来、どんな人間にぶつかっても、つまらぬ口のきき方で不利な立場にたたぬようにしてやろうという、荒っぽいが、その誠意のようなものを感じたからである。おかげで中隊へ配属されてからも、あまり小生意気な口をきくことは慎んだ。

新編大隊へ配属された要員がだいたい集まったところで、中庭で会食があった。しかしこの時はまだ大隊長が着任していなかったのではないかと思う。この時、顔見知りになったのは、後に二村隊(第四中隊)に配属になった大野見習士官、そしてやはり始め二村隊に配属され、後に二七大隊に転属した原山見習士官だった。この原山見習士官は乙幹出身で、おそらく自分よりも年上らしい。乙幹から見習士官になるのはよほど優秀な人だからだろうと思う。この人は我々よりだいぶ早く、四月頃には少尉になった。

7　伊東隊へ

とうとう自分たちの中隊配属が決まった。自分は第四中隊(伊東隊、のちの第一中隊)に配属された。副官羽田少尉の出身中隊である。何ということだ。内田少尉は国田隊（第二中隊）に配属された。何とも近づき難いあの国田中尉の中隊だったとは。我々は三路里から発送した将校行李が到着するのを待ちかねて、駅の大隊本部へも行って確かめたが、一向、到着する様子がなかった。あの中条山越えの定期便トラックや茅津渡河点の貧弱さや、たび重なる敵機の機銃掃射のことを考えると、無理もないと思うし、またさしあたりの生活に是非、なくてはならぬというものが入っているわけでもない。むしろ、まだまだ勉強が必要な自分にとっては、石門で手に入れた各種の典範令や参考書、兵器学教程や運城で買った兵器随筆が早く手に入れたかった。

ある日の朝、単独の軍装になって、伊東隊の兵舎へ向かった。この日も美しく晴れた青空と白い雲。いよいよ最前線へ出る中隊へ着任するわけで、前から聞いている話が間違いないものとすれば、文字通りにこの橋頭堡が、自分の骨を埋めるところとなりそうである。もうこれ以上、動きようもないし、また自分も中途半端な転属はご免だ。全身全霊を打ち込んで自分の持つ能力を十分発揮できる場所が欲しい。あの水頭鎮で、もう少し転属命令が出るのが遅ければ、山の陣地の交代兵を引率して出発してしまっていたはずだ。転属命令が出たために、自分と交代してあの雨の夜、山へ行った藤本軍曹のような古参下士官が、たちまち腹背に敵を受けて重傷を負ってしまったのである。自分の運が良かったのか藤本軍曹の運が悪かったのか、それは知らないが、とにかく自分は無事に橋頭堡の中隊に着任することになった。

まだある。我々は幹部候補生要員として静岡連隊へ入隊し、蒙疆厚和へ連れて行かれ、一部の脱落者を出しながらも石門予備士官学校へ行った。体力の殆どを消耗し尽した状態だったが、もしあの時、幹部候補生を免ぜられていたり、甲種幹部候補生試験に合格しなかったりしていたら、独歩一三連隊と共に南方作戦に動員され、軍旗とともに海の藻屑と消えているところだった。まあ偶然といえばそれまでだが、死神の腕から二度までは抜け出すことができたのである。

しかし最後に行き着いたところは、以前から聞き知っていた陝縣橋頭堡。ここにいる限り死は確実であり、生は難い。あの茅津渡河点で黄河を渡ったとき、すでに我々の運命は決まったようなものであった。

〔Ⅳ〕

陝縣橋頭堡

この物語は昭和二〇年三月下旬、場所は急流激湍なす黄河のほとり、河南省陝縣の古城に始まる。

晩秋の河南。晴天白日のもと、さわさわと鳴る楊柳の青葉の下を颯爽と歩いて行く見習士官の姿を想像してください。

彼は石門の予備士官学校を出たばかりの新品見習士官である。鉄帽を背負い、図嚢を肩からかけ、白布の柄巻も新しい刀を吊って、活気に満ちた陝縣の街を歩いていく。これこそこの物語の主人公、北村見習士官の晴れ姿なのだ。

1　新しい中隊

昭和二〇年三月下旬、自分は独立警備、歩兵第二六大隊第四中隊附を命ぜられた。今度はもう転属せず、落ち着きたいものだと思った。

荷物は大隊本部の宿舎に置いたまま、単独の軍装で中隊長に着任の申告にいく。道を尋ねながら中隊の門を入ると、今、正に移動準備の最中である。被服の梱包や大きな木箱その他、鍋や大釜のようなものまで持ち出して荷造りをしている。少し離れた宿舎の前に将校がいる。兵隊に聞いてみると、あれが隊長殿ですと言う。その傍へ行って敬礼した。

新品見習士官

「隊長殿、中隊配属の申告をさせていただきます」

「オウ、もう決まったのか」

初めて新しいオヤジとの顔合わせである。張り切らざるを得ない。

「申告いたします。陸軍兵科見習士官、北村 北洋三郎、昭和二〇年三月二八日附をもって第四中隊附を命ぜられました。ここに謹んで申告いたします」

「ご苦労、さっそくだが中隊は夕食後、直ちに原店へ向け出発するから準備せよ。荷物はどうした、まだ宿舎にあるなら早く持ってこい」

荷物といっても三路里から発送した将校行李はまだ到着しない。図嚢、水筒、鉄帽だけしかない。

すぐ夕食である。伊東隊長から色々の話を聞く。隊長は東京の人である。早稲田大学の法学部出身だ。まだ若い。本部にいた羽田副官もこの中隊の出身で、彼の話では伊東隊長は良い人だが、しぼられるぞということだった。

2　原店へ

まだ日の高いうちに出発する。広場には馬車が三〇台ばかり、荷物を満載して待っている。馬車は野見山准尉の指揮で先発、中隊主力は隊長に引率されて大隊本部へ転属の申告に行く。「勝」部隊はこの編成改編により、その半数が南方戦線に転用されたのである。隣に整列している二中隊を見ると国田隊長のうしろに、はるばる山西から一緒に来た内田少尉が神妙に控えていたが、まあ、あの隊長のもとでは気苦労が多いことだろう。やがて申告を終わり、四中隊は原店に向かって前進を始める。

自分はもちろん、まだこの中隊の下士官兵の顔も名前も知らない。地形も敵情も知らない。どうもまずいことばかりである。ただ夕食の時、伊東隊長から聞いた限りでは前面の敵は蔣介石直系軍であり、装備兵力ともに優秀であること、また土匪の跳梁（ちょうりょう）が激しいとのことである。

原店までの距離もわからないし、どこまで歩くのかも知らぬ。何よりもどこかで自分を中隊全員に紹介してくれなければ困る。

左方は山地、右には黄河が滔々（とうとう）と流れているのを眺めながら、広い道路を西進する。現役の初年兵は少し前に教育を終わったばかりである。かなり長い行軍で、とうとう途中でアゴを出す奴がいる。ここで初めて自分たちより後から軍隊へ入った若い兵を見たのだ。ある地点で休憩したとき、伊東隊長が初めて自分を中隊全員に紹介した。

「北村見習士官は、今度、石門予備士官学校を出た新進気鋭の将校である」

兵隊全部の目が自分に集中される。実戦部隊に来て新しい中隊に着任し、中隊長から下士官兵に紹介されるのはこれで二度目だが、やはり新たに緊張を感じ、顔を引き締めて胸を張った。嬉しいようでもあり、またいささか恥ずかしくもある。

見たところこの中隊の下士官兵は三路里の渡辺隊に比べるとグッと若いようで、何れも二〇歳前後に見える。まだまだ子どものように頬の赤い二〇歳以下の初年兵がかなりいるのである。おそらくこの中隊での生活は愉快なものとなるに違いない。これで中隊全員との顔合わせも済んだわけである。

　行軍中、列の最後尾を歩いている乙幹の伍長と話す。横山候補生という。彼は盛岡高農の農村工業実科の出身であった。

　まず最初びっくりしたのは、この中隊の装備がすごく悪いことである。今のところ軽機、擲弾筒はひとつもない。兵が持っている小銃を見ると、今まで見たこともない、これでも日本陸軍の兵器かと思うような程度の悪いものだった。ひとつは九九式短小銃二次製品。銃身外面は荒削りのままで仕上げがされていない。照門は孔照門がポツンとあるだけで、表尺板、座標など動く部分はまったくない。横山候補生の話では一〇〇メートルから三〇〇メートルの範囲内で、使用するのだという。

　もうひとつは北支一九式。山西の太原造兵廠でできたもので、三八式や四四式騎銃よりも小さい。口径は六・五ミリで三八式と同じ実包を使用する。三八式もあるにはあるが、古年次兵や下士官が持っているだけで実に寥々たるものである。これは「勝」部隊の半数が南方へ転用されたため、部隊の優秀兵器は挙げて南方行きの方に振り向けられた結果なのである（但し、伊東隊は原店で、交代する「勝」部隊第三中隊から一部の兵器、特に軽機、擲弾筒などを引き継ぐことになっているので、行軍中だけこの状態になっていたのである）。

　それにしても心細い限りだ。今のところ弾薬も各人携行の六〇発以外にはないという。兵器係は大友軍曹であった。

　陽が落ちた。辺りが暗くなってくる。敵戦闘機（ノースアメリカンP-51）が、しばしば低空を飛来し、確かに我々の隊列を発見したらしく、しつこく旋回して偵察するので、そのたびに散開し、道路の両側に退避する。幸い地上はかなり暗くなってきたので敵はついに我々を明確に捕捉することができなかったらしく、西方に飛び去った。

　日没後、一九時頃原店に到着した。辺りは真っ暗である。どこに陣地があるのか、集落があるのかわからぬ気味の悪い所だ。道路の傍に石碑があり、その横に貧弱なトーチカと拒馬がある。ここが原店警備隊の入口らしい。そこから入る。皆、疲れている。原店には「勝」部隊の第三中隊がいる。これからその警備区域を引き継ぐわけである。伊東隊長は斉藤隊長のところへ行かれる。「北村見習士官、君は荷物の卸下と兵隊の宿舎の割り当てを見てやってくれ」と言われる。遅くまでかかって警備隊と谷で隔たった、ガランとした廃屋にアンペラを敷いて仮の宿舎を造る。三月末とはいえ夜は実に寒い。

伊東隊長と斉藤隊長は同期の間柄である。今夜は一緒に会食しながら明日の警備引き継ぎの準備をするらしい。自分は報告を終えて兵隊のいる宿舎へ帰ってきた。

まだ自分直属の小隊があるわけではない。当番兵が決まったわけでもない。淋しいなと思う。しかし兵隊は実に親切だった。兵隊の常として新しく来た若い将校には少なからず興味をそそられるらしい。自分のような若いものが年上の兵隊に、こんなに色々世話をしてもらっても良いものだろうか。無口ながら静かにテキパキと身の回りに気を配ってくれるこの中隊の下士官兵の持つ雰囲気は、三路里の渡辺隊の兵隊のものとはまた違った、頼もしく心温まるものであった。

この中隊の主力は東北人である。口数少なく、仕事が早く、労をいとわない。これが東北農村出身者の姿なのらしい。そしてこれがこの中隊では普通のことなのだ。三路里と水頭鎮での生活はあまりにも短かかったし、兵隊に接する機会も少なかった。この中隊着任第一夜、下士官兵の宿舎で一緒に入って寝たのは、この中隊の雰囲気を知るうえで、まことに良かったと思う。大友軍曹、横山候補生、加賀兵長らと一緒に寝る。大友軍曹はこの時から病身らしかった。久し振りの行軍ですっかり疲れ、いつかグッスリ眠ってしまう。

3 大営(だいえい)警備隊へ

明くれば今日もすばらしい晴天。さっそく伊東隊長のところへ異常の有無を報告に行く。石門にいた頃、演習小隊長をやった時、区隊長から気が利かない奴だとよく叱られた。その時々のちょっとした状況の変化を報告したり、命令確認の復唱を面倒がって怠ったりするのを注意されたのである。何でもないことだが、実際こうして中隊勤務をすると、時宜に適した処置は自然と頭に浮かんでくるものだ。やはり実地に勤務することが何よりの勉強なのである。

「北村見習士官、さっそくだが大営警備隊へ行ってもらう。もう編成はできているはずだから野見山准尉から聞くように。そして三中隊の菅原軍曹が大営にいるから、警備要領、陣地、兵器などを間違いなく申し受けてくれ」

いよいよさっそく分遣隊勤務だ。自分は復唱して宿舎へ帰る。石門の予備士官学校では典型的な陣地攻撃戦闘や野戦陣地の防禦戦闘の演習は、それこそ数え切れぬほどやったけれども、実際に前線勤務に必要な恒久的防禦設備を有する陣地防禦や、支那家屋を利用した陣地の防禦、戦闘教練は殆どやらなかった。これは予備士官学校教育の一大欠陥であると思う。

野見山准尉のところへ行ってみると編成表が出来上がっていた。直ちに出発準備を命ずる。この中隊に来て初めての直属の部下の顔ぶれは次の通り。

村岡仁八兵長、平田勝正上等兵、佐野吉次郎一等兵、佐藤喜一一等兵、上原 勇一等兵、遠藤正男二等兵、遠藤武治二等兵、渕沢鉄馬二等兵、田村耕次郎二等兵、千葉国大二等兵、川島吉郎二等兵、坂久保石蔵二等兵、熊谷正視二等兵。

自分以下一四名である。出発予定時間の八時前に隊長に申告する。刀の敬礼をするのも初めてである。申告が終わる。

「ご苦労。よく申し受けてくれ。あの辺は土匪が多く、陣地近くにも来ているから、陣地に行っても兵隊にあまり大きな姿勢で陣地上に立たせないようにせよ。そして集落内へはあまり出さないようにせよ」

空は青空、日本晴れ。暑い。困ったことに今のところ自分の陣地には軽機も擲弾筒もない。小銃は三八式が三丁だけで、あとは全部九九式二次製品と北支一九式である。

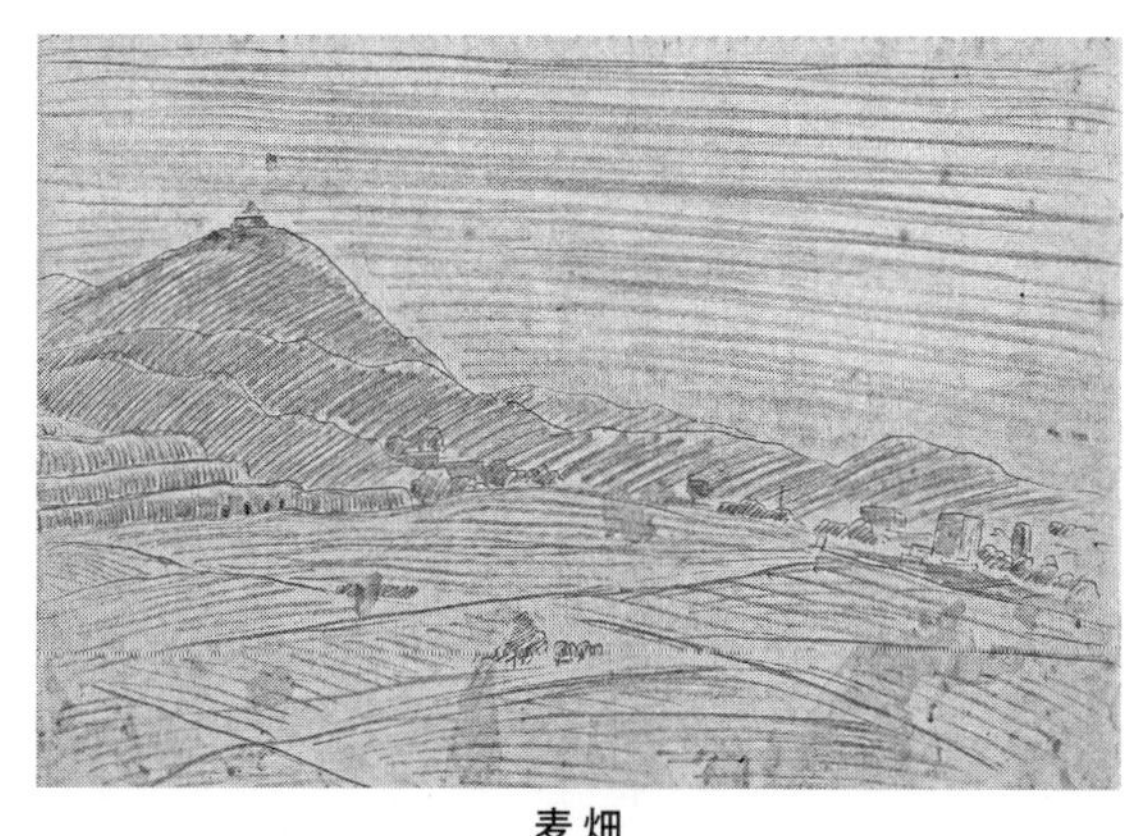

麦畑

まったく暑い。山の方から流れてくる深い谷川の地隙に沿って北進。対岸に渡ると大営の集落が遠くに見えてくる。青い麦が風になびく。後ろを振り返ってみると、二三人の部下がついてくる。とうとう俺にも小さいながら尻尾ができたぞと思う。今度のは借り物ではない、本物の自分の部下なのだ。

大営の集落は原店より大きい。城壁があり集落の西端に分遣隊の望楼、掩蓋、吊橋が見える。陣地は相当堅固なものである。黄土煉瓦で築いた掩蓋から銃眼が睨んでいる。遮断壕も深い。巾、深さとも四メートルくらいか。

菅原軍曹が出てくる。直ちに警備状況の引き継ぎを開始する。陣地内の宿舎はまだ第三中隊のものが入っていて狭いので、自分の兵隊は壕外の穴倉家屋に入れた。大営は、かつては一個大隊も駐留していた所で、戦車や野砲中隊もいたということだが、今は陣地もうんと縮小している。敵情は思ったほどのことはないらしい。ここはいわば二線陣地であって、前方に偏口（へんこう）陣地がある。また、原店の前方には上官（じょうかん）陣地がある。しかし前方二キロばかりの所に連なっている集落線では絶え間なく銃声がしている。さすがに前線に来ただけのことはある。

大営より西を望む

「パン、トン」と発射音と弾頭音が、ある間隔をおいて聞こえるのは空包ではなくて実弾射撃である証拠なのだ。演習ではない、真に命のやりとりなのである。

三日間、斉藤隊と重複勤務をし、四月一日正午をもって責任転換の時期とすることになっている。「勝」部隊の半数は南太平洋戦線へ転進する。そのため人員も兵器もその他の資材も最新最鋭、完全なものを選りすぐって編成された。大営分遣隊は斉藤隊が現役初年兵中の、下士官候補者の集合教育を併せておこなっていたところである。彼らの中には二〇歳以下のものが多く、実際見た限りでも相当優秀な連中らしかった。第三中隊も無論、東北人が主力であり、自分の部下と同郷で同年兵が多いので、すべての面において引き継ぎは円滑におこなった。

自分は分遣隊勤務は殆ど初めてである。水頭鎮の場合とはまったく違う。兵隊は自分の中隊のものばかりで、しかも若年ぞろいだ。陣地はある。集落には住民も多く相当活気がある。面白くやろうと思えばいくらでもできる。しかし伊東隊長からは、くれぐれも軽挙妄動を戒められている。また実際、この地の状況にも通じているわけでもないので、しばらくは慎重な態度が必要だ。村岡兵長は五年兵である。軍隊生活における経験では自分よりはるかに勝り、軍隊というものの裏の裏まで知り尽している男である。細かいことは特に自分が口を出したりせず、万事彼に任せた。弾薬の引き継ぎ、書類の作成、治安維持会との交渉など、彼は三面六臂の活躍をする。

原店の中隊本部とは電話連絡がある。さっそく伊東隊長から電話がかかってきた。

「引き継ぎは終わったか」

まだすべての面については完全に終わったとはいえず、宿舎の準備をしていた時なので、まだですと答えたら、途端に怒鳴りつけられた。

これは石門でもしばしば口がすっぱくなるほど言われたことだが、行軍あるいは移動が終わったらまず警戒、戦闘準備である。衣食住は第二の問題なのである。軍の主とするところは戦闘なり。ゆえに百事皆戦闘をもって基準とすべし。『作戦要務令』第一部、および『歩兵操典』の綱領第一の筆頭には、ちゃんと示されている。軍人の日常生活の一瞬一瞬が戦闘即応の態勢でなければならないのである。ところが実際、勤務についた途端、この基本原則をコロリと忘れてしまっていた。

予備士官学校の教育は確かに厳格である。精神的にも肉体的にも鍛えられ、将校としての具備すべき資質を向上するかも知れないが、結局、そこでの生活は将校の卵ばかりの集団であって、下士官兵という自分より下級者がいない。統御力とか将校の矜持とかいうものは、やはり部下というものを持ってからでなくては理解できない。一人相撲では駄目なのだ。

4　新しい部屋

菅原軍曹が自分の居室を作るために、今まで彼がいた部屋を明け渡してくれた。横穴式の洞窟家屋で非常に涼しい。横穴に住むのは初めてである。黄土地帯独特の住居だ。中は案外明るく、黄土色の壁も清潔な感じだ。炕があり、漆塗りの立派な卓子と椅子が三つ、書棚、花瓶、ランプなどが完備している。内地の汚い家よりもよほど立派だ。入口が二重になっていて、やはり漆塗りの桟がある障子が観音開きになり、更に黒塗りの板戸が閉まる。なかなか上品にできている。言ってみれば黒漆塗りの仏壇の扉のようである。

内地にいるとき、『世界地理風俗大系』で黄土穴居（こうどけっきょ）の写真が出ているのを見た。その説明の詳細は覚えていないが、大いに不潔であると書き、このような家に住む人間は憐れであるというような内容であったように思う。だが、これなら日本の大都会で、場末の陋屋（ろうおく）に住む日本人の方がはるかに憐れではないかと思う。

5 重複勤務

三中隊と重複勤務で歩哨を立てる。翌二日、伊東隊長から電話がかかり、陣地視察に行くという。軍装して歩哨を除き、吊橋の前に整列して待っているのに、隊長の一行は麦畑の中を先に偏口陣地の方へ行ってしまった。正午頃、陣地上の歩哨が偏口陣地を出てこちらに向かってくる隊列を発見。再び整列する。

「隊長殿に敬礼、頭ーッ中っ。直れ。大営警備隊、北村見習士官以下一四名、服務中異常なし」

兵は直ちに解散させる。伊東隊長のほかに斉藤隊長も一緒に来た。中隊長相互の警備引き継ぎおよび陣地視察である。自分の部屋で昼食後、斉藤隊長から陣地警戒、情報蒐集などについて綿密な注意があり、何もかも初めてで、とても覚えられそうもないのでノートを取り出して一所懸命筆記した。

隊長の一行を送り出してホッとした。

菅原軍曹以下は出発準備に忙しい。南方戦線に行けば当然、戦死は免れない。武人の嗜み、全員和歌を作ってこの陣地に残していくという。菅原軍曹以下、初年兵に至るまで意気衝天の概ある和歌を作り、半紙に書いて自分の部屋の壁に貼り付けた。自分はこの作品を見てまったく感動してしまった。まだ二〇歳にも足らぬ初年兵、しかも「地方」にいたとき、特に和歌の素養があったとも思われぬ兵が作った歌が、惻々胸を打つ傑作なのである。自分には和歌の鑑賞能力などないかも知れぬ。しかし、彼らの歌はまことに人の胸に迫る何ものかを持っていた。

最前線に来て、いつ弾に当たって散るかも知れぬ状況下に置かれて生活すると、別段、誰に教えられなくても立派な歌人になるということか。正に命がけの生活から割り出された真実の美である。内地の偉い歌人といわれる人が頭をひねってもこれだけの傑作はできまい。内地人、特に彼らの父母に見せてやれぬのが残念だ(自分は中学三年、四年のとき、クラス担任もしてもらった尾田卓次先生から国語を習った。尾田先生は京都帝大文学部で国文学を専攻され、中学校としては異例とも言える国文学史を加味した名講義で、自分は多大の感銘を受けた。万葉集に出る歌についての鑑賞などもかなりの内容だった。そして何よりも作文教育を重視された。自分が日記を書く習慣を得たのも尾田先生の影響であり、それも単なる日記でなく、文章を書くこと自体に興味を持つようになった。いわばこの『大陸征記』という作品が誕生するに至った遠因は、尾田先生に啓発されたからだとも言えるであろう。「勝」部隊初年兵の出陣の歌は十分に鑑賞に耐えるものであり、自分は尾田先生に見せたかった。残念ながら壁に貼られたこの短歌は、後日、大営に来た第一軍司令部作戦情報室の白井大尉の勧告で、もし知識ある敵の偵察の目に触れたら、部隊転用の情報源となり得るという理由で撤去してしまった。また、ずいぶん後のことになるが、散々な目に遭って、やっと復員し、誰よりも先に二年半の体験を話したかった尾田先生は、自分が復員船で山口縣仙崎へ到着し上陸した頃、山口高等学校に奉職しておられ、確か萩市で亡くなられていたのであった。まだ三〇歳までであったと思う)。

翌日の午後、三中隊の一部は原店に帰っていった。昼食時、一応の引き継ぎを終えた両中隊のものが合同して送別の宴をはった。すばらしいご馳走が並ぶ。白酒で卵酒ができる。自分には三路里以来、初めてのご馳走であり酒であった。飲み、食い、且つ歌う。自分にはこんな会食は初めてである。石門でも会食はあったが大勢ではあるし上官もいる。候補生同士でも、必ずしも仲の良い人間ばかりではなかった。また酒も少なかった。三路里では将校や幹部ばかりの会食であった。ご馳走よりも酒よりもまず雰囲気である。兵隊と飲むに限る。これがこの時つくづく感じたことだ。自分には初めての分遣隊であり、また中隊着任直後でもあるため、少し控え目に飲んだのだが実に良い気持ちであった。

6　最初の敵襲

その晩、二二時頃まで、菅原軍曹が置いていってくれることになった階行社記事に読み耽り、ランプの芯を細くして眠ろうとしたら、「パキパキパキパキーン、ドドドドーッ、パン、キューン、ドン」と数発の弾音がしたかと思うと、相次いで相当多数の弾が陣地の上を飛んだ。

敵襲だ。慌ててはならぬ。すぐさま飛び起きて服を着け、刀を掴んで陣地に駆け上がると、すでに村岡兵長、菅原軍曹らが上がっている。弾は大営駅の方から盛んに飛んでくる。チェコ機銃もあるし軽擲らしい弾着も相当見える。何しろ真っ暗で敵の姿は見えないので射撃はさせない。全員を陣地に上げる。

自分には最初の敵襲である。正直なところ相当度胆を抜かれた。責任転換も終えていないのに、もう敵襲を受けたのだ。自分の方には今のところ軽機も擲弾筒もない。小銃は九九式と北支一九式が大部分で弾薬も少ない。三八式の実包は一箱一四四〇発あるが、これは三八式三丁と北支一九式二丁にしか使用できない。

九九式の弾薬は各人携行の六〇発しかない。これは困ったことになったと自分は頭の中で弾薬の員数のことばかり考えていた。

三中隊には一一年式軽機と八九式重擲があったのだが、今日の先発者が原店へ持って帰ってしまったはずだ。しかし敵弾は最初のうち陣地上へだいぶ来たが、その後は大部分が集落内へ飛んでゆく。

菅原軍曹の判断では、集落内にある治安維持会には種々の物資や自衛団の兵器が相当蓄えてあるので、これを盗るために来襲したのだろうという。そういえば治安維持会があるという方向が、非常に騒がしい。

月が皓々（こうこう）と照らしている。三月末とはいえ夜はかなり寒い。銃声が小止みになると、シンと静まりかえって気味が悪い。土壁の銃眼にくっついて銃を構えている初年兵の体に触ってみて、こちらがドキリとした。ガクガク震えているのだ。無理もない。自分もこの初年兵も初陣なのだ。生まれて初めて敵弾の洗礼を受けたのである。

ところが勝手なもので、ほかの奴が震えているのを見ると、かえってこちらは度胸がつくものである。「何だ、怖ろしいのか。しっかりしろ」と、その兵の背中をゲンコツでドシンとたたく。

村岡兵長が何か大声で怒鳴っている。彼の行動は適切で無駄がない。不慣れな自分がマゴマゴしている間に、テキパキとやることをやってしまう。まったく有り難い部下を持ったものである。感心ばかりしていてはいけない。ここでの指揮官はこの俺なんだ。しかし待てよ、ここでの指揮官はこの俺なんだ。

銃声は割りに少なくなったが、大営駅の方で軽機にしては重々しい断続音が聞こえる。誰かが「擲弾筒」と叫んでいる。しかし三中隊の擲弾筒は今日の先発者が持って帰ってしまったはずだ。

ところが誰かが本当に重擲を持って上がってきた。まだ筒だけは置いてあったらしい。村岡兵長は擲弾筒手出身である。撃ちたいと言う。敵は見えないから撃つなと止める。しかし彼は腕が鳴ってたまらないし、自分も擲弾筒出身である。久し振りであの胸のすくような榴弾の炸裂音を聞くのも悪くない。敵はもう射撃を止めているが、まだ近傍にいるかも知れぬ。次の攻撃を企図しているかも知れぬ。

「よし、撃て」

村岡は筒座に筒を置いて集落の方に二発、大営駅の方に三発ぶっ放した。

「込め」

コロコロ、スポンと榴弾が腔中に落ちる。

「シュパーン」

榴弾は絹帯をしごくような飛行音を引いて飛んでいく。闇の中を凝視して今か今かと待つ。ピカッ。暗黒のなかに紫色の閃光。

「ダーン、ザザーッ」

破片が空気を切り裂く音。爽快なり。爽快なるかな、やはり重擲だ。胸がスーッとする。

集落の騒ぎはピタリと水を打ったように静まってしまった。まったく榴弾の威力はすばらしい。たとえ敵に直接の損害を与えずとも、その精神的打撃は絶大である。初年兵愁眉をひらく。途端に衛兵所で電話がけたたましく鳴っている。しまった。衛兵が自分を呼んでいる。電話は斉藤隊長である。いきなり受話器が割れそうな怒声だ。

「敵情はどうなんだ。なぜ連絡しないか」

真っ暗で敵情なんかわかるはずがない。口からでまかせで、あたりさわりのない報告をする。

「なぜ擲弾筒を撃ったのか。敵が見えたか」

「見えません」

「戦果があったか」

「わかりません」

「馬鹿野郎っ、それならなぜ撃った」

まことに散々の体たらくで、この時ほど自分が阿呆に思えたことはない。結局、乏しい弾薬の中から、貴重な榴弾を五発も盲射したことを散々叱りとばされ、次いで伊東隊長からギュウギュウ油をしぼられ、最初の敵襲は大失敗であった。それでも辺りはまったく静かになり、さっきの騒ぎは嘘のようである。だが、まだ油断はならない。全員配備についたまま、更に約一時間を経過する。

また電話がかかってきた。今度は一部兵力を割いて治安維持会へ連絡に行き、状況を聴取せよと言う。この暗い夜中、しかもまだ敵がいるかも知れぬ錯雑した集落内を約五〇〇メートル離れた治安維持会まで行くのはかなり危険である。菅原軍曹が「見習士官殿、自分が行きます」と率先出ていった。犬の遠吠えが聞こえる。心配であったが菅原曹長以下、無事帰還。中隊に状況を報告する。二四時頃、配備を解いて就寝。

とにかく今日の敵襲は大失敗であった。自分の態度も、もうひとつ明確でなく大いに反省すべき点がある。明日からは四中隊の単独勤務だ。この調子では今後も頻々と敵襲があることが予想される。それにしても最初の敵襲が重複勤務中に来たことは不幸中の幸いであった。現地の状況に明るい菅原軍曹がいたために無事に済んだのである。今日の体験を基礎として対策を講じなければならない。

7 分遣隊家族

翌日、菅原軍曹以下、三中隊の残部は原店に帰還した。いよいよ自分たちだけになった。装備は極めて悪く初年兵が多い。昨夜の敵襲の状況から考えて心配ではあるが、しかし一家水いらずで暮らすのはやっぱり楽しい。

まだ自分の当番〔編者註：武家時代の慣習が、明治新生日本陸軍に受け継がれたと考えられる制度。曹長以上とすべての将校の身の回りの世話一切をおこなう専任の兵一名を充てる。日本海軍では従兵がこれに相当する〕が決まっていない。本来ならば中隊人事係から指名して日日命令を出すところだが、中隊の方でも警備の引き継ぎその他で忙しいのに違いない。村岡は佐藤喜一を炊事係兼自分の当番ということにした。衛兵要員は村岡兵長と平田上等兵の二人だけである。平田上等兵は（朝鮮）半島特別志願兵出身の三年兵である。独特の口調で難しい理屈を言う。佐野吉次郎は三年兵。樺太出身の大山男で力仕事なら何でもできる。佐藤喜一も三年兵。優秀な軽機の射手であるのに、今はこの分遣隊に軽機すらもなく、みすみす炊事係になり下がっている。以下は全部初年兵である。

遠藤正男は一九歳、熊谷正視が二〇歳、田村耕次郎も二〇歳。まだまだ少年ばかりである。軍隊では自分たちほど若いものはいないと思っていた。初年兵当時は確かにその通りだったに違いない。ところが石門で学校生活八ヵ月の間、外部からまったく遮断されて無我夢中の生活をしているうちに、自分たちより若い兵隊がドンドン入ってきていた。それに特別志願兵制度できたため、一九歳、昭和二年生まれの兵隊もいるわけなのである。

宿舎の割り当てをして全部陣地内の横穴に入れる。昨夜の敵襲に懲りて、朝から初年兵を陣地上に集めて、村岡に歩哨教育をやらせた。自分も一緒に行って横で聞いていたのだが、その教育のやり方に自分も大いに感心した。自分たちは初年兵当時や石門の学校で、何回も歩哨教育を受けた。しかし、それはどこまでも演習であったり、実敵が現れる心配はまず考えられない治安の良い場所でのことであった。

教官の手旗で動く対抗軍が敵である。自分を狙う射撃は空包射撃である。夜間、犬が鳴き、草むらに虫の声が俄かに止むのは敵近接の徴候であり、遠くに砂塵の舞い上がるのは敵部隊の行進だと教えられても何だかピンと来るものではなく、直接自分の身に危険が迫るとも思えず、大いに芝居気のある演習であった。

ここでは違う。眼前に現れる敵は実敵である。手旗なんか振らなくても実弾が飛んでくる。ガミガミ言われなくても神経はピンと緊張するし、耳は何の物音も聞き逃すまいと清聴になる。また、村岡の教育そのものも、彼自身の体験から割り出された実際教育である。予備士官学校の区隊長がやるような、典範令と参考書の抜粋的教育とはわけが違う。自分にも大いに参考になった。まして兵隊にとって、堅苦しい軍隊言葉で噛みつくように詰め込まれるよりも、兄貴のような古年次兵から、親しみ深いズーズー弁で教育される方がよほど気楽であり物わかりも早いに違いない。

分遣隊には風呂場がある。「隊長殿、風呂に入ってください」と言ってくる。

どうも隊長殿と呼ばれることからして、慣れないうちは心恥ずかしい思いをしたものだ。見習士官殿と呼ばれることには慣れっこになっているし、また他に呼びようがないのだから特に驚きもしないが、隊長殿と呼ばれるのは、まず今回が初めてである。しかし考えてみれば職名としては大営警備隊長。そうだ、やっぱり略して「隊長殿」と呼ばれると、誰か他の人を呼んでいるのだろうと聞き流してしばらくは返事もしない。二、三回呼ばれてから、アッ、そうそう俺はここの隊長だったのだと思い出して「オーイ」と返事する。兵隊はその頃、自分の耳が遠いのかと思ったかも知れない。

風呂だって自分が一番に入って良いのだろうか。どうも初めのうち、この習慣に馴染めなかった。何事にも兵隊に対して済まぬという気持ちが先に立ってしまう。しかし兵隊はどうしてこんなに自分の世話なんかやいてくれるのだろう。

風呂に入っていると湯加減を聞きにくる。背中を流してくれる。襦袢、袴下は洗濯して風呂場の棚の上には新しいのがちゃんと乗っている。どこから手に入れてきたのか新しい支那靴がそろえてある。しかし、いつまでも感心ばかりしていては困る。自分は若いけれども、これだけの部下と陣地を預かったのだ。これだけの人間を満足に働かせ、間違いなくご奉公させて、犬死させないようにするのも皆、自分のやり方ひとつにかかっているのだ。うっかりしたことはできない。責任は重い。

大営鎮の治安維持会長と副会長、自衛団長が新しい警備隊長にあいさつにやってきた。会長は蔡勤という男で痩せて病人みたいだが色は青黒く、いかにも狡そうな蛇のような目つきをした奴である。単なる第一印象にすぎないが、こいつ油断がならんぞと思った。

自衛団長は少し若い堂々たる大男で、帯に巨大なモーゼル一号拳銃をぶら提げていた。上原は支那語が達者なので通訳に使う。三重高農で習った自分の北京官話は、少し内容が複雑になると何の役にも立たなかった。それでも筆談は通じる。支那人に鉛筆を持たせると、毛筆を持つような手つきで書く。これではまことに書きづらいことだろう。筆談は情報蒐集に大いに役立った。情報蒐集に協力すること、野菜、薪の補給、水汲みおよび薪割りの苦力を毎日来させることなどを承知させた。

8　陣地と辺りの地形

陣地を概観すると、敵方（西方）に向かっては相当堅固であるが、北方の黄河に面した方と東方は集落の民家と背中合わせで掩蓋も少なく、また障碍物も不完全で、それこそどこからでも侵入できそうである。もし敵が後方へ迂廻して包囲すれば、こちらは手も足も出なくなりそうであった。

これは大営陣地が以前、一個大隊も駐留した頃の産物で、集落の殆ど全部が陣地としての効用を発揮するほどの兵力があるならともかく、二〇名にも足らぬ小兵力で守る小陣地に縮小されたため、こんな変則的な陣地になってしまったのであろう。

伊東隊長は特定の支那人以外は陣地へ入れるなと言われたが、兵隊は衛兵勤務が上番・下番でかなりきついことになるので、水汲み薪割りには苦力を使うことにした。

点呼をとることにする。村岡は分遣隊などで点呼をとるのは変ですと言うが、それでは朝晩の締めくくりがつかぬ。そこはやはり軍隊だと言って強引にとることにした。

集落から野菜が豊富に来るし、中隊から牛の片脚まるごと受領したので、食事ごとに大変な御馳走である。できるだけ兵隊の室へ出向いて接触することにし、衛兵所に座り込んで話したりした。これは兵隊の名前や性質を知るのに大いに役に立ち大成功だったと思う。

自分の部屋はまったく清潔な涼しい部屋である。この辺では木炭はまったくない。石炭もない。夜は相当寒いので炊事場で薪を燃やしたあとの消し炭を火鉢に入れてくれる。夜になると銀色のランプに火が灯り、初年兵が床を取りに来る。ここでちょっと隊長ぶりを発揮して、「おい遠藤、擲弾筒の左方分劃は何メートルから何メートルまでか」とか、「撃茎室体（げきけいしったい）のネジ山はいくつあるか」とか、「小銃の表尺鈑には何メートルから何メートルまでの分劃が刻んであるか」などとつまらぬ質問をしてみる。渕沢と遠藤武治は幹候志願有資格者であり、遠藤正男と田村耕次郎は下士官候補者である。

三中隊では、ここで初年兵の下士官候補者を集めて菅原軍曹が教育していたから、今、村岡がいる部屋には精神教育資料や兵器分解要図などが貼ってある。自分がここにいる間に、これを利用して教育してやろうと思った。

大営での生活は大変のんきなものであった。当分、ここでの状況に慣れるまでは出撃することは控えるべきだ。日課時限表を作り、陣地見取り図を作り、時々治安維持会長が持ってくる情報を聞いて情報記録簿に記入する程度であった。兵隊も衛兵勤務以外は掃除や炊事の手伝いなどして愉快に働いていた。

9　特務機関

ある日、治安維持会に行った佐野が帰ってきて、

「今、維持会に便衣（べんい）（支那のふだん着）を着た大尉殿が来ています」と言う。

「そんなはずがあるものか。橋頭堡のこの附近で大尉といえば大隊長だけじゃないか」

「それでも刀を白い布で巻いて持っていたし、階級章をつけていました」と言う。

それは変だ。あるいは大隊長が便衣を着てお忍びで第一線中隊を視察に来たのだろうか。自分はまだ大隊長の顔を知らないが、もしそうだとすればこちらもそれだけの準備をしなければならない。さっそく服装を整えて出ていこうとしたら、もうすでに黒い支那服を着た人が三人入ってきた。確かに日本人だ。そして一人は黒い便衣の胸に大尉の階級章が輝いている。

短躯ではあるが堂々とした体格の若い人であった。自分は敬礼して部屋の中へ迎えた。この人は第一軍司令部作戦情報室の臼井大尉と部下の軍曹と兵長であった。皆、頭を剃り、支那人のように帽子も被っていなかった。軍曹は小肥りの体で一見、支那の商人のように見える。

この附近全面の情報蒐集と、大営に情報蒐集の機関である難民招待所を設けるために来たのである。大営には日本人は来ないが優秀な支那人の密偵を置くこと

になっているということである。中隊本部がここにないとわかると、一度原店へ行き、中隊長と懇談し、再び大営へ来て、その晩一泊された。この間、臼井大尉と食事も就寝も共にし、色々参考になる話を聞くことができた。特に情報蒐集については斉藤隊長以上に詳細に指導してもらい、前面の大なる敵情も聞いた。

結局、この人たちの仕事は、狭い大隊に必要な情報蒐集とは違って、もっと範囲の広い戦略的のものであり、入る情報にしても直接自分たちに必要なものではなかったが、大営に派遣する密偵には十分協力させようと言われた。また自分が五万分の一の小さな地図しか持っていないのを見て、ひとつ良いのをあげるとのことであった（後に述べるが、後日この約束は実行された）。

翌日、臼井大尉以下三名はまた、風のようにどこかへ向けて出発していった。自分はこの人たちから多大の感銘を受けた。我々一般の軍人は、少なくとも大兵力を用いて堂々と戦闘ができる。兵器を使って敵を殲滅することができる。必要とあらば玉砕・自決もできる。

しかしこの人たちにはそれが許されない。戦闘はまことにやむを得ぬ場合以外、うっかりすることはできない。また兵器だって殆ど持っていない。しかもたった三人である。たとえ敵中に包囲されてしまっても過早に自決すらできないのだ。万難を排して情報を持ち帰ることこそ、その任務である。また、不幸にして戦死したときも敵中に遺体収容の手段はまったくなく、どこで死んだのかもわからず、生死不明に終わることも考えられる。

臼井大尉は言われた。陣地上に立って中条山脈の複雑な山並を望みながら「自分たちは三人で間道を通って何度もあの辺を越えています」。また、大営鎮のやや北の麦畑の中を西安に至る街道が黄河沿いに走っているが、そこを往来する煙草商人や難民の隊列の中にまぎれて、遠く敵の奥地へ入っていく特務機関の人たちがいるという。

決して華々しい任務ではない。むしろ我々よりもはるかに労多く功少ない激務であろう。縁の下の力持ちである。だが陸軍軍人として華々しく表面には現れずとも、情報蒐集や宣伝工作の重要さは言うまでもない。どんな大作戦も、その前の情報蒐集・宣伝戦に始まり、またこれにより終わるといわれている。それに従事して敵地に潜行する特務機関員は、正に覆面の英雄とでも言えるであろう。自分は麦畑の彼方に隠れて行く支那服姿の三人を陣地の上から見送った。

その後、何日経っただろうか、ある日、治安維持会の若者に連れられた若い支那人が自分を訪ねて来た。そして封書と筒型の紙袋を差し出した。さっそく手紙を読んでみると臼井大尉からである。先日、宿舎を提供したことに対する礼と、この密偵をよく保護してくれるようにという鄭重な書面だった。紙包の表面には進呈と朱書してあり、中を開けると橋頭堡附近、一万五〇〇〇分の一の大地図が出てきた。赤線で座標を入れたすごく立派で上質紙を使用したものである。

　そして我々にはあまりよくわからない新店、馬佐附近から、もっと奥地の霊宝、閿郷、潼関、華陰県や南方山嶽地帯にわたる敵情が色鉛筆で記入してあった。さっそく自分の机の横に貼る。大変立派で、村岡が「いよいよ隊長室らしくなりましたね」と言う。

　臼井大尉と前後して、陝県の連絡部の荒木中尉の紹介状を持った建国軍の少将がやってきて、将来、大営に建国軍の兵舎を造ることになっているが、その準備事務所にあてる家を一軒借りてくれと言ってきた。蔡勤を呼んで、また上原を通訳にして交渉したが、蔡勤の奴はなかなかこちらの要求を容れようとはしない。相当、面倒な思いをしたあげく、やっと承知させた（臼井大尉もまた、自分にとって印象深い人である。無論、陸軍士官学校の出身者だったに違いない。大尉といえば我々見習士官から見れば神様みたいに空恐ろしい存在である。少なくとも、この辺りで大尉は大隊長だけなのだ。ところが臼井大尉は自分が直接知る、数少ない将校の中でも更に特異な存在であった。あくまで礼儀正しく、物静かに自分のような勤務経験の浅いものにも、一部の上級将校が見せる傲慢さもなく、紳士として接してくれた。階級や年齢を越えて、少なくとも一二名の部下を預かる一城の主として扱ってくれたのである。無論、自分も最上の敬意を払い、自分の部屋に招じ、食事を共にし、一緒に寝たのであった。これは上級者に対しておこない得る自分としては最高の接待であったわけだが、普通の上級将校なら、それだけのことで自分は窮屈な思いをするだけであろう。無論自分も現在の任務に対して自分の能力や知識について、いささかか不安があるので色々質問もした。それに対し、いちいち打てば響くような確実で明快な答えが返ってくるだけでなく、前述の通り情報蒐集や防諜について綿密に指導してくれたということ。少なくとも自分を対等の軍人として扱ってくれたことがいかに嬉しかったか。だから、後に手紙と約束の大地図を受け取った時の喜びがいかに大きかったかわかると思う。いや自分だけではない。村岡もこの臼井大尉から強い印象を受けたようであった）。

10　編成替え

中隊の方で幹部候補生および下士官候補者の集合教育をすることになったので、一部の編成替えが実施される。また、初めて軽機と擲弾筒が配属され、強力な装備となった。それでも軽機はチェコ機銃であり、擲弾筒は北支一九式であった。

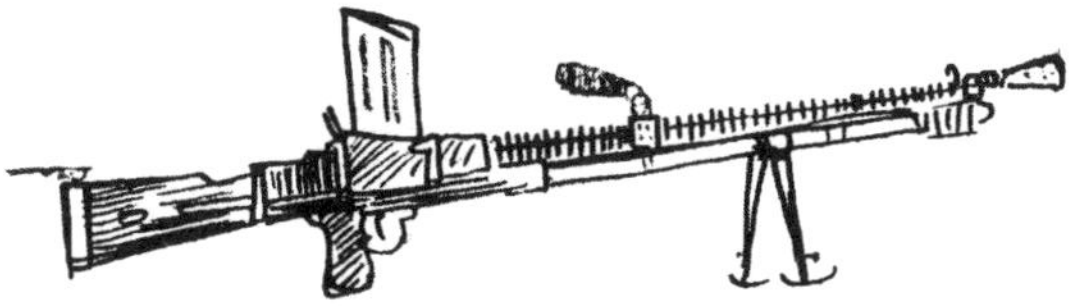

チェコ機銃

新しく来たものは鈴木茂次郎兵長、石塚鈴男上等兵、伴上等兵、今野一等兵である。渕沢・遠藤武治、田村耕次郎の三名は中隊復帰する。遠藤正男が下士官候補者であるのに命令に記載されていないのはおかしい。そのうちに野見山准尉に話してみようと、そのままにしてしまったが、彼はこの時、中隊に復帰しなかったばかりに、後に大営が敵襲を受けた時、重傷を負うという可哀想なことになったのである。

鈴木兵長は三年兵であるが、一選抜のバリバリの兵長だ。優秀な軽機射手であり純情の熱血漢であった。

石塚上等兵は四年兵だが、どうもあまり感心できない所があった。村岡の話では擲弾筒射手として中隊の中で彼の右に出るものはいないということである。伴上等兵は補充の五年兵で痩せた男だが、以前女性のことで入倉したことがあるという曲者であった。今野は何の変哲もなき補充兵である。

皆、それぞれ長所も短所もあろう。しかし自分としては一視同仁、各自の長所を伸ばし、個性を生かし、各人の最大能力を発揮させなければならないのだ。村岡が連日の衛兵勤務で疲れていたので、すぐ鈴木兵長を上番させる。鈴木も今後、最も有用な部下になるであろう。

伊東隊長が再度陣地を巡視され、陣地強化を命ぜられた。まず、陣前遮断壕の未完成部分をすみやかに掘ってしまえという。伴上等兵に苦力頭を命じ、治安維持会に交渉して毎日、一〇数人の苦力を雇って掘らせた。

毎日毎日、頭上を敵のノースアメリカンP-51が陝縣や運城方面空襲のために通過する。友軍機は一度も見たことがない。おそらく南太平洋戦線の方へ集中されているのだろう。敵機を発見するたびに電話で中隊に連絡しなければならぬので衛兵は忙しい。自分たちにはまったく関係もなく、放っておいてもよさそうなものだが、これが陝縣、運城方面の防空通信網に連絡されていて、大陸全面に活躍する敵機の動静を知るための鍵になるのだから、手を抜くわけにはいかない。

11　附近地形地物の戦術的価値

元来、中隊本部が原店にあるのはおかしい。大営は大営鎮だ。原店はただの原店村にすぎない。また、大営は山嶽地帯と黄河との略々中間にあり、陝縣から遠く鄭州、開封など、また西は霊宝、潼関、華陰、西安を経て遠く蘭州、甘州、粛州方面に通じる街道に近く位置している。また、今は見る影もなく赤錆びているが、隴海鉄路がすぐ横を通っている。道床には草が茫々と茂ってはいるが、大営附近はいわゆる交通の要点である。またこの附近の物質の集積地でもある。集落から少し離れた畑の中に大営駅があるのでもわかる。

この隴海鉄路の土堤と大営駅の残骸が曲者で、大営集落へ侵入しようとする土匪、あるいは更に奥深く橋頭堡へ侵入しようとする敵にとって絶好の遮蔽物になっている。どうしても将来は大営と黄河との間に、更に幾つかの分隊が出されるべきである。それでなくては中隊が大営にでも移らぬ限り、小兵力の分遣隊ではこの間の監視、遮断も思うようにはできない。

大営車站

偏口陣地は、こちらから見るとただの土山である。木が一本あるわけでなく、草も殆ど生えていない。麦畑の中に、本当に大海原の中にポツンと浮かぶ小島のようなものだ。ここには完全な宿舎もない。黄土山の上に縦横に交通壕を掘り、いくつかの掩蓋、掩体、望楼があるだけで、兵隊は交通壕の壁に掘った穴ぐらに住んでいる。

雨が降れば水浸しになるし、陣地内には井戸もない。水、野菜、薪は前方にある偏口、黄村などの集落から支那人に持ってこさせているが、それらの集落に敵が入ればもう持ってこない。最近は敵情が悪くて、よく敵が集落に入るので殆ど持ってこない。だから皆、大営から補給している。何とも心細い次第である。他のものはともかく水を大営から運ぶのは大変だ。支那人苦力が石油罐を天秤で担いで小走りで行くのが見えた。しかし、これももし大営駅辺りに敵が侵入すれば、もはや補給の道はなくなってしまう。

原店も非常に荒廃した集落で住民も少なく、野菜、薪なども少ない。そのためよく中隊から電話がかかり、治安維持会に交渉して野菜を馬車で一〇台運んでこいと言ってきたり、陝縣と連絡のため馬車を三台徴発すべしとか、実際いやな命令が来る。治安維持会に交渉しても、度重なれば決して良い顔はしない。まして対手が蔡勤という曲者なので、まことに始末が悪い。

村岡がだいぶ腹を立てている。この分遣隊の野菜購入の交渉だけでも大変なのに、中隊のことまで世話ができるものかというわけである。これは一応もっともなことだ。自分も不愉快に思っている。しかし、ここはやっぱり見習士官を長とする分遣隊であり、原店には中隊長が居られる。中隊の命令とあれば、やるべきことはやらねばならぬ。

「隊長殿はあんまり人が良過ぎて困る」と村岡兵長は諦めたように苦笑する。前方にある地図で見ると小流に沿う集落の線では、常に銃声や手榴弾音がする。夜になればあちこちに、時には我が陣地線のはるか後方に敵が奥深く侵入しているのか、青や赤の信号弾が上がる。友軍には今のところこんなに信号弾などないし、明らかに日本軍のものとは違う。敵は殆ど毎晩使用していたが、結局、何の目的で使用したのかわからなかった。

夜、陣地の上に出てみると初年兵の歩哨が一人で淋しそうに立っている。自分が初年兵の時は連隊本部で集合教育を受けただけである。それを終えると石門の士官学校へ行ってしまったから、第一線の勤務というものはまったくしたことがなかった。だから敵情がある場合に歩哨に立ったことはない。彼ら初年兵の場合は、一期の教育が終わると直ちに最前線に放り出されたのである。

演習ではない。少しでも油断すれば自分の身が危険なばかりでなく、分遣隊全員を危地に陥れることになる。若く、経験の浅い彼らの肩にはあまりにも重大な責任がかけられているのだ。装填した銃を唯一の頼りとして握りしめ、闇を凝視している初年兵を見ると、ああ俺も安閑と寝てばかりいられないぞと思う。他のものが大いびきで安心して眠れるのも、この歩哨一人の全神経緊張のたまものなのである。決して無駄な眠りであってはならないのだ。

12 曲者、蔡勤

ある晩おそく、伊東隊長から自分に電話がかかってきた。

「原店の治安維持会長が大営の維持会長に檻禁(かんきん)された。実は大営の会長蔡勤は陰でこそこそと軍に不利になることを働いていたらしい。この秘密を原店の維持会長の李萬珍(りまんちん)はよく知っている。また、中隊が原店の李萬珍がよりよく軍に重要視され、また信頼を受けて協力する機会を与えられているので、蔡勤の面子(めんつ)が立たない。また自分の悪事露顕をおそれて、李を招待すると見せかけて捕え、檻禁している。原店の住民は非常に李を慕っているし、大営に行ったまま、まだ帰ってこないので心配している。あるいは李を殺すつもりかも知れないので今から兵を連れて維持会に行き、状況をよく確かめ、できれば李を救出すべし」

時計を見ればもう一〇時近い。月もなく真の闇である。集落内はコトリとも音がせず静まり返っている。実に不気味だ。しかし命令は直ちに実行せねばならぬ。軍に協力する支那人を救出しなければならないのだ。村岡以下、有力な兵隊を選び、夜の警戒を厳にするように石塚を残してかためさせ、他を全員配備につけてから出発する。

治安維持会の建物は警備隊から約五〇〇メートルのところにある。トーチカもあるし、自衛団の歩哨が立っている。うっかりすると土匪と誤認され撃たれるかも知れない。音がせぬようにそろそろと吊橋を降ろす。周囲に気を配りつつジリジリと前進。兵は皆、銃に着剣し、平田と佐野が先行する。

皆は支那靴をはいているのに、自分は編上靴をはいてきた。途中で気がついて、しまったことをしたと思ったが、また引き返すのも面倒である。歩くごとにカタリカタリと大きな音が響きわたる。村岡が、「隊長殿、まずいですなー」と嘆息する。

候敵器(敵の近接するのを察知する装置。米軍のマイクロフォンだが、我々のは罐詰の空罐の鳴子)がつけてある有刺鉄線扉をあけ、外壕の吊橋を降ろし、いよいよ陣地外に出る。狭い露路を通り、広い街路を行き、曲り曲って治安維持会の近くまで行く。ところが自分の靴音か、兵隊の臭いでか、犬が目を覚まして猛烈に吠え出した。これに呼応するようにあっちでもこっちでもワンワンと凄まじい。いくら自衛団の歩哨だって、これはおかしいと感じるに相違ない。まったくいやな犬だ。

夜空に星がキラキラ輝いている。土壁や黒い尾根が青黒い空にヌッと突っ立って、それがジリジリと我々の方に倒れかかってくるような気味の悪い錯覚を起こす。村岡が手でラッパをつくって「維持会（エイジホイ）、維持会！」と呼びかける。他のものはピタリと土壁にくっついて銃の安全装置を外している。

「維持会、維持会！」

「応！」

「我們日本軍連絡的来了（ウオメンリーベンチンレンロウデライラ）。打槍不行（ダーチャンブシン）ぞ、明白（ミンパイ）か？」

「明白、明白」

これで、相互確認が一応終わったので、維持会の前へ出る。中からはランプを持ったのを先頭にして、銃や手榴弾で武装した人相の悪い土匪のような奴がゾロゾロ出てきた。蔡勤や副会長も出てきた。村岡に、「何でもよいからこいつら三人を連れて早く陣地に帰ろう。早く話をつけてしまえ」と耳打ちしたところ、村岡は万事心得て、「ちょっと相談したいことがあるから来てくれ。他のものは心配するな。すぐ帰す。辛苦多々的（ミンクターターデ）」などと適当な話をやりながら彼ら（蔡勤、副会長、自衛団長）三人を連行する。

しかし、うしろには兵器を持った、すごく目つきの悪い奴がたくさんいて、我々の後ろをうかがっているのだ。当然、蔡勤の危機と知ったら攻撃をかけてくるだろう。正に薄氷を踏む思い、絶えず後方に気を配りつつ追い立てるようにして帰る。来るときも気味が悪かったが、帰るときにはなお更不気味である。足が宙を飛ぶような気持ちで陣地に駆け込み、吊橋を上げてしまった。

ホーっとひと息つき、さて取調べにかかる。自分の直感は当たっていたようだ。蔡勤はやっぱり腹黒い、油断のならぬ曲者だったのである。今度の場合も維持会へ行って、そこでグズグズしていると、奴にどんな策略を弄されるかも知れぬ。土匪あがりといっても自衛団には六〇名ぐらいの人間がいて、兵器弾薬は我々以上に多く持っているのである。こんな連中に暴れだされては大変だから、まず蔡勤以下、おもだった幹部を分遣隊陣地に連れ込み、彼らの勢力から切り離してから取り調べ、必要とあれば三人を人質として監禁し、そのうえで李萬珍を救出しようと考えたのである。

まず中隊長に電話して、全員無事帰還したことと、蔡勤ら三人を連行して陣地に連れ込んでしまったことを報告し、今すぐ取り調べて逐一報告しますから、そのまま電話を切らないでくださいと頼む。

蔡勤の奴は、これは危ないと感づいたらしい。例の蛇のようないやらしい目つきでジロジロ逃げ出すところを探しているようだが、今は特に裏門にも歩哨を配置して厳戒しているのだ。逃げられるものか。「原店の維持会長はどうしたか」と問えば、ニヤニヤ愛想笑いをしながら、「原店の会長は今日、自分と一緒に夕食を済ませ、愉快に話し、陜縣の連絡部へ行くと言って一人で出ていった」と言う。

村岡や上原を通訳として、何度も確かめさせたが同じことである。他の二人もその通りだと言う。隊長にその通り報告する。

「それならもう良いだろう。こちらかも陜縣へ電話で聞いてみよう。この話はこれでよいから後になって事が荒立たないように、上手く話をつけて帰してやれ」と言われる。この返事には自分もガッカリした。せっかく冷や汗をかく思いで苦心して連れ帰った人質を、すぐに帰らせるなんて残念だ。それに日常の態度といい行動といい、甚だ疑わしいものがあるのだが、しかし歴然たる証拠でも上げない限り、もし本当に悪いことをしていないのに捕えたとすると、たちまち中隊主力も大営、偏口の諸陣地も、野菜、水、薪その他の物質の補給に行き詰まってしまう。治安維持会長の任命、免職に関しては陜縣の連絡部にいる荒木中尉にのみ、その権限がある。気に入らぬからといって、我々現地のものが勝手にやめさせることはできない。何かの理由で新しい会長が任命されぬ限り、自分たちはこの蔡勤と協調しなければ生活できないのである。

それにしても隊長はあとで事が荒立たぬよう、上手く話をつけて帰せと言われる。実のところすでにもう事は荒立ててしまったことに等しい。どうせこれから先、蔡勤と上手くそりが合うとは思われない。自分たちがとった強硬手段、深夜だしぬけに連行したことは、彼に非常な悪感情を起こさせたに違いない。これには困り、頭をひねって村岡に「村岡、何とか上手い話はないかな」と、相談をもちかけたところ、彼は即座に蔡勤に向かって東北訛りの日本式支那語でペラペラやりだした。

「今夜、お前を呼んだのは、この前、敵襲もあったし、今後もあるかも知れぬ。いつまた連絡に行かねばならぬかも知れんから、俺たちと自衛団との間に夜間信号を決めようと思ったのだ。それで、これからは夜間、両方の歩哨は呼子笛で信号しあうこと。そしてこちらから連絡に行くときは口笛をピーピーピピと吹く。明白か?」

村岡の奴、なかなか上手いことを言う。自分はおかしくてたまらなかった。蔡勤は俄かに笑顔になり、ペコペコ頭を下げてサッサと帰ってしまった。村岡が即座にあのような言いわけを考え出して話を上手くつけてしまったのには感心したが、蔡勤の奴もさすが年の功で堂々と芝居をやったものである。こんな交渉のおかげではからずも翌晩から双方の歩哨同士が連絡を取る呼子笛の音が、ピリピリピリ……と夜の静寂を破るようになった。自分たちは極度に神経を疲れさせたので、お茶を飲んで寝てしまった。

この事件には後日譚がある。隊長から電話がかかってきて説明があった。蔡勤はやっぱり本当に李萬珍を檻禁していたのであった。我々が蔡勤を陣地に連れてきたときも、治安維持会には李萬珍が檻禁されていたのだ。その晩、隊長は陝縣の連絡部に電話をかけられたが、李萬珍は連絡部に行っていなかった。しかし深夜ではどうすることもできなかったのである。

次の朝、早朝から原店の村民が隊長のところへ駆け込んで訴えた。李会長が剣附鉄砲を持った自衛団の奴に縛られて陝縣の方へ連れていかれるのを見た。腹が減るだろうと饅頭を持っていったが、自衛団の奴が邪魔して李会長には食わせてくれなかったという。

蔡勤は李より格が上である。李は言わば大営鎮治安維持会原店分会長なのだ。蔡勤は自分たちを交渉相手とせず、直接連絡部の荒木中尉に讒訴(ざんそ)して李を失脚させようとたくらんだのだ。

ところが伊東隊長と荒木中尉は同期で親密な間柄である。蔡勤が考えたほど、そう簡単に事が運ぶと思ったら大間違いである。伊東隊長の説明で荒木中尉は事情を諒解し、李萬珍は無事に原店へ帰ってきた。村民が喜んだのは言うまでもない。これでいよいよ蔡勤の奴は面目丸潰れになってしまったというわけである(面子壊了(メンツホワイラ))。

この騒ぎがあってから後、李萬珍はますます誠意をもって中隊に協力するようになった。いつの間にか自分たちが深夜、彼を救い出しに維持会に出かけたことも知っていた。そのため自分に対しても相当恩義を感じていたらしく、後に自分が黄村分遣隊に出てからも、彼のおかげでどれだけ便宜をはかってもらえたかわからぬ。

李萬珍は自分で満州人だと言っている。これは本当かどうかわからない。あるいは清朝時代にいた満州八旗の子孫かも知れない。彼も土匪上がりだ。しかし蔡勤と違って腹黒いところは一つもなかった。のみならず彼は徹底的に日本贔屓(びいき)であり、自分たちが極めて切迫した状況の下で橋頭堡を脱出する時まで献身的に協力し、命にかけても自分たちを無事に脱出させようと尽力したのであった。

13　土匪

　ある日のこと、集落の方で「パーン、パーン」と二発銃声がした。支那人の叫び声がガヤガヤと聞こえる。望楼に上ってみると治安維持会の屋根の上に自衛団がたくさん上って北の方を向いて騒いでいるようだ。こちらからは土壁が邪魔になって何も見えない。村岡が意見具申したので直ちに村岡ら六名を率いて出撃し、駈歩で北門まで来ると自衛団の連中が手に手に銃や拳銃や手榴弾を持ってゾロゾロ帰ってくる。聞けば土匪の密偵が二人、集落内に潜入したが、発見されて追跡を受け、小孩（シャオハイ）（子ども）に向かって拳銃を射って逃走したという。

　東官庄へ逃げたということだから呂従興（ろじゅうこう）の土匪であろう。蔡勤や自衛団長も出てきている。我々が来たのを見ると愛想笑いをして「隊長、辛苦多多的、我的房子小止小止」（お疲れさまです。私の家で休んでください）と言う。

　蔡勤の奴、つい先日、あのような事件を起こしておきながら、よくもヌケヌケとこんな口がきけるものだ。しかし先方が知らぬ顔をするつもりなら、こちらも知らぬふりをしてやろう。「今天、我們回去、辛苦、辛苦（今日は我々は戻るよ、ご苦労）」と言って引き揚げる。集落の大通りはいつものようにずいぶん多くの人通りがあり活気に満ちている。

　おそらく、まだ拳銃を持った土匪は多くのものが潜入しているに違いない。特に道路の両面、民家の屋根の上などを警戒させながら街を行く。よく分遣隊へ来るので顔見知りの奴に出会うと、上体をガクンと折り曲げて変てこな挨拶をする。

　陣地の裏口に近い露路の入口まで来たら、小さな女の子をボロ布に包み、板の上に乗せたのをかかえた爺さんが涙を流して泣いている。その女の子の胸からは血が流れている。爺さんが涙ながらに語るところでは、土匪が拳銃で射ったというのはこの女の子なのだ。爺さんは「大人看々、薬給（これを見てください、薬を与えてください）」と拝むようにする。陣地に連れて帰る。陣地には少ないけれど衛生材料がある。治療をしてやるのも、つまりは良民宣撫（せんぶ）工作である。

　衛兵所の板の上に寝かせて村岡が治療する。胸部貫通の重傷である。傷口を水で洗い、マーキュロークロームで消毒、リバノールガーゼを当てる。彼の手つきは実に鮮やかなものである。親父はお礼を言って泣きながら帰っていった。

あんな小さい子が胸部貫通では果して助かるだろうか、若い初年兵も真剣に心配していた。支那人や小孩は可哀想だ。自分の国の人間に撃たれ、他国の我々に治療してもらわねばならないのだから(ところが、終戦後二一年五月に内地に帰ってきてみたら、これと同じ立場に立たされていたのだった)。

それにしても子どもを撃つとはひどいことをするものである。何とかして仇を討ってやりたいものだ。親父は毎日治療を受けに来た。とても助からないだろうと思われていたのに、少しずつ良くなってきたようである。右胸部の貫通で運よく弾は心臓にも脊椎にも肋骨にも触れていなかった。親父は相当、安心したらしかった。時々、卵を持ってきてくれたりした。

14 泰(たい)と謝(しゃ)

村岡は前に三中隊に配属になって、今の大隊副官羽田少尉と原店南方山上にある九二四高地で勤務していたことがある。今度、自分たちが大営に来たことを聞きつけて、さっそく村岡を訪ねてきた支那の少年がある。彼の名は泰と言った。原店に住んでいる。村岡が九二四高地で勤務していた時、炊事や使い走りに使っていた小孩であった。彼は友軍が河南作戦をやった頃から日本軍にばかり使われていて、嶮山(けんざん)廟の戦闘の時は旅団通信隊と共に戦闘に参加し、手廻し発電機を廻しているときに脚に敵弾を受けたという経歴を持っている。一七歳であった。毎日、原店から通ってきて炊事の手伝いをしたり、偏口陣地との連絡に走ったりした。

そのうちに彼はもう一人、謝という友だちを連れてきた。この少年は少しのろまで臆病者であった。彼ら二人はいつも水汲み、薪割り、治安維持会との交渉に走り回った。泰は国民学校の国語読本を持ってきて自分に発音を教えたりしたこともある。

ある日、村岡が「隊長殿、この二人を陣地の中に住まわしてやってはいけませんか。炊事の手伝いや連絡にも使えます。殊に偏口陣地との連絡などは状況が悪くなると普通の支那人では恐ろしがって行きませんから」と言う。

部屋はいくつか空いている。食料だって余るほどで残飯が出て困っている。他の支那人はあまり陣地内に入れたくないところだから、「よし、入れてやれ。お前に預けるから世話をしてやれ」と承知した。二人は大いに喜んで、さっそく割り当てられた穴倉に古布団を持ち込んだ。この二人のお陰で油断のならぬ蔡勤一派の動静を探ることもできたし、いよいよ状況が悪くなって偏口陣地との連絡が困難になったときは、危険を冒して走ってくれた。平仮名の手紙を書いて、「泰、偏口連絡、快々的去（大急ぎで行ってくれ）」と言うと、「行」と一つ返事でパッと走り出したものである。

後の大営敵襲で迫撃砲弾がドンドン落ち、敵が集落内に侵入した時、彼らは二人とも生きた心地もなく布団を被って震えていたので、村岡が「敵情が悪い間、どこかへ隠れていろ」と、外に出してやったら、命からがら原店の方へ走っていったという。それでも敵の包囲が解けて元の状態になったら二人もちゃんと大営に戻ってきて手伝っていた。泰は自分が黄村にいた間に嫁をもらったということだ。橋頭堡撤退の時は無我夢中で退ってきたので、二人はどうなったか知らない。

15　また原店へ

ある日、また伊東隊長が来られた。昼食を共にした。

自分は今度来る補充兵の教官になるため、原店の中隊本部に復帰を命ぜられた。急なことでもあるし、これからいよいよ面白くなる分遣隊を離れて教育、しかも補充兵の教育なんかやらされるのは嫌である。大営の後任は偏口陣地の伊勢曹長がやるという。そのうちに呼び寄せられた伊勢曹長が到着して隊長の前で種々の申し送りをする。今日初めて隊長から言われて、今日すぐに一緒に帰れというのだから無茶な話である。

兵隊ともゆっくり会食でもして別れたかったのだが、もうその時間もない。名残惜しいけれども仕方がない。平田上等兵が自分の荷物をまとめて木箱に入れて梱包してくれる。石門から持ってきた将校行李は三路里と陜縣の間のどこかで紛れ込んでしまい、結局、紛失したものと諦めたが無一物で中隊に来た自分も、ここに一〇日ばかり生活しているうちに相当大きな木箱に入れるくらいの私物ができてしまった。私物といってもおもに菅原軍曹が残していってくれた典範令と参考書である。その中には中央軍の『野戦築城教範』があったのは珍品といえるだろう。偕行社記事も大いに参考になった。

鈴木上等兵以下の衛兵が整列する。村岡以下、他のものも出てくる。皆に見送られ、中隊長に連れられて帰る。これからまた新しい生活が始まる。

原店に帰って、隊長室の向かい側の一室をもらった。中隊が入っている所は、敵に向かった陣地がある小丘と深い谷のあいだの狭い土地に、横穴式の家と普通の房子(ファンズ)(家)を利用した粗末な宿舎である。相当広いことは広いが、支那民家をそのまま利用してあるので通路は上ったり下ったり、曲がりくねったりしているため、最初の晩は足下が危なくてうっかり歩き廻るわけにはいかなかった。

自分の部屋は普通の房子を多少、改造したものだが大営の隊長室に比べるとまったくみすぼらしい。室内半分、床があり、またその半分が一段高く寝台になっている。天井がすごく低いので寝台の上でうっかり不用意に立ちあがると、散々頭をぶつける。自分だけではない。隊長室も少しは大きくてマシなものだが、やはり天井が低く、夜、辺りが静かになると「ゴッン、ウーン、チクショウ」と声がする。隊長殿もやっているらしい。

補充兵は陝縣まで来ているが、各中隊に配属されるのはまだまだ先のことだそうである。しかし、準備として教育計画の作成にかからなければならない。自分が初年兵教育を受けたとき、蒙彊の厚和で当時の教官、松下少尉が夜おそくまでかかって大きな紙にコマゴマと教育計画表を書き込んでいたものである。我々がフラフラであったと同様、教官もだいぶ辛そうであった。我々のような現役の新兵を教育するのでさえもあの通りだ。まして補充兵が来たらどんなことになることやら。隊長から兵教育の参考書その他の書類を借りて、頭をひねって考えてみるが、どうも補充兵、しかも三一歳から三九歳までの老朽兵と聞くと、まったくやる気がなくなり、投げ出してしまいたくなる。

さっそく週番士官を命ぜられる。まだ各班の宿舎配置や兵の名前と顔もよくわからない。この機会に覚えてやろうと、中隊の人員表を引っ張り出してみる。

この前、幹部候補生と下士官候補者を中隊復帰させたとき、遠藤正男だけが大営に残されていたので野見山准尉に理由を聞いてみた。別に何と言って理由はなく、何とかしますと言ったきり何もしない。ある日、大隊本部から「野戦兵器廠勤務要員差し出し方」の指令が人事係の机の上に来ていた。そして数日後、田村耕次郎が軍装して転属の申告に来た。その時は自分も何も気づかずに送り出し、彼は陝縣への連絡兵とともに出発してしまった。

オヤ、田村は下士官候補者じゃないか、変だなと思って野見山准尉に聞いてみたら、「アッ、そうだ、こいつはいかん」と大慌てで人員表を広げて別のものを探している。今さらそんなことを言っても、もう田村は陝縣に到着している頃ではないか。人事係も案外、駄目だなと言ってやった。数日後、代わりに前田良平が出され、田村はまた中隊復帰の申告をしに来た(しかしこの時、田村が転出していたら、後に述べるように新店攻撃で戦死することもなかったかも知れぬ。自分が人事係の誤りを発見し、そのまま転属することを止めてしまったのが、あるいは彼の生命を奪う結果になったとも言えるであろう。人間の運命とはわからないものである。自分としては優秀な下士官候補者を中隊に残しておくことこそ重要だと考えて申し出たことであり、野見山准尉にも間違った人員選出を訂正されたのを感謝されたくらいだったのに)。

中隊には週間行事予定表が作ってあり、大隊本部にも提出してあるから、これにもとづいて教育や他の行事を進行させなければならない。また、中隊長と一緒かあるいは代理で上官、偏口、大営の各陣地へ陣地指導に出された。偏口陣地が敵情も陣地警備も、補給状況も最もひどかった。

困ったことに最近、前面の敵情が非常に悪くなり、上官、偏口陣地への附近集落からの水、薪、野菜などの補給が殆ど止まってしまった。いやでも原店、大営から補給してやらなければならない。中隊には、まだかなりの数の兵がいるけれども、曹長以上の伝令や炊事兵、分哨上下番者らを除けばいくらも残らないことになる。その中から交代で、各分遣隊との連絡、糧秣、野菜、薪などの補給をやらなければならない。その引率者としては、中隊唯一の隊附将校たる自分が出されることが多い。

他に准尉一名、曹長が三名もいるのに、それぞれの係業務があるからとの理由で、殆ど出ない。また隊長自身も自分ばかり使いたがるようだ。見習士官はどこまでも見習いだから辛抱しているが、時にはまったく嫌になることもあった。週番士官の方は自分以外に野見山准尉、中村、大村、宇都宮各曹長がいるので、それほど辛いことはない。

16 朝寝、鶏事件

初めて週番士官に勤務したとき、慣れぬ中隊勤務と教育準備で疲労困憊し、毎夜夢も見ずに死んだようになって眠った。従って朝起きる時には実に辛い思いをする。伊東隊長はひどく神経質なのだか何だか知らないが、朝まだ暗いうちから起き出して、下駄をガラガラいわせて顔を洗っている。中隊にはまだラッパがない。不寝番が大声で「起床ーっ」と叫ぶだけである。しかし中隊の宿舎は広い範囲に散在しているので、兵室の方で叫んでいる不寝番の声はよく聞こえない。

六〇名以上の兵が駈歩で点呼場に殺到する足音で目を覚ましそうなものだが、兵の連絡は自分の部屋の土壁の裏にあたるし、またグッスリ眠っていたので、ついに大失敗をやってしまった。

ある朝、ウツラウツラとしていたとき、かすかに不寝番の起床の声が聞こえたように思ったが、またそのまま良い気持ちで眠り込んでしまったらしい。

「週番士官殿、点呼整列終わりました」

ハッと目を開けたら、枕元に週番下士官神馬軍曹が立っている。しまった。飛び起きる。点呼場の方でエッサエッサと天衝き運動をする声が聞こえてくるではないか。大慌てで服を着る。エイ、いまいましい。なぜ見習士官には正刀帯だとか革脚絆だとか、余分なものがあるのだろう。

「北村見習士官、週番は誰だっ。だらしがないぞっ」

向かい側の部屋から隊長に怒鳴られる。散々である。それでも週番士官は服装を厳正にしなければならない。刀を持って駈け出す。何とか無事に指揮台の上に立った。敬礼を受けてから、各内務班の前を班長の点呼報告を聞きながら兵の顔、服装を見て回る。困ったことになった。起きぬけに飛び出してきたものだから、無論便所へ行く暇もなかった。今になってその効果が表れてきたのである。しかし、点呼を始めた以上、小便をしに走ることなどできはしない。殊に軍紀、風紀の源泉をもって自ら任じる週番士官ではないか。赤白たて縞の週番懸章をかけている以上、そんな無様なことは許されぬ。

人員の点検が終わる。

「異常ありません」

「ご苦労」

さあ、これからが大変なのである。指揮台のところへ歩いていってその上に立つ。東方へ向いて姿勢を正し、「宮城遥拝(きゅうじょうようはい)、かしらーっ、中っ、直れ。勅諭、五ヵ条奉唱始め。ひとつ、軍人は忠節を尽すを本文とすべし……」自分は目の前が真っ暗になるような気がした。

「かしらーっ、中っ、直れ。点呼終わり。解散」

「週番士官殿に敬礼。かしらーっ……中っ、直れ」

自分はついに困難なる状況を克服した。そして背を真っ直ぐに伸ばし、ゆっくりと大股で堂々と隊列の横を通り抜け、やっとの思いで土壁の角を回って兵から見えなくなると同時に、全速力で突っ走って便所へ飛び込んだ。こんなに気持ちの良い小便は生まれてこのかたしたことがない。何ともすばらしい開放感と同時に痛烈な悔恨。自分はこれに懲りて、以後は毎日、不寝番勤務帳に〈申し送り事項、ひとつ、週番士官、起床三〇分前起こし〉と書き込んでおくことにした。こうしておけば安心して眠れる。起床三〇分前に起き出して、ゆっくり顔も洗い、服装も整え、さて起床がかかると悠々と指揮台の上に立って、おくれてくる兵や、服装が厳正でない兵を、台の上から睨みつけて注意することもできるのだ。以後、このことに関しては絶対に失敗はしなかった。

やはりこの頃のことだ。真夜中グッスリ眠っていると、「不寝番、不寝番」と伊東隊長の怒声が夜の静寂を破ってガンガン響きだした。やっぱり自分は週番士官である。もし不寝番に不都合があったとすれば自分に責任がある。ムクリと起き上がって窓を開けて首を出す。

「隊長殿、何でありますか」

「ウン、お前週番だろう。今の音が聞こえなかったか」

真っ暗な中に隊長の白い襦袢袴下だけがボンやり見える。

「何も聞こえませんでしたが」

「そうか、さっき俺の部屋の横でガタガタやかましく騒ぐ音がしたんだぞ。そんな注意が散漫なことでどうするんだ。すぐ調べろ」と言って部屋へ入ってしまった。

だしぬけに起こされて叱られては自分も立つ瀬がなく、いささかムッとした。そこへ不寝番の佐藤一雄がカツカツと靴を鳴らして走ってきた。中隊内は広い。不寝番一人の動哨では無理である。

「週番士官殿、お呼びですか」

「ウン、貴様、今どの辺を動哨していたか」

「表門の拒馬の附近にいました」

「そうか、今何だかガタガタ騒ぐ音がこちらにしなかったか」

「別に何も聞きません」

「よし、灯りをつけてこい」

「はい」

彼は炊事場からランプを持って来た。それを持って音がしたという辺りを照らしてみる。ハハーと思った。何と、そこには鶏の羽がいっぱい散らばって夜風にコロコロ転がり回っていたのだ。隊長が怒られるのも無理はない。そこには隊長が可愛がっていた雌雄の鶏を飼った小屋があった。そのひと隅が破られている。

中を見ると雄鶏が小さくなっていた。おそらく隊長は自分で見られたに違いない。毎朝隊長の朝飯の膳に新鮮な卵を供給していた雌鶏が何者かにやられてしまったのである。しかしいくら隊長の鶏だって、対敵警戒の重大任務を有する不寝番や週番勤務者が責任を負わせられてたまるものか。

当番室の前に来たら暗い物陰から、何だか知らないが、パッと動物が走った。きっとイタチかテンであろう。自分はわざと隊長に聞こえるように大きな声で「佐藤、ご苦労。お前は何も心配せんでよいから敵によく気をつけて動哨しろ」彼は捧げ銃をして帰っていった。

翌朝、当番室の前に見事に喰いちぎられた雌鶏の首が転がっていた。

17 中隊生活さまざま

教育の助教として、下士官候補者出身の山田軍曹、助手には平山、工藤、粟津の三上等兵が与えられた。敵情が急激に悪化する兆しが見えてきたので補充兵は当分の間、陜縣で基本教育がおこなわれることになり、平山と工藤が兵受領のため出発した。

助手の三名は何れも二年兵の下士官候補者で、若くて張り切っているので満足した。補充兵の宿舎その他の教育資材の準備は粟津上等兵にやらせた。宿舎の修繕や教育資材、特に各種標的などは粟津の同年兵で大工の佐々木富弥がやってくれた。彼が作った遊動標的はなかなか良く工夫してあって、上手くできていた。

自分はこの頃、伊東中隊長の人柄を観察していたのだが、自分はどうも上手くソリが合いそうもないことを直感し、困ったことになったと思った。中隊の下士官兵の顔と名前もだいたい覚えてしまった。自分の当番には小島八郎という自動砲出身の補充三年兵が附けられた。自分の私的生活も略々安定したのである。

よく週番懸章をかけて各班内、陣地、分哨を巡察した。もうどんな真っ暗な晩でも複雑な陣地内を飛び回れるようになった。兵隊がいる班内に入ると「敬礼っ」と、大きな声で叫んで、そこにいるものは直立不動で敬礼する。今まで、初年兵時代や石門時代、自分たちがやられてきたことを、今度はこちらがやるのだから、時にはこちらが吃驚することもあるし、せっかく班内で面白そうに騒いでいるのに週番懸章をかけて踏み込むのは気の毒だなと思う。

曹長といえば見習士官と最もよく衝突するものだと聞いているが、それほど変な奴はいなかった。それでも宇都宮曹長、大村曹長とはあまり口もきかなかったし、彼らも各自の部屋に閉じこもって勝手なことをしていた（入隊後一年くらいで将校勤務の見習士官曹長になった我々に対して、二等兵から長年苦労を重ねて上ってきた彼らが、反感を持つのはむしろ当然といえるかも知れない。同じ曹長の階級でも、我々は将校待遇なのである)。

日朝点呼のあとでは体操や銃剣術をやる。自分は石門時代、銃剣術は決して上手かったとは言えない。試合をやっても黒星が多かったのだが、ここでは誰も当時の自分を知っているものがいないので、何喰わぬ顔をして基本動作や刺突の訓練を古年次兵にまで強引に教育した。

ところがある朝、基本動作をやっているのを伊東中隊長が見に来て、胴を外している自分に、「銃剣術はあまり上手くないな」と言われたのでガックリとしたことがある。基本動作だけ見て、あまり上手くないと見破ったとすれば、やっぱり中隊長は何もかもお見通しなのだろうか。

中隊陣地は相当広いが、大して良くもない陣地である。やはり前にはここにも一個大隊ばかりと機関銃や歩兵砲まであって、宿舎もたくさんあるし陣地も広い。左(南)の山には九一四、九二四の高地(何れも高度何メートルを呼称として用いている。二〇三高地のように)左山の各陣地があり、それぞれ兵隊がいるが、三つ組陣地、後山陣地には誰もいない。中隊主力がいる所は後ろに谷川を控え、前には凹道になっている小さな地隙があり、その間に挟まれて左右に細長く掩蓋もあるが、それほど上等ではなく、障碍物も山形鉄条網が二線あるだけの貧弱なものである。

縦深・横広の陣地構築が提唱されている今日、これでは情けない。これで大兵力の敵に殺到されたら玉砕か、後ろの谷川に転げ落ちるか、二つにひとつである。ただひとつ感心したのは崖下にある横穴のひとつから陣地へ上るのに、グッと斜めに上まで掘り抜いた長さ約五〇メートルのトンネルが貫通していることである。巾も高さも相当あり、非常事態には敵方から遮蔽したまま陣地へ上れるという利点があり、また、中は平坦で傾斜もそれほどきつくないから野砲・山砲などは陣地の裏からコッソリ上げられるのである。現に後の作戦では四一式山砲や九四式山砲をここから上げて射撃したのであった。

谷の後ろの山にあるのが後山陣地であるが、今は兵隊がいないから、もし敵に逆用されて上から迫撃砲などで攻撃されたら目も当てられぬ。一般に自分はこの辺りの陣地には大いに失望していた。陝縣橋頭堡と称して多年にわたって確保してきたのだから、ヨーロッパのマジノ線やジークフリート線ほど完備していないとしても、せめて鉄筋コンクリート製の陣地が相当な長さに連なっているものとばかり思っていたのだ。

まったくあてが外れた。

ボコボコの黄土層に蟻の道のような交通壕を掘り、丸太と土煉瓦でできた貧弱な掩蓋があるというのが、そのすべてであった。陣地線が連続しているどころか黄河と偏口陣地、偏口と上官陣地との間などは、敵さえその気になれば白昼でも堂々と侵入できそうである。これらの陣地は僅かに敵中に突出した分哨か、前進陣地とでもいうより仕方のない、まったく「点」の占領なのである。

これが自分のいた陝縣橋頭堡の真相であった。作戦後、相当強化に努めたが現代最新の装備をもって攻撃されれば、殆ど防ぎようがない玉砕陣地だったのである。

伊東隊長とはその後、時々一緒に食事したり酒を飲んだりしたが、どうも話の種を探して続けるのに骨が折れた。何しろ隊長の学生時代は自由主義華やかなりし時代であり、また早稲田大学という比較的華やかな東京の大学を出ている。そして、かなり裕福で結構な家庭に育っていて、東京の学生生活を満喫している。こちらは太平洋戦争下の百姓学校出身であり、勤労奉仕にはよくかりだされたが、街で遊ぶ時代とは違う緊迫した雰囲気だった。また、半年卒業が繰り上げられ、一般の社会生活も経験しないうちにすぐに入隊したから、良く言えば大人の世界の垢には染まっていないのである。

カフェーや喫茶やすし屋の話をされても、酒のことが話題になっても馬の耳に念仏というわけで、おそらく隊長は何と話せない奴だと思ったに違いない。しかし知らないものは仕方がない。特に自分がボンクラというわけではないのだから。

下士官兵の話では隊長は酒を飲むと実にクセが悪くて、刀を振り回したり、拳銃をぶっ放すので危険千万だということであった。しかし一緒に飲んでいて、自分はそんなにひどいと思わなかったし、そこまで酔うほど飲むこともなかった。偏口、上官各陣地正面の状況はますます悪くなる。偏口陣地は毎日、迫撃砲の乱射を受けるようになった。また、上官陣地への連絡路は一ヵ所地隙を越えるほかは野中の一本道であり、上官陣地前方の集落から散々狙撃される。

この連絡路は南方山地から下りてくる席振武（せきしんぶ）の土匪の脅威を受けるので、ついに中隊陣地附近から上官陣地まで連絡交通壕を掘ることになった。中隊から上官陣地までは約二〇〇〇メートル。途中、あまり危険でないところを省略するとしても、一〇〇〇メートルはどうしても掘らねばならぬ大工事である。

ある日、自分は上官陣地連絡交通壕の経始（編者註：測量をして工事に取りかかること。また、物事を始めること）を命ぜられた。田村上等兵、神一等兵ら数名を連れて日没前に出発した。隊長から色々詳細の注意を受けた。敵はいつ狙撃してくるかも知れぬ。特に警戒を厳にし、一部兵力を前方警戒および掩護にあてる。他のものは白テープで最短距離をとって予定線を示すのである。伊東隊長は陣地前の地隙を出たら上官陣地まで徹底的に匍匐せよと言われる。

まだ日が高い。陣地を通り抜け、地隙を越え、いよいよ麦畑に頭を出して経始する。麦はまだ三〇センチにも達しないし、利用すべき地形地物は何ひとつない。匍匐する度にパッパッパッと土煙が舞い上がる。上官陣地ははるか遠方である。匍った匍った。石門の演習もかなりきついものであったが、こんな長距離を匍匐だけで移動したことはない。どこで、いつ狙撃されるかわからないし、また、この麦畑ではひとたび撃たれたら隠れるところがないのだ。

上官陣地のすぐ近くに、南北に走る大きくて深い地隙がある。ここへ交通壕を一度下ろして、また向かい側へ上げるのはひと苦労である。上官陣地に着いたときにはもう日が沈みかけていた。休憩もしないですぐに帰る。しかし自分は満足だった。これだけの距離を匍いつづけてきたのに、大した疲労も感じないのである。体の調子はすごく良いらしい。

その晩、伊東隊長の小孩、原福児が治安維持会から一〇〇人ばかり苦力を連れてきた。隊長、自分と一部の兵は、糧秣、野菜を補給するため先発して上官陣地へ行く。糧秣を積んだ牛車が方向を間違えて、どんどん山の方へ行ってしまい、何も知らなかったが自分が側杖を食って隊長に叱られた。上官陣地は小さな流れの東岸にあり、大して広くもない範囲に遮断壕を二重にめぐらし、交通壕と望楼と粗末な掩蓋、掩体がある貧弱な陣地である。

宿舎は地下に掘った横穴が三つほどである。炊事場と食堂は地上にあったのだが、近ごろは敵の狙撃目標になって甚だ危険になってきたので地下に移しつつある。

加賀伍長はまじめな男である（自分が大営にいる間に進級した）。自分たちを地下の横穴に案内してお茶を出してくれる。伊東隊長は図嚢から「蛤徳門」（比較的高級タバコ）を一〇個ほど出して、「少ないけれども皆に分けてやってくれ」と言われたが、どちらかと言えば叱られることが多い自分にとって、やっぱりオヤジも優しいところがあるんだなということがわかった。

　加賀伍長から最初の敵情などを聞いていたら、突然、対岸の上官村から激しい銃撃が開始された。

「パキパキパキパキパキーン、シュンシュンシュン……。ブィーン」

チェコ機銃弾、小銃弾が頭上を掃くように飛び交う。いよいよ始まった。このところ偏口陣地とこの上官陣地は毎晩時刻を定めて撃たれている。北方遠くでも偏口陣地が撃たれている音がする。敵はいつも南北相呼応して弾を浴びせてくるのだ。そのうちに偏口陣地の方では軽迫弾が落ち出した。

「ダーン、ダーン、ダーン、ザザーッ」と三秒間隔ぐらいで撃たれているらしい。蓬田伍長以下、あの弾雨の下でどうしているだろう。

「ズシーンバラバラバラ……」

「迫がきたぞーっ」

　歩哨が叫んでいる。いよいよここも軽迫で狙われだした。皆を横穴の中に入れる。音の調子を聞いていると、偏口三発に対して上官一発くらいの割合で続々と撃ち込まれている。

　自分は迫撃砲榴弾を浴びるのは初めてである。今は壕の中にいるから良いが、地上に暴露していて狙われるのは決して良い気持ちのものではあるまい。この上官には一二、三発落下したから偏口は三〇発以上撃ち込まれたに違いない。さいわい、ここは陣地内に一、二発しか落ちなかった。途中で自分もハッと気がついたのだが、いつの間にか迫の音なんか気にかけなくなってしまっていた。何しろここは文字通り最前線なのだから。

　チェコ機銃は相変わらず「シュンシュンシュン、パキパキパキパキーン」と鳴り続けている。兵はそれぞれ三つほどの穴倉の中で灯を中にしてゴロゴロ寝転びながら、煙草を喫みながら談笑している。敵には勝手に撃たせておいて、こちらは休憩中なのである。陽気なものだ。そのうちに今夜予定の弾数を撃ち尽したのか銃声が止んだ。迫撃砲も沈黙した。

　自分たちは陣地を出て工事現場へ行く。真っ暗な星明りの中にムクムクと多数の人影が動いている。手に手に鋤や鍬を持った苦力の群れである。兵が着剣した銃を握って周囲を警戒している。さっきの敵の銃砲撃で苦力の大半と伊東隊長の乗馬が原店の方へ逃げてしまったそうだ。もう夜もだいぶ更けている。工事を急ぐ。

　苦力を経始に沿って配置し、数歩間隔に並べて掘らせる。四月とはいえ夜になるとゾクゾクするほど寒い。日没頃から動き通しで汗ダクになっているので、冷えてくるとガタガタ震えが止まらない。それにまた耐え切れない睡魔が襲ってくる。立っているうちに畑の土の上にガクッと膝をつきそうになって、ハッと気がつく。

空には満天の星がキラキラ輝いている。こんな美しい星を見たことがない。銃声が絶えると、さっきまでの大騒ぎも忘れて、ここが最前線だとはとても信じられない。何もかも忘れてふと星を見つめる。流星が青白い尾を曳いて飛ぶ。苦力の列は黒い帯がうごめくうように黙々と土を掘っている。ザクザクと土を掘る音。ガツンガツンと鍬が土を噛む音と激しい息づかいが聞こえる。ときどき兵が「快々的幹話（急いでやれ）」「説話不行（おしゃべりはするな）」という声がするだけである。また、ときどき苦力が手鼻をかんだり、小便したりする音が聞こえる。

南方は山が近くまで迫っている。席振武の土匪を警戒しなければならない。警戒兵の間をひと回りして、警戒の重点は五原（ごげん）方向と指示を与える。また時々遠方で銃声がする。青や赤の信号弾がノロノロと尾を曳いては消える。静かではあるが何か人を威圧する力に満ちた最前線の雰囲気に浸りながら、自分は星空を眺めて立ち尽していたのであった。

数夜にわたる夜間作業により、交通壕は完成した。長さは約一〇〇〇メートルもあるし、元来が水やその他の物資を運ぶための壕だから、電光形に屈曲させることは最初から考えなかった。深さは両側の堆土も加えると頭が隠れるくらいである。交通壕は何の地形地物もない麦畑の中を真一文字に走っているので、夜間はかえって敵の待ち伏せ攻撃を被ったり、あるいは地雷や手榴弾を設置されるおそれがあるので、これを利用することはかえって危険なように思えた。

しかし物資運搬に使用する苦力には、これでも相当の安心感を与えることになったらしい。少なくとも昼間の行動にはこれを用いた方が安全であった。上官陣地の側からいうと、夜間、この壕を敵に逆用され、遮蔽しながら背後から攻撃されるおそれがあった。どうも結果においてそれほど成功したとは言い難いが、倦（う）みやすい前線の生活に精気を与え、中隊内の団結をはかるということのためには良かったかも知れない。同様にして後に大営陣地の近くから偏口陣地に至る交通壕も掘った。

18　大隊の威力偵察

ある日、朝岡部隊長以下、大隊本部首脳の中隊陣地視察があった。中隊全員、軍装して入口に整列し、部隊長以下を迎えた。状況報告、陣地視察のあと、将校事務室で会食があり自分も出た。部隊長、陸軍大尉朝岡正夫、大隊作戦係主任、教育係、陸軍中尉江連貞夫。この二人には初めてゆっくりと会った。羽田副官も来た。江連中尉に補充兵教育の方針などを尋ねてみたのに、はっきりしたことはなにも答えてくれなかった。目下のところ作戦主任としての役目で頭が一杯なのだろう。

九一四高地、左山の陣地視察には自分も随行した。かなり広い区域に散在する独立陣地を担当しているので、とても中隊の兵力だけでは不足で、第三中隊からは南条軍曹以下、一個分隊が増援されていた。九一四高地は山頂に造った相当広い、何の変哲もないまとまりの悪い陣地であった。小兵力で守るには難しい所だと思う。左山は、そこから更に高く上った、まったくの山頂にある猫の額大の陣地である。陣地がある頂上に繋がる尾根を切り取った遮断壕もあり、その方向からしか近づきようがないので、そこの板橋を上げてしまえばちょっと難攻不落だ。

この山は原店との比高が約四〇〇メートルあるので、正に眺望絶佳である。眼下の各集落はそれこそ地図を見るように指摘される。黄河が悠々と流れ、遙か西方でグッと北の方に曲る辺りまで望まれる。実に雄大な眺めであった。それに下界では暑くて汗をかいている時でも、ここでは風の吹きさらしで涼し過ぎるくらいである。風の向きによっては華陰県附近まで来ているという敵地区の汽車の汽笛が聞こえるそうだ。カサカサに乾いた名もない草の間に、貧しい黄土にしがみつくように桃色の美しい蘭の花が咲いていた。

原店より大営・偏口を望む

こんな水もない土にどうして美しい花が咲くのか、まったく神秘的な感に打たれた（復員後、植物学の本で調べてみたら、このような乾燥した高地では夜露を吸収しているらしいことがわかった）。

前面の敵情が悪化し、敵の総反攻の気運がますます濃厚になってきたため、部隊主力は橋頭堡内の敵匪掃蕩をも兼ねて、前面の敵情威力偵察を実施することになった。中隊長以下、中隊主力もこれに参加したが、自分はあとの警備のため残留を命ぜられた。中村曹長を相手に数日間つまらなく暮らした。その時も週番士官に服務していた。毎日点呼をとり、一方、教育計画の作成にもこの時に初めて相当頭を使うことができた。陣地を視察し、分哨の勤務状況を見、陣地に立って遠く上官、偏口、大営の方を見るのが日課であった。威力偵察が始まる前から中隊に野月集成中隊の四一式山砲一門と関伍長以下七名が配属された。

当時は月もなく曇天が続き、夜間は一寸先も見えぬ闇夜が多かったため、偵察の効果もあがらず、銃声も殆ど聞こえず、兵は極度に疲労して帰ってきた。

〔馬の脱走〕

威力偵察が開始される晩、他中隊や野月隊が中隊宿舎内にあふれ、挽馬、駄馬〔編者註：物資運搬用の馬〕がひしめき大混雑を呈した。自分は週番士官でもあったので、続々到着する各隊の宿舎の割り当て、給与人員掌握などを大汗をかき、すっかり疲れた。

その晩、大営正面から行動を開始する各隊は続々原店を出発していった。馬繋場も急にガランとし、馬糞や藁の堆積が大混雑の跡を物語っている。ほっとひと息ついて野見山准尉の部屋で中村曹長と夕食をとっていたら、兵隊がやってきて伊東中隊長殿の馬がいなくなりましたと言う。

伊東隊長がどこで手に入れたのか、まだ二歳の美しい栗毛の仔馬を持っていた。乗るにはまだ早過ぎるので蹄鉄も打たず、馬車牽きをしていたという和村正夫という初年兵が馬当番になって手入れをしていたが、厩に入れておいてもよく馬栓棒を跳び越えて逃げ出すお転婆であったので、特にその晩は他隊の馬と紛れたり喧嘩したりしないように厳重に繋いであったはずだが、和村が衛兵に勤務中、失踪してしまったのである。

自分と中村曹長はまったく顔色を変えて狼狽した。伊東隊長は出撃して留守である。その隊長が大切にしている馬がいなくなったとしたら、とてもタダでは済まされない。それでなくとも自分は今、週番士官である。疲れて帰ってくる隊長に馬がいなくなりましたなどと大きな顔をして事故報告したら大変だ。これは鶏が一羽、首を持っていかれたなどという事件とはケタ違いの大騒ぎになる。

さあ困った。直ちに週番下士官、週番上等兵その他を督励して中隊内および附近一帯を捜索させる。自分はもう一度、厩を点検したが、馬栓棒はしっかりと嵌まり込んでいるし、今日は特に他の補強材も加えられている。どうしても裏の窓から跳び出したとしか考えようがない。まったくよく跳ねる奴である。

ところが分哨勤務者の中に、表門立哨中、機関銃隊が出発するとき、その駄馬に入り混じってよく似た馬がいたというものがあった。いよいよ中隊内にいないことが略々確実になり、あるいは他隊の馬に紛れて大営へ行ったかも知れぬと思い、さっそく大営分遣隊を電話で呼び出し、捜索方を依頼した。とにかく心配で眠れなかった。

真夜中頃、大営から電話がかかってきた。馬が見つかった。ずいぶん探した。真っ暗闇で全然手がかりがなくて困ったが、遅くなって前線から帰った機関銃隊の駄馬が集落内に集結していたので、灯をつけて苦心惨憺、やっと見つけた。明早朝、兵に届けさせると言うのである。

これでやっと愁眉をひらいた。なんとも人騒がせな馬である。自分が大営にいた時にも、一度逃げ出して隊長当番高橋上等兵が追跡し、温塘（おんとう）近くでやっと捕まえたことがあったそうである。

〔陝縣橋頭堡粛清作戦〕

19　凄惨なる河南前線

四月中旬頃、伊東中隊長は陝縣の大隊本部でおこなわれる中隊長会同に行かれることになった。その前から前面の敵情は刻々悪化の一途をたどり、上官、偏口の陣地はしばしば敵襲を受け、楽観を許さない状況であった。黄河北岸から増強された野月集成中隊のうち高橋曹長以下一個分隊、南口にある第三中隊（赤川隊）から は南条曹長以下一個分隊が伊東隊に配属され、南条曹長はすでに九一四高地にあった。四一式山砲が原店に配属されたことは前述の通りである。

情報によれば、敵は大営鎮、原店、温塘など、我が陣地線内の主要拠点を奪還すべく反攻を開始するとのことであり、前線各陣地への砲撃、夜襲などにもただならぬ状況が予想された。

原店から陝縣までは約二〇キロの距離がある。伊東隊長は自分ひとりだけに後事を托して会同に出席することには、相当の不安を持たれたらしいが、作戦のための重要会議でもあり、自分には色々詳細な指示を与えて出発された。隊長帰隊のときには、今度配属された補充兵を連れてこられるはずである。野見山准尉も

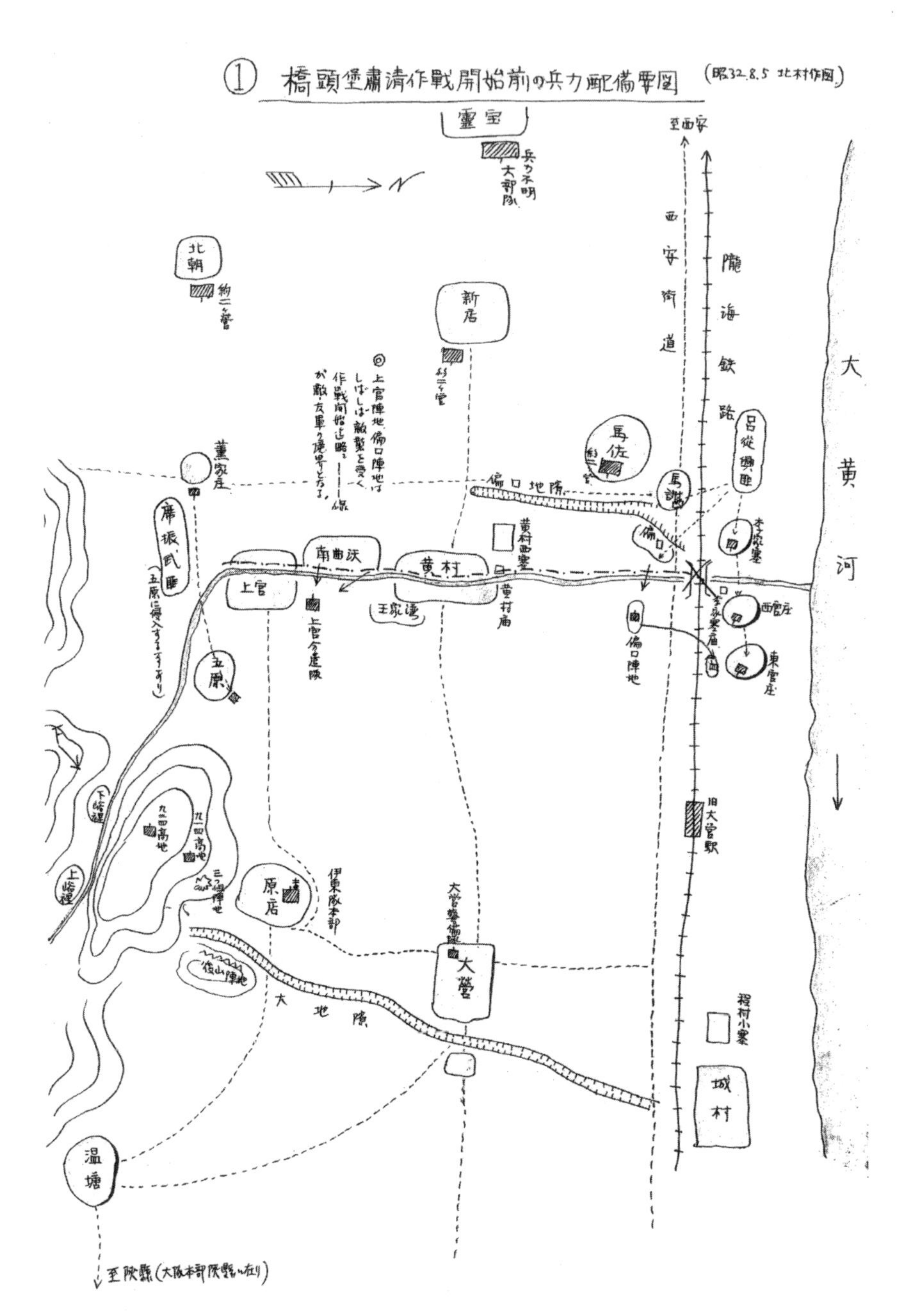

橋頭堡粛清作戦開始前の兵力配置図

運城連絡に行って不在、残るは中村曹長だけである。

不安ではあるが警戒を厳重にし、毎夜遅くまで眠らずに分哨の巡視、大営や各高地、偏口、上官各陣地とは連絡を頻繁にした。上官陣地へは自分が引率して水、薪、糧秣などを補給し敵情を聞いた。上官陣地は砲撃は受けるが、それほど憂慮すべき情況ではなかった。上官各陣地との連絡において特筆大書すべきは軍犬「那珂（なか）」の活躍である。

彼は正規の軍犬ではなかったが日本軍犬の血を受けており、シェパードと支那犬の雑種であったらしい。上官陣地にいた齋藤長助上等兵と、その頃上官陣地へ移っていった佐野一等兵が気長に教育し、ついに上官・原店間の往復ができるようになり、頚（くび）に小さな鞄をつけて走っていた。

ところがのちの岔官（ふんかん）作戦直前、あまり濫用したため、ついに敵の狙撃弾に斃（たお）れ、しかも死体を敵に持ち去られ、敵新聞に「日本軍犬捕獲」と写真入りの記事を載せられるという悲惨な最期を遂げたのである。彼はよく自分と加賀伍長の手紙の往復に使用された。

時には頚の鞄に煙草のひと箱を入れて走ることもあった。彼の死は自分たち、特に上官陣地の兵隊を悲しませた。


偏口陣地は毎日、一五時頃と日没頃の二回、敵迫撃砲の乱射を被り、曝煙陣地を蔽い、大いに危ぶまれた。ついに偏口分遣隊長蓬田伍長から、大営経由で悲壮な平仮名文の手紙が来た。

「全員玉砕は覚悟しあり。一発なりとも山砲により敵を制圧されたし。特に大営駅の敵は偏口陣地と大営との連絡路を脅威するものなり……」

ところが四一式山砲の弾薬が、今のところ一三発しかない（隊長出発の少し前、二発ほど大営駅の敵に撃ち込んだ）。しかし、事ここに至ってみすみす偏口陣地を死守する兵を見殺しにすることはできぬ。ついに貴重な弾の中から二発だけ撃つことにする。これより先、山砲はトンネルから陣地へ上げてあったし重要目標に対する測距も終わり、夜間標定設備も出来上がっていた。

この日の夕方、偏口陣地は敵の野戦重砲の乱射を受け、陣地は灰色一色に塗りつぶされ、青黄色の火光は高く閃き、まったく凄惨目を覆うような情況であった。あるいは相当の犠牲者を出しているかも知れぬ。

いよいよ射撃開始。大営分遣隊を電話で呼び出し観測を命ずる。砲が目標に指向される。関伍長は優秀な下士官である。装填。カラカラスポンと閉鎖器が閉まる。息を殺す。

「撃てーっ」

「ズドーン」

真紅の火光がほとばしり砲が躍り上がる。砲身がガクーンと退がる。

「シュルシュルシュルシュル………」

弾が飛行音の尾を引いて空の彼方へ。今か今かと薄闇の中、目標を睨む。ピカッ。灰白色の爆煙が噴き上がる。

「ダーン、ザザザーッ」

腹を揺する弾着音。弾着良好。爽快この上もなし。偏口陣地でも溜飲を下げているだろう。もう一発。

「撃てーっ」

「ズドーン。シュルシュルシュル……」ピカッ、「ダーン、ザザーッ」

もっと撃ちたい。しかし弾は残り少ない。しかも製造上の誤差なのか薬筒過長、あるいは弾体と薬筒軸偏心か、装填できない弾が二発も発見された。大いに心細い。敵の陣地殺到を予想して二発だけ曳火信管零分劃射撃の準備がしてある。敵は一応、鳴りをひそめた。しかし油断はできない。各陣地に厳戒を命ずる。

九一四高地から、高地方面敵状悪化と電報が来る。手許にある高橋曹長の一個分隊を増強する。日没後、電話がけたたましく鳴る。大営からだ。

「敵の大兵力は続々黄河河岸地区を東進しつつあり。その一部は大営鎮を北および東方より包囲せんとするものの如し」

しばらくして、「伊勢曹長以下、数名出撃。土壁まで進出して応戦せるも、敵は次第に集落内に侵入しつつあり」

情報は的中した。敵はいよいよ総反攻を開始したのである。覚悟を決める時が来た。この方面(九二四、九一四、上官、原店、偏口、大営)に関する限り、今は自分が指揮官である。この状況は逐次いちいち電話口に出て話をするわけにはいかない。伊東隊長は心配しておられるに違いない。

大営はいよいよ情況が悪くなった。銃声が絶え間なくする。すぐに九一四高地に増強した高橋曹長の分隊を山から下ろして大営へ増強する。今のところ高地方面はさほど情況が悪くもない。高橋分隊は軽機一、重擲一で装備は優秀であった。

夜になった。明日は隊長が帰られる。ついに陜縣に通じる電話線が切断されたらしく、まったく感応なし。ここに中隊は完全に孤立無援の状態に陥ったのだ。兵力は、ただ一見習士官の指揮する一個中隊と若干の配属部隊である。陣地は不完全だ。果してどれだけ持ちこたえられるだろう。

その夜、徹夜で警戒。特に目立った状況変化なし。幸い、大営とは電話で連絡できた。不安な夜が明けた。伊東隊長が帰られる日である。しかしこの状況では途中で敵に阻止されてとても帰ってこられないだろうと思った。中村曹長の進言もあって、神馬軍曹以下の一個分隊を率いて温塘附近まで出迎えを兼ねて掩護に行く。出発したのは正午過ぎであった。

暑い日である。途中、電話線を点検しながら行く。電話交換所の辻上等兵に携帯電話器を背負わせている。

温塘集落の真北に当たる辺りまで来た。

「ピュン、ピュン、ピューン、パキ、パキ、パキン」

山の方から狙撃された。畑の中に散開する。山の方を見ると、いるいる。温塘の山の上から集落にかけて無数の敵が蠢いている。すでに温塘にも附近の山にも敵が入ったのだ。陜縣との連絡は今や完全に絶えた。それでもそこに散開したまま一時間ばかり待った。辻上等兵が電線に携帯電話器を繋いで陜縣と連絡を試みたが駄目であった。もっと東の方で切られているのだ。もう役に立たなくなった電柱と電線がずーっと陜縣の方へ続いている。

見れば温塘の集落から一個分隊ばかりの敵が移動してきた。豆粒のような敵は電柱に近づいていく。何をするつもりであろう。電話線はもうすでにどこかで切ってあるから、今さら切る必要はないはずだが。じっと目をこらしてみていると、電柱に近づいて固まっていた奴がまた離れた。一〇人ぐらいが一列に並んだ。体を曲げた。

「イー、アール、サーン」とかすかに掛け声が聞こえたと思ったら、電柱が二本、ユラユラと傾いて土煙をあげて倒れてしまった。殊更に我々に見せつけるためにやったことに違いない。

「こん畜生」

「パーン」と鋭い銃声と共に神馬軍曹が一発ブッ放した。敵はサッと散ってしまった。これでは駄目だ。隊長はとても帰ってこられそうもない。諦めて帰る。早く帰って次の戦闘準備を整えなければならぬ。今日も偏口陣地が迫撃砲弾を被っている。しかし今日のは音がいつもと違う。一発ごとにドシーンと、遙か離れたこの辺りまで大地が振動するようだ。噴き上がる爆煙も非常に大きい。あるいは重迫撃砲かも知れない。

大営の集落が住民の姿もまったく見えず横たわっている。敵はうんと侵入しているらしく集落東南角にも歩哨が立っているのが見える。

「シュシュシュシュシュシュシュシュ」

天空を截（き）るすばらしく大きな飛行音。

「伏せっ」

皆パッと道路の両側に分かれて伏せる。ムクムクムクムクッと大営集落後方にものすごい爆焔が噴き上がった。

「ズシーン、バラバラバラ」重迫だ。確かに重迫だ。敵はとうとう大営に砲撃を開始した。遠からず原店も狙われるであろう。急いで帰る。また一発、大営近傍に落ちた。

20　中隊主力出撃

中隊へ帰ってきたら、見慣れないヨボヨボの兵隊が裏門の方から入ってくる。兵隊が駈けてきて中隊長が帰ってこられたという。そんなことがあるものか、我々は今まで陝縣へ行く街道上で行動していたのである。行き違いになるはずがない。急いで隊長室へ走っていってみたら、なるほど本当だ。伊東隊長は今帰ったばかりらしく、長靴を脱いで革脚絆をつけている最中である。

「隊長殿っ」

「おう、北村。中隊全員に今すぐ非常呼集をかけろ。グズグズしちゃ駄目だ。すぐ大営救援に行く、早く準備しろ」

「ハイッ」

自分は大急ぎで週番下士官を呼び、非常呼集をかけさせる。さあ、いよいよ出撃だ。小銃弾各人一二〇発、軽機三〇〇発、重擲榴弾各筒一二発。携帯口糧乙一日分（乾パン三袋）隊長が帰ってこられたのでホッとして肩が軽くなった。だが今はそんなのんきなことを考えていられる情況ではない。兵は軽装で続々広場に集合する。担ぎ出された弾薬箱がひっくり返され、天幕の上に金色の小銃実包があふれ出し、乾パンの袋が飛び交い、たちまち出撃準備を完了。隊長当番高橋上等兵が、伊東隊長から自分へと一四年式拳銃を持ってきてくれた。結局これは後に自分のものになっ

出撃準備

てしまったが、今まで日本刀一振りと九五式手榴弾一発きりで、まことに心細かったのだが、これで自分も相当の戦闘力を持ち、心強くなった。

兵を整列させ、出撃準備完了を隊長に報告。広場に整列した兵の顔は青白く緊張している。帽たれが風にヒラヒラ動く。

兵隊整列

「軽機、この方向。弾を込めっ」

伊東隊長がギラリと資真（すけさだ）の名刀を抜いた。

「中隊は今から直ちに大営の救援に向かう。情況はお前たちの見た通りだ。しかし、少ないけれども中隊全員団結を鞏固（きょうこ）にし、一丸となって敵に当たれば何も恐れることはない。出発したら直ちに大営まで駈歩。どんなことがあってもついてこい。出発」

「目標、大営陣地、駈歩っ、進めっ」

四列縦隊で走り出した。一路大営へ。

大営陣地の近くまで来た。まだ無事らしい。陣地から「オーイ」と誰かが呼んでいる。ところが陣地後方集落内から凄まじい銃声が沸き起こった。

「パキーン、パキパキ、パキーン、キューン……」と我々の隊列に猛烈な射弾が集中し始めた。陣地は東と北の二方向から包囲されているらしい。それが陣地と激しく撃ち合っている。隊長はすぐに北門に進出してこれを占領することにし、陣地の前を通過して北門に廻り込もうとした。ところが陣前遮断壕の外側には屋根型鉄条網と、威力のある円盤地雷が敷設してある。我々がこれに引っかかっては困る。

「地雷があるぞ、気をつけろーっ」と叫びながらそこを駈け抜けようとしたとき、前後左右に軽迫弾が炸裂し始めた(大営駅かららしい)。

「ドカーン、ドカーン、ザーッ」と、土と熱い鉄片をたたきつける。自分は何が何だかわからなくなってしまった。そこへ北門からチェコ機銃が「パキパキパキ、シューン」。目がくらむようなキラキラした、埃だらけの空と黄土の中をまったく機械的に脚がドンドン駈けていく(この辺りの記憶は、閃光のように何もかもが明るかったとしか言いようがない)。

大営の戦闘

足下に近く、黄色の土煙が一列になって噴き上がるのがチラッと見えた（チェコの弾着だと思う）。北門はすでに敵が占領していたのである。

遮断壕に飛び込む。ムッ、臭い。腐肉の臭いがする。ふと横を見たら犬の死骸だ。自分の大営陣地にいたとき、時々遊びに来ていた白黒まだらの貧相なムク犬が銃弾でも受けたのか、烈日にやかれながら四つ脚を空に突き上げて死んでいた。胸がムカムカして一瞬嘔吐しそうになった。

空は弾の飛行音に満ちている。土壁のすぐ裏で軽迫弾が炸裂して、灰のような黄土で目も口も開けていられない。ふと気がつくと、どこで裂けたのか、軍袴のひざがビリビリと破れて大きな口を開けている。何から何まで癪にさわる。

遮断壕から這い上がり、土壁の下の穴から一度陣地内に入り、また集落内に抜ける。広い街路に出て北門の方に向かう。敵は少し退却したらしく撃ってこなくなったが、どこから狙撃されるやも知れない。

そこへ前方から便衣を着た兵が駈け戻ってくる。その顔を見てびっくりした。村岡だった。すっかり形相が変わってしまって、よく見なければ彼だとはわかるはずがない。

便衣は黄土にまみれ、日は吊り上り、目も鼻も口の中まで黄土を喰い、顔は黒くガスに焼けて、しかも鼻血をしたたらせている。凄まじいと言うほかはない。ひどく興奮している。

「隊長殿、伊勢曹長がやられた。敵は北門に退った。擲弾筒を撃たせてください」

伊勢曹長がやられた。戦死か、負傷か。

「畜生、ここまで来たら、そこの窓からチェコの銃身がベロベロ出て目の前から撃たれた。避けることもできません。伊勢曹長戦死、重傷五名。今帰ってきます」

メラメラと陽炎(かげろう)が立ち上がる中に、ギラギラに乾燥し切った黄土の上に鮮血がしたたり、小さく溜まっている。そこへ戦死者と負傷者が戦友に背負われて退ってきた。伊勢曹長は戦死。佐藤喜一、遠藤正男、菅(すが)、佐藤重傷。鈴木茂次郎軽傷。

「鈴木、しっかりしろ」

彼は顔面蒼白、唇と右手から血を滴らせ、血と黄土にまみれた青い便衣を着てチェコ機銃を抱いていた(伊東隊長隊員名簿によれば、伊勢曹長戦死は昭和二〇年四月一九日)。

「村岡、擲弾筒を撃て」

伊東隊長の命令である。村岡は中隊の筒手から擲弾筒をひったくると、分捕った中国兵の背嚢の上に止鈑をドッカリと据えた。コロコロンと榴弾が腔中に落ちる。村岡はギラギラと光る目で照準している。

「シュパーン」

黒い榴弾がシューッと紺碧の空を截って伸びていく。落角に入って見えなくなる。

「ダーン、ザザーッ」

腹にこたえるような弾着音。もう一発、もう一発。榴弾の効果は絶大。敵はピタリと鳴りをひそめた。中

壮なる哉や擲弾筒

戦友に担がれた負傷者

隊主力は大営陣地に入った。

21 籠城戦

全般の状況は自分が大営にいた時、懸念した通りになってしまっていた。敵は防禦力薄弱な陣地の北側および東側、民家の密集したところを利用して陣地に近接し、この方面からの包囲を完成したのである。すでに大営から陝縣までの最短路は敵のために遮断されている。原店から陝縣までの間も遮断されている。今では大営と原店の間も決して安全とはいえない。大営、原店間の電話はまだ通じているが、いつ切断されるかも知れない。

ここに中隊は大営陣地に入ったまま出られなくなってしまった。土壁から一歩出れば、すかさず近距離から狙撃される。井戸が陣地内の広場に、内廓陣地から離れたところにあるので、水汲みに行くには敵の狙撃弾を冒して走ることになり、非常に危険であった。また陣地上には絶えず一定の兵力をあげて、敵情監視と制圧に備えなければならない。

戦死した伊勢曹長の遺骸は、元の自分の部屋に安置してあった。便衣を着て眠るように死んでいた。一発で心臓を射抜かれたのである。部屋には自分がかなり書いてから申し送った情報記録があったが、彼もその後、だいぶ書き込んでいた。竹に蛇のぬけがらを被せたステッキがあった。伊勢曹長が作ったものだそうである。

他の負傷者は兵室のひとつに収容されていた。佐々木衛生兵は忙しい。五名のうち四名までが重傷である。田名部衛生兵は初年兵で、このような凄まじい負傷者に接するのは無論初めてであり、かなりの衝撃を受けたらしく、オロオロして佐々木から散々、気合を入れられていた。

遠藤正男はまことに可哀想であった。この前、下士官候補者として原店へ帰っていれば、こんなことにはならなかった。何も処置を講じないうちにこんなことになってしまったのだ。原店で野見山准尉に話しておいたのに、大腿部に大きな穴が開き、骨折しているらしい。じっと辛抱しているようだったが、さすがに涙を流していた。

ここで自分たちは、昨夕以来の戦況を聞くことができた。敵の大兵力が黄河河岸を東進し、陝縣、温塘方面に進出を図り、大営駅にも多数の敵が侵入したので、折から偏口陣地から大営へ連絡に来ていた無線手の菅一等兵他一名は帰ることができなくなってしまった。

偏口の六号無線機（最も小型の携帯用無線機）は、連日迫撃砲弾を浴びて真空管が駄目になったのである。伊勢曹長は薄暮を利用して偏口陣地と連絡しようと試みたが、大営駅の敵に阻止されてやむなく帰還した。

その後、敵は大営集落内へ侵入しようとするので、伊勢曹長は村岡ら二、三名で集落外周を走り回って小銃で制圧したが衆寡敵せず、敵は続々大営に侵入した。中隊から高橋曹長の分隊を増強するために大営へ行かせたのは、すでにこのような状況になってからであって、少しく時機を失したのであった。

夜になると敵は陣地後方すぐ傍の民家にまで侵入して終夜、土壁に孔をあけて、銃眼や掩体を作る音がゴツンゴツンとしていたそうである。その夜は大営陣地でも徹夜で警戒した。

今日、自分たち一個分隊が温塘附近まで出ている間に、伊東隊長の一隊は山伝いに裏から原店に帰った。そしてすぐに中隊からは「隊長帰隊。直ちに救援に赴く。中隊主力が到着するまで出撃するな」と電話で指示があったのだが、血の気の多い伊勢曹長は中隊主力が駈歩で来るとみると、分遣隊の主力を連れて出撃してしまったのであった。

彼はやはり北門を占領しようとした。しかし敵は思いがけなく目の前に来ていたのであった。そして、すでに道路上を狙撃する銃眼を作って待ち伏せていたのである。彼らはまず、十字路でボンヤリ立っている敵歩哨にぶつかった。村岡兵長は間髪をいれずに撃ち倒した。十字路に来た彼らは、いきなり目の前の家の窓から首を出したチェコ機銃に撃たれた。避ける暇もなく、佐藤喜一が腕をやられ、骨折して腕がダラリとぶら下がった。そして手に持っていた装弾器〔編者註：軽機関銃の箱弾倉に弾薬を込める機具〕を落してしまった。手榴弾が飛んでくる。彼らは勇敢に攻撃前進するうちに、道路にまたがるレンガの門のそでに、地上スレスレにあいた孔からキラキラ光るチェコの銃身が見えたと思う間もなく、急霰（きゅうさん）のような弾を浴びてしまったのである。

伊勢曹長は殆ど即死。遠藤正男重傷。鈴木茂次郎は自分が構えていたチェコ機銃に命中して砕け散った弾片で顔面と手に傷を受けたが、幸運にもチェコが身代りになって助かったのだった。堆土にピッタリついた彼らの上へ、今度は手榴弾が降ってきた。これで佐藤と菅が脚に重傷を受けてしまった。

終始先頭にあって奮戦したのは村岡と平田である。彼らの奮戦激闘はまことにめざましいものであったが、二人とも奇跡的に無事であった。村岡は真っ先にその門脚の死角に取り付き、直接射弾を受けることはなかったが、あまりにも目の前、手が届きそうなところへ近づき過ぎたため、顔のすぐ前に敵チェコの銃身がベロベロ（村岡兵長の表現によれば）と出て射撃し続けたという。

村岡の顔がガスに焼けていたのは彼自身の射撃によるのではなく、目の前に火を吹く敵の銃火に焼かれたのであった。彼は小銃をその銃眼へ突っ込むようにして遮二無三に撃ち込んで敵を壊走させたのであった。初年兵も初陣ながらよく働いたという。

大営に籠城した中隊は、何とかして大隊の主力が出撃してくるまで陣地を持ちこたえねばならなかった。ちょうど糧秣も補給しなければならぬ時期に来ていたし、元来、一個分隊程度の兵力でいたところへ、中隊主力が合同したのである。兵器弾薬はできるだけ節用しなければならない。人員の損害は無論これ以上出したくない。苦しい戦闘である。それにまた何という暑さだ。烈日は真っ向から遠慮会釈なく照りつける大営陣地内には殆ど樹がない。干乾びた棗(なつめ)の木が一本あるだけである。

自分たちは交代で陣地に上り、敵情監視と制圧につとめた。少しでも頭を出すとキュンと弾がくる。こちらからも敵を見つけ次第狙撃させる。熱風は肌を灼く。水が飲みたい。しかし、水は危険を冒して外に汲みに行かねばならぬ。土壁の銃眼にぴったりくっついて敵の動きを見ていると、頭の上をキューン、キューンと弾が飛ぶ。目の前の土壁にブツリと命中する。こちらからは敵の姿はあまり見えない。崩れかかった家のすき間などから、ちょっと銃口を出して我々を狙うのである。

「シュルシュルシュルシュル……」

軽迫弾の飛行音が近づいてくる。

「迫だ、迫だ。外に出るな、隠れろーっ」

みな土壁の陰や掩蓋の中へ飛び込む。

「ダーン、ザザーッ」

陣地外に落ちる。ホッと胸をさする。しかし、迫の弾は気まぐれものである。殆ど垂直に近い急角度で落下してくるので、譬(たと)ひ土壁の陰にくっついても、掩体に隠れても、弾着点の僅かの狂いでどこに落ちてくるかわからず、今隠れている場所が安全であるという保障は何もない。誰だって運命というものに左右される。

静かにしていると迫の発射音は明瞭に聞こえる。

「プスン」とビール壜の中へ小石を抛り込んだような鼻づまりの音がすると、間もなく「シュルシュルシュル……」と、空を截る音がする。この飛行音があまり小さくならないうちに、ドカーンと炸裂してしまえば安全だが、その音がますます近く、大きく頭の上に迫ってくると、これはよほど危険である。思わず体を固くして頭を抱え込み、小さくなっていると、

「ガーン、ブルブルブル」

目の前が真っ暗になり、大地が躍り、熱い爆風がサッと顔を吹き過ぎ、破片や土塊がバラバラと降ってくる。

もう駄目だ、駄目だと思うが案外当たらないものだ。それでも陣地内に三発ばかり落下し、入浴場の前、衛兵所の前、隊長室の前などに弾着があった。隊長室の前に来たのは屋根の狭い隙間から飛び込んで、炊事場の壁に命中炸裂したので、伊勢曹長の遺骸が安置してある隊長室の窓の障子や扉などは木っ端微塵に吹き飛ばされてしまった。

伊東隊長は自分に眼鏡を渡して、これで敵情を監視してこいと言う。望楼は今や敵の狙撃の第一目標になっていて、ここへ射弾が集中する。大営集落の屋根の上ならどこからでも丸見えなのである。特に治安維持会や建国軍事務所の屋根にあるトーチカは、まるで自分たちを狙うために造ったかのように、こちらを向いた銃眼を持っている。自分がここにいた時は、こんなトーチカはなかったと思う。あるいは蔡勤一派がいざという時、我々に抵抗するつもりで造ったのかも知れない。

陣地の望楼は軍艦の司令塔のようなもので、土煉瓦とセメントでできている。展視孔から眼鏡で四囲を観察する。偏口陣地は死んだように横たわっている。全滅したのではないだろうか。敵の軽迫陣地は大営駅にあるらしい。堆土のうえに観測所らしいものが見えるが、あまり遠くてここからは制圧できないのが残念である。原店の山砲も弾薬少なく、まだまだ今後の情況を見越して過早の発射は控えるべきだ。それに原店に山砲があることはできるだけ秘匿しなければならない。

敵はまだ大兵力で黄河河岸を東進している。蟻のような隊列が延々長蛇のごとく移動している。我々は今や後方深くまで敵に廻り込まれてしまったのだ。これだけ大兵力の敵に対しては、大隊の主力だけではとても突破してこられそうにもない。敵は絶えず弾を撃ち込んでくる。

「キューン、パキーン、パーン、パーン」

まるで帯革でビンタを喰らわせるような、鋭く耳が

痛くなるような音である。よほど近くから撃っているのに違いない。

平田勝正上等兵は狙撃兵である。いつも望楼に上って敵を睨んでいる。自分が眼鏡で観測して「平田、あれを撃ってみろ」と言うと「ハイ」と言うが早いか、ガッチリと床尾を肩にあて、ジーッと狙いながら引鉄（ひきがね）を圧する「パーン」。鋭い銃声一発。こちらも耳がガーンとし、銃口が跳ね上がる。眼鏡の明るい視野の中、のんびりと歩いている中国兵の足下にパッと土煙が吹き上がる。惜しい。奴は大いにびっくりしてパタリと伏せる。

平田は優秀な狙撃手であった。一〇〇〇メートルくらいのところにいる目標を撃たせても、殆どスレスレのところに弾を送るのであった。

陣地から北へ、西北角に向かって民家の屋根よりもずっと高く土壁が続き、西北角から東に向きを変えて低くなり、そこに北門がある。望楼からはその土壁の向こう側で掩体を掘っているらしい敵の頭が丸見えである。彼らは遊撃隊を務める土匪らしく、皆が白の便衣を着て大きな麦わら帽を被っていた。

一番、気味の悪いのは敵のチェコ機銃である。自分たちも鹵獲（ろかく）品のチェコ機銃を使っているが、何といっても我々の射手は、一一年式軽機で教育されたものが多い。一一年式とチェコ機銃では送弾機構が根本的に異なる。どうしても勝手が違う。そして、やはり鹵獲品では新品のようなわけにはいかないし、おそらく故障銃の部品を寄せ集めて組み立てのが多いだろうから、円滑に運動してくれないのである。

一発必中

残念ながら敵のチェコ機銃は友軍のとは比べものにならぬほど発射速度も大きく、馬鹿にならないのである。また、中国兵の射撃は上手いとよくいわれる。何しろこちらの方は軽機にしろ重擲にしろ小銃にしろ、正規の射撃教育は初年兵時代の僅々五ヵ月である。あとは各人の精進と戦闘の経験に俟（ま）つより仕方がない。

内地部隊ならともかく、現地の、しかも自分たちのような装備の貧弱な部隊では古年次兵の射撃教育をやるような時間の余裕もなく、射撃教育用の弾薬もない。中国兵は元来、傭兵である。これで飯を食っている。そして人数がすごく多い関係上、分業が極度に発達している。銃を撃つ奴は撃つばかり、銃を担ぐ奴は担ぐばかりである。我々にも射手、弾薬手の別はあるが実際には射手の負担は相当重いものである。また中国軍では日本軍のように各人の支給兵器が頻繁に交換されることが少ない。それはまったく自分の銃のようなもので、七年間も同じ銃の射手をしているものさえあるという。だから彼らの射手は下士官が多い。日本軍では比較的若い兵にやらせている。ほかにも色々理由があると思う。

近距離からチェコに撃たれる音は、まるで清涼なヒグラシ蝉の声を聞くようである。青空に高く反響してキリン、キリン、キリン、キリンと金属的な音が響き渡る。特に彼らの単発射撃は大いに気味が悪かった。少し頭を出すと「パキーン」と来る。しばらくして、もうよいだろうとまた出すと、すかさず「パーン」と来る。次第にその間隔が短くなって「パン。……パン。パン、パン、パン」と突き刺すように撃ち込んでくる。同じ場所から二度頭を出すことは、絶対してはいけない。一度頭を出せば、敵は引鉄に指をかけて同じ場所を狙って待ち伏せているので、再びそこへ頭を出せば、みすみす敵の標的になるようなものである。

伊東隊長の話によれば、大隊主力は遠からず出撃して救援に来るということであった。毎日、毎日、敵とポンポン射撃を交換して持久戦になった。食料は極度に切り詰め二食主義になった。偏口、上官両陣地との連絡もつかず、原店との連絡も思わしくなかった。原店との電話線が切断され、野見山准尉以下、一個小隊が出て夜間修理したこともあった。出張していた野見山准尉は隊長と共に帰ってきた。また、自分が出撃直前、原店で見かけた老朽兵が、例の自分が教育することになっている補充兵なのであった。

電話での報告によると、今は山田軍曹と平山、工藤が暇を見つけて基本教育をやっているほかに、原店で雑役をやらせているという。自分以下、一個小隊が編成され、白昼、陣地外に出て集落外側から集落内の敵情偵察を命ぜられたが、陣地を出て集落西南角からあまり離れていない麦畑へ出たところで、東南角のチェコ機銃に散々射弾を浴びせられ、申しわけないことながら地隙に入ったきり動きが取れなくなって、ついに目的を果たさず帰ってきたこともあった。

籠城してから何日経過したか。毎日毎日、雲ひとつない意地の悪い天気である。大隊本部との連絡は取れぬし、大隊主力もまだ出撃してくる様子がない。上官陣地は無事らしい。偏口陣地はどう考えても絶望である。これで何日間か水一滴、野菜ひと束も補給してやっていないのである。毎日苦しい防禦戦だ。陣地上には常に狙撃手を配置して敵を見つけ次第制圧し、敵も絶え間なく撃ってきた。

22 救援部隊到着

何日たったのか知らぬ。ついに救援部隊が到着した。その日の朝から温塘方面および南方山地に相当な激戦を思わせる銃砲声が轟々戛々（かつかつ）と絶え間がない。いよいよ部隊主力の出撃と思われる。望楼に上り、温塘の方を見ると敵がかなり動揺して、どんどん黄河河岸地区に潰走していくのが望まれる。さあ、もう苦しい籠城戦もおしまいだ。

ふっと気がつくと、集落東南角の敵チェコが猛烈に撃ち出したが、その銃声からして、こちらに向かって撃っているのではない。正しく大営に向かって進撃してくる友軍を狙っているのだ。

あっ、友軍だ。温塘附近から豆粒のように見える兵隊が散開して、麦畑の中を走ってくる。眼鏡で見ると、大きな背嚢を背負い偽装している。温塘の辺りでは相当激戦が展開されているようだ。かなりの犠牲者も出ているかも知れない。遠方にばかり気を取られていたら突然、陣地のすぐ傍に友軍歩兵が現れた。

「オーイ」「オーイ」と互いに呼び合う。ついに続々と到着した友軍は大営集落内に入ってきた。陣地へはさっそく若い軍医さんが来た。しかし集落内の敵はなかなか頑強である。望楼から見ていると、まだ治安維持会のトーチカや北門や、附近の土壁の間には敵の麦藁帽がチラチラ動き、「パキーン、ピシーン」と至近弾を送ってくる。まだ油断はできない。見たところ部隊の主力は温塘、原店に進出し、大営に来たのは、そのうちのごく一部であった。

増援部隊は、大隊主力だけではなかった。黄河北岸から二七大隊、二五大隊、それに優勢な砲兵の附随した有力な大部隊だったのである。まだ温塘附近に敵がかなりいて、激しい戦闘が継続している最中、その中を二頭の馬が原店に向かって疾駆していく。大きな日本馬で先頭の馬は将校らしい。たちまち附近の敵から道路上を全速で駆けるこの二騎に敵弾が集中し、眼鏡を持つ手に汗を握る思いだったが、馬上の二人は背を曲げて馬を励まし、ついに原店集落内に入ったらしく姿は消えた。遠くの大営まで銃声と共に馬蹄の音が響き渡るほどで、実に勇壮というか悲壮といおうか見事な突破だった。おそらく温塘に進出した支隊本部から、原店の中隊への命令伝達者でもあったのであろう。

そのうちに支隊命令、大隊命令などが伝達される。いよいよ橋頭堡粛清作戦の幕が切って落されるのである。状況は一変し、敵は追いまくられることになった。

眼鏡で見ていると、温塘後方山地の隘路口から野砲が一門ずつ姿を現し、それが見る見るうちに散開し、山麓の段々畑にズラリと放列を敷いた。たちまち大きな偽装網が被せられる。ところが支隊命令の中に、友軍陣地標示のため、大営陣地には白布を掲ぐべしとある。友軍砲兵が集落内を砲撃するので陣地を避けるための心遣いであることはよくわかるが、白旗とはまったく縁起でもない。頗る面白くなかったが仕方がない。丸太の先に敷布を結びつけて陣地上に立てた。

やっぱり白旗なんか掲げるべきではなかった。敵はたちまちこれを目標にして滅茶苦茶に撃ち込んできたのだった。おそらく降伏旗と思い込んだのに違いない。それだけならまだ良かった。大営駅にいたらしい軽迫が照準も見事に、すばらしく正確な射弾を送ってきたのである。

「ブスン……。シュル、シュル、シュル、シュル、ダーン、ザザーッ」と初弾から陣地内に落下、土砂を巻き上げて炸裂する。

「皆、中に入れーっ」

皆、横穴や掩蓋の中に退避したが、相ついで三弾が陣地内に命中。伴上等兵、佐藤上等兵、佐藤徳次郎二等兵、水上八十五郎二等兵がそれぞれ負傷した。更にこの白旗目標の乱射乱撃の犠牲者に戸島喜代治兵長がある。これはまるで自分の身代りになったようで、まことに気の毒であった。

自分は眼鏡で敵情監視していたのだが、連日の暑気と睡眠不足のため脳貧血のようになり、眼鏡を誰かに渡して(戸島兵長にではなかったと思う)ちょっと下に降りて休んだ。そして何分もたたぬうちに、陣地の上から「戸島兵長がやられたー」という声がした。間もなく苦痛のため顔面蒼白となり、冷汗をしたたらせている戸島が担ぎ下ろされてきた。傷は右腹部から肝臓に入った盲貫銃創である。重態だ。

自分がしばらくして陣地に上り、戸島が弾を受けた場所へ来てみたら、それはさっきまで、ほんの数分前、自分が立っていた望楼の入口の所だったのである。弾は望楼のセメントと煉瓦を貫通して彼に命中したため盲貫銃創になってしまったのだ。連日、敵弾を受けて望楼壁がボロボロになり耐弾力が低下していたのも原因であろう。自分はまったく冷や汗が流れる思いであった。そこには白糸で「トズマ」と註記が入った黒の支那靴がまだ転がっていた（戸島兵長は後送される途中、温塘附近で息をひきとったそうである。戸島兵長戦死は伊東隊長の隊員名簿によると、二〇年四月二〇日となっている。しかし実際はもっと後であると思う。伊勢曹長戦死が四月一九日とすれば、かなり長期にわたる籠城の最終日が戸島兵長戦死の日だから、計算が合わないのである）。

大営と砲兵の放列観測所との間に電話線が敷設された。やがて砲撃開始の通報が入る。敵の迫を警戒しながら、皆陣地に上って見物する。キラッ、キラッと放列から赤い閃光が見える。

「ヒューッ、グワーン」

どこだ、どこだとあちこち見回したら集落の東端の方に爆煙がパッと噴き上がるのが見えた。自分たちは放列よりもむしろ弾着点のすぐ近くにいるので、発射音は非常におくれて聞こえる。最初は試射らしく一発一発撃っていたが、しばらくしたらピカピカと全放列一斉に火を吹き出した。その炸裂音は轟々と天地に反響し、集落内各所に青灰色の爆煙がパッと噴き上がる。ざまを見ろ。敵は大人しくなった。

「ズドーン」

まったく別の方で砲声がする。

「ヒュル、ヒュル、ヒュル……」

敵の迫撃砲かなと一瞬ビクリとしたが、大営駅の中に「ダーン、ザーッ」と煙が噴き上がった。原店にある山砲が砲撃を開始したのである。もう今度こそは大営駅の敵軽迫も逃げ出したであろう。温塘の野砲陣地は大営集落内の砲撃を終えると、城村、程村、小塞らと順次射程延伸して猛撃を加える。敵は城村からどんどん黄河河岸の方へ退却していく。

ところで、これだけ敵を叩いたのだから、なぜこの混乱に乗じて我々歩兵に追撃戦闘をやらせなかったのだろう。我々は多少の損害を被ったけれど、まだまだ敵を追撃する余力はある。しかし作戦はむしろこれからだ。

原店から糧秣がドッサリ届いた。これを運搬してきたのが例の静岡の補充兵である。まったく軍人らしくなく、地方人に軍服を着せただけの連中だ。言語・動作すべてそうである。何れは自分が教育することになるのだから、彼らと少し話してみたが、頭が禿げていたり、チョビ髭を生やした奴がいるし、いきなり「見習士官殿、ご苦労様です」などとゴマをする奴もいる。何という感じの悪い連中なんだ。入隊以来、中部地方以西の人間には会ったことはないが、これなら西日本には生まれたくないものだと思った。

その日の日没後、負傷者が全部後方に退ることになった。動けないものは支那人苦力に担わせる急造担架で、歩けるものは歩いていった。鈴木茂次郎兵長はすぐ帰ってきそうである。遠藤正男は可哀想であった。「遠藤、早く癒って帰ってこいよ」と言ったら、か細い声で返事していた。しかし、この状態ではとても帰ってこられないであろう。

伊東隊長は一人一人の担架の上へかがみ込んで「ご苦労だったな。早く元気になってまた帰ってきてくれ」と言っておられた。自分にもまだよくわからないが、うっかりするとこれが永遠の別れになるかも知れぬだけに、伊東中隊長の心中は如何ばかりであったろう。いかなる状況によるにせよ、人員の損害は結局、中隊長の責任ということになるのだ。いや、それだけではない。軍人としてでなくとも、他人の子弟を、あるいは夫の生命を託された中隊長は無限の責任を負っているのである(自分にはこの頃、まだそこまで考えるだけの頭はなかった。中隊長と別れてからずっとあとで、その苦しい立場を理解することができたように思う。しかし、実際には自分が考える以上に重い責任だと思う)。後に聞くところでは、戸島兵長は温塘附近を通過中、ついに息を引き取ったそうである。彼らのうち再び中隊に帰ってきたのは鈴木兵長と伴上等兵だけであった。

23 偏口陣地との連絡

その夜、かねてよりの懸案であった偏口陣地との連絡が決行された。砲兵の制圧で各集落に侵入していた敵は、どんどん黄河河岸地区に潰走し、更に西方、橋頭堡外に退却しているが、依然として便衣の土匪は潜入しているし、最前線陣地である偏口は前方集落から散々猛射を浴びている。彼らはまだ無事で勇戦奮闘しているらしい。しかし、かなりの損害を受けているに違いない。今のところ偏口陣地への迫撃砲の乱射は休止しているようだが、このところ毎夜、激しい銃声、手榴弾音、それに喊声まで闇を通して聞こえるのだ。大営の包囲が解けた以上、一刻も早く偏口陣地との連絡を再開確保し、人員、弾薬、水、薪、糧秣を補給しなければならない。

連絡はかなりの敵の阻止を覚悟しなければならないので、二個班編成とし、自分と宇都宮曹長が各班の指揮にあたることになった。兵には補給する弾薬、糧秣、野菜のほかに各人水筒二本、一升壜一本の水を持たせ、更に薪用の丸太を一本担がせた。これではちょっと動きが取れない装備だ。もちろん各人の小銃、弾薬を携行した上に、以上の物資を担がせたのである。

まだ大宮駅には敵が残っていて、夜になると大宮、偏口間に進出して偏口陣地から大宮へ来ようとする連絡者を阻止しているらしい。

その夜は明るい月が皓々と辺りを照らし、涼風が麦を波打たせていた。まず宇都宮班が出発した。どちらかの班が連絡に失敗しても、他は万難を排して連絡を完成するため、出発時刻と経路を変えて到達するようにしたのである。宇都宮班は、大宮駅を避けて、大きく左の方へ迂回して闇の中へ消えていった。

一五分経ってから自分の班は出発し、見たところ前方に何も異常はないらしいので、殆ど直線経路をとって偏口に向かった。心配していた大宮駅には、どうやら敵はいないらしい。自分の班には神馬軍曹がいる。商業学校を出て土木作業員になったという変わった奴で、「能代(のしろ)男子」だと威張っている。自分と同年の二三歳で石門下士官候補者隊の出身である。デタラメの大将だが、それだけにやることは剛胆かつ勇敢で、いざ戦闘となると信頼するに足る男だ。

偏口に近づくに従い警戒を厳重にし、一歩一歩周りに気を配りつつジリジリ前進する。青白い月光の下、死の山のような偏口陣地が音もなく横たわっている。そこへ左の方から宇都宮班も到着した。果して陣地のものは無事であろうか。コソリとも音がせぬ。鉄道線路の土堤のかげに一応集合させ、自分、宇都宮曹長、神馬軍曹ら数名だけで、まず陣地へ連絡に行く。もし陣地に生き残っているものがいたとしても、みな神経過敏になっているようだから、敵と誤認され、撃たれることを覚悟せねばならぬ。

また夜間、敵の潜伏斥候(せっこう)が陣地の傍まで接近して連絡者を待ち構えているかも知れぬ。ビクビクもので陣地に近づいてみたが、幸い敵はいなかった。

「オイ、オイ。偏口陣地。偏口陣地。蓬田伍長。高橋敬治兵長。オイ」

声を殺して呼びかける。偏口陣地は真っ黒に横たわっている。月光は音もなく降り注ぐ。

「オイ、オイ。偏口。偏口陣地」

交通壕の入口にチラリと人影が動いた。「誰だ」。ああ、まだ無事なものもいたのだ。

「オイ、大きな声を出すな。連絡に来たぞ。早く橋を架けろ。音を立てるな」

その間にも他のものは目を瞠って敵の方を警戒している。二、三人が中から出てきて橋板を架ける。蓬田伍長や高橋敬治兵長も出てきているらしい。ガタンと音がして橋板がぶつかる。

「駄目だ、オイ、静かにやれ」

こちらは気が気でない。こんな所で敵襲を喰らったら陣地外に待っている兵は身動きならぬ装備で応戦もできないし、せっかくここまで来ながら連絡の目的も達せられない。橋板が架かった。陣地の外の兵を呼びにやらせる。

遮断壕を渡る。これはまた何と凄まじい光景だろう。陣地入口は見る影もなく破壊され、掩蓋は崩れ落ち、交通壕は埋まってしまっている。

「皆無事か、誰もやられていないか」

まず聞いたのはこのことである。

「皆無事です」

彼らは本当に皆無事だった。斉藤亀一一等兵と、角掛忠次郎二等兵が、それぞれ脚に迫撃砲弾破片創を受けているだけで、他のものはあれほど熾烈な重軽迫、野戦重砲の集中射弾を浴びながら奇跡的に無事だったのである。かえって状況が悪くなる直前、大営へ連絡に行った菅一等兵ほか一名が伊勢曹長と共に出撃して二人ながら重傷を負ってしまったのだ。斉藤も角掛も歩行にさして不自由しないぐらいの軽傷だという。

「ご苦労さん。大変だったろう、もう大丈夫だ。水も弾も持ってきたぞ」

「見習士官殿、ご苦労様です」

玉川上等兵、吉田上等兵ら一人一人顔を見合わせて無事を喜び合う。彼らも何から先に話して良いかわからぬというところだ。

「さあ水だ、早く飲め」

彼らは大喜びで水筒や一升壜からゴクゴクとラッパ飲みする。生き返ったようだと言う。正にその通りに違いない。これで一体、何日間、水を補給してやらなかったことになるのだろう。我々はグズグズしていられない。こんな小さい、しかもかなり崩れている陣地の中に多人数が群集していて敵襲を受けたら、それこそ隠れる場所もない。まして迫撃砲でも撃ち込まれたら目も当てられぬ。

やるだけのことを早くやって帰らなければならない。

弾薬、糧秣その他を手早く入れさせる。始め四つあった水がめのうち、三つまでが重迫弾の炸裂でメチャメチャに破壊され、命と頼む水が見る見るうちに焼け切った黄土の中へ吸い込まれてしまった時には泣くにも泣けなかったと言う。連日の炎天下、彼らは丸四日間というもの、喉の渇きに苦しんだのである。味噌汁もできない。飯も炊けない。うどんも饅頭も作れない。爆煙と黄土にまみれた顔も洗えない。

正に焦熱地獄であったとは、後に高橋敬治兵長から聞いた苦心談である。ついに辛抱し切れなくなり、高橋兵長ほか一名が便衣を着、銃剣を懐に忍ばせ、危険を冒して白昼、陣地の非敵側から脱出。附近道路上を通る支那人から鶏卵四百個を奪い、彼らは生米と卵で生命をつないできたのであった。

また、度重なる敵襲にチェコ機銃や北支一九、九九式の劣悪小銃の中に故障を起こすものが多く、彼らは殆ど重擲と手榴弾で悪戦苦闘したのである。敵は非常に戦意旺盛、勇敢で夜間大挙来襲し、陣地を包囲して三〇～五〇メートルの至近距離から集中射を浴びせるばかりか、挺身隊が梯子をかけて遮断壕を乗り越え、殆ど陣地内へ突入しようとしたのだった。彼らは必死に手榴弾を投擲し、辛うじてこれを撃退した。正に危機一髪のところであった。ここの初年兵も実によく働き、敵の顔を目の前に見ながら手榴弾を投げつけたという。

彼らは弾薬、水その他の補給を得て勇気百倍した。自分たちは帰る準備をした。斉藤と角掛は後方に退る必要はないとがんばるが、傷が悪化しては大変だから、小笠原長次郎と他に一名、連れていった兵を交代に残して、後方に退げることにした。我々が帰る準備をしていたら「シュン、シュン、シュン、シュン、パキパキパキパキーン」と黄村集落の方からチェコ機銃を撃ち込んできた。さあ、いよいよ今夜も始まるぞと緊張する。まあ、これだけの兵力があるのだから普通の敵襲に対しては心配がない。

集落の方で支那ソバ屋のチャルメラのように、妙に甲高いラッパの音が聞こえる。それと同時に「ワーッ」という喊声。弾はますます激しくなる。これは突入してくるのかなと配備に附かせたが、敵は喊声を上げただけで近接してはこない。なかなか小細工をやるものである。チェコ機銃はなおも「シュン、シュン、シュン、シュン、プスプスプス」と撃ちかけてくる。指揮官が号令をかけている声も明瞭に聞こえる。

敵はこの欺瞞(ぎまん)動作を二、三度繰り返したが、そのうちに静かになった。今夜の予定はこれで終わったらしい。我々はまた、こっそりと陣地を出た。この陣地の兵をまた敵中に残していくのは人情として忍び難いところだが仕方がない。あるいはこれで最後の別れになるかも知れぬ。彼らも悲愴な気持ちで見送る。自分たちは陣地に落下した重迫と野戦重砲の不発弾を一発ずつ参考品として持ち帰った。

重迫の榴弾は径一五センチ（正確には一五・五センチかも知れぬ）。まるで、小さな投下爆弾である。神一等兵が荒縄でからげて背負い、大汗をかきながら運んで帰った。野戦重砲の榴弾は一二・七センチ。すばらしい弾である。先端がスッと尖った理想的な流線形で少し尻すぼみになっている。弾体表面も銀色にピカピカと磨きがかかっていた。弾頭信管は軽金属でできているらしく、帰ってから分解してみたら起爆薬、導火薬、伝火薬、炸薬と三段構えの発火装置を備えたまことに精巧なものであった。

ドイツ製らしかったが、さすが科学の国ドイツだけのことはあって、一点のすき間もなく洗練された弾であった（実は持って帰ったこれらの不発弾が、大営陣地の片隅にゴロゴロ転がしてあったので、自分は面白半分に、その信管を外してみたり、伝火薬筒を取り出してみたりしていた。ところが、これは兵器、特に信管関係の専門家なら絶対やらない危険極まるいたずらだそうである。本来、確実に作動するはずの信管が、不発に終わったのは、ほんのちょっとした部品どうしの摩擦か、僅かの引っかかりで作動しなかっただけであって、もし、僅かの振動や衝撃を与えれば、たちまち目を覚まして炸裂することが多い。もし専門家が不発弾を処理するときは、それこそ決死の覚悟で脂汗を流しながら、おっかなびっくりで一段一段、順序に従って分解していくものなのである。いかに信管に対して無知であったとはいえ、かなりひどい扱いをした自分が、よくも八つ裂きにならなかったものである）。

敵は偏口地隙に近い二本木附近まで、牽引車つきの重砲を繰り出して偏口陣地に猛撃を加えたのであったが、蓬田伍長以下の烈々たる敢闘精神は、ついに最後まで陣地を守り通したのであった。

24　戦い止んで盛夏到る

橋頭堡内には再び平和が回復した。しかし、附近の住民は殆どどこかへ非難したものらしく、畑に働く農夫の姿も見えぬ。新作戦開始のため他の大隊や中隊が到着し、大営にも多数入ってきた。自分はまたここでも各隊の宿舎の割り当てや給与関係の仕事をやらされた。

集落内は先日の砲撃で殆ど住民が逃亡していて宿営部隊に給するアンペラや乾し草を入手するのがたいへんであった。治安維持会も自衛団ももちろん逃げてしまっている。蔡勤一派はおそらく自衛団と共に敵方に走ったものと思われる。建国軍の数名だけは自分がまだ原店にいるとき辛うじて避難し、中隊に保護を求めてきたのであった。村民の少数は踏みとどまって残ったらしく、また徐々にではあるが大営に帰ってきつつあった。しかし自分が初めここにいた時のような平和で活気に満ちた街のざわめきはどこにも見出せない。戦争目的遂行のためには仕方のないこととはいいながら、集落の衰頽（すいたい）はどう考えても憐れであり、平和な良民の生活を脅かす戦闘をしなければならぬのは心苦しいと思う。

　我々、第一線に生活するものとしては、我が軍に挑戦するものに対して断固鉄槌を振るって制圧することは言うまでもないが反面、良民の宣撫ということには特に注意を払っている。良民の生活に安定を与え平和に働かせることは、とりも直さず日本陸軍の威武を示し、我々に対する信頼感を与えることであり、同時に直接我々の安全を図ることでもある。

　すでに軍司令官やその他の各級指揮官からは各種の方法で、この趣旨の普及に努力が払われてきた。しかし我々は言われるまでもなく、必要に迫られて住民との協調を図っている。ところが比較的、敵情平穏な地区や後方にいた部隊では、このことは直接軍隊の安全、自衛に関係が少ないのか等閑視されているのかも知れない。我々の中隊あるいは分遣隊では、附近住民とは常に接触を保ち、利害を度外視して協力しているのである。そこへ作戦のために他部隊が来る。包囲され危機一発のところへ出撃してきた友軍に対しては有り難いというより他はないが、状況の良い駐屯地で勝手放題の生活をしてきた他部隊の将兵は、日本軍の威力を笠に着て威張り散らす。このことに関しては自分たち前線にあるものが少なからざる迷惑を被った。

　せっかく自分たちが汗を流して勝ち得た住民の信頼心が、心無き他部隊の将兵の言動によって裏切られ、宣撫の努力が水泡に帰することがあったのである。結局、作戦終了後はまた、初めからやり直しである。隊長は非常に憤慨され、作戦参加部隊の将兵に対し、かなり強硬な態度で臨まれたらしいが、それでも村民は何かと伊東隊長へ苦情を持ち込んだ。作戦参加部隊の尻拭いを地元部隊でやらねばならぬのである。

　ある日、隊長と共に少数の兵を連れて集落内を見て歩いた。伊勢曹長が戦死した十字路や、多数の負傷者を出した地点で、恨み重なる敵のチェコ機銃が首を出した窓の中を見ると、ちゃんと射撃設備がしてあった。集落内各所の土壁の間や屋根の隙間、家の窓などで陣地を狙撃できるところには中国兵が射撃した跡があり、薬莢が散乱していた。自分たちがうっかり首も出せないほど正確な弾着に苦しめられたのは、皆このような所から撃ったのであり、ついに戸島兵長を斃すに至ったのである。それはまったく小さな孔から殆ど銃口と目だけ出して狙撃したのであって、我々の狙撃手が敵制圧に苦心したのももっともであると思う。

あるいはまだ民家の奥深く残敵が潜んでいるかも知れないので、兵は着剣した銃を擬し、自分たちも拳銃を握って四周を警戒する。集落内はひっそり閑と静まり、各家は戸を閉め切り、ただ、主なき犬が腹をへこませてさまよい、廃屋の薄暗い片隅に痩せた猫が目を光らせているだけである。

戦争はやはり人間生活を破壊する。あまりにもガランとした淋しい街だ。しかし近いうちにまた住民も帰ってくるであろう。

北門まで来た。低い城壁の裏に中国兵の掩体がたくさんあった。北門の楼上にもチェコ機銃の薬莢が散乱していた。グルリと大きく集落の外周に沿って歩く。所々に野砲榴弾の炸裂孔があり、破片が遠くまで飛散していた。その大きなものは幅一センチ、長さ五センチ、厚さ三ミリくらいのものがあり、縁が鋸のようにギザギザになっている。こんな破片がちょっとでも掠ったら、人間の首などはスポリと切れてしまうだろう。野砲榴弾の破片数個と、外国製小銃実包数種類を拾って物入れにしまう。自分にはまだこんなものが珍しい。

集落東南角の敵チェコ陣地にも掩体があった。この附近の草むらの中で、中国兵が落としていったらしい、新しい柄つき手榴弾を拾った。箱の中から出して間もないらしく、柄にはまだ油紙が巻いてあった。兵隊もその附近で五発ばかり拾った。分遣隊炊事場の裏の土堤に大営駅から撃ったらしい軽迫の不発弾が二発突き刺さっていた。これも拾って帰る。軽迫の弾は支那製らしく、作りも粗雑である。陣内各所に軽迫弾の破片がたくさんあったが、弾体金質（だんたいかなしつ）が悪いためか、まるで煉瓦のかけらか鋳物の破片のようである。友軍榴弾の破片に比べると、とても人を殺せるようなものではない。こんなものに当たって死ぬものはよほど運の悪い人間だろう。

衛兵所の前に迫の弾が炸裂したとき、隊長は入口近くの机に向かって書類を作っておられた。その瞬間、脚にブツリと破片が当たったらしいので、手で探ってみると、その破片は革脚絆と軍袴を貫いているだけで、危ないところで体に触れていなかったという。この時、やはり衛兵所の中にいた軍医さんは、泡を喰って隊長の机の下にもぐり込み、しばらくは頭を抱えて出てこなかったそうである。まあ、非戦闘員だから仕方がない。

朝岡部隊長以下、大隊本部の人たちが来た。陣地構築をやれと言ったそうである。大営集落の見取図を作成、提出せよとのことで、自分と横山候補生にやらされることになった。二人で半分ずつやることにし、彼は村落の北半分を、自分は南半分を分担した。小銃を持った熊谷正視を連れて陣地を出る。薄い板に紙を貼り、鉛筆で道路、土壁、壕、門などを記入し、だいたいの距離数を入れる。相当の手数がかかる。大いに暑く汗だくになる。

大営集落の東方には原店の方から走ってくる、すごく深い地隙があり、それを渡ると穴倉家屋ばかりの一区画がある。敵は東方から来る救援部隊をここで阻止しようとしたらしく、だいぶ陣地を作っていた。地隙に近い集落の中には、よほど多数の敵がいたものらしく、野砲榴弾が主としてこの辺りに集中したので野砲弾の破裂孔が無数にあり、数ヵ所には赤黒い血が溜まっていた。

支那集落の中はまるで迷路のようなものである。曲がりくねった細い道路が錯綜し、袋小路があり、それが皆、土壁で囲まれているから見通しがきかない。しかも、この辺りは黄土地帯の特性で、地上の房子の他に、地下に四角の凹地を掘り、それから横穴を掘った家や、断崖を掘り抜いた横穴家屋が多い。こんな所へ迷い込めば、方角がわからなくなってしまう。もし残敵が潜んでいて急に飛び出されたら、二人位では防ぎようがない。

崩れ落ちた廟の中に、不気味な彩色を施した仏像や道教関係の得体の知れぬ偶像が立っている。白い鳥の糞が引っかかったり、中には腕や首が取れてしまったり、ひっくり返ったりしているものもある。赤や青のどぎつい色と、白い石灰の色がたまらなく気味の悪い感じだ。中には真っ赤な口でニタニタ薄笑いをしているのがあるが、夜にはあまりお目にかかりたくないものだ。

帰る途中、南門近くに来ているという五中隊の松村見習士官を訪ねた。彼とは石門の学校で同じ中隊、同じ区隊の同じ班にいたのだが、二人とも区隊長辻井少尉にはまったく見覚えが悪く、よく殴られた劣等候補生であった。彼も橋頭堡に新設大隊ができると、山西省の潞安（ろあん）から転属してきて五中隊に配属されたのだ。相変わらずリンゴのような丸く膨れた顔をしている。兵隊どもはあまり彼を大切にしないらしく、妙な匂いがする汚い掘立小屋の中にアンペラを敷いて入っていた。よそ者の我々から見ても、部下の兵隊が彼に対して使う言葉がかなりひどいものであった。

五中隊という中隊の雰囲気が本当にこんなものなのかどうか知らないが、松村ももう少し兵の言動に気をつけたらよいのにと思う。彼に比べたら自分は実に幸福だと思う。彼は日没後、大隊長を護衛して温塘へ行くという。一緒にお茶を飲んでから二人で我々の中隊本部へ行く。

今作戦以後、大隊本部は陝縣から温塘に進出することになった。支隊本部、大隊本部から各種の指示や情報も来た。これによれば敵は温塘、大営、城村および橋頭堡内黄河河岸地区にはいなくなったらしい。そして城村に第三中隊の分遣隊が置かれることになった。

一方、作戦部隊は着々次の行動準備をおこない、各隊から前線集落、黄村、偏口、東官庄、西官庄などに小部隊を派遣し、情報蒐集、威力偵察などをおこなっていた。我が中隊も一部の兵力を参加させたが、あまりこれらの行動には関係なく、ひたすら次の作戦準備に従った。

25　原店へ帰る

我が中隊は次の作戦準備のため、一度原店へ帰還することになった。大営陣地は一部の兵力を残して、伊東隊長は主力を率いて先発され、自分は一部とともに後から帰った。

四月も末、だいぶ暑くなっている。麦の穂が出かかってきた。大営と原店、原店と温塘、大営と温塘などを連ねる道路も、今はまったく安全となり、小部隊や行李班が絶えず往来している。聞けば粛清作戦が終わると更に大きな作戦が敢行されるということであり、確かに橋頭堡内の空気は何かしら騒がしく活気に満ちている。我々は大営を出て、何日ぶりかで原店に向かって歩いた。苦しい籠城戦も今は過去の思い出である。大営原店中間の深い地隙まで来たら、原店の方から、どこの部隊か一個分隊ばかりこちらに向かってくる。その先頭に来る分隊長の胸には白布に包んだ遺骨の箱がかかっていた。直ちに道路の一側に整列させて部隊の敬礼をおこなう。おそらく温塘山嶽地帯の戦闘で戦死したものであろう。

原店に帰ってひとまず落ち着いた。部屋の中は前と別に変わっていなかったが、他部隊の将校が一度泊まったことがあったそうだ。山田軍曹、平山、工藤に会って補充兵の状況を聞いた。少教育したという。粟津は自分とともに大営に出撃していたのであった。補充兵はまだ各班に分宿して雑役に使われていた。どうも役に立たなくて困りますというのが古年次兵の定評であった。

我々が大営にいる間、五原から撃ったらしい軽迫弾が三発、中隊陣地内に落ちたという。電話交換所の前には破裂孔があった。補充兵が青くなって大変だったそうである。また、救援部隊が温塘附近に進出したとき、一部の敵が原店の方へ逃げてきて集落内の小学校の廃墟に入り込み、南分哨と射撃を交換した。中隊主力が出撃して原店に残った兵力はごく少なく、補充兵といえども遊ばせておくわけにはいかないので不寝番に使ったが、単独では怖ろしがってロクに動哨もできぬ。仕方なく一度に三名ずつ立哨させるという妙なことをやったのだそうである。

原店に帰った中隊は何日間か兵器、被服の手入れ、休養をし、次の行動に備えた。自分はまた、上官陣地連絡に出された。糧秣も豊富になった。加給品の日本酒も来て野見山准尉の部屋に下士官以上の会食をしたこともある。そろそろ酒の味もわかってきた。

補充兵の教育は五月末までに終了せねばならぬ。しかしこの状況ではいつになったら教育にとりかかれるか見当がつかなかった。小島は良い当番であったが体が弱く、時々熱を出して苦しんだ。他部隊の移動は激しい。絶えず入れ替わり立ち代わり原店集落に宿営した。自分たちは落ち着けなかった。

自分は教育にとりかからねばならぬ。さっそく中隊入口に近い横穴家屋に補充兵を移した。そこは自分の部屋から相当離れていて不便ではあったが、ほかに補充兵三六名をまとめて入れる宿舎はどこにもなかったのである。山田軍曹は補充兵宿舎の前にある荒れ果てた房子を手入れしてはいることにした。

補充兵を三班に分けて三つの部屋に入れ、三人の助手は各部屋に寝起きして兵隊の直接指導と世話にあたることにしたのである。早く軽機、擲弾筒、小銃の各班に分けたかったが、まだ各人の身上調査もできていないし、第一、教育用になる軽機、擲弾筒など余っているものはひとつもなかったので、当分の間、分業による班編成はできなかった。補充兵は三六名。三一歳から三九歳までのヨボヨボの老朽兵である。兵隊として老朽しているというのならまだしも救いようがあるが、地方人（一般人）としては古狸だが軍隊ではズブの素人だから困るのである。

静岡縣出身者ばかりで静岡市、清水市、富士宮市など市街地のものが多く、まったく商売人のような奴ばかりであった。静岡の部隊といえば自分が軍隊へ第一歩を印したのは静岡の歩兵第一一八連隊であり、初年兵時代を過ごした独歩一三連隊も静岡縣出身の部隊であった。しかし、それは殆ど現役兵ばかりのものすごい精鋭部隊だ。それに比べてこれはまた何というみすぼらしい兵隊であろう。兵隊というのも気がひけるような地方人丸出しなのだ。

彼らのうち農業を営んでいたものは一人もいない。商人、職人、工場工員などが大部分で、中には会社の重役だとか社長とか事務長とかの肩書を持った奴もいたが、自分たちから見れば社長であろうが大工であろうが同じことであり、要するに程度の悪い兵隊と折紙をつけてしまったのである。

三一歳といえば自分の兄貴（編者註：次兄の南洋次郎のこと）も同じ年齢のはずだが、兄貴もこんなに老朽してシラミをわかしているのだろうか。大隊本部の話によれば、橋頭堡への人員補充はこの老朽兵が最後で、今後はまったくないということだ。我々としては今後補充がなくてもよいから、此奴らも帰してしまいたいと思ったくらいだ。しかし来てしまったものは仕方がない。何とか使えるようにしなければならぬ。

彼らは何日経っても軍隊の気風に同化しようとしなかった。まったく狡猾（こうかつ）であった。いつまでも社長や事務長の地位に固執しようとし、なるべく地方人気質を保ち続けようとした。これには自分たちも呆れ果て、また戸惑いを感じた。若い自分たちはしばしば彼らに一杯喰わされた。彼らは決して戦友同士助け合うということはしない。あくまで自分一人だけ楽をすることを考えた。我々をもっとも憤慨させたのはこのことであり、山田軍曹や三人の上等兵はよく鉄拳制裁以外には手段がないと考え、このような時にはむしろ奨励した。

彼らの装具や私物の検査をしてみて驚いた。こんな半分棺桶に脚を突っ込んでいるような兵隊が、よくもこれだけの荷物を背負ってこられたものだと感心したのである。自分なんか無一物で、私物といえば殆ど典範令と参考書だけだ。普通の古年次兵だってこんなに持っているはずはない。何がはいっているのかと寝台の上に並べさせてみると、この暑いのに要りもしない毛糸の襦袢袴下、必要以上にたくさんの下着類。それも雑巾のようにボロボロになったやつを大切にしまい込んでいる。欲の力は恐ろしい。

まだある。千人針、お守り。それは良いとしても、いかがわしい地方の売薬をドッサリ持っていたのには驚いた。まったく呆気（あっけ）にとられた。彼らは私物は大切にするが官給品の手入れは殆どやらない。これについてはまったく言語道断な話がある。

彼らは隊長に連れられて原店に赴く途中、温塘附近は敵に阻止されてまったく通れないので山嶽地帯を廻ってきたのである。夜行軍もやったし、相当辛かったことは確かであろう。その暗黒中の行軍で杉山定吉という兵隊は、つまずいた拍子に担いでいた銃を抛り出してしまったのだ。山田軍曹らはびっくりして探したが、真っ暗闇の中で道路際の深い地隙の中に落してしまったのだから、なかなか見つからない。平山らは大変な苦労をしてやっと見つけ出したが、杉山の奴は私物が山のように詰まった背嚢を担いで涼しい顔をしていたので、さすがの隊長も真っ赤になって怒り、殴りとばしたのだそうである。

補充兵の悪口を重ねても仕方がないことだが、教官たる自分も腹に据えかねていて、まったく癪にさわったのでもう少し続ける。彼らの官給品愛護精神欠如は驚くほどで、被服など殆ど洗濯しないのだ。シラミを湧かして平気である。洗濯する時間を与えてやってもやらない。暇さえあれば家や子どもの話ばかりして騒いでいるので、我々は手がつけられない。三〇歳以上の人間と中部以西の人間が嫌になってしまったのは、実はこの時である。また、自分はこれらの兵の姿を見て、今までついぞ考えてみたこともない日本の危機をほのかに感じたのであった。

自分たちはまず何よりも先にこの地方人根性をたたき直すのが急務だと考え、ずいぶん、手段を尽したのだが、ついにこれという成果を上げることはできなかった。彼らは内地から太い竹筒の水筒と、柳条で作った行李弁当を持ってきていた。編上靴も履かず、地下足袋を履いてきていた。彼らの原隊も通過途中の各部隊も手をやいて十分な世話をしてやらなかったものらしい。その結果が皆、自分たちに降りかかってくるのだから、堪（たま）ったものではない。

彼らが持ってきた小銃は、驚いたことに全部鹵獲品ばかりであった。ドイツ製、チェコ製、ベルギー製、イタリーなど、何でも三種か四種で皆、構造が違う。こんなことでは統一ある射撃教育なんかできはしない。第一、自分からしてが、これらの小銃の分解結合を研究してかからなければならないのである。

　自分たちは顔を見合わせ長太息した。呆れてものが言えなかった。これで教育ができるだろうか。大隊本部教育係から示された補充兵教育方針には、相当程度の高いことを要求してきている。無論、我々が初年兵の頃のことに比べたら、まったく子どもだましのようなものであるが、この限られた教育期間、この兵隊の素質、また作戦など周りの諸条件を考えてみるとき、まったく暗澹たる気持ちにならざるを得なかった。相も変わらず自分は週番士官その他でコキ使われる。どうしたらよいだろう。

　しかし宿舎はできた。給与も何とか教育に支障ない程度にやれる見込みがついた。兵器係の大友軍曹に話して兵器庫を開けてみたところ、いくらか教育資材もあることがわかった。金山式演習用模型軽機一、木製擬筒四、各種標旗、幕的、遊動標的、擲弾筒代用弾、同装薬、小銃空包、対戦車攻撃資材の模型などであった。何とかやってみよう。どうせ乗りかかった船だ。自分も決心した。

　三中隊では内田見習士官がそれぞれ教育をやるはずである。確かに自分の中隊は最前線にいるため条件は甚だ悪い。しかし我々は建制第一中隊だ（原店に来て間もなく、伊東隊は先任中隊になった）。

　他中隊には負けられない。まして、他中隊の見習士官は一二期じゃないか。断じて負けられない。

26　迂廻突入

　作戦は今や最高潮に達し、各部隊は続々と大営や原店に集結する。中隊にも色々の配属部隊が来て、日朝・日夕点呼もだいぶ人員が増加してきた。

　原店集落のすぐ後方にある後山陣地には、一〇門ばかりの野砲があげられ、放列を敷いた。橋頭堡粛清作戦の最後をかざる前方敵集落の総攻撃が開始されるのである。これには支隊主力とこの野砲、機関銃などが参加する。即ち山の上から砲兵で敵を制圧しておいてから、正面および側背を攻撃しようとするのである。

　後山陣地には支隊本部の観測所ができて、支隊長小沢少佐ががんばっている。他の部隊は右地区、偏口、李家塞方面、二六大隊は左地区、山地帯から五原、上官、南曲沃附近を攻撃する。

九一四高地には銃砲隊のマキシム重機が出て掩護する。その日の薄暮を利用して、砲兵の支援射撃に膚接して突入することになる。これには我が中隊も伊東中隊長直接指揮の二個小隊をもって参加。大隊の左翼隊として五原方向から敵の右側背に廻り込むことになった。第一小隊長は自分。第二小隊長は大村曹長。作戦のための一時的編成だから殆ど記憶に残っていないが、各小隊二個分隊編成で軽機二、重擲一である。自分の小隊では第一分隊長蓬田伍長、軽機射手が築館佐太郎であったことは覚えている。

一五時頃、中庭に集合して出撃準備をする。服装はごく軽装である。自分はもうすでに教育を始めている。あるいはどんな状況下に戦死するかも知れぬ。今夜はもう帰ってこないかも知れない。また、生きて帰ろうと思うことすら間違いであろう。中隊整列と同時に補充兵も山田軍曹に指揮されて見送りのために整列した。

迅速な機動を必要とするから、できる限りの軽装。襦袢一枚に革脚絆地下足袋。刀と一四年式拳銃。水筒。全員略帽のうしろに夜間標識の白布をつける。小隊長は白襷をする。まったく勇ましい姿。

中隊整列。中隊長に敬礼。隊長訓示。兵の顔が緊張する。部下は三〇名。壮なるかな夜間攻撃。このうち明日は生きて帰らぬものがあるかも知れぬ。五中隊の松村見習士官の一個小隊は伊東隊長の指揮下に入る。

一六時出発。裏門からすぐに山道を辿り、今夜の行動開始地点たる九一四高地へ行く。大隊本部もすでに九一四高地にあり、五中隊も集結していた。

日没も近づいた。太陽は地平線上にかかり、金の矢を放つ光芒。雲が五彩に輝く。さあ、いよいよ攻撃が開始されるぞ。

「ズドーン」

後山陣地の野砲が火を吹いた。砲撃開始だ。どこを撃っているのだろう。頭を出して見る。何秒くらい待ったか、五原前方菫家庄の集落内にパッと白煙がふき上る。

「ダーン、ザザーッ」

夕闇迫る山山に爆音は反響してゴゴゴーッと遠くに消えていく。

「ドーン。……ダーン、ザーッ」

一〇門ばかりの野砲が次々に火を吹いて試射をおこなう。この砲撃が終わるとともに我々は敵地区に突入するのである。ゾクゾクと武者震いが体中をかけめぐる。グッとバンドを締め直し、煙草を一服ゆっくりゆっくり吸う。もう一度足ごしらえを厳重にさせる。

「ドーン、ドーン」

弾は次々と集落内に落下し、爆煙が風に吹かれて夕靄（もや）のように棚引く。しばらく砲声が止む。距離分劃を修正しているのであろう。

「ドン、ドン、ドドドン、ドン」

矢継ぎ早に火を吹く放列。砲兵は効力射を開始したのだ。パッ、パッ、パッと敵集落内には閃光ほとばしり、漠々たる白煙はしばし集落を蔽うかと思われた。轟々たる爆声は天地に反響し山を震わす。勇壮。血湧き肉躍るとはこのことをいうのであろう。

「第一中隊集合ーっ」

さあ行くぞ。山間の道に集合。弾薬装填。大村小隊尖兵となり山を降りる。伊東隊長の前を小隊が通るとき、「北村、曹長の小隊に負けちゃ駄目だぞ」と気合を入れられる。

「はい、負けません」

負けるものか。四辺は薄暗くなってきた。薄暮の中期である。山間の谷川に沿って西の方へ進む。五原の集落に近づく。五原にはいつも席振武の土匪がいるが今日は鳴りをひそめているらしい。川を渡る。川はここからグッと北に曲り、上官、南曲沃、黄村などの集落を貫流している。


「パキーン、パーン」

ヤッ、五原から二発撃ってきた。やっぱり土匪がいるらしい。これには目もくれずドンドン前進。隘路口を出ていよいよ平地に飛び出す。相当暗くなってきた。しかし開闊（かいかつ）地〔編者註：遮蔽物のない広く開けた地形〕はまだ少し明るい。

「ダッダッダッダッ……」

右後方から凄まじい勢いで薙射（ていしゃ）を受ける。

「伏せっ」

不意を衝かれて附近の地物を利用して伏せる。変だ。弾は九一四高地の方向から飛んでくるようだ。

「ピシピシピシピシ、キューン」と立樹の枝を折り、黄土をはね飛ばして飛来する弾はマキシム重機らしい。こんな方向に敵がいるはずはない。九一四高地に進出している銃砲隊の馬鹿野郎め。隊長殿はカンカンになって怒る。こんな弾に運悪く当たって死んだりしたらそれこそ犬死である。しかし、いまさら連絡の方法もない。動けばまた猛射を浴びせられる。

何という馬鹿なことだ。戦場にはありがちの錯誤だといってしまえばそれまでだが、しかし、重要な突入の時機を失してしまうではないか。駄目だ。間に合わない。自分たちが早く迂回進出して敵の退路を遮断しなければ、いくら正面から突入する部隊が勢い鋭く飛び込もうと暖簾に腕押しに終わってしまうのである。仕方がない。やむなく暗くなるまで待機する。煙草が許される。隘路口で行き詰まって伏せながら煙草を吸う。薄暗い中で赤い火が蛍のようにポーッ、ポーッと明滅する。そこだけ兵隊の汗ばんだ顔が照らし出される。

「ピシャーン」

不意に頭上から叩き下ろすような至近弾。ヤッ、敵だ。指示を与えるまでもなく皆、道傍の溝の中へズルズルとすべり込む。頭上の岩山から撃ち下ろしたかと敵影を探す。それにしても一発しか来ない。あとはシンと静まり返って何の物音もせぬ。変だな。どうしたのだ。アレッ、加藤亀松が負革（おいかわ）で肩にかけている銃の銃口から、スーッと薄い煙りが立ちのぼっている。暴発か。ヤア、暴発だ、暴発だ。

「この野郎、びっくりさせやがる。三年兵のくせに暴発させるなんて、だらしがねえぞ」

暗くなった。さあ行かねばならぬ。正面攻撃隊はもうだいぶ押し出したかも知れぬ。ぐずぐずしていられない。走りに走った。ザクザクした麦畑の土が癪にさわる。もう敵も何もあったものではない。土堤を乗り越え小川を跳び越え、ただまっしぐらに走る。ここはもう敵地区だ。いつもなら敵がウヨウヨ群がっている所である。彼らはさっきの砲撃でびっくりして逃げたものらしい。もうすでに突入すべき集落線のずっと後方に廻り込んでいる。目の前に董家庄の集落が見える。昼間見たら、さぞひどく破壊されているに違いない。

北に曲がってまた走る。平坦な麦畑だ。月が上った。青い海の中を分けていくように麦を蹴りながら走る。涼しい風が吹いてくるが、それでも汗がドクドクと流れる。松村見習士官は今でも体の調子がよくないらしく、続行できなくて隊長に怒鳴られている。体力の弱いものは辛いことだろう。走り続けるうちに右前方に上官の集落が見え出した。

「横に散れーっ」

もう分隊長そこのけの直接指揮である。まるで石門での夜間演習のようだ。理想的な横散開。兵は帽たれを風にヒラヒラなびかせながら飛ぶように突っ走る。上官集落の背後に進出停止。さあ、いよいよ突入だ。

「良いか、声を出すなよ。無言で飛び込むんだぞ」

「よし、突入」

「突っ込めーっ」

「シーッ、シーッ、シーッ」

無我夢中で走る。真っ黒な低い土壁が目前に走る。

今、撃ってくるか撃ってくるかと思ったが何も撃ってこない。土壁に取りついて集落内を覗く。何も見えない。何だ、もぬけのからだ。

刀のやり場に困り、刀は鞘に納めて拳銃を握る。正面突入隊はまだ来ていないのだろうか。遠く偏口方面では相当激しく銃声や手榴弾が聞こえる。また北朝、新店方向で盛んに信号弾が上っている。敵はやはり砲撃だけで潰走したものであろう。

上官や南曲沃など、この附近の集落は幅の広い地隙の横腹に穴を掘った横穴集落である。地隙の西岸に沿い、警戒しつつ北進する。地隙対岸に突如バラバラと人影。敵か。

「グワーン」

ピカッと地隙の中に紫色の光が仄めき、手榴弾が炸裂した。

「オーイ」「オーイ」

対岸から呼んでいる。

「どこの隊か。オーイ」

何だ、友軍だ。正面攻撃隊だ。

「オーイ、左翼隊だ。伊東隊だ」

正面攻撃隊も続々集落に入ってきた。敵はいなかった。地隙の中に降りて北進。南曲沃、黄村方面に行く。大村小隊は地隙西岸を、新店方向を警戒しつつ北進。月光が河原の石を青白く照らして美しい。この辺は水にも恵まれているし、柳や柏松杉や笹の類が林をつくっていて大変涼しそうだ。長い間、こんな良い樹の下蔭を歩いたことはなかった。月光が葉の間を洩れてチラチラと道の上に踊っている。こんな所で分遣隊を持ったらどんなに良いだろう。

集落内には一人の人影も見えぬ。直ちに集落掃蕩にかかる。所要の注意を与えて五人ひと組。一軒一軒の家を点検。ある家には年をとった爺さんが二人だけ残っていた。饅頭とお茶を出してくれた。夕方から走り続けですごく腹が減っている。粗末なボロボロの饅頭ではあったが、こんなに旨い饅頭を食べたことはないと思った。

偏口の方で民家が一軒、火災を起こしている。敵が逃げるとき放火したものであろう。地隙対岸に進出してきた大隊本部で集合ラッパが鳴っている。河原に集合して東岸の集合地点に行く。今夜の行動はこれで終わりである。あまりにもあっけなく終わってしまった。自分たちは上官陣地に入ってしばらく休憩し、加賀伍長のお茶の御馳走になった。

この上官陣地はいつも対岸、目の前の南曲沃と上官の集落から狙撃され続けている。敵はまことに巧みに土壁や望楼や家屋を利用して射撃設備をつくっているのである。そのために陣地側からの制圧はまことに難しい。その位置はだいたいわかっているということなので、この際、敵がいないうちにそれらの射撃設備を破壊してしまうことになった。

再び加賀伍長の案内で対岸の集落内に入り、見つけ次第破壊した。しかし破壊するといっても器具を携行してきたわけではないので、兵が寄ってたかって体当たりを喰わせると、土煉瓦でつくった土壁や望楼が土煙とともに地響きをたてて崩れ落ちる。望楼などを築くため内部に使ってあった木材など丸太や柱は薪用として上官陣地に運び込んだ。

地隙西岸直上の土壁の裏には、すべて射線が上官陣地に指向された掩体と交通壕が長く続いて掘られていた。カチカチに固まった黄土を掘ったもので、築城施設の模型を見るような完全なものであった。マキシム重機の脚の跡がついている掩体もあった。南曲沃の村はずれには陣地を狙ったと思われる軽迫の陣地の跡があり、駐鋤〔編者註：榴弾砲等の射撃の際に発射の反動を吸収させるため、架尾の端末に設ける装置。迫撃砲では筒身の後端に設ける駐板が、これに当る〕と脚の位置が明瞭に残っていた。これだけの広正面から上官陣地ひとつに銃撃、砲撃を集中されるのだから堪ったものではない。

まったく眠い。夜明けが近い。フラフラする脚を踏みしめて歩く。原店に帰ると、その日一日は完全休養ということになり、グッスリと昼寝した。

27 補充兵

ある晩、隊長と自分で補充兵と面接し、身上調査をやった。自分の部屋の土間に机を置き、その前に補充兵を一人ずつ呼んで質問しながら、大隊本部から送ってきた調査書類の不十分な点を補足するのだが、どうも進行が上手くいかずイライラした。

補充兵は小学校や高等小学校を卒業しただけのものが大部分で、中学校程度の商業学校を出たものが一人か二人あっただけである。また青年学校の制度が地方ではどのようになっているのか知らないが、その課程を終えたものも殆どいなかった。従って彼らが軍隊生活の片鱗を示す学校教練を受けることはまずなかったわけで、この年齢に達しながらズブの素人なのである。

自分たち、小学校時代から満州事変が始まり、日支事変、長鼓峯事件、ノモンハン事件、大東亜戦争と連続して戦争の渦中にあり、本でも新聞でも戦争、軍隊関係の記事がないものはむしろ少なく、軍歌を聞いて育ち、学校の軍事教練で絞られたものにとって、自分より年上でありながら軍隊社会のことについて何も知らない彼らは、察するところ身上調査を会社の就職試験くらいにしか考えていないらしいのである。

　また、自分たちのように年齢からいって若いものに調査されることも嫌だったのだろう。とにかく戸も叩かずに室内に飛び込む奴があるし、隊長よりも先に自分に敬礼するものもある。また、いやにペコペコして美辞麗句を並べ立てて我々を煙に巻こうとする不届きものもある。たいがいの奴は、自分はこんなにたくさん持病がありますから、とても第一線勤務はできません、事務関係にでも使ってくださいと言う。

　さすがの伊東隊長もこれを聞いてカンカンに怒りだした。

「そんなこと、誰が聞いたか。お前は俺が聞くことをありのまま答えればよいんだ」と、何度注意されてもペラペラと聞きもせぬことを喋り散らす。こちらが一言いえば、三言も四言も述べ立てるといった調子で、教官たる自分はまったく冷や汗をかかされた。東北人の寡黙と比べて何たる相違であろう。

　こんなこともあるだろうと事前に十分な注意もし、山田軍曹にも特に注意させたのだが何の効果もなかったのだ。教育計画は一応できていたから、それに基づき教育隊週間行事予定表を作り、毎日教育をやった。これほど楽な教練はないはずであるが、彼らはすぐにアゴを出したような恰好をした。しかしこれ以上、教育の進度をゆるめたら、まるで教育なんかできはしない。確かに補充兵も辛かったであろうが、大隊本部教育係と補充兵との板挟みになる自分はまったくやり切れぬ気持ちであった。

　第一線中隊のことだから何よりも先に銃の撃ち方を教えねばならない。戦闘動作や陣中勤務も教えねばならぬ。内務の躾などは自然にわかってくるとして、秩序を保つためにも敬礼だけは力を入れて教えた。

　自分たちが石門士官学校を卒業する直前、対抗戦闘の経験に基づき、歩兵戦闘様式が改善され、それによって『歩兵操典』も改正された。中隊に複写した新操典が五部しかないが、それを借り受けて、研究しながら教えた。つまり、敵の熾烈な火器の威力より生ずる損害を最小限に喰い止めるため、徹底的に匍匐前進である。しばしば自分でも模範を示したが、この辺りの畑には俗に「金平糖（こんぺいとう）」と称しているトゲだらけの雑草の実がたくさん落ちているので、手のひらや膝で踏みつけると痛くて堪らなかった。

助手の三人の上等兵は優秀であった。無理をしてかなり長距離の駈歩もやった。自分自身の体の調子はすごく良好で、真っ黒に陽に灼け、鏡を見るごとに、これが俺かなと我ながら感心したものである。

〔岔官作戦（岔道口（ふんどうこう）・官道口（かんどうこう）攻略作戦）〕

28 中隊勤務

橋頭堡粛清作戦は一応終了したが、湖北鄭州方面の友軍が西進して、黄河南岸地区の敵を圧迫する作戦が開始されるので、山西および橋頭堡部隊もこれによって北上してくると予想される敵を北方から圧迫し、喰い止めるための作戦が開始されることになった。五月初めのことである。

湖北方面の友軍はすでに老河口（ろうかこう）、盧氏（ろし）に達したという。原店、大営には続々大兵力が集結されてくる。ますます教育が困難になることが予想される。この忙しい時に大隊内の兵力配備の一部変更で、中隊本部が大営に移ることになったのである。中隊はまたもや移動でごった返す。その後は原店には一個分隊の兵力と教育隊を置いて、これで警備をやれという。自分は教育隊長兼警備隊長として原店残留を命ぜられる。しかし、教育をやる気になってみればこの方が有り難いと思う。

中隊の殆ど全部を送り出してから伊東隊長と会食し、種々後の指示を受ける。作戦には中隊主力も参加する。敵も正面に相当の大兵力を集中しているから、激戦が予想される。自分はまた残留で、教育隊があるので出してもらえないのだそうである。原店警備隊の顔ぶれは村岡兵長、石塚上等兵、高橋敬治上等兵、遠藤武治二等兵、田村耕次郎二等兵、藉井仁三郎二等兵らであった。

中隊が大営に移ってしまったので宿舎をうんと縮小して、約半分のところで仕切ってしまった。

自分は炊事場の前にある、以前、神馬軍曹が入っていた所へ入ることにしたが、今度仕切った北半分の方には良い宿舎がひとつもなかった。相変わらず毎日毎日教育を続ける。隊長から原店も陣地を強化せよと命令があったので、村岡に一任してやらせる。補充兵を連れて演習かたがた大営へ行ってみると、中隊でも粛清作戦の籠城に懲りて、東、北面に向かう掩蓋や土壁の構築に大わらわであった。

そのうち、いよいよ原店にまでも再び大部隊が集結し始めた。二五大隊を初め支隊本部通信隊、工兵隊などである。仕切った区画を再び解放して収容しなければならぬ。原店に残って教育が楽になるどころではなく、作戦部隊の宿営給与という大役までふりかかってきたのである。

炊事が大変だ。これだけの部隊に三度三度の食事をさせるのは並大抵の苦労ではない。しかし輜重隊が延々と輜重車を連ねて糧秣をドッサリ運んできたので給与は良かった。また、炊事場の成田上等兵が少数の炊事人員でがんばり続けたため、ついに寝込んでしまった。更に追い討ちをかけるように作戦参加のために村岡以下、自分の直属の部下が、大営の中隊に復帰することになってしまったのである。

その交代として四中隊の上野伍長以下、一個分隊が指揮下に入ることになったが、もう教育隊と炊事要員の少数を除いて自分の指揮下にある中隊の兵がなくなってしまったわけである。上野伍長というのが岡山縣出身で、まったく油断のならぬ狡い男だった。更に不幸は続く。小島と成田上等兵が相継いで入院してしまったのである。自分はまったく途方に暮れた。秋川兵長の世話で小島の後任として退院直後の中津山という現役の初年兵を一時的に当番として用いたが、まだどれほど働いてくれるかわからなかった。しかし当番に関する限り自分は心配しなくてもよくなった。

臨時当番中津山は骨身惜しまず働いてくれた。八方塞がりの今の自分にとっては正に救いの神のようでもあり、楽しみでもあった。誰か適当なものがみつかって中隊から正式命令が出るまでという、いわば間に合わせに附けたものであったが、もう絶対離さないぞと思った。

ある日、第二中隊（国田隊）の一部が九一四高地陣地の強化のため原店にやってきたが、その隊長が思いがけなく、自分とともに山西から転属してきた内田老少尉であった。久闊を叙し、自分の部屋に迎えて歓待した。三日間ばかり泊まるそうである。夜は一緒に寝る。自分の意を察して中津山はだいぶ腕をふるってご馳走を作ってくれた。ドーナツを作って出したのには感心した。内田少尉が大いに中津山をほめる。自分の当番をほめられて悪い気持ちはしないものだ。そのオヤジたる自分もいささか鼻が高くなる。

中津山は一九歳だ。現役兵中の最年少者である。いい兵隊を見つけた。まあ、偶然といえばそれまでだが、紹介してくれた秋川兵長には感謝しなければならぬ（自分の当番として最も長期にわたり勤務したのが中津山で、実に一〇ヵ月にわたった。そして、村岡と共に自分のその後の生活に大きな影響を与えた人間だ。中津山との出逢いはこのような多忙な時だったのだ)。

29　威力偵察

ある日の夕方、大営の伊東中隊長から電話がかかってきた。

「もしもし、北村見習士官ですが」

「あっ北村、今日の日没頃、なるべく軽装で大営へ来い。君は今夜、挺身斬り込み隊長だ。わかったね」

何かもっと詳しいことを聞こうとしたら電話を切ってしまった。伊東隊長のやり方はいつもこの通りなのである。命令や指示をもっとよく理解したいから、その内容を詳しく聞きたいのだが、時とするとその察しの悪さを叱られることもあるので、こちらも適当に遠慮してしまう。誰だって叱られてまでそれ以上のことを聞きたくはない(しかし、後で考えるとこれはお互いのために良くないので、自分も命令の実行に不安が残るし、隊長も理解不足のまま命令を実行されるのは困るであろう。果して、この時の行動は大きな失敗につながるおそれが十分にあったのである)。しかし、挺身斬り込み隊長とは悪くない。一体どこの敵へ斬り込みをかけるのだろう。

夕方、補充兵にガス防護の学科を済ませ、服装を整えて出発する。何も詳細はわからないが挺身斬り込みというからには相当敵地区深く乗り込むのに違いない。あるいはこれが自分の最後の働き場所になるかも知れぬ。補充兵を集めて「教官はこれから大営に行って、今夜の斬り込み戦に参加する。あるいはこれでお前たちとお別れになるかも知れん。もし俺がいなくなっても、後に来る山田軍曹、上等兵の言うことをよく守って、良い兵隊になってくれ」と言ったら、さすがに彼らもシンミリとした。後から考えると馬鹿らしいが、その時は自分だって真面目な気持ちでそう言ったのである。皆に門まで見送られ、中津山一人だけを連れて大営へ行った。

伊東中隊長に到着を報告する。ところが話を聞くと、挺身斬り込みとは少し言葉が大げさ過ぎたようである。隊長の言葉をそのまま鵜呑みにして、自分はだいぶ悲壮な気持ちになっていたのだが。

その晩、大隊本部の作戦係主任である江連中尉が、本部の兵と建国軍密偵、二中隊若干を連れてきて、前方の馬佐の集落の威力偵察をするというので、まだ戦闘に慣れていない自分をこの際、少し教育してやろうという伊東隊長の気持ちから自分も参加させようとのことらしい。そして神馬軍曹以下の一個分隊が与えられた。北村悦太郎上等兵、小坂上等兵、齊藤長助上等兵ら一二、三名であった。

「まだ江連中尉の一行が来るまで時間があるから、しばらく俺の部屋で寝てこい」と言われるが、初めての威力偵察参加だと思うと生来の興奮癖が出て、なかなか眠れず、また宵のうちはかなり蒸し暑かった。真っ暗な闇夜だから、今夜の行動区域の地図で地形地物を研究しておいてやろうと情報係の横山候補生の部屋へ行ってみたが、馬佐の集落の精密な地図はひとつもなかった。密偵が書いたという小学生の絵のようなものがあっただけで、何の参考にもならなかった。

これでは仕方がない、もうどうにでもなれと、隊長室の寝台の上にひっくり返った。うつらうつらとしたら、もう誰かが起こしに来た。江連中尉の一行は西門外に来て待っているという。急いで整列し、隊長に敬礼し、簡単な注意を受けて出発した。

今夜はまた何と暗いのだろう。星は出ているが非常に光が弱い。外壕の吊橋を渡るとき、自分には細い板がどこにあるのかよく見えなかったくらいである。

今夜は大変なことになるぞと思った。西門に行ったら白く闇の中に見える道の上に黒い人影がゴチャゴチャかたまっている。

「江連中尉殿」

「オウ、ご苦労。さあ、出発しよう。詳細は現地で説明する」と言ってサッサと歩き出してしまった。どうも石門士官学校辺りのやりかたとはだいぶ違っていて、事前に十分の連絡をしてくれないので困る。現地で説明できるだけの暇が本当にあるのかどうか。

何だか体の調子が面白くない。連日炎天下で演習をやっているから、夜になるとドッと一度に疲れてくるのである。夢心地で歩いた。西安街道をドンドン西に進む。偏口陣地のすぐ北側を通る。作戦開始が近いので偏口陣地の勤務兵は殆ど中隊に帰り、今は四中隊と重複勤務する少数のものだけしか残っていない。他は四中隊のものばかりのはずだ。

陣地の真横まで来たとき、いきなり「パキーン」と一発、我々を狙撃してきた。

「オーイ、友軍だ。間違うな」

大営から電話で通報してあったはずなのに、まったく四中隊の歩哨はでたらめな奴である。信号弾があちこちに尾を引いて上っている。五原、黄村の方から流れてくる川を渡り、李家塞の横を通り、馬佐の方へ通じる小さな地帯に沿って西に少し進み、麦畑に上りかけ頭を出そうとしたとき、目の前の暗闇から「パン、ヒューッ」といきなり弾が来て耳元をかすめた。自分たちの少し先を歩いていた二中隊の村木曹長が駈け戻ってきて、興奮した調子で「今の弾がわかりましたか。敵ですよ。敵の歩哨です。自分に拳銃を撃って集落の方へ逃げました」

いよいよ敵の歩哨線にぶつかったのだ。集落は近い。敵の歩哨は集落へ報告に帰ったから奴らも戦備を整えるだろう。

「良いか、皆聞け。帰還する時は、ここへ集合するんだぞ。引き揚げの時機は四時だ。わかったね」

江連中尉がささやく。なおも細道を前進。前方に幽かに馬佐集落の土壁が黒く見えてきた。

「北村見習士官、君らは左から廻って集落の西南に位置して敵がその方に逃げてきたらやっつけろ。俺たちは正面から行く」

ここで自分たちは本隊から分かれて麦畑の中を屈進(くっしん)しながら左へ左へと廻った。

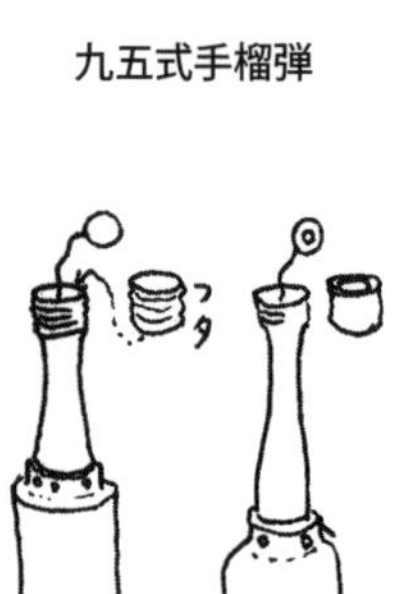

九五式手榴弾

柄つき手榴弾

本隊と自分たちの間へも一部どこかの分隊が出て行く(それにしても、これから戦闘をやろうというのに、こんな不完全な連絡があるものか。どうも江連中尉のやり方には不満が多い)。

小麦畑にはもう穂が出ていて、その中を屈進すれば顔にも芒がチクチク刺さって痛い。右側に近く馬佐の土壁がズーッと連なっている。何も音がしない。集落の西南端の近くに来て、麦畑の中に遮蔽して待機する。空は晴れてきた。星がギラギラ光り出した。

「パン、パン、パーン」

本隊の方で銃声がし始めた。とうとう発見されたらしい。

「パン、キューン。パキパキパキパキパキーン、キューン」

自分たちも発見されたようだ。しかし、ここで我々の方から撃ち出してしまったら、もし敵が逃げ出してきた場合、上手くこちらに来てくれないであろう。じっと辛抱して待ち続ける。

「ドーン。ドーン。ドドドッドーン」

本隊の方では手榴弾戦が始まっているのがわかる。どちらが敵の手榴弾か友軍のか見ているだけで区別がつく。支那の柄つき手榴弾は効力は大したこともないのに、夜見るとパーッと花火のように白い火花を吹き上げる。友軍のものは効力がすばらしい。ピカッと紫色の閃光と共に「ガーン」と凄まじい音がして弾片が飛散する。

「キュンキュン、キュン……キューン。プスプスプスプス」

サラサラと麦を鳴らしながらチェコ機銃の弾が来る。敵は一向に逃げてこない。我々のいる正面の土壁の裏側から、パーッと銀色の火花が空に吹き上がった。継いで二つ、三つ。ヤッ、軽擲を撃ったな。

「ダーン、ダン、ダン、ザーッ」

あまり遠くない所に軽擲の弾が落下した。何しろ平坦な麦畑の中なので隠れるところがなく、あまり良い気持ちではない。

本隊の方でまた、ひとしきり銃声がしたと思ったらピタリと静かになってしまった。時折、思い出したようにパーン、パーンとどこを撃っているのか、うつろな音がするだけである。

もうこれで今夜の行動は終わったのだろうか。敵なんか薬にしたくても我々の方には逃げてこなかった。今いる位置は集落の西南角だから、もし敵が馬佐から新店に逃げるとすれば、我々の近くを通るはずなのである。どうも江連中尉の注文どおりには逃げ出さなかったらしい。それはそうと偏口陣地から、いつかこちらを望み見たとき、馬佐から新店まで友軍のよりも立派に見える電話線が麦畑の中をズーッと走っていた。今夜の出撃はまったくつまらなく、役不足だったから、あの電話線でも叩き切って腹の虫をおさえてやろうと、更に西南に向かってゴソゴソと這い続けた。

もうそろそろ電話線がありそうなものだと思うのだが、それらしいものはさっぱり見えない。あるいはもう撤収してしまったのだろうか。

「見習士官殿、齊藤長助がいませんよ」

「何だって」

「さっきまでいたんですがね」

「駄目だ、探せ探せ」

自分はえらいことになったと思った。現役の四年兵だから滅多なことはないと思うが、それでも心配だ。だが探すといっても、うっかり声は立てられない。

「皆、絶対離れるな」

探した探した。あっちへ行ったり、こっちへ行ったり、麦畑の中を散々這い廻ったが齊藤の姿は見えぬ。本隊の方ではまだ時々銃声がしているが、緩慢なものである。

「オイ、今何時だ」

「四時一〇分前です」

困った。引き揚げの時刻が迫っている。齊藤は見えぬ。こんなつまらない行動で兵を失ってしまったら何とも申しわけがない。あの銃声はどこかで齊藤が撃たれているのではないだろうか。自分は気が気でなかった。

引き揚げ集合地点は遠い。もうおそらく四時になっているであろう。皆は我々を待っているかも知れない。東の空がほんのりと明るくなってきた。こんなところでグズグズしていて夜が明けたらそれこそ大変である。あるいは齊藤は本隊に合同して集合地点に先行しているかも知れぬ。もし、していなかったら、その時はまた何とか別の手を打とう。自分たちは集合地点に向かって這い出した。辺りは次第に明るくなる。まだ集落の方では「パーン」と銃声がして「ピリピリ……ヒューン」とはるか頭上を弾が飛ぶ。

辺りはすっかり明るくなった。齊藤はいるだろうか。心配だ。集合地点の三叉路まで来た。本隊はいない。どこにもいない。本隊もまだ来ていないのか。いやいやそうではない。たくさんの足跡の中には東を向いたものも多くある。本隊はすでにここを通過したのだ。齊藤はどうしたか。早く本隊に追及して安否を確かめねばならぬ。急いであとを追う。

偏口陣地の横に江連中尉以下、心配そうにこちらを向いて自分たちを待っていた。

「齊藤上等兵はいますかーっ」

「いるぞ。今偏口陣地へ電話をかけに行った」

ああ良かった。これで安心だ。齊藤が偏口陣地横の斜面を走り降りてきた。

「齊藤、一体どうしたんだ。ずいぶん探したぞ」

「すみません。実は隣の分隊に紛れこんで入ったので、気がついたら皆がいない。探したがもうだいぶ遠くまで行ってしまってわからなかったのです」

四年兵にしては感心しないできごとだが、自分にも落ち度がある。

途中で江連中尉の一行と別れて中隊へ帰ったら、まったく疲労困憊してしまった。伊東中隊長に報告して解散する。中隊で朝食をとってから原店に帰る。自分としては決して良い成績ではなかった。特に齊藤を掌握できなかったのは大失敗であった。運よく帰っていたから良かったが、もし、敵中に一人残してきたりしたら、それこそ切腹しても申し開きはできない。脇役しかやらせてもらえないのも、まだまだ経験が足りぬからだ。大いに勉強しなければならない。今度の作戦もまた後方勤務だ。残念だが仕方がない（実は、この行動の当初から、自分は大変な思い違いをしていたのだ。終始、〝馬佐〟の集落に偵察に行っていると思い込んでいたのだが、実際に行ったのは〝馬謝〟の集落だったのだ。馬謝へ来ているのに、いくら探しても敵の電話線があるはずがない。もし齊藤長助がいなくなるという事故がなければ、もっと敵地深く入り込んでしまい、それこそ本物の馬佐集落へ近づき過ぎて、もっと有力な敵に遭遇したかも知れないのである。どんな結末になったかわからない）。

ある晩、また江連中尉から電話がかかってきた。

「二中隊の村木曹長と一中隊の宇都宮曹長が、それぞれ今夜、五原前方董家庄の集落を奇襲する。実は今日、大隊の密偵が情報を持ってきて董家庄に今夜、土匪の渠魁、席振武が六〇名くらいの土匪を連れて宿営していること、敵の歩哨の位置、席振武が泊まっている家の位置もわかっているんだ。今それを言うから書き取ってくれ。村木曹長も宇都宮曹長も、もうそろそろ原店に行く頃だ。君のところでよく情報を研究して協定を密にしてから出発させてやってくれ」と言われる。

そして董家庄の集落の形、道路網、敵歩哨の位置、そして集落の端から何軒目のどちら側に席振武がいて、その隣には土匪が泊まっているなどと、ずいぶん細かいことまで電話で伝えられた。大隊の密偵といっても支那人じゃないか。一杯喰わされなければ良いが。

やがて、村木曹長が一個分隊を連れてやってきた。宇都宮曹長も来た。さて、ランプを囲んで、二人は鳩首協議してから出発した。何時間か後、董家庄の方向でだいぶ激しい銃声、手榴弾音が聞こえた。自分はしばらくして寝てしまった。補充兵の不寝番に、出撃した連中が帰ってきたら起こせと申し送らせた。

払暁四時頃、彼らは帰ってきた。自分が起き出してみたら、一人は地上に倒れてうなっているし、一人は鼻から血を流している。

「ヤッ、やられたのか。どうだった」

「いや、見習士官殿、二人とも崖の上から転げ落ちたんですよ。まったくあの情報はでたらめですな。地形がまったく合っとらんですよ」と村木曹長はしぶい顔をする。

「敵はいることはいましたよ。だいぶ逃げ出しました。これを拾ってきました」

宇都宮曹長は支那製のモーゼル一号拳銃を取り出した。敵が泡を喰って落していったのだろう。彼らはお茶を飲んで帰っていった。

30　教育隊大営北門へ

作戦は今、正に始まろうとしている。二五大隊は原店正面から行動を開始するらしい。

二五大隊長から伝令が来て自分を呼んだ。陣地へ上ってみたら白髪交じりの二五大隊長の大尉殿が副官や各中隊長と地図を囲んで作戦を練っているところだった。

「二六大隊北村見習士官参りました」

「ああ、君。我々はここが初めてだから地図と現地とが合わないんだ。この地図で集落名を教えてくれないか」

自分は前方の集落の名称と位置、判明している敵情を説明した。

「有り難う。それじゃ副官、ここの高地に捜索拠点を置こう」

相当のお年寄りだが、なかなか紳士的な大隊長であった。その日の午後、補充兵宿舎の前にいたら大きな馬に乗った支隊長が門の方から入ってきた。小沢少佐だ。パッと敬礼した。

「これはどこの隊だ。どこの教育隊だ」

「二六大隊第一中隊、補充兵教育隊であります」

「補充兵教育隊はここにいてはいかん。北曲村（きたきょくそん）へ行け。今すぐ行け」

「ハッ」

さあ困ったことになった。確かに他中隊の補充兵教育隊は北曲村に集合して教育中だ。しかし伊東隊の補充兵は移らなくてもよいとのことだったのである。しかし、確かに状況はここで教育するのを許さぬ状態である。それにしても今すぐ移れとはいくら偉い人の言うことでも、こいつは無理だ。小沢少佐は馬の蝿をひっぱたく采配を振り上げて俺を睨んでいる。「今から準備します」部屋へ飛び込んだ。

「山田軍曹、何でもよいから今すぐ移動の準備をしてくれ。粟津、粟津、貴様は集落へ行って、できるだけ馬車を集めてくれ」

自分は電話交換所へ走って大営を呼び出した。

「もしもし、北村見習士官だ。隊長殿がおられたら呼び出してくれ……。

もしもし、伊東隊長殿ですか。北村見習士官であります。異常ありません。実は今、小沢少佐殿が教育隊を直ちに北曲村に移せと言われるのですが、一中隊はここで教育することになっていますと申し上げたら、伊東隊も北曲村へ行けと言われます。どうしたもんでしょう」

「うちは移らないんだ。移らなくてもいいんだよ。しかしちょっと待て、聞いてみてやろう……（大隊長が江連中尉と話しているらしい)もしもし、北村、オイ、やはり移動だよ」

「北曲村へですか」

「いや大営の北門だ。今大隊長に聞いたら、やっぱり作戦間、北門の警備をしながら教育をするようにと言われた。移動は今日中だ。できるか」

「もう準備しているからできます」

いよいよ教育隊も移動だ。何と忙しいことだろう。幸い準備もできつつある。馬車も集めに行っている。補充兵は装具をまとめるのに大騒ぎだ。粟津が馬車を三台ばかり探してきた。できるだけ荷物を積み込んで平山、工藤と補充兵若干を先発させる。

今、大営北門は銃砲隊が警備を担当している。これから警備を引き継ぐことになる。半分ばかり移動を終わった頃自分も出発した。あとは粟津が最後の荷物を運ぶだけだ。しかし正直なところ、補充兵教育隊も北門に移動することになって良かったと思う。原店にいて孤軍奮闘はたまったものではない。

途中から兵と別れて中隊に立ち寄る。ふと見ると、中隊入口に何だか見覚えのあるような将校が立っている。こっちを向いた。

「あっ、渡辺隊長殿」

「オーッ、北村。立派になったのう。なかなか張り切っとるじゃないか」

「はい、元気でやっております。隊長殿は今度作戦で来られたのでありますか」

「うん、中隊は皆来ているぞ。金子少尉も西里少尉も来ている。遊びに来い」

思いがけなく、こんなところで三路里の渡辺隊長とめぐり合ったのだ。二七大隊は大営から右地区、偏口、李家塞、馬佐方面を攻撃するという。

隊長のところへ行ってだいたい移動を終えたことを報告し、警備上の注意を受ける。北門へ行ってみたら移動は殆ど終わっていた。しかしひどい所だ。北門の城壁のすぐ横にある、元小学校の廃墟に銃砲隊が煉瓦を積んで作った三つばかりの小屋があるだけで、ほかに補充兵を入れるところがない。演習用具も寝具も入れる場所がないのだ。銃砲隊の宮原上等兵以下三名とマキシム重機一がここに残って自分の指揮下に入ることになった。炊事設備はあった。明日からまず家造りである。

教育は当分の間、お預けの状態になるであろう。さっき伊東隊長のところへ行ったら、警備を主としてできるだけ暇を見つけて教育をせよということだった。今夜は仕方がない。土壁に囲まれた狭い空き地にアンペラを敷いてゴロ寝である。作戦の間は敵も活発に動くだろうから、あるいは黄河河岸方面から敵が来ないとも限らぬ。それをこの補充兵教育隊でどうして防ぐか。陣地など殆どない。北門の楼上と城壁の上に崩れかかったような掩体が数個あるばかりだ。

門の西に連なる低い土堤を穿(うが)って、四一式山砲の掩体が二つ造ってあるが、自分たちに山砲があるわけはなく、今はかえって土堤に侵入しやすい大孔を空けているだけである。何とか頼りになるのは山田軍曹と三人の上等兵、中津山、銃砲隊の三名、たった八名だけである。

他は戦力からいえばマイナスにこそなれ、絶対プラスにはならぬ補充兵ばかりだ。土壁にくっつけた三畳敷ばかりの小さい煉瓦小屋に、自分の居室を中津山は作った。後から来るはずの粟津はなかなか到着しない。もう夕方である。

さっそく平山を司令にして六名の衛兵を服務させる。この衛兵では不安で夜もグッスリ眠れそうもない。炊事は誰もやれるものがない。中津山と銃砲隊の一名にやらせることになった。

粟津はどうしたのだろう。補充兵も五名ばかりついているはずだが、辺りが薄暗くなっても帰ってこない。大いに心配だ。

辺りがすっかり暗くなった頃、やっと粟津が帰ってきた。彼は体の調子が悪いらしく、フラフラする足を踏みしめながら帰隊の報告を終えると炊事小屋にぶっ倒れて寝てしまった。マラリアが出たらしい。非常な高熱だった。彼は原店から荷物を運ぶ途中、畑の中に倒れて今まで動けずにいたのである。最後の力を振り絞ってここまで歩いて帰ったのであった。それにしても補充兵は気の利かない奴が揃ったものだ。早く粟津を車に乗せて帰ってくればよかったのに。

第一夜は仕方なく兵を露天に寝かせた。翌日から馬力をかけて宿舎を造り始めた。土煉瓦と泥で一五名ぐらい入れるのを二つ造ろうというのである。

31　風腥(なまぐさ)き新戦場

その日の朝から、前方の集落線から行動を開始した部隊は、一斉に馬佐、馬謝、新店、北朝などを攻撃し始めた。西門外には一五榴(一五センチ榴弾砲)が三門来て支援射撃をやっていた。中隊主力も隊長以下、昨夜から引き続き新店を攻撃しているはずである。一日中、絶え間のない銃声・砲声・手榴弾音で満ち充ちていた。

一五榴の炸裂音はすごいものだ。発射音は至って小さいものであるが、馬謝、新店附近に落ちた榴弾の炸裂音はビリビリと大営の空気を震わせ、白い爆煙は地平線上を霧のように蔽っていた。吹いてくる風が火薬のにおいに満ちて生あたたかく、息苦しいばかりだ。

正午頃、前夜来の攻撃部隊が帰ってきた。また、平山と補充兵若干は昨日、粟津が運べなかった荷物を取りに原店へ行った。自分は中隊へ行ってみた。兵隊は皆、疲労困憊して眠っていた。伊東隊長殿も寝ておられたので起こさなかった。中隊陣地外の土壁の下から白い煙が立ち上がっていて、兵が五、六名ついている。

「何をしているんだ」

「田村を火葬しています」

「田村？　田村耕次郎が戦死したのか」

「はい、今朝戦死しました」

そうだったのか、ひとつも知らなかった。聞けば払暁と同時に撤退中、彼はチェコの弾を浴び、「やられた」とひと声残して散華したそうである。遺骸を収容しようとしたが敵散兵が陣前に来て突入してきそうな気配であった。仕方なく野見山准尉が彼の腕を切断して持ち帰ろうとしたところ、都合よく敵散兵との中間に一五榴の弾が炸裂し、その爆煙に遮蔽されて辛くも収容してきたのであった。

田村は可愛い奴だった。自分が初めて大営で勤務した時の部下で下士官候補者であった。彼も二〇歳だった。また、指揮班にいた土門上等兵が生死不明だという。重ね重ね不幸である。

大営の中隊内は前に比べて宿舎をかなり拡張していたが、警備隊の任務は第四中隊に申し送ったので四中隊との雑居状態である。

病身を押して戦闘に参加している大友軍曹に戦況を聞いた。彼は指揮班で参加していた。田村耕次郎が戦死したとき、指揮班の隊長殿以下が踏みとどまって遺体の収容にあたった。敵は目の前に突入してきそうな気勢を示す。隊長が初年兵は先に退れと命ぜられ、先に退（さが）らせた。正に指揮班の危機である。

この時、たった一人、同年兵の遺体収容の援護のため敢然と踏みとどまった初年兵がある。高橋 進であった。自分はもう大概中隊の兵の名前も顔を覚えていたつもりだったが、高橋 進と聞いてちょっと思い出せなかった。

「高橋 進とはどんな兵隊なのかい」

「見習士官殿はまだご存知ないかも知れません。高橋は初年兵の中で最優秀ですよ。内務もよくやるし、そのくせ口数が少くて、決して要らぬことは喋らない。またあまり笑いもしないので、皆は『笑わぬ初年兵』『物言わぬ初年兵』と言っています。その高橋が九九式のガタガタ銃を操って、あの雨のような弾を浴びながら、何とガッチリとした沈着な据銃をして撃つと、敵の奴がヒョイヒョイと頭を引っ込めました。まったく彼奴には感心した。伊東中隊長殿も非常に感心しておられました」

そんな初年兵もいたのか。一度その高橋を自分の部下にしたいものだと思う。北門へ帰ってきたら、平山が原店から戻ってきていた。原店集落を出ようとしたところで二五大隊の大隊長の遺骸が帰ってくるのに出遭ったという。

「何だと、二五大隊長戦死か」

「今朝、北朝で戦死したそうですよ。軽迫の全弾が命中してひどいことになっていました」

戦争だ。これが戦争だ。僅か昨日、自分と話したあの紳士的な老大尉がもうこの世の人ではないのだ。

宿舎の工事はなかなか捗らなかった。三日ばかりかかってやっと出来上がったが、やっと雨露を防ぐという程度のものに過ぎぬ。この中隊は何回も新店に攻撃を決行している。生死不明の土門上等兵の捜索もおこなわれていた。

32 空襲

ある日、作業をしていたら、二人の見慣れぬ将校が入ってきた。先方から先に「オーイ」と自分に声をかけてくる。

「やあ、西里少尉殿、金子少尉殿、ご苦労様です」

渡辺隊の西里少尉と金子少尉である。戦塵にまみれているだけでなく、不精髭をぼうぼうとのばしているので、ちょっと見分けがつかなかった。狭い自分の部屋でお茶を飲んでしばらく話した。

「しかし少尉殿、これだけ大規模な戦闘をやっているのに、よく敵の飛行機が来ませんね。陝縣や運城があれだけやられているのだから来そうなものだがな。うっかりすると今日辺り来るかも知れませんね」

何の気なしに西里少尉に言った自分のこの言葉が、五分ばかり後に本当になったのには大いに驚いた。

兵隊は土壁積みの作業をしていた。自分は門の上にいる歩哨を教育していた。西の方から三機の飛行機が飛んできた。飛行機はさほど珍しくない。陝縣、運城方面を空襲する敵機は絶えずここを通過しているのだから。ブーン、ブーンと飛行機は近づく。今日のは少し形が違う。いつも来るのは機首のとがったノースアメリカンP-51である。今日のは星型エンジンを付けている。速力もそれほど速くはない。友軍の偵察機に似ているようだ。

「山田軍曹、友軍機らしいな。襦袢でも振ってやろうかな」と見送る。相当高度が高く、しかも上空にはかすみがかかっているので、日の丸の標識も見えぬ。自分は気にもかけずにまた歩哨を相手に守則を言わせたりしていた。ヒョイと東の方を向いたら、アーッ。今飛び過ぎたばかりの飛行機がグーンと温塘目がけて急降下したかと思うと、温塘集落から真っ赤な火柱と真っ黒な煙がドーッと吹き上がった。そして「ゴンゴンゴンゴン……」と遠雷のような音を出して機銃掃射をやっているではないか。

「敵機だーっ、温塘がやられたぞ、隠れろーっ」皆のいる所からは土壁が邪魔になって見えないらしい。ポカンとして自分の方を見上げている。敵機はもはやすばらしいスピードで大営に肉迫してきている。「駄目だ。早く隠れろ。この上へ来たぞ」

自分は門から降りるひまがない。敵機は自分の真正面、南方から大営に突っ込んできた。

「ゴンゴンゴンゴン、ゴゴゴゴ……」

真っ赤な火を引いた焼夷実包が不思議な弧を描いてビューッと飛んでくる。ちょうど中隊本部の上辺りに来たとき、アッ、何だか落した。先頭の機の翼の下にさがっていたドラム罐のようなものがゴロンゴロンと転がり落ちた。ビューッと敵機が自分の頭の上をかすめて飛び去る。中隊陣地附近からまたもや真紅の焔と黒い煙が噴火山のように吹き上がった。

「中隊がやられたーっ、皆頭を出すな。敵は焼夷弾を持っているぞ」

三機の敵機はバラバラになって代わるがわる低空に舞い降りて「ゴゴゴゴ……」と赤い火の紐を吐き出続けている。畜生奴(め)、中隊の方ではまだ黒い煙が朦々と上り続けている。火と煙はすごいが爆発力は殆どない。油脂焼夷弾である。敵機はなおも掃射を繰り返す。

たった三機の、しかも雀のような単座機が飛び回るだけで大営中の友軍は頭を上げることができないのだ。小銃や軽機で多少、対空射撃をやったらしいが何の効果もない。完全に行動を封じられた形である。ああ、友軍機がいてくれたら、目の前で敵機を叩き落してくれたら、どんなに良い気持ちであろう。

「ビューッ、ゴンゴンゴン……」

頭上すれすれに飛び去る敵機。

「コロン、コロン、コロン」と巨大な薬莢が落ちてくる。青地に白の星のマークも、地上を見下ろしている操縦者もはっきり見えるのだ。敵は目の前であざ笑っている。自分たちにはこれに対抗する手段がない。残念だ。残念だ。

敵機は散々暴れ廻った末、また西の方へ飛び去った。とうとう敵は飛行機を使い出した。五分ばかり前、何の気なしに皆、城壁下の防空壕から這い出してきた。西里少尉と話したことが、眼前に現実の形となってあらわれたのである。これから後、何回来るかも知れぬ。今日は油脂焼夷弾だったからまだよかったが、炸裂弾を持ってこられると恐ろしい。ここは日本内地とはだいぶ事情が違う。内地のように木造家屋が密集している所では焼夷弾の方が恐ろしいが、この辺のように黄土や土煉瓦を主とした家屋ばかりの所では、炸裂弾の方がより恐ろしいのである。敵だってきっと大して効果のない焼夷弾の使用をやめて、炸裂弾の使用を始めるに違いない。

敵の機種がどうもよくわからない。焼夷弾は各機一発ずつしか持っていないようであった。彼らの機銃は一三ミリ（正確には一二・七ミリ）である。内地や石門で九七式戦闘機の地上掃射を見たことがあるが、その機銃は七・七ミリだから、パンパン、プスプスとやさしい音がするだけである。今回のは違う。ドッドッドドドーッと遠雷のような響きがする。そして両翼から黒い煙をサーッと引く。最初これを見て対空射撃が命中して敵機がガソリンを噴出したのかと思って喜んだのであったが、とんでもない。こちらが散々撃ちまくられたのであった。石門でやった対空監視哨の演習で発見した敵機には、できれば各機について一名ずつの監視者をつけるべきだと教えられたが、これはまったく必要なことだと思う。

一機がビューッと火を噴きながら頭上をかすめて飛び去ると、ホッとひと息ついて頭を上げる。その頃にはもう別の一機が反対側から突っ入んでくる。油断しているとこれでやられる。常に各機の位置を知っていなければならない。

午後になったらまた三機来た。同じ機体である。ノースアメリカンP-51も飛んでいるが、自分たちには見向きもしないで陝縣、運城方面に向かっていく。新しく来た三機は自分たちを専門に空襲するものらしい。今度は西門外にいた四一式山砲が曳火榴弾を撃った。空中にパーッと弾子が火花を散らして、馬鹿に景気の良いものだが、まるで見当違いの方向で炸裂している。

一発だけ惜しい所へ行ったが、ただそれだけのことで敵には何の損害も与えない。敵も別にそれを気にしている様子もなく、このところ完全に敵の制空権下にあるわけだ。

自分は敵機が来るとすぐに門の上へ上ることにした。ここには歩哨の哨所があり、粗末な掩体がある。どの方向から狙われても、体を少し移動すれば遮蔽できる。また、敵機の行動を監視するには絶好の場所である。補充兵の歩哨だけに任せておくのは、甚だ危ないもので、耳が遠いものもいるから爆音による敵機の発見など思いもよらぬことだ。ここで気がついたことだが、風が吹く時には門楼の上では、かえって爆音がよく聞こえず、土壁に囲まれた衛兵所に静かにしている方がよほどよく聞こえるということであった。

その翌日、またもや三機が西の方から飛んできた。空襲警報を発して自分は門の上へ。補充兵は防空壕の中へ飛び込む。彼らは怖いもの見たさで時々頭を出している。今日の目標も中隊本部の辺りらしい。ゴゴゴゴゴーッと掃射しながら突っ込んできたが、中隊の真上辺りに来たとき、バラバラと五つばかり白いものが敵機からとび出した。ハハー、宣伝ビラでも撒いたなと思った途端、それがパッと開くとフワフワ落ち出した。落下傘だ。

「落下傘爆弾だーっ、頭を出すな」

「教官殿、本当ですか」と山田軍曹が這い出してきて聞く。

「本当だ、本当だ。ここへも来るかも知れんぞ、入っていろ」

「ビューッ。ゴゴゴゴゴーッ。コロン、コロン、コロン」

山田軍曹はまた顔色を変えて飛び込んだ。幸い落下傘爆弾は来なかったが、敵は温塘に黄燐（おうりん）焼夷弾一発を投下し、大営集落東方道路上に機銃掃射を加え、土煙が列をなして吹き上がるのが見えた。

敵は今やあらゆる新式機材を使用して攻撃に転じてきた。これから先どんなものを繰り出すか知れたものではない。それにしても中隊上空で炸裂した落下傘爆弾で、誰もやられはしなかっただろうか。急いで中隊へ出かけようとしたら四中隊の原山少尉が鉄帽姿でやってきた。

「北村見習士官、こちらは異常ないか」

「異常ありません。これから中隊へ報告へ行こうと思って出てきたのですが、中隊の方はどうでしたか」

「一人どこかの兵隊がやられたそうだ」

自分は大急ぎで中隊へ行ってみた。中隊炊事場の横に昨日、焼夷弾が落ちた跡があった。運よく兵隊がいる所ではなかったが、土壁も地面も真っ黒に煤がついている。そして黒く焼け焦げたゴム切れのようなものが、辺り一面散乱している。油滴とともにこれが燃えながら飛び散って延焼の効果を上げることになるのだろう(後にナパーム弾といわれた油脂焼夷弾らしい)。

中隊へ行って隊長に報告してから皆と話した。中隊事務室にいた高橋春太郎一等兵が機銃掃射でやられたという。そのほか佐藤徳次郎一等兵、水上八十五郎一等兵が機銃弾と落下傘爆弾破片で負傷していた。水上八十五郎という兵隊はこれで二回目の負傷である。彼はこれ以後も何回か軽傷を受けているが、いつも運よく軽傷で済むことになる。

高橋春太郎や藤原俱四郎、佐々木富弥、長沢源一、菅原庄一ら指揮班の連中が、横穴の私物品倉庫で昼食の真っ最中、東方真正面から敵機の猛射を受けて横穴の中は焼夷実包の焔で真っ赤になってしまった。皆、青くなって頭を抱えて小さくなった。小男の藤原俱四郎はねずみのように私物品梱包の間へ飛び込んだ。敵機が飛び去って皆、這い出してみると高橋が倒れている。一発で横方向から心臓を貫通されたのであった(高橋春太郎上等兵戦死は昭和二〇年五月二一日。伊東隊長隊員名簿による)。

また、落下傘爆弾の一発は、よりによって弾薬庫の入口で炸裂した。中には各種弾薬の他にすばらしい威力のある円盤地雷が山のように積んであったのだ。破片のひとつは地雷の表面に当たって凹みを作っていた。もしこれが爆発していたら、次々に誘爆して大変なことになっていただろう。

これには皆も怖れをなして空襲後、全員かかって地下弾薬庫に移したのだそうである。弾薬庫入口の上の壁にはポッカリと大穴があいていた。まったく危ないところであった。また、野見山准尉の部屋にいた二中隊の内田少尉のすぐそばにも二発ばかり来て、机、寝台、壁を貫通していた。

落下傘爆弾は恐ろしい。元来が低空爆撃に使うものだから飛行機自体が被害を受けないように、飛行機が十分遠くに飛び過ぎてから爆発するようになっているのだが、空襲を受ける側から言えば、機銃掃射にやられないように頭を引っ込める。敵機が飛び去って、もう良いだろうと、ヒョイと頭を上げると目の前で爆弾が炸裂して、まともに頭上から爆風と破片を被ることになるのである。

対空射撃で乱射することは禁止された。あまり効果がないし、弾薬を浪費するだけだからである。またもや空襲があるといけないから、さっそく北門に帰った。栗津があちこちから機銃弾を拾ってきた。三八式や九九式の実包に比べると気味が悪いほど大きな弾である(一二・七ミリ機銃である)。

敵機銃の腔栈は相当摩滅しているらしく、弾体にはあまり条痕はついていない。焼夷実包 着発実包、徹甲実包などの種類があるらしい。それぞれ弾頭を赤、青、黒に染め分けている。何れも弾体表面は銅で蔽われ、焼夷実包は中に焼夷剤(おそらくマグネシウム合金)が填実され、弾尾の形状が少し違っている。鋼の徹甲実包は銅の被甲の中に先がすごく尖った、焼きを入れた硬い鋼の弾心が入っている。目標に命中すると弾心だけが飛び出して装甲を貫通することになる。

着発実包は鋼の被甲の中に更に鋼の内筒があり、炸薬と発火装置があり、弾尾を硬鉛で塞いである。これは命中すると炸裂するので人間に命中すれば普通の実体弾と違って大怪我になる。機銃にはこれらの弾が順番に配列されているので、まず徹甲実包で穴をあけ、着発実包で破壊的効果をあげ、更に焼夷実包で焼くということになるらしい。

栗津はこれらの弾の中をくり抜いてパイプを作っては得意になっていた。

その日の空襲では北門も狙われたらしい。それまでは中隊本部を狙った余波を受けただけであったが、この時は明らかに北門を狙ったと思われる弾痕が無数にあった。一度は自分の寝室になっている小部屋の白い障子を狙ったらしい。もし中にいれば部屋が小さいのだから避けようがなかった。とにかく、今までは敵機に狙われるということはまずなかったから、飛行機とは縁がないものと高をくくっていたのだが、さすがにこの時は制空権の重要さを嫌というほど思い知らされた。敵の飛行機の操縦者は大いに男をあげたであろう。たった三機で完全に大営、温塘にある日本軍の行動を一時的にしろ拘束したのだから。ガダルカナルの兵士たちが一機でも多くの飛行機を送ってくれと言って死んだということだが、その気持ちがよくわかるように思う。

33 間稽古教育

朝岡部隊長の北門陣地視察があり、色々陣地構築の命令が出るが、殆ど体力のない補充兵ばかりでは、とてもできそうにもない。教育のほうはまったくと言ってもよいほどできない。日朝・日夕点呼の時、間稽古のようにしてやるのと、衛兵勤務中歩哨動作の現地教育をやれるくらいのものだ。夜間の警戒が心配なので衛兵のほかに二人の不寝番を動哨させるのだが、二人いても何が恐ろしいのだか、ある地点に立ち止ったきりで動かなかったり、中には居眠りをする不届きものもある。衛兵司令も山田軍曹も自分も、しばしば夜中に起き出して見廻ったものだ。

ある真っ暗な晩、上半身素っ裸で木銃一本を持ってこっそり門の上へあがってみた。衛兵所で「今、誰が立哨しているのか」と聞いたら、眞田一郎ですという。最も狡くて口が達者な奴だ。どうしているだろうかと城壁の上へ登り、交通壕の中をそろりそろりと近づく。眞田の奴、まだ気がつかぬ。

土塊をひとつつかんで投げつけてみたが、それでも気がつかないのには、こちらが呆れて空恐ろしくなった。こんな歩哨ならまるで人形みたいなものである。そこでできるだけ目立つようにパッと立ち上がったら、眞田の奴、銃も構えずに、

「ダアレ?」

「馬鹿野郎っ」

ポカリとひとつ殴りつける。

「ダアレとは何だ。誰がそんな誰何(すいか)の仕方を教えたか」

自分は怒りながら、おかしくて吹き出しそうになるのをグッと我慢した。「ダアレ」とは正に傑作である。怒り心頭に発して、こっぴどく叱りつけてやろうと思った途端、こちらがギャフンと参ってしまうような拍子抜けの声がかかってきたのだった。さすがは静岡の補充兵である。あんまり馬鹿らしくて衛兵所へ帰って司令の平山にこの話をしたら、平山が涙を流して笑い転げるので、ついこちらもつり込まれて笑ってしまった。静岡の補充兵も多いが、あの狡くて馬づらの眞田一郎が言ったからこそ癪にさわったのだ。彼は海産物商の支配人だ。

北門に来てから軽機、擲弾筒、小銃の分業による班編成をおこなった。別に軽機も擲弾筒もないのだが便宜上分けたのである。この班編成をやるときにも補充兵なればこそ、こんなことが起こるのだと思う傑作談がある。どうせ補充兵に軽機や擲弾筒を持たせるというような事態は予想できないが、それでも一人だけどうしても困るのが出てきた。荒井俊輔という兵隊は体もそれほど良くはないので小銃班に入れたのだったが、右の目が義眼だったのである。

まことに不都合な話だが、自分もそのことを知らなかった。また、一見して義眼とはどうしても見分けが

つかぬ精巧品だったので、せいぜい斜視くらいに思っていたのであった。しかし小銃で右目が見えないのは困る。さっそく擲弾筒班に移した(擲弾筒は左目で狙う)。また、耳が遠い兵が二、三人いた。殊に島口という兵はよほど大声で話さなければ聞こえなかった。後に真夜中に非常呼集をかけたとき、この男だけ知らずに寝ていたことさえある(但し、島口の耳の聞こえない状態は、その時々によって勝手になるので都合の悪いときだけ聞こえなくなるのだというものもある)。

何れにしても、こんな兵隊が橋頭堡に対する最後の人員補充だというのだから心細い限りである。時に非常演習もやった。自分が状況を与えてやったこともあれば、粟津上等兵が友軍の誤認射撃を敵襲と判断して非常をかけたこともある。平山が子犬の騒ぐのを敵襲と間違え、折から大便中であったので後始末もそこそこに衛兵所に駈け込んだこともある。かえってこんな時の方が真に迫った演習になったのであった。

ある日、終日雨が降って泥の家はどれもこれも泥水が滴り落ちて居られなくなった。自分の小屋もすっぽり泥水で濡らされ、寝具や書物の上に点々と泥水が落ち出した。兵室はなお更ひどかった。これではいかんと、すぐ近くの地下家屋に移ることにした。あまり清潔なところではなく、ジメジメして健康上、良くないと思ったが雨に濡れるよりはマシである。警戒上も地下家屋では敵襲を受けた場合、防ぎようがない。いきなり上から手榴弾を投げ込まれたらおしまいなのである。相変わらず毎日作業を続ける。

34 新店攻撃

攻撃開始以来、大隊は何回となく新店を攻撃していたが、五月一七日夜半を期して、大隊主力を挙げて新店攻撃を決行することになった。敵は度重なる攻撃にますます兵力装備を増強している。数回にわたる攻撃が奏功しなかったので、大隊は各中隊に挺身斬り込み隊の結成を命じたのであった。

中隊にも梯子組が結成された。四人一組で長さ約一〇メートルの竹梯子を運んで、強行的に遮断壕を突破して突入しようというのである。橋頭堡には竹を入手できる場所がなく、陜縣の対岸、平陸縣城にだけある竹林から青竹を伐り出して長い梯子を作ったのであった。万難を排して新店を攻略しようとする大隊長以下の決心のほどが思いやられる。

五月一七日夕刻、中隊長以下別れの酒を酌み交わして出ていった。大営にあるすべての部隊が僅少(きんしょう)の警備要員を残して新店、馬佐方面に出撃していった。自分は北門の楼上に立って、麦畑の中を延々長蛇の列をなして出発する部隊を見送って、言い知れぬ悲壮な感じにうたれた。きっと激戦になるに違いない。

夜中、ふと目を覚ましたら轟々戛々、絶え間のない銃砲声だ。山田軍曹を起こして楼上にあがってみる。空は満天の星だ。

新店の方を見ると銃声、砲声、手榴弾音が隙間なく轟々と耳を聾するばかりだ。いや、もう銃声とか手榴弾音などと区別もつかぬ。一様に轟々と浪の轟きのようだ。友軍重機の曳光弾が噴水のように点線の束になって降り注いでいる。手榴弾の炸裂光が赤く閃き、立ちこめた爆煙を照らし出して不気味な赤色の雲を棚引かせている。その海鳴りのような轟音を貫いて「ダラララララーン」とすごい速さの発射音が鮮やかに聞こえるのは、円盤弾倉の敵の新式機銃の発射音であろう。

激戦だ。大乱闘だ。あんなに手榴弾を投げるのは敵である。中隊長以下、血みどろの死闘を続けているに違いない。相当の戦死者もあろう。初年兵もこれが最初の大激戦である。どうしているだろうか。

もう払暁が近い。今日は一八日。そうだ、五月一八日は自分の誕生日だ。自分の誕生日に多くの兵が戦死するかも知れぬ。これが戦争というものなのか。何とも言えぬ悲壮な感じにうたれて、自分は戦火に燃える新店を望みながら立ち尽していたのだった。

夜明けと同時に自分は中隊に行った。まだ中隊は帰っていなかった。退院してきた金谷伍長と蓬田伍長が陣地に上って中隊が帰ってくるのを待っていた。やっと麦畑の中を中隊の隊列が黙々と進んできた。まったく疲労しきって、泥と硝煙にまみれて、あるいは血で彩られて。「ご苦労様でした」こんな簡単な言葉では済まない。こんな時にしらじらしい言葉で労をねぎらうことなど、かえって無意味というものだ。

中隊は解散し、兵はあと片付けを始めた。皆、一夜の死闘でまったく形相が一変し、血の気が失せてものも言わない。自分なんか後方に残されて人並みに生きているのが恥ずかしいくらいだ。

果たせるかな、中隊は莫大な犠牲を払ったのであった。平田勝正上等兵、斉藤松太郎一等兵、木下義雄一等兵、小原久之助一等兵がそれぞれ戦死。宇都宮曹長、加賀伍長重傷。丸田上等兵、鎌田健隆上等兵、浅利上等兵、近藤一等兵、小船岩松一等兵、横山候補生、上原一等兵ら負傷。その他軽傷数知れず。参加したものは殆ど大なり小なり傷を負っていた。

集落西門から負傷者が収容されてきたので、伊東隊長とともに収容所へ行った。戦闘中、地上に伏せていた隊長の腰にも軽擲の弾が命中し、それが撥ね返って炸裂したため、傍にいた横山候補生が負傷したのだという。負傷者は民家に収容されていた。土間にアンペラを敷いて寝ている負傷者の中から苦痛に耐える呻き声が聞こえる。

一歩中に踏み込むと血腥い匂いがただよい、辺りは白い包帯と赤い血潮。負傷者は歯を喰いしばって苦痛をこらえている。白衣の軍医と衛生兵が駆け回っている。床には血が滴って溜まっていた。宇都宮曹長と加賀伍長は右肩を砕かれていた。最も見るに耐えなかったのは、大隊長当番であった。彼は両脚に無数の手榴弾破片創を受け、大腿部を止血帯で締めつけられていた。

止血帯というものは有効には違いないが血流を妨げ、耐え難い苦痛を伴うものである。大隊長当番は顔面蒼白、脂汗を流してがんばっていたが、すでに死相が表れていた。あまりにも苦痛が甚だしく、ついに衛生兵が軍医に伺いを立てたところ、軍医も止血帯の解除を許可したようである。つまりは手の施しようがなくて最後を安楽にしてやったのであった。

やがてトラックがやってきて、彼らを後方に運んでいった。

話を聞けば聞くほど激烈な戦闘であったらしい。たった一個大隊で新店を攻撃したのだから大変であった。今回は砲兵の支援射撃もなかったのであった。梯子組は壕に到達するまでに倒れる。それをまた別のものが持って進む。ところが遮断壕は意外に幅が広くて、梯子が向こう側にかからなかった。仕方なく、梯子を立てかけて一旦、壕底に降りたのであった。

敵は手榴弾をいくらでも持っているので、壕底に降りた我が軍の上へ、一度に二つずつポトポト投下したので、壕の中は手榴弾の炸裂で蔽われた。しかし、重機や擲弾筒など各隊の援護組の全火器が集中射を浴びせ、敵を制圧したので、斬り込み隊は遮二無二、壕の斜面をよじのぼって突入した。

新店の集落は大きい。敵は集落内の一画に退却して静かになった。この時、神馬軍曹は敵がいつ狙撃してくるかも知れない道路上へ堂々と進み出て「ヤイ、出てこい。伊東隊の神馬軍曹が相手になってやるぞ」とドスのきいた声で辺りを睨みつけたが、敵は撃ってこなかったし、友軍の方もしばらく息を呑む思いであったという。ここに長い間、苦労を重ねても果たし得なかった新店占領が一部成功したのである。しかし、もう夜明けが近い。部隊は大なる損害を受け、兵力少なく、弾薬も残り僅かとなり、急速に補給することもできず、涙を呑んで撤退してきたのであった。

二中隊の村木曹長は腹をやられ、腸が流れ出し、その苦痛は見るに耐えなかったので、彼の求めに応じて誰かがとどめを刺してやったという。大隊長は真っ先に立って突入したそうである。

中隊は憂愁に包まれた。ある日、中隊陣地内の窪地で戦死者の火葬がおこなわれ、教育隊からは平山上等兵以下の屍衛兵（しかばねえいへい）を出した。中隊全員参列。折からの雨を含んだ曇り空に煙は上ろうとして上らず、下りもせず、辺りに立ちこめて動かない。中隊長の後ろ姿が俄かに小さくなったようで淋しそうだ。

自分はまだ幸いにして直属の部下を死なせたことはない。とても自分には中隊長の気持ちが理解できないであろう。平田勝正は惜しい男であった。聞くところによると、山西から来た部隊は岔道口、官道口を攻撃したが、敵は新兵器と大兵力を指向してきたので、一部占領の目的を達したのみで撤退。損害は莫大であったという。

新店、馬佐など我々の正面は確かに激しい戦闘ではあったが、特に目新しい新兵器が出たわけではなかった。円盤弾倉の軽機銃が出たし、攻撃前、野戦重砲が出たくらいのものである。落下傘爆弾が出たが威力は大したものではなかった。

ところが北朝ではロケット砲が出た。兵が遮蔽していた土壁が根こそぎ吹き飛ばされたそうである。岔道口、官道口では重迫のヘクタール射撃（じゅうたん射撃とも称し、強いて命中効果を求めず、一定面積に大量の砲弾を集中し、濃密な着弾でその地域内の敵を消滅させる）をやったらしい。また、飛行機から重油を浴びせて点火するということもやったという。作戦は確かに失敗に帰したようだ。しかし兵力、装備なきを如何せん。

作戦は終わった。敵はますます正面に兵力を増強し、陣地の強化につとめている。作戦に参加した部隊はすぐに解散することなく、橋頭堡陣地の強化に協力することになった。原店、大営の陣地強化。偏口、上官陣地の修理と強化は速やかにおこなわねばならなかった。

35 陣地構築

大隊長以下、北門を再度巡視。中隊本部から西門、北門を連ねる大規模な陣地構築計画が発表された。大隊主力を挙げてこれの早期実施に当たることになった。特に陣地に独立性を与え、北面および東面に対して強化される。五月末で乾期の最中である。毎日、炎熱肌を灼く下での作業で補充兵は続々倒れる。中隊の方も作戦の消耗による減員で勤務は相当きついらしい。

銃砲隊の宮原上等兵ら三名は、北門脇にマキシム重機掩体の構築に着手した。

教育もゆるがせにできない。五月末には部隊長以下が査閲に来るということであるし、教育成果表も提出せねばならぬ。まだ装填 抽出もろくにできぬ奴が多い。着脱剣だってまだまだ完全ではない。しかし、これは一概に自分たちばかりの罪とは言い難い。小銃が鹵獲品ばかりだから、とかく教育が円滑にはかどらないのである。特に着脱剣は、三〇年式銃剣なので小銃が鹵獲品では着剣ができないのだ。

仕方なく山田軍曹や上等兵の銃を交代で持たせて教えるのだが、その繁雑さはお話にならない。装填・抽出もそうである。銃の安全装置の構造がまったく違うし槓桿の形さえ違う。装填・抽出の教育には絶対不可欠の擬製弾が一つもないのには恐れ入った。初めから実包装填で教育なのである。どんなに注意しても安全装置をかける前に引鉄に指を持っていく奴があるし、銃口をブラリと下げる奴がある。

果たして暴発するものも出てきて、列前に立っている自分たちの耳のそばを弾が掠めるというわけで、まったく教える方も命がけだ。山田軍曹がすっかり腹を立てて殴りつけると、ますますビクビクして更に間違いをしでかす始末となる。しかし中には割にもの覚えの良いものもいたが、五、六名にすぎない。

大営集落の東北角辺りで小銃基本射撃第一習会をやった。成績は意外によかった。分隊教練も色々困難を押し切ってやった。対米戦闘法に基づく新操典によると、何しろ状況は初めから終わりまで匍匐だから堪ったものではない。補充兵はどんどん病気になる。食い過ぎといういやらしい原因のもある。佐々木衛生兵に頼んで片端からどんどん入院させた。

昼間は殆ど陣地構築に費やされてしまう。北門の脚部を掘り抜いて軽機の側射掩蓋を造ること、北門を完全に閉塞することなどが我々に与えられた仕事である。煉瓦はだいぶ離れた集落内の廃屋から運んでくるのだが、誰かが監視していないと補充兵はすぐにサボるので仕事は遅々としてはかどらない。

北門脚の穴掘りでは工藤上等兵が大いに腕を発揮した。彼は炭鉱労働者で穴掘りは彼の専門である。北門の閉塞は次第に工事が進んで、六分通り出来上がった頃、平山と二、三人の補充兵が乗ったまま土煙とともに崩壊してしまった。幸い負傷者はなかったが、数日間の労苦は水泡に帰した。

補充兵だけではとても北門附近の陣地構築はできそうもないので、中隊主力、大隊、果ては二七大隊まで応援してくれることになった。それほど敵情も南太平洋戦線の戦況も楽観を許さない状況になってきたのである。正面の敵情が太平洋戦線の戦況消長と密接な関係があることは明瞭な事実だった。

大営北門附近には遮断壕がまったくなかった。二七大隊がこれを担当して造ることになった。その他、無数の掩蓋、望楼などが計画され着々実行に移された。

ある日、今夜から夜間作業があると通知があった。昼間、補充兵と共に汗にまみれて作業をやり、疲れ果てて眠りかけたら二〇時頃、いやに外が騒がしくなって、三中隊の南条曹長が入ってきて、夜間作業を割り当ててから指示を与えてくださいという。疲れた体には大いにこたえたが仕方がない。

起き出して作業を割り当てていたら何としたことだ。中隊を初め、大隊主力、二七大隊長らが器具を持って続々とやってくる。部隊長や各中隊長も来る。もう寝ているわけにはいかない。部隊長が何もかも自分に言いつけてやらせようとする。中隊長がここを指揮せよと言う。副官に呼ばれる。江連中尉が来いと言う。これではとても体が続かない。といって昼間は寝るわけにはいかない。それに教育期間もあと僅かである。最後の仕上げをやらねばならぬ。

こんな辛い思いをしたことはなかった。昼は演習と陣地構築、夜は夜で夕食後から二四時頃まで陣地構築作業である。ついに体の調子も思わしくなくなり下痢が続いた。二七大隊の作業場へ行くと渡辺隊の吉田伍長や大沢兵長が挨拶する。何しろ三路里には正味三日か四日くらいしかいなかったのだから、自分は殆ど兵隊の顔は覚えていない。「見習士官殿、ご苦労様です」と声をかけられて、そうだ、これも渡辺隊の兵だったと思い出すだけである。

しかし、ここに日本陸軍の強味があるのではないだろうか。たとえ三日か四日にしろ、その隊に籍を置いたものは遠く離れていても再び会えば互いに無事と健康を祝い、できるだけの協力を惜しまないのである。連隊の広木伍長も軍曹になっていた。これらの顔見知りの人たちがいたために相当無理と思われる作業も案外簡単にやってもらえた。

新店攻撃の前進拠点として偏口、上官陣地の中間、黄村廟附近に一個分隊の分哨を置き、作戦終了後も引き続き大村曹長や中村曹長、神馬軍曹らが交代に服務していた。

土匪の跳梁は以前にも増して激しくなったように思う。一度補充兵を連れて城村を経て黄河河畔まで行軍したことがある。実に雄大な眺めであった。補充兵に言った。

「お前たちは軍隊に来たおかげでこんな遠くまで来て黄河の景色を見ることもできたのだ。内地でコソコソ商売なんかやっていても一生、井の中の蛙で終わってしまうのだ。よく目の玉をくりあけてこの景色を見ておけ」

さすがに強情でひねくれた彼らも黄河の雄大さには兜を脱いだらしい。その帰途、自分たちが大営駅の辺りまで帰ってきたところで中隊から五、六名迎えに来てくれた。頼みもしないのに、またこれは親切なことだ。

「おい、どうしたんだ」

「見習士官殿は知らなかったかも知れませんが、あの石柱のところに土匪が五、六名、待ち伏せていたんです。自分たちが来たら逃げましたが、まだあそこに一名見えるでしょう」

知らぬが仏とはこのことである。危ないところだった。黄河の景色を満喫してよい気持ちになって帰る途中、自分たちの首を狙う奴がいたとは知らなかった。たかが五、六名の土匪など恐るるに足りないが、一発の下に狙撃されたら、あるいは一人二人の犠牲者は免れぬところである。

先頭に大きな姿勢で歩いていた自分が好目標になったに違いない。温塘へも身体検査かたがた行軍したことがある。軍医が不在ということで無駄足となり、また帰ってきただけだ。

医務室の前で休憩していたら、

「見習士官殿」

「オーッ、鈴木。貴様まだここにいたのか。傷はどうだ」

「傷のほうは殆ど良くて退室できそうですが、マラリアが出てなかなか帰してくれません」

あの張り切った鈴木茂次郎兵長であった。

彼は元気ではあったが少し痩せていた。人差し指に入った弾片がまだ抜かれずに触ってみるとクリクリ動いていた。

36 教育終了

教育期間はあと僅かだ。やっていないこともたくさんあるし、基本動作もまだ不十分である。作業に追われながらも馬力をかけて教育をやった。遅まきながら三八式小銃が補充兵にも洩れなく支給された。これで教育もだいぶ楽になった。擲弾筒代用弾の実験射撃もやってみせた。チェコ機銃を教育隊用にもらって北門の上から撃ってみせた。柄つき手榴弾の実物も投げさせた。朝夕の点呼時には執銃帯剣で整列だ。

ついに部隊長の査閲の日時が発表された。口やかましい江連中尉も来る。到底、良い批評はくれまい。しかし今さらジタバタしても追いつかない。普通どおり、前に教えたことを反復演練した。教育成果表も出した。少し誇張して良く書き過ぎたかも知れないが、ありのままを書いたら本部から示された目標に達しないことになる。

軍隊へ来たおかげで自分も要領よく(狡く)なったものだ。集落東端の畑中に査閲演習場を選んで毎日、予行演習をやった。基本動作、射撃姿勢、装填抽出、敬礼、分隊教練などを一時間ぐらいでやることになるので、時間を計って練習した。補充兵も相当熱心になり、やる気が出てきたようだ。三六名中、入院者を相当出し、また病人もあった。あまり動作が上手くない奴は病人の中に繰り入れて舎内監視という名目で出場させなかったのである。

当日朝、最後の注意を与え、軍装検査を十分にやってから査閲場へ行った。しばらく待っているうちに伊東中隊長も来られた。温塘の方から馬が二頭走ってくる。朝岡部隊長と江連中尉だ。

「部隊長殿に敬礼、頭ーっ、中っ、直れ」

伊東隊長の号令で部隊長に敬礼。

「さあ、北村やれ」

今日は隊長もかなり心配そうな顔つきである。

「ただ今から執銃各個教練、着脱剣、装填抽出を実施いたします」

「ウム」と部隊長はうなずく。江連中尉の鋭い目がじっと見つめている。隊形をとらせて始める。補充兵ばかりではない、教官以下、全部が見られているのだ。一ヵ月の苦労が報いられるか否か、この一時間にかかっている。装填抽出や射撃姿勢は何とか無事に終わった。いよいよ問題の分隊戦闘教練である。これで教えるものの真価が左右されるのだ。

平山以下の対抗軍が幕的の陰に隠れる。手旗を振る。状況開始。補充兵は一人一人、ムクムクと匍う。先頭の方になるべく優秀なものを配置している。中村銈司、角田武男、津田藤平らである。中村の射撃姿勢は立派であった。

時間の経つのが実に長い。そろそろ体力の弱いものまで匍い出した。黙々と匍っているが苦しそうだ。そら、銃口が下る。

「池田、池田、もう少しだ、がんばれ」

彼は埃にまみれて匍い続ける。彼も必死だ。俺も必死だ。

「北村見習士官。状況が長引くからあの堆土のところまで歩いて前進させよ。状況一時中止」

部隊長の鶴のひと声。自分はホッとして兵を立たせた。まことに有り難かった。陣前にて着剣突撃。これは三回ばかりやり直しをさせられて心配したが、何とか終わった。

「状況終わり」

自分は叫んでホッとひと息ついた。集合して部隊長の講評。暑い。正午の太陽がジリジリと照りつける。汗と土埃にまみれた補充兵が胸を波打たせて、それでも口を引き締めて立っている。その横顔を見ると、もう立派な兵隊だ。やはり月日が経てば兵隊らしくなるんだなと思った。一ヵ月前の彼らに比べたら格段の進歩である。

「集合終わり」

「ウン。ただ今から講評をおこなう。まず最初、この困難なる状況下においてここまでの向上を見るまでの努力を払った教官以下、補充兵に至るまで、全員の労苦に対し、大いに敬意を表する」

朝岡部隊長の講評は身に沁みて謹聴した。良い批評とは思われなかったが悪くもなかった。ただ、今までの苦しい一ヵ月を思い出して感慨無量であった。

「頭ーっ、中っ、直れ。引率帰営します」

査閲は終わった。何もかも終わった。

「北村見習士官、君は俺たちと一緒に来い」と隊長に呼ばれた。山田軍曹に引率を命じ、中隊へ行く。事務室に会食の準備がしてあった。久し振りの御馳走であった。自分には一ヵ月の苦労が報いられたようで嬉しかった。江連中尉も補充兵教育に関しては何も文句は言わなかった。

その夜、中津山に指示して、うどんをたくさん作らせた。他のご馳走もだい

小休止

ぶできた。炊事場の前へ机を並べて教育終了祝賀会である。補充兵ももうすぐ一等兵になって各小隊、分遣隊に出される。まだまだ一人前ではないが古年次兵が適当に指導するだろう。ずいぶん嫌な目にも遭ったが、教育が終わってみれば懐かしい。

教育中の思い出話や内地の新兵器の話も出る。中津山も銃砲隊の三名も席についている。露天の宴席はまた格別だ。星がギラギラ光る。銃声もせぬ。明日からもう教育もない。補充兵もバラバラになる。自分はどこで勤務することになるのだろう。

その翌日、中隊命令が出て補充兵の配属が決まった。自分の行く先も決まった。自分は一個分隊を率いて神馬分隊と交代して一週間、黄村陣地に勤務することになった。北門には内山兵長以下の分遣隊が出ることになる。黄村は新しい陣地である。将来性ある新天地である。面白いことになるぞ。

37 第一回黄村勤務

補充兵教育終了と同時に自分は一個分隊を率いて黄村分哨に一週間勤務することとなった。

高橋春治兵長、高橋敬治上等兵、齋藤長助上等兵、石塚鈴男上等兵、藤井多広上等兵、秋川兵長、森元上等兵、平山上等兵、工藤上等兵、角掛一等兵、中津山一等兵、神一等兵、豊山一等兵、遠藤武治一等兵、その他補充兵若干という大変な精鋭揃いである。まだ陣地も未完成の生地(せいち)であったから、また、最も敵情が悪い所でもあったから有力な編成となったわけだ。

この黄村には六号無線機と通信班の三名が配属されていた。自分は私物箱を中村曹長の部屋に預けて出発した。一週間だから大した準備も要らぬ。伊東隊長から所要の注意を受けて出発した。黄村に昼間行くのは初めてである。大営を出ると黄村の集落までは麦畑ばかり。こんなに見通しの良い広い所を大っぴらに歩くのも久し振りである。集落線の方では絶えず銃声がするが、自分たちを狙撃しているのではない。

左方、山が盛り上がっている中で最も遠くに群峯を圧して聳えている三角形の山があり、その頂に四角い白い塊が陽に映えて輝いている。これが嶮山廟である。今、五中隊が警備している所で河南作戦のとき大激戦があった場所である。もう途中の畑の中には西瓜ができている所もある。これから西瓜がうんと食べられるだろう。大いに楽しみだ。

黄村集落の入口にある、高い土壁をめぐらした家には黄村陣地から出された東分哨がある。「オーイ、ご苦労さん。交代に来たぞ」と兵は互いに呼び合う。その家の下を通って河原を渡る。この辺りは青草がいっぱい生えている。楊柳や杉などが林をつくっていて、サラサラと風に枝を躍らせている。大営や原店に比べると、まるで別天地の感がする。これで敵情さえ大したことがなければ、まったく極楽なのだが。楊柳の樹蔭を過ぎ、水のない河原を渡り、陣地の門に達する。

今のところ、この陣地は普通の民家をそのまま利用したもので、掩蓋らしいものは何ひとつ見えない。中へ入ったら神馬軍曹らはもう装具をつけて帰る準備をしていた。引き継ぎをするものとしては弾薬、糧秣、敵情の他、別になかった。陣地は頗る不完全なもので、遮断壕は変な所に申しわけばかりのが掘ってあった。

まず東分哨の交代として高橋兵長以下六名を行かせた。神馬軍曹以下は東分哨の交代が終わるとサッサと帰っていった。さあ、これから一週間、愉快にやっていこう。中隊へ帰ればまたもや陣地構築や週番士官でこき使われる。敵情さえなければ、ここはまったく休養に来たも同然だ。

さっそく陣地を見て廻る。陣地というにはあまりにも貧弱だ。何よりも一週間交代という勤務のやりかたが良くないと思う。これではどうせ一週間を過ぎればまた中隊へ帰るのだからというわけで、誰だって真剣に陣地構築に取り組むものはいないだろうと思う。

陣地は河原を含む、ごく浅い地隙の断崖に造った横穴家屋が主体である。これに附随した房子や土壁が何とか陣地の役目を果たしている。しかし、ボロボロの家の泥屋根の上に土煉瓦で低い檣壁を造り、浅い掩体を掘ってあるだけで、あまりにも防備に無関心であるのには驚いた。もっともこの陣地は分哨であって死守が目的ではない。

大兵力の敵が来襲した場合は、適宜接触を保ちながら中隊主力の位置まで後退すればよいのである。しかし、この陣地は河の西岸に乗り上げる形になっていて、まったく左右から集落の民家に囲まれ、しかも両側の集落に接する方は樹木や民家が多く、地形錯雑し、敵はいくらでも遮蔽して近接し得る。従って、もし敵に手元に飛び込まれると離脱後退は容易でない。だから東岸村はずれに東分哨があって敵の背面攻撃に備え、また本陣地撤収を掩護できるようになっている。

このような双子陣地はそのどちらかひとつが失陥すれば、もう価値を失ってしまうものなのである。それにしても分哨としてもう少し良い位置はないものだろうか。あまりにも周囲の地形地物に変化が多過ぎる。

死角が多過ぎる。しかし、もしここを純然たる分遣隊陣地として経営して行くのなら、またやり方もあるというものだ。

適当な掩蓋構築、突出して死角を補う射撃設備を造り、障碍物を設置すれば有力な陣地とすることもできるだろう。ここは以前、敵が入っていたらしく、崩れかかった望楼があり、今は分哨を上げている。言い忘れたが、今、自分たちの装備は軽機二、重擲一である。

分哨が二つに分かれていることは警戒上有利には違いないが、兵力分散となり、また、今のように一五名前後では相当、兵の負担は大きい。望楼には以前、上官陣地にあった鹵獲双眼鏡が備えてあり、昼間の敵情監視には大変便利だ。形は不細工だが倍率は八倍である。分哨宿舎の前にはもうひとつ家があり、その向こうは新店まで一物もない麦畑である。新店までの距離はおそらく三キロ足らず。中隊がある大営とは同じ距離かあるいは新店の方が近いかも知れない。

馬佐もよく見える。北朝も見える。それらのずっと後方には黄土層の丘陵地が連なり、かなりの横穴があるらしい。所きらわず中央軍兵士がブラブラ歩いている所から見ると、敵は相当の大兵力をこの正面に集中しているらしく、おそらくあの丘陵地は敵の地下要塞線であろう。双眼鏡で見れば見るほどに敵の動きは活発である。あるいはバラバラに、あるいは部隊をなして蟻のように動く敵兵を望むとき、身は殊更に第一線の空気に浸っていることを感じる。

新店では城壁外に多数、白衣の苦力が作業をしているのが見える。この前の作戦で遮断壕を突破したため、敵は更に壕の拡張、掩蓋、銃眼の新造など陣地強化に狂奔しているらしい。ちょうど陣地と新店を見通した線上に新店に向かう道路があり、両地中間に土で造った一本塔がある。

そのすぐ右から、だしぬけにすごく深い大きな地隙が北方に走っているのだ。およそ地隙といっても、実見したものでなければ内地の人には想像もつかぬ特異な地形であり、黄土地帯独特のものである。その両岸は断崖をなし、まったく垂直に切り立っている。よじ登ることはまず不可能、降りることもできぬ。僅かに道をつけることにより登り降りができるだけだ。

深さも二〇メートルは普通である。陝縣と会興鎮との間では深さ五〇メートルくらいのを見た。これがあるために黄村集落は比較的安全に守られている。

もし敵が地隙の線を越えて侵入してきても、やり方によってはこの地隙に追い詰めることもできる。しかしまた、我々の行動を妨げる役をしていることも確かである。

陣地の左の方は南曲沃の集落が近く、視界を阻んでいるが、上官陣地ががんばっているから敵は最近あまり入ってこない。

今、我々に最も関係があるのは馬佐に本拠を有する呂従興の土匪が、隴海鉄路に沿って東進し、黄村、偏口に侵入したり偏口陣地を狙撃したりすることである。河の西岸、陣地の北西約四〇〇メートルに黄村西塞という高い城壁に囲まれた一部がある。この門扉はいつも閉鎖されている。土匪はよくここへ侵入するらしい。あるいはここに土匪の捜索拠点があるのかも知れないので、将来はよく調べてみなければならぬ。

望楼から北方を望むと、錯雑した民家の屋根や樹木の間から破壊された隴海線鉄橋が見える。その向こう側に見える集落が李家塞で土匪が常に入っている。鉄橋畔に土匪の歩哨が立つこともある。

この陣地の強味は何といっても井戸を持っていることである。水の豊富な冷たい井戸さえあれば少々敵に囲まれても、偏口陣地のように苦しい戦闘をする必要はなし。それも陣地内に一つと、更に陣地入口の門外一〇数歩のところにもう一つあることを思えばまことに心強い限りである。

この家は昔、綿繰りをやっていたらしく、綿繰機と実棉（じつめん）（種のまわりに綿毛がついているもの）が散乱していた。まだ陣地内の自分たちの隣に老人夫婦が住んでいる。警戒上、面白くないが俄に出て行けとも言い難く、そのままにしてある。

自分の部屋は横穴式だが、ガランとした薄暗い部屋であまり良くない。神馬軍曹がいた時から別に家具も置いていない。机と椅子が一つ、寝台が一つだけである。壁に釘を打ちつけて装具をぶら提げる。大営や原店の部屋に比べると、あばら屋だが、うるさい仕事もなく隊長に怒鳴りつけられることもないから大変気楽である。

炊事設備が不完全で、自分の横穴の前に竈や水がめがある。妙な所に炊事場を置いたものだ。炊事は中津山が専任で初年兵が手伝っている。朝も点呼をとるわけではないから、朝食準備完了と共に起床という呑気さである。自分もだいぶコチコチの石門士官の臭味が抜けて、野戦小隊長らしくなった。

だが朝寝ていると、部屋の入口や窓の障子に朝日が射し込み、部屋の奥底まで照らされる。部屋の入口の前に炊事場があるのだから飯を炊く煙が朦々と室内に侵入する。中津山がチェコ機銃の連続点射のような音をたてて胡瓜の漬物を切る。とてもゆっくり寝ているわけにはいかない。

日課時限表を作り、情報記録簿を作り、陣地見取図を作れば一応の仕事は終わる。以上は自分が分遣隊勤務をする時、最初に必ずやる仕事である。どこで教えられたか知らないが、これが習慣になってしまった。その他、分哨に帳簿を与えて顕著な敵情変化を記入させる。また、銃声の統計をとらせてみた。これは、いつ、どの方向で何発ぐらいの銃声がしたのかを記録させるもので、住民による情報と、夜間の銃声による推測とを比較しようとするものである。

夜間はさすがにひっそりとして不気味であった。集落で時々犬が鳴き、遠くで銃声が聞こえる以外は実に胸が悪くなるような闇であり、無音の世界だ。灯などどこを見廻してもひとつも見えぬ。風が吹く晩は陣地裏の楊柳林がザワザワと騒ぎ、ずいぶんと聴音を妨げるので困る。

陣地に来て二、三日後、東分哨を見に行った。高い堆土を四角に切って造った家屋を利用している。東方に対しては今、遮断壕を構築中で高橋兵長以下、器具を振って働いていた。飯は三度三度陣地から運んでやっているが、いざとなればここでも簡単な炊事ができる。東分哨から陣地に帰ろうとしたら、「パーン、パキーン、ギューン」と黄村西塞の方向と偏口地隙の方から盛んに弾が来る。陣地を飛び越えて楊柳の小枝をバラバラ降らせて飛び去る。しかしそれほど危険な弾ではない。望楼に上ってみると西塞の城壁上と偏口集落に、チラチラ白い便衣が見え隠れしながら弾を送ってくる。望楼の銃眼に近く、ブツリと命中するのもある。

南太平洋戦線はますます不利な状況である。内地からの兵器、弾薬、糧秣の補給は殆ど絶望である。これらのものは殆ど現地自給に俟たねばならぬ。特に橋頭堡は黄河、中条山脈という補給線上の大障碍を控えているので、補給の円滑は期し難い。更に近ごろは敵機の跳梁が激しく、黄河の渡河点はよく空襲される。かかる状況から兵器、弾薬その他各種資材の保存、愛護、節約が叫ばれている。無駄な弾は一切撃てないのだ。

朝岡部隊長の訓示にも、今後各隊への弾薬の補給は戦果と引き換えだと言われている。そのためには敵をできる限り近距離に引き附けて一発必中主義をとり、更に積極的に挺身切り込みを敢行して資材不足の欠を補うべしと示されている。

今や橋頭堡は山西地区とは独立して自給自足態勢の確立に邁進しつつある。

大隊本部経理室では味噌・醤油の製造を始めた。ある日、中隊から連絡兵が来て、補充兵石川常雄を醤油製造工場要員として大隊本部で勤務させるために連れて帰った。また、橋頭堡内では半年分くらいの弾薬、糧秣を集積する計画であるという。

陣地では三日目ごとに中隊へ糧秣受領に行く。短いようだが、いつ引き払わなければならないかも知れぬ分哨だから小刻みの補給をするわけである。寝具だって各人毛布一枚きりだ。また、それほど寒くもない。兵室でも自分の部屋でも寝るときは支那人が使う布団の比較的きれいなのを敷いている。夜も暑くて室内に寝られないので、外の軒下に寝台をつくって寝るものも多い。

蚊が多いのには閉口する。集落から蓬(よもぎ)の茎を縄に編んだものを取り寄せて焚いているが、効果は少ない。恤兵品(じゅっぺい)の蚊取線香もあるが、こう蚊が多くてはただの気休めに過ぎぬ。蚊帳なんかもちろんあるわけがない。毛布を被れば暑い。上半身裸で寝台の上にゴロ寝するが、たちまち所きらわず蚊が群がり集まる。しかし、これも半ば諦めた形で慣れてしまった。

集落から野菜は豊富に持ってくる。黄河河畔の東官庄、西官庄の方は野菜が頗る豊富だ。大営のも主としてこの方面から供給しているのだが、東官庄には土匪がいて、中隊主力がいる大営への大量供給は阻止しているらしい。黄村辺りは住民の需要も多く、これは土匪も止めるわけにいかないので、我々にも十分手に入るのである。結局、中隊が野菜不足で喘いでいるときでも、黄村、上官などの陣地では豊富な野菜の供給を受けられるのである。

こんな良い所は他にない。敵情も思っていたほど悪くない。水や野菜も豊富だ。無線もある。正に言うことなしである。ここはきっと将来、重要な陣地になる。分遣隊がきっと出る。こここそ俺の働き場所だ。他に誰がここへ来るものがあるか。大村曹長は少尉候補者教育を受けに太原へ行った。中村曹長は老頭児(ロートル、老人、おいぼれ)だ。俺以外来るものはいない。そんなにいつまでも、一週間交代という能率の悪い勤務形態が続くことはないはずだが。

もし自分がここの分遣隊長になったら、まず陣地を完全なものにしなければならない。村民との協力も惜しんではならぬ。以前から引き続き勤務しているものから聞いたところでは、神馬軍曹は情報蒐集などに相当苛烈な手段を取ったらしい。それではむしろ良い結果は得られないはずだ。ひどいことをやり過ぎて附近住民の反感を買ってしまったら、下手をすれば自滅に陥ってしまう。

高橋春治兵長以下が東分哨を交代して帰ってきた。東分哨は二日交代にしていたのである。石塚上等兵を長にして交代させる。帰ってきた高橋兵長以下は何だか元気がなくてグッタリとしている。

「どうしたんだ」

「いや隊長殿、ひどい目に遭いました。実は昨夜、支那人から食油を買って分哨で天ぷらを作ったんです。大変旨かったので皆、鱈腹食べましたよ。ところが夜中になったら自分以下全員吐く下すで大騒ぎをやりました。歩哨は大変でした」

「それ見ろ、俺がいつも言うように、支那人から買った油なんかは一度、目の前で舐めさせてみるんだ。それをやらなかったのだろう」

「やりません」

「天罰てきめんだな」

この時以来、物資購入にはなお更慎重な態度を取った。敵の謀略にかかるかも知れないからだ。また、悪気はなくとも、どんな病気を持ち込まれるかも知れない。今度の場合は食油（この辺りはゴマ油）と桐油（アブラギリの油。合羽やカラカサの防水用だが毒性強く食用にはならぬ）を間違って持ってきたらしい。何事もなくて済んでよかったが、こんな時を見込んで敵襲を受けたりしたら大変だ。山西地区の分遣隊ではこんな謀略にかかって分遣隊全滅という実例がかなりあるということである。

大隊本部で中隊対抗の銃剣術および直突射撃の競技会があるため、各分遣隊からも選手が引き抜かれた。黄村からは平山上等兵、角掛一等兵がとられ、無線暗号手教育のため遠藤武治一等兵がとられた。たった一週間勤務のうちに、こんなに移動があっては堪らない。その他、無線班の一名が擬似赤痢にかかって後送され、交代として泉谷専治上等兵が来る。藤井多広上等兵がマラリア再発。ついに中隊に退る。交代として築舘佐太郎他数名が来る。

食事は横穴部屋三つの前の広い軒下に、机をズラリと並べて全員一緒に食べる。これは実に良いことであったと思う。三度三度会食なのである。屋上の分哨勤務者も梯子を下りてきて交代で食事をする。敵情に変化があればこの時に聞くこともできる。中隊命令や各種会報の伝達も容易である。結局、点呼などやらなくてもよい。

高橋春治兵長は、ずっと偏口陣地に在って、敵迫撃砲や野戦重砲の乱射を被りつつ奮戦した勇士であり、よく兵を掌握していた。高橋敬治上等兵は中隊が原店から大営へ移転する前まで中隊長当番をやっていたが、今は最も優秀な軽機射手である。彼は隊長当番を下番してから見違えるほど朗らかになった。おそらくこれが彼本来の姿なのであろう。自分もよく知っているが、彼は隊長当番時代、あまり隊長に叱られるものだから笑い顔も見せない兵隊だったのに、今は最も愉快な兵である。

忘れもしない中隊が大営へ移転する日、原店に残ることになった自分は伊東隊長と昼食を共にして色々注意を受けた。ちょうどその時をもって高橋上等兵は隊長当番を下番し、伊藤伝治上等兵に引き継いで原店に残ることになった。伊東隊長が苦笑しながら言われた。

「なあ北村、高橋は俺の当番をやるのがよほど嫌だったらしいよ。常は笑いもしない奴が、さっき荷物を作りながら鼻唄をうたっているじゃないか。俺は怒鳴りつけてやったよ。しかし無理もない、俺はよくあいつを叱ったからな」

こんなに兵隊と愉快に暮らしたことは初めてだ。屋上分哨へ上って星を眺めながら東北地方の話を聞いたり、兵室へ入って一緒に汗臭い布団の上に転がって新店攻撃の思い出話を聞くのは楽しかった。初年兵も作戦開始前に一等兵になっていた。彼らは偏口陣地や新店の血みどろの戦闘に参加して、見違えるほど逞しくなり、頼もしい兵になった。自分が特に若い彼らに興味を持ったことは言うまでもない。

井戸の傍に風呂がある。青天井下の風呂は実に気持ちが良かった。夕陽に照らされた楊柳林がキラキラ輝く頃、熱い湯につかって青空を眺めるとき、これこそ分遣隊陣地だけで味わえる極楽世界だと思う。偏口陣地のように井戸もなく草木一本生えぬ泥山も困ったものだ。上官陣地のように穴倉でモグラ同然の生活をするのも面白くない。やっぱり黄村だ。この場所こそ自分の望んでいた所であり、いつかは自分に欲しい陣地である。

一週間もまたたくうちに済んでしまって、また大営へ帰る日が近づいてきた。伊東中隊長は、前線勤務は辛いだろうとの心遣いから交代させるのかも知れないが、我々にしてみれば大営こそ地獄である。隊長には

黄村陣地甕風呂

睨まれるし、週番士官も回ってくる。陣地構築でしぼられる。水は悪い。野菜も少ない。涼しい樹蔭など薬にしたくてもない。ああ憂鬱だな。

とうとう楽しい一週間が終わってしまった。

「明日、朝食後、中村曹長以下一五名交代のため前進す」

無線手が電報を持ってきた。ああ、つまらないことだ。中村曹長は老頭児だから疝気〔編者註：腰や下腹の内臓が痛む病気〕でも起こして入院しないかな。そうすれば北村見習士官連続服務すべし。ウフフ……悪くないぞ。と、とんでもないことを考える。兵も面白くなさそうである。せめて最後の晩だけでも愉快にやろうと天ぷらをどっさり作り、少し白酒を買い込んで騒ぐ。自分はまだ白酒にはあまり慣れていない。ちょっと舐めて舌をペロペロさせて顔をしかめたものである。

翌日、中村曹長は意気揚々とやってきた。さあ、今日から休暇だと言わんばかりの顔つきである。話を聞けば中隊の方は陣地構築で大変だということだ。嫌だ嫌だ。高橋上等兵と神一等兵は連続勤務を命令されている。上手いことをしたものである。

仕方がない。我々はすごすごと後を見送りつつ大営に向かって歩いた。大営だってそれほど悪いことばかりでもあるまい。

38　中隊にて

大営に近づいてみると、北門附近や中隊の遮断壕の辺りで兵隊が陣地構築をやっているのが見える。やれやれ、またこれでアゴを出すのかと思うと足の進みが遅くなる。中へ入って中隊長室へ行ったら伊東隊長は工事監督に出ているという。北門まで行って帰隊の申告をした。

北門まで来てびっくりした。一週間見なかったうちにまったく一大要塞のような陣地になっている。未完成部分もあるが、大小掩蓋数知れず、望楼あり遮断壕あり、低鉄条網あり。これなら相当の敵にも対抗し得るであろう。

他の大隊や中隊はすでに引き揚げていた。中隊の兵だけでは、とてもやりきれないので集落の支那人をだいぶ働かせていた。大営の集落には再び平和が蘇り、前以上に賑やかになっている。戦争などどこにあったかと思うくらいである。これだけの住民がどこに逃げていたのであろう。

李萬珍が大営の治安維持会長になっていた。工事場で苦力を督励したり、なかなかの活躍をしている。彼ももう何の心配もなく自分たちに協力ができるようになったのである。彼はよく「小隊長(シャオトイジャン)、小隊長」と自分に話しかけた。惜しいことに彼は字が書けない。彼は読み書きができないことを理由に、だいぶ会長になることを辞退したそうである。しかし彼は村民に絶大な人気がある。そしてついに彼は会長になったのである。治安維持会も陣容を新たにして復活した。自衛団も少ないができた。情報によれば蔡勤一派は霊宝の方へ行って敵側で幅を効かしているという。

翌日から自分も作業場へ出た。暑い太陽の下で、苦力の運ぶ煉瓦で掩蓋や墻壁を積む。それでも他部隊がいる時よりも大変能率が上がる。

四一式山砲の掩蓋がある。これを造るには大変な苦労をしたものだそうで、屋根の上には隴海鉄路から取り外して運んできたレールが隙間なく乗せられて、その上を煉瓦と黄土で固めてある。これを貫通する砲は、この附近では見当らぬであろう。

中隊の入口に立派な煙突ができた。この木造部分は大工の佐々木富弥が活躍した作品である。この屋根にもレールがうんと使ってある。衛兵所には退院してきた鈴木兵長が青白い顔で司令をやっていた。元の炊事場の横で土壁を貫通して隣の家まで宿舎に使っている。ここにも新しく造った大きな掩蓋があった。

これは前方と集落の方を狙う銃眼を持っていて、苦しい背面攻撃を受けた経験を生かした作品である。

その他、地下弾薬庫が目新しいものである。ここから北門の近くまで土壁に沿って屋根が続いているが、その上にはいくつも掩蓋があり、監視所もある。これは銃砲隊が造った。この辺を東西に走る土壁には小さい穴を造って北門まで連絡できるようになっている。そして中隊と北門をつなぐ電話線が走っている。これは自分が北門にいた時、粟津と二人で張ったものである。北門の一角はまた独立した完全な陣地だ。教育隊がいた頃は何もなくて、どこからでも忍び込めるような所だったが、今はまったく面目を一新した。

南の端に大きな掩蓋と、その屋上に監視所を設け、これから低い城壁に沿って北門までは大小無数の掩蓋だ。決して粗製濫造ではなく、ひとつひとつ射線や死角の関係を考慮して造ったもので、銃眼の内方には木の蓋があり、外方には金網に草をつけて偽装してある。

北西角と門の傍にあるマキシム重機の掩蓋は実に立派であった。そして背面攻撃に備えるため、地下家屋との関係を考慮して土煉瓦の墻壁が万里の長城のような形で連なっている。その所々には掩蓋がある。そして、今は各地下家屋を連ねて背面攻撃に備える深さ約七メートル、幅一〇メートルばかりの大きな遮断壕を掘りつつある。

しかし、よくもこの短時日のうちにこれだけのものを造りあげたものだ。一週間という日時は貴重なものである。一週間前に敵襲を受けるのと、今、敵襲を被るのとでは大変な相違だ。

北門には内山兵長が一個分隊を連れて警戒していた。これなら安心して警備もできるというものである。中隊も以前使用していなかった地下家屋をだいぶたくさん利用していた。炊事場の位置も変わって大きくなり、入浴場も新しく造られていた。依然としていけないのは水である。もう井戸の底が見えると騒いでいる。黄村が懐かしい。

さっそく週番士官を押しつけられてしまった。巡察してみると、補充兵も各班に入って何とかやっていけるらしい。入院者が続々出るという。粟津はマラリアで入院していた。彼は自分や平山、工藤と共に黄村へ行けないので大いにくさっていたのだが、ついに入院してしまったのである。

銃剣術、直突射撃の競技会は玉川上等兵が個人優勝しただけで、惜しくも三中隊に敗れたそうである。今後、大隊本部では各種競技の中隊対抗試合を温塘で開くという。近く射撃競技もあるそうだ。日朝・日夕点呼のとき、銃剣術と直突射撃の教育をやる。石塚上等兵や矢ノ沢石真を手伝わせて立派な仮標を五つばかり点呼場に作った。直突射撃とは腰狙(ようそ)射撃の一変型ともいえるもので、銃剣刺突の姿勢で射撃するものである。陣地戦や錯雑地の戦闘で賞用される。

ある日の夕方、橋頭堡粛清作戦以来の戦死者の慰霊祭がおこなわれた。事務室の前に祭壇を設け、白布をかけ、遺骨を安置し、色々の供え物も並べられた。自分たちも下士官兵の代表も焼香した。無論、抹香があるはずがない。普通の蚊取線香を細かく切って代用にするのである。それでも苦しい籠城戦や、壮烈な新店攻撃のことが思い出され、皆、静かに瞑目して思い出に耽っていた。

伊勢曹長は准尉に、戸島兵長、平田勝正上等兵、高橋春太郎上等兵はそれぞれ伍長に、田村耕次郎、木下義雄、斉藤松太郎各一等兵はそれぞれ兵長に二階級特進していた。まったく今ここに見る橋頭堡内の平和は、彼らの血によって贖(あがな)われたものであった。兵は頭を垂れて戦友の霊に額(ぬか)づき、青白い香の煙はユラユラと立ち昇る。伊東隊長の弔辞も半分くらい声が震えてよく聞き取れなかった。

補充兵の中にも入院してから死んだものが相当あった。教育は辛かったかも知れぬ。また、給与も思うようにはできなかった。彼らはどんな気持ちで死んでいったかと考えると暗澹たる気分に襲われる。

村岡兵長、高橋兵長、内山兵長が伍長に任官、蓬田伍長、金谷伍長が軍曹に進級、少し後に高橋敬治上等兵、北村悦太郎上等兵が兵長に進級。村岡伍長はさっそく陝縣の建国軍勤務を命ぜられ、田中伍長、石山伍長が帰ってきた。非常に人事の異動が多く、中隊下士官の欠員は充実した。高橋伍長は新店攻撃の時の勇敢な行動のため表彰状をもらった。

自分は中村曹長の部屋に入って暮らした。最初の一日は陣地構築の監督などをやったりしただけで、隊長と会食したりして、まあ愉快であったが、二日目以後は俄然、仕事が多くなり、奔命に疲れることになった。

39 連続六回出撃

二日目の晩、伊東隊長に呼ばれ、一個分隊を連れて黄村廟附近、李家塞鉄橋附近および李家塞廟附近の敵情を捜索せよとの命を受け、山田軍曹以下、一個分隊を率いて出発。石塚、工藤らも加わった。

偏口陣地の横を通り、河の線に進出、南進する。ここは昔の偏口陣地の跡がある。すごく暗かった。黄村廟に到着。警戒しつつ捜索、しばらく潜伏。廟の前にある四角な家をひょっと見上げて驚いた。屋根の上に無気味な銃眼を持った土煉瓦の掩蓋が三つばかりこちらを睨んでいるではないか。

敵はいるか。

「静かにしろ」

ソーッと傍へ寄ってみても敵はいないようだ。しかし、もし敵がいれば手榴弾を投げ落とされてひどい目に遭う。敵はいないか、あるいは油断してグッスリ眠っているのか、コトリとも音がせぬ。いなければ陣地設備を破壊してやろうと入口を探したが見つからぬ。

入口がない家というのは妙なことだが、おそらく河の崖下からトンネルにもぐり込むのに違いない。附近を捜索すると、その近くの建物や土壁には地面に接して銃眼がだいぶあった。もしここへ敵に入られれば、この附近における我々の行動は相当に掣肘を受けるだろう。将来は破壊しなければならないものと思う。

約一時間潜伏してから鉄橋へ行く。鉄路の土堤に取り附いて西進、土堤の上に頭を出す。敵歩哨がいるかも知れない。月が上った。右前方に李家塞の集落が黒く見える。橋脚の横に小さい石のバリケードを作っているのは敵歩哨の哨所である。しかし、見たところ歩哨はいないらしい。

兵を土堤の下に残し、三名で前進し、冷ややかな線路上を足音を忍ばせて、切断された前端まで行ってみた。真っ黒な崖下の陰が地獄のような口を開けている。東風が吹くので聴音による敵情捜索は非常に困難だ。三〇分ばかり様子を見たが何ら変化を認めないので、一旦、偏口陣地に帰ってしばらく休憩、更に李家塞廟に向かう。偏口陣地の東北方には小さな地隙がある。この中には作戦中、手榴弾を設置したことがあり、作戦終了後、他中隊の兵が接触爆発して重傷を負った所だ。

手榴弾を設置した田中隊はすでに引き揚げてしまい、まだ手榴弾がいくつかそのまま残っているかも知れない。しかし、そこを通らなければ他の場所は更に完全な地雷原なのである。気味の悪い思いをして地隙を突破、西安街道を横断して北進。李家塞廟の真東まで来たところで西進。ジリジリと前進したが何の異常も認められなかった。

廟の東南道路の傍に偏口陣地を狙う粗末な掩体があるに過ぎぬ。一旦、廟から少し後退し、李家塞集落に擲弾筒を撃ち込んで反応を見てやろうと、石塚と工藤に一発ずつ撃たせた。東風が強くて集落混乱の状況がまったく聞こえないのは物足りなかった。期待した敵の応射も一発も来ないので、なお更がっかりした。もしここで熾烈な応射を被れば、貴重な榴弾を二発消費した申しわけも立つのだが、これでは話にならぬ。東の空が明るくなり始めた頃、帰還。

兵を解散させて伊東隊長に報告した。初めのうちは自分の報告を聞いて満足そうであったが、榴弾消費の件におよんだら、俄然、ご機嫌斜めとなり、長々と文句を言われるはめになった。自分も文句を言われることは十分予想していたし、叱られるのは覚悟の上で報

告したのだが、やはり良い気持ちはしない。兵器係の大友軍曹に、

「オイ、榴弾二発撃ったよ。オヤジに言ったら散々しぼられたよ」

彼は顔をしかめながら、

「そんなことオヤジに言わなくてもいいんですよ。員数外が少しあるんですから」

やれやれ、そんなら言わなければ良かった。

三日目の晩、再度黄村廟附近と李家塞廟を捜索。高橋春治伍長以下、一個分隊と行く。今度は榴弾発射の誘惑にかからないように筒は持たずに行った。黄村廟の前の敵陣地は破壊してあった。昨夜の報告は電話で偏口陣地に伝えられ、偏口から出ていって破壊したのである。一旦、偏口陣地に寄り、李家塞廟に向かう。今日は内部に入って徹底的に捜索するつもり。高橋春治伍長が勇敢に一人で遠くまで先行し、異常なしと手を振ったので一斉に西側入口に殺到。若干の警戒兵と軽機を敵方に配置して中に入ってみる。

中は相当大きなものだった。廟といわれているが、廟ではなくて民家らしい。地下家屋もあった。一軒の家にしてはすごく立派な城郭である。敵が好んでここに拠るのも無理はない。土壁の上には別に射撃設備を見なかった。しかし、ここから見ると、偏口陣地は目の前に好個の射撃目標となっている。偏口に分遣隊を置くくらいなら、ここまで進出した方がどれだけ良いか知れやしない。

李家塞集落が目の前で迫撃砲を撃ち込まれる心配はあるが、この厚い城壁は平射弾道に対しては完璧の障壁である。井戸もある。そして西安街道の北側にあるので東西官庄も近く、黄河河岸地区にまで睨みがきくのである。夜明けとともに帰還。

自分は夜間行動がたまらなく好きになった。星空の下、麦畑をサラサラ蹴りながら歩くのはすばらしく気持ちが良かった。一五名くらいの部下は指揮するのにも手頃である。昼間あれだけ暑くても夜は涼しい風が吹き、甲虫がブンブン飛び、狐がオーイ、オーイと鳴いている。これが狐の声だとは知らなかった。人が「オーイ」と呼んでいるような声に聞こえる。

「オイ、偏口陣地から呼んでいるんじゃないか」

「あれは狐ですよ」

「そうかな、まるで人間の声だな」

自分は、夜間行動に自信を持つようになった。中隊の人員が少ないから、毎回の出撃に連続で出るものもあり、それらは皆、たいてい若い兵である。それでも中隊へ帰れば午前中休めるだけで、午後は全部、陣地

構築作業に出なければならぬ。自分は週番士官であるが、帰隊するのが毎日起床頃だから点呼の方は週番下士官がとっていた。

四日目の晩、またもや偏口地隙附近の捜索を命ぜられた。暑苦しい部屋に寝ているよりも夜風に吹かれた方が、どれだけ良い気持ちか知れないし、兵隊の個性に通じることもできるので、ひとつも嫌ではなかった。兵隊も喜んでついてきた。結局、類は類をもって集まるというわけで、出撃人員を選定する自分の目も期せずして二年兵、初年兵の方に向くのも無理からぬことである。蓬田軍曹以下一〇数名。

黄村陣地で一旦休憩し、二時頃出発。西進して一本塔に至り、北に曲って地隙西岸を北進。この時ばかりは真剣になって新店、馬佐方向を警戒した。ここはもう文句なしに敵地区であり、陝縣でなくて霊宝縣だ。敵にワッと出られたら地隙を背にして最後の戦闘をやり、玉砕か地隙に転げ落ちるかどちらかである。地隙の幅は三〇メートルぐらい、深さは二〇メートル以上もあるだろう。切り立った崖は猿も登れぬと思われる。底は平坦な道路になっている。

更に北進、偏口の集落に近づく。この辺りでは地隙がやや幅広くなっていて、集落は地隙の底にズラリと掘った横穴と、少しばかりの房子からできている。望楼や土壁もあり、黄村からはこれだけしか見えない。地隙へ下りる通路はかなりの長さにわたり、たった二、三ヵ所しかない。うっかり底に下りているうちに敵が地隙外に現れたら防戦することもできないのだ。地隙の底に下りるのはかなりの冒険である。降り口に軽機と小銃若干を配置して監視させ底に下りる。村民を起こして情報蒐集。

地隙の底は案外平坦で、両側に横穴が連なり、道路際には楊柳並木があり、思いがけない平和境をつくっていた。月光に照らされた断崖は青白く、陰になったところはあくまで黒く、月世界か、お伽話の夜の国を想わせる神秘的な色であった。夜明けまで潜伏、帰隊した。牛一頭を戦果として持ち帰った。

五日目の夜、またまた黄河、大営中間地区の潜伏斥候派遣の話が出た。さすがの自分も三日にわたる連続夜間出撃で、別にそれほど疲労したわけではないが、ひと晩休みたいと思った。このところ毎日、伊東隊長と夕食のときは一緒に食事していたから、色々自分の意見も聞いてもらえたし、自分もそれなりの活躍をしたと思う。「どうも適当なものがいないな。北村、ご苦労だが今夜も行ってくれ」と言われれば仕方がない、行かなければならぬ。

　あまり毎晩の出撃で兵隊もだいぶ疲れていたので、相当入れ替えた。それでも一、二名は連続出撃のものがある。

　その日は金谷軍曹を連れていった。金谷軍曹はだいぶ前に陣地構築中、大きな丸太の下敷きになり、脚の骨折で長らく入院していたのである。まだ少し歩くのに不便らしい。今夜はいわば試運転というわけである。彼の名は権治。陜縣で桜陣地を構築中、炊事係をやり、毎日毎日判を押したように「這個湯（チャカタン）」（団子汁）ばかり食わせて、兵隊から「チャカタンゴンジ」の異名を奉られた面白い男である。夕食後も一度、金谷軍曹の部屋で大友軍曹、蓬田軍曹と一緒に一杯飲んだのだが、金谷軍曹はたちまち茹蛸（ゆでだこ）のように真っ赤になって伸びてしまった。

「おい、今夜の潜伏斥候に出られるかい」

「大丈夫ですよ。金谷は赤くなるだけで頭は確かなものです」というが、さて果たしてどんなものであろうか。自分も少しばかりウツラウツラひと眠りしてから二時頃出発。すごく暗い晩だ。星は一つも見えぬが、雲の上には月があるのか空は一面にボーッと桃色に明るい。

　北門のところから陣地を越えて畑中の道を城村に向かう。この方面に来るのは初めてである。ところで金谷軍曹の脚の速いこと。脚の骨折で入院していたから特に脚の訓練を積んだのか、あるいは一杯機嫌なのか、とにかくすごく速い。自分も脚には相当の自信があり、歩くのは速いつもりだが、連日の夜間行動はさすがに体にこたえて今夜は大いに眠い。辛うじて金谷軍曹の踵に接してついていくのが精一杯なのだ。

　城村集落の西端から東官庄まで、まるで地隙ともみえる幅広い大きな凹道がある。おそらくこの前の反撃のときには大いに敵も利用したことであろう。これがあれば大営から発見されることなく、易々（やすやす）と大兵力を城村方面に送り得るのである。今でもこの方面への土匪の侵入はこれを利用しているものと思われる。

　大営に侵入する密偵もこれによっているのであろう。城村には赤川隊の分遣が出ている。これに誤認されるのはつまらないことになるので、集落に近づかないようにして、この凹道に下りて東官庄の方へ進む。シトシトと細かい雨が降ってきた。程村小塞の北西方の壕の中に約一時間潜伏。まだ時間が早くて土匪も支那人も通らない。雨はますます激しく降りかかる。とてもじっとしてはいられないので程村小塞の捜索に出発する。赤川隊の分遣はなぜここまで進出して陣地を造らなかったのだろう。不徹底な話である。

程村小塞は城村の西方約五〇〇メートルのところにあり、すっかり城壁で囲まれた小さな一郭である。入口は南方に門が一つあるきりだから、まったく要塞のようなものだ。集落には土匪が入っているかも知れぬ。歩哨が立っているかも知れぬ。警戒しながら近づいてみた。城壁の周囲には相当に深い壕があり、中には草が生い茂っていた。城壁東面の壕の中から土壁の下をくぐって中にはいる小さな入口があるらしい。

大営から遮蔽しつつ集落内に忍び込む道であり、また、いざというとき逃げ出す非常口であろう。グルッと角を回って門の前に来た。大きな木の門扉がピッタリ閉まり、押せども突けども動かない。

集落内はひっそりしていて犬も鳴かない。また城壁に沿って進む。城村から東官庄に至る凹道は途中で分かれて程村小塞の東端に達し、ここにも小さな入口があった。どうひいき目で見ても怪しい集落であり、敵性の一部である。交通壕(凹道)は一部、大営方向にも伸び、その両側には無数の掩体があり、比較的新しかった。

赤川隊の分遣隊は何の役目も果たしていない。程村小塞の集落は公然と土匪の利用するに任せているのだ。程村小塞の門の上に「城村西塞」と石板に刻んだのがはめ込まれていた。黄村西塞とよく似た形式であり、程村小塞は城村西塞であったのだ。これがこの辺りの集落の模範的な形かも知れない。散々雨にたたかれ、泥んこになって帰ってきた。

中隊は今や全力を挙げて北門陣地の完成を目指して工事に努力している。それでも中隊の人員は少ない。戦死者と入院者を相当に出し、その人員補充はまず望めない。静岡の補充兵は掃除もロクにできぬものが多いのである。兵は疲れる。原店と南方高地方面の陣地はすべて野月隊に申し送ってしまい、関係はなくなってしまったが、上官、偏口、それに新しく黄村、大営北門に人員を割り当てるため、中隊に残るのは殆ど指揮班要員と下士官、それに病人が多い。

無論、各分遣隊には決して程度の悪い兵をやることはできないのだ。これでは陣地構築の進捗は望めない。自分たちは中央軍や土匪と交戦状態にある。しかし敵地も和平地区も、その住民は支那人であることには変わりはない。一般の支那人には、いかに我々が戦闘をやろうと両地区の差別はない。両地区の物資の交流は自由である。両地区では物価の差が甚だしいから、かえってある種の商売は繁昌したかも知れない。これを目当てに西安やその他の敵地区と洛陽、開封などの間を往復する行商人や出稼ぎ人の大群が、西安街道を東行西行している。

彼らは土匪らの略奪を予防するため、あるいはその他の危険から身を守るため数百名、数千名からの隊商を組んで移動するのである。ずっと以前から李家塞鉄橋に土匪の歩哨がいたのは、これらの商人隊や難民から通行税を取るためであった。また、新店で敵が陣地構築の大工事を起こしたのも、これら商人隊を抑留して使っているかららしい。

伊東隊長はこれに目をつけた。良民を労働に服させるのは決して良いことではないが、陣地構築の成否は我々の死活問題であり、場合によっては敵地区の情報を入手できるであろうし、また、適当に我々の陣地構築の壮大さを見せて宣伝し、敵方にその情報を流して反攻の意図を棄てさせることができたらとの効果を狙うものである。

決して良民をひどく扱って苦しめてはならない。ここに待っていれば毎日何千人と通るのだ。一日だけ働かせればたくさんである。ただ、そのためには人数だけは多く集めなければならぬ。

五日目の払暁、この工事人員獲得のために、またもや潜伏斥候が出されることになった。今度はもう出されることはあるまい、誰か下士官に行かせるだろうと思っていたが、伊東隊長はやっぱり自分を行かせるつもりらしい。商人隊は多くの交易物資を持っている。我々は物資が目当てではない。あくまでその物資と生命の安全をはかってやらねばならない。下士官の長では、とかく間違いが起こりやすいという理由である。

仕方がない、承知した。田中伍長以下六、七名、軽機一である。田中伍長は多少神経質だが、清廉潔白、間違いないこと折紙つきの男である。兵隊も若いものばかり選んだ。高橋　進、角谷市郎、豊山龍渕（りゅうえん）らである。自分は特に何も注意を与えなかった。自分が選んだ人間の中には間違いを起こすような人間はいないという確信があったからである。

程村小塞北方の凹道の中に潜伏した。ホンノリと東の空が明るくなり、明けの明星がキラキラ輝いた。黄河の流れの音がかすかに聞こえ、その向こうに中条山脈がグッと迫っていた。自分はここで初めて高橋　進という兵の全貌に接したのである。なるほどなと思った。本当無駄なことは喋らないし、あまり笑いもしない。本当に嬉しいかおかしい時だけ笑う。当たり前のことだが、普通の日常生活において人間の言葉や表情にはずいぶんと無駄が多いものだ。しかし彼が時に「立哨中異常ありません」という声は、自分の胸を強く打った。

何とかして将来、高橋を自分の部下にしてみたい。これが後々まで自分の念願となった。彼はじっと黄河の方を睨んで立っていた。

朝露を結んだ草の上、要所要所に警戒兵を配置して待機した。どれだけ待ったか、凹道の中で捕らえたのは二、三の農夫と娘を連れた老人と、一人の綿布商人だった。農夫の中にはどうも挙動不審のものがあるので、綿布商人と共に拘留し、老人と娘は放した。今日はどうやら駄目らしい。もう帰ろうかと思った頃、城村南側を通る街道上を二〇〇人ばかりの一隊がゾロゾロやってくるのを発見した。これを逃してはなるものかと、兵三名を先に走らせて進んでくる列の先頭を止めるようにさせ、自分たちは道路を遮断するように後尾に向かった。

隊列は止まった。白衣を着た商人出稼ぎ人の群れで、薬草、小間物、装飾品などを西安方面へ売りに行くらしく、それらの荷をつけた驢馬を相当たくさん連れていた。調査することがあるから大営まで来いと、前後に兵をつけて大営に護送する。反抗するものがいないだけに我々のやり方は罪だなと思う。

途中、東官庄の土匪に発見され、遠くから緩慢な射撃を受けた。北門外に引率して、田中伍長以下に交代が来るまでの監視を命じ、角谷市郎を連れて中隊へ帰り、中隊長に報告、監視の交代兵を出した。

その日の工事はだいぶ捗った。伊東隊長も自分も工事現場へ行って働いた。李萬珍を通じて今日一日の勤労奉仕を承諾させ、二〇〇名中、おもだったものを長にして、それに責任を持たせて一定の仕事をやらせる。彼らは商人がおもであるが、体力は相当のものである。陣地の詳細を偵察されないように、やらせた仕事は煉瓦の運搬と遮断壕掘開（くっかい）である。兵は監視と墻壁積みで大いに働いた。

李萬珍の奔走で治安維持会から苦力食として饅頭を給与し、水飲みの設備も作った。彼らの交易物資は城壁外の一定場所に集め、老人、女、子どもに監視させたのであった。

自分はこの陣地構築中に殆ど中隊の兵の顔を覚えた。やはり若いものはよく働いた。高橋 進は実に優秀である。益々この兵隊が欲しくなる。角谷市郎も松橋幸一もよく働く。新しく中隊に帰ってきた石山伍長も率先垂範で奮闘した。内山伍長も愉快な男であった。

六日目の朝もう一度、苦力獲得のため出撃。自分はもう覚悟を決めて自分で志願した。石山伍長以下を連れて大営駅北方に潜伏。約一〇〇〇人を獲得、その日の工事も大いに進んだ。一日工事を終えれば夕方は解放するのである。

以上は夜間出撃ばかりだが、一度、治安維持会の小麦集荷獲得のため黄村へ出たことがある。三日目の昼であった。治安維持会では管内各集落から小麦を買い集めて蓄え、更にこれを軍が買い上げるのだが、黄村、南曲沃などの敵地区との境界線をなす集落では、敵地区の維持会からも徴収に来るから正に争奪戦である。これは軍の食料自給にも大いに関係してくる。特に橋頭堡では内地米の補給はまったくつかない見通しなので、この小麦集荷の成否如何は重要である。

これにも自分が出された。若いものばかり連れていった。李萬珍は若干の自衛団と牛車を連れてきた。大いに愉快である。黄村集落の東方台上に散開して停止し、集落内を監視、敵情に変化があればいつでも対応しうる準備をする。李萬珍は集落に入って村公署と交渉し、麦を供出させる。

連日、夜間行動で疲れているからポカポカと陽にあたためられると、ついウトウトと居眠りそうになる。李萬珍は気を利かせたつもりらしく、茶や饅頭や煙草を運ばせてくるのは良いが、とうとう小さな甕に入った白酒まで持ってこさせたのには驚いた。これは少し行き過ぎだ。いくら何でも出撃先で酒を飲むわけにはいかない。まして西塞の辺りには白い便衣がチラチラ動いていて、いささか不穏な雰囲気なのである。

「オイ、中隊へ帰るまで辛抱しろ」と言ったら、角谷市郎は残念そうに甕をしまい込んだ。

やがて予定通り収麦を終わって李萬珍の一行は帰ってきた。彼自身もかなりの大酒飲みらしく、歩きながら四合壜をグイグイラッパ飲みしている。一杯機嫌で大いに愛嬌をふりまく。西門のところで李萬珍と別れて帰った。李萬珍は本当に面白い男である。小さなことにはこだわらない。字も書けないし言葉もだいぶ早口で聞き取りにくいが、なぜか大いに意気投合してしまった。相手は五〇歳くらいの多少、頭の毛が薄くなった土匪あがりである。かなり面白いこともやってきたらしい。危険な目にも遭っている。早く彼の言葉がわかるようになりたい。

自分は中隊で一週間暮らした。これが終わるとまた一週間黄村へ行けるのである。中隊での一週間はまったく地獄のように辛かった。確かに野見山准尉は忙しい人事係だし、中村曹長は黄村にいる。曹長以上で今使えるものとしては自分以外にはないわけだ。それにしても連続六回の夜間出撃はさすがに体にこたえた。それに週番士官と陣地構築である。四日目以後に出たときはだいぶ頭が朦朧とした。

最初の苦力獲得の出撃の時は目がチラチラした。だがあと一日か二日すれば黄村に行けると思うからこそ、それを唯一の楽しみにがんばったのである。これで黄村へ行けないとなったらブッ倒れてしまう。

しかし、辛いとはいいながら夜間行動の爽快さは忘れられない。全神経を緊張させて歩いた後のひと眠りは、たとえ短くとも何にも代え難い極楽である。

野見山准尉が忙しいため、出撃人員は自分が選定したことが多かった。これで今、中隊にいる若い兵はひと通り連れて歩いたことになる。最も多く出ているのは豊山の六回である。つまり自分と共に毎回出たということだ。角谷市郎、工藤、平山、矢ノ沢、藤村菊治、熊谷正視、馬場竹蔵らもよく連れていった。彼らもきっと疲れたに違いない。しかし軍人の本分はあくまで敵前における勤務である。内務も大切だ。陣地構築も大切だ。しかし軍人の真の姿は敵前の行動において初めて見られるのであり、この間にのみ、その人間の偽らざる姿が見られるのである。

自分の方は兵隊の姿をここで初めて見直したと思っているが、兵隊の方でも自分の長所も短所も残りなく観察しただろうと思う。幹部は些少（さしょう）の言動といえども決してゆるがせにしてはならない。中隊内での日常生活も、夜間行動中の動作の一つ一つでも自分たちは四六時中、兵の環視の中で行動しているのである。

見られていると意識してかたくなることもないが、よほど慎重な行動が必要だ。幹部の言動は直ちに兵に反映する。兵は我々が自分自身を反省するための鏡である。もし中隊の兵に悪いものが出たとすれば、それは幹部の落ち度であり幹部の責任なのだ。悪いと思うことは絶対にするな、良いと思うことはどんな些細なことでも進んでやれ。これも石門で教えられた格言の一つである。確かにこれは大切なことだ。

軍隊ほど善悪の白黒が明瞭な所はない。良いおこないは必ず良いことで報われる。悪いことをすれば自ら亡びる。よほど精神の腐りきった奴でない限り、軍隊へ来て悪くなる人間はいないと思う。

自分たちの日常生活はまことに明るい。毎朝点呼を終えてから笑顔で体操ができるくらい幸福なことはない。青空に向かってモリモリと腕を伸ばし、力いっぱい深呼吸するときの気持ちはまた格別である。朝の中隊は活気に満ちている。各班ではバタバタと掃除している。鈴木兵長が歯切れよく気合をかけている。週番上等兵が「飯上げーっ」と叫ぶ。「ハーイッ」と掛け声も ろ共、各班からアルミの食罐をぶら提げた初年兵が駈け出してくる。和村正夫は隊長の馬の手入れをしている。炊事場の横から解放された豚がゾロゾロ出てくる。陽は出たばかりだ。中条山脈には霞がかかっている。

当番中津山が準備する清冽な水で洗面を終えて室内に入ると、陽は障子を明るく照らし、黄土で塗った壁は明るく輝く。朝食の膳にのった新鮮な卵も嬉しい。やがて「作業開始っ」と怒鳴る週番士官の声に、各班から は器具を手にした兵が麦藁帽を被って出てくる。彼らは連日の作業で真っ黒に陽に灼け、筋肉隆々として見事な体だ。しかし自分も上半身裸体になってみれば、決して悪い体ではない。こんなに肥ったことは今までなかった。またこんなに黒くなったこともいまだかつてなかった。例年ならば夏痩せで少し弱るところである。今年は違う。夏が深くなるに従って次第に肥ってくるらしい。

飯上げ

苦力が運ぶ黄土煉瓦は見る見るうちに高く積まれて泥で固められ、立派な墻壁になる。銃眼ができる。掩蓋もできる。汗は流れるし泥にもまみれるが、働くことは楽しい。もうここまでできたと延々と続く土壁を見渡す兵の張り切った顔。

一〇分間休憩。兵はドッと水を飲みに走る。ちゃんと薬罐と湯呑みを盆に乗せて運んできてくれる。この兵と、この陣地があれば何の懼るるものがあろうか。太平洋戦線は明らかに我々に不利な戦況である。内地の各都市は空襲されているという。それが一体何であろう。橋頭堡は橋頭堡だけで独立して戦闘ができるのだ。たとえ他の地区が失陥しても、ここだけは力の尽きるまで奮闘するのである。おそらく人員の補充はない。兵器弾薬は来ない。しかし、それが何だ。要は熾烈なる敢闘精神であり団結の力だ。

　陣地に上って西方を望めば、遠く潼関方面の山が望まれる。どれだけの敵がいるか知らないが、我々のあずかり知らぬところである。内地の人がもしこの景色を見たら何と言うだろう。内地の人は北支の状況を知るはずもない。どれだけの兵が、どこに配置されているかも知らないのだ。血と汗にまみれた死闘が続けられていることも知らないであろう。

　この雄大な景色を見よ。波打つ麦畑を見よ。この溌剌たる兵の姿を見よ。血湧き肉踊るではないか。大声で叫びたくなるではないか。

40　ばんざい、黄村分遣隊実現

　一週間黄村で過ごし、次の一週間を中隊で暮らし、出撃出撃で疲れ果てたとき、またまた黄村へ行ける日が近づいてきた。今度はどんな編成になるのだろうと考えているうちに、自分が思っていた以上に嬉しい方向へ事が運んでいたのだった。野見山准尉が勤務割の書類を持ってしきりに隊長室に出入りする。何を相談しているのかと思っていたが、こんなに早く自分の夢が実現するとは考えてもいなかった。

　ついに待望の黄村分遣隊新設が実現したのだった。そして黄村分遣隊長の職が自分に与えられたのである。正に思うつぼにはまったわけだ。これで一週間の苦労も十分報われたことになり、更に金的を射止めたことになる。上官、偏口、大営北門の各分遣隊編成も少しずつ変更された。

　今度は一週間勤務とは違う。純然たる分遣隊だ。ただの敵情監視でなくて死守が任務だ。多少の暇もできるだろうから、ゆっくり考えて陣地構築をやらねばならぬ。さてこの働き甲斐のある陣地に行動を共にする部下は誰だろう。

〔黄村分遣隊編成表〕

分遣隊長　北村見習士官

高橋春治伍長、秋川宮蔵兵長、高橋敬治兵長、石塚鈴男上等兵、齋藤市太郎上等兵、佐野吉次郎一等兵、神　定雄一一等兵、豊山龍渕一等兵、千葉国大一等兵、中津山重美一等兵、石井久四郎一等兵、野尻清太郎一等兵、他に静岡の補充兵若干。

この陣容を見るとき、確かに精鋭には違いない。しかし若いものが非常に少ない。二年兵と初年兵合わせてたった四名だ。これにはいささかがっかりした。最も重要な前線陣地であり、敵情も活発だろうとの配慮からすれば無理もないが、欲を言えばもっと初年兵や二等兵が欲しかった。

工藤上等兵は上官陣地へ、平山上等兵は偏口陣地へ行くことになった。返す返すも残念である。粟津は入院している。高橋 進は北門へ行ってしまった。角谷市郎は上官へ行ってしまった。しかしまあそのうちに異動もあるだろう。上官分遣隊長は山田軍曹、偏口は神馬軍曹だ。伊東隊長の命令では自分は黄村に位置して上官陣地も併せ指揮することになっている。

その夜、中隊命令が出た。夕食は伊東隊長と会食した。色々と注意を受けたが、実のところ自分の方はうわの空で、明日は黄村へ行けると思うと何を言われても耳から耳へ筒抜けという状態だった。要するに行けば陣地をしっかり造れということと、時々出撃して敵情を捜索せよということと、よく部下を掌握せよということだった。特に最後の項目について、隊長はだいぶ心配の様子だった。

伊東隊長は自分のやり方を放任主義と思っているらしい。

確かに一面そのように見えるかも知れない。しかし、自分は決して放任主義でいるつもりはない。兵隊というものは、こちらが無理に掌握しようとすれば、なかなか掌握下に入ろうとしないものだ。安心して掌握される気持ちを起こさせなければならない。

それに自分自身の修養研鑽が大切であろう。自分だけが楽をして兵隊が言うことを聞くと思うのは大間違いである。兵隊を心服させるためには自分も汗を流さねばならぬ。いや兵隊以上に努力せねばならぬ。そこで初めて兵は真に自己の擁護者たる上官の姿を見出し、喜んでその掌握下に入るのである。

この際、階級、年次という重要なものを見落とすことはできない。軍隊では何でも階級がものを言う。石門当時も軍隊には階級ありて年次なしと教えられた。しかし、実際勤務についてみると、どうも石門流の一筋縄では行かぬ場合が多い。決して年次というものが階級よりも重要だとは言わないが、軽視すべきものでもない。古年次兵の体面は保ってやらなければならない。

また、年次が若くて階級が上であるものの地位も重んじなければならない。各人能力の差こそあれ、誰を重く用い、誰を軽んじるということはできないのだ。人間にはそれぞれ得意とする事柄がある。

特に最前線では各人の特技を生かしてその最大能力を発揮させなければならない。犬死にさせてはならない。決して人員の損害を出さない。これが自分の方針なのだ。

それではあまりにも消極的だという向きもあるだろう。しかし、自分たちの任務は警備だ。どこまでも損害を最小限度に喰い止めて陣地を守り通すのかが我々の任務である。もちろん、守るためには出撃することもあろう。攻撃は最良の防禦だから。もし敵の大兵力の攻撃を受けたら今度こそ死守である。玉砕である。

自分は中津山を呼んで荷物を作らせた。おそらく多少の暇もできるだろうから、ゆっくり本が読みたい。私物箱の中は殆ど本ばかりである。教育準備のとき伊東隊長からだいぶ本をもらった。『武人の徳操』の上・下巻は特に好きな本であった。その他、大営で陣地構築中、民家の中で拾ったものに中央軍の教範がだいぶあった。『迫撃砲射撃教範』、『マキシム重機射撃教範』や『歩兵操典』などであった。どう見ても『歩兵操典』や『陣中要務令』は日本軍のものの直訳である。その他、日本陸軍が作った『歩兵兵士の心得』をそっくりそのまま支那語に訳したのもあり面白かった。自分は漢文は閉口だが、時文（現代文）は少しわかるので、暇さえあれば本を手に入れて読んでやろうと思った。

床の中に入ってもなかなか眠れない。それほど黄村という所は天国のような所で、自分の心に喰い入っていたのである。それでもいつの間にか楽しい夢を見ながら眠り込んでしまった。

屋上陣地にカツカツと動哨する歩哨の靴音が響くばかり。

〔黄村分遣隊〕

41　出発の朝

明くれば今日もすばらしい晴天である。爽快な朝である。金色の朝日は輝き、朝風は颯々（さつさつ）と麦の穂を吹く。今朝は中隊週番勤務の最後の点呼であり、おそらく当分の間、点呼をとることもあるまい。

点呼終了後、週番士官金谷軍曹が黄村分遣隊その他、各分遣隊の勤務に関する中隊命令を伝達する。更に野見山准尉が新編成を発表する。兵は目を輝かせて聞いている。各々自分はどこに配属されるのかと楽しみでもあり、心配でもあるらしい。黄村、偏口、上官、大営北門、中隊指揮班勤務と順々に読み上げられる。兵の顔を見ていると面白い。

失望するもの、包みきれぬ喜びに頬を輝かせるもの、ニヤリと会心の笑いをもらすものなどさまざまである。どちらかと言えば前線分遣隊に配属されるものは朗らかな顔をし、中隊残留者はくさっている。自分は今日、出発するまでは週番勤務だから、出発準備が完了するまでは責任がある。

「各分遣隊に前進するものは全部一緒に八時、伊東隊長殿に申告する。出発時の軍装にて隊長室前に整列。朝食後、速やかに出発準備完了せよ。別れ」

ワーッと兵は各班へ走っていった。部屋へ帰ると中津山はもう編上靴をはいて脚絆をつけていた。

「中津山、嬉しいか」

「はい、隊長殿、もう中隊はこりごりですね。今度、黄村へ行ったら炊事でうんと張り切ります」

そうだった。中隊へ帰ってきてから中津山の手作りのうどんを食べなかった。ここにも楽しみはある。私物鞄は毛布に包んで縄がかけてあった。この木箱を見つけてきてくれた平田勝正は新店で戦死してしまったのであった。

朝食後、外壕吊橋の外に糧秣などの荷物を運搬する苦力が来た。自分は上官へ行く山田軍曹以下を黄村まで一緒に引率せねばならぬ。

八時少し前、隊長室前に整列する。軍装検査もやってみた。立派な軍装だ。立派な兵だ。自分たちの装備は軽機二、重擲一である。重擲は八九式の新筒で、中隊に八九式はこの一筒しかない。新店攻撃に使ったのと、この前の夜間出撃に使った時、榴弾二発を撃って隊長に叱られた以外はまだ使っていない、まるで新品である。機能は甚だ良好だ。これでよしと、伊東隊長に整列完了を報告。

「隊長殿に敬礼、頭、中っ、直れ。申告します。北村見習士官以下一八名、昭和二〇年六月二〇日付をもって黄村分遣隊勤務を命ぜられました。ここに謹んで申告いたします」

次いで山田軍曹、偏口陣地勤務者、内山伍長申告。隊長訓示。今日はだいぶ長かった。

「ただ今より出発いたします。頭、中っ、直れ」

さあ出発だ。衛兵が整列する。中隊残留者も見送る。苦力に糧秣その他を担がせていよいよ前進。陣地を出れば前方の集落までは約三キロ、何も遮るものがない麦畑が波打っている。中条山脈は白雲を棚引かせて紫金色に輝く。

斉藤市太郎と豊山が進路上警戒のため足を速めて先行する。自分はこれほど嬉しい希望に満ちた出発を経験したことはない。何もかもが目新しく生き生きとして明るい朝日に照らされていた。畑に農夫が鍬を振るい、牛が草を食べている。時々、遠くで銃声がする。何か大声で怒鳴ってみたいような気持ちだ。


力が有り余ってやり場に困るぐらいだ。後を振り返れば黄色い大営の城壁、前方を望めば遠く緑に包まれた黄村集落。土の一本塔。

ああ、俺はついに解放された。真に全身全霊を打ち込んで働ける死に場所を与えられた。何も言うことはない。敵が何だ。資材不足が何だ。モリモリと働いてやる。部下は精鋭、装備は十分。

黄村は近づく。緑の樹々が風に踊っている。とうとう黄村へ帰ってきた。何だか自分の第二の故郷のような気がする。自分は今日こそ黄村のヌシになろうとしているのだ。

「オーイ、ご苦労さん。俺はどこへ行くんだ」と東分哨の兵が顔を出した。編成の変更はすでに無線で連絡されている。詳細は自分が行ってから伝達することになっている。彼らもやはり心配らしく、まず聞くのはこれである。


「お前は中隊勤務だよーっ」

「やあ、助からねえな」

「俺はどこだ」

「俺はどこだ」と次々に顔が表れる。

「あとで言ってやるから待ってろーっ」

楊柳林を抜けて河原を渡る。陣地入口に着く。山田軍曹らとはここで別れる。

「教官殿、ご苦労様です」

「ああ、工藤、近いんだから時々は遊びに来いよ。ご苦労さん」

中村曹長が出てくる。

「見習士官殿、上手くやりましたね。ご苦労様です」

「さあ中村曹長、大営へ帰ったらさっそく週番だよ」

「いいよ、俺はロートルだから若いものに任せて一日中、昼寝してやる」

何と横着な奴だ。

「新編成を伝えるから皆を集めてくれ。秋川、東分哨の交代要員を出せ」

秋川兵長は前に来たときから連下士〔編者註：連絡下士官。小隊長附で各分隊の連絡や小隊の庶務を司る〕として勤務割などをやらせている。三二歳だが面白い男であり、若いものにも人気がある。

　ここで今まで黄村にいたものの配属を発表する。また嬉しそうな声と嘆声とがひとしきり聞こえる。高橋兵長と神一等兵の軽機は重ねての連続勤務であり、他の兵から大いに羨ましがられている。兵は荷物の開梱に忙しい。もう当分の間、交代はしないだろうから室内も徹底的に片附けて落ち着かねばならぬ。無線の泉谷専治上等兵が兵長に進級の申告に来た。彼は三年兵で、自分の部下の多くと同郷であり、無線という役目柄、緻密な頭をもった男である。

　自分は早く中村曹長の一行が帰ってくれればよいのにと思った。一刻も早く分遣隊家族だけになって一家団欒の楽しみを満喫したかったのだ。

　東分哨のものが引き継ぎを終えて帰ってきた。本陣地の方も引き継ぎを終えた。屋上分哨も交代した。ひとしきりガタガタと大騒ぎしてから中隊勤務者と偏口陣地勤務になったものは出発した。

　さあ、これであと何ヵ月か知らないが、腰を落ち着けて勤務ができるぞ。まず望楼に上ってみたが、今日は近くに敵は来ていないらしく静かである。敵地区の景色も一週間前と何の変わりもない。ただ、この前、新店でたくさん苦力が陣地構築をやっていたのが、今度は馬佐でやっている。新店を眼鏡で観察すると、相当銃眼や掩蓋の新しいのが増加したようだ。おそらく遮断壕も以前に比して大きくなったことと思われる。城壁外に野戦陣地もできたらしく、新しい堆土がたくさん見える。

　部屋へ帰ったら中津山が私物箱の縄を解いていた。さしあたり必要な筆記具、用紙などを出し、大地図を壁に貼る。

42　建設計画

　机の前に座ってまず煙草を喫んでおもむろに考える。今日から今までの分哨の任務とはまったく違い、分遣隊に昇格したのだ。まず何をやるに、今までの考え方を捨てて根本的に頭を切り替えねばならぬ。兵隊にも従来の考え方を変えさせねばならない。いつ撤収するかも知れぬ分哨勤務では、兵はともすればその日暮らしの態度に陥りやすい。まずこの心を断ち切り、長い目で先を見越して建設的な生活をすることが緊要である。今こそ自分はまず当面の状況を正当に判断し、確固たる方針を定め、これに基いてすべての行動を律することが大切だ。

　まず中隊本部から三キロ離れた前線にあって生活す

るのに何が一番大切か。それは鞏固なる団結である。元より軍隊に団結がなくては何もできないことは今さら言うまでもない。戦争はもちろん、日々の生活においても団結を欠いたならば、すべて軍隊としての機能を喪失し、烏合の衆となり終わるのである。まして困難なる状況下、敵中において勤務する我々が鞏固なる団結を欠くことは直ちに自滅を意味する。

更に進んでまことに家族のような協同、戦友愛の発動。最初の踏み出しを誤らなければこれは自然におこなわれることであろう。敵対行動に関する方針はすでに示されているので、今さら考えるには及ばない。自分は紙をひろげてとりあえず必要と思われる事項を走り書きしてみた。

1. 自分の方針、意図の徹底
2. 日課時限の変更
3. 陣地構築計画の作成と速やかなる実施
4. 敵情蒐集、現地物資入手のための附近村民との交渉
5. 敵情捜索。出撃、非常配備計画
6. 衛生、起居容儀に関する事項
7. 分業の確実なる実施

等々である。なるべく今日のうちに、いや一刻も早く、まだ兵が新生活に没頭せぬうちに今後の自分の方針企図を明示しておかなければならない。時機を失すれば兵は各々勝手な行動に出て収拾できぬ状態に陥るからである。これが石門士官学校卒業以来、五ヵ月の間に得た貴重な教訓なのだ。よく言われもしたことだが実際、兵を持ってみて彼らの心理状態がわかるようになるまでには、相当の時日を要するものである。

高橋伍長を呼んで、

「一応の後片附けが済んだら、分哨勤務者も立哨者以外、整列するように言え」

高橋伍長は自分の意図を察して皆に伝えた。

「今より一〇分後、全員中庭に集合。隊長殿の話がある。それまでにすっかり片附けてしまえ。わかったか」

「ハーイ」

今度の編成は古年次兵が多い。初年兵に比べると戦闘力は大いに優れているが統御が難しい。しかし、絶大な自信と確実な方針の下に適切な指導をすれば、それこそ最高の戦力を発揮することができる。各兵の有する能力も、その進む方向がバラバラなら何の威力もない。これに一定の方向を与えて、ひとつのまとまった方針のもとに行動させることこそ、真の統御の道であり指揮官の任務である。絶対二の足を踏んではなら

ぬ。最も慎重な態度で状況を判断し、方針を決定するとともに、一旦決心した以上はあくまで実行である。

朝令暮改は最も兵の精神を動揺せしめ、且つ指揮官の威信を失墜する。すでに方針は決定した。いかにこれを実行に移すかが問題である。しかし自分はこの時に至って、つくづく典範令、特に『作戦要務令』第二部(戦闘綱要)の有り難さがわかってきた。もちろん、『歩兵操典』も大切だ。『作戦要務令』第一部(陣中要務令)や他の教範や典令も大切だ。しかし、それらはどこまでも枝葉末節である。根幹をなすものは戦闘綱要であり、またその中の綱領が、すべての軍人の行動の準拠を与えているのである。綱要の最初の方には、指揮官の事に臨むに先立ちなすべきこと、頭の働かせ方が、噛んで含めるように説明されている。

戦闘だけではない。軍人の行動はすべてこの考え方を基礎としておこなうべきである。何をやるにも自分が指揮官になったつもりで、どうすればよいかと戦闘綱要に聞いてみれば、親切に教えてくれるだろう。石門の学校で将校たるもの、何を忘れても『歩兵操典』と『作戦要務令』だけはいつも体から離さないくらいの心がけが必要だと教えられたが、これは本当だ。

石門当時は自分でわからないことは質問すれば教えてくれた。中隊にいれば隊長殿にでも聞くことができるであろう。しかし、今は教えを乞うべき人は誰もいない。自分一人が頼りであり、典範令が唯一の智恵袋なのである。

「全員集合ーっ」と高橋春治伍長が叫んでいる。もう一度言うべきことを繰り返し考えてから外に出た。兵はさて、これから一体何を言うのだろうかと好奇の目をもって、また多少緊張して神妙に並んでいる。週番士官になって点呼のとき一般的な注意事項を達することはあるが、まことに自分の部下に対し、自分の方針を示すということは今までやったことがない。とにかく最初の踏み出しが大切だ。この最初の部下の精神把握が成功するか否かは、今後の建設、勤務遂行の成否を左右するものである。

自分はできるだけ腹を据えてゆっくり話した。威厳も失わぬように努めた。最も強調したことは鞏固なる団結である。話しているうちに自信ができた。兵の目は十分、自分の意図を了解したことを物語っている。陣地構築計画は後に高橋伍長と十分研究してみて決定することにした。許可なく陣地外行動することも禁じた。勤務の割り当ては秋川兵長に全責任を持たせた。

「……とにかく、俺たちは最前線に勤務しているんだ。

敵中にいるのだ。行動は慎重にし、軽はずみな態度はとるな。一人の不注意は分遣隊全部の破滅を来たす。ただ、お前たちの鞏固なる団結を望む。これができぬうちは何をやっても駄目だ。そして朗らかに働け。俺たちは若い。そして何時戦死するかも知れぬ。いつ死んでも、恥ずかしくないように、日本軍人らしい、そして人間らしい生活をしろ……」

自分は成功したと思った。以後、兵の行動は前に一週間勤務したときと比べて、あらゆる意味でよほど改善されたように思う。高橋伍長、秋川兵長ら古年次のものが積極的に自分の指揮下に入って兵の指導に当たってくれるので、若い兵隊の掌握は易々たるものである。自分と兵との間柄も一歩前進して更に親密の度を加えた。しかし決して狎れ親しんだというわけではなく、立派に秩序の保たれた団結である。生命がけの団結である。

その夜、麻油の灯火の下で陣地見取図を作って陣地構築計画を立案した。何しろ掩蓋ひとつすらない支那家屋に住んでいるのである。まったく白紙の上の計画である。誰の掣肘も受けず、思う存分自分の頭から考え出して建設することができる。石門でも築城に関しては、相当専門的な事項まで教育された。

しかしそれはあらゆる陣地構築資材が豊富に得られるという想定のもとに計画された演習であったし、また、地形もまったく違う。根本的な技術は十分取り入れる必要があるが、何ら制式資材を得る道のない橋頭堡で、限りある人員をもって、しかも敵の目の前でする陣地構築は、あらゆる新知識を網羅し、独創的な頭を働かせておこなわねばならない。自分はまず陣地の四周に射界を形成する五個の掩蓋を計画した。遮断壕も必要だが、これは苦力を使ってやれることでもあるし、今も貧弱ながらあるにはある。障碍物もないが、これも後まわしである。

だいたい、橋頭堡内で今まで見てきた陣地は野戦陣地にしろ家屋利用の陣地にしろ、あまりに貧弱である。少しばかりの丸太と土煉瓦を積み重ねたものだ。雨季が来れば崩壊するかも知れぬような泥舟式のものである。大営の中隊陣地も原店のそれも、偏口陣地も、ちょっと見た限りでは立派にみえるが、実際にはあまり頼みにはなりそうもない。

特に敵は、今後、重軽迫撃砲、ロケット砲、野戦重砲など優勢な火器を繰り出すであろうことは必至である。偏口陣地を見よ。重迫、野戦重砲の集中射撃を被って崩壊する掩蓋が相継いだ。また、大営籠城戦で小銃による近距離狙撃弾はセメントと土煉瓦の圧壁を貫通して望楼内にある戸島兵長を斃した。また、土煉瓦の土壁は小銃弾に抗し切れなかった。銃眼の構造不備のため、チェコ機銃射撃に少なからず不便を感じた。数え来たれば改善すべき点は限りなくある。

　まず掩蓋は少なくとも近距離より飛来するチェコ機銃弾、小銃弾、あるいは敵戦闘機の一三ミリ徹甲弾に対し、十分の抗堪力（こうたんりょく）がなければならぬ。また、大落角（だいらっかく）の軽迫撃砲榴弾を喰い止めるだけの天井が必要だ。また、最近議論の中心になっている銃眼の外開き、内開きの問題がある。無論、防弾式銃眼にすることも必要だ。要するに分遣隊の人員の損害を極度に防ぐのが目的である。

　陣地構築の資材はあるか。自分の要求する掩蓋の抗堪力を得るためには普通の黄土煉瓦では駄目だ。どうしてもより硬い硬質煉瓦がほしい。しかしこの辺は硬質煉瓦が至って少ない。橋頭堡内の陣地が、殆ど貧弱な黄土煉瓦と少ない木材を使用しているのは資材がないからである。ここにおいては立派な野戦築城教範もその他の貴重な参考書類もあまり価値がない。それに要する資材がないからだ。どこかに硬質煉瓦を多量に得られる所はないか。それはある。黄村陣地を造るに充てるくらいの煉瓦は近くにある。それは黄村廟だ。以前からよく敵が侵入して困るので作戦中、一度工兵隊が爆破したのだが、まだ大半は残っている廟である。

　相当大きくもあるし、殆ど硬質煉瓦ばかりでできている。これだ、これだ。集落の村公所に交渉してこれを取り壊し、運ばせればよい。次は木材だ。これはまったく心配無し。陣地の裏には橋頭堡内でもちょっと他では見当らぬ楊柳や杉柏（さんぱく）の林がある。無尽蔵といっても過言ではない。

　黄土はそのまま練れば、内地の粘土以上に良い結合剤となる。それに、この家の中で石灰の袋を二つばかり見つけた。これだけ材料が揃えば何も言うことはない。あとは構築作業の適当な人員割当てと時間の割当てをするまでである。

　これで陣地構築第一期の計画はできたわけである。陣地構築はできるだけ分遣隊員のみを使うことにし、苦力は使わないつもりだ。陣地配備の状況を偵察されるおそれがある。煉瓦運搬とか将来の遮断壕掘開など、あまり重要でない作業にしか苦力は使えない。

　とりあえず、以上の工事は急いで取りかからねばならない。辛いけれども午前・午後とも働く。月がないので今のところ夜間作業はできまい。最も暑い日中は十分休ませる。集落から野菜や果物その他をうんと購入して栄養も摂らせねばならぬ。今のところ、やることは分哨勤務と陣地構築の二つだけである。情報蒐集は各集落の村長を集めて交渉しよう。

高橋春治伍長を呼んで以上の計画を話したら、彼も直ちに承知した。彼の意見も聞いた。高橋伍長を得たことは何にも代え難い心強さである。日課時限表もできた。陣地見取図も、附近の地形要図もできた。情報記録簿も分哨勤務録、銃声統計表も作った。自分はずっと毎日、日記をつけることにした。これは分遣隊においては必要なことだ。中隊では事務室の連中が中隊日報や人員移動録を記載しているが、分遣隊では自分が日記という形式でやらねばならぬ。明日一日で諸般の準備を整え、三日目からは直ちに陣地構築作業実施だ。

久し振りでゆっくりした夜を迎える。明るい夕陽がまだ沈まぬうちに夕食である。やはり黄村だ。生き返ったような気がする。豊富な野菜。しかしひどい蝿だ。食卓の上、所きらわず飛び回っている。壁には黒い絣（かすり）のように蝿がとまっている。自分の隣の部屋には高橋春治伍長、秋川兵長、高橋敬治兵長が寝ている。今日、出発するとき伊東隊長からトランプを二組もらったので兵室に分配してやった。

43　建設戦

三日目の朝からはもう皆、張り切って陣地構築を開始した。東分哨は陣地死守が任務となった今日、必要でなくなったので撤収してしまった。人員掌握の上からも好都合だ。

黄村の村長を呼んで、高橋伍長に廟の取り壊しと煉瓦運搬を交渉させた。すぐ承知した。村民としても土匪の巣窟になりやすい廟は有り難くなかったのであろう。その日から牛車で煉瓦を運んでくるようになった。また王家湾（おうけわん）、偏口、南曲沃の村長を呼んで、集落に敵が侵入したら直ちに連絡すること、情報蒐集に協力することなどを承知させた。

野菜はいくらでもある。初めのうちは胡瓜ばかりだったが、次第に葱、韮、その他、三重高等農林学校農学科出身の自分にも、さてこれは何だろうと思うようなものを色々持ってきた。

まず最初、陣地屋上西北角に掩蓋を造り始めた。最初のことであるから果たして幾日でできるか、どれくらいの材料が要るか、また本当に成功するかどうかさえも疑問である。この陣地西北角には、厚さ八〇センチ、高さ約二・五メートルぐらいの土壁があって、今でも北と西に向かった形ばかりの銃眼が開いている。この隅に、やはり北と西に向く銃眼を有する軽機掩蓋を造るのである。掩蓋はどれもできる限り軽機用にする。軽機用のものは小銃手にも使えるからである。

この掩蓋を造るのでもなるべく敵に見られたくない。ここに強力な陣地を造っていることが敵に見られてしまったら、敵は恐れて近づかないであろう。多少、工事がやりにくくても土壁はそのままにしておいて、立派に掩蓋が完成してからパッと覆面を取る。敵の奴はびっくりするということになる。しかし、この考えはやめた。たとえ掩蓋が出来上がってもすでに元からある土壁を潰してしまうのは惜しい。何か利用する方法はないか。あるある。土壁は潰さないでおこう。

掩蓋はこの土壁の隅にピッタリとくっつけて造ってやろう。銃眼もなるべくそのまま利用してやろう。そうすれば敵からは最後まで掩蓋があることを察知されずに済む。これは良い考えであると思う。敵方から見ると、従来と何ら変わらない土壁があるばかりだが、その裏には恐ろしい掩蓋がくっついているということになるのだ。土壁外側は相当古びていて苔なども生えているから、格好な偽装であるし、また多少とも防弾作用もある。

まず地面を均す。兵は陣地入口まで牛車が運んできた煉瓦を五、六枚ずつ担いで運び上げる。あるものは近くで泥をこねる。黄土というものは便利だ。水さえ加えればたちまちねばねばした強力な接合剤になる。これに切藁を入れたならなお更理想的だ。泥に入れる水の量や切藁の量も、いざやってみると、それぞれ適量というものがあってなかなか難しい。兵も自分も上半身裸体で手拭を首にひっかけ、立派な土木作業員である。

真夏の太陽は真上から照りつける。正に晴天白日である。しかし涼しい風が吹いてくる。気持ちの良い暑さだ。大営で我々を苦しめた熱風は、ここでは吹いてこない。近くに青々とした林があるお陰であろう。汗は滝のように流れはするが、京都辺りで蒸し暑い日に流すあぶら汗ではない。汗までも気持ちが良い。決して体がダレてくるような暑さではなく、かえって体に精力を与え、モリモリと働かせるような暑さだ。結局、内地のように湿度が高くないからであろう。このごろは給与が良くて皆、丸丸と肥って力が有り余っている。他にすることもないのだから皆一生懸命だ。

均した地面の上へ十字鍬で経始する。掩蓋は壁の厚さ約八〇センチ、内容積二メートル×二メートル×一・八メートルくらいの硬質煉瓦の箱である。煉瓦積みは北門陣地構築などで経験を積んでいるから相当、腕には自信がある。家の中から泥を塗る鏝（こて）を三つほど見つけてきた。円匙や十字鍬は制式品の古ぼけたのがあるし、支那人の使う鋤が若干ある。

仕事は大変能率が上る。北門で工事をやったときは大隊長初め中隊長、江連中尉その他の中隊長など、口やかましくて何でも一応、理屈を言わねば納まらぬ人がたくさんいたから、せっかく造ったものをやり直しさせられたり、計画が途中で変更されたりしてなかなか仕事が進まなかった。

結局、最後にできるものにしても、それほど感心するに足る優秀な作品とは思われなかった。偉い人というものは困ったものである。ここで自分は一人の考えで良いと判断したことはドシドシやってしまうから、従って仕事も早い。自分はなるべく陣地がほぼ完成してしまうまでは中隊長殿には来てもらいたくないと思った。半分くらいできているところへ、あれこれ文句をつけられてはまったく目も当てられぬ。兵も自分も今の真面目な気持ちを失ってしまうに違いないと思う。

結局、敵に面した方向は約八〇センチの厚さを持つ土壁があり、その内側に厚さ八〇センチくらいの硬質煉瓦の箱をくっつけたのだから、その頑丈なことはこの上なしである。一三ミリの徹甲弾だって、ちょっと撃ち抜けまい。

外部は立派に出来上がりそうである。煉瓦の積み方だってなかなか苦心した。最も重要なのは銃眼である。銃眼の重要さを理解しない馬鹿者が掩蓋を造ると、何も考えないで、ただ適当な位置に孔をあけて済ませてしまう。これでは困るのである。こんなことをすると掩蓋が完成して、いざ軽機を撃とうとすると、いくら最高姿勢にしても脚を伸ばしても銃口が銃眼に届かなかったり、撃ちたい所がどうしても狙えないというような不都合が起こる。大営陣地の銃眼からチェコ機銃を撃つのに骨が折れたのは、おそらく一一年式軽機を標準にして銃眼を造ったためと思われる。

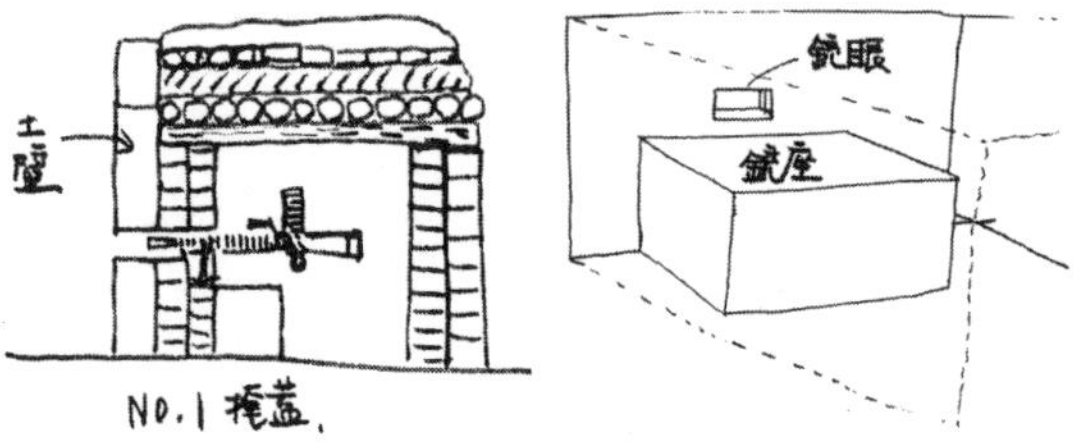

掩蓋および銃目

読んで字のごとく銃眼は掩蓋の目である。この造り方を誤ればたとえ他の部分がいかに立派に出来上がろうと、その掩蓋は案山子(かかし)である。まったく画竜点睛(がりょうてんせい)を欠くとはこのことであろう。銃眼を造る最も確実な方法は、銃眼側壁を造るに先立ち、実際に軽機や小銃を持ってきて、必要な目標を照準してみて、側壁外縁を決定するのである。

「高橋兵長、軽機を持って来い」

彼は軽機を持ってきて銃座に据え、据銃して脚桿(きゃっかん)や肘の位置を修正した。これで敵襲の場合も銃が撃てなくて慌てることもないわけである。例の銃眼の外開きか内開きかの問題は、それぞれこの方面の権威者が研究しているらしいが、どちらが良いとも結論が出ていないようだ。

外開きは射界が広いこと、外部斜め方向から飛来する敵弾が掩蓋内部に入る恐れが少ないという利点があるが、外部から見た場合、大きな口を開いているので敵の重火器などの銃眼射撃の好目標になりやすい。内開きは射界は若干狭くなるが、外部から見ると、その口は非常に小さくて敵に発見されにくい。その代わり一旦、この小さい銃眼に入った敵弾は必ず掩蓋内部に侵入するという欠点がある。

また、銃眼閉鎖ということから考えると、内開きの方が容易である。そして内開きの方が多少、掩蓋の内部容積を節約し得るようだ。結局、どちらも一長一短で、どちらが良いとは決定できない。今から造る五個の掩蓋は、将来は陣地の内部になるもので、陣地は、ゆくゆくは更に外方に向かって拡張するつもりだ。それならば敵にここまで飛び込まれるということは、よほどのことがなければ考えられない。この際、銃眼など大きくとも小さくとも大した問題ではないと思い、外開きを採用する。これを防弾式にするには、銃眼の壁に階段状の突出を造るのである。これは煉瓦の置き方を工夫すれば簡単にできる。

また、板などで弾があたれば、これに突き刺さるものを使うという方法もある。これらのものに斜め方向の弾があたると、突き刺さるか跳飛して掩蓋内部には入らないということだが、果たしてどれだけの効果があるのか疑問である。

銃座は肘の位置、脚桿の位置を決定し、銃身の振動などにも関係するから、これまた重大な要素である。銃座の高低、水平か否かということは銃眼の位置とあいまって、射撃精度に影響するところ大である。また銃眼、銃座を通じて射撃中、銃口前に砂塵が飛ばないこと、脚桿が移動したり潜ったりしないことが大切だ。小さいことだが射撃中、銃口前に砂塵が飛ぶことは射撃に大きな障碍となるのである。殊にこの辺のように灰のような細かい黄土が溜まる所においてはそうである。

微細な砂は送弾障碍を起こしたり、銃口から吸い込まれて銃腔膨張を起こしたり、射手の目に入ったりする。『歩兵操典』には、いかなる時にも銃口を地上から一〇センチ以上離せと示されているが、一〇センチではまだまだ不足である。敵が群がって陣地に殺到するとき、軽機が砂塵のために送弾障碍を起こすことを考えれば、決してゆるがせにできない問題だ。

銃座の上面は泥で塗り固めた。実際、射撃するときにはこの上に濡れ筵（むしろ）などを敷いておこなえば最も確実である。

第一日目は半分ぐらい出来上がった。次は屋根である。自分たちとしては軽迫の弾さえ防げればよい。小型の投下爆弾のような重迫弾を喰い止めるのはちょっと無理であろう。丸太さえしっかりしていれば十分防げるものと思う。屋根の寸法をとって、今度は裏の林へ丸太の切り出しに行く。中隊からこちらへ来るとき新しい支那鋸を二つ持ってきた。斧は集落から大きなものを借りた。

この仕事は愉快だった。涼しい林の中へ入って、これぞと思う木を斧と鋸で伐り倒して丸太にするのである。自分の兵隊は東北農村出身者が多い。こんな仕事はいつも家でやっていたのだ。敵が西塞に入っていても、ここなら見えないので安心である。それでも表門立哨者には特に厳重に警戒させた。兵の中でも高橋敬治兵長、佐野、豊山、野尻らは特に見事に斧を振ってバリバリ伐り倒した。

まるで内地のどこかで開墾でもしているような楽しさである。

「よし、俺にもいっぺんやらせろ」と斧を振ってみたが、どうも上手くいかない。斧を振るというより自分の体の方が振り回されそうである。木の幹に打ち込むたびに手がビリビリしびれるばかりで、一向はかどらない。掌にまめを作っただけでやめてしまった。確かに自分の体は前に比べて見違えるほど丈夫にはなっているが、木を伐るにはやはり年季が入っていなければならないらしい。腕力だけではだめなのだ。

浅緑の木の葉を通してくる日光が皆の体を緑色に彩る。木の下には夏草が生い茂り、野菊やタンポポ、姫キキョウ、野豇（のまめ）、スミレなどが小さな美しい花を咲かせている。長い間、草花の美しさなど忘れてしまっていた。草いきれでムンムンと暑い。サラサラとした湯のような汗がザクザクと出る。首に巻きつけた手拭をしぼると、ザーッと汗が落ちる。

「ゴツーン、ゴツーン、ゴツーン」と、高橋兵長が斧を振う。彼の白い体の筋肉がモリモリと躍動する。力瘤がグリグリと回転する。大いに愉快だ。木の屑が、パッ、パッと飛び散り、新しい木の香がプーンと匂う。支那に来てこんなに生き生きとした自然の息吹に接するとは思わなかった。木の香は内地の山を思い出させる。

「隊長殿、危ないですよ」

「メリ、メリメリメリ、ザザザー、ドシーン」

太い楊の木が地響きを立てて倒れた。爽快！　だいたい直径三〇センチくらいのばかり選んで伐る。俄かに頭の上がポカッと明るくなり、青空に白雲が走っているのが見える。ここで一服。林の中で吸う煙草の旨さ。

高橋が手に唾をつけて立ち上がると、斧を取ってパッパッと枝を払い出した。これは炊事場へ持っていって薪に使う。一方では千葉や石井が木を中にして向かい合い、地上に座って鋸でゴシゴシやっているのが、この方はあまり能率的ではない。枝を払った木の幹は紐尺で寸法を取り、直に鋸で所要の長さに伐ってしまう。何しろ掩蓋の屋根には直径三〇センチくらいの丸太を隙間なく並べようというのだから、長さ三メートルくらいのが一五本以上入用だ。

丸太を担いで帰る。自分だって兵の仕事を見ているばかりではない。自分が真っ先になって働いていて初めて兵も気持ちよく働けるに違いない。肩を擦りむきながら丸太を担ぐ。しかし兵はこの陣地構築の重要な意義をよく理解しているようだ。彼らは一生懸命だ。この陣地構築は何も他人のためにやっているのではない。自分を守るための陣地であり、自分が守らねばならぬ陣地である。

建設戦

また、最悪の場合はここに枕をならべて討死する城である。この城なくして我々はご奉公の誠をいたすことはできない。まことに体の一部である。一生懸命になるのが当然なのだ。

この林の中で伐木の仕事をしている間に自分は兵の上に、おそらくは他の地方の兵には見られぬであろうと思われる純朴な素直な農民の姿を見た。俺たちは軍人だ。しかし彼らの体には東北農民の血が流れている。階級年次の別なく、自分は彼らの中に、額に汗して働く農民の姿を見出したのである。彼らは働くことの貴さを知っている。農は国の基（もとい）である。健全なる農村は精強なる軍人の源泉である。

野尻清太郎一等兵は補充の二年兵だ。もうすでに頭の禿げかかったおやじである。年からいえば自分が教育した静岡出身の補充兵のうちの最年長者にあたるであろう。彼は秋田縣出身のお百姓である。家にはもちろん妻も子もあるはずだ。しかし彼は朗らかだ。自分は彼の天真爛漫な明朗な性格を愛する。また尊敬する。

彼はいつも手拭で鉢巻きをして「秋田おばこ」を歌いながら、せっせと働いている。野尻が紺色や黒の便衣を着て、禿げ頭に鉢巻きして斧を担いで林の中をのこのこ歩く姿は、まったく愉快であり、自分に内地の農村を思い出させるに十分であった。彼は略帽を被るよりも鉢巻きをした方が気持ちが良いのであろう。何か仕事をするのに軍袴の裾がバタバタして困ると、すぐに縄を出して膝の下と踵の上をくくる。これはちょうど内地の田植時に見る光景である。彼は何とも思わずにやっていたのかも知れぬが、自分には、そうそう内地ではこんなことをやっていたものだと思い出された。

高橋敬治兵長も斉藤市太郎も、いや誰もかも内地の農村の若い衆に見られるタイプである。彼らは今でこそ軍服を着、銃を握って活躍しているが、国へ帰れば鍬を振るってコツコツ働く農民である。そこには階級もなければ年次もない、丸裸の自然の子があるばかりだ。

農村の気風は今の自分たちの間でも貴重で必要なことだ。軍隊内部には、ただ軍律だけで押し通す、一筋縄では解決のつかぬ幾多の問題があるからだ。しかし野尻清太郎も、この分遣隊へ来たからこそ大っぴらに百姓姿もしていられる。おそらく中隊でこんな恰好をしていて隊長に見つかったら大目玉を喰うであろう。

自分はなにも言わずにおこう。静かに彼が農村気分を満喫しているのを見ていよう。それによって彼が愉快に精出して働くことができるのなら、これにまさる喜びはないではないか。

かくして伐り出した丸太は、まず二本を梁として壁の二辺上に渡し、その上に隙間なく一〇数本並べた。その上にアンペラを乗せ、更に練った泥を乗せる。これは北門に造ったマキシム重機掩蓋が完成し、実際その中で試射してみたら、掩蓋全体が振動し、天井丸太の上に乗せてあった土がバラバラ落下して、掩蓋内部は土埃で目も口も開けていられず射撃困難となった実例があるからである。

泥を塗った上には硬質煉瓦を二層、更にその上に土。その上に一層の硬質煉瓦を乗せる。これは遮弾層である。軽迫弾が瞬発信管付きのものならば直ちに炸裂するし、短延期信管でも掩蓋内部に達しないうちに炸裂するはずである。作戦や敵が使用した軽迫弾の信管は、撃針先端の外部に嵌装(かんそう)する小金具によって瞬発にも短延期にもなるものであった。遮弾層の上には更に土を盛った。これは、後に雨が降れば放っておいても草が生え、自然に上空に対する偽装となるのである。

第一の掩蓋は完成した。これでだいたいの要領が分かった。所要日数は三日と少しであった。北門で墻壁を積んだ時にも感じたことだが、煉瓦はこれだけあれば十分であると思っていても、案外たくさん要るものである。これで牛車に何台運んだか知らぬが、こんな小さな掩蓋を一つ造ったあとにいくらも残っていなかった。

次にはやはり屋上西南角の掩蓋にかかるが、もうだいたいのやり方もわかったし、おそらく能率も大いに向上するであろう。分遣隊一八名のうち分哨勤務の六名、炊事の中津山を除き、一一名が作業に当たれるわけだが、実際やってみると狭い煉瓦積みの現場に多人数が蝟集(いしゅう)することは却って能率が悪く、煉瓦積みの作業は二人または一人が専門にやり、他は煉瓦運搬や泥作り、泥運搬に当たった方が非常に仕事が捗った。苦力も煉瓦運搬に使った。ただ、銃眼を造る時だけは自分がよく見ていなければならなかった。

自分がいささか心配していたことは、古年次兵が作業を嫌がって出なくなるだろうということであったが、これはまったく杞憂なことだった。実際この気持ちの良い晴天に薄暗い室内で蝿に攻められるよりも、ザクザクと汗を流して働く方がよほど良かったからである。

汗を流して働いていると、中津山が上ってきて「隊長殿、食事の準備できました」と言う。働くものの幸福。皆の到達した観念はこれであった。

「さあ、飯だ。午前中作業終わり」

粗末な器具といえども、これがなくては仕事ができない。兵は自分の手を洗う前にまず円匙、十字鍬その他の器具を洗う。軍隊でもやかましく言われることだが、このような器材の尊重心は、彼らが家にいた時から培われていたものと思う。

「ご苦労さん。別れ」

「ご苦労様でした」

皆の手は泥だらけだ。裸足になって泥の中に入ってこねていたものもある。泥を運搬したものもある。煉瓦を積むものは鏝を使うのが面倒だから、手でベタベタと泥をなすりつけて煉瓦を積む。服だって泥んこだ。顔にも背にも、へその中まで泥が侵入している。しかし泥のついた顔を拳でゴシゴシこすっている初年兵は嬉しそうだ。

部屋に帰ると、漆塗りで鏡のついた洗面台に花模様の洗面器が乗っている。顔を洗ってみると、水が黄土色になる。体を拭けば手拭が黄色くなる。おそらくいくら拭いても洗っても、河南の黄土は自分たちの体に浸透して、知らぬうちに内地人には想像もつかぬ泥人形になるであろう。

兵は入浴場へ行って素っ裸になり、ザアザア水を被っている。ついでに泥のついた服は全部洗ってしまう。その辺にぶら提げておけば、午後の作業までにはカラカラに乾いてしまうのである。

広い軒下のたたきの上に食卓がズラリと並んでいる。ここを食堂にしたことは確かに成功であったと思う。隊長以下、全員が集まって三度三度会食なのだ。暑い、薄暗い横穴の中で各室に別れて食事している中隊では、真似のできないところだ。今のところ、これだけがこの分遣隊の唯一の自慢である。周りを宿舎で囲まれているし陽は当たらない。軒は十分に深いから雨が降っても大丈夫である。

その食卓の両側に食欲旺盛な勇士の面々がズラリと座った光景は、正に偉観というほかはない。時に中隊命令や会報を達することもあったが、普通は最も楽しく賑やかなひとときである。自分としてもこれは貴重な時間であった。点呼をやらないから全員の顔を見渡せるのは食事時だけである。体の調子が悪いものはすぐわかる。その他、誰が何を考えているか、その精神状態も一目瞭然である。

中隊から来る連絡者や上官、偏口陣地からの連絡者とも時に一緒に食事したこともあるが、皆この会食を羨ましく思っていたらしい。おそらく中隊長といえども今の自分より以上に幸福ではないであろう。大隊長や江連中尉、副官らはコソコソと淋しく一人で食事をしているのに違いない。偉い人はその方が良いのかも知れない。

卓上には中津山が大活躍して作ったご馳走が並ぶ。たった一八名だから多人数の中隊に比べて質量共にずいぶん良いものを飽食させることもできる。暑気のために食欲が低下するというようなことは、ここでは考えられない。消化を助けるというので、皆よくニンニクを食った。

初め一人か二人が臭い臭いと言われながら食っていたが、腹の調子がすごく良いというので全員に拡がったのである。全員ニンニク党になってしまえば臭いことも忘れる。鼻が馬鹿になってしまったのである。

昼食後は夕方涼しくなるまで休養である。思い思いに軒下に寝台を持ち出したり、室内で午睡の夢を貪る。

44 分遣隊風景

中隊にいたときには、いかに暑くともちょっと昼寝というわけには行かなかった。もちろん午睡は許されていたし時間も十分あったのだが、何だか落ち着かなかった。隊長はあまり眠らぬ人であったから、うっかり昼寝しかけていると「オーイ、北村見習士官」と呼ぶ。すぐ飛んで行かねばならぬ。殊に週番士官勤務中は、それほど惰眠を貪るわけにはゆかぬ。また、自分もそれほど眠いとも思わなかった。昼寝したことは殆どなかった。

ところが黄村に来てから、特に陣地構築作業を開始してからは昼寝が習慣のようになってしまった。薄暗い横穴の中で裸になって寝台の上にひっくり返るのは何とも言えぬ良い気持ちだった。部屋の入口には、昔はずいぶん立派だったと思われる錦の緑と赤い房が附いた簾（すだれ）が下がっていて蝿の侵入を防いでいる。

陣地内はひっそりとしてまったく音もせぬ。ウッラウッラといつの間にか夢の国に誘い込まれてしまう。

どれほど眠ったか目を覚ます。簾を通して見ると戸外は今や日中の最も暑い時刻である。黄色い土の壁がやわらかい卵色に見える。それに鉄帽や図嚢や拳銃がかかっている。何だか寝台の下から煙がスーッと上ってくる。見ると蓬の茎を縄のようにねじった蚊取り線香がとぐろを巻いて燻（くすぶ）っている。おそらく自分が眠っているうちに中津山が置いてくれたものであろう。煙はゆらゆらと天井へ上っていく。左右の壁は曲面を作って上へ上へとあがり、頂上で接してアーチを作っている。どこの穴倉をみても、この曲面は見事に同じである。

黄村陣地隊長室

支那人は先祖代々、大昔からこの曲面を子孫に伝えて家を造るのであろう。おそらく最も強力なアーチを造る曲面を採用しているのだと思う。以前、運城の航空隊で、このような穴倉家屋を利用して燃料倉庫を造ろうとし、内部を拡張するために壁を削り取ったところ、たちまち崩壊して将校以下何名かが埋没して死んだという事故があった。

また、山西のある部隊でも類似の事故があり、司令部から注意があって各部隊でもこの種の事故を惹起せぬよう、図解入りの参考書類を配布してきた。結局、支那人が四〇〇〇年の経験によって考え出した最も理想的なアーチをぶち壊した結果であり、つまるところ浅薄な科学日本の敗北である。

起き出して外に出る。下士官も兵室もヒッソリ閑と眠っている。兵室に入ると、プンと兵隊臭い匂いがする。複雑な、しかし悪くない匂いである。汗の匂いとスピンドル油、革具などの匂いがゴッチャになった匂いである。

大きな鼾をかくものがある。スヤスヤと眠っているものもある。一体何を夢見ているのだろう。この前、連絡者が届けてくれた団扇を、今にも落ちそうに持っているものや、『陣中倶楽部』（戦時中、戦場にある軍人、特に下士官兵対象に講談社が贈っていた大衆雑誌。『キング』、『講談倶楽部』程度の内容）、〔編者註：大日本帝国陸軍（陸軍恤兵部）が一九三九（昭和一四）年から一九四四（昭和一九）年にかけて発行していた兵士向けの慰問雑誌。大日本雄辯會講談社に編集を委託〕を読みかけて、顔の上に乗せたまま眠っているものもある。蝿はところ嫌わず彼らの顔や手の上を歩きまわっている。日中こそ最も安らかに心配なく眠れる時なのだ。敵もおそらく午睡の夢を貪っているのであろう。

頑丈な梯子を上って屋上に出る。また、そこから望楼へ上る。

「立哨中異常なし」

「ご苦労」

歩哨は炎天下、汗をかいた銃を握って敵方を睨んでいる。彼は一人で皆の安らかな眠りを守っているのである。彼は頭から眼鏡を外して渡す。

ズーッとひと渡り、舐めるように前方を見渡す。緑の村々が、土壁が、河原が、敵の銃眼が明るい視野の中にユラユラと揺れている。陽炎である。あらゆるものが波立っている。焔のようにメラメラと。どこを見渡しても敵の影はひとつも見えぬ。良民の姿も見えぬ。牛一頭の影すら見えぬ。草木も人も動物も、すべて真夏の太陽を避けて午睡の夢を楽しんでいるのだ。

麦畑は今や小麦色の穂が重そうに首をかしげてザワザワと熱風に波打っている。後を振り返れば大営の集落も人ひとり見えずユラユラと揺れている。灰褐色の中条山脈が複雑な襞を裾長く引き、その下に麦畑の丘の間に豊富な水を湛えた黄河が大空を映してうねっている。静かだ。耳のそばに鳴る風の音が、ブーブーと聞こえ、自分の心臓がドクドクと運動しているだけで何の物音もせぬ。

白い日光は、さんさんと滝のように降り注ぐ。音もなく降り注ぐ。分哨勤務者が形ばかりの屋根の下で、窮屈そうに折り重なって眠っている。彼らはまた夜になればおちおちと眠っているわけには行かないのだ。

河南の夏

梯子を下りて入浴場の前を通り、広い前庭を横切って門を出る。ここにも歩哨がいる。水のない河原には白い丸い石ころと砂が美しい。林の中もシンとして音がない。木の葉がかすかに揺れている。ここには蝉がいない。内地では、こんな林に入ればやかましくてたまらぬくらい、蝉が鳴きたてている頃なのに。

草花もグッタリと萎（しお）れている。

炊事場の前に来たら、水がめの中に大きな西瓜が二つ、プカプカ浮いている。今朝、黄村の村民が持ってきてくれたものだ。午後の作業が終わったら皆で食べることにしよう。

「起床ーっ。作業開始ーっ」

分哨から時計を見て怒鳴った。

「アーアッ」と各室からあくびの声が聞こえる。

「早く出てこいっ。今日は早く終わって西瓜を食わせるぞ」と高橋春治伍長はもはや麦わら帽を被り、円匙を肩に担いで出ていく。高橋敬治兵長が、「火の雲は大陸に……」と、ズーズー弁の山西派遣軍の歌をうたいながら出ていく。豊山が青い便衣のズボンをはいて出ていく。野尻清太郎は例によって「秋田おばこ」にねじり鉢巻きである。

陽はよほど西に傾き、涼風が吹いてくる。

「隊長殿、午後の交信開始します。何かありませんか」と無線暗号手が来る。通信紙を出して、

〔電文〕　イトウタイチョウドノ
　　　　　　　　キタムラミナラヒシカン
　1．コウソンブンケンタイ　イジョウナシ
　2．テキジョウ　ダイナルヘンカナシ
　3．ジンチ　セイホウカク　エンガイカンセイ　コウジヅクコウチユウ
　　　　　　　　　　　　　　　　オワリ

暗号手は復唱して通信紙を持って帰る。下士官室の隣に無線室を造っている。六号無線機と無線手三名が寝起きしている。小さな机の上に小さな器械が乗っている。暗号手は乱数表を出して、電報用紙に暗号にした電文を書く。泉谷兵長はレシーバーを着けてメーターを睨みながら、ダイヤルをゆっくりゆっくり廻している。

コトリとも音がせぬ室内に、微かに微かに「ピピピーピピ、ピーピピピ……」と受話器から漏れる符号が聞こえる。まるで虫の声を聞くようである。暗号手が電報用紙を彼の前に置いた。カチン、と切換スイッチを「受」から「送」に切りかえると、たちまち彼の右手が活躍し始めた。

「カッ。カッカッカッ。カッカッ、ツッ……」

何という微妙な手の動きだ。ただ、手がビリビリと震えているようにしか見えぬ。しかしこれで立派に暗号になった自分の電報が確実に電波となって送り出されているのだ。そして大隊本部の通信室でまた受信機を震わせて暗号手に解読され、大隊長の目を通り、更に電話で中隊長に送られるのである。

泉谷兵長の右手はなおも微動を続け、静かな室内に「カツ、カツ、カツツ……」と、生物のような声を響

かせる。科学兵器。そうだ、これこそ本当の科学兵器なのだ。電気の威力はすばらしい。僅か一人の兵隊が軽々と携行し得る。背嚢に入るくらいの器械によって、遠く離れた大隊本部へ自分たちの消息を居ながらにして伝えることができるのである。こんな片田舎の分遣隊にいて、安心して勤務することができるのも、この無線機の力に負うところが大きい。もし、この器材に故障を起こしたら兵を派遣する以外、連絡の手段は絶えるのである。

泉谷はなおも右手を動かしながら、じっとメーターの針を見つめている。小さなガラスの中の夜光塗料の目盛の上に、これも夜光塗料を塗った細い指針が微妙な動揺を続けている。アルマイトの外箱、白大理石の配電盤、エボナイトのハンドル。複雑な繊細な電線の束。同じ兵器といっても、我々一般歩兵の持つ兵器に比べると、いかにも精緻を極めたものである。またこの精密な器械を駆使する人は、更に纖細な神経の持主でなければならないのだ。確かに泉谷兵長は無線手にふさわしい男であった。注意深くて垢ぬけした頭を持っていた。

アルマイトの外箱に空いている小さな丸い穴を覗いてみた。拇指の頭ぐらいの小さな真空管がかすかに光っていた。こんな支那大陸の片田舎の、みすぼらしい民家の穴倉にいても、電子というものは忠実に陰極から陽極に向かって走っているのであろう。電気器具特有の気持ちの良いほのかなにおいがプーンと鼻をかすめた。

送信が終わると彼はスイッチを切って、やっと顔を上げ、ホッとひと息ついた。そして時計の針を三分ばかりおくらせた。時間を常に正しく知っていることも彼らの重大任務だ（ラジオの時報などというものがあるわけがない）。薄暗い無線室から出ると、明るい日光が非常にまぶしい。

自分も上半身裸体になって手拭をぶら提げて工事現場へ。高橋兵長らはもう西南角掩蓋の地均（じなら）しをやっていた。煉瓦もどしどし運んでいた。あるだけの煉瓦を運び上げて後、作業を終える。さあ、西瓜だ。

「中津山～っ」

「ハーイ」

「西瓜を切れーっ」

「ハーイ」

手を洗って下に降りると中津山が大きな庖丁でスポスポと西瓜を割っている。甘いにおいが流れてくる。やがて大きな盆の上に三角形の切片をズラリと乗せて運んでくる。

旨い。冷たい井戸水で冷した西瓜はトロトロと舌の上でとろけそうだ。内地と違って橙色で種の大きな西瓜だ。

夕食の頃はまだ陽が沈まない。洗濯したり掃除したり、被服の修理をしたり、各人好きなことができる。家へ便りを書くものもある。真の楽しみといえば、まあこれだけかも知れない。ものも言わずにコツコツ書いている。この頃は防諜のため、殆ど詳細なことは書けない。それでも出さないよりは良い。今は状況がそれほど悪くはないが、また作戦などが開始されれば絶対、家庭通信はできなくなる。出すなら今のうちだ。

自分たちの部隊は最初、部隊号を「忠烈」と言った。橋頭堡を死守する部隊として忠烈とはまことにふさわしい。家へ出す葉書にも得意になって忠烈と書いていたのに、後に「至隆」と改められてしまった。つまらないことをするものだと面白くなかった。至隆の他に「至誠」、「至武」などの部隊ができたらしい。兵が書いた家庭通信は一応、検閲して中隊へ送らねばならない。どの葉書を見ても通り一辺の暑中見舞で抹消すべきところもない。かえって部隊名を間違えたり、中隊名を入れ忘れたりして書き加えてやらねばならぬ。一人で二〇枚も三〇枚も出すものもいる。女の人へ出すのもいる。それが彼の母であることもあり、他の人であることもある。どうも名前だけでは若い娘さんか婆さんか判断できない。

見ていると面白い。仮名の部分はすべて東北弁そのままを字にしたものだから、自分も初めのうちは頭をひねって判読に苦しんだが、慣れたらすぐわかった。自分も家へ出す。薄っぺらな軍用葉書に紫色のインキがゴテゴテとくっつく。こんな一枚の紙切れが連絡者によって中隊に運ばれ、更に大隊本部に運ばれ、馬車にでも積まれて陝縣へ。今度は芽津渡河点で舟に乗って黄河を渡り、更にトラックに乗って中条山脈の山また山を越えて安邑に着き、運城辺りの野戦郵便局に渡され、汽車に乗って野越え山越え海岸へ。そこから船に乗って日本へ。また汽車に乗って京都へ。

かくして何千キロかの旅を終えた自分の葉書がベタベタと各種の検閲印を押されて、ついに家の門口に落ちる。ここで初めて遠い河南の果てから出した葉書が母の手に入るのである。

「隊長殿、ばかにしんみり考えていますね。誰を思い出しているんですか。北村千鶴。誰ですかそれは」

「秋川、心配するな。若い人じゃないから。俺のおふくろだよ」

「ああそうですか。安心した」

「隊長殿、これもお願いします」

もうおしまいかと思っていると、まだまだどっさり持ってくる。この次の連絡で送ってやろう。

葉書の字が読めなくなってきた。いつの間にか辺りが暗くなっている。涼しい。繻袢一枚では肌寒いくらいだ。各室を麻油の赤味がかった灯がボーッと照らしている。心細い灯だ。入浴を終えた兵は外に椅子や寝台を持ち出して騒いでいる。簾の中から石塚の自慢の美声が聞こえてきた。

〝戦い止んで長城遙か　星は輝く草木はねむる
露営のランプ何時しか消えて　人馬の寝息ものかすか
友よ寝たか草木も寝たか　歩哨ばかりが静寂天地
(○○○○○○○○○○○○)　大喝一声吟ずるは
ああこの天地この山上に　骨をさらすも(……)
(○○○○○○○○○○○○)　日本男児の名を挙げん〟
※○部分は失念

誰もものを言わなくなって、じっと聞いている。自分も煙草を持ったまま、喫むのを忘れて聞いている。

日本男児の名を挙げん。

「パン　キューン　ドン。パパン　キュキューン　ドドン」

「歩哨、歩哨～っ、今のはどこから来たか」

望楼を仰いで怒鳴る。

「南曲沃の方からです。三発しか来ません。犬がそう鳴いています」

「よし、よく警戒しろ。何かあったらすぐ知らせろ」

清澄な夜の大気の中に、ギラギラ、ギラギラ、大小さまざまの星が輝いている。秋川兵長が灯片手に姿を現す。

「オーイ、今夜の銃前哨を達するぞーっ」

「ハーイ」

「一番立ち中津山、二番立ち石井、三番立ち豊山、四番立ち……」

夜は更ける。中に入って麻油の灯の下で日記を書く。今日一日も何とか無事に終わりそうだ。しかし実は夜が最も危険だ。再び太陽が昇るまでは安心できない。

中津山が床を取りに来る。ひどい蚊だ。いくら煙で燻しても、あとから、あとから湧き出してくる。こんな水溜りのないところでどこからこんなに蚊が湧くのだろう。ひと所やふた所チクチク刺されても追い払ったり、手で叩いたりしていることもできるが、これほど四方八方からところ嫌わず刺されるのでは、いちいち追い払うのは面倒だ。

また一面、ひと所ふた所刺されるよりも、全面的に喰われる方がまだしも苦痛が分散して楽なようにも思う。それにしても人間にも馬の尻尾のような奴が付いていればどんなに便利であろうかと思う。

隊長からもらった『武人の徳操』を読む。色々昔の武士の逸話や、日清・日露戦争の勇将や、あるいは一兵卒の壮烈な働き、武士のたしなみなどに関する物語が書いてある。

「ジジジジーッ。ブツブツブツ」と綿をねじった灯芯が、油滴を飛ばして燃えている。兵室は暗くなった。ただ、一ヵ所だけ灯がついていて、銃前哨の控えのものが本を読んでいる。陣地は音もなく眠る。祖国を遠く離れた黄河南岸で、我ら一八名の守る小さな日本の領土は、寂として声なく眠る。自分もやがて、灯を吹き消して床の中へ入る。

「トントントントン、トントン……」

アア畜生、また始まった。困ったものだ。しぶしぶ目をあけて見ると、室内はパーッと朝日の光がまともに射し込み、金色光線の流れに満たされている。朝の冷気が身に沁みる。

「トントントントン……」

中津山が炊事場で胡瓜の漬物を切っているのだ。毎朝これで楽しい夢を破られる。しかし、この明るい朝の光に照らされては、もう寝ているわけにはいかない。

パッと飛び起きる。外に出てゴシゴシと歯を磨き、ガラガラッと大きくうがいをする。ちゃんと寝台の横に洗面の準備ができている。

「お早うございます」

高橋春治伍長もやっぱり漬物の音で夢を破られて起きてきた。

「おい、中津山、もう少し静かに切れよ」

「こうしなければ上手く切れません」

「そうかい」

偏口陣地死守の勇士、高橋伍長も中津山の直線的な返答には、さすがに二の句がつげない。薪が勢いよくパチパチと火花を散らして燃え盛り、大釜のふたの隙間からビューッと湯気が吹き上がっている。焦げ飯の香ばしいにおい。今日も空が突き抜けたようなすばらしい天気だ。また暑くなるだろう。石の階段の横に一株の鳳仙花が毎朝、新しい花を開いている。

「起床〜っ」

分哨から叫んだ。俄かにバタバタと騒がしくなる。不安な夜は去った。初年兵は敏活に走り廻る。二年兵の働きも目ざましい。無線室で朝の交信が始まる。瞬く間に掃除ができる。一部のものは中津山とともに食事準備に忙しい。

「分哨、食事」

「オーイ」

軽快な服装に弾帯を附けた分哨勤務者が梯子をきしませて下りてくる。

「服務中、異常ありません」

「ご苦労さん」

入口の方がだいぶ騒がしくなって、各集落の村長が若者に野菜を山と積んだ籠を担がせて入ってくる。

「称吃飯完了麽？（食事は済んだかね）」

「完了完了、謝謝。大人、今天情報拿来了。看一看（済みました、済みました、ありがとうございます。今日の情報を持ってきました、見てください）」

「辛苦、辛苦（ご苦労、ご苦労）」

村長が恭しく差し出す紙片には、薄い墨で書いた下手くそな漢字が並んでいる。支那人は誰も皆、漢字が上手いと思っていたら、これは大違いであった。「黄村村長謹報」という見出しで、だいぶ適当なことが書いてある。しかし村長のもたらす情報は的中することが多い。数字も比較的正確だった。

昨夜、黄村西塞へ六〇名くらいの土匪が入り、軽機関槍二、歩槍二、掌槍二〇を持っていたなどと書いてある。自分たちは情報蒐集に村民を使っているが、おそらくこちらの情報も彼らによって敵の方へ筒抜けになっているだろうと思う。

支那人は商売上手だから情報を両方へ売って、双方から金儲けをしているに違いない。しかしこれは半ば公然とおこなわれていることであり、この国の習慣である。互いに利用し合っているに過ぎぬ。南方戦線で白人兵を相手に戦っている戦友に比べると、相手が支那人というユーモラスな連中であるだけに、大いに気楽であり愉快である。昼間の暑いときは、特に命ぜられぬ限り相互に申し合わせたように戦争を止めて昼寝するのだから面白い。

中央軍は新店、馬佐、北朝などに各々二個営ずついる。迫撃砲や重機などの重火器もあり、装備は優秀らしい。馬佐や馬謝、東官庄辺りには劉永慶（りゅうえいけい）の土匪がいる。劉永慶の土匪というのは前の呂従興の土匪のことである。情報によれば劉永慶は呂の手下であったが、呂と仲違いして、ついに親分を追い出して棟梁になってしまったのである。支那によくありそうな話だ。薫（くん）家庄（かしょう）、五原附近には席振武の土匪がいる。何れも五、六〇〇名の手下を養い、中央軍から金をもらって友軍との中間地帯を荒らしまわっているのである。この辺りへおもに来るのはこの連中である。

南曲沃の村長が大きな籠に山盛りのスモモを入れて持ってきた。これは大変なご馳走だ。大きくて丸い、黄と赤で彩られたツルツルしたスモモは宝玉のように輝いている。野菜の山。中隊のものに見せたら羨ましがるだろう。

兵は食事の後片付けが終わると兵器の手入れを始めた。小銃も三八式や改造三八式が多くなって心強い限りである。軽機射手と弾薬手は軽機を、重擲射手と弾薬手は重擲を手入れする。兵器手入れ中は絶対、支那人を中へ入れなかった。何も秘密兵器があるわけではないが、員数を知られては面白くない。そして人員もなるべく多く見せるように骨折った。隣の宿舎が空いているのはこれから先、たくさんの兵隊が泊まるために空けてあるのだと支那人に言ってやった。おそらく敵に通報して大得意で金をもらっているだろう。

「秋川、今日は中隊へ連絡者を三名出せ」

「はい、分哨上番者整列」

「はーい」

高橋敬治兵長が分哨長の服装で出てきた。

「隊長殿、分哨上番者整列終わりました」

「ウン」

「頭～中、直れ」

「高橋兵長以下六名、ただ今より分哨勤務致します」

「ご苦労」

彼らは各哨所や望楼へ上っていった。斉藤市太郎以下三名の中隊連絡が出発する。伊東隊長殿へ手紙と情報と陣地要図と地形図を送り、検閲を終えた手紙を托する。彼らは中隊の同年兵への土産物や兵同士の手紙などを持って出発した。

「分哨、連絡者をよく監視して援護してやれ」

「ハーイ」

分哨下番者が交代を終えて下りてきた。分哨勤務録、銃声統計表を提出する。一覧し、捺印して返す。黄村における生活は一応安定した。陣地は着々できつつある。兵は愉快に働いている。今度は積極的に外に進出して、我々の任務を果たさねばならぬ。それは積極的な敵情捜索、地形偵察などである。また良民の宣撫である。

集落民との接触も多くなった。十分警戒はしなければならぬが、彼らとのつき合いも実に面白いものである。初年兵時代や石門時代はまったくと言ってよいほど外部との交通を遮断されて、軍隊内部の諸事情すらあまり知らず、温室植物のようにして育てられた。中隊に配属されてからは多少、軍隊の裏側を覗いたような気がした。それは実戦部隊であった関係上、石門などで教えられた軍隊の姿とはずいぶん、かけ離れたものであり、相当面喰ったものである。軍律一点張りのコチコチ頭では押し通せぬ世界である。人情味の溢れた社会である。

一面、失望させられたこともあるが、しかし得るところの方がより大きかった。部下というものを持った嬉しさはすでにしばしば述べた通りだ。オヤジ(隊長)ぶりも相当、板についてきた。これが当たり前だと思うようになった。そして自分がしなければならぬこともはっきりわかってきた。

今は一城の主(あるじ)である。いかにして任務を遂行するか。いかにして兵隊を愉快に働かせるか。これを考えて実行するのが今の自分の仕事である。

「隊長殿～っ、連絡者が帰ってきました～っ」

分哨が叫ぶ。

「何か荷物を持ってくるかい」

「大きなものは何も持っていないようですね」

「そうか、それはつまらないな」

連絡者が大きな荷物を運んでくる時は、加給品や恤兵品が来るのだから楽しみなのだが。やがて連絡者が門を入ってきた。

「斉藤上等兵以下三名、中隊連絡、異常なく帰りました」

「ご苦労さん、何か良いことはあったかい」

「はあ、エヘヘヘ……」

市太郎の奴、髭面をほころばせて笑う。

「何だ、オイ、いやな奴だ。早く出せよ」

「書簡がだいぶありますよ。自分には三通来ましたよ」

「お前なんかどうだっていいんだ、俺のところへ来たか」

「二通来ています」

市太郎は書簡の束を出した。皆がバラバラと走り出してきて、周りに立ちふさがる。

「慌てるな、今渡してやる。千葉」

「はい」

「秋川」

「はあ」

「高橋兵長。分哨だ、持っていってやれ。石井」

「ハッ」

「秋川。野尻。秋川。あれっ、秋川、秋川、貴様今日は馬鹿に当たりが良いぞ」

「兵長殿、それ女字ですね」

「そーだよ、羨ましいか。へへへ……」

秋川の奴、いい年をしてはしゃぎまわっている。

「もう終わりですか」

「もうおしまいだよ」

「ああ、つまらんな。没法子（メイファーズ）（しょうがない）」

葉書の来ないものは可哀想である。しかし、こればかりは他人のを読んでも面白くない。自分に来たのはやはり母からである。京都名所の絵葉書だ。清水寺の舞台に桜の花が咲き乱れているところが堪らなく懐かしい。この葉書も海山越えて長い旅をしてきたのであろう。

伊東中隊長からも手紙の返事が来た。

「連日勤務御苦労。敵の謀略には十分注意せよ……」

そして「ルビークイン」（割に高級タバコ）が五個ばかり届けられた。中隊にいる時は叱られ通しで、どうもソリが合わぬオヤジだと途方に暮れたこともあるが、こんな所に離れて勤務してみると、やはりただ一人の頼みになるオヤジであり、遠くから自分たちのことを心配してくれていると思うと有り難い。

『陣中クラブ』数冊と、蝿叩きもたくさん来た。さっそく蝿を叩きまわる。今まではこんな道具すらなかったので、蝿の奴は無限に繁殖して辺り一面、真っ黒に群がり飛んでいる。無闇矢鱈に机の上をバタバタ叩くと、いっぺんに五、六匹が潰れる。空中で手当たり次第振り回せば二、三匹が難なく落ちる。まったく人間のいるところがないほどである。うっかりすると焚いている飯や味噌汁の中へ飛び込んで、そのまま煮込んでいることもある。

書簡をもらったものは、そこに座り込んで動かない。貪るように読み耽っている。ムフフ……と一人で笑っている。おそらく家から来る書簡が、目下のところ慰安の最たるものであろう。

45 索敵

陣地は着々とできつつある。居住設備も整った。このまま生活を続けていけば確かに愉快でもあり、無難でもあり、安楽に暮らせる。しかし、それでよいだろうか。これだけでは自分たちの本分に反する。命じられたことだけをやって、あとは腹いっぱい旨いものを食って昼寝することくらいは誰だってできるのだ。これだけで満足してはならない。更に新しい仕事を見つけて自分で自分の力を試さねばならぬ。体を鍛えねばならぬ。

今の状態では兵の体は水ぶくれのように肥満していく。もし、作戦が開始されたら脚の弱くなった兵は苦労するだろう。脚の運動や機敏性、注意力、判断力、これらのものを養い維持していく必要がある。自分もこのところだいぶ長く外に出ていない。

敵は時々、黄村集落内や西塞に侵入する。特に西塞の城壁や門の上に掩体を造って自分たちを狙撃する。今は別に何ともないが、日が経つうちには彼らも、より完全な射撃設備を造り、常駐して我々を包囲し、中隊との連絡路遮断を企てるであろう。

殊に今は東分哨も撤収してしまったので、この方向から包囲攻撃も十分予想される。もうこれ以上、放任しておくことは危険であろう。この際、出撃して敵を駆逐する以外に方法はないものと思う。

自分たちの任務は警備である。陣地構築物の威力を最大限に発揮して、少数の人員によって防戦するのが任務である。しかし戦闘綱要を見よ。「攻撃は最良の防禦なり」と。そうだ。今の状態を維持すれば、一見、無難のようだが、いつかは必ず滅亡が来る。積極的に敵を攻撃することに越したことはない。

自分はここへきてまだ一度も出撃していない。隊長からも特に出撃命令は来ない。だいたい命令が来てから初めてやるのでは、それほど気乗りもせぬ。自分で計画して思い通りに実行してこそ、初めて興味も湧いてくるし効果も上るであろう。

自分たちはまだ附近の地形をよく知っているわけではない。陣地からする眼鏡による観察は確かに非常に有効ではあるが、これにも一定の限界があって、死角になった所はまったく何があるのかわからないのである。どこにどんな思いがけない地形、地物があるかも知れぬ。陣地内からの一方的な観察に頼るのは甚だ危険である。外から見れば自分たちが造った陣地だって死角が多くて、いくらでも隙間があるかも知れぬ。

敵はいつも六〇名以上で来る。少数の密偵は常に集落内に潜入しているかも知れぬが、堂々とやってくる時はいつも多人数である。軽機も数多く持ってくる。陣地外に出てこのような敵とまともに戦闘をするのは馬鹿らしい。我々は人員が少ない。弾薬にも限りがある。もう殆ど補給は着かないと思って間違いはない。

無闇に成算のない戦闘はやるべきではない。まして人員の損害は絶対出したくない。

一番困るのは、分遣隊には一八名いるけれども、出撃するには必ず陣地防禦の人員を残さねばならぬことである。我々の任務はあくまで陣地防禦であり、出撃の留守中、もしこれを取られでもしたら、それこそ軍法会議だ。切腹しても申し開きはできない。陣地防禦には少なくとも一〇名は必要だ。結局、出撃できる人員をいえば八名以下。補充兵など連れていけないから、六、七名しかないことになる。これではまともな戦闘はできない。

と言っても、敵は遠くからポンポンと陣地を狙撃するばかりで、決して陣地に近接しない。これに対して敵と同じく射撃を交換していれば、乏しい弾薬は遠からず撃ち尽してしまう。今までも、あまり敵がうるさく撃ってくる時以外は応射していないのである。弾の撃てない戦闘とはおよそ困ったものだ。部隊長の訓示にある通り、挺身切り込みというやり方以外に方法はなさそうである。とにかく敵を我が勢力圏外に駆逐しなければならぬ。

以上、諸理由を検討してみて夜間行動を選んだ。実は選んだというより、これより仕方がなかったと言う方が適当である。夜間行動ならだいぶやらされたので自信がある。夜なら弾を撃つこともあまり必要でない。日中と違って暑くもない。幸い月が出るようになったので好都合である。結局、目的は敵を我が勢力圏外に駆逐すること、敵状捜索、地形偵察である。夜間敵状捜索の方法、それは色々教えられてきた。計画を立ててみよう。

まず陣地に近く、手近なところから始めて小手調べをやり、漸次(ぜんじ)遠方におよぼす。何しろ夜間行動だから、兵は絶対自分の指揮に従わねばならぬ。バラバラの勝手な行動を取ってはならない。指揮をするのに声を出さねばならぬようなことではいけない。簡単な手振りと以心伝心である。これが絶対条件だ。

次は防音装置である。前線部隊では案外これが軽く見られている。南方戦線では電気候敵器(マイクロフォン)などが使用されているので、近ごろ非常にやかましく言われているが、支那方面では案外無関心である。これをよく教育しなければならない。装備はあまり問題ではない。各人小銃、必要なら軽機一、弾薬はなるべく少なくする。弾はあれば撃ちたくなる。弾薬盒を使わず布の弾帯を用いる。これは行動の敏活と防音の上から大切である。水筒も雑嚢も何も要らぬ。近距離の行動だから脚絆も要らぬ。要するに最も軽快な行動自由な装備を重んずる。靴は支那靴が最も軽くて音がせぬ。兵器の防音も大切だ。剣は白兵戦に必要だから銃に附け、鞘はガタガタ鳴るから布を巻くか、またはまったく携行せぬ。出撃時刻は常に変更したほうがよい。陣地との連絡を密にすることも必要だ。

高橋春治伍長がマラリアで熱を出して寝込んでしまったのには困った。秋川は連下士でもあり、割に年もとっているから、まず陣地防備要員である。今この問題に最も関心があるのは高橋敬治兵長である。彼は隊長当番を下番してから、すごく活躍する。常に何かやっていなければ退屈で仕方がないらしい。特に兵長に進級してからそうなったらしい。

当番をやっていた頃の彼を知っている自分には、何だか不思議に思えたが、彼はまったく文句のつけようがないぐらい活躍した。陣地構築でも兵器手入れでも、彼は真っ先に立って働いた。初年兵がかえって戸惑うぐらいである。百の説法より率先垂範がより効果的だということを実証してくれたわけで、彼がいる限り二年兵や初年兵はそれを見習ってより以上に働かなければ気が済まないというわけで、隊の雰囲気はグッと引き締まったのであった。

彼は多少、そそっかしいところはあるが、まず絶対間違いのない男で、大切な部下だった。彼は自分の出撃の企てを知るとすごく張り切り出した。

「隊長殿、是非やりましょう。自分を連れていってください。新店までも行きましょう」と、もう新店まで行く気でいる。自分もゆくゆくは行動圏を拡張して新店を襲い、大いに敵を驚かせてやろうと思った。

第一夜は黄村廟から西塞附近を歩いてみよう。何も慌てて初めから遠くまで、あちらこちら飛び回る必要はない。出撃はこれが手始めで、結果が良ければ引き続き連続して出るつもりだ。まず初めは地形の暗識（あんしき）が最大の目的である。

その日は夜の来るのが待ち遠しかった。出撃人員は当分の間、自分が選定することにした。高橋敬治兵長、神、豊山、中津山、千葉、石井、野尻と自分の計八名。

陽もとっぷり暮れた二一時頃、出撃準備を命ずる。自分の服装もごく軽装。正刀帯も締めず、拳銃はブラブラせぬようにバンドで体にピッタリと附け、刀は吊環に巻きつけて音がせぬようにして腰にブチ込み、革脚絆も着けず、支那靴を履いてその上から布でしっかりと縛る。足が大変軽くて、いくらでも走れそうだ。硬いたたきの上を歩いてもスタスタと微かな音がするばかり。

　兵も思い思いの軽装で中庭に出てきた。自分で計画し、自分が指揮して出る最初の出撃だ。失敗は絶対に許されない。責任は重大だ。自分の顔がどれくらい緊張しているかと鏡を覗いて見たが、それほどすごい顔つきにもなっていなかった。この姿を母に見せたいものだ。若武者出陣というところなのだが。

　空を仰げば満天の星。月は東天に昇ったばかりの半月。

「隊長殿、出発準備終わりました」

　高橋兵長が今から声を殺して報告する。この習慣が大切なのだ。

「今夜は初めての出撃だ。決して戦果獲得を急いではならぬ。目的は地形、地物の暗識だ。また機敏性、的確な判断力の養成だ。古年次兵も初年兵になったつもりで白紙にかえってこのことを復習しろ。各人が通過地点の地形、地物をよく頭に入れておけ。これは将来の活躍のための準備だ。また耳をよく働かせろ。しかし訓練即戦闘、戦闘即訓練だということを忘れるな。敵は身辺にいるぞ。決して俺の掌握を脱するな。俺の行動、身振りに注意しろ……」

　頃は良し。分哨に特に警戒を厳にするよう命じて出発。

「弾を込め。安全装置をしっかりかけろ」

　カチャカチャカチャッと静かに装填。

「では出発する。門を開ける時は静かにやれ」

　皆に送られて門に来る。静かに静かに門を開け、まずジッと耳を澄まして辺りの音を聞く。木の葉や草がサラサラと揺れるだけで何の物音もせぬ。これはもし敵が近くにいて帰ってきたとき、待ち伏せされるおそれがあるからである。

「来いっ」

　手を振ってから小走りでタタタッと木の蔭へ。また次の土壁の陰へ。辺りに気を配りつつ地物から地物へと躍進する。目指すは黄村廟。元の東分哨の前から地隙東岸に頭を出し、躍進を続ける。ちょっと止まって後を見ると、兵は後を辿って陰から陰へ、一人ずつサッと走ってくる。立派な躍進ぶりだ。蛇が草むらをすり抜け、豹がジャングルを駆け抜けるように軽々と物音を立てぬ。斜めに降り注ぐ月光の下、万物寂として静かに眠っている。しかし夜には夜の音がある。カサカサと草むらの中を走るのは野ねずみか。遠くの集落には哀れな驢馬の鳴き声がする。耳をそば立て、目をカッと見開き、チラリと動くものあらば、カサリと音のするものあらば、見逃すまじ、聞き逃すまじと全神経をピンと緊張。暗い凹道を、土壁の陰を、草むらを、柳の林を踏み分けくぐり抜け小刻み前進。

黄村集落。昼間見れば黄色い汚い集落だが、人一人見えぬ集落は真っ白い道は青白い月光に照らされて夢かとばかりに美しい。

濃藍色の空に輝く星。しばし土壁の陰にひと息ついて見上げる星空に、銀の尾を引いて飛ぶ流星。兵は無言、自分も無言。ただ顔見合わせてニッコリ笑い、以心伝心、再び躍進。サッサッと頬を撫でる夜風は涼しいが、早くも背中はじっとりと汗ばんでくる。

これぞ夜間出撃の爽快さ。この緊張の心地よさ。明るい光と黒い陰。複雑怪奇な支那集落の夜景色。妖怪変化も飛び出せと辺りを見廻すが、猫の仔一匹見当らず。白い道路は我々の細長い影をうつす。凹道を抜け楊柳の下をくぐり、月光に照らされて明るい広場に出ようとして、フッと前の家を見上げる。

「オッ、高橋、あれは銃眼じゃないか」

「そうらしいな」

「ちゃんと陣地を狙っていやがる。いつ造ったのだろう。敵はおらんらしいからブッ壊してやろう」

一斉に家の入口に殺到。支那人が出てくる。

「この上にある陣地は土匪のだろう」

「不明白(プミンパイ)(わからない)、不明白」

「お前この家のジャンクイ(主人)だろう」

「是」

「なぜ知らんのか」

「不明白、不明白」

「太い野郎だ。三名残って警戒しろ。他のものは来い。これを壊すんだ」

家の裏に廻ってみたら、ちゃんと頑丈な梯子がかかっていた。敵の奴は堂々とこんな所まで来て射撃設備を造っていたのだ。屋上に出ると土煉瓦の墻壁を造り、まさしく陣地望楼を狙撃する銃眼が開いている。陣地からの距離約四〇〇。陣地からはちょっと見つからなかった。また、思いがけぬ方向でもあった。これを見つけただけでも今夜は成功だ。

「潰せ、器具なんか要らん。体当たりを喰わせろ」

皆で力を合わせてウーンとひと押し。墻壁は銃眼とともに土煙を上げて崩れ落ちる。まずひと仕事が終わった。

更に北進。黄村廟が近い。敵はいるか。陰から陰へ。ソーッと忍び寄る。何もいない。化け物のように大きな廟は星空の中にそびえて我々を威圧するように立ち塞がっている。約三〇分潜伏。細い道から河原に下りる。この辺は河原が広い。白い石ころの上に我々の影がチラチラ動く。対岸の台上に厳然とそびえる黄村西塞。月は高く中天にかかる。サクサクと白砂を踏んで対岸へ。

　崖を上がると目の前に城門がある。昼の汚さに比べてまるで龍宮のように美しい。しかし油断はできぬ。手榴弾が降ってくるかも知れぬ。一人ずつサッと走って一挙に門の下に駈け込み、見れば厚い木の門扉がピッタリ閉まっている。隙間から内部を伺うと地下家屋ばかりらしい。中はシンと静まり返っている。美しいところだ。いつかきっと入って中を見てやろう。

　今日は面白かった。この気持ち、この何とも言えぬ爽快さ。

「高橋、また近いうちにやろうよ」

「ハイ、やりましょう」


「誰かっ」

　頭上から鋭い声がかかる。

「俺だ、開けるように言ってくれ」

　ギーッと中から門が開く。

「ご苦労様でした」

「ああ、ご苦労」

「異常の有無を点検しろ」

「異常ありません」

「今夜はこれで終わる。ご苦労だった。しかし、皆も今日の行動が決してつまらなかったとは思わないだろう。きっと何か得るところがあったと思う。それが何よりの戦果だ。よく考えてみて、この次の出撃の時、また今日の経験を活かすんだ。別れ」

「ご苦労様でした」

　汗びっしょりになっていた。体を拭いて風に吹かれていたら、中津山が食器に盛ったスモモを持ってきた。兵室の方でも大騒ぎしながら食っているらしい。旨い。舌がとろけるようである。

　さて忘れぬうちに、今見てきた地形、地物を記録に残さねばならぬ。当分の間は地形偵察だ。まずこの附近の正確な地図を作らねばならぬ。そして行動した経路を全部書き残しておく。こうしていれば何回も出撃しているうちには、この附近の詳細な地図が出来上がるわけである。夜間の行動が案外、地形、地物の暗識に役立つことがわかった。この調子ならできるだけ頻繁に出てやろう。陣地構築をやっていて体が疲れるかも知れないが、その時には午前中だけ休ませてやればよい。

　半紙一枚に記録を書いた。日時、行動時間、兵の装備、行動経路。そして歩いたところの地図をできるだけ詳細に書き、青鉛筆で経路を入れる。見聞事項、特異なる兆候を入れる。兵力のところには参加した兵の一人一人の名前を全部書き入れてやった。今夜の行動時間は約一時間半である。体力の消耗もちょうど気持ちの良い程度である。良い運動だ。注意力は確かに旺盛になる。そして夜間行動というものは反復演習が何よりも大切なのだ。慣れていないと何だか足が引っかかりそうで、前に進めないものなのである。

翌日、無線は撤収して温塘の大隊本部へ帰ることになり、朝のうちに連絡者が来て帰ってしまった。いよいよ苦力便か連絡兵を出す以外通信の方法がなくなってしまったのである。

大隊本部からの会報で、防諜上、苦力便による手紙通信は平仮名とし、初めから三字、四字、五字ごとにひっくり返して書くように定められた。これを東北弁で、シとスを混用して書かれたとしたら、読む方はまったく楽ではなかろう。大いに面倒である。しかし村民は毎朝陣地に来るし、陣地構築に使う苦力もたくさん来たので困らなかった。

中隊へはだいたい三日目ごとに連絡者を出すことにした。糧秣受領は一〇日ごとに改められた。

兵は退屈しのぎに、どこからか革の切れ端を見つけてきた。手作りで図嚢を作っている。兵はよほど図嚢というものがぶら提げてみたいらしい。中隊連絡に行けというと、「隊長殿、図嚢を貸してください」とくる。貸してやると嬉しそうにぶら提げていく。その頃、皆、暇さえあればコツコツ図嚢を作っていたが、高橋春治伍長、石塚上等兵、斉藤市太郎は厚い革で立派なのを作っていた。金具も負い革も附いていて、自分の偕行社製より立派なくらいだ。高橋敬治兵長も作った。彼はどこからか大きな太鼓を探し出してきて、薄い皮で作った、なかなか良いものであった。

静岡の補充兵、中村銈司、杉本清市の二人が、それぞれ病気で後退したため、工藤岩男上等兵と鎌田 信一等兵が来た。工藤は補充の三年兵だが、中隊に来てから入院ばかりしていて、最近帰ってきたばかりだと言う。我々としては有り難くない男だ。ビール樽のように肥り、鼻の下に髭を生やし、紫色の色眼鏡をかけた理屈の好きな男である。どうしてこんな兵隊を前線陣地によこしたのだろう。人事係の気が知れぬ。

鎌田 信は現役初年兵の下士官候補者である。このほうは、まあ自分が望んだものが来たのだから文句はない。しかし鎌田は同じ東北出身でも市街地に生まれたので呉服屋の息子である。可愛い奴だったが他の兵とはかなり違ったところがあった。今、分遣隊では秋川兵長、高橋兵長、斉藤市太郎らが最も愉快な存在であった。

掩蓋は続々完成しつつある。西南角と、その横にもひとつ。東南角にも土壁に内接してひとつできた。何れも第一の掩蓋と略々同じ構造を有し、敵弾に対する抗堪力については相当の自信があった。

ある日の一〇時頃、伊東中隊長が当番の伊藤伝次ほか数名だけを従えて乗馬で来られた。ちょうど昼食時になったので、うどんを御馳走した。隊長は三度三度の会食を聞いて満足そうであった。

ある日の午後、昼寝していたら、誰かが室内に入ってきた。

「ウーン、中津山か」と寝呆けまなこをこすってみたら、珍しや李萬珍である。

「やあ、李萬珍先生好来罷、辛苦辛苦、請座請座（よく来てくれた、ご苦労、ご苦労。座って、座って）」

「アイヤー」

先生、こちらの言葉がよくわからないらしい。と言って筆談をやろうとしても彼は字が読めぬ。どうも困ったものだ。しかし、彼と自分は何か知らないが意気投合するものがあって愉快に話した。通訳など間に入れると面白くないので、わからないながら手まね足まねという萬国共通語を使う。果ては絵を描いて見せるという手段を用いる。

彼は管轄下にある黄村、南曲沃、上官の村公所に用事があって来たらしい。机の上に桃を山盛りに入れた籠が置いてある。彼のお土産である。「隊長、メシメシ」としきりに薦める。中津山を呼んで皆に分配させる。

自分たちはこの間から二、三回出撃しているが、いつ行っても西塞の門は閉鎖されている。その他、よく土匪が侵入して門の上にチェコ機銃を上げたり、城壁の上に掩体を造ったりして自分たちを狙撃するのである。

ここは必ず敵性の一区郭であり、将来、徹底的に掃蕩する必要があると思い、伊東隊長殿にダイナマイトの受領を申請しているのである。これで門扉を爆破してやろうと思ったのだが、李萬珍に、すぐに西塞の門を開けてくれるように話したら、彼は快諾した。

しかし、いかにこの地区の治安維持会長とはいえ、彼の一存で簡単に西塞の住民が承諾するだろうか。他にも色々のことを頼んだら何でも承知してくれた。彼は自分が今まで見た支那人の中では最も印象深い人間であり、世話にもなった。後にもまだまだ彼との関係は続く。彼は大営で蔡勤のために殺されかけたのを伊東隊長に救われたので、その報恩の熱意を燃やし続けているわけなのである。

自分があの時の部下と共に夜間、治安維持会まで出撃したことも知っている。後に出る話だが、彼は命がけで自分たちを援助しようとした。支那人の偉い半面を如実に示してくれたのである。日本人の中には彼の足下にもよれぬ忘恩の輩はいくらでもある。

自分たちが住んでいる家は、作戦前までは人が住んでいたらしく、色々の家具、調度品も埃を被ったまま残っていたし、本などもたくさんあった。兵隊はちり紙がなくなると手当たり次第、穴倉から本を拾ってきて使ってしまう。これはいかん。放っておけば惜しい本まで使ってしまうだろうと思ったので、中津山に手伝わせて目ぼしい本を集めにかかった。穴倉に散乱していた写真などから判断して、この家も昔はかなり裕福に暮らしていたらしく、息子が二人あって、その一人は今、中央軍の将校になっているらしいことがわかった。

二人の息子は相当高等な教育を受けていたようで、陝縣にある中学校や師範学校に通っていたと見える。中学校や師範学校の教科書や参考書、その他雑誌などもたくさんあった。これは面白いと思い、目ぼしいものを集めて部屋に持ち込んだ。これで長い夜も退屈しないで暮らせそうだ。

教科書は殆ど内地の中学校で自分たちが習ったのと同じ程度であった。動物、植物、博物、物理、地理、東洋史、そのほかに修身、公民、生理衛生など何でも揃っていた。こんなところで中学校の課程を再び勉強できるとは意外であるとともに嬉しかった。自分は毎晩遅くまでこれらの本に読み耽った。学校教練の教科書や中央軍の典範令もあった。ここの息子はこの附近でも有数のインテリ青年であったのかも知れない。『芭(ば)金(きん)文選』という短篇随筆集やギリシャ神話もあった。数学の本もだいぶあったが、面白くないので捨ててしまった。

中央軍の『マキシム重機射撃教範』は図面や射表の入ったかなり進歩したものである。特に面白く思ったのは、薄っぺらな航空雑誌が一冊出てきたことである。事変前、蔣介石が航空救国を叫んだ当時のものらしく、写真はないが下手くそな挿絵が入っていた。学生のグライダー訓練もやっていたらしい。また、ゴム動力の飛行模型の作り方などの記事があって、内地の『航空朝日』などを思い出した。しかしこんな雑誌を出して、果たしてどれほどの成果があっただろうか。

中隊へは毎朝、平仮名文を苦力に持たせて連絡した。陣地構築が大いに捗っているので、伊東隊長殿はだいぶ満足そうである。これだけ汗を流して満足してもらえなかったら、自分たちとしてもやり切れない気持ちになったであろう。

敵はよく集落に入ってきた。敵弾があまりうるさいと、こちらからも制圧した。眼鏡で新店方面を見ると、敵の動きは手に取るようによく見える。敵はよく演習をやっていた。こちらは兵力が少なくて勤務に追われ、演習なんかやる余裕はないが、敵は兵力が多いから実に大規模にやっている。

最前線近くで演習をやるとは、敵ながらなかなか感心である。彼らは友軍でもやるように種々の標旗を使って色々な状況を示したり通信したりするらしい。朝や夕方はよく体操をやっていた。駈歩をしたり基本体操もやる。指揮官が音頭をとって「イー、アール、サン、スー、イ、アル、サン、ス」と叫びながら行進もする。

時には軍歌演習もやる。敵ながらなかなか勇ましい。しかし今に見ていろ。きっといつか夜中忍び寄って度胆を抜いてやるから。

朝まだ暗いうちから新店、馬佐、北朝、あるいはもっと奥地の霊宝の方で、敵の起床ラッパが朝靄を衝いて鳴り出す。夕方には消灯ラッパが鳴る。日本軍のラッパと違って音は非常に軽くてトランペットのようであった。その曲も日本軍のそれよりもかなり複雑で、とても覚えられるものではなかった。しかしこれだけ敵の方が活躍しているのに味方はどうかと言うと、上官と偏口の陣地が比較的近くにあるだけで、大営は遠くにやっと見えるくらい。それも人影を見るのは稀だ。原店も同様であり、温塘に至っては遠く霞の中である。演習をやるどころか部隊の移動するところなど見たことはない。ラッパなどもない。大いに淋しい。敵の奴がラッパを吹くたびに自分たちは口惜しかった。せめて日の丸の国旗でも望楼の上に高く掲揚したかったが、今のところ敵の方にはこの陣地の正確な位置を知られたくはないのだ。その旗を目標にして野戦重砲や迫撃砲を撃ち込まれたりしては困る。

結局、自分たちと直接接触するのは主として土匪であり、中央軍はもっぱら装備の充実と、来たるべき反攻に備えているようであった。

自分たちは十分覚悟していた。生きて国に帰ろうなどとは思わなかった。生きたいとも思わなかった。ただ、これだけの敵に対し、どれくらい持ちこたえられるかの問題である。できるだけ多くの敵を斃して出血を強要するのが我々の任務である。いかにして最期を飾るか、立派に玉砕するか、これが自分たちの問題である。日々の生活は死後を清くするための準備であった。生への執着を捨てた人間ほど強いものはない。そこには何もおそれるものはないのだ。しかし決して過早な犬死をしてはならぬ。

自分たちの間には肉親以上の団結ができていった。まことに命をかけての団結である。彼は自分のものであり自分は彼のものだ。そこには欲も得もない。まことに神の如き姿があるのみである。自分は本当に銃を握って立つ夜間の歩哨の後ろ姿を拝みたい気持ちになった。この気持ちはおそらく内地の人には永久にわかってもらえないだろう。また、後方部隊にいた将兵にもわからないであろう。

南太平洋戦線はますます我々に不利な状況になってきていた。しかしそれが何だろう。北支は大丈夫だ。太原には造兵廠がある。食料も現地では自給できる。もし最悪の場合を考えて、北支那の状況が悪くなっても山西省は大丈夫だ。もし山西が失陥しても、陝縣橋頭堡は最後まで孤軍奮闘して玉砕するであろう。

しかし、自分たちはそんなに悲観的な考え方をすることはまずなかったと言える。最前線陣地にいるという、カヤの外同然の状態にいたため、むしろ甚だ楽天的なのであった。

今にきっと南方戦線は状況が好転する。そうすれば、あるいは西安攻撃作戦が開始されるかも知れない。そのときこそ我々の活躍舞台だ。実際、そのための橋頭堡ではないか。殊に俺たちの陣地は作戦の前進拠点だ。最も華々しい役目が与えられるに違いない。だからこそ附近の地形地物も十分暗識していなければならないのだ。我々の意気、正に天を衝くものがあった。

46 西塞の捜索

黄村西塞(せいさい)は河の西岸台上にある城壁で囲まれた一部である。黄村集落全部を威圧するようにドッシリとすわっている。陣地の西北方約四〇〇メートルの所にある。城壁の各辺約一〇〇メートルの正方形である。浅い壕をめぐらし、門は東側にひとつしかない。城村西塞(程村小塞)とよく似た構造である。

陣地からは立樹や土壁が邪魔になって門の通路はよく見えない。そのため土匪が昼間でも大っぴらに侵入しているらしい。そして楼門の上に掩体を造っている。城壁の上にも掩体がある。明らかに敵の重要な策動の根拠地であり、土匪の密偵は常に侵入しているものと思われる。これを放置することは、ますます土匪の跳梁を許し、ついには黄村における我が軍の行動に大なる障碍を来すであろう。

第一回の出撃の時、中を偵察しようとしたが門扉は固く閉ざされて目的を達することはできなかった。自分は西塞こそ、この附近の重要拠点なりと判断して、ここへ捜索の重点を置いた。

二回目の出撃の時は軽いハシゴを携行した。その晩も高橋兵長を連れていった。月の明るい晩であった。そしてハシゴを使って城壁乗り越えを敢行しようとしたのである。この時は陣地から真っ直ぐに西塞に向かった。

途中の民家で犬に吠えつかれて大いに弱ったが難なく到着。敵がいないのを確かめて地面との比高もっとも低いと思われる東北角の近くでハシゴを立てかけてみた。だが情けないことに城壁の傍に持っていくと、ハシゴは見るからに小さく、いくら手を伸ばしても登ることはできなかった。しかしこれ以上長いハシゴを携行することは行動敏活を欠くことになるので不可能である。

月光に輝く城壁を睨んで頭をひねってみたが、どうも成功は望めそうもないので断念し、城壁周囲を捜索することにした。壕の中を右回りで進んでいく。城壁の高さは壕底から一五メートルぐらいある。

西側に来たら城壁基部に壕中に開いた五つの排水孔があった。見れば石で固めた相当大きなもので、人間だって通れそうである。前から西塞には門以外に抜け穴があると聞いていたが、あるいはこれかも知れない。一つだけはちょうど人間一人が潜って通れそうなくらいの大きさである。

月下の索敵

陣地からまったく見えない側だから、敵は自由に出たり入ったりするのだろう。もしいつか門が開いて突入するときには、こちらにも一部の兵力を割いて逃げ道を塞ぐことが必要だ。さっそく一人で潜り込んでみた。なかは無論、真っ暗で何だかプンとかび臭いようなにおいが立ち込めている。体を細くして、無理にグングン入ってみたら大きな石にぶつかった。その石の隙間から月光がもれてくる。刀の鞘の先でウンウンと押しても突いてもビクリとも動かない。よほど大きな石を置いて閉塞しているらしい。さて出ようとして戻りかけたら、さあ大変だ。体がすっぽり嵌まり込んで戻れないのだ。大いに慌ててイモムシのように体をよじり、揉みに揉んでやっと足の方から抜け出すことができた。顔はクモの巣だらけになったが、あの動きの取れない状態でサソリにでも出られたら万事休すであった。

北側の壕はなお更深かった。西塞の北側には桃林があり、まだ青い桃がだいぶ大きくなっていた。これが食べられる頃になったら出撃も楽しいことになるだろう。

西塞の門の前には相当広大な広場になっていて、地下家屋が散在している。敵がもし門上にチェコ機銃を据えれば、昼間はちょっと正面攻撃は難しい。夜間でも月が明るいときは丸見えである。

河原に下りて帰る。河原にある西瓜畑に踏み込んで二つばかり失敬して帰った。

敵は殆ど毎日、昼間西塞に入ってきた。だが夜間はいつ行ってみても門が閉まっている。何とかして開けてやろうと爆破することを考え、隊長にダイナマイトを受領してくれるように頼んだのであったが、李萬珍が陣地へ来たとき、そのことを話してみたら、彼は直ちに西塞の門を開放することを承諾したのであった。

その晩また出撃し、黄村廟から李家塞鉄橋附近を走り回り、帰途、西塞の前を通ってみた。李萬珍はまことにあっさりと西塞の門の開放を約束したが、果たして彼が言うほど簡単に西塞の住民が言うことを聞くものかと、実は内心、少々疑っていたのである。ところが西塞の前まで来たら、ヤッ、門が開いている。今まで押しても突いても、喚き立てても開かなかった門が、確かに半分口を開いている。そして中の景色が明るく見えるではないか。

李萬珍は約束を実行したのだ。秘密の門は開かれた。入口に来てみると、右の門扉が取り外され、大きな蝶番の付け根も破壊してあった。中は三つか四つの立派な家と、青々とした柳の古木が何本かある他、家は全部地下家屋であった。四方を高い城壁で囲んだ広々とした一部は、ヒッソリとして青白い月光に照らされ、柳の枝がサラサラと夜風に揺れ、夢の国のような景色である。

しばらくウットリとして皆、この景色を眺めていたが、サア、いつまでもボンヤリしてはいられぬ。素敵だ、地形の偵察だ。三名の屈強な兵に急ぎ外側を廻って例の排水孔のところで待機させ、もし孔から逃げ出す奴があれば突き殺せと命じた。他のものは駈歩で中を走り廻って素早く各家を点検した。土匪らしいものは見えなかった。

排水孔のところまで来てみたら、内側から大石臼で閉塞しているのだった。すごく大きくて、いくら押しても突いても動かないはずである。門の内側から段がついていて、上に登ると門楼の上にチェコ機銃の掩体がある。城壁の上は幅が一メートルぐらいあり、自由に通行できる。

東南角に近く、陣地に向いた方は少し掘り下げてあって、七つばかり掩体が掘ってある。土匪の奴はここから我々を狙撃するのだ。破壊してやろうと思ったが、石のように固まった黄土が硬くて素手では何とも手の下しようがなかった。また他日、器具を携行してきて破壊してやろう。

城壁の四隅にも階段があり掩体があった。これで今まで知られなかった西塞の全貌が明らかになった。李萬珍には大いに感謝しなければならない。その晩、帰ってからさっそく詳細な見取図を作った。黄村附近もますます正確に地形図を描くことができた。伊東中隊長にも西塞偵察の報告をした。

47 慰問袋

ある日、苦力便が来たのを開けてみると、給与係の金谷軍曹からであった。

「慰問袋を渡しますから上官陣地の連絡者と共に来てください」

オヤー、こんな所にも慰問袋が来るのかなと感心した。すぐに上官陣地にも連絡者を出すように伝え、「誰か連絡に行かないか」と希望者を募ったら、今日は皆が行きたいと、こぞって志願する。勝手なものである。適当に四人ほど選んで行かせる。連絡者は毛布と天幕を持って勇躍出発した。

さあ、皆落ち着かない。仕事が手につかない。かくいう自分だって望楼に上って歩哨の眼鏡を取り上げて中隊の方ばかり覗いている。どんなのが来るだろう。内地のどこから来るだろう。一人に一個ずつ来るだろうか。一個を何人かで分配ということではつまらない（厚和の初年兵時代には慰問袋をもらっても、二人に一個といった具合で、よくイザコザが起こった）。

皆、陣地に上ってきた。オッ、来た来た。大きな荷物を担いでいるぞ。大きな天幕包みを背負った市太郎の髭面が笑っている。

「隊長殿、自分にも覗かせてくださいよ」と我勝ちに眼鏡を取り合って覗いている。

「ウン、あれなら一人一個は確実だ。頂好（ティンハオ）（それが一番だ）、頂好」

「オーイ、早く帰ってこいよ」

市太郎の奴、麦畑の中でひと休みして皆をイライラさせる。やっと東分哨のところまでたどり着いた。兵は下に飛び降りて門の方へ走っていった。内地の人よ、どうかこの兵が喜ぶ姿を見てください。橋頭堡へ来てから初めての慰問袋はかくして我々に迎えられたのであった。ドサリと荷物を置くと、

「隊長殿、慰問品受領、ただ今異常なく帰りました。慰問袋は一人一個ずつです。他に恤兵品をたくさん受領しました」

「ご苦労さん、すぐ分配しろ」

「サア、分けるぞ。大きいのや小さいのがあるからくじ引きだ。ここへ一列に並べるんだ。俺はくじを作るから見ちゃ駄目だぞ」

市太郎は後ろを向いてゴソゴソくじを作っている。白い袋に真っ赤な日の丸。絹の袋もあり紙の袋もある。

「サア引け。隊長殿、引いてください」

彼はバラリと紙縒（よ）りを机の上に投げ出した。空くじなしだからどれでもよいのだが、散々選りによってひとつをつかむ。兵もそれぞれ一本握ってコソコソ開けて見ている。番号が書いてある。順々に取っていく。ガサガサと振ってみて「軽いな」と失望するものがある。上からさすってみて何が入っているかと考えているものもある。

その他、恤兵品としてチリ紙や歯磨き粉、歯ブラシ、褌、軍用葉書、また蝿叩き、日の丸の扇子、『陣中クラブ』などなど、まるで盆と正月が一緒に来たようなものだ。

自分に来たのは和歌山縣のある町の町内会で作ったもので、雑誌や紙風船、かみそり、魚粉のふりかけなどが出てきたが、惜しいかな手紙が入っていなかった。軍隊でいう「員数」という奴で、ただ町内会で大量的に品物を買い入れて送ったものらしい。まったくこれに、たとえ一行でもよいから手紙が入っていれば画竜点睛、面目を一新するのだが。それでも嬉しかった。途中の

輸送部隊の苦労も思いやられる。

兵室へ行ってみると各自の前に見世物のように袋を拡げて騒いでいる。赤や青や黄や、平常あまり見慣れぬ美しい色が溢れている。美人絵葉書が入っていたものもある。紙風船その他のおもちゃもある。内地も食料が困難らしく、食べ物はあまりなかった。しかし中には例外もあって、当番中津山がもらったのは外見粗末な紙袋だったが、干し柿や勝栗など食べ物が大部分であった。手紙も入っていた。底の方から茶の罐らしいものが出てきた。ふたを取ると、煎ったそら豆が入っていた。

兵隊は皆集まってそら豆を食い出した。煎り豆の味は日本的なにおいを持っている。誰かが罐の中に手を突っ込んだら、罐がひっくり返って、「豆がザラザラとアンペラの上に流れ出した。「アーッ、金平糖」驚いたことにそら豆の下の方から白や青や赤の金平糖がザーッところがり出したのだ。皆、目を丸くして驚いた。中津山大当たりである。

「中津山、手紙を出してうんとお礼を言えよ」

石井久四郎には小さな貧弱な袋が当たった。内容も古い雑誌が二冊ばかりとノート、鉛筆、大豆、わら草履などであった。もらった当人はいささか失望の面持ちであったが、中に入っていた手紙を読んでみて、まことに神妙な顔をして自分にその手紙を見せてくれた。それは次のような内容であった。

「……家があまり豊かではありませんので、このようなものしか入れてあげられません。私の夫も北支へ出征していて赤ん坊が一人残っています。粗末なものですが、大豆は家の畑からとったもので、草履は私が作りました……」

宮崎縣の田舎から来たもので、若い出征軍人の妻からの贈り物であった。たとえその内容がいかに貧弱であろうとも、この袋が他のどれにもまして誠心のこもったものであることは言うまでもない。石井は大いに感激して、その夕方、御礼の葉書を書いていた。手紙が入っていたものは皆返事を書いている。町内会単位で送ってきたのでは手紙を出すにも個人宛でないのでつまらなかった。

このあと、もう一度慰問袋が来た。だいたい同じような内容だった。しかし、内容の良し悪しはともかく、要は誠心のこもったものであれば良いのだ。手紙が入っていないのは何としてもつまらないものである。

48　大食堂

分遣隊の勤務もだいぶ軌道にのってきたし、陣地も着々できつつある。そろそろこの辺りで自分たちの居住設備も少しは改善しても良い頃である。兵隊も色々夢を持っているらしい。

警戒上、不都合があるので隣家の老人夫婦に家があるならどこかへ移ってくれと言ったら、それなら南曲沃の親類の家へ引っ越すと言って一日がかりで移っていった。支那人の引っ越しというものを初めて見たが、使い物にならぬようなボロ切れから紙屑、木の切れ端に至るまですっかり運んでいったのには感心した。若い男を連れてきて綿繰器や馬袋に入った棉実や、屋根裏にあった大きな棉実粕の円板も運び出していった。

これでひとまず安心である。兵隊はすごく張り切ってもとの綿繰場のあとを掃除している。何をするんだと聞いたら、

「隊長殿、ここへひとつ立派な食堂を作ろうと思いますが、どんなものでしょう」と言う。

「ウン、良かろう。お前たちに任せるからやってみろ」と言って一日作業を休んで暇をやった。

この棉繰場は自分たちの横穴に向かい合った、まだ新しい建物で、中は相当広い。彼らはその一隅にかまどを作り、釜を移した。大きな板を持ってきて調理台を造り、水甕を移し、壁を抜いて大きな窓をあけ、どこから見つけてきたのか、小石を篩う目の大きな金網を張った篩をはめ込んだので、室内も大変明るくなった。自分は感心して見ているだけだった。

軒下に並べてあった五つばかりの机と椅子を運んで並べたら、ちょっと陝縣の街にも見られぬ立派な大食堂である。今度は炊事場も遠くなったから、漬物を切る音で夢を破られることもなければ、飯を炊く煙でいぶされることもない。有り難いことである。

黄村陣地大食堂

自分が午睡をして目を覚まし、もう一度棉繰場へ行ってみると、アッと驚くばか

り。食堂はきれいに掃き清めて水を打ち、壁には支那煙草の広告や天津辺りの化粧品会社の広告がベタベタ貼りつけてある。何れも支那美人の妖艶な姿が極彩色で描かれているのだ。

かと思うと、慰問袋から出た婦人雑誌の口絵もある。そして天井からは赤や青の色とりどりの紙風船が糸でぶら下がっている。兵隊は机に座って美人の品定めをしている。

「どうです隊長殿、ここでお茶を飲みませんか。なかなか良い気持ちですよ」

「ウン」

よくもこれだけ飾り立てたものである。入口の軒下にはこの家に前からあった仙人掌（サボテン）の鉢植えが台の上に載って花を開いている。食器棚には磨き立てた食器や壜がキラキラ光っている。水甕の横腹には石塚上等兵の筆と思われる字で「生水飲むなと母の声がする」と書いた紙が貼りつけてある。

「この姑娘（クーニャン）の絵はどこから持ってきたんだ」

「この家に来たときに見つけてチャーンと保管していたんです」と佐野は得意そうに言う。

その日の夕食から新しい食堂に皆うち揃って食事をする。なかなか豪勢なものである。またこの陣地の自慢がひとつできた。実を言えば今までの軒下の会食場は、今のうちは良いが、冬になれば寒くてやり切れぬだろうと心配していたのである。しかし全員会食という良い習慣をムザムザと捨ててまで各室に別れて食事するのも困ったものだと思っていたのだが、これに関しては今日の兵の発案と努力で解決がついたのである。

調理場とかまど、食卓との関係も理想的である。排水設備も考えてある。中隊だって、いや大隊本部にだってこんな立派な食堂はないであろう。かくして黄村天国は着々実現していった。

49　劉永慶と蘆墜子

ある日入手した情報によると、今度、馬佐附近一帯にいる劉永慶の土匪は、朱陽鎮（しゅようちん）方面から来る蘆墜子（ろついし）の土匪と交代させられることになるという。更に情報を集めると劉永慶の土匪は軍紀が紊乱（びんらん）していて、難民や附近の村民から莫大な強制的徴税、徴糧をやって良民の反感を買い、中央軍遊撃隊としての資格を取り上げられ、代わって蘆墜子隊がこの附近の地盤を占めることになるらしい。今、土匪が盛んに活躍するのは、近くこの附近の縄張りを失う劉永慶がいよいよこの地を離れるにあたり、最後の稼ぎというわけで手当たり次第、略奪しているのだという。まことに面白い情報である。

さっそくこの要旨を伊東隊長に報告すると、大隊本部へも転送したらしい。そして大隊本部へ入った関連情報が送られてきた。これによると蘆墜子はやはり五〇〇か六〇〇の兵力を有し、軍紀は厳正である。特に射撃が上手いことは注意すべきである。彼らは朱陽鎮で米式訓練を受けてきているから、相当戦闘力も強大で戦意も旺盛である。今後とくに警戒を厳にし、謀略に注意せよという。

これは面白い。劉永慶だって長い間、苦心経営してきた勢力範囲をそんなにムザムザと手放すことはあるまい。あるいはこの辺で地盤争いをやり、双方一二〇〇くらいの土匪が入り乱れて同士討ちをやるかも知れない。そうすれば自分たちは高みの見物ということになり、また、時には横からかきまわしていたずらをしてやろう。

数日後、早朝まだ太陽が昇るか昇らぬかという頃から、南方山嶽地帯から延々と列を作って白い便衣に銃を担いだ連中が、馬佐に向かって進んでいく。いよいよ蘆墜子が乗り込んできたのだ。

「隊長殿、陣地を出て軽機で撃ってやったらどうでしょう。自分にやらせてください」

高橋兵長が、腕が鳴ってたまらんという顔つきで言った。土匪の隊列は約一〇〇〇メートルの所を粛々と進んでいく。新店との中間、土の一本塔の横を通り、地隙に沿って偏口の二本木の裏を通り、土壁に見え隠れしつつ馬佐に進む。なかなか堂々たる進駐ぶりだ。

しかしここで初めて来た初対面の敵に、機先を制して出鼻を挫き、こちらの腕を見せてやるのも確かに面白い企てである。

「よし、やれ。よく敵に遮蔽して見つからぬようにしろ」

彼はいそいそと準備した。神一等兵に弾薬の手入れをさせ、銃にうんと油を飲ませると、陣地を出ていった。自分は望楼に上がり、陣地にも軽機を配置して、彼らが発見された場合に掩護できるよう、準備してから眼鏡で成り行きを見守った。

高橋と神と二、三の兵は陣地を出て小走りで躍進していく。彼らは適当な堆土にピッタリとくっついて軽機を据えた。白衣の土匪はなおも粛々と行進していく。ここに物騒な伏兵がいるのも知らぬ気に。彼らの方からは昇ったばかりの朝日が逆光となり走っていく高橋らは発見しにくく、こちらからは萌黄色の西の空を背に、土匪の白衣はまことに鮮やかに浮き上がっている。

さあ、嵐の前の一瞬の静寂。

「パパパパパーン、ゴゴゴゴゴーッ。パパパパパーン、ゴゴゴゴゴーッ」

爽快な五発点射が静寂を破って轟きわたる。

「パパパパパーン」

今まで悠々と進んでいた土匪の隊列がピタリと止まって、一斉にこちらを向いた。

「パパパパパーン、ゴゴゴゴゴーッ」

不意を衝かれた土匪はしばらく戸惑いの態であったが、次の瞬間ワッと大混乱して附近の土壁や堆土の蔭に飛び込んだ。ガヤガヤと騒ぐ声が聞こえる。

「パパパーン、パパパーン」

高橋敬治兵長はなおもマゴマゴする奴に弾を浴びせる。新来の敵は、かくして自分たちの最初のお見舞いを受けたのである。眼鏡でどこを覗いてみても、どこかへ隠れたかチラリとも姿を見せぬ。メラメラと、もうすでにカゲロウが焔のように燃え上がっている。高橋兵長は、頃はよしと引き揚げてくる。

「パン、キューン、トン。パン、ビリリリ……」

頭を引っ込めていた土匪が、そろそろ頭を出して望楼を狙撃し始めた。偏口集落附近にチラチラと便衣が見え隠れする。

「パパン、キュキューン。パン、キューン」

敵は陣地を狙撃しつつ徐々に馬佐、馬謝の方へ移動していく。これで初対面の挨拶は終わった。

「ブッリ、ブーン」と敵弾は望楼に命中する。遠い弾だから危険はないが、望楼も近く完全に防弾設備を施さねばならぬ。馬佐、馬謝、李家塞の附近ではしきりに銃声がする。いよいよ劉・蘆ふたつの土匪が地盤争いを始めたものと思われる。我々の分遣隊陣地もいよいよ面白くなり、活躍の機会も多くなるだろう。劉永慶匪は蘆墜子匪と交代を終えると、朱陽鎮に行って再教育されることになっている。間もなく馬佐を出発して南方に向かうであろう。

ところが何日経っても劉永慶匪が南方に移動する様子は見えない。自分たちが知らない夜のうちに移動したのかと思ったが、移動したという情報はひとつも入ってこない。その後何日か経ってから、これはまた何とも奇妙キテレツな情報が入ってきた。劉永慶はどうしてもこの地盤を捨てて山奥へ行かされるのがいやなので、中央軍の指揮官に莫大な賄賂をつかませて、ここに居座ることを企てたらしい。蘆墜子とも何とか協定を結んで地盤を決めて同居しているらしいのである。偏口などの村民は大恐慌である。蘆墜子が来て横暴な劉永慶が退散すると思っていたら、両親分が協定して二人ながら居座ることになったので、附近集落はこの両方の土匪から掠奪、徴税、徴糧を受けるのだから、たまったものではない。

しかし劉永慶という奴はよほどその手下に人気がないらしく、劉永慶の土匪には逃亡するものが続出しているという。まるで水滸伝にでも出てきそうな面白い話である。まあ、これが支那の真の姿というところであろう。

自分たちとしては遠からぬところに約一二〇〇の土匪が常時荒し回るのだから面白くはなるが、一方、油断は禁物。ますます陣地を強化し、敵情捜索を頻繁にし、できるだけ我々の勢力圏外に敵を駆逐せねばならぬ。

50　李家塞の捜索

偏口陣地はこのところまったく砲撃も被らず、敵襲も受けず、神馬軍曹以下のんびりやっているらしい。時々、神馬軍曹は平仮名の手紙をよこすが、彼は得意になって難しい変態仮名を使うので、読みづらくて困る。おそらく石門の下士官候補者隊で勅語謹書のために覚えたのに違いない。

偏口陣地は一向に出撃しないらしい。上官陣地もまったく出撃しない。今のところ出るのは自分たちばかりだ。もっとも他の陣地から、うっかり出撃されると夜間ぶつかって同士討ちをやり、大怪我をするかも知れない。偏口陣地は時々、李家塞集落からチェコ機銃や小銃の射撃を受けることがある。夜明け方などは偏口陣地を射撃する発射火光がチカチカと見えることがある。李家塞鉄橋西岸の低い土壁に遮蔽して撃っているらしいが、いくら何でもここからはあまり遠過ぎてちょっと制圧できかねる。

重擲の射程外でもある。情報によれば、李家塞集落には一五、六名の土匪が常駐し、軽機一、軽擲一を有するとのことである。昼間鉄橋畔に歩哨が立つのは、西安街道を通る難民や商人隊から掠奪するためであろう。

自分たちは少なくとも隴海鉄路以南、偏口陣地以東は我々の勢力圏にしたい。敵の跳梁に任せるのは面白くない。

今までは黄村廟、西塞を結ぶ線以北にはあまり進出したことがない。土匪は今、劉・蘆二人の親分がいて、地盤争いも収まってはいないらしい。友軍がいるはずもない馬謝、偏口集落附近で昼間も絶えず銃声がしているのが何よりもそれを物語っているだろう。むしろこの機会に我々が李家塞まで進出するのも悪くなかろう。

ある晩、まず敵の警備状況を偵察するため高橋敬治兵長以下数名で出撃してみた。昼のうちに苦力便を偏口陣地にやって、敵と誤認しないように通報した。小銃と軽機一の編成で河の地隙東岸を、民家を避けて北進、鉄橋に進出。この附近の地形はあまりよく知らないので慎重に前進。歩哨がいると思ったが何もおらず、鉄路道床の上ではあまり敵に暴露するから、鉄路のやや南にある土壁の陰から神一等兵に軽機を撃たせてみた。李家塞はシンと寝静まっている。

「パパーン、パパーン」

弾倉の工合がどうもよくなくて点射の反復ができず、仕方なく小銃でさぐり撃ちしてみた。相当に広正面から来ているように見せるため、バラバラに離れた場所から撃たせた。小銃で応射してきたが、それほど急激な射撃でもなかった。

その次の時、また高橋以下六、七名を連れ、軽機を持って西塞の前を通り、鉄橋西岸に進出した。悪いことに西塞から北は殆ど地形地物のない平坦なイモ畑である。特に西塞東北角は地隙の断崖が迫っていて、細い通路を造っている。西塞から鉄路までは約三〇〇メートルである。明るい月に照らされているから、もし敵が鉄路の線に進出して自分たちを狙っていれば、確実に狙撃される。

一旦、西塞の角を出てしまうと開闊地であり、地物によることもできず、距離は手頃だから敵は有効なる射弾を集中できる。そして細い通路のため退路は集中射の的になりやすい。この経路をとるのは冒険ではあったが、ここから行くのが最も李家塞に近接し得るのである。最も慎重な各個躍進で前進。

鉄路のすぐそば、地隙に近く土壁があり大きな木がある。ここからは偏口陣地が正面に見え、敵は偏口陣地を射撃する時はいつもここから撃つのである。あるいは二人や三人の敵がいるかも知れぬ。拳銃の安全装置を外して、ソーッと這い寄り、三名ばかりで突入して見たが何もいなかった。もう、目の前には鉄路の道床が月光に白く輝いている。一挙にサッと土堤まで躍進。ジッと耳を澄ましてみたが、シーンと静まり返っている。まったく凍りついたようなと言いたい静けさである。眼前一〇〇メートルのところに李家塞集落が黒く見える。

月の位置の加減で、どうも細かいところがよくわからないが、敵の歩哨さえボンヤリしていなければ、西塞から走ってきた自分たちの姿はよく見えていたはずだ。これから先へ頭を出すのはちょっと無謀だ。

月光はサンサンと降り注ぐ。遠く遠く、サラサラというのは黄河の流れる音か。兵は化石したように道床にピッタリとくっつき、あるいは反対側を目を瞠って警戒している。微風がソヨソヨと頬を撫でる。今までずっと走ってきたから心臓がドンドン踊っている。

道床下の草むらで微かに幽かに虫が鳴いている。これが敵前一〇〇メートルの景色だろうか。静かだ。美しい景色だ。しかしこのままいたのでは埒があかぬ。ひとつうんと驚かしてやれ。「神、ここから撃て」とささやく。彼はソロソロ這い出して道床の上に軽機をドッカリと据えた。太い線路は恰好の遮蔽物だ。他のものは車形になり各々外に向かって軽機の背後を援護するように固める。

「カチャ、キリキリキリ、カチリ」

神は慎重に音を立てぬように槓桿を引いた。弾薬手は油布を出して丁寧に弾倉を拭いて渡す。この前のように弾倉の工合が悪くては困る。

「カチッ」

弾倉は装された。

「撃て」

目標を見つめる。神はそっと据銃してジーッと狙う。静寂の一瞬。

「パパパパパーン、ゴゴゴゴゴーッ。パパパパパーン、ゴゴゴゴゴーッ」

ピカピカと紫色の火光が四辺を照らし、弾は熱鉄となって敵の頭上に飛ぶ。銃声は遠く遠く反響して闇に消えていく。

「パパパーン、パパパーン、パパパーン」

今日はまた銃の調子がすごく良い。たちまち弾倉一個を撃ち尽す。

何たる爽快。星は輝く。兵は動かず。

「パパパーン、ゴゴゴーッ。パパパパパーン、ゴゴゴゴゴーッ」

反響如何。耳を澄ますうち驢馬が鳴き出した。犬が一斉に吠え出した。ガヤガヤと人の叫ぶ声。ものがひっくり返る音。悲鳴。見よ。聞け。敵集落は大混乱だ。

「射撃位置を変えろ。左へ行け」

「パパパーン、パパパーン」

人声はますます激しい。土匪は驚いて飛び起きたであろう。

兵は動かず。銃口は集落を睨む。白刃がキラリと光る。

「パパパーン、パパパパパーン、ゴゴゴゴゴーッ」

「パン、キューン、ドン。パパン、キュキューン、ドドン」

チカチカと火が閃いて、盲弾が飛んできた。残念ながら、ちょうど陰になって敵の位置がよく見えぬ。

「パパパーン、キュキュキューン、パキーン」

これだけ脅しつければ良いだろう。長居は無用。

「撃ち方やめ」

後方警戒しつつ西塞城壁の黒陰を利用して後退。

「パン、ピリリリリ、ヒューン」と頭上高く弾は鳴る。思う存分撹乱したあとの心地良さ。夜間出撃の快味ここに極まれりと言うべきである。

李家塞に敵はいる。チェコも確かに持っている。しかし軽擲を持っているというのは本当だろうか。西塞の前で潜伏。追ってきたらここから狙ってやろうと待ち伏せたが何も来ない。

「高橋、感想はどうだ」

「ハア、何とも言えんですね」

その通りだ。何とも言えぬ良い気持ちだ。明日の朝は飯が旨いぞ。しかし今夜は疲れた。記録を書くとすぐ寝てしまう。

第一期の陣地構築計画は掩蓋五つを全部完成した。最後のものは西塞門上の敵の掩体に対抗しようとするもので、形は少し小さいが理想的な掩蓋であった。外部を全部泥で上塗りし、銃眼は外から見てもちょっと掩蓋には見えない。射撃するときには中から土煉瓦を突き落せばたちまち銃眼が開くのである。この掩蓋を造っている時にはだいぶ雨が降った。

西塞の敵があんまりうるさいので、石塚に一発だけ榴弾を撃たせた。彼は自分で撃たずに弾薬手の千葉国大に撃たせ、彼自身は後方に立って偏流修正をやった。敵は西塞門前の広場にだいぶ多人数で群がっていたので、この一発は効果絶大であった。広場の木の近くで轟然炸裂したので、敵の奴は震えあがって帰ってしまった。おそらく軽迫で撃たれたと勘違いしたのだろう。確かに重擲榴弾の威力は八センチの軽迫榴弾に匹敵する。

これからヒントを得て面白いことを考えついた。自分は次の中隊連絡の時、兵器係の大友軍曹から、大営や偏口陣地で拾った敵軽迫の不発弾をもらってこさせることにした。割に形の完全な美しいものを二発受領して、兵隊に「支那人が来ている時にこれを出して手入れしろ」と命じた。つまり、この陣地には軽迫があるぞと警告する宣伝なのだ。

「そら、支那人が来たぞ。やれ」と目くばせすると、兵隊は古い手榴弾の箱にしまい込んである軽迫榴弾をうやうやしく取り出して油布で磨く。村民はジロジロ見ている。正に思うツボである。

「你是甚麽知道麽？（これが何だか知っているか）」

「知道。迫機砲弾子。是不是？（知っていますよ、迫撃砲の弾でしょう）」

「是。我們迫機砲掌来了。先天打発你明白麽？（そうだ、我々のところに迫撃砲が来た。この前、撃ったから知っているだろう）」

上首尾である。この前撃ったのは軽迫だと法螺を吹いてやったのだ。しかし果たしてこれが敵の耳に入ったかどうかは知らぬ。榴弾一発の効き目か、宣伝戦の効果か、その後しばらくの間、敵は西塞に来るのをピッタリと止めてしまった。

ある日、連絡者が中隊から来て、上官陣地の山田軍曹が太原でおこなわれる半島出身現役兵教育助教となるため転属する旨報じ、上官に赴いた。山田軍曹は直接大営へ帰ってしまったので自分は会わなかった。また同じ頃、独立野砲兵中隊編成のため、上官にいた角谷市郎が転属することになり、自分たちが林の中で伐採作業をやっている時に立ち寄って申告した。彼もよく出撃に連れていった優秀な初年兵であったのに惜しかった。上官陣地から黄村陣地までは一キロくらいしかないので、よく彼らは遊びに来た。藤井多広や加藤督はよくサルマタだけの素っ裸で麦藁帽を被ってやってきた。

野菜は無尽蔵にあった。初めて来た頃は胡瓜攻めに遭ったが、今度は茄子攻めだ。他のものも多いが何しろ茄子が圧倒的に多いので、何もかも茄子だ。味噌汁も茄子、天ぷらも茄子、漬物も茄子。焼き茄子、茄子の煮たものなどなど、まったく体が紫色になりそうだ。葱も韮もたくさんあった。果物では西瓜、甜瓜（まくわうり）、桃、スモモは殆ど毎日の小夜食である。

食い過ぎて腹をこわす奴にはニンニクをうんと食べさせて無理矢理治してしまう。毎日モリモリ働いてモリモリ食べるものだから、皆すばらしい体格になった。誰の顔も陽に灼けて真っ黒だ。それでも高橋敬治兵長と中津山の体はいくら烈日に曝されても黒くも赤くもならぬ。

中津山一人だけの炊事では変化に乏しいので、時に全員協力して炊事をやらせたことがある。二人くらいずつ分かれて組になり競争で作るので、なかなか豪勢な料理ができた。佐野は集落から栗と麦芽を買い入れて旨い水あめを作った。また、皆が東北名物「きりたんぽ」は実に旨いと言うから、糯米(もちごめ)を受領した時に作らせてみた。

高橋兵長が大汗をかきながら、桶に入れた糯米の飯を搗(つ)き、細い棒の周りに巻きつけて焼き、葱と鶏肉の汁で食べたが、最初の宣伝がすごく大きかった割に、それほど旨いとは思わなかった。何のことはない、糯米の竹輪である。自分が大して感心しないので高橋兵長はガッカリしたらしい。

「これを寒い冬の夜、フウフウ吹きながら食えば旨いのですがね」と言う。そうかも知れない。しかし河南の烈日に灼かれながら、汗だくになって食べるのでは、きりたんぽの価値も半減である。昼食には毎日ウドンを食べる。農村出身のものは誰でもウドンが作れるが、これは当番の中津山にかなうものはない。ウドン作りには相当の体力が必要だ。中津山のように腕力のすごい奴でなければ良いウドンはできない。

机の上へバラバラと白麺(パイメン)(うどん粉)を撒き、その上で水で捏(こ)ねた塊を更に捏ねまわし、グイグイと押し附け、棒で平らに延ばし、また捏ねて伸ばし、クルクルとたたんで庖丁でスカスカと切る。鮮やかなものである。

ある日、偏口の村長が今日は七夕祭の晩だが、招待しても来てもらえないだろうからと言って山羊を一頭、連れてきて自分で料理してくれた。ある村民は黄河で獲れたのだと言って鯉を二匹持ってきてくれた。李萬珍も時々来て茶を飲んでいった。

自分はこれらの支那人に接してみて、支那人というのを見直した。決して支那人というものを軽蔑してはならない。多くのものは無知蒙昧だが、つき合えば非常に人情深くて義理堅い。小さいことにはこだわらない。大陸的だということを内地の人は半ば蔑むような気持ちで見ているのではないだろうか。この考え方は改めねばならないと思う。自分たちの分遣隊が敵中で勤務し、たいした故障もなく任務を果たし得た裏には、附近住民の並々ならぬ後援があったことを忘れてはならない。もちろん自分たちもできるだけ住民の生活を擁護し、色々相談に乗ったりもしたが、結局、与えたものよりも与えられたものの方が、より多かったのである。

51 中津山

橋頭堡粛清作戦の真っ最中、あの忙しい中で当番小島八郎を入院させて途方に暮れた自分の前に、如何なる前世の因縁あってか、ヒョッコリ現れたのが今の当番中津山一等兵であった。今はここの連下士をしている秋川兵長が「見習士官殿、今は中隊が大営に行ってしまって適当な兵がいませんが、炊事の手伝いをしている中津山という兵隊がいます。何しろ初年兵で、しかも退院したばかりですからどうかと思いますが、一時、間に合わせのため使われてはどうですか」と言い出したのが、そもそも話の始まりである。

当時、自分としては補充兵教育はやっているし、作戦参加の他部隊が続々原店集落に宿営するので、慣れぬ宿舎の世話、給与人員の掌握など、およそ自分の性格には合いそうもない仕事ばかりに追い回され、疲労困憊の極に達していた時なので、初年兵であろうが退院者であろうが文句なしに欲しかったのである。

中津山という兵は自分の記憶にも残っていた。秋川分隊にいたヒョロヒョロした、いかにも弱そうな兵隊で、非常配備につく時には、いつも舎内監視に残されていたのである。週番勤務中、あまり弱そうな体をしているから、

「貴様は誰だ。どこが悪いのか」と聞いたら、元気のない声で、

「中津山二等兵であります。腰の関節が化膿して入院しておりましたが、今度退院してきました」と答えた。

その後、教育は始まる。中隊は大営へ移動するなど混乱が続いたので、自分も中津山の存在を忘れてしまっていた。彼が自分の臨時当番になった時はだいぶ肥っていた。炊事場で手伝っていたのだから、肥えるのも早かったのであろう。数日も経たぬうちに、自分は再び私生活の安定を取り戻し、万事彼に任せて安心して演習に出た。まず自分は彼がよく働くのに感心した。小島とともに中隊炊事場の重鎮、成田喜一郎上等兵も入院してしまったのである。中隊主力はすでにいない。村岡兵長以下、原店分遣隊も作戦参加のため大営に引き揚げる。

第四中隊の上野伍長以下一個分隊が来たが、非常に狭い岡山縣の兵ばかりであった。炊事は忙しい。ある時は三〇〇人もの給与をやらなければならぬこともあり、携行食を注文してくることもある。四中隊の兵二人と中津山、たった三人か四人でこれだけの給与をするのはまったくひと通りの苦労ではなかったかと思われる。彼は初年兵である。そして一中隊から出ていた唯一の炊事勤務者であった。補充兵教育隊四〇名の空腹はまったく彼の努力によって満たされたと言っても過言ではない。普通でも教育隊、特に補充兵教育隊などは平常でも炊事場ではのけものにされがちである。まして作戦中などはなおその傾向は著しい。

結局、誰か中隊出身の有力なものが炊事場にがんばっていて、確保してやらなければ教育隊は干上がってしまう。教育中、決して満足とは行かぬまでも何とかひどいことにならずに給与ができたのは、中津山が炊事場で活躍していたからであり、この功績は大きい。彼は炊事が本業で、自分の当番は臨時であったはずだが、決して当番の仕事をゆるがせにはしなかった。炊事場と自分の部屋との間を往復して自分の身辺の世話をやき、決して不自由をさせなかった。

彼は一九歳である。昭和二年生まれである。岩手縣出身で両親は病気がちで弟妹が多くあるということを聞いたが、彼はどちらかと言えば、あまり家のことは多く語らなかった。また彼は、親類が旅館をやっている所へ行って料理場で働いたため、ご馳走作りには相当の自信を持っていた。この技能は後々まで彼を大活躍させる一要素となった。彼は教育隊が大営北門に移ってからも殆ど一人で炊事を引き受け、補充兵の病気や健康状態を観察していて自分に告げてくれたこともあるし、また彼自身でできることは何でもしてやっていたらしい。

結局、作戦は始まってしまうし、中隊も相当犠牲者を出すなど混乱状態となり、人員は相当窮屈になってきたので、臨時当番であったはずの中津山はいつの間にか正式の当番のようになってしまい、自分ももう絶対離さないと心に誓ったのであった。彼は作戦のドサクサまぎれに中隊日命の世話にもならずに自分の当番になりすました。自分も作戦のお陰で大した拾い物をしたわけだ（曹長以上の当番の任命でも中隊人事係が立案し、中隊長の決裁を経て中隊日日命令として発令されて初めて発効するものである。おそらく中津山が自分の当番になった時も、正式に中隊命令が出たはずなのである。しかし橋頭堡粛清作戦、中隊本部の大営移転、教育隊の移転、岔官作戦などが相継ぎ、自分も中隊本部を離れて行動していたので、おそらく正式命令に直接、接することがなかったのだと思う）。

今では立派に自分の女房役を勤めている。彼は当番とはいえ、自分専属というわけではない。彼は分遣隊一八名の炊事をやはり一人で引き受けているのである。本来ならば炊事、糧秣の係には確実な下士官か古年次兵を責任者にして取締まらせないと間違いが起こりやすい。特に糧秣においてはそうである。

黄村陣地では高橋伍長にこの責任を持たせたが、実際、事に当たったのは中津山である。彼は若くはあるが、十分この任を果たすだけの能力を持っていた。自分たちは安心して彼にこの仕事を任せたのである。

　糧秣管理の仕事は面倒だ。新しく受領すると一〇日分に秤り分けてみて、毎日、皆の食欲の状態とにらみ合わせで加減するのである。大概、分遣隊辺りでは、どうしても浪費に陥りやすいものだが、中津山は白麺を節約して、一期間に一袋の余剰を出し、それを小夜食にまわすという手際の良いところを見せた。

　彼はモリモリと働く。まるで働かなければ生きていられないかのように。彼の体はすっかり回復した。相撲取りのような偉大な体格になった。もうひとつ感心したことは、彼は正邪曲直（せいじゃきょくちょく）、事の黒白に対する観念が徹底的であった。ものに感じやすい性質だが、一旦、不正不義と見なしたことに対しては猛然と反抗した。従って相当の意地っ張りである。これには古年次兵もしばしば手を焼いていたようである。

　こんな時は、常は口数の少ない彼が、堂々と真正面から独特の弁舌を振るって説破するのであった。しかし第三者として陰から彼の言うことを聞いていると、どこまでもその言わんとするところは公平な立場から見て正しく、ついには彼の主張が通るのであった。こんな時の彼はなかなか勇ましいが、部屋へ来て自分の世話をやいたりする時は、やはり一九歳の少年であり、少し叱言をいうと、うつむいて悲しそうな顔をする可愛い奴だった。

　彼の家庭の状況などいつか詳しく聞こう、聞こうと思いながら、どうもその機会がなかった。彼は炊事の仕事に追われているし、自分の部屋に来ても忙しそうに働いている。そのうちに自分も彼の家庭のことを聞くのは忘れてしまっていた。しかし彼の、この働くことを厭わぬ心、正義感、謙虚さ、しかし不正に対しては猛然反抗する闘争心は、おそらく彼の家の家風であり両親から受け継いだものであろう。

　もう、自分は彼について難しく頭をひねって考えることはやめてしまった。今では彼なくしては生活ができない自分であり、彼も自分のどこを見込んでくれたのか離れたくなかったようである。結局、中隊人事係が適当に選抜してくれる当番よりも、偶然、結び合わされた中津山の方が、より以上、適任だった。

　兵隊を通じて、いや中隊の中の誰よりも彼は自分という人間の表も裏も長所も短所もすべて知り尽してしまった。彼には何も包み隠すこともなく、言いたい放題の我儘を言ったが、決して自分を失望させはしなかった。時に自分がクヨクヨしてやけくそになりそうになっていると、諒々（りょうりょう）

と解き明かして自分の非を諫めてくれたこともあった。

一体こいつ、どういう人間なんだろうと考えたこともあるが、やはりいくら見直しても普通の人間である。彼が変わった人間なのではなくて、他の皆が曲っているんだ。彼が正しいのである。

彼が将来に対してどんな希望を持っていたのかはわからなかったが（これは誰しも同じことで、最前線陣地では今日一日が問題で、明日のことはお先真っ暗なのである。まして遠い将来のことなんか予測すること自体間違いだ）。

時に夜遅く起き出してみると、食堂に灯がついていて、中津山が銃前哨の控えをしている。彼は本を読んでいるらしい。何を読んでいるのかと覗いてみたら、どこから見つけてきたか、ボロボロになった幹部候補生受験問題集を開いて、軍人勅諭の謹書をやっているのであった。

残念ながら彼は幹部候補生の受験の資格もなければ下士官候補者になる資格もない。こんな最前線分遣隊で今さら勉強するものなど誰もいない中で、彼は何を思ってか軍人勅諭の謹書を続けたのであった。

ある晩、彼はひとつ失敗をやった。炊事をやっているので毎朝暗いうちから起きる。昼は薪割りや入浴準備などでかなり疲れていたので、とうとう銃前哨の控えをやっている間に居眠りをして、立哨中のものを三〇分ばかり余分に立たせてしまったのである。

高橋春治伍長がこれを知って大変怒り、だいぶ殴り飛ばし、夜中、時ならぬビンタの音が響き渡った。自分はまだ起きていたのでよく知っていたのだが、黙っていた。中津山が自分の当番だからということで、この際、自分がその場へ出ていくことは、分遣隊長として全員の指導に当たらねばならぬ立場にある以上、するべきではない。中津山はこの際、自分の力で名誉を挽回すべきなのだ。

その翌朝から、いつも自分が起き出す頃、洗面水を持ってくる彼が一向姿を見せぬ。自分がまだ床の中にいる間に洗面水の準備をすると、コソコソ出ていってしまった。その後、三日ばかり彼はまったく自分に顔を見せない。風呂に入っていてもソッと後から背中を流してまたソッと帰ってしまう。

その理由も自分はよく知っている。高橋伍長に撲られて彼の顔は紫色に腫れ上がっていたのである。それを自分に見せたくなかったのだ。オヤジに要らぬ心配をさせてはならぬということである。後々までも、中津山の意地っ張りにはだいぶてこずったことがあった。

52 豊山

豊山龍渕は半島特別志願兵出身の二年兵である。大営で六回連続出撃したとき、毎回連れていった男である。黄村へ来てからもいつも連れて出る。

彼は二三歳であった。自分と同年であった。国語講師というから、小学校の先生でもしていたのだろう。立派な体格であった。特別志願兵は内地の現役兵以上に苛烈な基礎教育を受ける。志願兵だからすばらしい精鋭揃いだ。それでも他の兵隊や、時に中隊幹部までが、ともすれば冷たい目で見たがるので、可哀想であった（よく働き温かかったが、伊東隊長殿に言わせると「孤独を好み、何時も何か考えに耽っている」と注意人物にしていた。「やっぱりどこか違うところがある」とも言われた）。ただ新店で戦死した平田勝正については隊長も感心していたようだ。平田勝正上等兵は皆より慕われ、隊長も彼には何も言うことなく、ついに新店攻撃で壮烈な戦死をして二階級特進、伍長になった。

しかし自分は豊山のことをそんなにも思わなかった。むしろそんな言葉を使われる隊長殿を恨めしく思いもした。確かに中隊にいた彼らの同胞五人の中には、変なものもいたけれど、決して危険視するほどのこともなかったし、彼、豊山は特に前から自分といつも行動を共にし、肝胆相照らす仲になっていたから、一寸の疑いもなかった。

しかし平田であろうが他の誰であろうが、自分たちが正しい態度で接すれば皆同じことである。従軍志願までして出てきた彼らの熱情と誠心に対しては、絶大な尊敬を払わねばならぬ。決して内地の兵と区別して、特に目をかけるわけではないが、内地の兵とは違った意味で色々気を配ってやる必要はある。絶対、淋しい思いをさせてはならない。そうすることのみによって彼らの優秀な能力を発揮させる道があると考えられる。豊山は普通の内地の兵よりはよほど能力が優れていた。いろんな意味で頭も進んでいる。体力もある。大人しくてよく働いてくれた。しかし、いつも淋しそうな様子をしていた。

原店にいるとき、上官陣地連絡に初めて彼を連れていってみてから、自分は彼の優秀さに気が附いたのであった。大営での出撃では主として自分が人員を選定したから、毎日毎日彼の名前に赤鉛筆の印を附けては連れ出し、初年兵の少数を彼の指揮下に任せた。初年兵も彼の言うことをよく聞いた。

一週間の黄村勤務を終えて、豊山とはますます離れ難くなり、今度の編成で彼が再び自分のところに来たときには、まったく嬉しかった。彼も喜んでいた。神とともにたった二人の大切な二年兵である。彼は陣地構築で猛烈な張り切りを見せてくれた。まったく頼もしい秘蔵の部下なのだ。

彼は次第に朗らかになってきた。よく笑顔を見せるようになった。夜、望楼に上って見ると、彼が控えをしている。満天の星を仰ぎながら彼の話を聞いた。鴨緑江の話、国境警察の話、朝鮮農村の嫁入りや祭りの話など、彼のタドタドしい、ちょっと癖のある話しぶりに聞き入った。確か彼は鴨緑江に近い北鮮の旧家の出身であったと思う。彼は新店攻撃にも参加して、脚にチェコ弾の擦過傷を受けていたが、それほど重くないので衛生兵に治療してもらったり、自分で薬をつけたりしていた。

できることなら中津山と共に、いつまでも離したくない兵である。無論、優秀兵ではあるし、半島出身であるということに自分は妙に親しみを覚えたのであった(その理由は、自分の父が日露戦争に従軍し、朝鮮駐屯軍司令部附の主計として京城にいた頃の思い出話を子どもの頃から聞かされ、半島人の風俗習慣にいつか親しみを感じていたからだと思う)。

53　勅諭奉読式

七月四日が来た。毎月四日は軍人勅諭下賜記念日である。中隊や大隊本部でも儀式をおこなっているだろう。小さな分遣隊でもこれだけはやらねばならない。最前線で生活していると、毎日敵の顔と、同じ戦友の顔ばかりを見ているので、日々の変化は少ない。ただ勤務としての戦闘はやるが、戦争目的を忘れやすい。

精神粗野になって儀礼を忘れやすい。軍人の本分を忘れやすい。日本軍人たることを忘れやすい。

これではいけない。兵に日本帝国陸軍軍人としての正しい自覚を与え、また支那人に日本軍の偉容を示すためにも厳粛な勅諭奉読式は是非、おこなわなければならない。

朝食後、儀式の軍装で中庭に集合させる。常は便衣を着て上半身丸裸の兵隊も、今朝はピリッとした新しい軍衣袴を着て、磨き立てた弾入れ、新しい編上靴、脚絆を儀式巻にしたところは、実に立派である。銃も剣も光っている。そして各自念入りに髭まで剃って並んだところは、これがいつも泥んこになって煉瓦を積む兵隊とは思われない。

自分も服装を整えた。編上靴も革脚絆も中津山が水洗いしてくれて新品のようであり、裏の鋲まで塵ひとつ附いていない。刀の柄巻も新しい白布で巻き直した。伊東隊長殿にもらった軍人勅諭謹解を持って出る。中庭は掃き清めて水が撒いてあった。ちょうどそこへ村長たちがペチャペチャ喋りながら入ってきたのだが、いつもと違うこのありさまを見て驚いたらしく、目を丸くして隅の方へ固まっておそるおそる覗いていた。

高橋春治伍長が整列終わりを報告する。兵の姿は立派である。華々しい武者ぶりである。陽が高く上って照りつける。

「今から勅諭を奉読する……」

十分心を落ち着けてゆっくり奉読した。兵は微動だにせずに謹聴している。軍人勅諭は実に長い。ゆっくり奉読すれば一〇分以上かかる。無事に奉読を終える。刀緒(とうちょ)を手首にかけて、スラリと抜刀。「着け剣」カチャカチャとひとしきり音がして、サッと不動の姿勢に戻る。

「宮城遥拝。捧げ～銃(つつ)。立て～銃」

自分は列前にいるから兵の動作は見えぬ。ただ、ガチャリと銃を捧げる音が聞こえただけである。おそらく青空を背景に、閃々(せんせん)たる白刃が林立したことと思う。祖国を離れて幾千里、黄河南岸の一小陣地から、自分たちは誠心こめて大元帥陛下に対し奉り、忠誠をお誓い申し上げたのである。

日本軍人たるものの誇り。烈々たる闘志は体中に漲り渡る。

「脱(と)れ、剣」

次いで戦陣訓の一説を読む。兵に訓示した。今さら事新しく言うことはそれほどなかった。

「解散」

「頭ーっ、中、直れ。解(ほぐ)れ」

緊張を解いた兵の軍衣の背中に汗が滲み出している。初年兵は班長や古年次兵の銃や剣をとり外し、脚絆をとるのを手伝っている。これが日本軍隊の自然な姿であろう。勅諭の有り難き広大無辺。我々が日々何の不安もなく勤務し得る嬉しさ。新しい精気を吹き込まれて今日からの生活は一段と充実したものとなることだろう。

村長や野菜の籠を担いだ支那人が恐る恐る入ってきた。彼らに対する示威についてもかなりの効果があったものと思う。さっそく陣地構築にとりかかる。

54　最初の帰隊

ある日、伊東隊長殿から手紙が来た。「将校用夏服の注文を受け付けているから、敵情に異状なければ一度帰ってきて寸法を取らせろ」とある。将校用夏服といえば、ああそうか。自分も石門の士官学校を卒業してからもう半年になる。あるいは少尉任官が近いのかも知れない。まったく初年兵時代からのことを振り返ってみると、よくもここまで漕ぎつけたものだと思う。

静岡の歩兵第一一八連隊へ入隊して、蒙疆の厚和へ行って陰山颪（おろし）吹き荒ぶ一一月から四月まで、苦しい初年兵教育を受けたのであった。自分は栄養失調にかかって見る陰もなく痩せ衰え、フラフラしながら演習に出た。上等兵にビンタももらった。掃除をサボって雑巾水を飲まされた。果ては「鶯の谷渡り」という珍妙な罰まで受けた。

我ながら情けなくなり、折から来かかった見習士官の颯爽たる姿を見ても、果たして自分たちもあのようになれる時が来るのだろうかと思った。それほど見習士官というものは、自分たちからは手の届かぬ遠い存在であった。

裏の青い黒皮の正刀帯を締め、キラキラ三ツ星の輝く階級章。座金のついた金の星。金モールと赤の将校勤務袖章。革脚絆。そして白い柄巻の刀。それに比べてあまりにもみすぼらしいボロボロの初年兵。無我夢中で五ヵ月の初年兵教育を終えて、いよいよ石門の士官学校へ行けることになった。しかし、自分は殆ど歩くのも息苦しいほど弱りきっていた。石門八ヵ月の教育は殺されるほど辛いという。自分は殆ど死ぬ覚悟で石門に赴いたのである。淡い見習士官の幻影を夢見ながら。

石門に着いて診断を受けたらたちまち入院を命ぜられてしまった。脚気だったのである。一ヵ月入院していた。しかし、これ以上入院していれば、幹部候補生の資格はなくなってしまう。そうすれば今までの苦労も水の泡、見習士官の夢もおしまいである。まだすっかり治り切らぬうちに退院してしまった。

だいぶ他人よりもおくれていたし、体がすっかりよくなったわけではなかったので、何とも言えぬくらい辛かった。脚気はよく再発した。入院前よりひどく脚が腫れた。だが無理に推し通して演習に参加しているうち、秋風が吹き出すとともに健康は回復した。

ついに憧れの見習士官になった時の喜び。正に天にも昇るというもの。しかし、まだまだ駆け出しの新品見習士官で無所属である。やがて山西の山奥にやられ、しばらくしたらまた転属。かねて音に聞く陝縣橋頭堡へ来たのである。黄河を渡る時、いつまた再びここを渡る時があるだろうかと感慨無量であった。思い出はつきぬ。

今はもう我々は見習士官でも古い方になっていて、すでに大隊にも一二期のものさえ来ている。自分も兵を持っている。石門を一緒に出たものはどうしているだろう。城も持っている。しかし見習士官という身分は初年兵時代から憧れただけあって、あまり捨てたくない。石門当時だって見習士官になりたいというものはあっても、少尉になりたいというものはなかった。いよいよ近く、見習士官の正刀帯ともお別れかも知れぬ。今のうちに見習士官の自由奔放さを満喫してやろう。

隊長からは一度帰って来いと言ってきた。自分はひとたび黄村に来た以上、よほどのことがない限り中隊へは帰らずにいようと思っていた。陣地を離れるべきではないと思った。また、離れたいとも思わなかった。しかし今日は例外である。オヤジから呼ばれれば仕方がない。

敵情は特に変化なさそうである。情報記録と新しく作った陣地附近の地図を準備し、隊長や中隊の下士官たちへのお土産に中津山に西瓜を背負わせ、中津山と鎌田 信の二人だけ連れて出発した。

久し振りの帰隊である。休暇に家へ帰るような弾んだ気持ちである。遠く大営の城壁と望楼が見える。愉快だ。帰ってオヤジに何を話そうかな。

大営陣地はまったく完成していた。午後の中隊はヒッソリとしている。衛兵所の前を通ったら久し振りで「敬礼っ」と叫ばれてびっくりした。午睡の時間らしく各室とも簾を下ろして静まり返っている。横穴の前にはアンペラの庇を造って直射日光が入るのを防ぐようにしてあった。二、三の兵は洗濯をしていた。

隊長室の簾の前に立つ。

「北村見習士官参りました」

「オーイ、入れ」

中へ入ったら伊東隊長は団扇をバタバタやりながら本を読んでいるところだった。

「北村見習士官、ただ今到着いたしました。黄村分遣隊服務中異常ありません」

「ウン、ご苦労。暑かっただろう。どうだい敵情は」

やっぱりオヤジとは良いものである。久しく会わなかったためかも知れない。情報記録も見てもらった。陣地構築の状況も報告した。西塞内部の詳細も記録として持ってきている。自分たちさえその任務を完全に遂行していれば、オヤジは笑顔で迎えてくれる。今日は帰ってきて良かったと思う。

「しばらくしてから温塘へ行ってこい。兵隊を連れていってやっても良いよ。この頃は酒保もできているそうだから、これからも他の兵を交代で来させろ」

伊藤伝治が西瓜を乗せた盆を持って入ってきた。近いうちに北門にある電話機を黄村にくれるということである。下士官室を覗いてみたら、

「見習士官殿、どうもご馳走様です」と大友軍曹、金谷軍曹、田中伍長が西瓜をパクついている。野見山准尉と横山候補生はアメーバ赤痢で入院し、中村曹長は運城連絡にいっているとか。

暑いけれども早いうちにと、中津山、鎌田 信の他に指揮班の芦 信夫を連れて温塘へ。ものすごく暑い。汗がドクドクと出る。伊東中隊長から江連中尉と羽田副官へ土産の酒を預かってきた。温塘も荒れ果てた集落だった。大隊本部の宿舎も広いがまとまりの悪い配置である。集落に近い凹道に対戦車障碍として造ったという陥穽(かんせい)があったが、こんなもので戦車が防げるとは思えない。

兵隊には酒保があるそうだから装具を解いて行ってこいと金を渡し、副官事務室へ行く。

「北村見習士官、参りました」

「イヤー、ご苦労さん。どうだい黄村は」

どう見ても羽田副官は事務屋である。自分のようなスピンドル油臭い野戦小隊長とは違う。

「これ、伊東隊長からのお土産です。江連中尉殿と一本ずつ」

「ホウ、有り難う。酒らしいな。朝岡部隊長は運城へ行かれたが、もう帰ってくる頃だ。待っていて状況報告して帰れよ」

「それなら江連中尉のところへ行ってきます」

作戦事務室へ来てみたら、書類山積の机に向かって仕事をしている。

「北村見習士官、参りました。黄村、異常ありません」

「オウ、ご苦労。敵情は変化ないか」

グイッと振り向く。いつ見てもドキツイ近眼鏡をかけたこわい目だ。蘆隧子匪と劉永慶匪との関係などを説明してくれた。経理室へいってみたら服の寸法をとってくれた。

当番室の前へ来たら、「隊長殿、今日は営外酒保はありませんでした」とつまらなそうな顔をしていた。可哀想に。もう一応、用事は済んだのだから、早く帰りたいのだが、羽田副官は朝岡部隊長の帰りを待って報告をして行けという。また副官事務室で話す。だいぶ遅くなってから部隊長が帰ってこられたとの報告が入る。

「さあ出迎えるんだ、君も来い」と副官は立ち上がっ

て刀を吊る。

入口に出たら江連中尉、橋口主計、通信班長常川少尉らが並んでいたので、その末端に連なった。カツカツと馬蹄の音がして朝岡部隊長は帰ってきた。江連中尉の指揮で敬礼。部隊長は私室へ入ってしまった。副官が洗面水だ、お茶だと当番を急き立てている。ヤレヤレ副官なんて事務ばかりやるのかと思っていたら、これならまるで当番長じゃないか。まだ若いハリキリボーイの羽田少尉なのに気の毒なことだ。

少し落ち着いた頃、部隊長の部屋をノックする。

「オーイ」

「北村見習士官、参りました。黄村分遣隊服務中異常ありません」

「ウム、ご苦労」

ここでまたもやひとくさり敵情を報告。陣地構築の状況を報告した。自分たちが頻繁に夜間行動に出ていることは朝岡部隊長もよく知っていた。伊東隊の出撃回数はそのためもあって断然、他中隊を足下に寄せつけぬくらい多いのである。

「お前はまだ若いし体も良いのだから、よく中隊長を助けてやれ。お前の中隊長はあまり体が強くないからな」

部隊長もよいオヤジであった。


大営に帰ったらもう夕方である。伊東隊長と共に夕食し、風呂に入ってから、まだ少し明るいうちに黄村に帰った。暑くてカラカラの温塘や大営を見てくると、ザワザワ揺れている楊柳林はまったく有り難いものである。やはり本当に我が家に帰ったようにくつろげるのは、心細い麻油の灯に照らされた自分の穴倉だ。

55 編成替え

ある日の夕方近く、歩哨が中隊から出発する連絡者の一行を発見した。こんな夕方近く、しかも何の前ぶれもなしに何の連絡だろう。眼鏡で見ると大きな荷物を担いだ若い苦力を連れている。歩哨は石山伍長が背嚢を着けてくると言う。変だな。黄村へ来るのか、それとも上官へ行くのかと考えているうちに黄村陣地に来た。石山伍長は完全軍装で静岡の補充兵もすべての装具を着けてきた。

伝達された命令によると、高橋春治伍長と豊山が中隊復帰になり、石山伍長と補充兵が交代するという。自分はガッカリすると共に腹立たしくなった。石山伍長がどんな男かまだはっきりとは知らないが、高橋伍長を取られるのは大打撃である。また豊山を取られるのはなお更、苦痛である。ましてその交代に来たのが静岡の補充兵というのでは、また何をか言わんやというところだ。それでなくても少ない二年兵は神一等兵だけになってしまう。何かすごく腹が立った。だが命令が出てしまったのだから仕方がない。

　聞けば高橋伍長は大営北門分遣隊長となり、豊山は指揮班ラッパ手として勤務するのだそうである。別にラッパ修業兵でなくてもラッパぐらい吹けそうなものだ。何も無理をして第一線陣地から優秀な現役兵を引き抜かなくてもよさそうなものである。

　ちょうど夕食時になったので、はからずも二人の送別会になったのであった。石山伍長は大食堂を見てかなりびっくりしたらしい。夕食後、高橋伍長はだいぶ長い時間をかけて申し送りをやっていた。

　やがて交代する四名は申告した。高橋伍長と豊山は援護の兵隊と一緒に出発する。

「豊山、ここで皆がどれだけ友軍のラッパの音を聞きたがっているか知っているだろう。お前が中隊のラッパを吹くようになったら、ここまで聞こえるぐらい吹いてくれ。皆どれだけ喜ぶか知れんからな。お前もそれで申しわけが立つだろう」

「隊長殿、色々お世話になりました。どうかお大事に」と敬礼して夕闇迫る林の奥に消えていった。どうも面白くない。だが仕方がないことだ。石山伍長を呼んで自分の方針や計画を話した。高橋伍長からも良く申し送ってあるらしい。

　翌日から石山は活躍し始めた。村民との交渉も上手かった。陣地構築には率先して泥にまみれて働いた。この調子なら大丈夫だと自分も安心した。


　自分は陣地構築の第二期工事を計画した。陣地東北角の家屋を利用する掩蓋と望楼の強化、擲弾筒座の構築である。また隊長から手紙が来て、いよいよ黄村と中隊を結ぶ電話線の敷設をするから、電柱用の丸太、直径約一五センチ、長さ三メートルくらいのを約四〇本準備せよと言ってきた。初めは裏の林から伐り出してやろうかと思ったが、四〇本となると大変である。それに明朝に通信班は来るという。とても間に合わぬ。

　しかし、これはすぐに良いことを思いついた。自分の部屋の一番奥の突き当たり、壁の下の方にちょうど人一人くぐれるくらいの穴があり、土煉瓦で塞いである。一度これを開いてみたら、中は外の横穴の延長らしく、どこまで続いているのか際限なく真っ暗の闇であった。そしてこの中に屋根を葺く丸太が百本以上も積み上げてあったのを思い出したのである。

あれならちょうど電柱には理想的な太さと長さである。自分はこの木材は、もし迫撃砲弾などを受けて掩蓋が破壊された場合の修理材料として確保するつもりでいたのだが、この際、一部は電柱に使ってやろうと所要数を搬出させた。

この穴の奥にもまだ更に穴があるらしい。まったく気味の悪い家である。この辺の家には皆こんな穴があるらしい。そして土匪が来襲したり、戦乱があったりすると、伝家の財宝を穴深くしまい込み、口を塞いで目塗りを施し、土匪や掠奪兵に有り金全部出せと脅しつけられたら、この通り何もないと涼しい顔で押し通すのに違いない。日本辺りではあまり必要でない、この附近独特の財産保護法なのだ。

兵はクモの巣だらけになって丸太を担ぎ出した。この穴の中にも若干の本があった。前にここへ来た時、比較的立派な、印刷も割に精巧な支那地図を一冊見つけたが、この日は、この穴の中から、これと対をなすような世界地図帳を見つけた。内地の中学校で使用する程度のものであった。英語のリーダーも出てきた。

その翌日、通信班の一個分隊が来て作業をやった。自分たちは陣地構築をやり、一部の作業援護を出した。中隊からも高橋伍長らが援護に来た。電線の敷設はまことに簡単である。今日も伊東隊長が馬で来られたがすぐ帰られた。電線は何の地物もない畑の中を一直線に大営まで走っているのだから、きっと敵に切断されるに違いない。

隊長は不寝番には必ず一時間に一回、中隊に連絡させるようにと命ぜられた。そして不通になったら切断されたものと見て、直ちに大営と黄村から電話線に沿って軽機の薙射を喰わせることになる。また時には大営との中間附近まで巡察に出よと言われた。

電話機は自分の部屋の窓枠に取り付けられた。これは自分の管理に便利なところに置かなければ、兵隊はつまらぬ私用に使って電池を浪費してしまうおそれがあるという隊長の心遣いからこうなったのである。間もなく大営と黄村間最初の通話がおこなわれ、実に明瞭に聞こえた。大営・黄村線は大営・温塘線に直結で導入されているらしく、こちらで受話器を耳に当てれば、中隊本部と大隊本部との通話もよく傍受できることが間もなくわかった。このことは伊東隊長もご存知なかったらしいが、後になって大いに便利だった。これで中隊本部、大隊本部、および偏口陣地とも自由に通話できることになったのである。

この器械はアメリカのベル社製で優秀であった。鈴が鳴り過ぎて困るくらいだ。せっかく炊事場が食堂に移って、漬物を刻む音で夢を破られることもなくなり、ヤレヤレと思っていたのに、今度は電話のベルで毎晩一時間ごとに起こされるのかと思うとウンザリしてしまった。

毎朝、自分が電話で異常の有無を報告することにしたが、苦力便による平仮名文も併用した。電話は便利ではあるが、電話線を切断された時の副通信手段ということを考えてのことである。

東北角の家屋利用の掩蓋は当初は家の壁に銃眼を開けるだけにしようかと思っていたのだが、今、表門歩哨が立哨している場所にかなり大きな堆土があるので、これを利用して河原の方向に二つと、陣地入口を側射する銃眼を有する地下掩蓋を造ることにした。これは初めての試みであった。兵は皆、掩蓋構築に対して非常な興味を持ち出していたのである。

堆土の中ほどを四角く切り取り、東北角家屋の壁を貫通して、これから掩蓋内部に入るようにする。この地下道の屋根も頑丈な丸太を乗せ、十分の抗堪力を持たせた。この掩蓋は大成功であった。外からは銃眼が少し見えるだけで、堆土側面には草が生い茂っているし、木も蔽い被さっているから、ちょっと掩蓋には見えないのである。

歩哨の立哨場所も掩体と屋根を作ったので、よほど安全になった。また、望楼の強化と擲弾筒座の工事を同時に開始した。今や全力を挙げての陣地強化である。擲弾筒座は全面的に石塚上等兵に一任してやらせた。彼は内地で製図工であったので、筒座構築を任せらるるやたちまち紙に設計図を書いた。これは陣地中心近くにある家の屋上に造った。

真ん中に丸い筒座があり、将来筒架の軸となるべき太い木の棒が出ている。そして筒手が十分活動し得る余地を残して周囲に円形の墻壁を築いたのである。それは四五度の射角で撃てば、ちょうど射線がその壁の上縁をかすめるようにしたもので、結構、肩くらいまで遮蔽し得る。これなら安全に射撃できるわけだ。出来上がった上から泥で塗り固めたので、見た目もなかなかきれいなものであった。

望楼は大きな四角い黄土の塊の上に崩れかかった墻壁と、半分だけの屋根があるが、屋根はもう相当古く、雨の降る日には漏れ出して分哨勤務者が寝られぬほどになっていたので、取り壊すことにした。また屋根があるために南曲沃方面に対する視界をまったく遮って

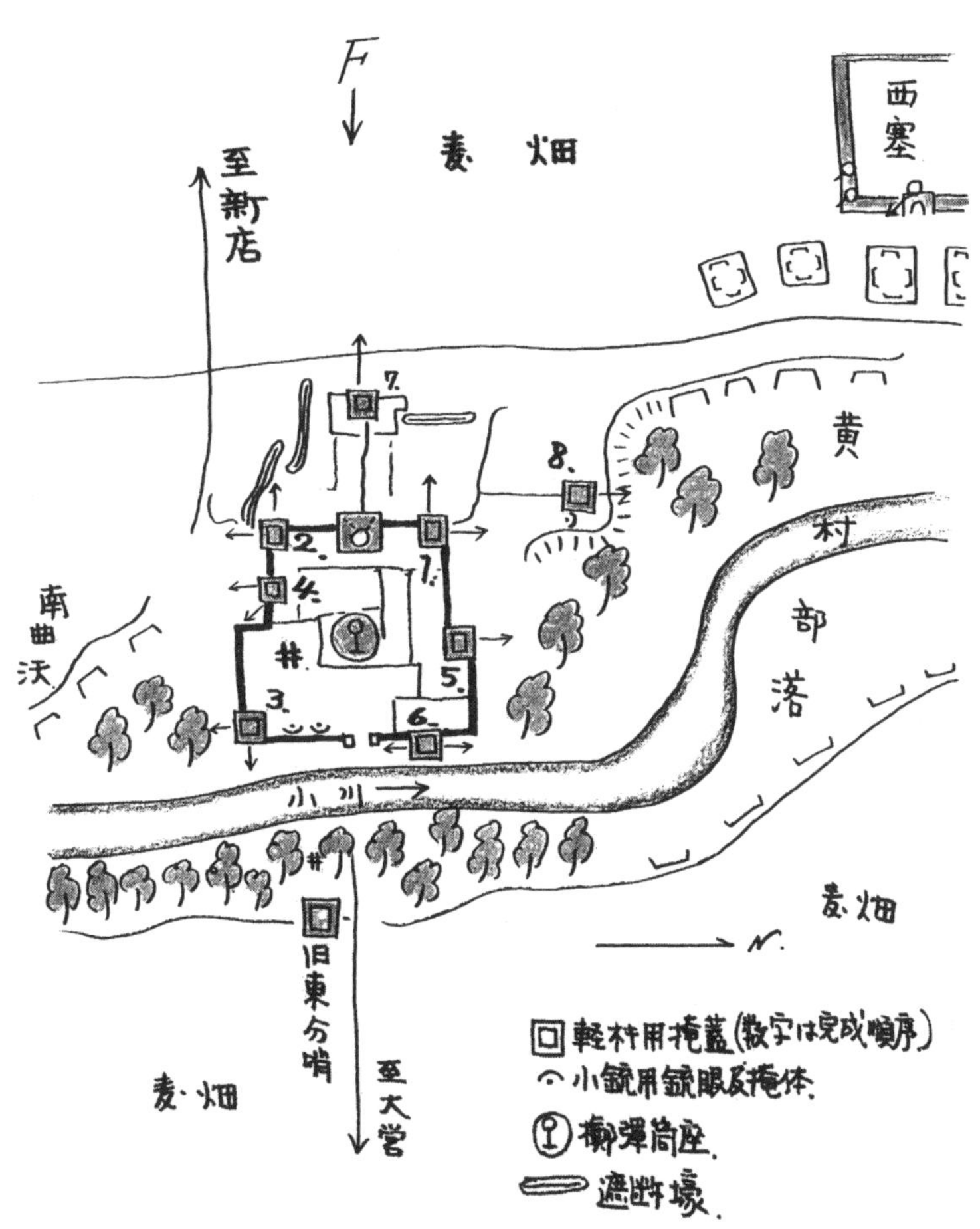

黄村陣地及附近地形要図

いたのだ。望楼も他のすべての掩蓋に用いたのと同じ方法で、外部墻壁はそのままにして、内側に八〇センチばかりの厚さに硬質煉瓦を積み上げた。まるで銃眼の開いた箱である。これなら敵弾に対しては絶対心配がない。床も煉瓦を敷き詰めた。中は前よりも狭くなったが、分哨勤務者の仮眠所は望楼のすぐ下に別に造ったので、かえって活動は自由になった。手榴弾を投擲する必要から故意に屋根は造らなかった。雨が降るときは頭上に板を渡せば十分一人を濡らさずに済むのである。

これでこの陣地の中心戦闘指揮所最後の腹切り場所も完成したわけである。そして今までは後方にハシゴからの上り口が開いていて、東分哨の方から背面攻撃されると、立哨交代時に狙撃されるおそれがあったので、これも全部塞ぎ、入口を後下方に造り、ハシゴをやめて煉瓦の階段を造った（望楼側面に出入口があると立哨交代の際、狙撃されて危険であることは大営籠城中、散々苦労したので身にしみていたのである）。

今までのみすぼらしい屋根付きの望楼と違って、下から見上げると戦車の砲塔を見るようなガッチリとしたものになった。これで上官陣地が視界に入るようになったので、工夫すれば相互に視号（しごう）通信ができそうである。東側に対してはまだ弱いように思ったので屋上東縁に、ただ敵から遮蔽するだけの目的で土煉瓦の墻壁を築いた。

だいぶ人手が足りなくなってきたので苦力も相当使った。今さら隠したところで自分たちが陣地構築に全力を傾注していることは、もう誰でも知っている。それでもなるべく子どもばかりを選んで使った。また東側に対しては、まだまだ防禦力薄弱だと思ったので、東側土壁に試験的に小銃用の銃眼を造ってみた。これもかなり有効だった。

陣地はグングン強化される。自分が造った陣地要図中の赤色で書いた未完成部分がだんだん黒に書き換えられた。陣地構築に関する限り、伊東隊長も何も言うことは無かったらしく、自分は大いに創造の喜びを覚え、兵もなかなか良い工夫を発表するし、計画は着々、実現していった。自分の希望はこの陣地を絶対完全な火網（かもう）を構成し、要塞化することであった。計画では確かに実現可能と思ったし、兵もますます熱心になった。

前面の敵情は自分たちが見た限りでは前ほど活発でなくなった。相変わらず毎朝毎晩ラッパ音は聞こえるが、前のような大部隊の激しい移動は認められないし、演習はあまりやらなくなった。土匪は相変わらずである。ついに劉永慶は居座りに成功したらしい。西塞や黄村には時々、土匪が入ってきた。

56　あぶないいたずら

ある日、黄村や西塞に敵が入り、西塞城壁の上に敵がいるとき、自分はつまらぬ出来心で陣地を一人で抜け出して行動し、すんでのところで犬死になるところだった。

その日は珍しく敵の奴が暑い真っ昼間から西塞に来て、城壁の掩体から望楼を狙撃した。こちらから撃ったところで、それほど有効な弾を浴びせることはできないし、敵の弾もせいぜい望楼外壁の土煉瓦を削るだけで、お互い無駄なことだ。しかしこの白昼、大勢で出撃したとしても敵はすぐに感づいて逃げたり隠れたりする。よし、いっぺん一人で変装してできるだけ近くへ忍び寄り、不意に狙撃して一人でも良い、本当にぶっ倒れるところを見てやろう。

兵隊は概ね午睡していた。上半身は素っ裸で中津山がいつもはいている黒い便衣のズボンをはいて弾帯を腰に巻き、麦藁帽を被り、中津山が渡した装填済みの銃を持った。分哨の歩哨に向かって、「オーイ、今から俺一人でちょっと外へ出てみるから敵と間違えるな」と声をかけてから出かけた。

カッと照りつける強烈な太陽。自分は土匪がよくやるように銃口を下にして銃を肩からぶら提げ、警戒しながら河に沿うて歩いた。どこから「パキーン」と来るかも知れない。

河の西岸には柳の木がたくさんあり、民家もある。少し行くと三叉路になり、左の道を辿ると西塞城壁から八〇メートルばかりの所へ出る。その出口は両方に土壁があり、出たところに麦藁が山のように積んであったのを、この前の出撃のとき見て知っている。そこまで出て十分狙って撃てば、まず一人くらいは確実にやっつけられるだろう。

そろそろ坂を上って土壁の陰からソーッと頭を出してみた。実に気味が悪いほど近いところに敵の白い便衣が陣地の方を見ながら胸から上を露出している。まだ自分のいるのには気がつかないらしい。好機逸すべからず。安全装置を外すより早く据銃。十分狙って「ガーン」と撃つつもりで引鉄を引いたら「カチッ」発火しない。銃を下ろしたが敵の奴、ハッとこちらを見たようだ。早々、土壁の陰に退いて槓桿を引いてみたら、何だクソッ。中津山の奴、薬室に弾を入れていないのである。最初の計画は見事に失敗。

しかし同じところからまた頭を出せば必ずやられる。よし、もう少し廻り込んでやろうと、また下に降りて民家の土壁に沿うて前進した。次の登り口を上がれば西塞の門の前に出られるのである。何だか土壁の向こうでガヤガヤ喋る声がする。

アーッ。土壁の外れからブラリと一人姿を現したのは、白い便衣に銃を持った、正しく土匪。こちらもびっくりしたが、野郎はなお更びっくりした。

「ワッ」とひと声叫んで土壁の陰に飛び込もうとする。

「この野郎っ」

間髪を入れず腰だめ射撃で「ズドン」と一発。惜しい。弾は空しく奴の足下にパッと土煙を噴き上げた。自分も飛び上がるほど驚いた。出し抜けに一〇メートルくらいの所でバッタリと鉢合わせしたのだ。

大急ぎで次発を準備する。ところが土壁の向こう側では、ワーワーと早口で叫んで仲間を呼んだらしく、大勢で坂を駈け下りてくるような気配だ。駄目だ。一方は土壁、一方は河原。隠れるところもない。これはいかんと一目散に退却した。

「パキン、パキパキーン。パキパキパキパキーン、ビューッツ。ピシッ、キューン」と耳元すれすれに弾が飛ぶ。走った走った。今までこんなに一生懸命で走ったことはない。何発くらい撃たれたか、とにかく猛烈な弾雨で、走りながら今にも背中をぶち抜かれるかと思った。

やっと柳の木と民家があるところまでたどり着いたが、これから先は河が左へグーッと曲っているので、これに沿って走れば敵に丸見えである。陣地まではもう近いのだが、帰るにはどうしてもここを通らねばならぬ。困った。

土壁の陰からチラチラと敵が見え隠れする。まだ「パキーン」と撃ってくるが探り撃ちである。今は柳の根元に転げ込んで小さくなっているが、今うっかり動くと見つけられて狙撃されることは確実だ。撃たれると何しろ距離が近いのだからさっきと違って百発百中である。逆に今こちらから撃って一人くらい倒すのは容易だが、こちらが見つかれば相手は一〇人くらいだから、他の奴にやられる。困った。動きが取れない。

自分はつまらない出来心で一人だけで飛び出してきたことを後悔したが後の祭りである。敵は撃ってこなくなったが、まだ自分を探しているようだ。何とかして崖の上へあがれる道はないものかな。上へあがればまず何とか陣地に帰れるのである。自分はそろそろ頭を上げて後の崖を見回した。

ああ、天の助けか有り難や。民家の陰に今までまったく気がつかなかった細い上り口があるではないか。自分は脱兎のごとく飛び出して、そこから崖を駆け上がった。

「パキーン、ヒューン」と今度は西塞城壁にいた奴から撃たれた。また走った。息も切れ切れに陣地に飛び込んだら、汗ビッショリになっていた。もうこんな馬鹿な茶目っ気は出すまいと思った。悪くすれば犬死である。怪我をしてもつまらない。

しかし、それにしても最初の一発が発射できていたら確実に一人はやっつけていただろうと思うと口惜しかった。中津山もまったく気が利かない奴だ。薬室に弾が入っていない銃を渡すのだから。しかしそれを点検してから出かけなかった自分はもっと馬鹿である。思いがけなく夜間出撃時に気がつかなかった新しい崖の上り口を見つけたのは、まあ、怪我の功名というべきだろう。

時々、連絡者が中隊から『神兵』と言う北支軍発行の新聞や、稀には内地の新聞を受領してきた。太平洋戦線はまったく我が軍に不利な戦況である。多くの島嶼にある友軍は相継いで玉砕する。各都市は空爆を被っている。自分たちは決してへこたれなかった。だが内地とはもう完全に交通は遮断されたと思って間違いはない。辛うじて郵便が往復するくらいのものであろう。太平洋戦線の好調に有頂天になった敵は前面に大兵力を集中した。南方戦線と相呼応して陝縣橋頭堡を奪回せんと虎視眈々と狙っているのである。

敵機は我が物顔に大空を闊歩して陝縣や運城を空襲する。眼鏡で見ると陝縣城内に茸のような爆煙がムクムクと噴きあがり、ドシンドシンと我々の足まで地響が伝わってくる。機銃掃射の音も遠雷のように聞こえる。三機編隊のひと組が爆撃を終わり、黄河に沿って西の方へ帰る頃にはもう次の一編隊が新しい爆弾を抱いて東進するのである。今や制空権は完全に敵の手中にある。敵は何の妨害も受けずに悠々と爆撃できるのだ。

ある時、東の方から超低空で飛来したロッキードP－38双胴戦闘機が、麦の穂を蹴散らすように偏口陣地の横を駆け抜けることがあった。偏口陣地は麦畑の中に浮かんだ小島のような土山だが、その上に立っていた歩哨は自分よりも下の方を飛び抜けた飛行機を見下ろして胆を潰したということである。

分遣隊の午後

一度だけ夜中、西方にあたって遠雷のような爆裂音がした。数日後、それは友軍機が霊宝を爆撃した音だと聞かされたが、夜間コソコソ出歩かねばならぬくらいだから、どうせ戦闘機の援護もロクに附かない旧式の爆撃機が苦し紛れにおこなった爆撃であろう。また、黄河対岸范家灘（はんかなだ）にいた友軍河防砲兵が野戦重砲で霊宝を砲撃したとの話も聞いた。果たしてどれほどの効果があったか知らぬ。かえって資材不足に悩む我が軍の足元を敵に見透かされるようなことになったかも知れないのである。

　自分は支那に来てから一度しか写真を送らなかった。それも蒙疆厚和の初年兵教育当時のくたびれ切った顔の写真であった。そのほか厚和や石門で写したのを少し持っていたが、橋頭堡へ転属する途中、私物梱包を失ったのと一緒に全部なくしてしまった。家から送ってきた入隊直前、中学校時代の親友、片桐と一緒に写した写真までもなくしてしまった。これは実に惜しかった。

　今、家へ写真を送りたくても、こんな最前線にいるのでは写真を撮ることもできぬ。しかし何とかして見習士官になった姿を母に見せたかった。見習士官になったことは母も知っているらしいが、見習士官がどんな服装をしていて、どんなに張り切っているものかということは、まったく知らないと思う。このことについてだけは自分も最前線陣地にいることを恨めしく思った。せめて陝縣まで行けば、たとえ目の玉が飛び出るほど金は取られても、写真ぐらいは写せるであろう。

　しかし今の敵情では自分が迂闊（うかつ）に陣地を離れることはできない。陝縣に連続して出してもらうことなど思いもよらぬことだ。困ったことに写真だけは自分の代理として誰か他の人に行ってもらうということにはいかない。今のうちに母と十分連絡を取らなければ、将来は郵便による連絡すら覚束なくなるだろう。

　前線陣地で敵と戦い華と散るのは、元より軍人の本分である。遺骨なんか別に郷里に帰らなくても構わない。しかし何とかして母にはもう一度、自分の姿を見せたかった。それも郵便連絡が絶えぬうちだ。今すぐやらなければならぬ。

　とうとう考えた末、鏡を見て自分の顔を写生してみた。案外、上手く描けた。これで自信ができて、今度は葉書に描いてみた。我ながらよく描けたと思った。今までこんなに一生懸命になって絵を描いたことはない。生きているうちに一度、母に自分の姿を見せたいという一念がそうさせたのである。鏡を見直して、今さらながら、自分の肥ったことに驚いた。あごが二段になっている。頬っぺたの肉がはち切れそうである。これが蒙古の厚和で栄養失調にかかって死にかけた自分であろうか。

連日の作業で灼けた顔は小麦色である。母が見たらきっと喜びもし、驚くことであろう。今度は石山伍長の鏡まで借り出して、二枚を斜め向かい合わせに立てて、斜め横から見た顔も描く。これも成功だ。襟に曹長の階級章と座金のある金の星をつけることも忘れなかった。

しかし、鏡を見て描いたのだから、実際とは顔の造作が正反対になっている。

本当は他人から見て左にあるべきはずの口元のほくろが右にある。自分は描きながら変な気がした。まるで自分の魂が抜け出して絵の方の自分に乗り移っていくような気持ちなのである。

この葉書が長い旅をして家の門口に投げ込まれたら、「ただ今帰りました」と口をきくかも知れぬ。もし自分が戦死したらこの葉書が写真の代わりに仏壇に飾られることだろう。そのほか、見習士官の全身を描いた絵も作った。だいたいこの葉書が届いたら、自分の今の姿が母にも想像がつくというものである。

兵の顔も二、三描いてやった。どうも他人の顔を描くのは閉口である。あまり男前に描き過ぎると嘘になるし、ありのままに描くと本人の機嫌が悪いし、その手加減が難しいのである（この自画像の葉書は無事に家に到着した。母は大層喜び、懐にしまい込んで当分、近所の人に見せて歩いたそうである。ここに掲げてある二枚がその実物であって、黄村陣地にいた時の自分の姿をありのままに残す唯一の貴重な証拠品なのである）。

自画像

兵は毎日同じ歌ばかり唄っている。よくも飽きないものだ。しかし、いくら新しい歌が流行しても、こんな前線陣地にまで伝わってくるのはいつのことかはわかりはしない。高橋敬治兵長が愛唱するのは山西派遣軍の歌である。野尻清太郎は例によって秋田おばこである。もう少し変わった歌がないものかな。そうだ、俺がひとつ歌を作ってやろう。退屈しのぎにもなる。

夕方、食堂の机に紙を拡げて考えた。まず第一に黄村分遣隊の歌を作らなければならない。作曲はできないから山西派遣軍の歌の譜を借りよう。一時間ばかり考えて、ついに五節まである歌詞を書き上げた。「黄村分遣隊の歌」と銘打って高橋兵長に見せたら、さっそく歌い出した。千葉候補生は毛筆の字が上手いので半紙に墨で書いてもらい、食堂の壁に貼る。一部のものが唄っていた。

秋川兵長は器用な男だった。先がちびた箒の柄の竹をスポリと切って、焼き火箸でグリグリと無造作に孔を開けると、たちまち立派な尺八ができた。これには感心した。午睡時間や夕食後、彼の部屋の簾の中からは、風流な音が流れ出して涼風を誘うのである。

57 ラッパ手 豊山

ある晩、夕食時限に大営に帰った豊山から電話がかかってきた。

「もしもし、隊長殿ですか。豊山です。ご苦労様です。毎日ラッパを吹いていますが聞こえますか」

さあ、どうだろう。分哨勤務者に訊いてみても聞こえないという。

実は今になって思い出したのだが、彼は別れる時に自分が言った言葉、「前線まで聞こえるくらいラッパを吹いてくれ」を忘れずにいて、毎日毎晩、前線にいる我々に向かってラッパを吹いていたらしいのである。自分はしまった、悪いことをしたと思った。

豊山に向かってあんなことを言っておきながら、自分の方ではラッパ音に注意していなかったのだ。

聞こえなかったと言うと、

「そうですか、変だな、あれだけ一生懸命吹いたのに。隊長殿、今夜はきっと聞こえるように吹きますから聞いてください」

「ウン、よし、頼んだぞ」

電話は切れた。中隊の夕食時限にまた電話がかかってきて、聞こえましたかと言う。歩哨の任務はどうしても対敵警戒なので、敵の方に気を取られるのが当然である。ラッパ音は耳に入らなかったらしい。

「オイ、聞こえなかったそうだよ」

「そうですか。隊長殿、今度は点呼時限にがんばりますから隊長殿が聞いてください。お願いします」

「オイ、もしもし豊山、もう無理をするな。それはラッパが古いからだよ。それに風向きと地形が悪いからだよ。無理をすると喉をこわすぞ。もうお前の気持ちは十分わかった。有り難う」

「もしもし、隊長殿、しかし今夜はきっと隊長殿が自分で聞いてください」

「ウン、わかった。きっと聞く」

自分は軍隊へ入ってから、いや生まれてから初めてとでも言えるような、何とも言えぬ嬉しさが込みあげてきた。豊山は中隊指揮班に帰ったが、決して楽しい黄村生活を忘れてはいない。自分が何の気なしに言ったことを忘れずにいて、毎日ラッパを吹いていたのだった。それにしても自分は何と迂闊だったのだろう。実に済まないことをしたものである。

中隊の点呼時限が近づくと自分は望楼に上った。真っ暗な中に歩哨が蚊に食いつかれながら敵方を睨んでいる。空は満天の星だ。金銀の砂子をふりまいたようにキラキラと輝いている。たちまち自分にも蚊が群がり集まって喰いつきだしたので、足をバタバタさせて追い払うが、そんなことでは効き目がない。今か今かと中隊の方向に耳を澄ませる。静かだ。時々、集落から村民の話し声、驢馬の声、そして空中に甲虫の羽音がするのみ。もう鳴りそうなものである。分哨の時計は進み過ぎているのだろうか。

不意に下で電話が鳴った。中津山が出ているらしい。

「隊長殿、豊山古兵殿がラッパが聞こえたかと訊いています」

自分はハシゴを飛び降りて電話口に出る。

「豊山、本当にもうやめろ。体が大切だぞ。ラッパが吹けなくなったらどうするのか」

「隊長殿、大丈夫です。消灯時にはうんと吹きます。今度はきっと聞こえるでしょう。もう一度聞いてください」

豊山の顔が見えるような気がする。声がかすれているから、よほど無理をして吹いているに違いない。しかしこれはとても無理なことだと思う。ラッパ音の到達有効距離は普通、八〇〇メートルくらいといわれている。無論、これは剣電弾雨のさなか、猛烈な銃砲声や爆裂音がさかまく中でのことであろう。それにしても、いくら静かな夜とはいえ、三〇〇〇メートル離れた黄村までは、いかに彼の肺が強くとも聞こえないであろうと思う。

しかし、彼はあんなに一生懸命になっている。今度聞こえないと言ったら、どんなに落胆するだろう。聞いてやらねばならぬ。彼が誠心込めて吹くのだから。自分も誠心込めて聞くべきなのだ。いや、きっと聞いてやるぞ。

中隊の消灯時限の五分前になると、自分は望楼上でがんばった。今度はどんなことがあっても聞いてやるぞ。しかしもし聞こえなかったら。いやいや、きっと聞こえる。彼の誠心は天に通じるに違いない。このようなことが好きな秋川兵長も望楼へ聞きに上ってきた。

耳を凝らす。蚊でも何でも血を吸いたければ勝手に吸いやがれ。耳を澄ませ、闇を見つめて聞き入る。微かに微かに「――――。――――」

「タッタッタッタッタッタッタッタッタッタッ――――、タッタッタッタッタッタッタッタッタッ――――」

おお、聞こえた。耳の誤りではない。明らかに消灯ラッパだ。支那軍のそれとは違う。落ち着いた正確な音だ。ラッパは鳴り続ける。

「♪新兵さんは可哀想ー、また寝て泣くのかよー」

「聞こえた、聞こえた」

思わず大声を上げる。踊りたかった。横にいる望楼の歩哨も聞いた。表門歩哨も聞こえたと大声で報せてきた。

何ヵ月ぶりかで聞く消灯ラッパ。兵に安らかな眠りを与える子守唄のようなラッパ。

豊山の誠心はついに天に通じたのだ。涙ぐましい努力が報いられたのだ。自分は思わず涙を流した。中隊陣地の上に立って、最前線に向かって破れラッパを喉も裂けよと吹き続ける彼の姿が目に浮かぶ。彼の心は今でも黄村に走っている。そして敵のラッパ音を聞いて口惜しがる戦友を捨てておけなかったのだ。彼はラッパを通して戦友を鼓舞激励しようとしたのだ。そして彼の一念は凝って、ついに三〇〇〇メートルの闇を貫いて我々に達したのである。さあ、一刻も早く電話をかけよう。

ところがこちらからかけるより一足早く、先方からかかってきた。

「もしもし、隊長殿ですか。隊長殿、聞こえましたか」

「ウン、聞こえたぞ。有り難う。よくやってくれた。もう無理をしてくれるな。いつか連絡があったら一度黄村に来いよ。俺も行きたいが今のところ行くだけの用事がない。言うことがあれば苦力便で手紙をくれ」

「隊長殿、わかりました。もう無理はしません。今夜は休ませていただきます」

彼は嬉しそうに息を弾ませていた。自分もこれほど嬉しいと思ったことはない。彼は今、指揮班にいる。しかし、いつまでも自分たちと行動を共にし、月光の下を馳駆（ちく）したことを忘れないであろう。中隊へ帰って豊山と会うのが楽しみだ。

ある日、中隊から来た若い苦力便。

「銃砲隊の某上等兵が行方不明になった。前線各分遣隊は極力捜索に努力せよ」と言う。集落の住民にも捜索を依頼し、上官陣地にも連絡を出して内容を伝達した。歩哨には特に注意するよう命じた。

その日の夕方になってまた電話がかかり、脱走兵は会興鎮附近で発見されたと言ってきた。そのことを上官陣地に伝えるため、再び連絡者を出した。

ところが、ここに大きな事件が起こってしまったのである。上官村南方、五原の集落には以前から野月集成中隊の分遣隊が出ていた。一度、自分の方から連絡を取り、警備区域について協定したことがある。この日、やはりこの分遣隊にも脱走兵捜索の指令が来たので、何名かが陣地外に出て非常線を張ったのであった。

しかし、陣外行動する旨の通報は上官陣地にはなかったので、散開して各個躍進してくる野月隊の兵隊は、上官陣地から見ると土匪の一群と見えたのである。立哨していた加藤 督一等兵が少し遠かったが一発ぶっ放した。運の悪い時には仕方がないもので、一〇〇〇メートルくらいの距離で撃った弾が、野月隊の兵の顔面に命中したのである。野月隊のものは土匪に狙撃されたのかと思ったが、方向からいって上官陣地から撃たれたと判明した。

加藤が射撃したその時、黄村から出した警戒解除を伝える連絡兵が上官陣地に到着しかけていたのである。野月隊側では直ちに原店の中隊本部に連絡し、野月隊長も上官陣地に来て調査したりしたが、まったくの誤認射撃であった。

また野月隊長と伊東隊長は同期の間柄でもあって、意志の疎通は容易におこなわれ、問題は難なく解決した。しかし彼らは一時的に大営に後退して勤務させられた。間もなく加藤は黄村陣地勤務を命ぜられて黄村へ前進してきた。また上官陣地にいて盲腸炎で入院していた齋藤長助上等兵が黄村に来た。これはまたすごい精鋭である。加藤は例の誤射事件でだいぶ意気消沈していたが、元来、真面目で張り切った男である。齋藤長助は四年兵だ。今は手術直後であまり活発な運動は避けなければならないが、将来は頼もしい部下となるであろう。

58　河南は楽し夏の頃

その頃はよく雨が降った。遠くの山からモクモクと積乱雲が湧き出して、底の知れないような青空へグングンと盛り上がっていく。ジッと見ていても、それと気づかないが、少しの間、目を離していて再び同じ雲を見ると、さっきとはまるで形が変わっている。上って上って上りきった雲は、対流圏と成層圏の境界面に達し、頭は風に吹き払われて巻雲（けんうん）化する。その頃になると下の方はドス黒くなって、黒く刷毛でサッとはいたような雨脚が垂れて徐々に移動していく。時々、雲の下からキラッと電光が閃く。あまり遠いので雷鳴は聞こえぬ。

黄河流域の山嶽地帯では次から次へと雲が発生しては成長し、ついには消滅してしまう。これはまるで人間の一生を見せつけられるようだ。

それにしてもこれは何という美しい、男性的な景色だろう。真っ白な雲と濃藍色の青空。青紫色にも黄色にも褐色にも、あるいは赤紫色にも見える山山。空の色を映す黄河。山肌や平原上を雲の影が動いていくのが手に取るように望まれる。暑い日中、時々小規模な旋風が捲き起こって、砂塵を吸い上げつつ移動するのがよく見える。

この広い舞台に造物主はあらゆる自然現象を踊らせて我々に見せてくれるのである。

午後の暑い日光がカッと照りつけて、人も草も動物もグッタリとして昼寝しているとき、南方山地から発生した雲の赤ん坊が、グングン成長して空高く上っていく。その脚はだんだん黄河目指して山を下りてくる。雲は少年時代を過ぎ、青年時代を過ぎ、ますます我々の頭上に迫る。太陽の光はたちまち覆い隠され、辺りは日没の時のように薄暗くなり、涼風がサッと吹き始める。涼しくはあるが何となく物凄まじい景色である。

陣地裏の楊柳林はザワザワと踊り狂い、黒い空を背景に青白い梢を振り立てる。やがてゴロゴロと雷が鳴り出す。ピカピカ光る。

自分は雷が嫌いである。しかし支那の雷には好感が持てる。この辺りの雷雨は内地の、特に京都のもののように意地悪く長時間居続けるということはなく、ある程度雨を降らせると、至極あっさりと速やかに退散するのであった。

ポツリポツリとすごく大きい大粒の雨が落ちてきて、黄土の上を転がりまわるかと思うと、ザーッと凄まじい勢いで降り始める。

「カラン、カラン、コロコロッ」と、まるで石をぶつけるような音に、外へ出てみると親指の先くらいの雹（あられ）が地上を転がり回っているのだった。さっそく天幕を持ち出して受け止め、集めてガリガリと齧（かじ）る。天然氷である。こんな大きな雹は初めて見た。今までグッタりと萎れていた草木が、滴を垂らして踊っている。

やがて雨は小降りになり、空が少しずつ明るくなってくる。サッと太陽が雲間から照りつける。雲は次第に吹き払われて、透き通るようなみずみずしい青空が現れる。裏の林へ行くと小鳥の囀り。ポトポトと木の葉から滴り落ちる雫がキラキラと陽に輝く。嶮山廟が洗われたような青空を背景に白く輝いている。山山がすごく近いように見える。

ある日のこと、南方山嶽地帯の方では密雲が立ち込め、強い雨が降っているようであったが、平地の方では暑い晴天が続いていた。夕方には山の方も晴れ上がった。入浴後、兵も自分も裏の林に出て涼風を楽しんでいた。集落の住民たちも白い着物も涼しそうにちらほら夕涼みをやっている。

突如、南曲沃の方に支那人の呼び声がしたかと思うと、「ガラガラガラガラ、ゴゴゴゴゴーッ」と地鳴りを伴って近づいてくる何者かの音がする。白い服の村民が叫びながら家の中へ逃げ込んだ。敵戦車か。素破とばかりに全員身構えて音が近づいてくる南方を見つめていると、ガラガラという凄まじい音は瞬く間に近づき、轟々と唸りを生じて目前に迫ってきた。我々はびっくりした。

今まで石ころと白い砂ばかりであった河床の上を、小石や礫（つぶて）を跳ね飛ばしながら黄色い濁流が段をなしてまっしぐらに押し寄せて来るのだ。

「ガラガラガラ、ゴー、ゴー、ゴーッ」と濁流の先鋒は我々の横を凄まじい勢いで走り抜けた。そのあとは黄色い濁流が轟々渦を巻いて流れる。今まで水一滴なかった河床が深さ、股を没する河流になってしまったのである。自分たちはしばらく呆気に取られて見ていた。しばらくしたら、やや流速が衰えた。兵隊は池を造ったり運河を造ったりして水遊びをしている。

嶮山廟、五原、上宮を望む

日本内地ではちょっと想像しにくいことだが、日中、山の方で降った雨が、流れ流れて今頃その先頭がここを通過したのである。支那の山には木がない。草も少ない。降った雨は木や草や地中に保存されずに、ただ下へ下へと流れ下るだけである。だから、出し抜けに流れてきても、間もなく水はなくなってしまう。夜半になったら水はもうなかった。

ある日、中隊から帰った連絡者のもたらした中隊命令を見ると、平山、工藤、粟津の各上等兵が下士官勤務兵長に進級の命令であった。やはり旧部下の進級は嬉しいものである。彼らは今、バラバラになっている。平山は偏口へ、工藤は上官へ、粟津は中隊指揮班にいる。それぞれ連絡があるときに「進級を祝す」と手紙を送ったら、陣地の壕内で書いたらしい返事が来た。

粟津に出したのだけはまた戻ってきた。彼はまだ入院をしていたのである。

連絡者が中隊から豚の仔を三匹もらってきた。中隊が原店に来たとき、陜縣から牛車に積んできた四頭の豚が、何と今では三〇数頭に増えてしまったのである。いくら炊事場の残飯で育てるといっても、これではやり切れないので、各分遣隊にやるということなのである。但し、来年三月までは食うなとの条件つきだ。今はまだ仔豚だが、来年三月にもなれば大豚になって食べ甲斐もあるだろうというわけである。斉藤市太郎に飼育係をやらせた。彼は薄暗い房子の中に土煉瓦のしきりを造って世話をしていたが、時に脱走して陣地内を逃げ回り、大騒ぎをして捕まえたこともある。

自分は矢継ぎ早に陣地構築三期の計画を立てた。兵が陣地構築に対する興味を喪失しないうちに、できるだけ完全に陣地を造り上げてしまおうという考えである。これは陣地をもうひと回り拡張して、前縁はいま陣地前面にある一軒家を含め、右は地隙の断崖までを入れ、掩蓋を造ること。それに遮断壕の拡張新造である。これが完成すれば一応、陣地構築は中止して他の方面に頭を使いたい。

困ったことに黄村廟の煉瓦がそろそろなくなりだした。これがなくては自分の望み通りの掩蓋はできない。掩蓋を造るのも、もうあと二つか三つである。そこで南曲沃の村長に交渉して、今は廃墟になっている南曲沃の国民学校から煉瓦を運ばせようとしたが、南曲沃の村長はあまり村民には人望がないらしく、なかなか思うように実行ができなかった。たびたび自分たちが出向いて村民に交渉して運ばせた。

望楼の前方、約四〇メートルの家の上に、新店方向を向いた掩蓋を造った。煉瓦がやや不足を来たしたので、五〇センチばかり下方に掘り下げて、その上に造ったので、相当に煉瓦を節約することができた。またこの掩蓋は陣地の最外周にあるので、内開きの銃眼を初めて採用してみた。外から見ると小さな孔があるだけで、これも煉瓦で塞げば外部からはまったくわからない。また、銃眼を内開きにしたため内容積を節約することができた。しかも防御力は従来の掩蓋に比して決して劣らないのである。

この掩蓋から望楼の下まで交通壕を掘り、陣地内に入るようにしてある。ここに掩蓋を造ったため、前方の家による死角は消滅したわけだ。遮断壕を掘るには苦力を使った。彼らの仕事は一見してまだるっこしいようだが、長い目で見ると仕事は非常に進んでいることになる。

南曲沃からは毎日、陣地構築に小孩がたくさん来た。多くの支那の少年は腹ばかりが大きくて痩せているものだが、やはり田舎の子どもは丸丸と肥って健康そうであった。伊東隊長は山西の「勝」部隊にいた頃から連れて歩いている原福児を弟のようにして世話している。自分もここで一人、小孩を見つけて連れていったらと思った。

石山伍長が来てからも、何日も出撃した。この頃は非常に大きな月が昼のように明るく照らすので、夜間行動にはまことに好都合であった。陣地の横から新店との中間、一本塔のところまで行き、地隙に沿って偏口集落まで行き、西塞を通って帰ったこともある。偏口地隙まで行けば、新店まで行くのはもうあと一息である。この調子なら新店に近づくのも容易なことと思われる。あそこならこちらが少し弾を撃ち込んだら、それこそ何百倍にもして返礼が来ることは確実である。

自分たちは小兵力だから、できるだけ撹乱したら、コソコソ闇に紛れて引き揚げてくればよいのだ。

ある日、夕方になってから中隊から苦力便が来て、明日中に附近道路網を偵察、要図を作成提出せよと言ってきた。これはどうも無理な要求である。しかも明日中と言う。大隊本部へ提出するものなので延期してもらうことはできない。

仕方なく六名で道路網偵察に出た。黄村方面は今までの出撃で、すでに立派な地図が出来上がっているから、残るは南曲沃、上官方面だけである。こちらの方へは一度も出撃していない。

その晩は真っ暗な闇夜で星一つなく、雨がシトシト降り、時折青白い、あるいは桃色の電光（編者註：稲妻のこと）がパッと一瞬辺りを照らすような天気であった。鼻をつまれてもわからない闇の中では、ただ電光を頼りに歩くより仕方がない。パッと辺りが昼のように照らし出されるのを見届けて道路を見て歩く。また次のがピカリと光るのを待ってまた進むという風に、ちょっと刻みに前進して偵察した。こんな晩は犬も鳴かない。集落の中はヒッソリと不気味に静まり返っていた。時々雨で増水した小川に踏み込んだりした。齋藤長助も連れていったが、これは手術のあとが治りきらない彼には相当応えたらしく、気の毒であった。

今日もそれほどひどくはなかったが、河に俄かに水が出て、陣地の前では難なく渡れた水のない河が、上官村辺りでは膝を没するくらいの流れになってしまった。陣地へ帰るまでにはどうせまた渡らなければならんのだからと思い、ここで渡ってしまったのだが、陣地へ帰ってきたらもうすでに流れは去ったらしく、もう水はなかった。その後、南曲沃へはもう一度出て偵察した。

59　分遣隊長会同

中隊から電話がかかり、分遣隊長会同をおこなうので、後の警備に遺漏なきよう処置を講じて来たれと言う。

上官陣地の蓬田軍曹にも連絡。その日の夕方、蓬田軍曹は工藤を連れてやってきた。工藤は新しい兵長の階級章と下士官勤務袖章を附けてきて、進級の申告をした。中津山を連れて四人で中隊へ行く。

中隊へ着いたら神馬軍曹も平山兵長を連れてきていた。彼も申告した。粟津はまだ入院していた。豊山が真っ先に駈け出してきたが、彼はやっぱり今でも思うように口に出してものが言えない男で、自分も黙って彼の手を握った。今さら何も言わなくても互いに心の中に触れ合うものがある。

事務室に会食場ができていた。北門から高橋伍長も出てきた。石山も連れてくれば良かった。中村曹長、大友軍曹、田中伍長らも列席し、いよいよ会食が始まる。伊東隊長殿の話があり、別に分遣隊長会同という大げさなものでなくて、慰労会なのである。

白酒がだいぶ出た。かなり酔いがまわってきて、神馬軍曹が自作「偏口ブルース」を披露する。俺もやるぞとばかり「黄村分遣隊の歌」を発表。隊長は相当酔いがまわって、外で兵隊と相撲を取ったりしていた。

いつの間にか会食は終了。すっかり夜になり星が光っていた。さあ帰ろう。蓬田軍曹と共に帰る。門前で彼と別れて帰ったら風呂が沸いていた。

陣地構築はなおも毎日継続している。暑さは今が峠である。陣地外縁にあたる北方断崖に黄村集落および河床全面を射撃し得る地下掩蓋を造るのである。これはまったく最初の試みだ。ただ、断崖に小さな銃眼が草の間から覗くだけで、敵方からは何も見えぬ。河床から進撃してくる敵に対しては非常に有力な掩蓋である。地面を深く掘り下げ、これにも厚い煉瓦層を入れ、丸太の屋根をつけた。

どんな弾にもビクともしない。これは将来、この方向に二つ三つ作れば非常に有効である。それに遮断壕が完成すれば、ひとまず自分の計画は実現されたことになる。その後は来たるべき冬に備えるため炭焼き窯を造ってひと冬過ごすのに十分な炭を焼いて、中隊や各分遣隊に配給してやろうという計画を立てた。

兵の中には炭焼きの経験者は多い。また各室の入口に扉も付けねばならぬ。一日を費やして北側の兵室を大改造し、壁をブチ抜いて二つの部屋を一つにした。分遣隊は最初一八名であったのだが、少し人員が増した。これで、陣地も人も兵器もそろった強力な分遣隊が完成したのである。

我々の生活もまったく安定した。大隊本部経理室で飴を作って各中隊に配給するようになった。これは大変美味かった。連絡者が中隊へ行くごとに伊東隊長殿から吉川英治の『三国志』や『太閤記』が一巻ずつ送られてきた。

そろそろ兵は無聊に苦しむことになってきたので、中隊から銃剣術の防具と木銃を受領して夕食のあとで試合をやらせたり、月のある晩、陣地上で軍歌演習や演藝会をやった。上官陣地でもやっているらしく、歌声が聞こえてきた。石山伍長は神馬軍曹の「偏口ブルース」の向こうを張って、「黄村ブルース」を作って発表した。

自分も「宵待草の小隊長」という新作を発表した。これは蒙疆厚和の初年兵教育当時、池谷軍曹という助教の一人が、会食というと嗄れた声で唄った、ノモンハンの荒鷲部隊長である「宵待草の部隊長」の譜を借りたものである。

一、夕焼雲の駆ける空　今宵も晴れて水のごと
　遙か彼方に故郷の　母の面影偲びつつ
　宵待草の小隊長

二、君の御為国の為　醜の御楯と散る我の
　心を知るや野辺の草　夕風騒ぐ森の道
　　花と語らふ小隊長

三、今宵も敵の屯する　部落に近く忍び行く
　夜露にぬれし虫の音を　はかなき命惜むなと
　　心に読みし小隊長

四、月の光は霜のごと　真白く映えて物皆は
　静に眠る大陸の　野原に立ちて皇国の
　　栄を祈る小隊長

五、若き丈夫しろがねの　剱執り佩き戦に
　征で立つ心若桜　今宵は虫と戯むるる
　　宵待草の小隊長

満天の星空の下での演藝会はまったくすばらしい気持ちである。足元の草の中では虫が静かに鳴き、秋の近いことを思わせる。星の光さえも何だかゾクゾクとするほど冴えている。秋が近い。秋はもうすぐそこに来ている。

60 射撃競技会

八月の初め、大隊本部で各中隊対抗の射撃競技会が開かれることになった。伊東隊長から電話がかかり、将校出場者としてお前が出ろと言う。大営に帰ってしばらく練習しなければならぬ。三日間ぐらいは留守になるので中津山は連れていけない。彼がいなくなると炊事が困るのである。

中隊から連絡者が迎えに来てくれたので、彼のことを石山伍長に托して中隊へ帰った。野見山准尉が入院中なので、そこに寝ることにする。翌日から練習である。出場選手は高橋春治伍長、粟野上等兵、鎌田健隆上等兵、松橋幸一一等兵、角田武男一等兵および自分の六名。

大友軍曹は兵器係として射撃銃や弾薬、標的などの世話をする。大営駅の土壁下に監的壕が造ってあり、伏的を置いて練習した。種目は銃眼よりする隠顕（いんけん）（編者註：見えかくれする）目標の射撃、運動と射撃との連繋を伴う各個戦闘射撃とである。練習の結果は割に好調であった。据銃練習もやった。

ある朝、一度、北門分遣隊を見に行った。雨が降った後なので掩蓋の上には草が茂り、立派な偽装になっていた。まだ皆寝ているらしくヒッソリしていたが、

犬が二匹、目を覚まして吠え出した。兵室から高橋 進と熊谷正視が出てきて班長殿を起こしてきますと駈けていった。高橋伍長は元の北門の穴を利用して入口を塞ぎ、立派な部屋を造って入っていたのである。

やがて白熊のような彼が起き出してきた。食堂へ案内された。そこには小さいがまことにさっぱりとした瀟洒（しょうしゃ）な食堂ができていて、花も活けてあった。高橋伍長はなかなか良い趣味を持った男である。

その日は出場者全員、温塘へ行って実際の競技場を見て、できれば現地で練習をやろうという計画であった。射撃銃や弾薬や標的を担ぎ、弁当持ちで出かけた。温塘へ着き、副官事務室へ行ってみたら、まだ銃眼射撃の射撃場は準備も出来上がっていないと言う。明日、競技会があるというのに何と準備の悪いことだ。

大友軍曹らは射撃場の現地を見に行った。副官の部屋で昼食を済ませ、将校も全部練習に行くから一緒に行こうということなので、そこを出た。ちょうどそのとき、新しく大隊へ配属になった一三期の見習士官が副官に申告に来た。彼らの附けている装具などを見ると、自分たちの時よりだいぶ程度が悪くなったようだ。

驚いたことに新しく来た五名が五名とも関西弁丸出しなのである。軍人の関西弁はどうも困ったものだ。まるで威厳がなくて、ペラペラと軽薄な人間に見えるのである。自分も関西人部隊にばかり育てられていたら、おそらくこんなになっていただろうと思い、今さらながら東北弁の良さを見直すことになった。また、自分の戦陣灼けした顔や、おそらく体に染み込んでいるであろう火薬のにおいに、大いに優越感を感じたものである。

若林見習士官というのは三重縣一志郡の出身で、高田専門学校を出ている。西田見習士官というのは神戸出身で、ベラベラ喋る感じの悪い男だ。年齢は自分より上らしく京都帝大出身というが、学生ゴロとも見える男である。このうち誰が一中隊に配属されるだろうと楽しみであった。

温塘集落北方の畑の中に戦闘射撃場ができていて、ここで練習を始めようとしたら曇っていた空から俄かに雨が降り出した。ザーザーと猛烈な降り方で、とても射撃練習はできそうもない。びしょ濡れになってまた本部へ帰る。副官の部屋で服を火で乾かし、襦袢も借りて着替えた。

副官は伊東隊出身で自分の先輩であり、当番坂本兵長も伊東隊から勤務に出ているわけで、何かと自分の世話をやいてくれるのは実に有り難かった。そこへ中支からこの部隊へ転属してきた高木少尉という若い人が副官に挨拶に来た。

もう夕方近いので自分はそこを辞して大友軍曹以下とともに中隊へ帰った。

その晩は、大営の治安維持会で会長の李萬珍が中隊幹部や古年次兵を招待して大饗宴をやった。明日の競技会で目がくらんでは困ると思うくらい白酒を飲み、フラフラしながら中隊へ帰った。

翌朝、選手は起床を一時間繰り上げ、昼食携行で出発した。何とかして一中隊の名誉を上げねばならぬ。午前中は銃眼射撃であった。射撃場に集合した。松村見習士官が五中隊の選手を連れてきている。三中隊の中村見習士官も、二中隊の内田見習士官も来ている。負けてたまるものか。

部隊長が来られて敬礼。いよいよ射撃競技会が始まる。栗野、松橋らは甚だ好調である。自分も撃ったが、的が見えなくて困った。命中弾なし。どこの中隊もこの銃眼射撃は不慣れで成績は悪いらしいが、一中隊はそれほど悪くはなかった。

銃眼射撃が案外早く済んでしまったので、直ちに戦闘射撃をやることになり、畑に出た。ここの標的は非常に明瞭なので安心した。一五メートルばかり匍匐して一発撃ち、横方向に移動して一発撃ち、更に三〇メートル前進して一発撃つのである。

一中隊はすごく好調でドンドン得点をあげた。大友軍曹が手帳を開いて各中隊の得点を計算しながら、これなら優勝は確実だと嬉しそうな顔をしている。自分もやった。惜しいことに一発しか命中しなかった。羽田副官は二発命中した。高橋伍長もあまり調子が良くなさそうである。あるいは昨夜の酒が悪かったのかも知れぬ。他のものがすごく好調なのに、昨夜、李萬珍の招宴に参加した自分と高橋伍長だけが意外と悪いのである。李萬珍もえらい時に酒宴を開いてくれたものだ。

集合して部隊長の講評があり、賞品、賞状の授与がおこなわれた。採点の結果、一中隊は総点数において他中隊をはるかに引き離した第一位。栗野上等兵と松橋一等兵は同年兵中の個人優勝であった。残念ながら将校の個人優勝は羽田副官と、三中隊の中村見習士官に取られてしまった。僅か一発の差である。

下士官の個人優勝も三中隊にとられた。だが、全般的には一中隊完勝なのである。昼食時、将校団会食があり、そのとき副官は総点数を発表したが、銃砲隊と通信班は出場人員が少ないからとの理由で、中隊順の等位は発表しなかった。これは自分としては面白くなかった。たとえ総点数を出場人員の頭数で割って個人ごとの平均点を出しても一中隊が第一位であることは確実だったからである。近くまた手榴弾投擲競技もやるという。何れにしても一中隊は先任中隊だから絶対、他中隊には負けられないのだ。

自分たちは意気揚々と凱旋した。伊東隊長に完勝の報告ができるのは何と言っても嬉しい。もしこれで惨敗して帰ってきたりしたら、とても大きな面をして隊長の前へ出ることはできぬ。まったく有り難いと思わねばならぬ。中隊へ帰ったら副官から先回りして一中隊第一位のことを電話してくれていた。伊東中隊長に報告したときは嬉しかった。伊東隊長も大いに満足の様子であった。

自分は三日間も留守にしたので早く帰りたかった。連絡者を出してもらって急いで帰った。陣地は万事上手く行っていた。皆も一中隊完勝を聞いて喜んだ。

61 池田と中津山

黄村陣地には自分が教育した補充兵の角田武男や中村健司、杉本清市ら、相当優秀なものも来たが、病気で交代して退ったものもあった。池田隆男も来ていた。池田は補充兵の中では劣等の方であった。頭もそれほど良くないし、演習もさっぱり駄目だったが、他の静岡の連中に比べて割に純真であった。

彼は名古屋造兵廠熱田（あつた）工場で車輌の加工をやっていた。軍隊ではまったくの駆け出しの新兵だが、名古屋造兵廠では七年間も働いていた古狸である。うすのろである。常は他人に馬鹿にされるものだから、あまり話をせずムッツリしていた。少し斜視で間の抜けた顔をしていた。こんな兵隊を黄村陣地に勤務させても使い途がなくて困るのだが、だからと言って他のどこへやっても同様に使い途がなくて困るし、古年次兵からも馬鹿にされ、ますますひねくれる様子なので、やはり教官たる自分が世話をやくより仕方がないのだ。

彼は何をやらせても駄目だったが、時に造兵廠で働いていた頃のことが話に出ると、すごく張り切り出して四一式山砲や三八式野砲や野戦重砲の構造機能を得意になって喋る。ひとつも悪気はなかったし、狡いところもなかった。彼は同年兵からも馬鹿にされていたし、何かにつけて相当こみやられて（嫌なことをすべて被せられる）いたらしい。しかし彼の純真さは大いに買うべきである。

自分はこの池田の世話を中津山に委（まか）せたのであった。

他の誰にも口を聞かずにひねくれていた池田が、不思議と中津山には何でも隠さずに話すし、よく手伝いもする。三〇何歳かの老兵が、一九歳の少年兵になつくとは妙な話だが、それほどに池田は一人ぽっちであり、他の誰とも話したくなかったらしい。

結局、中津山と相談して炊事の手伝いをやらせたのであり、二人は戦友として同じ部屋に寝て助け合っていた。中津山は炊事場の火をおこすので朝、暗いうちから起きる。ところが池田も暗いうちから起きて手伝いを始めたのであった。中津山が部屋に来たとき池田のことを聞いてみたが、彼は中津山の言うことなら何でも良くきいて手助けするし、朝は特に言わなくても一緒に起きて働くということである。

自分はまたもや中津山という人間を見直すことになった。彼は一九歳だ。まだあどけない顔をした少年兵である。しかし彼は池田の如き、多少ひねくれた老兵をも更生させる、ある能力を持っているのだ。これはおそらく中津山以外のものにはできまい。彼の透徹した道義観念の前には、何びとも屈するよりほかないからである。

自分は大いに教えられるところがあった。中津山はいよいよ絶対離したくない人間になった。もはや自分と一体不離である。彼は自分が生活し、任務を遂行するに欠くべからざる人間であると共に、自分の精神生活にも大なる光明を投ずる人間になったのである。それと同時に池田も離したくないと思った。池田は何もできない人間だが、黄村や中津山から離れてしまったら、またひがんで手に負えなくなるであろう。

ところが射撃競技会のため自分が黄村を出発する日、別の連絡者が来て池田が独立山砲兵中隊に転属を命ぜられたことを報じたのである。彼は元々、劣弱な兵と折紙をつけられていたので転属の白羽の矢が立ったのに違いない。可哀想であった。どこへ行っても彼は馬鹿にされるであろう。上手く指導すればよく働くのだが、彼の性質を理解してくれる人があるだろうか。

中隊へ帰ったら人事係の長沢兵長が来て池田の性格上、注意すべき点を書いてくださいと言ってきたので、気の附いたことを彼の不利にならぬ程度に書いた。射撃競技会を終えて帰ってきたら、彼は温塘へ向けて出発するところであった。週番下士官田中伍長に連れられて自分のところへ申告に来た。

いつまでも離したくないと思ったが、彼はもう軍装を整えて自分の前に立っている。田中伍長が教えたらしく申告も立派にスラスラとやった。歩哨の守則のひとつ満足に覚えられぬ男だったのである。池田は連絡者に連れられて出発した。自分は何も言いようがないほど淋しかった。中津山の部屋へ来ると、よく池田の思い出話をしたものである。

62　大饗宴

射撃競技会の前の晩、温塘から帰ってきたら、伊東中隊長がいつになくよそ行きの軍衣袴を着て、赤革の長靴をはいて外出の準備をしている。帰隊の報告をしに行ったら、「オウ、ご苦労。君たちの帰るのを待っていたんだ。今夜、李萬珍が会食に招待するそうだ。維持会長就任披露の宴会だね。作戦のため延び延びになったが、今夜来てくれと言って来たよ。さあ行こう」

刀を吊り、万一の場合を慮(おもんぱか)って拳銃をサックから出して物入れの中に忍ばせていく。下士官および下士官勤務以上の兵長も列席する。粟津兵長も退院していたので一緒に行った。鈴木兵長、長沢兵長らも行く。

行く途中、隊長に「今度また見習士官が五名来ました。全部関西人です」と言ったら、「ヒャー、また関西人か」と言う。また関西人か、とはとんだご挨拶である。隊長も自分に接してみて関西人が嫌になったのかも知れない。自分だって軍人の関西人は困ったものだと思っている。だから自分も関西人のあまり良くない面は出すまいと努力を続けてきたつもりなのだが。

集落に出て治安維持会へ行く。街にはだいぶ灯がついているし、作戦当時には思いもよらなかった繁華な街になったのである。五名くらいは警戒のため銃を持ってきている。治安維持会の前に来たら、李会長初め維持会のおもだったものが出迎えた。中に入ったら、以前、糧秣置き場になっていた広い部屋の中に卓子が並べてあり、灯が皓々と点いている。小さな白酒を飲む盃と箸が円テーブルの上に放射状に並んでいる。

伊東隊長の小孩、原福児がはしゃぎまわっている。李会長は皆の手を取らんばかりにして椅子に座らせ、維持会の幹部や各村長も着席する。顔なじみの黄村や南曲沃の村長もいる。やがて若者が出てきて一人一人に煙草を持たせ、火を点けて廻る。蒸しタオルが出る。本格的なサービスである。

しばらく雑談するうちに白酒の銚子が来る。李会長が立ち上がって一人一人にチューッと注ぎまわる。さて一斉に乾杯。次から次へと注がれる。すばらしい料理が続々と現れる。ひと皿ごとに一斉に箸を伸ばして一緒に食べるのが支那料理の作法である。

適当な時機を見つけて李会長はやおら立ち上がり、

ヒトラーのような身振りで挨拶する。なかなか堂々たる姿である。とても蔡勤みたいな奴ではできないことだ。胸を張って手振りよろしく滔々と弁ずるところは、とても土匪上りとは思えぬ立派さである。感心して聞いたが、彼の言うことは一言もわからない。原福児が通訳する。

何でも日本軍のご苦労のおかげで治安が回復し、住民が安心して生活できることを大いに感謝する。自分が維持会長になってから色々の事件が多くて、今まで就任の挨拶をする機会がなかったなどの内容だった。今度は伊東隊長殿が立って挨拶される。また原が通訳する。

今や宴会は最高潮に達した。いよいよ支那の宴会特有の和気藹々（あいあい）たる、また濃厚な気分が溢れてきた。自分には何の料理だかわからぬ、ただ美味いということだけがわかる料理が続々出てくる。豚もあれば山羊もあり、鯉もあれば鶏もある。こんなすばらしい支那料理は、内地はもちろん大陸へ来てからも今まで食べる機会はなかった。

今日は陝縣からわざわざ料理人を呼んで腕を振るわせているのだそうである。白酒が次々と追加される。李萬珍もだいぶ酔った。我々もだいぶ酔った。大いに愉快だ。果てはジャンケンをして負けたものが飲まされる。これは罰盃（ばっぱい）といって支那では客に飲ませる手段であるが、李会長はジャンケンをやる度に負け続けて、さながら頭の禿げかかった赤鬼のようになってしまった。

幾皿の料理が運ばれたのか自分も覚えていない。甘い蜂蜜で味を附けたものもある。すべてトロトロと口の中で溶けてしまうような料理であった。やがて真っ白な饅頭が出る。これが出ればもう会食もおしまいである。生の葱をカリカリと齧りながら饅頭を食べる。また蒸しタオルが出る。

会食は終わった。自分たちは厚く礼を述べて帰る。李会長初め皆、入口まで見送ってくれた。本当に今日のご馳走はすばらしかった。

黄村へ帰って二、三日したら、今度は南曲沃の村長が赤い紙に書いた招待状を持ってやってきた。南曲沃の村公所（村役場）で会食をやるというのである。しかし、ここは大営と違って最前線だ。間違いはないと思うが油断は絶対禁物である。自分はこの前、大営で李会長の宴会に出ているから、今日は見合わせて石山伍長らに行かせてやろうと思ったのだが、村長はなかなか頑固に尻を据えてがんばり、自分を連れ出そうとする。

上官陣地からも来るということである。

とうとう出かけることにして石山、秋川、石塚、齋藤長助、中津山らを連れていった。南曲沃の村公所に来たら、何ということだ、李会長がちゃんと来ているのである。

彼はまず大営で中隊にいるものを招待し、次にここで前線警備のものの労をねぎらうという細かい心遣いを示したのである。自分は偶然、射撃競技会出場で中隊へ帰っていたため、はからずも二度の招待を受けることになったわけだ。

やがて蓬田軍曹も、北村悦太郎兵長や菊池元一郎一等兵を連れてやってきた。黄村、南曲沃、王家湾の村長も列席する。会食場は村公所の前庭である。見れば地隙の崖の上には李会長が連れてきた自衛団が銃を持って要所要所を警戒している。これなら安心して宴会もできるわけだ。

たちまちご馳走が出る。酒が来る。李萬珍の早口はわからぬながらも身振り手振りでだいたいの意味が通じるので大いに愉快である。彼は人に酒を勧めるのが上手い。大営のときに劣らぬすばらしい御馳走である。村公所は一面、村民の集会所のような役目も果たしている。村民がたくさん来て料理の手伝いをしたり、また彼らも愉快そうに飲んだり食ったりしている。よく陣地に来る若者や小孩も来ている。

こんな春風駘蕩（たいとう）の光景に接すると、自分たちも何だか気が浮き浮きとするし、何とかしてこの平和境を守らねばならぬという決意が湧いてくる。いかにも皆、楽しそうだ。李萬珍の信望は大したものである。確かに彼は何だか人を惹きつけるものを持った良いオヤジだ。

真っ赤な西瓜、桃、スモモと、果物も現れる。蓬田軍曹も北村兵長も目の周りをポッと赤くしている。中津山はどんなに酒を勧められても頑として飲まない。彼はまだ一九歳の未成年だからである。

夕方、会食は終わった。陣地入口まで李会長と一緒に来て、ここで別れた。彼は青天白日(満地紅旗)のマークが附いた帽子を被っていて、挙手の礼をした。

遮断壕の工事がなかなか捗らないので、昼間、西塞や黄村廟附近まで出て苦力を集めた。遮断壕の工事は掩蓋と違って目に見えて捗ることがないので、つまらなかった。

毎晩不寝番が一時間ごとに中隊と電話連絡するのである、やかましくてたまらない。そのうち慣れるであろう。陣地構築中、煉瓦にぶっつけた脚の傷が化膿してなかなか癒らない。赤チンやリバノールをつけても効果がない。中津山が妙な木の葉を取ってきて、これを貼るとよく効くという。支那人に教えてもらったそうだ。

揉み潰してみると、樟脳のようなにおいがするから樟(くす)の葉かも知れぬ。長い間貼ってみたが一向、効き目がない。当時は医薬品も内地からの補給が断たれたので、できる限り現地製の漢方薬や薬草を利用することになった。中でも鴨蛋子(ヤータンズ)という草の実は消化器疾患の特効薬だというので、大隊本部からも見つけ次第、購入するよう命ぜられたが、これはなかなか見つからなかった。

下士官候補者が運城で集合教育を受けることになり、鎌田 信が出発した。中隊へは補充員として現地召集の藤木英一伍長が来たという。

ある日、中隊へ今夜偏口地隙方面に出撃すると電話したら、篠木伍長以下一〇数名が、夕方黄村にやってきた。何をしに来たんだと聞いたら、今夜の出撃に一緒に連れていくように伊東隊長がよこされたのだという。この附近の地形も知らぬ不慣れな奴にゾロゾロ来られては有り難くないが、石山以下、分遣隊主力を率い、中隊から来た佐々木富彌ら若い連中を加えて、まだ少し明るいうちから出撃した。篠木伍長は残留させた。

西塞の前を通り、今日は大っぴらに鉄道線路の横を通って偏口地隙に入った。村長が出てきたので情報を聞いた。地隙の鉄橋の横に、以前、偏口陣地を射撃した軽迫の射撃設備がそっくり二ヵ所残っていた。地隙を出て馬佐の方を見たら、早くも密偵が報告したらしく、土匪の大部隊が出撃してくるところであった。馬謝からも続々出てきた。

地隙の中に長く留まることは危険なので引き返したところ、前の仇討ちのつもりか李家塞から敵がバラバラ出てきてパンパン撃ち出した。軽擲の弾が一発、土煙を上げて炸裂した。やっぱり軽擲を持っていやがった。これは今回初めて知ったことだ。直ちに散開し、神一等兵の軽機で散々弾を浴びせかけ、沈黙させて帰ってきた。皆に西瓜をご馳走して帰らせた。

またある日、温塘にあった一門の三八式野砲が、独立野砲兵中隊編成のため、山西に帰ることになり、引き揚げる前に威嚇射撃をやることになった。中隊から電話がかかったので、望楼に上って眼鏡で観察した。あるいは新店も砲撃するかも知れぬ。敵の奴がどんなに驚くだろうと楽しみだった。

久し振りで見る砲撃である。暑い望楼で今か今かと待つ。偏口陣地を見ると、やはり陣地の上に登って見物する人影が見えた。

「ドーン」

撃った、撃った。かすかに飛行音が空を截る。

「ダーン、ザザーッ」

どこだ、どこだ。新店か馬佐か。あちこち見廻していたら、馬謝の集落に爆煙が上った。何だ、つまらない所を撃ったものだ。土匪なんか相手にしても仕方がないではないか。新店まで野砲で撃てないことはないと思うのだが。

「ダーン、ザザーッ」

あれっ、どうした間違いか（射手の錯誤か、弾そのものの製造上の誤差か）、今度は偏口陣地のすぐ前に落下した。偏口の連中は慌てて壕の中へ飛び込んだ。味方の弾でやられては堪らない。

「ドーン、ドーン」とだいぶ間隔をおいて馬謝ばかり撃つ。今に馬佐へも射程延伸するんだろうと楽しみにしているのに、ついにそのまま止めてしまった。何だつまらない。

黄村からは木や土壁が邪魔になって馬謝集落の混乱振りがまったく見えないのである。そのうちに砲撃終わりと電話が来た。つまらなかった（ところが、後から聞いたことだが、偏口陣地からは馬謝が真正面に見え、集落からは土匪の大群が逃げ出して、大混乱が起きているのをゆっくり見物したそうである）。

近く、朝岡部隊長の衛生設備の視察があるというので大掃除した。厠（かわや）も造り変えた。衛生視察とはいっても当然、陣地全般を見られるのであろう。陣地設備に関してはどこを見られても恥ずかしくないだけの自信はある。書類の整理もできている。こちらから頼んで来てもらいたいくらいだ。しかし部隊長の視察は、なかなかおこなわれなかった。入浴場も小屋の中へ移した。

この頃、敵の行動は馬鹿に少ない。新店を眼鏡で覗いてもヒッソリしたものである。二回だけ敵の自動車が新店を出て霊宝の方へ向かうのを歩哨が発見したので中隊に報告した。敵は自動車を持っているが、橋頭堡には作戦以来、自動車というものは一台もない。何とも情けない話である。

敵の飛行機もあまり飛ばない。何だか馬鹿にされているような拍子抜けの気持ちだ。現地人の情報では新店の敵は毎日昼寝ばかりしていると言うではないか。こん畜生。

ある日、とうとう、ソ連が対日宣戦布告した（編者註：昭和二〇年八月八日）という情報に接した。どうせ昔から仮想敵国であったソ連軍。しかし今になって立ち上がってくるとは、それらしい嫌らしさである。

さあ、いよいよ大陸方面も容易ならぬ事態になってきた。たかがソ連軍、満州には関東軍の精鋭がいるであろうし（無論、当時知らなかっただけのことで、精鋭部隊は皆、南方へ転用してガラ空きだったのだ）。蒙疆には「恵」部隊が無傷でいるはずだ。そんなに簡単にへこたれるものか。しかし、正面の敵は調子に乗って暴れ出すに違いない。それにしても新店の敵が毎日昼寝ばかりしているとは変だ。

朝、掃除も終わり、洗面も終わり、朝食の席につこうとしたら「ダーン、ダーン、ダーン」と軽い炸裂音。「偏口陣地が軽迫で撃たれています」と歩哨が報告する。

さあ敵の奴、いよいよ来たなと望楼に駈け上がる。なるほど偏口陣地の前後左右にパッパッと爆煙が上る。偏口陣地は沈黙を守っている。さっそく中隊へ電話したら、今ちょうど伊東隊長と神馬軍曹が話している最中だ。こちらから呼び出しをかけた途端、隊長の声がこちらへの命令に変わった。

「北村、もしもし北村見習士官。お前のところから今すぐ軽機を持った一〇名で出撃しろ。中隊からも擲弾筒を持たせて一〇名やるから、お前はそれも併せ、指揮して一度、黄村廟附近に集合してできるだけ敵をやっつけろ」

直ちに石山以下九名に出撃準備を命ずる。敵はもう砲撃をやめてしまった。歩哨が敵はどんどん馬佐の方へ退っていますと言う。眼鏡で見ると、なるほど相当数の敵が駈歩で馬佐の方へ退っていく。おそらく李家塞附近から砲撃したのであろう。便衣の土匪とは違って皆、灰色の制服を着て背嚢を背負った中央軍正規部隊だ。軽迫の砲身を二名で担いでいくのが明瞭に見える。

敵が退れば出撃する必要はなさそうだが、中隊からも来るというのだから出発した。

まだ朝露がシットリと草を濡らしていて、ひざから下はびしょ濡れとなる。

黄村廟まで来たが中隊の方からは誰も来ない。自分たちは高橋敬治兵長に軽機を持たせている。しばらく黄村廟で待ったが、中隊からの連中が一向に来る様子がないので、更に地隙東岸沿いに北進、鉄橋のすぐ傍まで来た。敵はもう何もいない。

鉄橋の横から河原に降りて、鉄橋西岸に上った。ここへ真っ昼間来るのは初めてだ。隴海鉄路はズーッと西の方へ走っている。西方約五〇〇メートルのところに線路をはさんで二つの大きな堆土があり、銃眼らしいものが見える。鉄路を守る掩蓋陣地らしい。

大きな姿勢をして線路の上に出て、あちこち見廻していたら、李家塞集落が俄かに騒がしくなり、木の間から白い便衣がワーワーと叫びながら逃げ出すのが見える。高橋兵長に撃て撃てというのに彼は、あれは良民ですと言う。

確かにあの騒ぐ様子は土匪だ。良民があんなに騒ぐものか。集落は再び静かになった。集落の西側の麦畑の中に白い便衣がかたまっている。どうもあやしい。眼鏡を持ってこなかったのが惜しまれる。ちょうどその時、偏口陣地から三名ばかり線路伝いに来るのが見えた。見れば田中伍長が中隊の兵を三人ほど連れてきたのだ。

擲弾筒は持ってきたが、偏口陣地に置いてきたとかで、ついてきていたのは弾嚢（だんのう）をつけた弾薬手だけである。何ということだ、ここまで連れてくればよいのに。

集落の端に集合した奴はどうも怪しい。高橋兵長は線路の北側の台上に登り、今、偏口を撃ったチェコの脚の跡があると、辺りを這いまわって薬莢を拾ったりしている。集落西方の麦畑にいた白い一群がかき消すように見えなくなった。長居は無用、早く引き揚げようと思い、ヒョッと見ると鉄橋北側に大きな西瓜畑があり、他で見られぬような大きな奴がゴロゴロできている。

何も戦果がなかったのだから、これでも持って帰ってやろうと兵が三名ばかり西瓜を取りに河原を歩き出した瞬間、「パン、キューン。パキパキパキーン」と李家塞から急霰のようなチェコと小銃の射撃を浴びせられた。ガガガガガーンと、どこから来るのかわからぬ、ものすごい弾雨だ。

左の方からもピュンピューンと五、六発来た。西瓜を取りに行った兵は辛うじて鉄橋の陰に飛び込んだ。直ちに高橋兵長の軽機と各人の小銃が全力をあげて応射した。

敵は麦畑の中に散開して撃っているらしく、こちらからはどうもよく見えない。こちらは鉄道線路の上から頭を出すのだから、敵に良好な目標を与えている。ここで応戦するのは不利である。直ちに河の東岸に渡ることにする。ここの錯雑地に遮蔽しようと思ったのだ。

「あの家まで走れ」

皆、土堤を駈け下りて一目散に東岸めがけて走った。

「ブイーン、ブーン」と河原の石に当たる弾が跳弾になって唸りながら飛ぶ。

河原には破壊されて落ちた鉄橋が横たわっているので、何とか無事に東岸に取りつくことができた。田中伍長とはここで別れた。弾嚢だけが附いてきた兵隊なんか無用の長物である。赤錆の鉄橋に当たる弾の音が耳を聾するばかり。

敵は撃ってこなくなった。腹立ちまぎれに西瓜をドッサリ持って帰る。陣地へ帰って西瓜を腹がはちきれんばかりに食った。何だか面白くない。敵の奴に馬鹿にされたようで面白くない。


それ以後、しばらくは平穏に過ぎた。また分遣隊も愉快になった。一度自分が腹を立てて石塚上等兵をブン撲ったということがあった。同年兵である石山伍長がだいぶ心配していた。

新店攻撃で戦傷を負って入院していた丸田竹三上等兵が、黄村勤務にまわされて前進してきた。これも現役の四年兵である。中隊の方ではまた何と思ってか、すばらしい兵を寄越してくれたものだ。黄村はまるで古年次兵、特に現役四年兵の巣のようになってしまった。

石山伍長以下、五名もいるのである。それに比して二等兵が一人、初年兵が二人ではどうも釣り合いが取れなくて困る。豊山はいかにも惜しかった。彼は手紙もよこさなかったし、連絡にも来なかったが、彼の同年兵が連絡に来る時に「豊山が見習士官殿によろしくと言っておりました」と言うことがあった。

粟津は一度手紙をよこした。中隊にいてもつまらない。何とか黄村に出られるよう取り計らってくれと言うのだが、今は中隊も殆ど指揮班だけしか残っていないので、衛兵司令要員が不足しているのだ。とても粟津の望みを叶えてやることはできそうもなかった。

そのうちに良いこともあるだろう。大人しく時機を待てと返事したら、更に返事が来て、仕方ありません、大人しく時機を待ちますから機会があれば是非、黄村に出られるようにしてくださいと、重ねての注文である。自分だって今にもすぐ彼に来てもらいたいのだが、人事に関してはカヤの外にいてまったく発言を封じられた形で、いつも野見山准尉と伊東隊長の肚で決まったことが天降り式にやってくるので、これは大いに不満であった。


その後もずっと、三日目ごとくらいに中隊連絡を出していた。北支軍司令部発行の敵情や敵の新兵器に関する情報の印刷物が軍事極秘の銘を打って送ってきた。

読了後焼却としてある。敵の対戦車砲（英国ヴィッカーズ社製）や、ロケット砲の図面も来た。我々の正面では華陰縣や虢咯鎮（ごうかくちん）には敵の戦車部隊が来ているということである。しかし、自分たちの見ている限りでは、敵情はまったく平穏のようである。

むしろ大隊本部辺りの方が、敵情に関してよほど神経質になっているようであった。橋頭堡の前線にある各分遣隊から大隊本部に対する狼煙（のろし）信号が規定された。敵襲を受けるも分遣隊自体にて処置し得る場合には、狼煙一本、分遣隊自体のみでは処置し能わずと判断される場合は二本である。

また、各中隊において緊急出動のあることを予想して、その場合の編成も決められた。しかし我々の中隊は第一線中隊だから緊急出動には関係はなかった。狼煙の準備はした。

何だか嵐の前の静けさと言ったような、不気味なくらい平穏な日々が続いた。敵はウンともスンとも音を立てない。敵機すらもこのところ姿を見せない。ただ、青い空が白い雲を浮かべ、刈られた麦畑のあとに高粱が植えられた。敵一人見えない新店集落が、陽炎のためにユラユラ揺れているばかりである。自分たちはただ毎日、遮断壕掘開に全力をあげた。月が小さくなってきたので、出撃も上手くいかなくなってきた。

北支派遣軍司令部からであったか、師団司令部からであったか、管下部隊の全将校に対する懸賞課題、「段々畑を下方より近接する敵の早期発見法」ともうひとつ何かがあった。ちょうど退屈している時でもあったので、ひとつゆっくり考えて応募してやろうと準備しかけていた。

63　黄村生活最後の一日

そのうち中隊へ行った連絡者が、部隊は近く他方面に転出するという噂を聞いてきた。だから陣地構築などで今さら張り切るのはつまらないと言い出したのである。早く掩蓋を完成しておいて良かった。どこから出た噂か知らないが、自分たちは確実に移動すると決まり、命令が出るまではやはり現任務をおろそかにはできない。もし仮に移動するとしても最後をきれいにして行かねばならぬ。立つ鳥跡を濁さずともいうし、憂愁の美を為すということもある。

しかし自分はまったくそんなデマを信じようとはしなかった。そんなことを言う暇があれば冬籠りの準備でもしろと、空嘯（うそぶ）いていたのである。

ある日、江連中尉から自分へ直通電話がかかり、「敵情が急激に悪化するかも知れぬから警戒を厳にせよ。敵情に変化あれば機を失せず報告せよ」という。

いかに頑固な自分も、これはおかしいぞ、と思った。江連中尉の声が妙に上ずっていつもと違うのである。

その後の連絡者が、今度はまた別の噂を聞いてきた。外蒙、ソ連と内蒙との国境が状況悪化したので、部隊は張家口方面に転進するというのである。何れにしても、これだけデマが飛ぶのだから、遠からず部隊の移動はあるものと考えられる。自分もどうやらそんな気がしてきたので、新規の工事はやめて、苦力ばかり使って遮断壕を掘らせた。

黄村生活も一ヵ月半になって、最近やっと何もかも完成したばかりである。これからますます面白くなると思われるのに移動とはつまらない。しかし、どこへ行っても面白いことはあるだろう。どうせ一度は死ぬ身である。どこへ行ったたって構うもんか。

伊東隊長からも電話がかかり、転進があるかも知れぬと言ってきた。もう略々確実とみてよいだろう。しかし、果たして本当に張家口方面へ行くのか、あるいは他の方面へ行くのかはまったくわからない。これは軍隊移動の前には故意にあらぬ方に移動するようなデマ宣伝をするからである。

ある日の連絡で自分の私物箱は大営へ送り返した。兵にもできるだけ要らぬものは焼却させることにし、いつでも出撃できるよう、装具を整備させた。しかし極力我が軍の行動を秘匿するため、兵隊には絶対、日常の態度を変えぬように命じ、陣地構築も平常どおり継続した。

もうあと何日ここにいるかわからぬが、最後の黄村生活を楽しもうと毎日大変なご馳走を作らせた。ただ問題は例の三頭の豚の仔である。伊東隊長からは来年の三月までは殺すべからずと釘をさされている。だが移動となれば当然食ってもよいと言うに違いない。出発の日時が決定したら一頭ずつ殺して食ってやろう。

ある暑い日、自分が昼寝をしているうちに、その隙を狙って高橋敬治兵長と佐野が陣地を無断で忍び出して偏口地隙の西側、敵地区まで進出して西瓜を四〇数個も盗ってきた。初めのうち自分は何も知らなかったのだが、何かのはずみで露顕したのだ。とんでもない無茶ないたずらをする奴である。よっぽど怒鳴りつけてやろうかと思ったが、毎日毎晩ふんだんに西瓜が食えるので、この際、怒るのはやめておいた。

八月一三日。朝、中隊へ電話をかけたら、伊東中隊長は朝の六時から急遽、温塘の中隊長合同に行ったという。おかしいぞ。自分はすぐに頭にピンと感じた。何かある。きっと何かが始まったのだ。そうでなければ俄かに早朝から会同があるはずはない。

午前中、頻々と大営・温塘間に電話通信が交換される。両地区の通話は黄村から手に取るように傍受できるのだから、まことに好都合だ。どうも状況がただごとではないので、絶えず傍受していた。そのうちに、中隊長から中村曹長へ電話をかけている。

「……。近く被服検査があるから各分遣隊の寝具一切を大営の中隊本部に集めよ。中村曹長、わかるか。アレだよ。アレアレ。わかったな」と言う。

伊東隊長の言葉の調子も何だか変だ。言外の意味を含ませようと骨折っているのが感じられる。だいたい今さら被服検査というのがおかしい。それに「アレ」とは何だろう。なおも受話器にかじりつく。

その夜、中隊から何名か武装した兵が来て、上官、黄村の兵隊と協力して寝具を担いで中隊へ帰った。蒸し暑い晩であったからドシドシ西瓜を切って食わせた。粟津はこのとき初めて黄村陣地へ来た。寝具を運んだ兵は間もなく帰ってきた。

夜遅く、隊長から電話だ。自分と偏口陣地の神馬軍曹を同時に呼び出したのだ。

「重大なる伝達事項あり。筆記せよ」と来た。大急ぎで筆記具を準備して耳をそばだてる。

「北村、神馬よいか」

「ハイ」

何を言い出すのかワクワクする。

「……作命第……号。発信八月一三日。部隊は今や野戦軍の本領を発揮し、近く行動を開始せんとす。各隊は明一四日八時以後、随時出発し得る態勢にあるべし。終わり。わかったか、上官にも伝えろ。そしてできるだけ兵には不用品を整理させろ。現地人の動向には十分注意せよ」

さあ、いよいよ来たぞ。何だ蒙古への転進なんて真っ赤な嘘じゃないか。西安大攻撃作戦だ。今までは防禦専門だったが今度は違うぞ。攻撃だ。前進だ。我々は第一線陣地だ、地形も他のものよりはよく知っている。きっと歩兵少壮士官の晴れの舞台、将校斥候や尖兵（せんぺい）長には使われるぞ。

直ちに兵を集めて伝達し、くれぐれも言動を慎み、村民に行動を察知されぬように注意した。また、すぐに上官陣地へも連絡者を出した。

江連中尉が前面の敵情が悪化するから警戒を厳にし

ろと言ったのも、やはりこのことだったのだ。いよいよ西安目指して敵陣地へ進撃だ。それでも分遣隊は作戦開始の準備や編成のため、一度中隊へ帰ることもあろう。

その晩は興奮してよく眠れなかった。敵の方を望んでも不気味になるほど静まり返って銃声一発しない。犬も鳴かない。信号弾も上らぬ。敵の奴は一体何をしているのだろう。

64　忘れるなこの日

明くれば八月一四日。この日がまことに日本の運命を決する歴史的重大事件の起こる日だとは夢にも思わなかった。朝から平常どおり、苦力を使って遮断壕を掘らせた。もう移動は確実なので伊東隊長の許可を得て豚を殺し、うんとご馳走を作った。まさか二、三日のうちに移動することもあるまいから、一日一匹ずつ食って三日連続でうんと精力をつけて、来たるべき新戦場へ赴こうとの計画である。昼食からすごい御馳走が出る。

夕方近く、中隊から電話がかかり、弾薬、被服、加給品、酒保品受領に来たれと言う。石山伍長以下、数名を出す。今日は珍しく西塞に土匪が六〇名くらい来ていると村民が報せてきた。西塞にはチラチラ白の便衣が動いていたが、陣地に向かっては、ひとつも射撃してこなかった。

陣地構築作業は午前中だけで止めてしまった。

真っ赤な夕陽が金色の矢を放ちながら西の地平線に没した。西の空は美しい浅黄色に輝き、五彩の雲が浮かんでいる。

「隊長殿～っ、敵です。敵の大部隊です」

「何っ」と望楼に駈け上がる。立哨中の佐野から眼鏡を受け取って西方を望み見ると新店の集落から、なるほど敵部隊の集団が移動してくるのが見える。しかし、こちらに向かってくるかどうかはまだはっきりしない。そこへ石山伍長の一行が帰ってきた。加給品、酒保品として日本酒、ビール、ビスケット、タバコなどどっさり受領してきた。そして伊東隊長殿から渡されたと言って一四年式拳銃実包三〇発を持ってきた。大いに有り難い。

どうも敵情はただ事ではないので、早いうちにさっそく夕食の準備をさせ、今来た日本酒、ビールで大会食をやろうとした。中隊ではもうすでに相当やっていたそうである。

再び望楼から佐野が叫んだ。

「隊長殿、敵はこちらへ来ます。新店からだけでなく北朝からも馬佐からも前進してきます」

　また駆け上がって眼鏡で見ると、夕焼け空を背景にして延々長蛇の列をなす敵集団は、北朝、新店、馬佐の三方面から粛々と音もなく押し寄せてくるではないか。その数概算二〇〇〇を下らず。

　時は来た。いよいよ我々の働く場所は与えられたのだ。直ちに中隊に電話連絡する。敵は圧倒的大兵力だ。玉砕！　まず考えたのはこれだ。これだけの敵に追跡されたら中隊主力、いや大隊主力でさえも全部が無事に黄河北岸にまで到達することはできまい。もし蒙疆への転進ということが事実であっても、部隊の撤退を援護するために、我々は全力を振るって抗戦せねばならぬ。そのための陣地だ。そのための分遣隊だ。ここで最後の戦闘をやり、華々しく散ってこそ、武士の誉れも傷つけられないのである。最前線陣地の面目が立つ。

　兵器弾薬の全部を陣地の上にあげ、全員武装して配備につける。望楼に上って西方を望めば、夕焼け空を背に、蟻の行列のような大梯団（だいていだん）が北朝、新店、馬佐の三ヵ所から真っ黒になって粛々と進行してくる。新店、馬佐で犬が鳴くほか、まったく静かである。嵐の前の静けさ。そうだ、今に大嵐が捲き起こるぞ。

　敵の集団は音もなく波浪が岸に打ち寄せるように、黒雲が青空に広がるようにヒタヒタと押し寄せる。

　中央梯団の先頭はもはや偏口地隙の二本木に達し、驢馬に積んだ軽迫撃砲や行李などが明瞭に指摘される。自分はある厳粛な感じに圧倒されて、じっとこの景色を見つめていた。敵はおそらく部隊転進の情報に接して大挙、橋頭堡奪還を企てたのに違いない。敵の戦意は旺盛であろう。堂々進み来たる敵集団は、何か威圧的な力を持っている。

　大急ぎで部屋に走って帰り、襦袢、袴下、褌も新しいのに着替えた。地図も重要書類も焼き捨てた。今さらもう何も思い残すことはない。二年間の軍隊生活も結局、今日のお役に立つためであったのだから。サッと少年時代からの思い出が頭の中をかすめた。だがすぐに消えてしまった。

　兵は武装して配置につき、やはり敵を見つめている。軽機、小銃には弾薬が装填され命令一下、何時でも発射し得る態勢にある。手榴弾の箱も全部陣地の上に持って上って封を切り、信管の撃針ネジをしめて使用可能の状態にする。擲弾筒榴弾にも信管を装着する。これだけ弾薬があれば相当の戦闘ができるはずである。自分の拳銃実包もたくさん来たから、思う存分暴れまわってやろう。

東天に月が上った。かなり大きな丸い月だ。日はとっぷり暮れた。前方には何の物音もせぬ。中隊とは絶えず電話連絡をとった。

日没頃から南方嶮山廟と思われる山巓に炎々燃え盛る火災を見た。狼煙ではない大きな火焔である。おそらく五中隊の陣地、嶮山廟も敵の総攻撃を被り、高橋隊長以下、ここを死に場所と焔の中で奮戦していることであろう。張家口方面へ転進というが、思いがけない敵の進攻に遭い、明らかに敗退ではないか。

しかし俺は幸福だ。黄村生活一ヵ月半は、まことに生き甲斐ある生活の連続であった。日本軍人としてこれだけ良い条件で、ありったけ自分の腕を振るい、満足して死に赴くものがあるだろうか。これほど立派な部下をもって戦い得る将校が他にあるだろうか。明日をも知れぬ命はさほど惜しくない。しかし部下には国に父母あり、中には妻子あるのもいる。十分の覚悟はしているであろうが、やはり一抹の淋しさがあるに違いない。しかし仕方のないことだ。ただ、犬死だけはさせたくない。

自分の心配は杞憂であったようだ。兵は皆、案外平気な顔で配備された位置について、敵から目を離さずに煙草を吹かせている。これを見た自分も勇気百倍して、ゆっくり煙草に火をつけた。

自分が内地にいる時、小笠原長生の日本海海戦秘史『撃滅』を読んだとき、哨戒艦「和泉(いずみ)」に関する物語の中に、「いくさ前一曲の琵琶」と題する一節に次のようなことを読んだ。哨戒艦「和泉」が日本艦隊撃滅を夢見て堂々北上し来たるバルチック艦隊と接触し、砲火正に開かれんとするとき、艦長は兵がどうしているかと心配して甲板に来てみたら、水兵は各自の配置について煙草を吹かせながら、面白そうに迫り来たる大艦隊の一隻一隻の品定めに余念がなかったという。

「和泉」は取るに足らぬボロ艦である。露艦の一撃を喰らえばひとたまりもない小艦であった。やがて若い軍医少尉が愛用の琵琶をとり出して川中島の一曲を弾ずるという厳粛勇壮な一場面がある。艦長は感極まって涙を拭い、「必勝」と叫んだそうだ(これはその時の自分の記憶違いで、戦前一曲の琵琶は哨戒艦「橋立(はしだて)」艦上のできごとであった)。

自分の感慨は、あるいは「和泉」艦長のそれと比較できるものであるかも知れぬ。しかし、全般の状況は大いに彼とは異なる。彼の後方には東郷元帥が艦隊主力を率いて南下しつつあった。ところが自分の今の状況はまったく後援を頼むどころか、かえって主力の撤退を援護しなければならぬ立場に置かれたのであった。死は易く、生は難い。正に背水の陣である。

今や何もおそれるものなし。名誉の玉砕あるのみ。スラリと刀を抜いてみた。青白い刃が氷のように月光にキラキラと光る。この刀、今夜はどれだけ血を吸うだろう。それに最後は自分で自分の息の根を止める道具にもなるのである。この望楼が死に場所であり屍の山を築いて守り通す天守閣である。

月は中天にかかる。青白い月光は燦々と降り注ぎ、敵方を見つめて動かざる兵の姿を照らす。敵はどの辺まで近接しているか。コソリとも音はせぬ。

65　陣地を棄つ

静寂を破って電話が鳴った。伊東隊長が自分を呼び出した。

「今から直ちに準備して上官、偏口陣地が後退したのを確認し、急ぎ中隊に帰還すべし。中隊陣地前に地雷を敷設する。できるだけ大きく原店の方を廻って帰れ」

またこれを最後として電話機を破壊処分せよと言う。直ちに一部敵情監視を残して帰還準備をさせる。電話機は叩き壊して井戸の中に抛り込んだ。過剰の弾薬も井戸の中に投げ込んだ。今まで節約に節約を重ねて大切にしてきた弾薬なのに、定数以上、兵に持たせてもまだ余るのは仕方なく投棄したのだが残念であった。もっと思う存分撃ちまくっておけばよかった。

華々しく城を枕に玉砕と覚悟したのだが、やはり我々は生きねばならぬ。伊東隊長に何か成算あっての撤退命令なのであろう。見れば中隊の方で上官と偏口陣地の撤退を命ずる狼煙が上ったから、上官も偏口も撤退したに違いない。

それにしても一ヵ月半、大なる労力を払って造りあげた陣地、体の一部とまで思っていた陣地を棄てるときの気持ちは何とも情けないものであった。ここへ中央軍の奴らが泥足で上るかと思うと、ひと思いに破壊してしまいたい。以前、伊東中隊長に申請していたダイナマイトはついに届けてもらえなかったが、あれが来ていたらこの際、陣地を爆砕することができたのにと残念であった。

いよいよ出発準備が終わったので出発する。ギーッと門扉を開け、四囲の物音を警戒しつつ足音を忍んで歩き出した。黄村よさらば。静まり返った林の隙間から月光に照らされた望楼がドッシリと辺りを払って座っている。我々は道を急ぐ。月は皓々と照らす。麦畑の中を大きな背嚢を背負った我々は黙々と東に向かって進む。犬の鳴き声もせぬ。不気味な静けさ。甲虫はあいも変わらずブンブンと麦の穂にたわむれている。

大営から原店に連なる大きな地隙のところまで来てホッとした。一応、危地は脱したのである。しかし敵はどの辺まで来ているだろう。ただ、夜風にそよぐ海のような麦畑のみ。

66　新編成

中隊へ帰ってみたら、伊東中隊長以下全員外に出ていた。中隊宿舎の中から変なにおいがする。白い煙が朦々と吹き出して辺りに立ち込めている。寝具その他不用品一切を焼却しているのである。中隊長殿に敬礼し、状況を報告する。隊長はアンペラの上に靴のままドッカリとあぐらをかき、チビリチビリと酒を飲んでいる。さすがに今日は隊長もだいぶしんみりしている。自分も二、三杯飲んだ。

中隊長はやはり大隊主力の撤退を援護して最後尾から陝縣に向かい前進するという。どうも西安攻撃作戦というのは自分たちが勝手に頭の中で描いた夢であったらしい。やっぱり蒙彊地区への転進というのが本当らしいのである。偏口陣地の神馬軍曹以下は引き揚げてきていたが、上官の蓬田軍曹らはまだ帰ってきていなかった。

中村曹長が「ヤア見習士官殿、ご苦労様でした。あなたの私物は焼いてしまいましたよ」と言う。どうせ重い典範令や本ばかりだから持っては行けない。大隊本部とはまだ電話で連絡していた。二三時頃ここを出発することになるらしい。兵は完全軍装でその辺にかたまって腰を降ろし、加給品のビスケットを齧ったり煙草を喫んだりしている。そのうちに上官陣地のものも北門の高橋春治伍長以下も集結した。ここに久し振りで中隊全員が顔を合わせたのであった。

前方には何の物音もせぬ。敵は目前に迫っているのか、あるいは前方集落の線に停止しているのか、まったくわからない。中村曹長がロウソク片手に転進行軍間の新編成を発表した。自分は耳を澄まして聞いていたのだが、聞いているうちにゾクゾクするほど嬉しくなってきた。静岡の補充兵をたくさん押し附けられたのには閉口したが、蓬田軍曹、高橋春治伍長、高橋敬治兵長、辻上等兵、鈴木茂次郎兵長、その他錚々たる連中が自分の小隊に編入された。最も嬉しく思ったのは、今まで渇望して得られなかった「笑わぬ、物言わぬ初年兵」高橋　進が鈴木兵長の弾薬手として小隊に編入されたことである。

自分の念願は達せられたのだ。まったく有り難かった。その他、工藤兵長は蓬田分隊の擲弾筒手として、また平山兵長は高橋分隊の五番（編者註：分隊長以下、すべての分隊員には階級年次による番号が与えられていた。もし戦死傷者が生じた場合、その番号の次のものが繰り上り、最も若い番号のものが指揮権を継承する）として、やはり自分の小隊に配属された。

我々の行く先にはどんな困難が待っているかも知れぬ。どんな悲惨な状況に遭遇するかも知れぬ。その時に頼みになるのは優秀な部下のみである。持つべきはよい部下である。自信満々、何も恐ろしくない。

秋川兵長は第三分隊長だが、連下士としても使えることになっている。粟津兵長が第一小隊にやられてしょげていた。豊山もラッパ手として指揮班に入ってしまった。他に馬場竹蔵、皆川豊、松橋幸一も自分の小隊に入った。高橋春治伍長が来たことはまったく心強い。彼は「隊長殿、またよろしくお願いします」と挨拶にきた。自分は第二小隊長だ。

中隊整列。第一小隊長は今日初めて着任した高木少尉、温塘で副官室にいるとき会ったことがある。指揮班長は西田見習士官。これも温塘で初めて会った時から何とも虫の好かない男だった。嫌な奴が来たものである。

伊東中隊長の訓示も何か悲痛な音がこもり、惻々胸に迫るものがあった。

67　五中隊との連絡

「北村小隊は原店に赴き、同地を通過すべき高橋隊と連絡、五中隊は南口に赴くよう伝達せよ」

小隊を連れて原店へ出発した。原店の集落はヒッソリとしている。野月隊はもうすでに引き揚げてしまっているのだ。あるいはもう敵が侵入しているかも知れぬ。

一個分隊を先行させ、警戒しつつ前進。集落入口の石柱の下に駄馬一頭と兵数名がいる。敵か？

「誰かっ」

向こうから誰何してきた。

「おい、五中隊か」

「五中隊の酒保受領であります。見習士官殿もおられます」

「松村、おい、松村見習士官」

自分は同期の松村見習士官かと思って呼んでみた。しかし、そこにいたのは、やはり今日初めて五中隊に配属された中尾見習士官で、原店で待機して、ここを通過する五中隊に着任するよう命ぜられたのだという。我々も連絡を取るために三〇分待った。

五中隊は来ない。一度、伊東隊長の指示を仰ぐため大営に帰ることにする。兵は大きな背嚢を背負っているため行動が大変である。またいつも支那靴をはいているのに、今日は編上靴をはいているので、大きな音がして困る。中隊へ帰って報告する。隊長は時計を出してチラッと見る。

「よし、それなら中隊は直ちに陜縣に向けて出発する。北村小隊は再度原店に赴き、中尾見習士官以下を収容し、温塘西方三叉路において中隊主力と合同せよ。また五中隊と連絡できれば一ヵ所、できなければ二ヵ所狼煙を上げよ。かつ連絡が取れなければ高橋隊長宛て、南口へ前進するよう、多数の置手紙を道路上に置け。注意して行け。ご苦労」

自分たちは再び出発した。中隊主力はやや後から温塘に向けて出発した。原店に到着して中尾見習士官に状況を告げ、地隙対岸要点に、蓬田分隊と高橋春治分隊にそれぞれ分哨を持たせて三〇分待機した。時々集落の西側で支那人の話し声がしたが、別に異常はなかった。

月は皓々と辺りを照らし、不気味な静けさである。夜は非常に冷え込む。高橋隊(五中隊)は更に来る様子がないので、半紙一〇枚ばかりに置手紙を書いた。いよいよ出発することにする。それより前に狼煙をあげねばならぬ。アンペラ二枚とマッチを持った高橋 進を連れて集落北方の道路から小高い麦畑に上って点火させる。彼がまず一ヵ所火を点け、パーッと焔が辺りを赤々と照らした時、

「パン、キューン。パパパパパーン、キュキュキュキュキュキューン」と頭上をかすめて弾が飛んだ。しまった。敵だ。こちらからも応射しているらしく、銃声はますます激しい。

「高橋、早く点けろ」

彼は慌てず騒がず悠々と点火、二ヵ所に赤々と燃え上がる焔に辺りは明るく照らされ、敵弾は我々二人に集中される。そこへ蓬田軍曹以下が退ってきた。五中隊の酒保品受領は馬を引っ張って真っ先に温塘の方へ走ってしまった。追射はますます激しく、麦畑の中に弾着が見える。ぐずぐずしてはいられない。各分隊の人員を点検し、異常なきことを確かめると、直ちに麦畑の中を東方へ急いだ。パッパッと弾は麦をなぎ倒して飛んでくる。

目の前に大きな深い地隙が現れた。さあ困った。この地隙は我々の進路を阻むように南北に走っている。降り口を探してみても近くには見当らぬ。追射はますます激しい。下を覗けば底が見えない。エイ、ままよとばかり目を瞑って飛び降りた。飛んでからしまったと思った。ヒューッと風を切って落ちていくが、なかなか地面に着かない。幾つくらい数を数えたか知らないが、ドシーンとばかり脚が折れるかと思うほど、砂煙を捲きあげて墜落した。ウーム、と尻餅をついたまま、しばらく立ち上がれない。何しろ自分が先頭を切って飛び降りたのだから、兵は後から後から飛び降りてくる。皆、完全軍装で重い装具を着けているから反動が大きい。「ドシーン」と落ちては「ウーン」と唸っている。昼見たらとても飛び降りる気にはなれそうもない高い断崖だったのである。暗くて底が見えなかったのと、敵に猛射を浴びせられたので、無鉄砲に飛び降りてしまったのだ。緊迫した状況であったから誰も負傷したものはなかったが、鈴木茂次郎兵長は軽機を抱えていて、軽機を壊さぬようにと注意して飛び降りたから返って足首を捻挫してしまった。

そのまま前進、三叉路に到着して中隊主力に合同した。隊長に状況を報告。敵が直後に迫っていると聞いて、皆緊張。直ちに出発。

ここでいよいよ果てしも知らぬ難行軍の幕は切って落とされたのである。

一ヵ月半にわたる黄村生活は、ここに終わりを告げた。橋頭堡における生活も終わりを告げた。

自分たちは敗戦を知らない。

ただ、我々の任務に向かって進むだけである。

大なる希望を持って新たなる戦場へ

蒙疆への旅の第一歩を踏み出したのであった。

『大陸征記』上巻了

〔著者紹介〕

北村北洋三郎（きたむら　ほくようさぶろう）

大正一二（一九二三）年、滋賀県坂田郡醒ヶ井村（現・米原市）に、父・良蔵、母・千鶴の五人兄弟の末っ子（姉二人、兄二人の三男坊）として生まれる。父親の良蔵は大阪高商（編集部註・大阪市立大学の前身）卒業後、製糸工場を経営していた。兄二人もそれぞれ長兄が東洋太郎（朝日新聞記者）、次兄が南洋次郎（三井物産社員）という珍しい名前であった。

昭和六（一九三一）年、同志社中学卒業後、三重高等農林学校（三重大学農学部、現生物資源学部の前身）入学。戦況の悪化により昭和一八（一九四三）年八月に繰り上げ卒業。卒業と同時に木原生物学研究所へ入所するものの、就職一ヵ月後の一一月一日に静岡の歩兵第一一八連隊への入隊が決定していた。同年、北支那（現・中国河北地域）地域に北支派遣軍（泉五三一六部隊＝独立歩兵第一三連隊）として中国大陸へ。現地での初年兵教育を経て幹部候補生試験に合格。昭和一九（一九四四）年二月、長兄・東洋太郎が戦病死（次兄・南洋次郎は三井物産社員としてビルマ・ラングーン支店勤務後、蘭六二部隊に移り終戦後復員）。三月、甲種幹部候補生となる。昭和一九年一二月、石門予備士官学校を終えて見習士官になったものの、所属部隊だった独歩一三連隊を含む泉兵団が、すでに蒙彊から移動して南方へ転進していたため第一二野戦補充隊に転属。陝県橋頭堡へ。

昭和二〇年（一九四五）八月二〇日　少尉に任官。

昭和二〇年八月二一日　内地におくれること六日、終戦の詔書に接する。

昭和二一（一九四六）年五月一日　二年半の軍隊生活を終えて復員、京都に戻る。

昭和二二（一九四七）年　静岡県庁農務課に勤務。

昭和二三（一九四八）年　同志社中学校の教諭（生物）に転ず。

昭和二六（一九五一）年　四七と結婚。二九年、長男・龍が生まれる。

昭和五四（一九七九）年二月二二日　心筋梗塞のため急逝。享年五七歳。

〔編者紹介〕
北村 龍（きたむら りゅう）
1954（昭和29）年、京都市生まれ（京都市在住）。東海大学文学部史学科卒。著者北村北洋三郎の長男。兵器研究家。元嵐山美術館学芸員。日本甲冑武具研究保存会評議員（近畿支部）。

大陸征記【上巻】

北支派遣軍 一小隊長の出征から復員までの記録

2021年8月15日 第1刷発行
著　者　北村北洋三郎
編　者　北村　龍
発行者　宮下玄覇
発行所　MPミヤオビパブリッシング
〒160-0008
東京都新宿区四谷三栄町11-4
電話（03）3355-5555
発売元　株式会社宮帯出版社
〒602-8157
京都市上京区小山町908-27
電話（075）366-6600
http://www.miyaobi.com/publishing/
振替口座 00960-7-279886
印刷所　モリモト印刷株式会社

 ISBN978-4-8016-0225-0 C0023